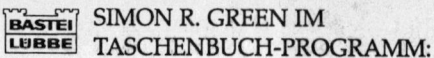 SIMON R. GREEN IM
TASCHENBUCH-PROGRAMM:

DIE ABENTEUER DES OWEN TODTSTELTZER:

23 186 Band 1: Der Eiserne Thron
23 188 Band 2: Rebellion

SIMON R. GREEN

NEBELWELT
GEISTERWELT
HÖLLENWELT

Drei
Science Fiction Romane
aus dem
Todtsteltzer-Universum

Ins Deutsche übertragen
von Axel Merz

BASTEI
LÜBBE

BASTEI-LÜBBE-TASCHENBUCH
Band 23 192

Erste Auflage: August 1997

Deutsche Lizenzausgabe 1997 by Bastei-Verlag
Gustav H. Lübbe GmbH & Co., Bergisch Gladbach
Originaltitel: Mistworld, Ghostworld, Hellworld
Lektorat: Rainer Schumacher/Stefan Bauer
Titelbild: Jim Burns
Umschlaggestaltung: Quadro Grafik, Bensberg
Satz: Fotosatz Steckstor, Rösrath
Druck und Verarbeitung: Elsner Druck, Berlin
Printed in Germany

ISBN 3-404-23192-9

Der Preis dieses Bandes versteht sich einschließlich
der gestzlichen Mehrwertsteuer.

NEBELWELT

Nennen wir sie Marie.

Ihr Gesang konnte Herzen brechen und gebrochene Herzen heilen. Aber das war, bevor das Imperium sie fand und mißbrauchte.

Heute ist sie nichts als ein weiterer Flüchtling, der um sein Leben rennt. Tief in ihrer Seele regt sich Wahnsinn. Ihr Name ist Marie. Typhus-Marie. Niemand auf *Nebelwelt* wird diesen Namen je vergessen.

KAPITEL 1
EIN SCHATTEN IN DER NACHT

Ein kühler, böiger Wind kam stöhnend von Norden herab, und er wirbelte die in den engen Gassen von *Nebelhafen* hängenden Dunstfetzen und den leise fallenden Schnee durcheinander. An jeder Tür hingen Laternen oder Lampions und erzeugten kleine gelbe, rote oder orange Inseln aus Licht vor einem wahren Ozean aus Grau. So früh am Morgen, kurz bevor die schwache gelbe Sonne über *Nebelhafen* aufging, war der Dunst immer am dichtesten.

Ein grauer Schatten kletterte selbstsicher über ein schlüpfriges, geneigtes Dach. Die schlanke Gestalt war vor dem Hintergrund des wirbelnden Schnees kaum zu erkennen, denn das Weiß ihres Thermoanzugs löste sich harmonisch im umgebenden Schnee und Nebel auf. Die Thermoelemente des Anzugs hielten seinen Träger behaglich warm und isolierten gegen die schneidende Kälte des Windes. Der Mann – sein Name war Katze – kauerte sich neben einem vorspringenden Dachfenster nieder und schob die Kapuze des Anzugs in den Nacken. Zum Vorschein kam ein junges, blasses Gesicht, das von wachsamen schwarzen Augen und deutlich sichtbaren Pockennarben auf den Wangen beherrscht wurde. Katze zuckte zusammen, als der scharfe Wind über sein ungeschütztes Gesicht fuhr, dann ließ er sich vorsichtig über die schlüpfrige, schneebedeckte Schräge der Dachziegel gegen einen rauchenden Schornstein rutschen. Er suchte am unregelmäßigen Mauerwerk des Rauchfangs nach Halt und beugte sich über die Dachkante, um einen Blick nach unten zu werfen.

Von seinem hohen Aussichtspunkt übersah Katze die

schiefen und verwinkelten Dächer *Nebelhafens* – Dächer, die sein Jagdrevier und sein ganz privates Königreich waren. Er hatte den größten Teil seiner erst zwanzig Lenze damit verbracht, sein Handwerk zu lernen und seine Kunst stetig zu vervollkommnen, und mit der Zeit war er zu einem der besten Einbrecher geworden, die das Diebesviertel je hervorgebracht hatte. Das kunstvoll verzierte Eisen und Holz der Gebäude *Nebelhafens* diente ihm als Straßen und Wege, auf denen er sich mit Händen und Füßen fortbewegte, und die Gesimse und Giebel der Dächer als Wegweiser und Rastplätze.

Katze war ein Dachläufer.

Das Licht des großen Halbmondes brach klar und strahlend durch die wirbelnden Nebel und wurde hell von den schneebedeckten Flächen der Dächer und der Straßen reflektiert, eine Szenerie von spröder Schönheit. Zu seiner Linken erblickte Katze die vereinzelten Lampen des Diebesviertels, eines schäbigen Quartiers mit schmutzigen Straßen, dessen vorstehende Häuser sich zusammendrängten, als suchten sie Schutz und Wärme in der kalten Nacht. Die wenigen Lichter funkelten in der umgebenden Dunkelheit purpurn wie Rubine auf Samt. Zu seiner Rechten lagen das Technikerviertel und der Raumhafen.

Suchscheinwerfer zuckten durch die Nacht, blaues Sturmfeuer, das schlanken kristallenen Lanzen gleich zitternd auf und ab tanzte. In regelmäßigen Abständen brannten Öllampen und Fackeln auf dem Raumhafen und markierten weite Landeflächen, jede einzelne mehr als einen Kilometer im Durchmesser. Der Kontrollturm aus Stahlglas, das letzte Überbleibsel der einstigen Imperialen Basis, war das einzige Gebäude des gesamten Raumhafens, das noch immer von hellen elektrischen Lichtern beleuchtet wurde. Auf den Landeplätzen standen weniger als ein Dutzend Schiffe, die meisten von ihnen nur noch Wracks, verlassen und ausgeschlachtet, aller Hochtechnologie beraubt. Eine Handvoll Schmugglerschiffe teilte sich einen Landeplatz, fünf silberne Nadeln, die im Licht der Fackeln rötlich schimmerten.

Plötzlich flammten im Umkreis des größten Landefelds

Signallichter auf, wie Leichenfeuer rings um ein neu errichtetes Monument, und Katze erkannte mit wachsender Erregung, daß ein Schiff hereinkommen würde. Schiffe bedeuteten in jenen Tagen ein immer seltener werdendes Ereignis, und jeder Neuankömmling war demzufolge eine gute Nachricht. Nur zögernd wandte Katze sich vom Anblick des erleuchteten Landefelds ab und richtete seine Aufmerksamkeit wieder auf die Straßen unter sich.

Nichts bewegte sich in den leeren, dunstigen Gassen. Das blasse Tuch aus frisch gefallenem Schnee lag jungfräulich und unberührt. Nur Diebe und Spione wagten sich in der bitterkalten Nacht *Nebelhafens* vor die Tür, und sie hinterließen niemals Spuren.

Katze zog die Kapuze wieder über, um das Gesicht vor der Kälte zu schützen. Er lockerte seinen Griff um den gemauerten Schornstein und ließ sich vorsichtig über die Dachkante gleiten. Nachdem er sicheren Halt an der schmalen Regenrinne gefunden hatte, rutschte er kopfüber über die Kante, bis er nur noch mit den Füßen in der Rinne hing. Das rostige Eisen knarrte stöhnend unter dem ungewohnten Gewicht, aber es hielt, während Katze nachdenklich das kleine, vergitterte Fenster vor sich musterte. Der Durchlaß war kaum mehr als einen halben Meter breit, und das Gitter bestand aus rostfreiem Stahl. *Wie äußerst geschmacklos*, dachte Katze. *Jeder muß denken, daß hier jemand Angst hat, beraubt zu werden.* Er schenkte dem Fensterrahmen einen eingehenderen Blick und grinste selbstgefällig, als er die beiden schlanken Drähte entdeckte, die in der oberen rechten Ecke des Gitters befestigt waren und von dort im Mauerwerk verschwanden. Ohne Zweifel irgendeine Alarmanlage. Katze zog einen kleinen Drahtschneider aus dem Schaft seines linken Stiefels und setzte das Werkzeug an einem der Drähte an, doch dann zögerte er. Die Drähte erschienen ihm viel zu offensichtlich. Erneut untersuchte Katze das Gitter und grinste schief, als er einen kleinen elektronischen Sensor bemerkte, der nahtlos in den Rahmen des Gitterwerks eingepaßt war. *Berühre das Gitter oder den Rahmen, und der Sensor löst einen Alarm aus.* Katze schob den Drahtschneider wieder in den Stiefelschaft zurück und zog aus dem anderen eine schlanke elektronische Sonde. Mit der lässigen Geschicklichkeit langjähriger Übung schloß er den Sensor kurz, schob die Sonde wieder zurück, nahm erneut den Drahtschneider zur Hand und zerschnitt die beiden Drähte, nur für den Fall. Er steckte das Werkzeug weg und zog einen kleinen Schraubenzieher hervor. Dann machte er sich in aller Gemütsruhe daran, die vier einfachen Schrauben herauszudrehen, die das Gitter hielten.

Allmählich begann das Blut in seinen Kopf zu steigen, aber Katze ignorierte die stärker werdenden Schmerzen, so gut er konnte, um sich nicht zu übereilter Hast hinreißen zu lassen. Nacheinander wanderten drei der Gitterschrauben in einen weißen Lederbeutel an Katzes Gürtel. Schließlich steckte er den Schraubenzieher weg und zog vorsichtig am Rahmen des Gitters. Unter seinen geschickten Händen löste sich das Eisen, bis es nur noch an der letzten verbliebenen Schraube hing. Katze grinste. Bis jetzt lief alles genau nach Plan. Er schob das Gitter zur Seite und einen Arm durch das Fenster. Dann folgte sein Kopf, und er atmete heftig durch, als Brust und Rücken gegen den unnachgiebigen Eisenrahmen schrammten. Katze suchte festen Halt am inneren Rahmen und atmete erneut tief durch, bevor er seine Füße aus der Dachrinne löste. Ein heftiger Ruck ging durch seinen Körper, als die Beine hinunterfielen, doch der Stoß war nicht stark genug, um Katze aus dem Fenster und in die Tiefe zu reißen.

Er wartete einen Augenblick, bis sein Atem sich wieder beruhigt hatte, dann lockerte er den Griff um den inneren Rahmen. Zentimeter um Zentimeter schob er seinen Oberkörper durch die enge Öffnung. Unterleib und Hüften stellten kein Problem dar. Nur ein Mann, der so drahtig und gelenkig war wie Katze, konnte durch so ein Fenster einsteigen. Was zumindest einer der Gründe war, aus dem seine Konkurrenten ihn neidisch als den besten Dachläufer von ganz *Nebelhafen* anerkannten.

Geschickt ließ Katze sich vom Fenster auf den Boden gleiten und kauerte sich bewegungslos in die Schatten, während seine Augen sich an die Dunkelheit gewöhnten. Vor ihm erstreckte sich ein enger Korridor, der zur Linken in ein Treppenhaus mündete. Zur Rechten befanden sich zwei geschlossene Türen. Mondlicht fiel durch das Fenster, aber selbst Katzes erfahrene Augen hatten Schwierigkeiten, in der Dunkelheit hinter dem schimmernden Licht Einzelheiten zu erkennen. Er zog die Handschuhe aus und schob sie hinter den Gürtel. Dann spannte und entspannte er seine langen, schlanken Finger in einer raschen Serie von Lockerungsübungen. Für einen guten Einbrecher waren die Hände genauso wichtig wie die Werkzeuge, die sie benutzten. Katze achtete stets auf seine Hände. Behutsam legte er die Finger auf den Boden, schloß die Augen und konzentrierte sich ganz auf das polierte Holz. Feine Vibrationen kitzelten die Spitzen seiner Finger. Nachdenklich runzelte Katze die Stirn. Im Fußboden waren Sensorpaneele eingelassen, und sie würden ganz ohne Zweifel alle möglichen Sicherheitssysteme aktivieren, sollten sie das Gewicht eines Mannes spüren. Mit geschlossenen Augen beugte Katze sich vor, und seine Hände tasteten in einem immer weiter werdenden Bogen über den vor ihm liegenden Holzboden. Aufgrund der schwankenden Stärke der Vibrationen fand er heraus, wo er hintreten durfte und wo nicht. Langsam arbeitete sich der Dachläufer voran, Zentimeter um Zentimeter, bis er sicher war, das Muster erkannt zu haben, nach dem die Sensoren im Boden verteilt waren. Dann erst öffnete er die Augen, stand auf und tappte zuversichtlich über den Korridor, wobei er die gefährlichen Bereiche mit Leichtigkeit vermied.

Immer wieder das gleiche alte Spiel, dachte Katze. *Geh stets schön auf dem Bürgersteig, damit dir nichts geschieht, mein Junge* ... Dann fiel ihm ein, wie lange es schon her war, daß die Stadt *Nebelhafen* sich so etwas wie einen gepflasterten Bürgersteig hatte leisten können. Die Zeiten waren nicht mehr wie früher. Katze zuckte die Schultern und ging rasch zur ersten der beiden Türen. Je schneller dieser Teil seines Auftrags beendet war, desto besser. Der gleiche weiße Thermoanzug, der Katze draußen im Schnee und Nebel so perfekt tarnte, war in einem dunklen, leeren Korridor mehr als auffällig.

Katze blieb vor der geschlossenen Tür stehen und betrachtete sie mißtrauisch. Seine Hehlerin hatte ihn so gründlich über die Außenanlagen des Hauses informiert, wie es ihr nur möglich gewesen war; über das Innere hatte sie ihm allerdings kaum etwas erzählen können. Die Tür mußte irgendwie mit einer Falle versehen sein, jedenfalls hätte Katze das so gemacht. Er ließ die Finger sanft über das rauhe Holz gleiten, ohne etwas Außergewöhnliches zu bemerken. Dann zog er eine Stiftlampe aus seinem rechten Stiefelschaft und knipste sie an. Katze beugte sich weit vor und ließ den dünnen Lichtstrahl Zentimeter um Zentimeter über den Türrahmen gleiten. Und siehe da, er fand einen kleinen, kaum erkennbaren Knopf hoch oben am Sturz; eine einfache Vorrichtung, die einen Alarm auslösen würde, sobald jemand die Tür öffnete. Traurig ob dieser mageren Herausforderung an sein Talent schüttelte Katze den Kopf. Er zog die stählerne Sonde aus dem Stiefel und schob sie von hinten unter den Knopf, um ihn zu arretieren – und schüttelte erneut den Kopf. Katze zog die Sonde zurück. Der Alarmknopf befand sich bereits in der AUS-Stellung! Anscheinend hatten die Bewohner vergessen, ihn einzuschalten, bevor sie sich schlafen gelegt hatten. Katze verdrehte die Augen. Der Auftrag schien lächerlich einfach zu werden! Er schaltete die Stiftlampe aus, steckte Sonde und Lampe weg und legte entschlossen die Hand auf den Türgriff. Der Dachläufer drückte die Klinke herab und schob die Tür vorsichtig einen Spaltbreit auf. Um sicherzugehen, daß er nicht doch noch irgendeinen Alarm ausgelöst hatte, wartete er noch einen Augenblick, dann spähte er vorsichtig in das dahinterliegende Schlafzimmer.

Spärliches Licht fiel durch die verriegelten Läden vor dem Fenster und enthüllte undeutlich eine Gestalt, die sich unter dicken Laken auf einem Himmelbett zusammengerollt hatte, welches den größten Teil des Raums einnahm. In einer Feuerstelle auf der rechten Seite des Zimmers brannten mit schwachroter Glut ein paar Kohlen und hielten die schlimmste Kälte draußen. Katze schlüpfte in das Zimmer, schloß die Tür hinter sich und schlich zum Bett, leise wie ein Geist. Er hielt den Atem an und erstarrte, als die schlafende Gestalt sich unruhig rührte, bevor sie wieder still lag. Katze trug keine Waffen bei sich. Er vertraute nicht auf Waffen. Er war ein Dachläufer, ein wahrer Künstler in seinem Fach, und keinesfalls einer dieser groben Vandalen und einfallslosen Diebe, die die Nacht unsicher machten. Katze hatte seine Prinzipien.

Reglos verharrte er neben dem Bett, bis er ganz sicher war, sich wieder bewegen zu können, dann beugte er sich über die schlafende Gestalt und streckte die Hand aus. Er wartete bis zu einem geeigneten Augenblick, dann schob er die Hand unter das Kopfkissen und zog eine kleine, mit Messing beschlagene Schatulle hervor. Der Schläfer rührte sich nicht. Katze trat vom Bett zurück und nahm einen kleinen Schlüssel aus dem Beutel aus seinem Gürtel. Vorsichtig probierte er ihn am Schloß der Schatulle aus und grinste breit, als der Deckel aufsprang. Katze öffnete den Behälter ganz, und das fahle Licht des darin ruhenden Kristalls erleuchtete den Raum.

Nebelwelt war ein Planet der Gesetzlosen und deswegen vom Imperialen Handel ausgeschlossen. Hochtechnologie war auf die wenigen Stücke beschränkt, die Schmuggler bei ihren unregelmäßigen Besuchen mitbrachten. Aus diesem Grund stellte der Speicherkristall eines Lektrons eine weitaus lohnendere Beute dar als selbst Diamanten oder Rubine. Katze hatte nicht die geringste Ahnung, welche Informationen in dem Kristall gespeichert waren, aber das war ihm egal. Seine Hehlerin hatte gesagt, es gäbe einen Käufer für das Ding, und das war alles, was Katze interessierte. Er griff in den Beutel an seiner Tasche und zog einen zweiten Kristall hervor, der wie ein Zwilling des ersten in der Dunkelheit leuchtete. Vorsichtig vertauschte er ihn mit dem Kristall in der Schatulle, klappte den Deckel zu und verriegelte das kleine Kästchen wieder. Anschließend steckte er den Schlüssel zurück in den Gürtel, beugte sich erneut vor und schob die Schatulle an den Platz zurück, wo er sie gefunden hatte.

Kaum hatte er seine Hand vom Kopfkissen zurückgezogen, als plötzlich die Tür zum Schlafzimmer aufflog. Licht fiel herein, und ein großer Mann mit einer Lampe in der Hand füllte den Türrahmen aus.

Mit einer raschen Bewegung zog Katze das Laken vom Bett und warf es mit verzweifelter Anstrengung über den Kopf des Neuankömmlings. Die schlafende Gestalt, die sich als wunderschöne Frau entpuppte, setzte sich ruckhaft auf und zog hastig ein seidenes Nachthemd zurecht. Katze hielt kurz inne, um ihr ein anerkennendes Zwinkern zuzuwerfen. Der Neuankömmling war zu Boden gegangen und kämpfte wütend mit dem Bettlaken, in das er sich heillos verwickelt hatte. Die Laterne war in den Durchgang gefallen und erfüllte das Zimmer mit ihrem flackernden Licht. Katze entschied, daß es an der Zeit war zu verschwinden. Vorsichtig wich er dem Haufen wütender Bettlaken aus und hielt auf die offene Tür zu, als die Frau im Himmelbett den Mund öffnete und zu singen begann.

Katze sank auf die Knie, als ihre Stimme über ihn hereinbrach und sein Nervensystem lähmte. *Eine Sirene!* dachte er entsetzt. *Sie haben tatsächlich eine Sirene angestellt, um den verdammten Kristall zu bewachen!* Das Lied der Sirene ging ihm durch Mark und Bein und ließ seine Muskeln erbeben. Mühsam kämpfte sich Katze auf die Beine und überlegte einen Augenblick, ob er die Frau niederschlagen sollte. Aber jetzt war nicht die Zeit, den Helden zu spielen. Katze stürzte durch die Tür nach draußen, während das Lied der Sirene Wellen von Taubheit durch seine Hände und Füße schickte und seine Sicht verwischte. Ohne weiter auf die druckempfindlichen Paneele im Korridor zu achten, stolperte er durch den Flur in Richtung der Treppe am anderen Ende. Er benötigte seine ganze Konzentration, um nicht dem Gesang der Sirene zu erliegen, der ihm das Bewußtsein zu rauben drohte. Schließlich erreichte Katze das Fenster, durch das er in das Gebäude eingedrungen war, und zog sich zu der engen Öffnung hinauf. Mit der Kraft der Verzweiflung kämpfte er sich nach draußen. Sein Herz drohte vor Schreck auszusetzen, als eine Hand ihn am Knöchel packte und eisern festhielt. Katze strampelte wild, und es gelang ihm, die Hand abzuschütteln. Dann zog er sich ganz durch das Fenster hindurch, packte die Dachrinne und schwang sich auf das Dach hinauf. Er stolperte ein paar Meter von der Kante weg und brach vollkommen erschöpft auf den schneebedeckten Ziegeln zusammen. Eine Zeitlang lag er einfach nur da und zitterte am ganzen Leib, bis ihm nach und nach bewußt wurde, daß er dem Gesang der Sirene entkommen war. Eine Frau, die ihr ESP und ihren Gesang kombinieren und damit die Gedanken jedes Menschen vollkommen durcheinanderbringen konnte, war eine verdammt eindrucksvolle Wache. Außer natürlich, der Einbrecher war taubstumm ...

Katze grinste breit, erhob sich und trottete rasch über die schneebedeckten Dächer in den Nebel davon. Zum ersten Mal in seinem Leben war er froh, daß er nichts hören konnte.

KAPITEL 2
EIN TREFFEN VON VERRÄTERN

Der Empfangsraum von Leon Vertues Büro war warm, gemütlich und viel zu zivilisiert. Jamie Royal haßte den Raum auf den ersten Blick. Sosehr Jamie gutes Leben und Luxus genoß, so sehr verabscheute er, mit der Nase hineingestoßen zu werden. Die Atmosphäre von Reichtum und Überfluß war für seinen Geschmack ganz entschieden zu selbstgefällig. Auf dem Schild über der Eingangstür hatte nur ›SCHMIED‹ gestanden, aber Jamie bezweifelte stark, daß einer der in dieser luxuriösen Umgebung arbeitenden Angestellten einen Amboß erkennen würde, wenn er darüber stolperte. Er seufzte, machte es sich in seinem Lehnsessel bequem und versuchte dabei, den Eindruck zu erwecken, als wäre derartiger Komfort für ihn alltäglich. Verstohlen glitten Jamies Finger über die glatte, glänzende Fläche des Lehnstuhls. *Plastik!* Das war allerdings wirklicher

Luxus. Jamie konnte an den Fingern einer Hand abzählen, wie oft er in seinem Leben Plastik zu Gesicht bekommen hatte. Mehr und mehr regte sich in ihm das Gefühl, sich zu weit aus seinen bekannten Gewässern vorgewagt zu haben.

Er schlug die Beine übereinander und versuchte, sich zumindest einen entspannten Anschein zu geben. Lässig wanderte sein Blick durch das Büro in der Hoffnung, einen Stilfehler zu finden, über den er die Nase rümpfen könnte. Die Wandvertäfelung aus Holz glänzte stumpf im Licht des kunstvoll aufgeschichteten Feuers, und das einzige, große Fenster des Raums war geschlossen, die Läden zum Schutz gegen die Kälte der Nacht verriegelt. Der größte Teil der Raumbeleuchtung entsprang einer Lichtsphäre, die zur Hälfte in die Decke eingelassen war. Jamie hielt nicht sonderlich viel von elektrischem Licht. Es war heller als gewohnt, und das gleichmäßige, intensive Leuchten behagte ihm erst recht nicht. Elektrisches Licht hatte so etwas Kaltes an sich, etwas ... Unnatürliches. Jamie verdrängte den Gedanken aus dem Kopf und richtete seine Aufmerksamkeit auf die üppige rothaarige Sekretärin, die hinter ihrem Schalter saß. Ihre makellose Haut leuchtete selbst im harten, erbarmungslosen elektrischen Licht wie Pfirsich mit Sahne, und ihre Gesichtszüge waren scharf geschnitten und von klassischer Perfektion. Die Figur war einfach spektakulär. Jamie räusperte sich laut und schenkte der Rothaarigen sein charmantestes Lächeln, aber sie schien nicht sonderlich beeindruckt. Enttäuscht ließ Jamie seinen Blick erneut durch das Büro schweifen.

Auf dem Couchtisch vor ihm lagen einige Magazine und Zeitungen, aber nichts, das nicht schon mindestens eine Woche alt und ein gutes Stück über das Datum hinaus war, zu dem es eigentlich der Wiederverwertung hätte zugeführt werden müssen. Die Schlagzeilen der Nachrichtenblätter befaßten sich in der Hauptsache mit der Entdeckung des Wracks des abgestürzten Sternenkreuzers *Donnersturm* sowie verschiedenen Korruptionsvorwürfen gegen die örtliche Kommunikationsgilde. Überholte Meldungen, und doch noch nicht alt genug, um im nachhinein wieder interessant zu werden. Jamie Royal lehnte sich erneut in dem luxuriösen Sessel zurück und ließ seinen Gedanken freien Lauf. Seit er sich von seiner letzten Partnerin getrennt hatte, gingen die Geschäfte noch schlechter als zuvor. Jamie war sozusagen vom Regen in die Traufe gekommen. Madeleine Skye hatte eine hervorragende Partnerin abgegeben, doch unglücklicherweise war sie von zu vielen Skrupeln geplagt worden. Teilweise trug ihre Schwester daran Schuld, die liebe Jessica. Ein nettes Mädchen, ganz wie Madeleine, aber ungefähr so nützlich wie ein Wasserkessel aus Schokolade. Es blieb Jamie unverständlich, wie um alles in der Welt eine Kämpferin wie Madeleine an so ein nasses Handtuch von Schwester hatte geraten können. Bei der Erinnerung an Jessica stahl sich ein schwaches Grinsen auf Jamies Gesicht. Jessica war von ihm auch nicht besonders angetan gewesen.

Nachträglich betrachtet schien es beinahe wie ein kleines Wunder, daß Madeleine und Jamie so lange zusammengeblieben waren. Jamie gestand es sich nur ungern ein, aber er vermißte Madeleine. Wenn schon nichts anderes, so hätte sie sicher genügend Gespür besessen, um ihn von Leuten wie denen hier fernzuhalten. Jamie lächelte liebevoll. Die süße Madeleine. Eine gute Kämpferin und eine noch bessere Partnerin. Wenn die Dinge nur anders gelaufen wären ... Jamie schüttelte entschlossen den Kopf. Was vorbei war, war vorbei. Ende. Punkt.

Gelangweilt blickte er sich weiter um. Die Empfangsdame polierte mit großer Sorgfalt und immenser Konzentration ihre Fingernägel, aber Jamie fiel nicht darauf herein. Er hatte das Wurfmesser gesehen, das an ihrem hübschen Oberschenkel geschnallt war. Er seufzte aufrichtig bedauernd und rutschte unbehaglich in seinem Plastiksessel hin und her. Es gab ganz eindeutig so etwas wie zuviel Komfort. *Gewöhne dich an ein Leben in Luxus, und ehe du dich versiehst, wirst du weich.* In Jamies Geschäft war Weichheit tödlich. Jamie Royal hatte Feinde – und zwar eine ganze Menge. Und er hatte Schulden, sogar eine ganze Menge mehr als Feinde. Das war schließlich auch der Grund, weshalb er zu Leon Vertues Körperbank gekommen war.

»Jamie Royal? Doktor Vertue wird Euch jetzt empfangen.«

»Wie nett von ihm«, murmelte Jamie. Die Empfangsdame gestikulierte träge in Richtung der Tür zu ihrer Linken und wandte sich wieder der Pflege ihrer langen Fingernägel zu. Sie blickte nicht einmal auf, als Jamie an ihrem Schreibtisch vorbeikam. Er seufzte resignierend. Man konnte eben nicht alle gewinnen.

Die Tür führte zu einem langen, schmalen, von einem ganzen Dutzend in regelmäßigen Abständen in die Decke eingelassenen Lichtsphären strahlend hell erleuchteten Korridor. Jamie riß sich gewaltsam vom Anblick der Sphären los und schluckte mühsam. Er hatte gewußt, daß Vertue ein reicher Mann war, aber eine so unübersehbare Verschwendung elektrische Energie beeindruckt ihn höllisch. Jamie hätte länger als ein Jahr in Saus und Braus leben können von dem Geld, das Vertue allein für die Installation der Lichtsphären ausgegeben haben mußte. Er riß sich zusammen und eilte den Korridor hinab. Man durfte Vertue nicht warten lassen. Die Leute erzählten sich, daß er in solchen Dingen empfindlich reagierte.

Auf der Hälfte des Weges beschrieb der Korridor eine scharfe Biegung und endete schließlich vor einer einzelnen großen Tür aus poliertem Stahl. Jamie suchte nach einem Griff, aber es gab nichts Derartiges. Geduldig wartete er vor der Stahltür und musterte sein Spiegelbild in der polierten Fläche. Es wirkte zuversichtlicher, als er sich in Wirklichkeit fühlte, aber das bedeutete nicht viel. Jamie zog seine Jacke glatt und korrigierte den Sitz seines Umhangs, so daß er einen vorteilhafteren Anblick bot. Dem grauen Kleidungsstück sah man sein Alter deutlich an, doch es hielt noch immer die größte Kälte und den Schnee von seinem Träger ab, und mehr hatte Jamie noch nie von einem Umhang erwartet. Jamie schnitt seinem Spiegelbild eine Grimasse und versuchte, rauh und einschüchternd dreinzublicken, aber das Spiegelbild blieb starrköpfig unbeeindruckend. Jamie Royal war großgewachsen und hager, und obwohl erst Mitte Zwanzig, bereits auf dem besten Weg, eine vorzeitige Glatze zu entwickeln. Sein Kinn war nur schwach ausgeprägt, seine Haltung schlaff, und wenn er überhaupt Muskeln besaß, dann hatte er sie jedenfalls gut versteckt. Man hätte ihn leicht als harmlos einstufen können, wären da nicht seine Augen gewesen. Jamies Augen waren dunkel und intensiv und äußerst lebendig. Sie konnten alles ausdrücken, von Kameradschaft über treue Unterstützung bis hin zu Sympathie, die mitten aus dem Herzen zu kommen schien, ohne daß Jamie auch nur eine Spur davon meinte. Es waren die Augen eines Bauernfängers, und Jamie war sehr stolz auf sie.

Unruhig trat er von einem Fuß auf den anderen, während er darauf wartete, daß die große stählerne Tür sich öffnete, und seine Hände bewegten sich rastlos an seinen Seiten. Jamie vermißte Schwert und Dolch, die er im Empfangsraum hatte zurücklassen müssen. Vertue war höchstwahrscheinlich der am meisten geächetete Mann von ganz *Nebelhafen*, und er ging kein Risiko ein. In manchen Vierteln stieg die Belohnung auf seinen Kopf noch immer, vorzugsweise abgetrennt vom Rest des Körpers. Jamie blickte zu der Sicherheitskamera über seinem Kopf und lächelte schmeichlerisch. Das leicht bedrohliche Zischen dekomprimierender Luft ertönte, und die Tür schwang langsam nach innen. Jamie richtete sich zu seiner vollen Größe auf und stapfte in Doktor Vertues Büro, als wäre er hier daheim.

Die Wände des großen Zimmers waren mit glänzendem Kristall bedeckt, in dem der Schein einer einzelnen Sphäre reflektierte, die so den gesamten Raum mit kaltem, silbernem Licht erfüllte. Jamie blieb unvermittelt stehen, als die Tür hinter ihm krachend zufiel. Dutzende sperriger Stahlbehälter nahmen den größten Teil des freien Raums ein, und obwohl Jamie solche Behälter noch nie zuvor gesehen hatte, wußte er genau, um was es sich dabei handelte: Wiedergewinnungstanks. Apparate, in denen ein menschlicher Körper in seine Bestandteile zerlegt werden konnte ...

Jeder der Behälter war von einer dicken Reifschicht bedeckt, und Jamie erschauerte unwillkürlich, als sein Blick darüber hinwegglitt. So kalt die Straßen von *Nebelhafen* auch sein mochten: dieser Ort hier war kälter. Tod hing in der gefrorenen Luft wie das verklingende Echo eines verzweifelten Schreis. Jamie zog seinen Umhang um die Schultern und trat schließlich zögernd vor, um die beiden Männer zu treffen, die ungeduldig neben dem am nächsten stehenden Wiedergewinnungstank auf ihn warteten.

Der zu groß geratene, gebeugt dastehende Mann zur Linken war Doktor Vertue. In seinen dicken, schmuddelig weißen Fellen wirkte er auf Jamie wie ein hungriger Wolf. Das lange, weiße Haar des Doktors hing in fettigen Strähnen über die Schultern und betonte seine hageren Züge noch. Die Hände wirkten groß und kräftig. Sie waren makellos gepflegt. Die Hände eines Chirurgen. Jamie erkannte Vertue augenblicklich, obwohl er ihm noch nie zuvor begegnet war. Die meisten Einwohner *Nebelhafens* hatten bereits von Doktor Vertue gehört, aber niemand gab sich freiwillig mit ihm ab. Vertue war Besitzer und Geschäftsführer von *Nebelhafens* größter Körperbank. Selbstverständlich waren solche Banken illegal, doch jemand, der zum Überleben dringend eine Organtransplantation benötigt, hält sich nicht lange mit der Frage nach der Herkunft des Spenderorgans auf. Und es gab immer reichlich Männer und Frauen in den dunklen Seitengassen und Alleen, deren Verschwinden niemandem auffiel ...

Der Mann neben Doktor Vertue war Jamie fremd, aber er erkannte den Typ. Der Unbekannte wirkte hart, bösartig und kompetent, und er trug das lange, pechschwarze Haar nach Art der Söldner im Nacken zusammengebunden. Die scharfen Linien in seinem Gesicht verrieten, daß er mindestens Anfang Vierzig war, doch als der Söldner sein Gewicht ungeduldig von einem Bein auf das andere verlagerte, war an den dicken Muskelsträngen keine Spur von Weichheit oder Altersmüdigkeit zu entdecken. Der Fremde trug einen schmucklosen, schwarzen Thermoanzug und einen Halbumhang aus dunklem Pelz. An der linken Hüfte erblickte Jamie ein Schwert, an der rechten einen Disruptor. Auf dem Gesicht und der Stirn des Mannes waren die rituellen Narben zu sehen, die ihren Träger als Angehörigen des Falkenclans auswiesen, und das bedeutete, daß er zu den besten professionellen Kämpfern des Imperiums gehörte. Es bedeutete außerdem, daß seine Dienste extrem kostspielig waren. Jamie überlegte, wie viele Menschen der Söldner während seine langen Laufbahn bereits umgebracht haben mochte, aber dann entschied er hastig, lieber nicht darüber nachzudenken. Selbst jetzt, da der Fremde vollkommen still und entspannt dastand, war etwas ... Gefährliches an dem Mann. Jamie wandte den Blick ab und wünschte sich sehnlichst, woanders zu sein. Egal wo.

Jamies Augen wanderten unruhig über den transparenten Deckel des Wiedergewinnungstanks vor ihm. Wirbelnde, blaue Nebel verhüllten den Blick auf das Innere der Apparatur und erweckten in Jamie beinahe den Eindruck, als würden sie ununterbrochen zu entkommen versuchen. Jamie überlegte kurz, ob wohl ein Körper im Tank lag, und wenn, ob es jemand war, den er gekannt hatte. Er sagte sich, daß die Sache ihn nichts anging, und blickte wieder zu Doktor Vertue und seinem Söldner. Höflich hüstelte Jamie, um anzudeuten, daß er auf den Beginn der Unterredung wartete. Doktor Vertue grinste träge. Die blassen Augen und das lange weiße Haar verliehen Vertue ein anämisches, ausgewaschenes Aussehen, aber Jamie ließ sich dadurch nicht täuschen. Vertues Lächeln verriet das Raubtier, das in dem Arzt steckte.

»Mein lieber Jamie«, begann Vertue mit samtener Stimme. »Sehr freundlich von Euch, daß Ihr meiner kurzfristigen Aufforderung zu einem Besuch nachgekommen seid. Nicht, daß Euch in dieser Angelegenheit eine Wahl geblieben wäre. Natürlich nicht.«

»Natürlich nicht«, stimmte Jamie zu. »Und was zur Hölle wollt Ihr von mir?«

Der Söldner versteifte sich, doch Jamie hielt den Blick unverwandt auf Doktor Vertue gerichtet. Er durfte sich nicht erlauben, eingeschüchtert zu wirken, oder sie würden ihn überrollen. Er wußte, genau wie Vertue und sein Söldner auch, daß er alles machen würde, was sie von ihm verlangte, aber wenn er sich wie ein Diener verhielt, dann würden sie ihn auch so behandeln. Jamie hatte nur eine einzige Chance, mit heiler Haut davonzukommen, und die bestand darin, so zu tun, als hätte er noch ein oder zwei Asse im Ärmel ... obwohl ihm in seiner gegenwärtigen Situation auch schon ein Bube oder eine Zehn willkommen gewesen wäre.

»Ich möchte, daß Ihr mir einen Gefallen erweist, Jamie«, sagte Vertue. Er grinste noch immer. »Und als Gegenleistung werde ich Euch einen Gefallen erweisen. Nichts einfacher als das, oder?«

»Ja, nichts einfacher als das«, bestätigte Jamie. »Werdet einfach ein wenig deutlicher, damit ich entscheiden kann, ob ich interessiert bin oder nicht.«

»Soll ich ihm vielleicht einen oder beide Arme brechen?« fragte der Söldner. Seine Stimme klang tief und angenehm, als hätte er lediglich nach der Zeit gefragt.

»Vielleicht später«, erwiderte Doktor Vertue. »Ihr müßt Jamie sein Benehmen nachsehen, mein lieber Schwarzpeter. Er besitzt verborgene Qualitäten.«

»Ich muß niemandem etwas nachsehen, Doktor«, widersprach Schwarzpeter. »Aber Ihr seid der Boß.«

Jamie spürte, wie sich trotz der Kälte Schweißperlen auf seiner Stirn bildeten. Er bezweifelte nicht eine Sekunde, daß der Söldner auch meinte, was er gesagt hatte.

»Bitte verzeiht mir, daß ich euch in diesem unterkühlten Klima empfange«, wandte sich Doktor Vertue wieder an Jamie. »Aber ich habe hier eine Arbeit zu erledigen, die nicht lange warten kann. Ihr versteht das sicher; ich möchte nicht, daß die Ware verdirbt ...«

»Jemand, den ich kenne?« fragte Jamie leichthin.

»Ich denke schon«, antwortete Doktor Vertue. »Ihr Name lautete Skye. Madeleine Skye.«

Jamie kämpfte darum, nicht die Fassung zu verlieren. *Nein! Nicht Madeleine! O nein ...* Sie waren beinahe drei Jahre lange Partner gewesen. Zwar waren sie nie ein Liebespaar geworden, aber es hätte sein können. Madeleine Skye. Eine gute Frau, die einem im Kampf den Rücken freihielt oder in einer Taverne mit einem trank. Jamie und Madeleine hatten zusammen Hunderte verschiedener Aufträge auf beiden Seiten des Gesetzes durchgeführt. Er hatte ihren Mut

22

bewundert genau wie ihre Professionalität. Die verdammt beste Partnerin, die er je gehabt hatte. Jamie Royal besaß einen ziemlich großen Bekanntenkreis, aber nur wenige Freunde. Und jetzt war es noch einer weniger.

Ihr verdammten Bastarde . . .

Jamies Hände ballten sich zu Fäusten. Er warf einen Blick zu Schwarzpeter und erkannte instinktiv, daß der Söldner nur darauf wartete, daß Jamie etwas Unüberlegtes tun würde. Jamie kämpfte seinen Ärger nieder und fühlte, wie die Wut kalt und zornig in seinen Eingeweiden brannte. Später würde sich noch immer ausreichend Gelegenheit zur Rache finden.

»Wer hat sie . . . umgebracht?« fragte er leise.

»Was meint Ihr wohl, wer es gewesen sein könnte?« erwiderte Doktor Vertue spöttisch.

Jamie achtete sorgsam darauf, den grinsenden Söldner nicht anzusehen.

»Also ist Madeleine tot«, sagte er leise. »Soll ich deswegen beeindruckt sein?«

»Ich würde eher sagen eingeschüchtert«, entgegnete Doktor Vertue. »Seid Ihr jetzt bereit, über das Geschäftliche zu reden?«

Jamie Royal holte tief Luft. Die Kälte schmerzte in seinen Lungen, und der Schmerz half, ihn zu beruhigen. Nicht zum ersten Mal schwor er sich, endlich mit dem Würfelspiel aufzuhören. Jamies Gewinne hielten nie lange vor, und wenn er verlor, fand er sich jedesmal in Situationen wie dieser hier wieder. Jamie hatte schon für alle möglichen Leute gearbeitet, aber Doktor Vertue bildete mit großem Abstand sein historisches Tief. Manche Leute behaupteten, Vertue sei ein Klonpascher gewesen, bevor er sich auf *Nebelwelt* niedergelassen hatte, und Jamie schenkte den Gerüchten gerne Glauben.

»Ich bin immer bereit, über Geschäfte zu reden«, erklärte er fest. »An was genau dachtet Ihr?«

»Nichts allzu Schwieriges«, schnurrte Vertue sanft wie eine Katze. »Ihr kennt die Schwarzdorn-Taverne?«

»Sicher«, entgegnete Jamie. »Cyders Taverne. Die hartherzigste Hehlerin von ganz *Nebelhafen*. Wenigstens sind ihre Preise fair ... mehr oder weniger jedenfalls.«

Vertue zog ein dünnes Päckchen unter seinen Fellen hervor und reichte es Jamie, der es entgegennahm und ob des Gewichts überrascht die Augenbrauen hob.

»Cyder hat eine Lieferung für mich«, sagte Vertue. »Ich möchte, daß Ihr morgen abend in den Schwarzdorn geht, das Paket für mich in Empfang nehmt und Cyder im Gegenzug das da gebt. Ich vertraue Euch eine große Summe an, mein lieber Jamie. Gebt acht, daß Ihr das Päckchen nicht auf dem Weg zum Schwarzdorn verliert.«

Jamie nickte und schob das Päckchen in eine Innentasche. »Dieses Paket, das ich für Euch in Empfang nehme – was beinhaltet es?«

»Einen Speicherkristall. Behandelt es vorsichtig, Jamie; soweit es mich und meine Kompagnons betrifft, ist die Sicherheit des Kristalls weitaus wichtiger als die Eure. Sollte der Kristall sich auf irgendeine Weise als beschädigt oder unbrauchbar erweisen, würde mich das sehr zornig machen. Bringt mir den Kristall, übergebt ihn mir persönlich, und Ihr habt Euren Auftrag erfüllt. Als Gegenleistung werde ich Eure Schulden begleichen. Restlos alle.«

»Das ist alles?« Jamie runzelte die Stirn. »Ihr müßt verrückt sein, Vertue. Es gibt beliebig viele Kuriere, die diesen Auftrag für ein Zehntel des Geldes erledigen würden, das es Euch kostet, all meine Schulden zu bezahlen. Warum bemüht Ihr ausgerechnet mich?«

»Ich benötige jemanden, der sowohl verläßlich als auch diskret ist«, erwiderte Vertue liebenswürdig. »Ganz zu schweigen von verzweifelt. Ich bin sicher, Ihr seid Euch der Tatsache bewußt, daß der Diebstahl von Speicherkristallen in *Nebelhafen* mit dem Tod bestraft wird. Ihr werdet diesen kleinen Auftrag dennoch für mich erledigen, nicht wahr, mein lieber Jamie?«

»Was macht Euch eigentlich so sicher, daß Ihr mir trauen könnt?«

»Man sagt, Euer Wort wäre gut«, antwortete Vertue lächelnd. Der Gedanke schien ihn zu amüsieren. »Und außerdem seid Ihr und Cyder gute Bekannte. Gut genug jedenfalls, daß keiner von Euch auch nur auf den Gedanken kommt, ein doppeltes Spiel zu spielen.«

»Einfach mal angenommen, ich würde es trotzdem versuchen«, sagte Jamie. »Was könntet Ihr schon . . .«

Schwarzpeter beugte sich unvermittelt vor, und eine Narbenhand schoß hoch und legte sich um Jamies Kehle. Der Söldner warf Jamie hintenüber auf den kalten Wiedergewinnungstank, packte ihn auch noch am Gürtel und hob ihn ganz hoch. Schwarzpeter hielt sein Opfer über die Öffnung der Maschine, und Doktor Vertue schob den Deckel zur Seite. Dann ließ der Söldner Jamie in die leuchtenden, blauen Nebel hinab. Jamie wehrte sich verzweifelt, hustete und schnappte nach Luft, aber er schaffte es nicht, dem eisernen Griff des Söldners zu entkommen. Jamie riß den Kopf herum und starrte mit hervorquellenden Augen in den Nebel unter sich. Die blauen Wolken wirbelten hungrig, beinahe gierig, und darunter reflektierte das Licht auf den vielen Sägen und Skalpellen, die bereitstanden, Jamie in seine Bestandteile zu zerlegen: so und so viel Haut, so und so viele Knochen und Knorpel, die Organe und natürlich die Augen.

Es herrschte immer rege Nachfrage nach Augen. Schwarzpeter ließ sein Opfer weiter hinab in den Nebel, und nur die würgende Hand des Söldners verhinderte, daß Jamie laut zu kreischen begann.

»Genug«, befal Doktor Vertue. Zögernd hob Schwarzpeter Jamie wieder aus dem Tank, stellte ihn unsanft auf die eigenen Beine und ließ ihn los. Jamie sackte an der Seite des Tanks zusammen. Er schnappte nach Luft und versuchte erst gar nicht, das Zittern in seinen Beinen zu verbergen. Lebendig in einen Wiedergewinnungstank geworfen zu werden, Zentimeter um Zentimeter zu sterben, während blutige Sägen und Skalpelle in das Fleisch schnitten . . .

Es tut mir leid, Madeleine . . . Ich bin nicht einmal stark genug, deinen Tod zu rächen. Ich habe zuviel Angst.

Jamie bemerkte, daß er sich haltsuchend gegen den Wiedergewinnungstank gelehnt hatte. Sofort richtete er sich

25

wieder auf. Vertue kicherte leise vor sich hin. Schwarzpeter verzog keine Miene.

»Ihr würdet mich nicht verraten, mein lieber Jamie, nicht wahr?« sagte Doktor Vertue. »Wer sonst könnte sich schon leisten, alle Eure Schulden zu begleichen? Und außerdem, wenn Ihr auch nur daran denken solltet, dann schicke ich Schwarzpeter hinter Euch her. Ihr habt eine sehr schöne Haut, mein lieber Jamie. Ich könnte fünftausend Kredits pro Quadratzentimeter davon kriegen ... Geht morgen abend zur Schwarzdorn-Taverne und nehmt Cyders Paket in Empfang. Bezahlt es und macht, daß Ihr wieder herkommt. Das ist alles. Verstanden?«

»Verstanden«, antwortete Jamie. »Kann ich jetzt gehen?«

»Aber sicher«, erwiderte Doktor Vertue.

Jamie Royal wandte sich um und stapfte unsicheren Schrittes aus der eiskalten Kammer. Er zitterte am ganzen Leib, aber nicht wegen der Kälte. Dennoch besaß er genügend Selbstachtung, um nicht einfach loszurennen. Sie konnten ihm vielleicht Angst einjagen, aber sie würden ihn nicht zum Rennen bringen. Die Tür glitt zur Seite, und Jamie trat in den Gang hinaus. Er blieb stehen, bis sich die Tür hinter ihm wieder geschlossen hatte, dann lehnte er sich gegen das kühle Metall der Korridorwand und wischte mit zitternder Hand über sein Gesicht. Schweiß trat aus allen Poren, als wäre er soeben aus einem Krematorium gekommen und nicht aus einer Kältekammer. Vertue und Schwarzpeter beobachteten ihn wahrscheinlich mit Hilfe einer versteckten Kamera, aber das war Jamie egal. Vertue hatte nicht verraten, wozu er den Speicherkristall haben wollte, doch das war auch nicht nötig gewesen. Es gab nur einen Ort, an dem man so viel Geld für einen Speicherkristall aus *Nebelhafen* zu zahlen bereit war. Nur einen Ort, von dem aus Vertue regelmäßig mit all der komplizierten Technologie versorgt werden konnte, die er für sein Geschäft und seinen Lebenswandel benötigte. Nur einen Ort, wo man einen Leibwächter wie Schwarzpeter finden konnte. Das Imperium. Doktor Leon Vertue war ein Imperialer Agent. Und Jamie Royal, ob er wollte oder nicht, steckte jetzt mit ihm unter einer Decke.

Wenn ich bloß nicht so viele Schulden hätte ...

Jamie schüttelte verbittert den Kopf und stapfte durch den Korridor davon. Erinnerungen an Madeleine Skye tauchten aus seinem Unterbewußtsein auf und bedrängten ihn, aber er sah nicht hin. Er wagte nicht hinzusehen. Es war ihre eigene Schuld. Sie hätte sich ihre Partner eben besser aussuchen sollen.

Leon Vertue beobachtete Jamie nachdenklich auf dem Monitor, bis er um die Biegung des Korridors verschwunden war.

»Kann man ihm vertrauen?« fragte Schwarzpeter leise.

Vertue zuckte die Schultern. »Er ist ziemlich verläßlich, auf seine Art jedenfalls. Und außerdem habt Ihr ihn ja recht überzeugend eingeschüchtert.«

»Und wenn er seinen Auftrag erledigt hat?«

»Wir dürfen keine Zeugen zurücklassen«, antwortete Vertue und lächelte freundlich. »In meinen Körperbänken ist immer Platz für frische Organe. Die Nachfrage heutzutage ist wirklich außerordentlich.«

Schwarzpeter blickte Vertue gelassen an. »Ihr habt eine wirklich ausgesprochen seltsame Art, mit Patienten umzugehen, Doktor. Wenn Ihr mich jetzt entschuldigen würdet; die *Höllenfeuer* landet bald, und ich muß noch einige Wachen bestechen.«

»Laßt Euch nur Zeit«, entgegnete Vertue. »Die *Höllenfeuer* wird sowieso zunächst unter Quarantäne gestellt, bis Raumhafendirektor Stahl vom Ratstreffen zurück ist. Und das wird sich ganz sicher noch eine Weile hinziehen. In der Zwischenzeit habe ich einen anderen Auftrag für Euch. Ihr müßt mir jemanden aus dem Weg räumen.«

»Wann und wo?«

»Heute nacht, am Stadtrand im Händlerviertel. Das ... Ziel, über das wir bereits gesprochen haben.«

»Gut«, sagte Schwarzpeter und grinste leicht. »Ich freue mich schon darauf.«

Der Söldner wandte sich um und ging, ohne eine Antwort Vertues abzuwarten. Die Tür öffnete sich vor und schloß

sich hinter ihm. Vertue verzog das Gesicht, als er Schwarzpeter voll unbeschwerter Gelassenheit durch den Korridor
eilen sah. Leon Vertue hatte Dinge gesehen und getan, die
jeden normalen Mann in den Wahnsinn getrieben hätten,
und trotzdem jagte ihm der in schwarzes Leder gehüllte
Söldner Furcht ein. Vertue schürzte zornig die Lippen. Es
gefiel ihm nicht, Angst zu haben. Es machte ihn wütend.
Doktor Vertue kannte eine Menge Wege, um mit denen
abzurechnen, die ihn wütend machten, und keiner davon
war als angenehm zu bezeichnen. Ein zögerndes Lächeln
stahl sich auf sein Gesicht, als die Erinnerungen ihn beru-
higten, doch das Stirnrunzeln blieb.

Vertue blickte zurück auf den Monitor, aber Schwarzpeter
war bereits außer Sicht. Er leckte sich über die trockenen
Lippen und spürte, wie die Spannung langsam von ihm
abfiel. Er und Schwarzpeter arbeiteten im Augenblick zwar
für die gleichen Herren, doch Vertue hatte sich in Gegenwart
des Söldners noch nie sonderlich wohl gefühlt. Unter all den
höflichen Phrasen und der stoischen Ruhe hatte er in
Schwarzpeters Augen eine tiefe, brennende Verachtung
bemerkt, eine Verachtung, die sich auf alles bezog, das nicht
so stark war wie er selbst.

Vertues Stirnrunzeln vertiefte sich wieder. Er würde die
Dienste des Söldners nicht für alle Zeiten benötigen ... und
in seinen Körperbänken war immer genügend Platz für
einen weiteren Leichnam. Plötzlich grinste er und kicherte
leise vor sich hin. Leon Vertue richtete seine Aufmerksamkeit auf den Wiedergewinnungstank vor sich, und seine
Hand glitt liebevoll über den von Feuchtigkeit überzogenen
Deckel. Er knipste einen Schalter an, und die wirbelnden
blauen Nebel teilten sich bereitwillig, so daß Vertue einen
Blick auf das kalte, weiße Gesicht darunter werfen konnte.
Frost bedeckte die seelenlosen Augen. Sie war sehr schön.
Sehr, sehr schön. Und ihr Fleisch würde so kalt und einla-
dend und hilflos ein, wenn er es in Besitz nahm ...

KAPITEL 3
ENTSCHEIDUNGEN IM RAT

Die Ratskammer entpuppte sich als ein überraschend weitläufiger Saal, aber die holzgetäfelte Decke war ebenso niedrig wie in jedem anderen Gebäude *Nebelhafens* auch. Die heulenden Frühlingsstürme machten das Leben in größeren Gebäuden ohne technologische Unterstützung zu einem riskanten Geschäft. Öllampen und rußende Fackeln tauchten die Ratskammer in ein behagliches, goldenes Licht, und ein altes, ramponiertes Heizaggregat murmelte leise vor sich hin, während es langsam, aber stetig Wärme lieferte. Verblaßte Porträts verblichener Ratsherren hingen aufgereiht an den Wände, die wohlbekannten, brütenden Gesichter mit strenger Wachsamkeit auf den gegenwärtigen Rat gerichtet. Der Raum wurde von einem gewaltigen runden Tisch beherrscht, beinahe zehn Meter im Durchmesser und aus einem einzigen Block Eisenholz geschnitten. Er war vor über neunzig Jahren vom ersten Rat der Stadt *Nebelhafen* angeschafft worden.

Raumhafendirektor Gideon Stahl ließ seine plumpen Finger liebevoll über das blanke Holz der Tischfläche gleiten und kämpfte gegen das Bedürfnis zu gähnen, während rings um ihn herum Argumente hin und her wechselten.

Stahls Stuhl beschwerte sich ächzend über die Last der mehr als zweihundert Pfund, die ruhelos auf der Sitzfläche zappelten. In Gideon Stahl regte sich mehr und mehr der Verdacht, daß das Ratstreffen niemals enden würde. Er war inzwischen schon länger als sechs Stunden hier, und bis jetzt war nichts Konkretes beschlossen worden. Soweit Stahl es beurteilen konnte, gab es nur Routineangelegenheiten zu besprechen, und dazu war seine Anwesenheit wohl kaum vonnöten. Solange es nicht gerade die Belange des Raumflughafens selbst betraf, war er eigentlich ganz zufrieden, wenn die restlichen Ratsherren ihrer eigenen Wege gingen und ihn in Ruhe ließen. Sollten sie tun und lassen, wonach ihnen der Sinn stand. Stahl hatte keinerlei Interesse an Politik. Er war nur aus einem einzigen Grund Ratsmitglied: weil es seine Position als Direktor des Raumhafens verlangte. Unglücklicherweise stand ein Punkt auf der heutigen Tagesordnung, der den Raumhafen betraf. Man wollte die hundertfünfzig Disruptorkanonen auf dem Gelände installieren, die sich an Bord des kürzlich entdeckten Wracks der *Donnersturm* befunden hatten.

Stahl verschränkte seine kurzen dicken Finger über dem gewaltigen Bauch und ließ den Blick über die Versammlung schweifen, ohne auch nur den Versuch zu machen, seine Langeweile zu verbergen. Gideon Stahl war ein kleiner, fetter Mann mit ruhigen, nachdenklichen Augen und einem beunruhigend zynischen Lächeln. Er war eben erst vierzig geworden und ärgerte sich mächtig darüber. Stahl hatte keine Geduld mit Dummköpfen oder Leuten, die seine Zeit verschwendeten, und daher blieb er Ratsversammlungen meist fern. Er seufzte leise und versuchte, sich auf den augenblicklichen Tagesordnungspunkt zu konzentrieren. Eileen Dunkelstrøm sprach noch immer, und das rauhe Stakkato ihrer Stimme echote merklich von der niedrigen Decke. Stahl hatte sich schon oft gefragt, ob ihre langen Reden reine Absicht waren, so daß am Ende jeder für alles stimmen würde, was sie vorschlug, nur um zu vermeiden, daß sie wieder von vorne anfing. Stahl grinste. Es wäre ihr zuzutrauen. Dunkelstrøm war erst seit fünf Jahren im Rat; aber sie hatte in dieser Zeit bereits mehr durchgesetzt, als alle anderen Ratsmitglieder zusammen. Sie war großartig darin, ihre Ideen durchzusetzen, diese Eileen Dunkelstrøm.

Dunkelstrøm war eine kleinwüchsige, korpulente Frau Ende Dreißig. Auf ihrem Kopf türmte sich ein dichter Schopf roten Haares, das im Schein der Fackeln und Lampen wie Kupfer leuchtete. Ihre Haut war blaß und sommersprossig, und ihr vielleicht gar nicht unattraktives Gesicht wurde durch einen konstant griesgrämigen Ausdruck entstellt. Eileen Dunkelstrøm war eine Kämpfernatur, und es war ihr völlig egal, was andere über sie dachten. Ihre grünen Augen blitzten wild, als sie mit der Faust auf den Tisch hämmerte. Stahl zuckte aus Mitleid mit dem Tisch zusammen. Dunkelstrøm gehörte zu den führenden Schmieden in *Nebelhafen*, und der Anblick ihres muskulösen Arms erschreckte jüngere Männer, ganz zu schweigen von einem ehrwürdigen Tisch, der bald das Jahrhundert voll hatte.

Als sie endlich zu den Disruptorkanonen der *Donnersturm* kam, hatte Stahl bereits den Versuch aufgegeben, ihrer umständlichen Argumentation zu folgen. Stahls Blick schweifte ab und blieb an dem großen, brütenden Mann zu Dunkelstrøms Linken hängen. Der Mann hob den Blick, und für eine Sekunde sahen sich er und Stahl in die Augen. Stahl gab sich reichlich Mühe, keine Miene zu verziehen. Graf Stefan Blutfalk nickte dem Raumhafendirektor kurz zu und richtete seine Aufmerksamkeit wieder auf Dunkelstrøm. Seine langen, schlanken Finger waren gefaltet und boten seinem kühn hervorspringenden Kinn eine Plattform, auf der es ruhen konnte. Der Blutfalk war, wie jeder wußte, bereits weit in den Vierzigern, doch seine aristokratischen Gesichtszüge wirkten klar und ohne Falten, und seine schlanke Gestalt schien geschmeidig und muskulös wie die eines erst halb so alten Mannes. Sein schulterlanges, pechschwarzes Haar war streng nach hinten gekämmt und enthüllte einen auffälligen, in der Stirnmitte spitz zulaufenden Haaransatz. Das schwarze Haar wurde im Nacken von einem scharlachroten Band gehalten. Viele waren davon überzeugt, daß der Blutfalk sein Haar färbte, obwohl niemand wagte, in seiner Gegenwart laut darüber zu reden. Die dunklen, erbarmungslosen Augen des Mannes blickten verschleiert unter stark vorspringenden Augenwülsten hervor, die an die ausgestorbenen Vögel erinnerten, deren Namen sein Clan angenommen hatte. Die gewaltige Hakennase und die hohen Wangenknochen des Grafen verstärkten diesen Eindruck noch. Stahl runzelte leicht die Stirn und senkte den Blick. Es gab viele Dinge, die er an den verdammten Ratsversammlungen haßte, und ganz oben auf der Liste stand die Tatsache, daß er sich höflich mit dem Blutfalk unterhalten mußte.

Graf Stefan Blutfalk war der Inbegriff von Tugendhaftigkeit; das sagten alle, einschließlich Blutfalk selbst. Er war Vorsitzender von mehr als einem Dutzend nicht miteinander konkurrierender Wohltätigkeitsorganisationen, unterstützte demonstrativ jede gute Sache und war zu allem Übel auch noch Kommandant der Stadtwachen. Beinahe ununterbrochen lag er der Ratsversammlung mit Fällen von behördlicher Ungerechtigkeit in den Ohren, und ständig verlangte er zu wissen, was der Rat in dieser und jener Angelegenheit zu unternehmen gedachte. Der Blutfalk gehörte den richtigen Vereinigungen an, bewegte sich in den entsprechenden Kreisen und praktizierte eine kalte Höflichkeit, die auf unbestimmte Weise aufreizender war, als eine offene Beleidigung jemals hätte sein können. Stahl war nicht der einzige, der sich wunderte, wie ein derartiger Ausbund an Tugendhaftigkeit als Gesetzloser auf *Nebelhafen* hatte stranden können. Der Blutfalk schwieg sich in der Angelegenheit jedenfalls aus, und niemand wußte etwas Genaues.

Stahl musterte den Blutfalk, bevor sein Blick wieder zu Eileen Dunkelstrøm zurückglitt. Sie und der Blutfalk waren schon seit Jahren miteinander befreundet, und gerüchteweise wurde sogar behauptet, sie seien ein Liebespaar – aber was zur Hölle die beiden aneinander fanden, das lag weit außerhalb von Stahls Begriffsvermögen. Nach seiner Meinung würde der Blutfalk eine ehrliche Emotion nicht einmal dann erkennen, wenn sie an ihm hochkletterte und ihn in den Hintern biß. Auf der anderen Seite war Stahl natürlich ein wenig voreingenommen, wenn es um Graf Stefan Blutfalk ging. Im Laufe der Jahre hatte Gideon Stahl eine Menge Geld aus seiner Stellung als Direktor des Raumhafens gemacht, ein legitimes Vorrecht – jedenfalls seiner Meinung nach. Er achtete sorgfältig darauf, nicht zu gierig zu werden, und daß seine kleinen Nebeneinkünfte nicht mit seiner Tätigkeit als Direktor des Raumhafens in Konflikt gerieten. Ziemlich vernünftig, sollte man meinen. Unglücklicherweise war der Blutfalk nicht der gleichen Ansicht. Mehr als einmal hatte er seine Stellung als Leiter der Stadtwachen zu dem Versuch benutzt, Stahl in eine Falle zu locken und ein Verfahren einzuleiten. Bis jetzt ohne jeden Erfolg, aber in letzter Zeit hatte Stahl seine geschäftlichen Transaktionen immer sorgfältiger verschleiern und seine Spuren immer gründlicher verwischen müssen. Hätte Stahl es nicht besser gewußt – er hätte schwören können, daß der Blutfalk sich in den Kopf gesetzt hatte, ihn zu erwischen. *Dieser scheinheilige Kriecher.*

Stahls Blick glitt weiter durch den Raum und blieb an Donald Royal hängen, der wie gewöhnlich zusammengesunken im Sessel des Vorsitzenden vor sich hin döste. Das dünne weiße Haar hing ungekämmt in wirren Strähnen bis auf die Schultern, und in seinem Gesicht hatten sich mehr Falten versammelt, als *Nebelhafen* verwinkelte Gassen und Straßen besaß. Einst war Donald Royal ein großer, muskulöser Mann gewesen, doch mit den Jahren waren die Muskeln geschwunden, und außer der Größe war nur wenig geblieben, das an den Riesen von einst erinnerte. Trotzdem wagte niemand, ihm seine Position als Ratsvorsitzender streitig zu machen. Er hatte sie sich durch Blut und Hingabe verdient. Royals vergangene Taten sowohl als Krieger als auch als Politiker waren schon zu seinen Lebzeiten Legende. Aber mittlerweile ließ sein scharfer Verstand doch merklich nach, und da Royal die meisten Ratstreffen sowieso verschlief, war Stahl nicht der einzige, der sich insgeheim fragte, warum der Mann nicht einfach in Ehren in den wohlverdienten Ruhestand ging und an seinem eigenen verdammten Kaminfeuer döste.

Stahls Kopf ruckte hoch, als er bemerkte, daß Dunkelstrøm mit ihrer Rede geendet hatte, und er beeilte sich, in den höflichen Applaus einzustimmen, während sie Platz nahm. Die Erfahrung hatte nicht nur ihm gezeigt, daß die Dunkelstrøm sehr wohl in der Lage war, sich wieder zu erheben und ihre Sache ein zweites Mal vorzubringen, sollte sie das Gefühl haben, der Applaus sei nicht stark genug ausgefallen. Nicht zum ersten Mal hatte Stahl überhaupt keine Ahnung, über was zur Hölle sie eigentlich geredet hatte, aber die Dunkelstrøm war in der Vergangenheit gegenüber technischen Daten immer aufgeschlossen gewesen, und so bezweifelte er auch diesmal nicht einen Augenblick, daß sie seinen Vorschlag, die Installation der Disruptorkanonen betreffend, unterstützt hatte.

Das leise Kratzen von Holz auf Holz erklang, als Susanne DuWolfe ihren Stuhl zurückschob und sich erhob. Stahl seufzte leise und wappnete sich gegen das, was als nächstes kommen würde. DuWolfe meinte es gut, aber als Esper war es nur natürlich, daß sie die Sache der Esper unterstützte. Stahl wünschte sich sehnlichst, ihre Rede würde weniger langatmig geraten als die ihrer Vorgängerin. DuWolfe warf einen flüchtigen Blick in die Runde und schob eine lange Locke ihres braunen Haars hinter das linke Ohr. Groß, geschmeidig, elegant und kaum in den Zwanzigern war sie eine atemberaubende Schönheit. Auf den ersten Blick schien sie zu jung und unschuldig, um bereits Mitglied im Rat von *Nebelhafen* zu sein, doch in ihren dunklen, ruhigen Augen lauerte eine rauhe Kraft, und die Schönheit ihres Gesichts wurde durch die Narbe eines Peitschenhiebs entstellt, die sich tiefrot über ihren gebrochenen rechten Wangenknochen zog. Die Narbe verlieh ihrem Profil einen seltsam verdrehten Ausdruck und verzog die rechte Hälfte ihres Mundes zu einem ständigen, bitteren Lächeln.

Das Imperium mißtraute seinen Espern, und es hielt sie unter strenger, brutaler Disziplin. Deshalb endeten so viele von ihnen auf *Nebelhafen*.

»Disruptorkanonen«, begann Susanne DuWolfe leise, während sie sich vornüber beugte und mit den Händen auf den Tisch stützte. »Niemand stellt ihren Wert als Waffen in Frage, aber wir alle kennen auch ihre Beschränkungen. Die Kanonen laden sich schneller wieder auf als Handwaffen, doch es dauert noch immer gut eine Minute und länger, bis ihre Energiekristalle sich weit genug regeneriert haben, um einen weiteren Schuß abgeben zu können. Mit allem gebührenden Respekt, Ratsmitglied Dunkelstrøm, diese Disruptorkanonen bewirken nichts, was der Esperschild nicht ebenso gut und sogar weitaus effektiver erledigen könnte.«

DuWolfe unterbrach sich und hob die linke Hand. Dann runzelte sie konzentriert die Stirn, und plötzlich war die Hand in eine blaue Flamme getaucht, die träge an ihrem Fleisch leckte, ohne Schaden anzurichten. Ein leichtes

Lächeln stahl sich auf DuWolfes Gesicht, und die Flamme vergrößerte sich zu einem Strom hellen, blendenden Feuers, der in die Luft schoß wie ein leuchtender Springbrunnen. Die restlichen Ratsmitglieder zuckten in ihren Stühlen vor der sengenden Hitze zurück. Und dann war der Spuk plötzlich wieder vorbei; nichts außer der unnatürlichen Wärme im Ratssaal deutete darauf hin, was gerade geschehen war. Susanne DuWolfe war ein Pyro.

»Der psionische Schild schützt *Nebelhafen* seit beinahe zwei Jahrhunderten vor dem Imperium. Wenn Esper zusammenarbeiten, können sie die Technik eines Schiffes und den Verstand seiner Besatzung schneller verhexen, als ein Lektron benötigt, um seine Waffen in ein Ziel zu steuern. Und Esper benötigen auch keine Pause zum Nachladen. Disruptor sind auf ihre Art und Weise hervorragende Waffen, aber Esper sind stets weitaus wirkungsvoller als jede beliebige von Menschenhand hergestellte Waffe.«

Susanne DuWolfe nahm wieder Platz und blickte in die Runde, um zu sehen, ob jemand ihr zu widersprechen wagte.

»Ihr mögt durchaus recht haben«, sagte Dunkelstrøm. »Aber am Ende sind Esper auch nur Menschen, und Menschen können Fehler begehen. Disruptorkanonen machen nichts anderes als das, was ihnen ihr Feuerleitlektron sagt, und Technologie wird weder müde nach wütend. Auch begeht sie keine Fehler, wenn sie unter Druck steht. Ein Lektron führt stur seine Befehle aus, und sonst nichts. Niemand hier will bezweifeln, daß der psionische Schild sich als unersetzliche Verteidigungswaffe erwiesen hat. Ich schlage lediglich vor, daß die Zeit gekommen ist, den Schild durch ein technologisch hoch entwickeltes, wirksames Waffensystem zu verstärken. Ihr habt nie gesehen, was eine Batterie von Disruptorkanonen mit einem Raumschiff anstellen kann, Ratsmitglied DuWolfe. Ich schon.«

»Wir alle kennen Eure Vergangenheit als Kommandant eines Imperialen Raumschiffs«, entgegnete DuWolfe zuckersüß. »Aber das ist lange Zeit her. Zweifellos hat das Imperium seine Verteidigungsschilde seither stark verbessert.

Wenn wir versuchen, technologisch mit dem Imperium gleichzuziehen, werden wir immer verlieren. Das Imperium besitzt riesige Ressourcen an Hochtechnologie, auf die es jederzeit zurückgreifen kann, während die unseren bereits heute erschöpft sind. Unsere einzige Hoffnung bleibt der psionische Schild; das Imperium wird niemals eine Verteidigung gegen uns Esper entwickeln können.«

»Ich schlage ja auch nicht vor, daß wir den psionischen Schild aufgeben«, sagte Dunkelstrøm mit merklich wachsender Ungeduld in der Stimme. »Der Schild wird wie eh und je vorhanden sein, aber nur als Rückversicherung, für den Fall, daß die technischen Systeme irgendwie versagen. Das wird unsere Esperfreunde von der lästigen Pflicht befreien, jeden Tag viele Stunden bei der Schildwache zu verbringen, und sie können anderen Aufgaben nachgehen, die ihre Fähigkeiten ebenso erfordern. Rund um die Uhr sitzen ständig mindestens zweihundert Esper in einer Trance in der Kommandozentrale und warten auf das äußerst unwahrscheinliche Ereignis, daß das Imperium sich zu einem neuen Angriff entschließen könnte. Und in der Zwischenzeit fällt die Stadt *Nebelhafen* auseinander, weil wir weder die Technologie noch die Esper besitzen, um alles am Laufen zu halten.«

»Richtig«, brummte Stahl. »Wir könnten die zusätzlichen Esper gut gebrauchen. Der psionische Schild hat einen gewaltigen Nachteil; wir benötigen mindestens zweihundert Esper, die konzentriert zusammenarbeiten, um ihn ständig aufrechtzuerhalten. Und um einen Angriff der Imperialen Streitkräfte abzuwehren, benötigen wir sogar die fünffache Menge. Was geschieht, wenn wir aus irgendeinem Grund einmal nicht so viele Esper zusammenbringen?«

»Allein in *Nebelhafen* gibt es mehr als zweitausend Esper«, erwiderte DuWolfe scharf. »Und außerdem leben weitere fünfzehnhundert von uns verstreut auf den umliegenden Bauernhöfen.«

»Jetzt, da mögt Ihr durchaus recht haben«, sagte die Dunkelstrøm. »Aber nur die Hälfte von ihnen besitzt genügend Erfahrung für die Schildwache. Können wir sicher sein, daß immer genügend Esper da sein werden? ESP vererbt sich nicht so ohne weiteres.«

»Richtig«, stimmte ihr Stahl zu. »Es war ein einzigartiger Glücksfall, daß wir das Wrack der *Donnersturm* gefunden haben, und wir wären dumm, wenn wir nicht das Beste daraus machten. Für den Fall, daß Ihr es vergessen habt: Die Schmuggler haben jedesmal größere Schwierigkeiten, die Imperiale Blockade zu durchdringen. Uns geht allmählich die Technologie aus, und es ist beinahe unmöglich, das wenige funktionstüchtig zu erhalten, das wir besitzen. Die *Donnersturm* hat genug Systeme und Ersatzteile für ein paar weitere Jahre an Bord gehabt, aber die Disruptorkanonen sind die eigentlichen Juwelen in der Schatzkiste. Zum ersten Mal bietet sich uns eine Chance, *Nebelwelt* vollkommen gegen jeden Imperialen Angriff abzusichern. Mit allem nötigen Respekt, verehrte Kollegen, ich muß auf einer Entscheidung bestehen. Ich bin bereits viel zu lange von meinem Posten weggeblieben. Die Techniker stehen bereit und warten nur auf den Befehl, die Kanonen zu installieren. Ich *muß* auf einer Antwort bestehen.«

»Es scheint, daß wir zumindest in dieser Angelegenheit einer Meinung sind, Direktor.« Die Stimme des Blutfalk klang kühl und unparteiisch. »Ich sehe keinen Sinn darin, die Entscheidung weiter aufzuschieben. Und da die Disruptoren mit dem Esperschild zusammenarbeiten und ihn nicht ersetzen sollen, sehe ich auch keinen Grund, der gegen die Installation spräche. Die Zukunft des psionischen Schilds können wir auch noch zu einem späteren Zeitpunkt besprechen. Für heute, und da auf uns alle dringende Pflichten warten, bin ich dafür, daß wir abstimmen. Ich stimme mit Ja.«

»Ich stimme dagegen«, sagte Susanne DuWolfe rasch.

»Dafür«, sagte auch Gideon Stahl.

Alle Blicke richteten sich auf Donald Royal, der sich in seinem Stuhl ein wenig aufgerichtet hatte und sich verunsichert umschaute.

»Wir stimmen über den Einbau der Disruptorkanonen beim Kommandozentrum ab«, erklärte Graf Stefan Blutfalk.

»Das weiß ich selbst«, fuhr Royal ihn an. »Ich bin noch nicht senil, Blutfalk. Jetzt, da wir die Kanonen haben ist es nur vernünftig, sie auch einzubauen. Ich stimme dafür.«

»Gut«, sagte Stahl und erhob sich schwerfällig. »Wenn es nichts weiter zu besprechen gibt ...«

»Setzt Euch, Gideon«, unterbrach ihn Royal und lächelte leicht. »Euer kostbares Kommandozentrum wird noch eine kleine Weile ohne Euch zurechtkommen müssen.«

Stahl sank müde in seinen Stuhl zurück, der laut dagegen protestierte, die Last wieder tragen zu müssen. »Also gut, Donald«, erwiderte er geduldig. »Was gibt es denn diesmal? Wenn es wieder um die Abwasserkanäle geht – wir haben weder die Mittel noch die Zeit oder die Arbeiter, geschweige denn die technische Ausrüstung. Ich weiß, daß wir die verdammten Kanäle dringend benötigen – schließlich bin ich durch die gleichen Straßen hergekommen wie wir alle –, aber im Augenblick müssen wir einfach ohne zurechtkommen.«

»Aber der Gestank wird immer schlimmer«, warf Blutfalk ein.

»Woran wollt Ihr das erkennen?« schnappte DuWolfe.

»Es dauert jedesmal länger, ihn von den Stiefeln abzukratzen.«

»So dringend wir auch eine Kanalisation benötigen«, fuhr Donald Royal mit schwerer Stimme fort, »es gibt etwas noch Dringlicheres, das wir besprechen müssen. Die Koboldshunde sind wieder an den Stadtgrenzen aufgetaucht. Die Kreaturen stehen erneut vor unseren Toren.«

Einen Augenblick herrschte betroffenes Schweigen. Stahl runzelte die Stirn und bemerkte, wie er automatisch nach der Waffe an seiner Hüfte griff.

»Hat jemand sie gesehen?« wollte Eileen Dunkelstrøm wissen.

»Mehrere«, antwortete Donald Royal. »Und es hat bereits drei Tote gegeben, alle im Händlerviertel. Eines der Opfer war ein kleines Mädchen, erst fünf Jahre alt.«

Stahl schüttelte angewidert den Kopf.

Der Winter hatte eben erst begonnen, und die Temperaturen waren bereits niedriger als jemals zuvor, seit in *Nebelhafen* Temperaturen aufgezeichnet wurden. Und mit den immer weiter sinkenden Temperaturen wurde das Wild knapper, so daß es nur eine Frage der Zeit war, wann die Koboldshunde vom Hunger getrieben ihre öden Bergpässe und die offene Tundra hinter sich lassen und herabkommen würden, um die verstreut liegenden Farmen und Siedlungen der Menschen zu durchstreifen, und anschließend die Stadt selbst.

Und die Hunde waren immer hungrig.

»Was geschieht in dieser Sache?« fragte der Blutfalk.

»Ihr werdet Investigator Topas und eine Kompanie der Stadtwachen in das Händlerviertel abstellen. Sie sollen die Angelegenheit prüfen«, entgegnete Donald Royal langsam. »Sie werden morgen anfangen. Es ist nicht viel, aber wie das Wetter im Augenblick aussieht, dürfen wir nicht riskieren, unsere Männer in der Nacht auszuschicken. Wenn es überhaupt Erkenntnisse zu sammeln gibt, dann wage ich zu behaupten, daß unsere Topas sie finden wird.«

Das wird sie ganz bestimmt, dachte Stahl grimmig. Er hatte schon mit Topas zu tun gehabt und empfand keinerlei Bedürfnis, diese Erfahrung zu wiederholen. Bei seinem letzten Versuch, Stahl festzunageln, hatte der Blutfalk Topas ausgeschickt, um die Beweise sicherzustellen, und wenn Stahl nicht so verdammt schnell geschaltet hätte, dann wäre es ihr zweifellos auch gelungen. Trotzdem mußte gesagt werden, daß Investigator Topas genau die richtige war, um die Koboldshunde zur Strecke zu bringen. Selbst diese wilden Kreaturen besaßen genügend Verstand, um sich vor ihr zu ängstigen.

»Was ist mit den umliegenden Bauernhöfen?« fragte Stahl unvermittelt. »Hat man dort ebenfalls Koboldshunde gesichtet?«

»Die Kommunikation ist wegen der Schneestürme noch immer gestört«, antwortete DuWolfe, und ein wenig zu selbstgefällig fuhr sie fort: »Die Espergilde sorgt statt dessen für die Weitergabe der wichtigsten Nachrichten. Bisher gab es nur vage Andeutungen, daß Hunde aufgetaucht sein könnten. Ein paar Leute sind in den Stürmen verlorengegangen, aber noch gibt es keine offiziellen Meldungen über Todesfälle.«

»Eigenartig«, brummte die Dunkelstrøm langsam. »Normalerweise ziehen die Koboldshunde nicht einfach an den Höfen vorbei. Und wir hätten ganz bestimmt frühzeitige Warnungen erhalten müssen, daß die Hunde sich nähern.«

»Ja«, stimmte Donald Royal zu. »Es hätte Warnungen geben müssen. Es ist, als wären die verdammten Kreaturen einfach aus dem Nichts aufgetaucht.« Er brach ab und blickte besorgt zu Susanne DuWolfe, bevor er fortfuhr: »Ihr sagtet, die Schneestürme hätten die Höfe verwüstet. Wie wird das die Versorgungslage in der Stadt beeinträchtigen?«

DuWolfe zuckte die Schultern. »Nicht sehr, zumindest theoretisch. Blutfalk, das ist eigentlich Euer Fachgebiet, nicht wahr?«

»Ja. Es wird einige Engpässe geben«, erklärte der Blutfalk ruhig, »aber nichts, weswegen wir uns Sorgen machen müßten. Die meisten unserer Vorräte kommen inzwischen sowieso aus hydroponischen Anlagen unterhalb der Stadt. Es besteht keinerlei Gefahr, daß eine Hungersnot ausbrechen könnte. Jedenfalls nicht kurzfristig.«

»Ich sehe nicht, was wir deswegen noch unternehmen könnten«, sagte die Dunkelstrøm und erhob sich. »Ich beantrage, daß wir das Thema vertagen, bis Investigator Topas mit weiteren Informationen zurückkehrt.«

»Einverstanden«, sagte Stahl rasch.

Donald Royal zuckte die Schultern und ließ sich in seinen Stuhl zurücksinken. Das Feuer in seinen Augen erlosch bereits wieder, und die Müdigkeit kehrte in seinen Blick zurück. Stahl erhob sich ebenfalls, als DuWolfe und Blutfalk ihre Stühle zurückschoben, und damit war das Treffen vorüber. Stahl verabschiedete sich höflich von den restlichen Ratsmitgliedern. Als er bemerkte, daß Donald Royal keine Anstalten machte, sich von seinem Sitz zu erheben, zögerte er. Stahl wartete, bis die anderen gegangen waren, dann trat er an den Tisch zurück und zog einen Stuhl heran, um bei dem alten Ratsvorsitzenden Platz zu nehmen.

»Donald«, sagte er leise. »Ich bin es, Gideon.«

»Ich bin froh, daß Ihr geblieben seid«, begann Royal leise. Seine Stimme klang fest und entschlossen, obwohl seine Augen einen müden, erschöpften Eindruck machten. »Ich muß mit Euch reden, Gideon. Eine private Angelegenheit. Es hat nichts mit dem Rat zu tun.«

»Selbstverständlich, Donald«, erwiderte Stahl. »Wenn ich Euch irgendwie helfen kann, dann sagt es nur. Ihr wißt, daß ich immer für Euch da bin.«

»Es geht um meinen Enkel«, begann Royal.

»Jamie«, sagte Stahl leise. »Ich hätte mir's denken können. Was hat er diesmal wieder angestellt?«

»Was glaubt Ihr denn?« fragte Donald. »Spielschulden, was sonst? Er schuldet anderen Leuten Geld. Ich mußte ihm bereits früher aushelfen, aber das waren immer nur kleine Beträge, und er hat sie stets zurückgezahlt. Doch nach allem, was ich gehört habe, sind seine Schulden diesmal ein gutes Stück höher, und seine Gläubige sollen ziemlich unangenehme Zeitgenossen sein. Bis jetzt ist er noch nicht zu mir gekommen, aber zweifellos wird er irgendwann auftauchen. Ihr seid mit ihm befreundet, Gideon. Könnt Ihr ihn nicht endlich zur Vernunft bringen? Er kann nicht so weitermachen. Er kann es sich nicht leisten, ständig Geld zu verlieren, und ich ebensowenig.«

»Ich tue, was ich kann – wenn ich ihn finde«, versprach Gideon. »Aber Ihr kennt Jamie ja selbst; er hört nur auf das, was er hören will.«

»Ja«, erwiderte Donald Royal leise. »Ja, ich weiß.«

Stahl rutschte unbehaglich auf seinem Stuhl hin und her. Er wußte, daß es für einen so berühmten Mann wie Royal nicht leicht war, mit einem Enkel wie Jamie zurechtzukommen; aber der Bursche hatte schon öfters in der Klemme gesessen und war am Ende immer wieder mit heiler Haut davongekommen. Jamie Royal war – wenn schon nichts anderes – ein echter Überlebenskünstler.

»Ich setze mich mit Euch in Verbindung, sobald ich etwas erfahre«, versprach Stahl. Donald nickte langsam, und seine alten, müden Augen richteten sich in eine unbestimmte

Ferne. Stahl erhob sich und ging leise zur Tür. Er blickte über die Schulter zurück, doch der alte Royal saß noch immer unbeweglich in seinem Stuhl und hing vergangenen Zeiten nach. Stahl verließ das Ratszimmer und schloß leise die Tür.

Der Raumhafendirektor eilte die nackten hölzernen Stufen hinunter in die Vorhalle. Seine letzte Mahlzeit lag inzwischen mehr als sechs Stunden zurück, und sein Magen knurrte vor Hunger. Stahl hätte ein ganzes Pferd essen und die Hufe abnagen können. Ihm lief das Wasser im Mund zusammen, als er an Kalbsbries und frisches Sahnegebäck dachte, und er nahm die Stufen, so schnell es ihm seine Körpermassen erlaubten. In der Empfangshalle machte er bei einer Konsole halt und tippte auf die geringe Möglichkeit hin, daß in der Zwischenzeit eine Nachricht für ihn eingegangen war, seinen persönlichen Zugangskode ein ... Im gleichen Augenblick leuchtete der Schirm auf und zeigte das Gesicht des Espers vom Dienst in der Kommandozentrale des Raumhafens.

»Direktor, ich versuche seit Stunden, mit Euch Kontakt aufzunehmen!«

»Tut mir leid«, entgegnete Stahl. »Die Ratsversammlung zog sich länger hin, als wir erwartet haben. Aber wir haben die Genehmigung für den Einbau der Disruptorkanonen; Ihr könnt den Technikern Bescheid geben, daß sie sofort mit der Installation beginnen sollen.«

»Direktor, ein Schiff voller Flüchtlinge von *Tannim* ist eingetroffen. Die *Höllenfeuer*. Ein mittleres Schiff, etwa fünf Millionen Tonnen. Es mußte auf dem Hauptlandeplatz notlanden, doch die Schäden halten sich in Grenzen. Ich habe strikte Quarantäne angeordnet und Alarmstufe Gelb über die Kommandozentrale verhängt. Der Kapitän der *Höllenfeuer* hat berichtet, daß *Tannim* ... der Planet existiert nicht mehr. Ich denke, Ihr solltet wirklich so schnell wie möglich herkommen.«

Stahl schüttele matt den Kopf. »Also sind die Gerüchte wahr. *Tannim* wurde für vogelfrei erklärt. Der ganze verdammte Planet!«

»Jawohl, Direktor. Nach den Berichten des Kapitäns der *Höllenfeuer* zu urteilen brach die Imperiale Flotte ohne Vorwarnung aus dem Hyperraum, ging um *Tannim* in den Orbit und sengte den Planeten, bis nichts mehr lebte. Niemand kann abschätzen, wie viele Millionen verbrannten. Es gab keine Warnung, nichts.«

»Es gibt nie eine Warnung«, entgegnete Stahl. »Herr im Himmel, ein ganzer Planet ...! Befolgt die Standardprozeduren, Esper vom Dienst. Ich werde so schnell ich kann zu Euch kommen. Irgendwelche Probleme mit der *Höllenfeuer*?«

»Ich bin nicht sicher, Direktor. Die Esper am Raumhafen sollten das Schiff untersuchen, und offensichtlich haben sie ziemlich ... ungewöhnliche Dinge entdeckt.«

Stahl runzelte die Stirn. »Was meint Ihr mit ungewöhnlich?«

Der Esper vom Dienst zuckte unbehaglich die Schultern. »Es ist nicht so ohne weiteres zu erklären, Direktor. Ich denke, es ist besser, Ihr kommt her und seht Euch die Sache selbst an.«

»Was sein muß, muß sein«, brummte Stahl. »Haltet Alarmstufe Gelb aufrecht, und setzt Euch mit den Stadtwachen in Verbindung. Nur für den Fall, daß jemand versucht, die Quarantäne zu durchbrechen. Alle anderen Probleme müssen warten, bis ich da bin.«

Stahl schaltete den Monitor ab und dachte sehnsüchtig an sein Kalbsbries und das Gebäck. Die Untersuchungsergebnisse der Esper waren bestimmt nur falscher Alarm, aber er verspürte keine Lust, ein unnötiges Risiko einzugehen. Auf gewisse Weise nahm Direktor Stahl seine Pflichten verdammt ernst.

KAPITEL 4
EIN MORD IM NEBEL

Die Sonne hatte eben erst ihren Weg über den Himmel begonnen, als Investigator Topas und Sergeant Michael Schießer ihre Kompanie von Wachsoldaten durch die Straßen des Händlerviertels führten. Das Licht des frühen Morgens wurde durch den dichten, wirbelnden Nebel ungleichmäßig gefiltert, und die schwache Sonne war nur wenig mehr als eine blasse rote Scheibe am Himmel, kaum durch den Dunst hindurch zu erkennen. Zögernd wich die bittere Kälte der Nacht dem neuen Tag, und die dicken Eiszapfen an Dachrinnen und Fenstersimsen verwandelten sich nach und nach in kleine, konstant tropfende Quellen von Eiswasser.

Die engen, gewundenen Gassen des Viertels lagen zum größten Teil noch leer und verlassen, doch die ersten Straßenhändler und Bettler erschienen bereits aus dunklen Hinterhöfen und überdachten Anbauten. Hier und da, halb im Schnee vergraben, fanden sich die steifen Leichname jener, die nicht mehr rechtzeitig vor der Kälte Unterschlupf gefunden hatten, viel zu viele von ihnen noch Kinder, alleingelassen in der bitteren Nacht, ohne Familie, ohne Hoffnung oder Zuflucht. Die Wachen kamen an den Leichen vorüber, ohne den erbarmungswürdigen Lumpenhaufen große Beachtung zu schenken; ein solcher Anblick war in jenen Tagen für die Stadt *Nebelhafen* einfach zu gewöhnlich, um auch nur einen zweiten Blick zu rechtfertigen. Eine der ersten Lektionen, die man auf *Nebelwelt* lernte, war die Sinnlosigkeit, über Dinge zu trauern, die man doch nicht ändern konnte, nicht einmal ansatzweise. Der Planet der Gesetzlosen war eine rauhe Welt, und er scherte sich einen Dreck um das Leben, das sein mühsames Dasein auf ihm fristete.

Ein einzelnes Pferd trabte langsam durch den Nebel auf die Wachen zu, der Reiter zusammengekauert in einem dicken schwarzen Umhang. Pferd und Reiter bewegten sich in eigenartiger Lautlosigkeit über die schneebedeckten

Pflastersteine, während ihre Umrisse sich langsam aus dem Nebel schälten wie ein schattenhaftes Phantom. Investigator Topas hielt ein wachsames Auge auf die beiden gerichtet, während sie an ihr vorbeiritten und kurz darauf wieder vom Nebel verschluckt wurden. Der Reiter, das Gesicht tief unter einer Kapuze verborgen, schenkte den Wachen keine Beachtung, aber in dieser Gegend war es nur klug, nichts und niemandem zu trauen.

Topas stapfte durch den tiefen Schnee, die rechte Hand stets auf dem Griff der gehalfterten Disruptorpistole an ihrer Hüfte. Zur Sicherung huschten ihre Augen in jede Seitengasse und Nebenstraße, aber niemand stellte sich ihnen entgegen. Die Schatten blieben einfach nur Schatten. Es schien, als hätte die Drohung durch die Koboldshunde ausgereicht, jeglichen menschlichen Abschaum von den Straßen verschwinden zu lassen. Zumindest für eine Weile.

Topas runzelte die Stirn. Die Soldaten befanden sich jetzt nicht mehr weit vom Stadtrand entfernt, und Topas besaß keinerlei Erfahrung mit den Hunden. Sie wußte nicht mehr als jeder andere auch, nämlich daß Koboldshunde schnell und tödlich waren, und daß es keine Verteidigung gegen sie gab – es sei denn, man griff zuerst an. Aber das war auch schon alles. In Investigator Topas regte sich der starke Verdacht, daß dieses Wissen vielleicht nicht ausreichte.

Sie blickte zu ihrem Mann, der schweigend an ihrer Seite ging. Sergeant Michael Schießer war einige Zentimeter größer als Topas mit ihren einsachtzig, aber seine muskulöse Figur und die breiten Schultern ließen ihn kleiner wirken. Michael war Mitte Dreißig, doch weder in seinem Gesicht noch auf seinem Körper hatte sein hartes Leben oder das Alter bisher Spuren hinterlassen. Sein braunes Haar war straff im Nacken zusammengebunden, das Zeichen der Söldner. Schießer war seit fünf Jahren Sergeant bei der Stadtwache, aber er liebte es, sich seine Möglichkeiten offenzuhalten. Seine dunklen, lachenden Augen waren auf die Straße vor ihnen gerichtet, und sein Schritt war leicht und locker, beinahe als würde er sich auf eine Begegnung mit den Koboldshunden freuen. Topas grinste schwach. Vielleicht freute er sich tatsächlich. Michael Schießer brauchte den Nervenkitzel wie andere Männer Essen und Trinken.

Die Stadtmauer schälte sich aus dem dichten Nebel, eine mehr als sechs Meter hohe Barriere aus Stein und Mörtel, die zugleich die äußere Grenze des Händlerviertels markierte. Das Gemäuer war vom harten Wetter gezeichnet. Dennoch war der über einen Meter dicke Wall noch immer stabil genug, um die meisten der einheimischen Raubtiere draußen zu halten. Unglücklicherweise galt das nicht für Koboldshunde. Ein Sprung von über sechs Meter Höhe war nichts für so eine Kreatur. Topas starrte nachdenklich in die Gegend, während Schießer seine Wachleute in einer Verteidigungsformation ausschwärmen ließ. Die Soldaten verteilten sich lautlos und vorsichtig im umgebenden Labyrinth aus Gassen und Wegen und überprüften den Schnee auf frische Spuren. Schießer gesellte sich wieder zu Topas. Er zog seinen Disruptor, um die Energieladung zu überprüfen. Der Kristall war noch beinahe voll. Schließlich schob er die Waffe wieder zurück in den Holster und blickte sich düster um.

»Koboldshunde in der Stadt . . . Wenn du mich fragst – der Rat ist vollkommen übergeschnappt. Jedermann weiß, daß die Bestien frühestens in der Mitte des Winters so weit nach Süden kommen. Kann es sein, daß das alles vielleicht nur eine Übung ist?«

Topas zuckte die Schultern. »Kann schon sein. Möglich ist es. Andererseits kann niemand vorhersagen, was die verdammten Biester von einem Jahr zum anderen dazugelernt haben.«

Schießer knurrte zustimmend und blickte mißtrauisch zur Stadtmauer hinüber. Mehr als ein halbes Hundert Koboldshunde hätte sich dahinter verstecken können, und niemand würde es merken, bis sie über die Krone gesprungen kamen. *Sie hätten wenigstens Sichtluken in das verdammte Ding einbauen können*, dachte Schießer und rümpfte empört die Nase. Dann blickte er zu seinen Männern zurück. Die Wachsoldaten hatten den Schnee in der unmittelbaren Umgebung zu Matsch getrampelt, und die Hälfte von ihnen war so weit entfernt, daß Schießer ihre Gestalten nur noch als undeutliche Schemen wahrnahm, Schatten, die sich im Nebel bewegten. Der dichte Dunst verschluckte jeden Schall, und selbst der leicht böige Wind war zu einem schwachen, weit entfernten Lüftchen geschrumpft. Schießer schniefte und wischte mit dem Rücken seines Handschuhs über die Nase. Seit er vor mehr als sechs Jahren nach *Nebelwelt* gekommen war, hatte er eine verdammte Erkältung nach der anderen gehabt. Allmählich vergaß er bereits, daß er je einen Geruchsinn besessen hatte. Er stampfte mit den Füßen auf den festgetretenen Schnee und versuchte, die Kälte zu vertreiben, die an seinen Knochen zu nagen begann. Sein Blick fiel auf Topas, die regungslos neben ihm stand, und ein liebevolles Lächeln stahl sich auf sein Gesicht. Topas schien die Kälte niemals zu spüren. Oder falls doch, dann weigerte sie sich erfolgreich, sie zur Kenntnis zu nehmen. Manche verwechselten ihre Haltung und Eleganz mit Gefühlskälte, aber Schießer wußte es besser. Topas war stolz auf ihre Selbstbeherrschung; sie war es, die aus ihr eine tödliche Kämpferin machte. Nicht zum ersten Mal betrachtete Schießer seine Frau voller Stolz und fragte sich, was er getan hatte, um jemanden wie Topas zu verdienen.

Investigator Topas war eine mittelgroße, schlanke, schöne Frau Ende Zwanzig, und sie trug Schwert und Disruptor mit einer lässigen Eleganz, die sowohl einschüchternd als auch provozierend wirkte. Das kurzgeschorene Haar verlieh ihren klassisch schönen Gesichtszügen eine ästhetische Ruhe. Sie wirkte stets ernst und gemessen, und ihre Haltung war entspannt, aber entschlossen. Die meisten Leute betrachteten sie als kalten Fisch, aber Michael Schießer bewunderte seine Frau wegen ihrer Ausstrahlung. Topas hatte ihr Feuer und ihre weiblichen Bedürfnisse, und sie teilte sie nur mit ihm. Vielleicht lag es daran, daß Schießer der einzige Mann war, der sich je ihr Vertrauen verdient hatte.

Der Nebel schien jetzt noch dichter zu werden.

Die fahle Sonnenscheibe verschwand. Laternen brannten tapfer auf den umliegenden Gehsteigen, und ihre Lichtflecken waren die einzigen Wegweiser in einem Meer aus

Grau. Feuchtigkeit schlug sich auf Topas' Haar und Umhang nieder. Die Investigatorin runzelte zum wiederholten Male nachdenklich die Stirn. Die Koboldshunde bevorzugten Nebel wie diesen hier für ihre blutige Jagd. Topas überlegte, die Waffe zu ziehen, aber dann entschied sie sich dagegen. So früh einen Disruptor in die Hand zu nehmen, könnte von ihren Männern als Schwäche interpretiert werden, und Topas hatte sich geschworen, nie wieder Schwäche zu zeigen. Sie versuchte, die aufkommenden Erinnerungen an ihre Zeit im Dienst des Imperiums zu verdrängen, doch ihre Gedanken gehorchten ihr nicht. Erinnerungen an Taten, die sie im Namen des Imperiums begangen hatte, an Dinge, die zu tun das Imperium ihr befohlen hatte ... *all die vielen Toten*. Topas schloß für einen Augenblick die Augen und drängte die Vergangenheit zurück, indem sie sich auf ihre gegenwärtige Aufgabe konzentrierte. Es bedeutete immer eine enorme Anstrengung, die Erinnerungen zu begraben, und Topas schleppte eine Menge davon mit sich herum, die sie lieber vergessen hätte, aber manchmal schien es ihr, als gäbe es selbst hier auf *Nebelwelt* kein Entkommen für sie, kein Entkommen vor dem Imperium; stets wartete der Wolf vor der Tür, das Gespenst beim Gelage. Topas öffnete die Augen wieder und starrte kalt in den umgebenden Dunst. Sie war frei, und sie würde frei bleiben – auch vor ihren eigenen Erinnerungen. Ihre Hand verkrampfte sich entschlossen um den Griff des Schwertes, und der schwere Umhang aus Marineblau drückte auf Topas' Schultern wie das Gewicht vergangener Sünden.

»Koboldjagd«, knurrte Michael Schießer. »Wir täten besser daran, den Einbrecher von letzter Nacht zu verfolgen, anstatt unsere Zeit mit einem derartigen Unsinn zu verschwenden.«

»Wir haben unsere Befehle.«

Schießer brummte eine unverständliche Antwort. Topas grinste schwach. »Was ist mit dir, mein Gemahl? Ist dein Stolz verletzt?«

»Etwas in der Art. Ich hätte jeden Eid geschworen, daß unsere Sicherheitssysteme jeden außer einem Poltergeist aufhalten können, aber dieser verdammte Dachläufer kommt einfach hereinspaziert, als wären unsere Verteidigungssysteme überhaupt nicht vorhanden. Und damit nicht genug; das Wissen, daß ein Fremder in unser Haus eingedrungen ist, in unser Heim, und unsere Privatsphäre verletzt hat ...«

»Jedenfalls hat er den Kristall nicht bekommen. Du warst rechtzeitig zurück, um ihn aufzuhalten.«

»Ja, sicher. Aber wenn ich nicht auf der Toilette gewesen wäre, dann hätte ihn vielleicht der Sensor an der Schlafzimmertür erwischt.« Schießer schüttelte frustriert den Kopf. »Wenigstens befindet sich der Kristall jetzt im Kommandozentrum in Sicherheit. Wir haben keinen Einfluß mehr darauf. Was von jetzt an geschieht, liegt nicht in unserer Verantwortung.«

»Genau«, erwiderte Topas ruhig. »Unsere Verantwortung sind die Koboldshunde.«

»Jaja, schon gut.« Schießer lehnte sich gegen die Stadtmauer, und das rauhe, unregelmäßige Gefach drückte unbequem in seinen Rücken. Sein breiter, stämmiger Körper war erfüllt von einer nervösen Energie, die ihn selbst dann unruhig erscheinen ließ, wenn er sich nicht bewegte. Schießers rechte Hand ruhte auf dem Griff des Disruptors, während seine dunklen Augen rastlos die Schatten der nahe gelegenen Gassen absuchten. Der Rest der Wachmannschaft war damit beschäftigt, das Viertel systematisch auf Spuren der Hunde abzusuchen und stocherte mit Schwertern und Piken in den dunkleren Eingängen und Löchern herum. Bis jetzt hatten sie nicht mehr als ein paar Katzen und einen ziemlich verblüfften Betrunkenen aufgescheucht.

Topas ließ die Hand auf den Griff ihres Disruptors fallen, obwohl sie wußte, daß die Hunde am Ende nur mit blankem Stahl bekämpft werden konnten.

Nur sie und Schießer waren mit Disruptoren ausgerüstet. Energiewaffen waren selten auf *Nebelwelt*. Wer sich immer nur auf Energiewaffen verließ, der würde am Ende weich und schwach, und der Planet der Gesetzlosen hatte seine eigene Art und Weise, mit den Schwachen umzugehen.

Schießer erschauerte unvermittelt, nieste, und Topas runzelte einmal mehr die Stirn.

»Du bist erkältet«, sagte sie barsch. »Ich habe dir extra gesagt, daß du einen dicken Umhang anziehen sollst.«

»Ich mag keine Umhänge, daß weißt du doch. Sie sind ständig im Weg, wenn es ans Kämpfen geht.«

»Aber sie halten dich warm, wenn du frierst. Hier.« Topas zog ihren eigenen Umhang aus und legte ihn um die Schultern ihres Mannes, ohne seinen Protest zu beachten. »Hör auf zu streiten, Michael. Mir macht die Kälte nicht so viel aus wie dir. Ich bin jahrelang trainiert worden, um viel extremere Temperaturen als das hier zu überleben.«

»Du und deine Investigator-Ausbildung«, brummte Schießer, während er sich trotzdem fest in den Umhang wickelte und an der Verschlußklammer fummelte. »Selbst ein Hadenmann bringt nur die Hälfte der Dinge zustande, die du zu können behauptest.«

»Du trägst den Umhang, und damit basta!« befahl Topas barsch, aber ihre Augen blickten voller Zärtlichkeit. Topas hatte viele Jahre als Investigator gearbeitet, eine bezahlte Mörderin im Dienst des Imperiums. Sie war sehr erfolgreich bei ihrer Arbeit gewesen, bis zu jenem Tag, an dem sie einen Söldner namens Michael Schießer kennengelernt hatte. Er war es gewesen, der ihr beigebracht hatte, sich wieder als menschliches Wesen zu fühlen. Nicht viel später waren sie beide für vogelfrei erklärt worden, und wie so manch einer vor ihnen waren sie nach *Nebelwelt* geflohen, dem Planeten der Rebellen und Gesetzlosen. Dem einzigen Planeten von Rebellen und Gesetzlosen, der überlebt hatte. Und jetzt dienten Topas und Schießer als Sergeanten bei den Stadtwachen und hüteten Gesetz und Ordnung, eine Tatsache, die Schießers ironische Ader stets wieder aufs neue kitzelte.

Topas führte noch immer den Titel eins Investigators, obwohl sie selbst nicht sagen konnte, aus welchem Grund sie daran festhielt.

»Hast du jemals einen Koboldshund aus der Nähe gesehen?« fragte Schießer seine Frau.

Topas schüttelte den Kopf. »Aber du, oder nicht?«

»Ja«, entgegnete Schießer gedehnt. »Ich war Anführer der Expedition zum Hartsteinfels, letztes Jahr um die gleiche Zeit. Die ganze Gegend war von diesen häßlichen Kreaturen verseucht. Sie hatten jeden Mann, jede Frau und jedes Kind in der Stadt getötet, viel mehr, als sie je hätten fressen können. Einfach so, aus Mordlust. Das meiste, was in den Berichten über die Hunde steht, ist reiner Blödsinn. Der größte, den ich je gesehen habe, war höchstens drei Meter lang, und giftig sind sie auch nicht. Das müssen sie auch gar nicht sein. Sie bewegen sich auf allen vieren, besitzen ein dichtes Fell, und der Kopf sieht dem eines Wolfs ähnlich, aber das ist auch schon alles, was sie mit Hunden gemein haben. Sie scheinen ständig hungrig zu sein, und sie bewegen sich so schnell, daß sie vor deinen Augen verschwimmen. Ihr Fell ist genauso weiß wie ihr Herz schwarz, und sie haben eine teuflische Freude daran, ihre Beute zu quälen, bevor sie sie töten.«

»Dann sollten sie sich in *Nebelhafen* richtig zu Hause fühlen«, sagte Topas, und Schießer wäre beinahe vor Lachen umgefallen. Er liebte Topas' trockenen Sinn für Humor, hauptsächlich, weil er so selten war.

Unvermittelt erstarrte Topas, und Schießer folgte ihrem Beispiel. Das Gesicht des Investigators wurde zu einer harten, undurchdringlichen Maske, und ihre wachen Augen blickten wie die Augen eines Jägers.

»Was ist los?« flüsterte Schießer.

»Da draußen bewegt sich was«, erwiderte Topas kaum hörbar. »Irgend etwas versteckt sich im Nebel.«

»Hier im Viertel?« Schießer blickte sich beiläufig um, aber außer den sich bewegenden Schatten seiner Wachleute konnte er niemanden sehen. »Ein Hund?«

»Ich glaube nicht. Fühlt sich eher nach einem Menschen an. In Richtung vier Uhr, würde ich sagen.«

Schießer sah in die angegebene Richtung, aber da war nichts als Nebel. Plötzlich richteten sich Schießers Nackenhaare auf, als all seine Söldnerinstinkte auf einen Schlag wach wurden. Das Gefühl, beobachtet zu werden, wurde mit einemmal so intensiv, daß Schießer sich fragte, wieso er es nicht bereits viel früher bemerkt hatte. Oder war er durch den Zwischenfall mit dem nächtlichen Einbrecher paranoid geworden? Er stieß einen leisen Pfiff aus, und drei Wachleute näherten sich aus dem Nebel vor ihm.

»Was gibt es zu berichten?« fragte Schießer beiläufig, während seine Hand verstohlen die geheimen Zeichen der Söldner machte, die er und Topas ihren Leuten so sorgfältig beigebracht hatten. Seine Stimme klang nach gelangweilter Routine, aber seine Hände sagten: *Wir werden beobachtet. Ein einzelner Mann. Richtung vier Uhr. Findet ihn.*

»Nein, wir haben nichts bemerkt, Sergeant«, erwiderte der Dienstälteste der Wachleute und nickte kaum wahrnehmbar.

»Gut«, sagte Schießer. »Weitermachen.«

Die Wachleute verschwanden wieder im Nebel, und Topas wechselte einen bedeutsamen Blick mit ihrem Mann.

»Meinst du, sie finden ihn?«

»Ich bezweifle es«, gestand er. »Wer auch immer sich dort draußen verborgen gehalten hat, er muß verdammt gut sein, um unbemerkt so nahe an uns heranzukommen. Aber wer zur Hölle sollte derartig viel Interesse an einem von uns beiden haben?«

»Vielleicht ein Imperialer Agent?«

Schießer schüttelte langsam den Kopf. »Sicher, es treiben sich immer ein paar Spione des Imperiums in *Nebelhafen* herum. Aber wir sind nie im Leben so wichtig, als daß einer von ihnen hinter uns her wäre.«

»Und aus welchem Grund beobachtet uns dann verdammt noch mal jemand?«

»Hunde! Achtung, die Hunde!«

Auf den Schrei des Wachmanns hin rissen Topas und Schießer beinahe gleichzeitig ihre Disruptoren hervor und stellten sich Rücken an Rücken. Wachleute stürzten aus ihren Verstecken und blickten gehetzt umher, Schwerter und Piken bereit zum Kampf. Irgendwo draußen im Nebel schrie jemand kreischend auf. Und dann schossen die heulenden Hunde aus den wirbelnden Nebeln.

Das weiße Fell machte die Kreaturen beinahe unsichtbar, so gut vermischte es sich mit dem Hintergrund des Nebels.

Es war fast unmöglich zu sagen, wie viele Koboldshunde angriffen. Nur die rubinrot funkelnden Augen waren deutlich auszumachen, zusammen mit den dampfenden purpurnen Mäulern, die weit aufgerissen lange, bösartige Zähne zeigten. Die Hunde bewegten sich wie wilde, dämonische Geister durch den Dunst. Ihr Schrei war erfüllt von unstillbarem Hunger und nicht versiegen wollendem Haß. Sie stürzten fetzend und reißend zwischen die Wachsoldaten, und Blut spritzte durch die gefrorene Luft. Männer und Bestien rollten ineinander verschlungen über den festgetrampelten Schnee, und Schwerter und Fänge suchten nach einer Blöße in der Deckung des Gegners oder einer ungeschützten Kehle. Einer der Wachmänner stieß seine Pike tief in die Flanke eines Hundes und spießte ihn auf eine massive Holztür. Der Hund schrie und zappelte und wollte nicht verenden, bis der Soldat seine Kehle mit einem Dolch durchschnitt. Zwei andere Bestien stürzten sich gemeinsam auf einen Soldaten und rissen ihn zu Boden. Sie bissen ihn in Stücke, bevor er noch richtig Zeit hatte zu schreien. Schießer zielte sorgfältig mit seinem Disruptor, und der sengende Energiestrahl brannte ein sauberes Loch durch einen auf ihn zu stürzenden Hund. Das Tier brach lautlos zusammen und rührte sich nicht mehr. Sein weißes Fell brannte lichterloh. Schießer steckte den Disruptor zurück in den Holster und zog das Schwert. Die Pistole war nutzlos, bis der Kristall sich regeneriert hatte, und das würde mindestens zwei Minuten dauern. Und in zwei Minuten konnte eine ganze Menge geschehen. Schießer hob das Schwert, begierig auf den Kampf, und hielt auf den nächsten Hund zu.

Schnee und Matsch waren inzwischen voller dunkelroter Flecken und übersät mit sterbenden und toten Hunden und Wachleuten, und noch immer stürzten sich weitere Bestien auf die Soldaten, deren Schwerter blutige Ernte hielten. Stahl funkelte im trüben Licht der Laternen, und die Luft schien vom wilden Geheul der Kreaturen zu vibrieren. Schießer und Topas bewegten sich voll tödlichem Geschick durch die dichtesten Reihen anstürmender Gegner und deckten einander den Rücken. Topas erschoß einen Hund, als er sie ansprang und nach ihrer Kehle schnappte. Dann warf sie sich zur Seite, als der brennende Kadaver an ihr vorbeiflog und krachend gegen die Stadtmauer prallte. Ein zweiter Hund sprang sie aus dem Nebel heraus an, und Topas erkannte instinktiv, daß die Zeit nicht mehr ausreichte, um das Schwert zu ziehen. Sie öffnete den Mund und sang einen einzelnen, durchdringenden Ton. Der eng gebündelte, ESP-verstärkte Schall warf den Hund zu Boden, wo er ein letztes Mal zuckte und dann reglos liegenblieb. Aus den Ohren und dem gräßlichen Maul sickerte dunkles Blut.

Topas schob den Disruptor in den Holster und zog das Schwert. Sie blickte sich gehetzt um, und für einen Augenblick stockte ihr der Atem, als sie erkannte, daß Michael und sie im Kampf voneinander getrennt worden waren. Aber dann erblickte sie den marineblauen Umhang ihres Mannes zwischen den purpurnen Uniformen der Wachsoldaten und entspannte sich ein wenig. Sie konzentrierte sich mit einer bewußten Anstrengung auf den Kampf. Schießer war schließlich seit über zehn Jahren Söldner, und er konnte auf sich selbst achtgeben. Topas' Schwert fuhr mit sauberem Schnitt durch den Rippenkäfig einer heranstürmenden Bestie, und die Klinge aus Neu-Damaszener Stahl ging beinahe mühelos durch die Knochen. Der Hund brach zusammen und scharrte hilflos auf dem blutigen Schnee. Topas tötete die Kreatur mit einem weiteren Hieb. In diesem Augenblick krachte ein schweres Gewicht in ihren Rücken, und zusammen mit dem neuerlichen Angreifer ging sie zu Boden, ein verworrenes Knäuel aus Klauen, Kiefern, Fäusten und Schwert. Topas fluchte lästerlich, als eine wütende Pfote über ihren Oberschenkel fuhr und eine tiefe Fleischwunde riß. Sie verdrängte den Schmerz in eine dunkle Ecke ihres Bewußtseins und stieß das Schwert tief in die Eingeweide des Angreifers, als er mit den Kiefern nach ihrem Gesicht schnappte. Der Hund heulte vor Wut und Schmerz und brach schlaff über ihr zusammen. Dampfendes Blut sprudelte aus seiner tiefen Wunde und besudelte das Fell von Topas' Uniform.

Topas befreite sich von der toten Last und kam stolpernd auf die Beine. In ihrem verletzten Bein raste pochender Schmerz. Sie blickte an sich herab und bemerkte, daß ihr Oberschenkel voller Blut war, und nur der kleinere Teil davon das ihres letzten Gegners. Sie zuckte die Schultern und sah weg. Der Muskel war noch funktionstüchtig, und das war alles, was zählte. Topas blickte auf den toten Hund und erschauerte unwillkürlich. Zweieinhalb Meter lang, mindestens. Die Augen überzogen sich bereits mit dem stumpfen Glanz des Todes, aber die klauenbewehrten Pfoten zuckten noch immer, als würden sie weiterhin nach einem Gegner suchen.

Topas hob das Schwert und blickte sich nach dem nächsten Angreifer um, doch der Kampf war vorüber. Die Soldaten versetzten den letzten verwundeten Kreaturen den Todesstoß, und plötzlich herrschte wieder Stille. Kein widerhallendes Geheul mehr, nur noch das schwere Atmen und gelegentliche Stöhnen erschöpfter oder verwundeter Wachleute. Topas zählte rasch die Überlebenden und stellte fest, daß ihre Kompanie nur neun von fünfundzwanzig Männern verloren hatte, obwohl sie von einem ganzen Dutzend Koboldshunden überfallen worden waren. Sie grinste hart. Die Bestien wirkten sicherlich beeindruckend, aber Muskeln, Klauen und lange Zähne allein waren Disruptorpistolen und blankem Stahl einfach nicht gewachsen. Topas blickte suchend nach Michael, um den Triumph mit ihrem Mann zu teilen, aber er war nirgends zu sehen. Plötzlich drohte eisige Kälte ihr Herz zu umklammern.

»Michael? Michael?«

Keine Antwort. Topas bedeutete den Wachleuten mit paar raschen Handbewegungen, nach ihm zu suchen, und die Männer verteilten sich über die angrenzenden Gassen und Straßen und riefen seinen Namen.

Es dauerte nicht lange, bis sie ihn gefunden hatten. Topas sah die Antwort bereits im Gesicht des Soldaten, der zu ihr kam, um Bericht zu erstatten. Sie folgte ihm in eine enge Gasse und blickte schweigend auf den reglosen Leichnam ihres Mannes. Michael Schießer lag mit dem Gesicht nach unten im blutgetränkten Schnee, das Schwert noch in der Hand. Eine tote Bestie lag nur einen Schritt daneben. Als Topas neben Michael niederkniete, blieb ihr Gesicht so kühl und gefaßt wie immer. Sie streckte die Hand aus und faßte nach Schießers Schulter, um ihn herumzudrehen ... und hielt mitten in der Bewegung inne, als sie das ausgefranste Brandloch entdeckte, daß sich in ihren marineblauen Umhang gefressen hatte. Kalte, verzweifelte Wut drohte sie zu überwältigen. Nicht der Koboldshund hatte ihren Mann getötet. Michael Schießer war durch einen Disruptorstrahl gestorben. Jemand hatte ihn in den Rücken geschossen.

Da draußen bewegt sich was. Irgend etwas versteckt sich im Nebel.

Topas legte sanft die Hand auf Schießers Schulter und drückte sie. »Ruhe in Frieden, mein Gemahl. Ich schwöre bei meiner Seele und meiner Ehre, daß ich deinen Tod rächen werde. Ich verspreche dir Blut und Terror, Michael. Blut und Terror unseren Feinden.«

Topas hielt für einen Augenblick inne, beinahe als erwarte sie, daß er den Söldnerfluch wiederholen könnte, aber das einzige Geräusch war das schwache Stöhnen des Windes. Topas streichelte noch einmal zärtlich über die Schulter des Toten, als wollte sie sich dafür entschuldigen, ihn alleingelassen zu haben; dann erhob sie sich und ging zu den wartenden Wachsoldaten zurück.

»Der Sergeant ist tot«, sagte sie leise. »Tragt ihn zurück zu seinem Haus. Ich werde den Rat informieren, daß die Koboldshunde erledigt sind.«

Ihre Stimme klang ruhig und beherrscht, und wenn sie weinte, dann blieben die Tränen in ihrem Inneren verborgen. Topas war ein Imperialer Investigator.

KAPITEL 5
HÖLLENFEUER

Stahl seufzte und setzte die Tasse ab. Sie hatten schon wieder den Zucker vergessen. Seit elf Jahren war Stahl jetzt Direktor des einzigen Raumhafens von *Nebelwelt*, und diese Kretins vergaßen noch immer, Zucker in seinen Kaffee zu tun. Es war noch nicht einmal echter Kaffee.

Stahl lehnte sich in seinem extra verstärkten Stuhl zurück und blickte sich mit säuerlichem Gesichtsausdruck um. Zu den Seiten erstreckten sich Lektronenbänke und Monitore, zum Teil wild übereinander gestapelt. Weniger als die Hälfte von ihnen war ständig einsatzbereit. Der schwere, hölzerne Schreibtisch war übersät mit Berichten und Plänen und Anfragen und Inventarlisten, aber im Augenblick brachte Stahl einfach nicht genügend Energie auf, um sich damit zu beschäftigen. Er fühlte sich erschöpft, müde und gereizt, und die *Höllenfeuer* zerrte an seinen nerven wie ein heimtückisch bohrender Zahnschmerz. Rings um seine schallisolierte gläserne Kabine arbeitete das Personal des Kontrollzentrums mit der üblichen hektischen Routine. Stets war mehr zu erledigen, als Zeit zur Verfügung stand, und jeder wußte es. Die Technik brach schneller zusammen, als sie repariert werden konnte. Arbeit stapelte sich höher und höher, und die Zeit wurde immer knapper. Und als würde das alles noch nicht reichen, fegten die verdammten Winterstürme jedes Jahr ohne Vorwarnung über den Raumhafen hinweg und begruben die Landeplätze unter einer mehr als zwei Meter hohen Schneedecke. Das Kommandozentrum erledigte seine Arbeit, so gut es eben ging, und alle beteten um bessere Tage.

Gideon Stahl saß zusammengesunken in seinem Stuhl und kaute gedankenverloren auf dem letzten Stück Gebäck. Er griff nach der Tastatur auf seinem Schreibtisch und tippte einen Kode ein. Der Monitor leuchtete auf, und einen Augenblick später wichen die wirbelnden Farben einem klaren Bild. Wie ein gewaltiger stählerner Berg ragte die *Höllen-*

feuer von ihrem Landeplatz auf, halb im Nebel verborgen: Das letzte Schiff, das von *Tannim* hatte fliehen können, bevor die Imperiale Flotte alles Leben auf dem Planeten zu Asche verbrannt hatte. Stahls Stuhl ächzte protestierend, als die zweihundert Pfund des Direktors unbehaglich auf der Sitzfläche hin und her rutschten. Der Direktor war persönlich verantwortlich für jedes Schiff, das auf dem Raumhafen landete, und die *Höllenfeuer* barg ein Geheimnis. Stahl haßte Geheimnisse. Mürrisch starrte er auf den Schirm und kratzte sich geistesabwesend an der kahlen Stelle auf seinem Kopf, als könnte das seine Gedanken in Bewegung bringen. *Nebelwelt* war der einzige überlebende Planet, der dem Imperium trotzete, und damit das Ende der Fahnenstange für alle, die von der Eisernen Hexe für vogelfrei erklärt worden waren. Entweder man schaffte es, nach *Nebelwelt* zu entkommen – oder man verlor seinen Skalp, der dann den Gürtel eines Kopfgeldjägers zierte. Normalerweise gab es Tausende von Flüchtlingen, die außerhalb ihrer Welt überrascht wurden, wenn die Eiserne Hexe einen ganzen Planeten zum Tod verurteilte. Eigenartig, daß diesmal keine anderen Schiffe angekommen waren und um Asyl gebeten hatten ...

Der Schirm flackerte, und das Bild löste sich in Tausende wirbelnder Farben auf. Stahl fluchte müde und wuchtete seine Körpermassen aus dem Sitz. Er trat zur Konsole und hämmerte mit der fleischigen Faust auf das Gehäuse des Monitors. Der Schirm flackerte erneut und klärte sich zögernd, dann erschien wieder das Bild der *Höllenfeuer*. Stahl schüttelte langsam den Kopf und kehrte zu seinem Stuhl zurück. Je früher die erste Lieferung von Ersatzteilen von Bord des Wracks der *Donnersturm* eintraf, desto besser. Die Systeme des Kommandozentrums wurden von Tag zu Tag anfälliger, und Stahls Leute mußten immer mehr improvisieren. Kein Wunder, daß nichts mehr zuverlässig funktionierte. Die ganze verdammte Zentrale stand im Begriff, rings um ihn herum in Schutt und Asche zu fallen, und er konnte nicht das geringste daran ändern. Stahl griff sich die letzten Schmugglermanifeste vom Aktenstapel auf seinem Schreibtisch und blätterte mürrisch durch die Listen dünnen

Papiers. Das war wieder einmal typisch. Er benötigte Speicherkristalle und Konverter für Solarenergie, und was schleppten die Schmuggler an? Lichtsphären, Heizapparate und Klobrillen. Stahl warf die Manifeste wütend in die Ecke und schloß für einen Moment die Augen. Er hatte kein Recht, sich zu beschweren. Die Schmuggler riskierten jedesmal ihr Leben, wenn sie sich an der Imperialen Blockade vorbeistahlen; es war nur zu verständlich, wenn sie sich auf Waren konzentrierten, für die sie auch einen guten Preis erzielen konnten. Und außerdem – Bettler können sich ihre Almosen nicht aussuchen, wie die Schmuggler nur allzu oft betonten.

Stahl öffnete die Augen wieder und blickte durch die transparenten Wände seiner schalldichten Kabine auf das ihn umgebende Kommandozentrum. Techniker und Esper bewegten sich zielstrebig über die einzelnen Ebenen, warteten Apparate und hielten den komplexen Organismus am Leben, zu dem der Raumhafen mutiert war. Dichte Nebelschwaden drückten gegen die großen Stahlglasscheiben des Kontrollturms und isolierten ihn vom Rest des weiten Landefelds. Nur die Esper und Monitorschirme hielten den Raumhafen noch betriebsbereit, und es gab weder vom einen noch vom anderen jemals genug. Zu Stahls Linker befanden sich die Navigationssysteme, und zu seiner Rechten das Kommunikationsnetz. Direkt vor ihm, dort wo einst der Hauptlektron gestanden hatte, befand sich nun eine Reihe von Feldbetten, auf denen fünfzig Männer und Frauen mit ausdruckslosen Gesichtern und leeren Augen lagen. Jede von ihnen war an einen intravenösen Tropf angeschlossen, der sie mit Nahrung versorgte. Stahl zuckte beim Anblick der Gestalten zusammen, aber er zwang sich, weiter hinzusehen. Er trug für sie die Verantwortung, genau wie für jeden anderen im Bereich des Raumhafens auch. In gewisser Weise waren sie so etwas wie seine Kinder; eine Tatsache, die Stahl immer und immer wieder quälte. Als die Lektronen nacheinander begonnen hatten, den Dienst zu versagen, da hatte er die einzigen Leute zusammengetrommelt, die imstande waren, einen Lektron zu ersetzen. Blitzschnelle Rechner und geniale Idioten, und alle von ihnen mit genügend ESP ausgestattet, um mit einem Telepathen in Verbindung zu treten. Man brauchte nur genug von diesen Leuten, zusammen mit einer Handvoll Esper, und man erhielt das ungefähre Äquivalent eines Lektrons. Eine denkende Maschine. Aber es war bestenfalls ein armseliger Ersatz, und dauernd mußte der eine oder andere ausgewechselt werden. Die schwächeren Geister tendierten dazu, viel zu rasch auszubrennen.

»Direktor!«

Stahl blickte zu seinem Monitor zurück. Das Bild der *Höllenfeuer* war vom Schirm verschwunden und dem besorgten Gesicht des Espers vom Dienst gewichen. Er war gerade erst Anfang Zwanzig, doch sein Gesicht zeigte bereits tiefe Falten von lange währender Angst und Sorge. *Wir ziehen sie viel zu jung zum Dienst heran*, dachte Stahl. *Und wir verlangen zuviel von ihnen. Wie lange noch, bis wir sogar Kinder einsetzen, wenn sie nur das ESP besitzen, das wir so dringend benötigen?* Er seufzte und schüttelte müde den Kopf.

»Ja, mein Junge? Was gibt's?«

»Der Kapitän der *Höllenfeuer* hat uns Zugang zu seinen Flugschreibern gewährt, Direktor. Anscheinend waren die Kameras imstande, die letzten Augenblicke *Tannims* festzuhalten, bevor das Schiff in den Hyperraum entkam. Ich dachte, Ihr würdet die Aufzeichnungen vielleicht gerne sehen?«

»Selbstverständlich. Laßt sie abspielen.«

Stahl schaltete seinen Monitor auf das Hauptsystem und beobachtete mit unbeweglicher Miene den Tod eines ganzen Planeten.

Hunderte Imperialer Schiffe umkreisten *Tannim* und ließen Zerstörung auf die Oberfläche herabregnen. Flüchtlingsschiffe hoben ab und wurden vom Himmel geblasen, noch bevor sie die Atmosphäre des Planeten hinter sich lassen konnten. Die sengenden Strahlen aus den Disruptorbatterien leuchteten hell und blendend vor der Schwärze des umgebenden Alls, und der Planet wand sich unter ihnen wie ein Insekt, das man mit einer Nadel aufgespießt hatte.

60

Die Ozeane kochten, und Vulkane und Erdbeben zerrissen das Land. Die Eiskappen schmolzen, und die Luft verwandelte sich in einen endlosen Mahlstrom aus Orkanen. Und die Imperiale Flotte wuchs noch immer. Mehr und mehr Schiffe fielen aus dem Hyperraum und gingen in den Orbit, und mehr und mehr Disruptorstrahlen zuckten auf die Oberfläche hinab und versengten auch noch den letzten Rest von Leben.

So viele Millionen Tote. So viele Millionen …

Der Bildschirm wurde dunkel, und eine Weile saß Stahl schweigend auf seinem Stuhl und starrte ins Nichts. Es war eine Sache zu wissen, daß die gesamte Bevölkerung eines Planeten getötet worden war – dabei zuzusehen war eine ganz andere. Und doch. Er durfte nicht zulassen, daß sein Urteilsvermögen darunter litt. Direktor Stahl hatte seine Verantwortung und seine Pflicht, und das war der Schutz *Nebelhafens*. Er streckte die Hand nach der Tastatur aus und tippte einen Kode ein. Der Bildschirm erhellte sich aufs neue.

»Esper vom Dienst!«

»Ja, Direktor?«

»Besitzt Ihr weitere Informationen, die eigenartigen Dinge angehend, die unsere Leute an Bord der *Höllenfeuer* entdeckt haben?«

»Nichts Definitives, Direktor. Unsere Sensoren entdeckten verschiedene Energiekonzentrationen, die nahelegen, daß die meisten Passagiere des Schiffes in kryogenen Einheiten transportiert werden, aber selbst unter Berücksichtigung dieser Tatsache bleiben noch immer eigenartige Hinweise auf Leben. Etwas Fremdartiges befindet sich an Bord der *Höllenfeuer*, Direktor. Etwas Kaltes und Mächtiges … und definitiv nicht menschlich.«

»Nicht menschlich? Ihr meint eine extraterrestrische Lebensform?«

»Ich weiß es nicht, Direktor. Keiner von uns hat jemals Signale wie diese empfangen. Was immer die *Höllenfeuer* mit sich führt, es ist sehr gut abgeschirmt. Es könnte sich überall an Bord des Schiffes befinden.«

»Ihr meint, es könnte gefährlich sein?«

»Das kann ich nicht sagen Direktor. Aber es ist in jedem Fall beunruhigend.«

Stahl schürzte nachdenklich die Lippen und legte seinen Zeigefinger darauf. »Verbindet mich mit dem Kapitän des Schiffs.«

»Jawohl, Direktor.«

Der Bildschirm wurde dunkel, und eine Pause entstand. Dann erklang eine tiefe Baßstimme aus den Lautsprechern des Monitors.

»Hier Kapitän Sternlicht von der *Höllenfeuer*.«

»Willkommen in *Nebelhafen*, Kapitän«, sagte Stahl.

»Spart Euch die höflichen Floskeln. Die Schiffshülle hat mehr als ein Dutzend Brüche, die verdammten Systeme drohen auseinanderzufallen, und der Frachtraum ist mit Flüchtlingen überfüllt. Wie lange dauert es denn noch, bis ich endlich ausladen kann und ein Reparaturtrupp an Bord kommt?«

»Tut mir leid, Kapitän. Niemand wird das Schiff verlassen, egal aus welchem Grund, bis wir die *Höllenfeuer* nicht einer vollständigen und gründlichen Inspektion unterzogen haben. Meine Sicherheitsmannschaften sind bewaffnet und haben Befehl zu schießen, falls gegen die Quarantäne verstoßen wird.«

»Was?«

»Das Imperium hat uns schon einmal ein Pestschiff geschickt, Kapitän. Wir gehen keinerlei unnötiges Risiko mehr ein.«

Eine lange Pause entstand.

»Wie steht es mit Eurer Mannschaft, Kapitän?« fragte Stahl höflich. »In welchem Zustand befindet sich Euer Personal?«

»Verdammt schlecht. Die meisten sind tot. Sie starben auf *Tannim*. Ich mußte das Schiff starten, solange ich die Chance hatte ... ich konnte nicht auf sie warten. Die wenigen Überlebenden sind vollkommen erschöpft. Jeder hat die Arbeit von einem Dutzend Männern gleichzeitig zu erledigen. Sie benötigen ärztliche Hilfe, Direktor Stahl. Darf ich annehmen, daß Ihr zumindest einen Arzt an Bord schicken werdet?«

»Tut mir leid«, lehnte Stahl ab.

»Das kann doch nicht Euer Ernst sein, verdammt! Meine Mannschaft braucht Hilfe! Die Leute könnten sterben!«

»Dann sterben sie eben.«

Stahls Worte schienen in der darauffolgenden Stille ein endloses Echo zu werfen.

»Wenn nur einer meiner Leute unnötig sterben sollte . . .«

»Spart Euch Eure Drohungen, Kapitän. Ich habe das alles schon mehr als einmal gehört.«

»Aye. Ich bin sicher, das habt Ihr.«

»Meine Esper haben das Schiff gründlich untersucht, Kapitän. Und sie haben einige . . . interessante Dinge gefunden.«

»Das ist alles? Das ist der einzige Grund, aus dem Ihr uns in diesem Totenschiff festhaltet? Nur weil ein paar verdammte Spinner ein schlechtes Gefühl wegen uns haben? Das wird Euch Euren Kopf kosten.«

»Das wage ich zu bezweifeln«, erwiderte Stahl gelassen. »Aber vielleicht wird es Euch den Euren kosten. Wir reden später weiter, Kapitän.«

Stahl unterbrach die Verbindung, ohne auf eine Antwort zu warten. Jedes Kind auf *Nebelwelt* wußte, was ein Trojanisches Pferd war. Und für die, deren Gedächtnis nicht weit genug zurückreichte, hielten die Friedhöfe *Nebelhafens* jede Menge Erinnerungen bereit. Unvermittelt wurde es hinter Stahl laut. Er fuhr herum und zuckte zusammen, als er Jamie Royal erblickte, der nonchalant in der Tür des gläsernen Büros stand. Der junge Esper grinste Stahl an und bearbeitete einen makellos gepflegten Fingernagel mit einem bösartig aussehenden Dolch.

»Gideon, alter Freund. Wie geht's dir?«

»Mach die verdammte Tür zu!« fuhr Stahl den Enkel des Ratsvorsitzenden an. »Bei dem Krach da draußen versteht man ja sein eigenes Wort nicht mehr.«

Jamie nickte lässig, steckte das Messer weg und stieß die Tür mit dem Ellbogen zu. Das Stimmengewirr und Getöse der Maschinen verstummte augenblicklich. Stahl lehnte sich in seinem Stuhl zurück und versteckte sein Grinsen hinter der aufgestützten Hand. Er mochte Jamie, obwohl er sich immer wieder aufs neue fragte, was der Grund dafür war. Der Mann trank zuviel, lebte über seine Verhältnisse und würde mit Sicherheit ein böses Ende nehmen ... falls er nicht vorher von einem wütenden Ehemann getötet wurde.

»Hallo Jamie. Was machst du hier?«

»Ich habe mitgeholfen, deine neuen Kanonen zu installieren.«

Stahl hob eine Augenbraue. »Seit wann findest du denn Geschmack an ehrlicher Arbeit?«

Jamie grinste unschuldig. »Meine Gläubiger werden allmählich ungeduldig.«

»Ich bin überrascht, daß sie dich überhaupt gefunden haben.«

»Genau wie ich selbst. Ich muß wohl für einen Augenblick nachlässig gewesen sein.«

Stahl konnte sich ein Lachen nicht verkneifen. »Soso. Jamie, was machst du bei unseren Disruptorkanonen? Was weißt du denn schon von Technik?«

»Ich habe nur Schaltstelle zwischen deinem lebenden Lektron und den Ingenieuren gespielt.« Der junge Esper erschauerte. »Du kannst dir nicht vorstellen, wie das ist, Gideon. Die armen Schweine haben kaum genügend Verstand, um zu erkennen, was man mit ihnen macht. Sie sind weder Mensch noch Maschine, sondern etwas, das genau dazwischen gefangen ist. Innerlich schreien sie die ganze Zeit ...«

»Meinst du vielleicht, mir macht diese Monstrosität Spaß? Ich habe keine andere Wahl, Jamie. Uns ist weniger als die Hälfte der erforderlichen Lektronen geblieben, und alle sind restlos mit vitalen Funktionen des Raumhafens ausgelastet. Wir brauchen diese Leute, Jamie. Der Hafen würde ohne sie zusammenbrechen.«

»Deshalb ist es noch lange nicht richtig, Gideon.«

»Nein, das ist es nicht.«

Jamie grinste plötzlich. »Hör sich das einer an! Ausgerechnet *ich* halte dir Vorträge! Was soll nur aus der Welt werden?«

»Manchmal frage ich mich genau dasselbe«, brummte Stahl. »Was hältst du von den neuen Verteidigungssystemen?«

»Ach, sie sind ganz in Ordnung, wenn man auf so etwas steht.«

»Du könntest dir ruhig die Mühe machen, ein wenig mehr beeindruckt zu klingen, Jamie. Diese Kanonen sind stark genug, um ein Loch durch die Schilde jedes Imperialen Sternenkreuzers zu schießen.«

Jamie lachte und setzte sich mit einer eleganten Bewegung auf die Kante von Stahls Pult. Ein Bein baumelte lässig in der Luft. »Du setzt dein Vertrauen immer noch lieber in Technologie als in Menschen, was? Gideon, alter Freund, der psionische Schild schützt *Nebelwelt* seit beinahe zweihundert Jahren, und keine verdammte Maschinerie wird uns Esper je ersetzen. Wir sind besser und schneller als jede dämliche Kanone, die du je zu sehen kriegen wirst.«

Stahl stöhnte theatralisch. »Fang du nicht auch noch an, Jamie! Ich habe Stunden gebraucht, um den verdammten Rat von der Sache zu überzeugen.« Er unterbrach sich plötzlich und blickte den jungen Esper grimmig an. »Ich habe ein Schwätzchen mit deinem Großvater gehalten. Er macht sich Sorgen wegen dir.«

»Er macht sich ständig Sorgen wegen irgendwas.«

»Meist hat er auch einen guten Grund dafür, Jamie. Steckst du wieder in Schwierigkeiten?«

»Nicht mehr als üblich.«

»Jamie . . .«

»Mach dir keine Sorgen, Gideon. Ich weiß, was ich tue. Ich schulde einigen Leuten Geld, das ist alles. Ich kümmere mich darum.«

Stahl wußte, daß es keinen Sinn hatte, weiter in Jamie Royal zu dringen, wenn das Gesicht des Burschen erst einmal diesen freundlichen, unschuldigen Ausdruck angenommen hatte. Auf seine eigene, verschrobene Art besaß auch Jamie so etwas wie seinen Stolz. Er brachte sich in Schwierigkeiten, also mußte er selbst zusehen, wie er da wieder rauskam. Bei jedem anderen außer Jamie hätte Stahl es eine Frage der Ehre genannt ...

»Also, was kann ich für dich tun, Jamie?«

»Scheint, als würde ich deine Erlaubnis benötigen, um das Zentrum wieder zu verlassen, und genau in diesem Augenblick wartet eine ziemlich reizende Blondine ungeduldig darauf, daß ich mich zu ihr geselle.«

»Ist sie verheiratet?«

»Woher soll ich das wissen?«

»Ich dachte, du würdest dich immer noch mit Madeleine Skye treffen? Oder steckt sie wieder einmal im Gefängnis, weil sie illegale Technik eingesetzt hat?«

Bei der Nennung von Madeleines Namen erstarrte Jamies Gesichtsausdruck. »Ich weiß es nicht. Wir sehen uns nicht mehr ...«

»Aber ich dachte, du und Madeleine ...?«

»Nicht mehr.«

Stahl beschloß, nicht weiter zu fragen. Er wollte wirklich keine Einzelheiten wissen. Sein Leben war auch ohne die scheinbar niemals endenden Intrigen aus Jamie Royals Liebesleben kompliziert genug. »Also gut«, sagte Stahl schließlich und lächelte unwillkürlich. »Ich werde Anweisung geben, daß du das Gelände verlassen kannst. Ich schätze, wir kommen auch ohne dich zurecht.«

Jamie grinste, salutierte lässig vor dem Direktor und verließ das Büro. Leise zog er die Tür hinter sich ins Schloß. Stahl blickte seinem Freund hinterher, wie er unbeschwert davonstapfte, und schüttelte schwermütig den Kopf. Jamie würde sich nie ändern. Der Direktor richtete seine Aufmerksamkeit wieder auf den Monitor vor sich. Lange Zeit blieb er reglos sitzen und betrachtete schweigend die nebelverhangene Masse des Sternenschiffs *Höllenfeuer*. Nach einer Weile beugte er sich vor und tippte einen Kode in die Tastatur.

»Ja, Direktor?«

»Ruft Investigator Topas von der Stadtwache, und sagt ihr, daß ... sagt ihr, daß sie hier gebraucht wird.«

Stahl unterbrach die Verbindung, ohne eine Bestätigung

seines Befehls abzuwarten, und sank wieder in seinen Stuhl zurück. Er verschränkte die fetten Hände fest über seinem leeren Magen. Beinahe drei Jahre war es her, daß er Topas zum letzten Mal gesehen hatte. Er hatte eigentlich gehofft, es würde noch weit mehr Zeit bis zu ihrem nächsten Zusammentreffen vergehen. Topas hätte es als einzige von allen Leuten, die der verdammte Blutfalk im Laufe der Jahre auf ihn angesetzt hatte, beinahe geschafft, ihm etwas anzuhängen. Aber dieses eigenartige Flüchtlingsschiff auf dem Landefeld ... und die Disruptorkanonen waren noch immer nicht alle installiert ... Stahl grinste säuerlich. Was auch immer man gegen Investigator Topas sagen mochte – sie war hervorragend darin, Antworten zu finden.

Stahls Linke wanderte zum Kopf und fuhr erneut über die Glatze, doch dann zog er sie zurück. *Ich denke zuviel*, sagte er sich ärgerlich. *Ich werde weich*. Stahl nahm die Tasse mit dem ungesüßten Kaffee-Ersatz und nippte daran. Das Gebräu war inzwischen kalt.

Topas schritt langsam durch das Wohnzimmer, nahm Dinge in die Hand und stellte sie wieder ab. Im Kamin knisterte ein dickes Scheit, und die Flammen sprangen für einen Augenblick hoch, bevor sie wieder kleiner wurden. Das Knacken des Feuers klang in der Stille sehr laut. Eine einzelne Lampe verbreitete ein warmes, behagliches Licht, aber die Schatten blieben dunkel. Topas ging langsam ihre Besitztümer durch, als würde sie nach einem roten Faden für ihr Leben suchen, doch nirgendwo fand sie Trost. Ihr Blick fiel auf den Lehnsessel neben dem Kamin, aber sie nahm nicht darin Platz. Sie spürte noch immer zu große innere Unruhe, um sich zu setzen. Der Raum schien zu groß und zu leer für sie alleine. Michael Schießer und Topas hatten hier beinahe sieben Jahre als Mann und Frau gelebt. In all diesen Jahren waren sie nie länger als ein paar Tage voneinander getrennt gewesen, und auch das nur selten. Topas blickte zu dem zweiten Sessel auf der anderen Seite des Kamins, und erkannte mit schockierender Klarheit, daß Michael nie wieder darin sitzen würde. Sie wandte die Augen ab, aber wohin sie auch sah – alles erinnerte sie an Michael.

Und Michael war tot.

Es tut weh ...

Topas hatte alle Vorbereitungen für Michaels Begräbnis getroffen. Für alles war Sorge getragen worden. Michaels Wunsch war gewesen, daß man seinen Leichnam verbrannte. Er hatte kein Vertrauen in Särge und Friedhöfe; allein der Gedanke an die verdammten Körperräuber hatte Entsetzen in ihm geweckt. Keine Blumen. Er hatte es so gewollt. Michael hatte immer gesagt, Blumen seinen etwas für die Lebenden. Also hatte Topas den Leichnam ihres Mannes zum Krematorium begleitet und mit ausdruckslosem Gesicht zugesehen, wie der Sarg von den Flammen verzehrt worden war.

Ein kleiner Chor hatte im Hintergrund etwas Passendes gesunden, und hinterher hatte der Totengräber ihr eine Urne mit der Asche ihres Mannes übergeben. Topas hatte die Urne mit nach Hause genommen. Sie war nicht schwer gewesen. Sie hatte sie in einen Schrank unter der Treppe gestellt und dort gelassen.

Am Morgen hatte er noch gelebt, und jetzt war er bereits eingeäschert. Asche zu Asche, Staub zu Staub.

Es tut so weh ... als hätte mich jemand körperlich verletzt.

Topas wanderte lustlos durch das Wohnzimmer. Ihre Gedanken waren weit weg, als sie nach einem Grund für Michaels Tod suchte. Sicher, er hatte Feinde gehabt – alle Söldner hatten Feinde. Aber nur wenige von ihnen besaßen ausreichend Geld oder Möglichkeiten, ihm bis nach *Nebelwelt* zu folgen. Und Meuchelmörder mit Energiewaffen waren verdammt teuer. Lord Rabe hatte damals wegen der Shadrach-Geschichte Rache geschworen. *Topas und Schießer rennen mit dem Schwert in der Hand durch den brennenden Hof, während eine Hundertschaft von Soldaten in Schwarz und Silber sich in geistloser, rasender Wut gegenseitig umbringen. Hinter ihnen und um sie herum steht das Schloß in lodernden Flammen und verdunkelt die Sterne in einer mondlosen Nacht.* Aber der alte Lord war verrückt gewesen und hatte bereits damals im

Sterben gelegen. Sein Sohn hatte nie Interesse an Fehde und Vendetta gezeigt.

Tobias Pelle erstickte noch immer an seinem Haß, weil Topas und Michael seinen Bruder getötet hatten. *Die Menge tobt, als der Sklavenmeister stirbt, und Topas hebt den abgeschlagenen Kopf in die Höhe, um ihn den Zuschauern zu zeigen.* Aber Pelle besaß nicht mehr die Nerven, geschweige denn das Geld für diese Art von Rache und Vergeltung. Topas schüttelte langsam den Kopf und ließ sich am Ende doch noch in ihren Lehnsessel sinken. Nichts von alledem ergab einen Sinn. Sie war bereits ein ganzes Dutzend alter Todfeinde durchgegangen, und sie hatte jeden einzelnen wieder verworfen. Nicht einer von ihnen hätte auf *Nebelwelt* eintreffen können, nicht jetzt und auch nicht in der Vergangenheit, ohne daß sie davon erfahren hätte. Investigator Topas besaß ihre Verbindungen.

Brütend und mit schmerzenden Muskeln von der ununterbrochenen Anspannung saß Topas in ihrem Sessel. Ihr verwundeter Oberschenkel verursachte noch immer einen dumpfen, beständigen Schmerz. Ihr Schädel drohte zu zerspringen, und ihre Hände zitterten. Topas lege sie in den Schoß und starrte in das knisternde Feuer. Der Tag näherte sich langsam seinem Ende, doch obwohl sie todmüde war, ging sie nicht zu Bett. Topas hatte es versucht, aber beim Betreten des Schlafzimmers war ihr der Gedanke plötzlich unerträglich erschienen, ganz alleine in dem großen leeren Bett zu liegen. Außerdem war ihr nicht nach Schlafen zumute. Sie legte den Kopf zurück auf die hohe Lehne und starrte an die Zimmerdecke. Gedanken trieben schleppend durch ihr Bewußtsein, hierhin und dorthin. Erinnerungen, Rachepläne, die Frage nach dem Schuldigen, nach dem Mörder ... nichts ergab einen Sinn. Die Erinnerungen schmerzten wie Messer in Topas' Fleisch, aber sie konnte sich nicht von ihnen lösen. Wohin sie den Blick auch wandte, überall wartete eine neue Erinnerung. Und selbst wenn sie gekonnt hätte, sie würde nicht von ihnen gelassen haben. Sie waren alles, was ihr von Michael Schießer noch geblieben war. Gefühle brannten mit großer, alles verzehrender Flamme, doch Topas' Gesicht blieb nach außen hin ruhig und gefaßt. Sie trug ihre Maske jetzt schon so lange Zeit, und sie wußte, daß die Maske das einzige war, was sie vor dem völligen Zusammenbruch bewahrte. Und dazu hatte sie auch nicht die Zeit. Nicht jetzt. Sie würde später trauern. Nachdem Topas den Mörder Michaels gestellt hatte. Die Wachen würden ihn sicher nicht finden. Ganz *Nebelhafen* war voll von Mördern, und außerdem waren die Stadtwachen an das Gesetz gebunden. Topas dachte nicht an das Gesetz. Sie wollte Rache, sonst nichts.

Topas streckte die Hand nach dem kleinen Tisch an ihrer Seite aus und ergriff eine hölzerne Schatulle. Sie legte die Schatulle in ihren Schoß und starrte das Kästchen lange Zeit einfach nur an, während neue Erinnerungen in ihr hochkamen. Dann schob sie den kleinen Haken zur Seite und klappte den Deckel auf. In der Schatulle lag ein reich verziertes, stählernes Armband. Topas nahm es heraus und wog es in der Hand. Schließlich legte sie das Band um ihr linkes Handgelenk und verriegelte es sorgfältig. Ein persönlicher Schildprojektor. Solche Geräte waren selten auf *Nebelwelt*, noch seltener als Energiewaffen. Topas hatte ihn mitgebracht, als sie und Michael aus der *Neumondburg* geflohen und auf direktem Weg nach *Nebelwelt* gegangen waren. Sie hatte ihn bisher noch nicht auf *Nebelwelt* getragen. Mit Schießer und den Stadtwachen im Rücken hatte sie nie die Notwendigkeit dazu verspürt. Jetzt war Michael nicht mehr da, und Topas mußte seinen Mörder finden. Allein. Das Band wog schwer an ihrem Handgelenk. Michael hatte in den letzten Wochen daran gearbeitet. Er hatte etwas ausprobieren wollen. Er hatte immer viel Vergnügen am Basteln gehabt.

Topas rutschte unruhig in ihrem Sessel hin und her. Sie verspürte das Bedürfnis, woandershin zu gehen, etwas zu unternehmen ... aber bis jetzt hatte sie noch keinerlei Hinweise oder Spuren, denen sie hätte folgen können. Ihr Verstand war noch immer zu schockiert, um logisch zu denken, und sie wußte es. Sinnlos, mit den Nachforschungen zu beginnen, bevor der Schock abgeklungen war. Topas seufzte innerlich. In der Zwischenzeit mußte sie etwas unternehmen, um sich abzulenken und ihren Versand am Grübeln zu hindern. Sie wußte, daß sie Michaels Sachen durchgehen mußte und ... entscheiden, was sie behalten wollte und was verschwinden sollte. Aber sie konnte sich nicht dazu aufraffen. Noch nicht. Es war zu endgültig. Zu sehr wie ein Abschied für immer.

Der Bildschirm an der Wand summte diskret. Topas zuckte bei dem plötzlichen Geräusch zusammen. Sie wartete einen Augenblick, bis sie sicher war, sich wieder in der Gewalt zu haben, dann erhob sie sich aus ihrem Sessel und ging ohne besondere Eile quer durch das Wohnzimmer zum Monitor. Sie tippte ihren Kode ein, und der Bildschirm wurde hell. Er zeigte ein bekanntes Gesicht: John Silver, der Esper vom Dienst aus dem Kommandozentrum des Raumhafens.

»Hallo John.«

»Hallo Topas. Ich habe von der Sache mit Michael gehört. Mein Beileid.«

»Danke, John.«

»Haben die Stadtwachen bereits eine Spur?«

»Noch nicht.«

»Topas ...« Silver zögerte. »Seid Ihr in Ordnung?«

»Danke, ich komme zurecht, John. Was gibt's?«

»Direktor Stahl hat mich beauftragt, Euch anzurufen. Es gibt ein Problem mit dem Flüchtlingsschiff, das heute gelandet ist. Stahl wünscht, daß Ihr herkommt und einen Blick darauf werft.«

Topas lächelte kalt. »Er scheint ja wirklich ziemlich in Panik zu sein, wenn er nach mir ruft.«

»Topas, wenn Ihr nicht wollt, dann kann ich das gut verstehen. Wir können jemand anderen finden, der die Sache erledigt.«

»Nein, ich habe sowieso nichts Besseres vor. Ich nehme den Auftrag an.«

»Seid Ihr sicher ...?«

»Ja.«

»Also gut. Der Direktor wird Euch auf dem Hauptlandefeld treffen. In genau zwei Stunden. Das Schiff ist die *Höllenfeuer*. Direkt von *Tannim*. Ich werde dem Direktor ausrichten, daß Ihr auf dem Weg seid.«

»Danke, John. Und danke für Euer Mitgefühl. Ihr wart stets ein guter Freund für Michael und mich.«

»Ihr seid immer herzlich willkommen, Topas. Wenn ich Euch helfen kann, dann gebt mir nur Bescheid. Ich bin immer für Euch da.«

»Ich weiß.«

»Auf Wiedersehen, Topas.«

»Auf Wiedersehen, John.«

Der Schirm verdunkelte sich, und Topas schaltete den Apparat ab. Sie starrte noch eine Weile auf den leeren Monitor, dann wandte sie sich brüsk ab. Die *Höllenfeuer* würde sie wenigstens für eine Weile ablenken, bis sie eine Spur zu Michaels Mörder hatte. Topas grinste schwach, als ihr eine Idee kam. Sie würde den Mörder finden, aber nicht als Sergeant der Stadtwache. Die Wachen waren an Recht und Gesetz gebunden. Topas würde ihr Opfer als Investigator jagen. Ihr Lächeln wurde kalt und entschlossen, und in ihren Augen funkelte ein dunkler Humor, der keine Gnade kannte. Sie verließ das Wohnzimmer und stieg die Treppe zum Schlafgemach hinauf, um ihre Kleidung zu wechseln. Sie besaß noch immer die alte Investigator-Uniform. Topas hatte sich geschworen, die Uniform nie wieder anzurühren, aber das war lange her. Damals hatte Michael noch gelebt.

Topas war Investigator, und *Nebelhafen* würde bald zu spüren bekommen, was das bedeutete.

KAPITEL 6
KOMPLIZEN

Schwarzpeter wartete geduldig bei der nackten Steinmauer am Rand des Raumhafens. Die Landeplätze lagen im dichten Nebel verborgen, und die blaßrote Scheibe der Sonne schob sich rasch dem Abend entgegen. Der Nebel wurde von Minute zu Minute dichter, während die Temperatur weiter fiel. Schwarzpeter sah sich lässig um, aber bisher hatte sich noch niemand an seiner Anwesenheit gestört. Auf den ersten Eindruck schienen die Sicherheitsleute des Raumhafens verdammt nachlässig zu sein. Sie unternahmen nichts, um jemanden daran zu hindern, einfach über das Landefeld zu spazieren, doch Schwarzpeter wußte es besser. Sein geschultes Söldnerauge hatte die versteckten Annäherungsminen bereits entdeckt, die zwischen den Landeplätzen und der Raumhafenumfriedung eingegraben worden waren. *Nebelwelt* mochte vielleicht insgesamt betrachtet nicht gerade reich an Hochtechnologie sein, aber der Raumhafen besaß einen mehr als fairen Anteil der vorhandenen Ausrüstung. Schwarzpeter starrte nachdenklich zum hell erleuchteten Kontrollturm hinüber, auf der anderen Seite des Geländes. Die funkelnden elektrischen Lichter, die aus den zahlreichen, wie anklagende Augen wirkenden Fenstern fielen, durchdrangen den Nebel beinahe mühelos. Jedenfalls auf die kurze Entfernung bis hin zu ihm.

Schwarzpeter wickelte sich fester in seinen Umhang und versuchte, nicht an die Ortungsgeräte des Raumhafens zu denken. Laut Plan hatte man sich darum gekümmert, aber die erste Regel eines Söldners lautete, nichts und niemandem zu trauen. Und das galt ganz besonders für Verbündete. Die zweite Regel lautete, sich keine Gedanken über Dinge zu machen, die man sowieso nicht ändern konnte. Entweder er befand sich in Sicherheit oder nicht. Schwarzpeter konnte mit jeder Situation fertig werden. Sein Blick wanderte vom Kontrollturm weg und fiel auf die neu installierten Disruptorkanonen, die am östlichen Perimeter des Geländes in einem Halbkreis aufgestellt worden waren. Die glänzenden, silbernen Läufe reckten sich stolz in den wolkenverhangenen Himmel. Der Söldner musterte die schweren Waffen respektvoll. Er hatte mit eigenen Augen gesehen, wozu so eine Disruptorkanone fähig war, selbst in unerfahrenen Händen. Genügend Kanonen konnten einen ganzen Planeten zerstören und nichts von ihm übriglassen außer riesigen Ozeanen langsam abkühlender Schlacke. Schwarzpeter war nie auf *Tannim* gewesen, aber ihm waren dennoch Schauer über den Rücken gelaufen, als er vom Todesurteil über den Planeten erfahren hatte. Er wandte sich um und betrachtete die gewaltige, mitgenommene Hülle der *Höllenfeuer*, die allein und isoliert auf dem weiten Landefeld in der Mitte des Raumhafens stand. Das Schiff war nur noch ein Wrack. Der Söldner empfand stille Bewunderung für den Kapitän, der dieses Schiff sicher gelandet hatte.

Schwarzpeter ließ seine Augen weiter wandern. Es gab nicht viel, worauf er noch hätte blicken können. Die einzigen anderen Schiffe auf dem Gelände gehörte dem Dutzend Schmuggler, die noch immer genügend Mut besaßen, die Blockadeflotte des Imperiums auszutricksen. Ein paar undeutliche Gestalten bewegten sich lautlos durch den frierenden Dunst, meist Wachleute und Techniker, die auf dem Landefeld zu tun hatten. Der gesamte Raumhafen erweckte den Eindruck von Verlassenheit und Zerfall. *Nebelhafen* war gebaut worden, um hundert Schiffe gleichzeitig abzufertigen, in allen Größen und Gattungen, von der einfachen Orbitalfähre bis hin zu Imperialen Sternenkreuzern, aber das war schon lange her. Damals hatte das Imperium noch auf dem Planeten regiert. *Nebelwelt* hatte sich von der Tyrannei befreit, doch die Bewohner des Planeten zahlten einen verdammt hohen Preis dafür. Technologie war lebenswichtig für einen Raumhafen, und *Nebelhafen* besaß nur noch verschwindend wenig davon. Die Landeplätze waren seit ihrer Erbauung durch die Techniker des Imperiums nicht mehr gewartet oder repariert worden, und das war inzwischen dreihundert Jahre her. Die hoch verdichteten Kristallstrukturen, gebaut, um dem sonnenheißen Antriebsstrahl eines startenden Raumschiffes zu widerstehen und die Millionen Tonnen seiner Masse zu tragen, waren inzwischen stumpf und voller Risse und fielen langsam, aber sicher dem unbarmherzigen Klima zum Opfer.

Als sich zwei schemenhafte Gestalten aus dem Nebel näherten, ruckte Schwarzpeters Kopf herum. Er ließ die Hand auf den Griff des Disruptors fallen, unsichtbar für die

Herannahenden durch seinen weiten Umhang. Erst als er sah, wie einer der beiden mit der Hand das verabredete Erkennungszeichen gab, entspannte er sich ein wenig. Ein schaler Geschmack des Mißvergnügens breitete sich im Mund des Söldners aus. Bestechungsgelder an Verräter zu zahlen, entsprach kaum seiner Vorstellung von Arbeit, aber Vertue erteilte die Befehle, und Schwarzpeter blieb keine andere Wahl, als sie zu befolgen. Zumindest so lange, wie der Kontrakt galt. Danach ... Schwarzpeter mußte plötzlich grinsen. Seine Augen blieben kalt.

Die beiden Männer folgten einem verschlungenen, unsichtbaren Weg durch versteckte Sensorfelder und Annäherungsminen hindurch. Die genaue Lage der sicheren Wege war ein sorgfältig gehütetes Geheimnis, das nur diejenigen Wachleute kannten, in deren Verantwortungsbereich die äußere Sicherheit des Raumhafens fiel. Zum allgemeinen Pech waren Wachleute auch nur Menschen, und jeder Mensch hatte seinen Preis oder sonst einen Punkt, an dem er schwach wurde. Schwarzpeter hatte keine Ahnung, aus welchem Grund Vertue so viel Wert auf einen Plan der sicheren Wege durch die Minenfelder legte, aber es interessierte ihn auch nicht weiter. Er hatte seine Befehle, und Schluß.

Die beiden Sicherheitsleute kamen schließlich vor ihm zum Stehen, und Schwarzpeter verbeugte sich höflich. Die Männer nickten zur Antwort, und für einen Augenblick musterten sich die drei schweigend. Die beiden Uniformierten waren groß und schlank und wirkten unter ihren gepolsterten Helmen und dicken Umhängen zumindest auf den ersten Blick anonym. Beide waren mit Piken bewaffnet, und die schweren Stahlspitzen glänzten stumpf im Licht des Kontrollturms. Doch trotz aller Ähnlichkeit hatte Schwarzpeter keine Schwierigkeiten, die beiden auseinanderzuhalten. Der mit dem Narbengesicht hieß Sterling, und der mit den goldenen Augen nannte sich Taylor.

Schwarzpeters Hand krampfte sich um den Griff des Disruptors. Er hatte bereits eine Menge über Taylor gehört, aber nichts Gutes. Die Gerüchte behaupteten, Taylor sei ein Hadenmann, und ein einziger Blick in diese seltsam leuchtenden, goldenen Augen reichte aus, um Schwarzpeter zu überzeugen, daß er tatsächlich einem der legendären aufgerüsteten Männer von der verlorenen Welt *Haden* gegenüberstand. Taylors Gesicht wirkte nicht unangenehm, und auf eine gewisse Art und Weise war er sogar fast gutaussehend; doch die goldenen Augen verliehen ihm einen wilden, unmenschlichen Ausdruck. Selbst jetzt, da er vollkommen reglos stand, umgab ihn eine Aura von Kraft und Schnelligkeit, eine Wildheit, die kaum unter Kontrolle zu halten war. Schwarzpeter kämpfte gegen den Wunsch an, einfach die Waffe zu ziehen und den Hadenmann auf der Stelle zu erschießen. Der Mann war zu gefährlich. Aber Schwarzpeter hatte seine Befehle, und außerdem – den Söldner beschlich das beunruhigende Gefühl, daß er vielleicht nicht schnell genug sein könnte . . .

Der Mann neben Taylor mußte Sterling sein, der ehemalige Gladiator aus der Arena von *Golgatha*. Was für sich genommen ebenfalls ziemlich beeindruckend war. Angeblich entließ die Arena noch weniger Überlebende als selbst die verlorene Welt von *Haden*. Schwarzpeter erkannte, daß Vertue am Ende doch sehr genau gewußt hatte, aus welchem Grund er einen Söldner zu dieser einfachen Geldübergabe geschickt hatte. Die beiden Wachleute vor ihm waren harte, erfahrene Kämpfer. Schwarzpeter grinste leicht. Wenn alles gesagt und alles getan war, dann blieben sie trotzdem Amateure, und er war der Profi.

»Ihr seid Schwarzpeter«, begann Taylor unvermittelt. Seine Stimme besaß einen harten, summenden Klang. Fremdartig und unterschwellig angsteinflößend. Eine Stimme wie diese konnte nicht aus einer menschlichen Kehle stammen. »Ich hatte erwartet, daß Vertue selbst kommt. Wo ist er?«

»Der Doktor ist beschäftigt«, entgegnete Schwarzpeter leichthin. »Er hat statt dessen mich geschickt.«

»Beweist es.«

Schwarzpeter zog den dicken Lederhandschuh von der linken Hand und zeigte den beiden Wachleuten den schweren goldenen Ring am Finger, auf dem Vertues Siegel zu sehen war. Taylor nickte, und Schwarzpeter zog den Handschuh wieder über. Seine Finger waren der nächtlichen Kälte nur für wenige Augenblicke ausgesetzt gewesen, und doch hatte er bereits ein taubes Gefühl.

»Man hat mir befohlen, nach dem Speicherkristall zu fragen«, sagte er. »Wurde er bereits eingebaut?«

»Noch nicht«, antwortete Sterling. Seine Stimme klang beschwingt und angenehm. Sie bildete einen krassen Gegensatz zu den häßlichen Narben, die Sterlings Gesicht entstellten. So schlimm die Narben auch sein mochten, jeder halbwegs kompetente Chirurg hätte sie ohne großen Aufwand entfernen können. Schwarzpeter vermutete, daß Sterling sie zur Erinnerung an seine eigene Vergangenheit trug. Oder vielleicht als eine Art stolzes Abzeichen: *Seht meine Narben, seht, was ich durchgemacht habe – und ich lebe noch immer!* Schwarzpeter lauschte konzentriert, während der ehemalige Gladiator sprach. Er suchte in der angenehmen, zivilisierten Stimme des Mannes nach einem Hinweis auf seinen Charakter.

»Der Kristall wurde bisher nicht geliefert«, erklärte Sterling. »Sobald er eingetroffen ist, werde ich ihn höchstpersönlich in die Systeme einschleifen. Wenn der Rechner erst einmal läuft, wird sich niemand mehr die Mühe machen, den Kristall zu überprüfen. Sie werden einfach annehmen, daß er vor dem Einbau von jemandem überprüft wurde.«

»Ihr werdet den Kristall noch im Verlauf des Abends erhalten«, sagte Schwarzpeter. »Ich werde mich persönlich darum kümmern.«

»Nach heute abend wird es zu spät sein«, entgegnete Sterling.

»Ich sagte bereits, daß ich mich darum kümmern werde«, sagte Schwarzpeter. »Und jetzt – habt Ihr die Karte?«

»Habt Ihr das Geld?« erwiderte der ehemalige Gladiator und hakte seine Hand lässig hinter den Gürtel.

Schwarzpeter schob den Umhang beiseite und ließ die beiden Uniformierten einen Blick auf den Disruptor in seinem Holster werfen. Direkt daneben hing ein Beutel am Gürtel, in dem es melodisch klimperte, als Schwarzpeter ihn in der Hand wog. »Fünfzig in Gold, wie besprochen. Wo ist die Karte?«

Sterling nahm die Hand vom Gürtel und zog ein gefaltetes Bündel Papier aus dem Ärmel. Er reichte es dem Söldner und nahm im Gegenzug den Goldbeutel entgegen. Beide Männer bewegten sich langsam und vorsichtig, um erst gar keine Mißverständnisse aufkommen zu lassen. Die Transaktion wurde beendet, und beide traten einen Schritt zurück. Sterling öffnete den Beutel und warf einen Blick auf den Inhalt. Dann schloß er ihn mit Hilfe der Schnüre wieder und nickte Taylor zu. Die beiden Wachleute schienen sich ein wenig zu entspannen. Schwarzpeter ließ das dicke Papierbündel in einer Innentasche verschwinden, ohne auch nur einen Blick darauf zu werfen.

Taylor hob eine Augenbraue. »Wollt Ihr die Pläne nicht erst prüfen?«

»Wenn Ihr mich betrogen habt, werde ich Euch beide töten«, entgegnete der Söldner. »Meint Ihr wirklich, ich müßte die Pläne prüfen?«

Auf Sterlings Gesicht breitete sich ein zögerndes Grinsen aus, und die Narben spannten und verdrehten sich, als besäßen sie ein Eigenleben. »Ihr seid recht schnell mit Euren Drohungen zur Hand, Söldner. Ich habe sieben Jahre in der Arena gekämpft und wurde nie geschlagen. Was zur Hölle macht Euch eigentlich glauben, Ihr hättet eine Chance gegen mich?«

Schwarpeters Hand schoß mit gestreckten Fingern vor und traf Sterling direkt unterhalb des Solarplexus in den Leib. Der ehemalige Gladiator stieß in agonischem Schmerz die Luft aus und sank wie in Zeitlupe auf die Knie. Sein Gesicht war zu einer schrecklichen Fratze verzerrt. Schwarzpeter wandte sich ohne Eile zu Taylor um, der sich in der Zwischenzeit keinen Millimeter bewegt hatte.

»Er redet zuviel«, erklärte Schwarzpeter. »Und was noch schlimmer ist – er ist nicht mehr in Form. Im Gegensatz zu mir.«

Taylor erwiderte mit seinen beunruhigenden, goldenen Augen gelassen den Blick des Söldners. »Und zu mir«, sagte er leise mit seiner rauhen, summenden Stimme. »Treibt es nicht auf die Spitze, Söldner.«

»Nicht, wenn es nicht sein muß«, entgegnete Schwarzpeter. »Und jetzt würde ich vorschlagen, daß Ihr Euren Freund aufhebt und von hier wegschafft. Ich denke, es ist keine gute Idee, wenn wir uns gemeinsam blicken lassen. Ich für meinen Teil wünsche jedenfalls nicht, daß jemand glaubt, ich würde mich aus freien Stücken mit Euresgleichen abgeben.«

Taylor grinste plötzlich. »Ich werde Euch bei Gelegenheit daran erinnern, Söldner.«

Er bückte sich und hob seinen Kameraden mit einer Hand hoch. Der ehemalige Gladiator wog bestimmt seine zweihundertfünfzig Pfund, doch der Hadenmann hob ihn ohne Mühe *mit einer Hand* hoch. Er war wirklich beängstigend stark. Ein Hadenmann. Ein *aufgerüsteter* Mann. Taylor legte sich Sterling bequem über die Schulter, nickte Schwarzpeter noch einmal zu und setzte sich in Bewegung. Ein paar Sekunden später waren die beiden Wachleute im Nebel verschwunden. Schwarzpeter nahm die Hand von der Waffe. Er hatte noch nie gegen einen Hadenmann kämpfen müssen, und er war sich plötzlich gar nicht mehr sicher, ob er dazu Lust verspürte.

Trotzdem, dachte er bei sich, während er zu der Stelle blickte, wo Taylor im Nebel verschwunden war. *Vielleicht wäre es ganz interessant herauszufinden, wie gut so ein aufgerüsteter Mann wirklich kämpfen kann* ...

Die Schwarzdorn-Taverne hatte schon bessere Tage gesehen. Staubige Seidengardinen hingen vor den blau getönten Fenstern, und im großen Kamin knisterte ein viel zu kleines Feuer lustlos vor sich hin. Die meisten der Tische und Nischen waren besetzt, aber die Gäste bestellten nur den billigsten Wein und hielten sich lange an jedem Glas auf. Die Luft war erfüllt von Gesang und lautem Lachen, doch der Fröhlichkeit haftete der erzwungene, beinahe verzweifelte Ton von Leuten an, die entschlossen waren, sich zu amüsieren, solange sie noch Gelegenheit dazu hatten. Nicht zum ersten Mal in *Nebelhafens* kurzer Geschichte war Geld plötzlich überall knapp geworden.

Ein dürrer Barmann bediente mit eintöniger Langsamkeit die Stammgäste an der langen hölzernen Theke mit Getränken von zumindest zweifelhafter Qualität. Die antiken Öllampen, die von den Deckenträgern baumelten, tauchten die verrauchte Luft in ein behaglich goldenes Licht und verliehen der Taverne die Atmosphäre einer verblassenden Photographie oder einer halb vergessenen Erinnerung. Die unverputzten Wände waren fleckig von altem Wien und frischem Blut. Hin und wieder ging es im Schwarzdorn ziemlich lebhaft zu. Der Boden war von Sägespänen bedeckt, die seit Wochen nicht mehr erneuert worden waren, aber niemand beschwerte sich deswegen. Die Schwarzdorn-Taverne hatte wirklich schon bessere Tage gesehen.

Cyder saß in ihrer privaten Nische auf der Rückseite des Ladens und teilte sich den Wein mit Jamie Royal. Sie war eine großgewachsene, gertenschlanke Platinblondine, die Dreißig als Alter zugegeben hätte – aber nur unter entsprechendem Druck. Cyder galt als die hartherzigste Hehlerin von ganz *Nebelhafen*. Sie verhandelte niemals wegen des Preises und gab niemandem Kredit. Sie hatte wenig Freunde, aber auch keine Feinde – die waren alle tot. Cyder spielte mit einer Locke ihres langen, silbernen Haars und lächelte ihren Besucher zuckersüß an. Jamie nippte vorsichtig an seinem Wein und blickte immer wieder zu der schweren Messinguhr über der Theke. Dann setzte er das Glas ab und schaute Cyder vorwurfsvoll an.

»Du hast gesagt, ich könnte ihn um diese Zeit hier treffen.«

»Katze geht seine eigenen Wege«, entgegnete Cyder ruhig. »Was willst du eigentlich mit einem Speicherkristall, Jamie?«

»Ich habe einen Käufer.«

»So weit war ich auch schon, Süßer. Das letzte Mal, als du hier warst, ging es dir so dreckig, daß du sogar versucht hast, mich anzupumpen.«

Bei der Erinnerung zuckte Jamie zusammen. »Du ... du

hast recht. Ich hätte es besser wissen müssen. Aber ich hatte . . . Schulden, die ich bezahlen mußte.«

»Du konntest noch nie richtig mit den verdammten Würfeln umgehen, Jamie.«

Jamie lachte und ließ den Blick durch die Taverne schweifen. Zwei Wampyre hatten einen Streit vom Zaun gebrochen, und der Barmann hinter der Theke nahm Wetten auf den Ausgang des Kampfes an.

»Was macht das Geschäft, Cyder?«

»Könnte besser sein.«

»Das Geld ist knapp geworden, wie?«

»Stimmt. Wo hast du denn einen Käufer für den Kristall aufgetrieben?«

»Spielt das eine Rolle?«

»Ich bin einfach nur neugierig.«

»Gewöhn dir das ab.« Jamie nippte erneut an seinem Wein und verzog das Gesicht. Er setzte den Pokal wieder ab und schob ihn entschlossen zur Seite. Cyder konnte ihn gut verstehen. Sie würde ganz bestimmt keinen guten Tropfen an jemanden wie Jamie Royal verschwenden.

»Bist du sicher, daß man diesem Katze vertrauen kann?« fragte Jamie und blickte schon wieder zur Uhr.

»Er ist der verdammt beste Dachläufer, mit dem ich je zusammengearbeitet habe«, erwiderte Cyder und lächelte sanft. »Du kannst ihm genausosehr vertrauen wie mir.«

Jamie und Cyder grinsten sich spöttisch an.

»Vielleicht ist er in Schwierigkeiten?« fragte Jamie.

»Er wird schon klarkommen«, erwiderte Cyder. »Bisher ist er immer klargekommen.«

»Auch gegen eine Sirene?«

Cyders Kopf ruckte herum. Sie warf Jamie einen scharfen Blick zu. Ihre blauen Augen funkelten plötzlich kalt und böse. »Niemand hat auch nur ein Wort von einer Sirene gesagt!«

»Sie wollten es nicht verraten. Aber ich habe mich selbst ein wenig umgesehen.« Jamie lächelte grimmig. »Ich lasse mich nie blind auf eine Geschichte ein. Es war gar nicht schwer, die Adresse herauszufinden, die man dir gegeben hat. Und siehe da, das betreffende Haus ist die Wohnung von Investigator Topas. Ich schätze, du hast schon einmal von Investigator Topas gehört?«

»Jeder hat von Investigator Topas gehört!«

»Richtig. Meinst du noch immer, Katze wird rechtzeitig hier erscheinen?«

Cyder überlegte einen Augenblick, bevor sie Jamie strahlend anlächelte. Alle Besorgnis schien wie weggewischt. »Er wird hier sein.«

»Und was ist mit der Sirene?«

»Ich glaube nicht, daß sie ihm große Schwierigkeiten bereiten kann.«

»Du bist eine gefühllose Hexe, was?« sagte Jamie Royal.

Cyder grinste zuckersüß. »Ziemlich rauhe Worte aus der Kehle eines Imperialen Agenten, nicht wahr, mein lieber Jamie?«

Jamie schob den Stuhl zurück und sprang auf. In seiner Hand lag plötzlich ein Wurfmesser. Cyder bewahrte nur mühsam die Fassung. Überall in der Taverne hätte der Barmann Jamie im gleichen Augenblick erschossen, in dem er eine Waffe gegen Cyder zog. Aber hier in ihrer privaten Nische gab es niemanden, der ihr hätte helfen können. Trotzdem war Cyder nicht besonders verängstigt. Es brauchte schon eine ganze Menge mehr als jemanden wie Jamie Royal, um ihr Angst einzujagen. Lässig griff sie nach ihrem Glas und brachte sogar ein leises Kichern zustande.

»Komm schon, Jamie. Du bist nicht der einzige in der Stadt, der eins und eins zusammenzählen kann. Wer sonst könnte als Gegenleistung für die Lieferung eines einzigen Speicherkristalls all deine Schulden bezahlen? Steck dein Messer weg. Du befindest dich im Viertel der Diebe, hast du das vergessen? Ich gebe einen Dreck darauf, wer für wen arbeitet, solange ich nur mein Geld kriege.«

Cyder nippte an ihrem Wein und musterte Jamie mißtrauisch über den Rand des Glases hinweg. Er nickte plötzlich, und das Messer verschwand in seinem Ärmel. Dann wickelte er sich fester in seinen abgetragenen Umhang und gab sich Mühe, ein wenig Würde zu zeigen.

»Wir alle tun, was wir tun müssen«, sagte er schließlich tonlos. »In einer Stunde werde ich zurückkommen und den Kristall holen. Verschwende nicht meine Zeit mit einem Duplikat.«

Cyder nickte zustimmend, und Jamie ging ohne ein weiteres Wort. Cyder trank ihr Glas leer und achtete mit spitzen Lippen darauf, den Bodensatz nicht mitzuschlucken. Guter Wein wurde immer seltener, genau wie die Schiffe, die *Nebelwelt* anflogen ... genau wie alles andere. Cyder gab sich die größte Mühe mit der Schwarzdorn-Taverne, seit sie den Laden bei einem Pokerspiel gewonnen hatte, aber wenn sich die allgemeine Lage nicht schleunigst besserte, würde sie das Lokal wohl an ihre Gläubiger verlieren. Es gab in der Stadt nur noch wenig, das sich zu stehlen lohnte, und die Hehlerei reichte kaum aus, um Cyders Rechnungen zu bezahlen. Was zumindest ein Grund war, aus dem Cyder mit Imperialen Agenten Geschäfte machte. Harte Zeiten erzeugten eben harte Leute.

Cyder erhob sich elegant von ihrem Stuhl und verließ die Privatnische. Der Kampf zwischen den beiden Wampyren war zu Ende, und der Verlierer wurde eben hinausgetragen. Cyder grinste und nickte in alle Richtungen, während sie sich einen Weg durch das überfüllte Lokal bahnte, ließ hier ein paar nette Worte fallen und winkte fröhlich nach dort. Es war ein langer Weg zur Treppe im hinteren Teil der Taverne, die zu Cyders Privatgemächern führte, aber irgendwie schaffte sie es tatsächlich, die ganze Zeit über zu lächeln. *Sorge dafür, daß deine Kunden zufrieden sind. Sorge immer dafür, daß deine Kunden zufrieden sind.*

Katze rannte über die über die ziegelsteingedeckten Giebeldächer, so schnell er konnte. Lässig sprang er von einem Dach zum anderen über Abgründe, deren Breite und Tiefe den Magen jedes zufälligen Beobachters umgedreht haben würde. Mehr als einmal kletterte er an scheinbar völlig glatten Wänden ohne jede Griffmöglichkeit hinauf, seine weißgekleidete Gestalt nichts weiter als ein undeutlicher Sche-

men im wirbelnden Nebel, während er unaufhaltsam voran-
eilte. Er war spät dran, und er wußte es. Nachdem Katze der
Sirene entkommen war, war er seiner ganz normalen Routine gefolgt und hatte sich ein Versteck gesucht, in dem er
sicher abwarten konnte, bis die erste Jagd vorüber und das
lauteste Geschrei abgeebbt war. Er hatte den gesamten Tag
verschlafen, und beim Erwachen stellte er fest, daß der
Abend bereits dämmerte. Der Angriff der Sirene schien ihn
mehr mitgenommen zu haben, als er ursprünglich gedacht
hatte. Katze sah hinüber zu der großen Uhr auf dem Haupt-
platz, zuckte zusammen und machte sich mit schnellen
Schritten in Richtung des Schwarzdorns auf. Cyder mochte
es überhaupt nicht, wenn er sich verspätete.

Flink rannte Katze über ein steiles, schneebedecktes Dach
und setzte über eine dunkle, enge Gasse hinweg. Der Boden
lag ein gutes Stück tiefer, aber Katze kannte keine Angst.
Höhe hatte ihm noch nie etwas ausgemacht. Er landete
leichtfüßig auf dem steilen Ziegeldach auf der anderen Seite
und stapfte vorsichtig bis zum Giebel hinauf, wo er sich
setzte und einen raschen Blick auf seine Umgebung warf.
Dann ließ er sich bäuchlings auf der entgegengesetzten Seite
hinabgleiten und hing schließlich nur noch mit den Füßen
kopfüber an einem unsicher wirkenden Schneefang. Die sta-
bilen hölzernen Läden des Fensters unter ihm waren verschlossen und verriegelt. Katze hämmerte mit der Faust
dagegen und wartete ungeduldig; dann klopfte er erneut.
Lange Zeit geschah nichts. Katze wollte gerade zum dritten
Mal klopfen, als die Läden plötzlich aufflogen und einer der
Flügel ihn beinahe am Kopf getroffen hätte. Er suchte festen
Halt an zwei soliden Griffen, die anscheinend genau zu diesem Zweck in das Mauerwerk über den Fensterläden eingelassen worden waren, und schwang sich geschickt nach
unten und durch das offene Fenster. Cyder half ihm hinein
und warf anschließend einen raschen Blick nach draußen.
Die Straße unten lag verlassen, und die Läden der umliegenden Fenster waren noch immer alle geschlossen. Cyder
zog die Läden zu und verriegelte sie sorgfältig, dann schloß
sie das Fenster.

In dem winzigen Zimmer dahinter brannte ein kräftiges Feuer. Katze ging sofort zum Kamin. Dicht vor den knisternden Flammen blieb er stehen und zog die Handschuhe aus, um seine tauben Finger zu wärmen. Die Heizelemente der Handschuhe arbeiteten nicht vernünftig. Das war der Grund gewesen, warum der Thermoanzug so günstig gewesen war. Katze verzog das Gesicht, als langsam Gefühl in die Hände zurückkehrte. Dann schüttelte er heftig alle Glieder, bis der Schmerz nach und nach erstarb. Eine Hand legte sich auf seine Schulter, und Katze wandte sich um. Cyder starrte ihn erwartungsvoll an.

»Du bist spät. Hast du den Kristall?«

Katze band den Lederbeutel von seinem Gürtel und gab ihn Cyder, die ihn rasch öffnete und den Kristall in ihre Handfläche gleiten ließ. Sie bedankte sich mit einem raschen Lächeln ihres breiten Mundes, bevor sie zu einem Tisch eilte und den Kristall unter einer Technikerlupe untersuchte. Katze betrachtete Cyder liebevoll, während er sich seiner Stiefel und anschließend seines Thermoanzugs entledigte. Er hängte ihn sorgfältig über die Lehne eines bereitstehenden Stuhls und kauerte sich dann nackt vor dem Kaminfeuer nieder. Der Dachläufer genoß die wohlige Hitze auf seiner unbekleideten Haut und grinste zufrieden, als die klamme Kälte nach und nach aus seinen Knochen wich. Eine Weile später erhob er sich wieder und streckte sich lang und genüßlich wie eine richtige Katze. Schließlich wandte er sich von dem Kamin ab und zog eine einfache, wollene Tunika über, die neben dem Feuer gehangen hatte und bereits vorgewärmt war. Nachdem er wieder angekleidet war, blickte Katze voller Zärtlichkeit zu Cyder, die noch immer ganz in der Untersuchung des Kristalls aufging. Nicht zum ersten Mal fragte er sich, was er getan hatte, um eine solche Frau zu finden.

Cyder war schön wie eine arkturianische Drachenfledermaus – und beinahe genauso tödlich. Die beste Hehlerin, für die Katze je gearbeitet hatte. Sie kannte sich aus in ihrem Geschäft, und sie machte ihm stets einen hervorragenden Preis. Selbstverständlich betrog Cyder ihn hin und wieder auch, wenn sich eine günstige Gelegenheit ergab, aber was wollte man von einem Hehler anderes erwarten? Katze war es egal. Cyder kundschaftete seine Ziele aus und gewährte ihm in der Nacht Schutz vor der Kälte. Und außerdem hatte sie sein Herz gewonnen (obwohl er ihr das niemals gestehen würde. Sie könnte in Versuchung geraten und es ausnutzen).

Katze spürte schwache Vibrationen durch den nur dünn mit Teppichen ausgelegten Dielenboden unter seinen Füßen. Er grinste leicht. Anscheinend wurde es allmählich ziemlich laut dort unten. Ein Zimmer direkt über dem Schankraum einer Taverne war sicher nicht der leiseste Platz zum Wohnen, aber für einen Taubstummen bedeutete das keinen Unterschied. Über dem Feuer im Kamin köchelte etwas in einem emaillierten Topf vor sich hin. Katzes Magen knurrte laut, als ihm der Duft seines Lieblingseintopfs in die Nase stieg. Er nahm die Schale und die Schöpfkelle, die Cyder für ihn bereitgelegt hatte, und bediente sich mit einer großzügigen Portion. Dann nahm er am Tisch Platz, wo ein Krug dampfenden Ales und dicke Scheiben frischen Brotes auf ihn warteten.

Cyder nahm ihre Lupe ab, als Katze sich zu ihr setzte, und beugte sich vor, um ihm einen schmatzenden Kuß zu geben. »Gut gemacht, mein Liebling. Der Kristall ist ganz genau das, was meine Auftraggeber haben wollten. Dein Anteil wird groß genug sein, um dich für die nächste Zeit mit Geld zu versorgen. Hattest du unterwegs irgendwelche Schwierigkeiten?«

Katze zuckte die Schultern und schüttelte unschuldig den Kopf. Cyder mußte lachen.

»Eines Tages höre ich auf, dich danach zu fragen. Du belügst mich ja sowieso immer.«

Katze grinste und begann, hastig seinen Eintopf hinunterzuschlingen, als hätte er Angst, das Essen könnte sich jeden Augenblick in Luft auflösen. Er kaute und schluckte wie ein Besessener und legte nur hin und wieder eine Pause ein, wenn er sich ein großes Stück von dem wohlschmeckenden, krustigen Brot abriß. Katze war in seiner Vergangenheit

schon zu oft dem Hunger ausgesetzt gewesen, um die nächste Mahlzeit als gesichert anzusehen. In der ganzen Zeit, seit
Cyder für ihn hehlte, hatte es ihm nie an Essen gemangelt,
doch alte Gewohnheiten starben langsam. Er bemerkte, daß
Cyder ihn vorwurfsvoll beobachtete, und verlangsamte
seine Geschwindigkeit ein klein wenig.

Die zweite Portion schlang Katze beinahe entspannt hinunter, während er sorgfältig Cyders Lippen beobachtete, die
ihm die Neuigkeiten des Tages erzählten. *So schöne Lippen ...*
Katze hatte kein Wort mehr gehört oder gesprochen, seit das
Imperium in seiner Kindheit einen mutierten Virus nach
Nebelwelt geschmuggelt hatte. Hunderte waren gestorben.
Katze war einer der Glücklicheren gewesen, die die Krankheit überlebt hatten. Er konnte von den Lippen lesen und
schwerfällig mit den Händen reden, und er hatte eine Begabung für beleidigende Grimassen entwickelt, aber er hörte
nichts mehr, nicht einmal einen Esper. Seine natürliche
Abschirmung war zu stark. Katze kümmerte es nicht mehr.
Für ihn war die Stille zu einer Lebensphilosophie geworden.

Auf den Dächern machte es sowieso keinen Unterschied.

Katze lehnte sich in seinem Stuhl zurück, während Cyder
mit ihrem Bericht fortfuhr. Seine Schale war leer und sein
Bauch behaglich voll. Er nippte dankbar an dem warmen
Ale und beobachtete glücklich Cyders Lippen, die ihm vom
Tag und seinen Ereignissen erzählten. Katze pflegte den
größten Teil des Tages zu verschlafen, um in der Nacht
frisch zu sein. Außerdem mochte er den hellen Tag sowieso
nicht.

Die Sonne blendete ihn, und auf der Straße liefen für seinen Geschmack zu viele Menschen herum.

»Ein Raumschiff ist gelandet«, erzählte Cyder soeben.
»Die *Höllenfeuer*. Sie ist voller Flüchtlinge von *Tannim*. Die
meisten von ihnen haben zweifellos ein paar Erinnerungs-
stücke von beträchtlichem Wert mitgebracht, die sie ziemlich bald verkaufen werden, wenn sie Hunger bekommen.«

Katze grinste und fischte mit einem Stück Brot die letzten
Reste des Eintopfs aus seinem Teller. Er stopfte das Brot in
den Mund. Nur Reiche konnten sich eine Passage auf einem

Flüchtlingsschiff leisten, und das bedeutete Beute für ihn und seinesgleichen. Katze lächelte behaglich. Die Dinge schienen sich zum Besseren zu entwickeln.

KAPITEL 7
BITTERE RACHE

Schwarzpeter stand lässig in Leon Vertues luxuriös ausgestattetem Büro und lauschte gelassen, während Vertue ihn anbrüllte. Der Söldner spürte die Versuchung, einfach wegzusehen und seinen Blick über die teuren Tapeten und Gemälde schweifen zu lassen, die die Wände bedeckten, aber er tat es nicht. Da wäre unhöflich gewesen. Statt dessen sah Schwarzpeter dem Doktor mit teilnahmslosem Blick höflich in die Augen, bis Vertue die Beleidigungen ausgingen und er sich ein wenig beruhigte. Schwarzpeter hatte in seiner Zeit als Söldner schon vielen Herren gedient, und er hatte jedem einzelnen von ihnen den Respekt und die Achtung erwiesen, die sie verdienten. Aber selbst Herren wie Vertue hatten sich an grundlegende Höflichkeitsregeln zu halten. Der Doktor hörte endlich auf zu schimpfen und lehnte sich in seinem bequemen Sessel zurück. Er atmete schwer, während er sich mit den Fingern das schüttere Haar raufte und die Berichte überflog, die vor ihm auf dem Schreibtisch lagen. Schwarzpeter starrte auf den Besuchersessel, doch er machte keine Anstalten, Platz zu nehmen. Schließlich war er nicht dazu aufgefordert worden. Der Söldner blieb entspannt stehen und blickte stur geradeaus. Geduldig wartete er darauf, daß Vertue zur Sache kam. Der Doktor schob schließlich die Papiere zur Seite und sah zu dem Söldner.

»Verdammt, Schwarzpeter. Ihr habt alles ruiniert! Nach diesen Berichten hier sitzt Investigator Topas uns bereits im Nacken. Es ist nur noch eine Frage der Zeit, bis sie auf jemanden stößt, der sie direkt zu uns führt.«

»Keiner unserer Leute wird reden«, widersprach Schwarzpeter. »Sie haben viel zuviel Angst. Dafür habe ich gesorgt.«

»Ihr kennt Topas nicht.«

»Ich kann sie immer noch töten.«

»Nein, das könnt Ihr nicht!« fuhr Vertue den Söldner ärgerlich an. »Hättet Ihr sie getötet, als ich den Befehl dazu gab, anstatt aus Versehen ihren verdammten Ehemann zu treffen, dann wären wir davongekommen. Aber wie die Sache jetzt aussieht, können wir nicht riskieren, sie auch nur anzufassen.«

Schwarzpeter schwieg. Er hätte sich verteidigen können. Er hätte erklären können, daß er schließlich nicht ahnen konnte, daß Michael Schießer den auffälligen Umhang seiner Frau getragen hatte. Er hätte die Umstände erwähnen können, all den Nebel und die wütend angreifenden Koboldshunde. Aber er schwieg. Schwarzpeter hatte kein Interesse an Entschuldigungen. Weder von anderen, noch von sich selbst.

Vertue erhob sich aus seinem Sitz und trat zum Fenster. Schweigend blickte er in den abendlichen Nebel hinaus, der schwer und unbeweglich in den Straßen hing und die gesamte Stadt in undeutlichen, grauen Dunst einhüllte. Die vagen Silhouetten der umliegenden Gebäuden schimmerten durch den Dunst. Straßenlaternen funkelten bernsteinfarben und purpurn, kleine Inseln von Licht in einem Ozean aus Grau. *Irgendwo dort draußen lauert sie*, dachte Vertue grimmig. *Sie wartet im Nebel, und sie sucht nach mir*. Topas' kaltes, unnachgiebiges Gesicht zeichnete sich vor seinem geistigen Auge ab, und er schaffte es nicht, sein Erschauern zu unterdrücken. Topas war Investigator, und sie wußte nichts über Dinge wie Ehre, Mitleid oder Erbarmen. Vertue wandte sich vom Fenster ab und baute sich vor dem höflich abwartenden Söldner auf, während er um seine Beherrschung und eine ruhige, feste Stimme kämpfe.

»Wir können uns keinen weiteren Kontakt mit Investigator Topas erlauben«, begann er leise. »Jeder weitere Anschlag auf ihr Leben, ob erfolgreich oder nicht, wird nur die

Aufmerksamkeit auf sie lenken. Im Augenblick werdet Ihr sie in Ruhe lassen.«

»Nichts anderes habe ich getan«, erwiderte Schwarzpeter. »Habt Ihr mich nur herbestellt, um mir das zu sagen?«

»Wohl kaum«, antwortete Vertue kalt. »Ich habe einen weiteren Auftrag für Euch. Ihr erinnert Euch sicher an Taylor und Sterling?«

»Natürlich. Die beiden Wachleute, die uns Informationen über die internen Sicherheitseinrichtungen des Raumhafens geliefert haben. Gibt es ein Problem mit den beiden?«

Vertue lächelte böse.

»Es scheint, sie sind mit ihrer Bezahlung nicht einverstanden. Entweder wir geben ihnen mehr Geld, oder sie empfinden es als ihr Pflicht, uns zu verraten.«

»Überlaßt sie mir«, brummte Schwarzpeter. »Ich knöpfe mir die beiden vor. Habt Ihr etwas dagegen, wenn ich sie zum Schweigen bringe?«

»Nicht im geringsten«, erwiderte Vertue. »Aber bringt mir die Körper. Ganz besonders den des Hadenmanns.«

Schwarzpeter nickte höflich und wartete einen Augenblick, um zu sehen, ob der Doktor noch mehr für ihn hatte. Dann drehte er sich um und ging. Vertue blickte dem Söldner hinterher und schüttelte den Kopf, als sich die Tür hinter Schwarzpeter geschlossen hatte. Der Mann war zu kaltblütig, zu beherrscht ... und viel zu gefährlich. Vertue wußte, daß Schwarzpeter keine Gefahr für ihn darstellte, solange die gegenwärtige Mission andauerte, aber keine Mission dauerte ewig. Der Doktor kaute nervös an einem Fingernagel, und als er es bemerkte, zog er ärgerlich die Hand zurück. Er runzelte die Stirn und fällte zögernd einen Entschluß. Vertue beugte sich vor und tippte aus dem Kopf einen Kode in die Komm-Einheit, die in seinem Schreibtisch eingebaut war. Der große Monitor auf der gegenüberliegenden Wand des Büros erwachte zum Leben, aber der Schirm selbst blieb dunkel. Einen Augenblick später ertönte aus den Lautsprechern eine verzerrte Stimme.

»Ja, Vertue? Was gibt's?«

»Ich habe dem Söldner seine Befehle erteilt. Er wird sich

um Taylor und Sterling kümmern. Ich habe ihn außerdem gewarnt, sich von Topas fernzuhalten.«

»Gut. Wir nähern uns einer komplizierten Phase in unserem Plan, und Schwarzpeter wird allmählich zu auffällig. Sobald er mit Taylor und Sterling fertig ist, sollten wir ihn meiner Meinung nach von der Bildfläche verschwinden lassen.«

»Ihr meint, wir sollen ihn töten?«

»Mit Sicherheit nicht, verdammter Idiot! Wollt Ihr die gesamte Söldnergilde gegen uns aufbringen? Wir werden Schwarzpeter auszahlen und ihm einen Platz an Bord eines Schmugglerschiffes verschaffen, damit er so schnell wie möglich von *Nebelwelt* verschwindet. Habe ich mich klar genug ausgedrückt?«

»Jawohl, Herr. Ich werde alles in die Wege leiten. Wegen Investigator Topas ...«

»Vergeßt Investigator Topas. Wenn Taylor und Sterling erst tot sind und Schwarzpeter den Planeten verlassen hat, gibt es keine Spuren mehr, denen sie folgen könnte. Ruft mich nicht wieder an, Vertue. Euer Teil in diesem Spiel ist vorüber. Wenn es nötig werden sollte, setze ich mich von hier aus mit Euch in Verbindung.«

Die Lautsprecher verstummten. Vertue schnitt dem leeren Bildschirm eine Grimasse und schaltete den Kommunikator ab. Er war nicht irgendein Diener oder Lakai, mit dem man auf diese Weise umspringen konnte. Und es war völlig undenkbar, daß der verdammte Söldner einfach nur sein Geld kassieren und ungestraft davonspazieren sollte. Nicht nach all dem Ärger, den er verursacht hatte. Ganz besonders nicht in Anbetracht von Vertues relativ leeren Körperbänken.

Investigator Topas packte Markus Rhein am Kragen und warf ihn krachend gegen die Wand seines Büros. Billiger Putz bröckelte beim Aufprall. Rheins Hände umklammerten kraftlos Topas' Arme. Seine Füße zappelten ein paar Zentimeter über dem Boden. Die Augen des Mannes waren bei-

nahe völlig zugeschwollen, aber er konnte Topas noch halbwegs deutlich erkennen. Deutlich genug jedenfalls, um
ängstlich zusammenzuzucken, als Topas zu einem erneuten
Schlag ausholte.

»Den Namen«, sagte sie. »Ich will den Namen des Mannes, der Michael Schießer ermordet hat.«

Rhein nickte sein Einverständnis, und Topas ließ ihn los.
Der Mann fiel zu einem Häufchen Elend zusammen, das
sich auf dem Boden wand. Investigator Topas trat zurück
und setzte sich mit einer eleganten Bewegung auf Rheins
Schreibtisch. Papiere, die zuvor in sauberen Stapeln dort
gelegen hatten, waren jetzt über das gesamte Büro verteilt,
einige davon mit Blut besudelt. Die beiden Leibwächter
Rheins lagen tot neben dem offenen Eingang. Für einen
Mann, der seinen Lebensunterhalt mit Gewalt und Erpressung verdiente, hätte Rhein wirklich mehr Aufmerksamkeit
in seine Verteidigung stecken sollen. Und er hätte auch besser daran getan, sich nicht zu weigern, Investigator Topas zu
empfangen. Rhein setzte sich unter Schmerzen auf und
lehnte sich mühsam gegen die Wand. Nach und nach kam er
wieder zu Atem, ein mittelgroßer, langgliedriger Mann mit
breiten, kräftigen Händen und einer Löwenmähne aus sand-
farbenem Haar. Er war teuer, aber schlampig gekleidet, das
Gesicht nach der neuesten Mode geschminkt, doch seine
Zähne faulten schwarz vor sich hin. Alles in allem erweckte
Rhein eher den Eindruck einer Ratte, die sich in einem
Kostümverleih bedient hatte. Sein Gesicht trug die rituellen
Narben des Rhein-Clans, aber die meisten davon waren jetzt
unter einem eigenen Blut verborgen oder durch Schwellun-
gen entstellt.

»Rede«, sagte Topas, und Rhein zuckte erneut zusammen.

»Ihr müßt wahnsinnig sein«, begann er schwerfällig. Blut
tropfte von seinen geplatzten Lippen und lief über das Kinn.
»Wenn Ihr Euch auch nur an einem einzigen Rhein vergreift,
vergreift Ihr Euch an der gesamten Familie. Meine Leute
werden Euch den Kopf abreißen.«

»Zur Hölle mit deiner Familie. Und zur Hölle mit dir,
Kerl. Du kennst den Namen, und ich will ihn haben. Du

kennst immer alle Namen, Markus. Und hör auf, mir mit deiner albernen Vendetta zu drohen. Ihr seid vollkommen unwichtig. Ihr Rheins existiert überhaupt nur, weil meine Wachen normalerweise zu beschäftigt sind, um ihre Zeit damit zu verschwenden, bei euch aufzuräumen. Du bist nichts als ein kleiner, billiger Knochenbrecher, und mehr wirst du niemals sein ... und wenn ich nicht bald den Namen höre, wirst du gar nichts mehr sein außer tot.«

»Sterling«, murmelte Rhein verdrießlich. »Er ist einer der Wachleute, die für die Sicherheit des Raumhafens zuständig sind. Ein ehemaliger Gladiator. Er hat die Waffe nicht geführt, die Euren Gatten tötete, aber man sagt, er weiß, wer es war. Ihr findet ihn in der Roten Lanze.«

Rhein duckte sich an die Wand, als Topas aufstand, aber sie warf lediglich den Schreibtisch mit einer lässigen Bewegung um und ging an Rhein vorbei zur Tür, ohne ihn eines weiteren Blickes zu würdigen.

»Du tust besser daran, mich nicht zum Narren zu halten, Rhein«, sagte sie leise, bevor sie die Tür hinter sich ins Schloß zog. Ohne besondere Eile wanderte Topas durch die verwüstete Empfangshalle und ignorierte die Schäden, die sie auf dem Weg zu Rheins Büro verursacht hatte. Eine dicke Sekretärin saß zusammengesunken auf ihrem Stuhl und betastete stöhnend ihre gebrochene Nase. Sie hatte den Fehler begangen, ein Messer zu ziehen, um Topas damit zu bedrohen. Topas ignorierte auch sie und trat unbehelligt hinaus auf die Straße.

Draußen blieb sie erst einmal stehen und atmete tief durch, als wolle sie sich eines faulen Geruchs entledigen. Die eisige Luft brannte in ihren Lungen, doch Topas bemerkte es kaum. Sie war für weit Schlimmeres trainiert worden.

Der Abend brach an, und das letzte Licht des Tages wich der hereinbrechenden Dunkelheit. Es hatte wieder zu schneien begonnen. Der Wind war zu einem kaum spürbaren Flüstern abgesunken, und schwerer Nebel hatte sich auf die gesamte Stadt gelegt. Topas konnte von ihrer Position aus kaum die andere Straßenseite erkennen. Alles in allem ein typischer Winterabend in *Nebelhafen*. Topas rückte das Schwert bequem auf ihrer Hüfte zurecht und zog den Disruptor, um die Energieladung zu überprüfen. Der Kristall war kaum zur Hälfte geladen, aber das reichte völlig. Sie schob die Waffe ins Holster zurück und stapfte durch die Straße davon. Sie war noch nie in der Roten Lanze gewesen, aber sie hatte von der Taverne gehört. Alle Soldaten der Stadtwache kannten die Rote Lanze. Wenn etwas käuflich zu erwerben war, konnte man es in der Roten Lanze bekommen. Drogen, Huren, Kinder, Geheimnisse . . . alles hatte seinen Preis.

Der Schnee war von den Menschenmassen zu Matsch zertrampelt worden, die noch immer die engen Straßen bevölkerten. Die meisten waren Arbeiter, die es eilig hatten, nach Hause zu kommen, bevor es wirklich kalt wurde. Aber es gab auch massenweise Bettler und Straßenhändler, die noch rasch einen letzten Kredit verdienen wollten, solange die Temperaturen es gestatteten. Der Nebel wirbelte träge umher, als der bitterkalte Wind durch die Gassen zwischen den kleinen Backsteingebäuden blies, und dicke Eiszapfen hingen von jeder Dachrinne und jedem Fenstersims. Alle Passanten waren in dicke Umhänge und schwere Felle gehüllt.

Topas zog mehr als einen verblüfften Blick auf sich, während sie in ihrer formellen Investigator-Uniform durch die Straßen stapfte. Ihr fester marineblauer Umhang bedeckte einen engen Overall aus silbernem Gewebe, doch Gesicht und Hände waren ungeschützt und nackt. Topas schadete die Kälte nicht im geringsten, und innerlich wurde sie von ihrer unbarmherzigen Wut gewärmt. Michael war tot. *Ermordet.* Ihr Ehemann. Das einzige menschliche Wesen, das Topas je geliebt hatte, war tot, ermordet, feige von hinten in den Rücken geschossen. Und sie würde nicht eher ruhen, bis die Täter bestraft waren. Topas würde ihre Rache bekommen.

Die Rote Lanze lag mitten im fauligen Herzen des Viertels der Diebe. Es gab Leute, die das Viertel als einen einzigen Schandfleck betrachteten, durchsetzt von allen Sorten übelster Verbrecher, aber in Wirklichkeit war es auch nicht schlimmer als irgendein anderer Teil der Stadt. Wer hier wohnte, war nur ein wenig ärmer als die meisten anderen, und das war ein ganzes Stück auffälliger. Die Kommandanten der Stadtwache betonten immer wieder, daß man eines Tages ein für allemal im Diebesviertel aufräumen würde, aber irgendwie gab es immer andere, wichtigere Dinge für die Wachen zu erledigen. Und außerdem, Reden hin und her: *Nebelwelt* war letzten Endes ein ganzer Planet voller Krimineller. Nur die Vogelfreien kamen überhaupt hierher. Solange man das Boot, in dem sie alle saßen, nicht zu sehr schaukelte, kümmerte sich niemand darum. Und wenn jemand außer Kontrolle geriet, dann sorgten die Stadtwachen dafür, daß dem Recht Geltung verschafft wurde. Und das Recht auf *Nebelwelt* kannte keine Gnade.

Trotzdem gab es immer wieder Leute, die glaubten, über dem Recht zu stehen. Leute, die sich ihre eigenen, geheimen Plätze schufen, um ihre Geschäfte abzuwickeln. Plätze wie die Rote Lanze.

Topas stapfte grimmig durch schäbige Straßen und schmutzige Gassen, bis sie schließlich vor der Roten Lanze stand. Der Laden sah aus wie jede beliebige andere Taverne in jeder beliebigen anderen Straße auch; ein kleines, unscheinbares Gebäude mit einer einzelnen, flackernden Öllampe, die das schwankende Schild über dem Eingang beleuchtete. Das Mauerwerk war vom ewigen Nebel und dem Eis des Winters löchrig und morsch, und die beiden Fenster waren mit hölzernen Läden fest verriegelt. Genau wie bei jeder beliebigen anderen Taverne auch ... wenn man von der Tür der Roten Lanze absah. Zweieinhalb Meter hoch und eineinhalb breit. Aus schwerem, unbearbeitetem Eisenholz, das von glänzendem Stahl verstärkt wurde. Die Tür diente eindeutig dazu, Leute draußen zu halten, und sie erledigte ihre Aufgabe äußerst effizient. Topas blieb einen Augenblick vor der verschlossenen Tür stehen. Dann schlug sie einmal mit der Faust dagegen. Ein kaum hörbares Summen ertönte, als eine Miniaturkamera über der Tür sich in Bewegung setzte und auf Topas fokussierte.

»Ihr wißt, wer ich bin«, sagte sie. »Aufmachen.«

Eine Weile geschah nichts. Dann schwang die Tür langsam nach innen, und Topas betrat die Rote Lanze. Ohrenbetäubender Lärm prasselte auf ihre Trommelfelle. Die abgestandene Luft war dick mit Rauch und dem Gestank von Schweiß durchsetzt. Topas blieb auf dem oberen Absatz einer schmalen Treppe stehen, die in den Schankraum hinunterführte, und ließ ihren Blick auf der Suche nach dem Mann über die zusammengedrängte Menge schweifen, den sie hier zu finden hoffte.

Der gleichmäßige Lärm brach sich an den steinernen Mauern und echote zurück. Gelächter, Beleidigungen, Gegröle und Anfeuerungsrufe vermischten sich miteinander und kämpften in einem nicht enden wollenden Ansturm wütend um das Ohr des Betrachters. Männer und Frauen aller Schichten und Klassen standen beieinander, tranken zuviel und lachten zu laut. Eine ganz normale Nacht in der Roten Lanze. Topas stieg langsam die Treppe hinab und hielt eine Hand versteckt unter dem Umhang ständig auf dem Kolben ihres Disruptors. Niemand schenkte ihr mehr Beachtung als einen kurzen, abschätzigen Seitenblick. In einem Laden wie der Roten Lanze achtete man eben sorgfältig darauf, seine Nase nur in die eigenen Angelegenheiten zu stecken. Auf halber Höhe der Treppe blieb Topas stehen und runzelte nachdenklich die Stirn. Nirgendwo war eine Spur von diesem Sterling zu entdecken. Topas überlegte, ob sie die Menge nach ihm absuchen sollte, aber sie entschied sich im gleichen Augenblick anders. Sie war nicht in der richtigen Stimmung für eine langsame, höfliche Form der Nachforschung. Mit vorsichtiger Eleganz stieg Topas die restlichen ausgewaschenen und von zahllosen Stiefelpaaren polierten steinernen Treppenstufen hinab und hielt durch die wogende Menge auf die Theke im hinteren Bereich der Taverne zu. Die versammelten Gäste machten ihr unaufgefordert Platz. Man wußte, wer sie war. Ein paar Männer erwecken den Eindruck, als hätten sie Einwände gegen Topas' Anwesenheit in der Roten Lanze, aber ein einziger Blick in das kalte, entschlossene Gesicht des Investigators reichte völlig aus, um auch dem letzten die Idee auszutreiben, er könnte etwas dagegen unternehmen.

Als sie die Theke erreicht hatte, blickte Topas gelassen in die Runde, bis sie Peter Gaunt erspähte, den Inhaber der Roten Lanze. Gaunt war groß und muskulös, und sein verbindliches, freundliches Gesicht wurde von einem Busch wilder dunkler Locken eingerahmt. Seine Kleidung gab sich die größte Mühe, modisch zu wirken, und fast wäre es ihr sogar gelungen. Gaunt war um die Fünfzig, eher darüber, aber aus einiger Entfernung sah er zwanzig Jahre jünger aus. Man wußte, daß er sieben Männer ermordet hatte, drei davon mit bloßen Händen, doch Gerüchte schätzten die Zahl seiner Opfer um einiges höher. Ein Teil seiner Einkünfte stammte aus dem Handel mit Drogen und aus der Zuhälterei – um der alten Zeiten willen –, aber den größten Teil verdiente er durch den Handel mit Informationen. Topas' Mundwinkel verzogen sich. Gaunt stand im Begriff, eine für ihn neuartige Erfahrung zu machen: Das Weggeben von Informationen, ohne daran auch nur einen einzigen Kredit zu verdienen. Sie lockerte das Schwert in der Scheide und arbeitete sich durch die Menge in Richtung Gaunt. Im letzten Augenblick vertrat ihr ein großer, muskelbepackter Leibwächter den Weg. Seine linke Hand schwebte über dem Griff eines Kurzschwertes, das allerdings noch in der Scheide steckte. Die Rechte hielt einen mit bösartigen Spitzen versehenen Schlagring.

»Ich bin hier, um mit Peter Gaunt zu reden«, sagte Topas mit lauter Stimme, um den Lärm zu übertönen.

Der Leibwächter schüttelte den Kopf und hob die Faust vor Topas' Gesicht, um ihr den Schlagring zu zeigen. Ein bösartiges Grinsen erschien auf dem Gesicht des Mannes, als er die Spitzen näher an die glatte Haut seines Gegenübers brachte. Topas riß das Knie hoch und rammte es dem Kerl mit brutaler Kraft zwischen die Beine. Kaltblütig wartete sie ab, bis er sich nach vorn krümmte, dann gab sie ihm einen Fangschlag ins Genick. Der Leibwächter war bereits tot, bevor er regungslos auf dem Boden aufschlug. Eine Frau direkt daneben schrie entsetzt auf, aber Topas wirbelte bereits zu dem zweiten Leibwächter herum. Dieser war noch ein Stück größer und kräftiger als der erste, und er hielt sein Schwert, als wüßte er genau, wie man damit umging. Topas zog ihren Disruptor und schoß ihn in die Brust. Der blendende Strahl fuhr durch sein Opfer hindurch und riß einen großen Krater in die Wand dahinter. Auch der zweite Leibwächter war tot, bevor er den Boden berührte. Aus der gezackten Wunde in seiner Brust stieg Rauch. Plötzlich war es in der Roten Lanze eigenartig still. Das einzige Geräusch war ein raunendes Flüstern, das seine rasche Runde durch die Zuschauermenge machte.

Eine Energiewaffe ... ein Disruptor ...

Topas blickte zu Gaunt und grinste den Wirt an. Es war ganz und gar kein freundliches Grinsen, aber Gaunt schien keineswegs zu erschrecken – oder falls doch, dann ließ er es sich nicht anmerken. Langsam trat er zu Topas, wobei er sorgfältig darauf achtete, keine Bewegung zu machen, die mißverstanden werden konnte. Aus der Nähe betrachtet lösten sich Gaunts liebenswürdige Gesichtszüge in Nichts auf. Seine Augen funkelten in einem dunklen, verwegenen Glanz, und eine Aura offener Gewalttätigkeit schwebte über der gesamten Gestalt wie der Geruch frisch vergossenen Blutes.

»Das waren zwei meiner Leute, die Ihr da gerade umgebracht habt«, sagte er leise. Seine Stimme klang angenehm und selbstsicher. »Es wird mich eine Stange Kredits kosten, sie zu ersetzen. Ich schätze, Ihr hattet einen guten Grund, sie zu töten?«

»Sie haben mir den Weg zu Euch versperrt«, entgegnete Topas. »Ich suche jemanden, Peter Gaunt. Ihr wißt, wo ich ihn finde.«

Gaunt schüttelte den Kopf. »Ich verrate keine Leute an die Stadtwachen. Es schadet nur dem Geschäft.«

»Ich will ihn nicht für die Stadtwachen. Ich will ihn für mich selbst.«

Gaunt studierte nachdenklich Topas' Gesicht und nahm die Uniform des Investigators in sich auf. Dann zuckte er die Schultern. »Nennt mir den Namen.«

»Sterling. Er gehört zur Sicherheitsmannschaft des Raumhafens. Ein ehemaliger Gladiator.«

»Ich kenne ihn. Wartet hier, und ich werde ihn zu Euch bringen.«

Topas nickte kurz, doch ihre Augen blickten kälter als die tiefste Winternacht von *Nebelwelt*. Gaunt wandte sich um und ging davon. Die Gäste der Roten Lanze machten ihm bereitwillig Platz. Schließlich verschwand er durch eine Tür hinter der Theke, und Topas stand alleine in der gedrängten, wie erstarrt dastehenden Menge. Schweigend ließ sie den Blick über die Gäste gleiten, und schweigend starrten die Gäste zurück, die Pupillen weit vor mühsam unterdrücktem Haß und Furcht und Mißtrauen. Zu Topas' Rechter bewegte sich jemand, und sie hob die Hand, damit alle den Disruptor deutlich sehen konnten. Die Bewegung erstarrte, und das lange Schweigen dauerte an. Topas hatte das Gefühl, alleine in einem fremden Wald zu sein, dicht umzingelt von wütenden, gefährlichen Raubtieren. Ein leichtes Lächeln stahl sich auf ihre Lippen, als sie erkannte, wie treffsicher der Vergleich war. Und dann dachte sie wieder an Sterling, und ihr Lächeln verschwand. Endlich öffnete sich die Tür hinter der Theke, und Gaunt erschien, gefolgt von einem zweiten Mann, wahrscheinlich Sterling. Topas nickte gelassen, als sie das narbige Gesicht erblickte, und wechselte den Disruptor in die Linke. Sterling und Gaunt kamen hinter der Theke hervor. Topas zog das Schwert.

»Sterling«, begann sie mit rauher, die umgebende Stille durchschneidender Stimme. »Ich bin wegen Euch gekommen.«

Sterling blieb gut drei Meter vor ihr stehen und musterte sie mißtrauisch. »Ihr seid also Topas«, sagte er schließlich. »Ich hatte immer gedacht, Ihr wärt größer.«

Topas sah ihn einfach nur an und sagte nichts. Sterling blickte sich zu der wartenden Menge um, als hoffe er auf ihre Unterstützung, aber in den Gesichtern der Menschen war keine Beruhigung zu finden. Hilfesuchend wandte er sich an Peter Gaunt.

»Laßt Ihr das einfach so geschehen? Sie kommt hereinspaziert und schleppt Eure Leute weg?«

»Du bist keiner von meinen Leuten«, erwiderte Gaunt gelassen. »Wenn du nicht mit ihr gehen willst, ist das deine Sache.« Er blickte zu der schweigenden Menge. »Macht Platz, Leute. Macht Platz!«

Die gedrängte Menge schob sich auf Gaunts leises Kommando hin zur Seite und nach hinten, und ein weiter leerer Kreis bildete sich um Topas und Sterling. Gaunt trat ebenfalls rasch zurück, als Topas sich langsam in Bewegung setzte. Sterling wich vorsichtig nach hinten aus. Er zog einen langen, glänzenden Krummsäbel aus der Scheide an seiner Hüfte und einen Disruptor aus einem bis dahin verborgenen Schulterholster. Dann schlug er die Innenseite seines linken Handgelenks gegen den Oberschenkel, und ein metergroßer Schirm aus lumineszierende Luft bildete sich vor seinem Oberarm: ein Energieschild. Topas lächelte grimmig und aktivierte ihren eigenen Projektor. Die beiden Schilde summten leise in der Stille, während die Kontrahenten sich gegenseitig umkreisten. Topas bewegte sich graziös, voller Selbstvertrauen, während die einfachen Regeln des Kampfes durch ihren Kopf gingen. *Ein Disruptor benötigt zwei Minuten oder länger, um sich für den nächsten Schuß zu regenerieren. Ein Schutzschild hält nur zehn Minuten, danach muß der Kristall eine halbe Stunde regenerieren, bevor der Schild wieder benutzt werden kann. Ein Schild wehrt einen Schwerthieb ab und reflektiert einen Schuß aus einem Disruptor. Ein Schwert muß niemals nachgeladen werden.*

Sterling hieb mit seinem Krummsäbel nach Topas' Kehle, doch sie fing den Streich mühelos mit ihrem Schild ab. Im Gegenzug holte Topas zu einem weiten Schwung nach den Eingeweiden ihres Gegners aus, und er brachte seinen Schild gerade noch rechtzeitig genug nach unten, um den Schlag zu blocken. Die blanken Klingen blitzten im Lampenlicht in Gold und Purpur, während die beiden sich lauernd umkreisten und gegenseitige Stärken und Schwächen

100

erkundeten, immer auf der Suche nach einer Gelegenheit, die Disruptoren einzusetzen. Traf man den Schild im falschen Winkel, kam der Energiestrahl direkt auf einen zurück. Und verfehlte man gar eine Lücke in der Deckung und schoß vorbei, dann standen die Chancen nicht schlecht, daß man keine zweite Gelegenheit mehr für einen Schuß bekam. Unglücklicherweise bot ein sich bewegender Gegner ein schwer zu treffendes Ziel, wenn man gleichzeitig auch noch auf ein Schwert zu achten hatte.

Topas und Sterling finteten und parierten, stießen und schlugen, und ihre Schwerter trafen und trennten sich in einem unablässigen Funkenregen. Die beiden Schilder krachten immer und immer wieder aufeinander, und Statik sprühte hin und her, wenn die Energiefelder sich berührten. Sterling setzte all seine Tricks aus der Arena von *Golgatha* ein, und ein paar mehr, die er erst hier auf *Nebelwelt* gelernt hatte – vergebens. Topas war vielleicht nicht besser mit dem Schwert als der ehemalige Gladiator, aber sie war stark und schnell und schien, angetrieben von einem inneren Dämon, niemals müde zu werden, wohingegen er ... Er war weich geworden, nicht mehr in Form. Sterlings Atem ging rauh und stoßweise. Schweiß rann über seine Stirn und brannte ihm in den Augen. Sein Schwert schien mit jedem Hieb schwerer zu werden, und seine Arme und der Rücken schmerzten wie wahnsinnig. *Ich hätte sie aus der Deckung heraus erschießen sollen*, dachte er bitter, *als ich noch die Gelegenheit dazu hatte. Wer hätte gedacht, daß diese Hexe so verdammt gut ist?* Die beiden Kämpfenden umkreisten einander, und ihre Schwerter prallten noch immer in einem nicht enden wollenden Rhythmus aufeinander. Sterling starrte verbissen auf das Gesicht seiner Gegnerin, kalt und wild und erbarmungslos, und langsam begann die Furcht an seinem Herzen zu nagen.

Und schließlich machte er einen Fehler. Seinen ersten und letzten. Sterling legte sich zu weit in einen Angriff hinein und konnte nicht mehr rechtzeitig zurückweichen. Topas' Schwert schoß vor und sank tief in seinen Oberschenkel, schnitt glatt durch den Knochen hindurch und drang auf der anderen Seite zusammen mit einem Schwall von Blut wieder heraus. Sterling schrie auf und fiel der Länge nach zu Boden, als das verwundete Bein unter ihm nachgab. Sein Schild flackerte auf und erlosch. Er hob den Disruptor zu einem letzten verzweifelten Schuß. Topas beugte sich rasch vor und riß ihren Schild nach unten. Die rasiermesserscharfe Kante schnitt glatt durch das Handgelenk des ehemaligen Gladiators, trennte die Hand ab, die den Disruptor hielt, und kauterisierte gleichzeitig den Stumpf. Sterling schrie erneut und verlor das Bewußtsein.

Topas trat zurück und sah sich um, ob ihr jemand den Sieg streitig machen wollte. Niemand. Sie drehte sich wieder zu Sterling um und richtete mit einer blitzschnellen Bewegung ihre Waffe auf Gaunt, der nach Sterlings Disruptor gegriffen hatte.

»Versucht es lieber nicht«, sagte sie. »Denkt besser gar nicht erst daran.«

»Natürlich«, stotterte Gaunt. »Er ist Eure Beute.« Er richtete sich auf und trat in die Menge zurück. Topas steckte ihr Schwert in die Scheide und beugte sich vorsichtig zu dem Bewußtlosen nieder, um den Disruptor aufzuheben. Sie schob die Energiewaffe in ihren Gürtel, richtete sich auf und starrte kalt auf den ehemaligen Gladiator.

»Weckt ihn auf«, befal sie dem Wirt.

Gaunt gab seinem Barmann einen Wink, der einen Eimer Seifenwasser hinter der Theke hervorholte. Gaunt nahm den Eimer entgegen und leerte den Inhalt über Sterling, der hustend und prustend wieder zu sich kam. Topas schaltete den Energieschirm ab und schob den Disruptor ins Holster. Dann packte sie Sterling mit einer Hand an der Tunika, zog ihn auf die Beine und warf ihn rücklings gegen die Theke. Sie klemmte seine Beine ein und vergrößerte allmählich den Druck ihres Armes gegen seinen Oberkörper, bog ihn nach hinten zurück, bis Sterling dachte, seine Wirbelsäule müßte jeden Augenblick brechen. Er hob die Arme, um sie aufzuhalten. Als er den verkohlten Stumpf am linken Unterarm erblickte, wäre er beinahe wieder ohnmächtig geworden. Topas schob ihr Gesicht ganz dicht an das seine, und Sterling erbebte. Zum ersten Mal sah er aus unmittelbarer Nähe die kalte, unbarmherzige Wut in ihren Augen.

»Wer hat meinen Mann erschossen, Sterling? Den Namen, Kerl!«

»Ich kenne keine Namen«, heulte Sterling und schnappte schmerzvoll nach Luft, als Topas den Druck auf seine Brust weiter verstärkte. »Mein Rücken! Ihr brecht mir das Rückgrat!«

»Sag mir den Namen! Sag mir, wer meinen Mann erschossen hat.«

»Taylor weiß es! Fragt ihn! Er war mein Partner, und er kennt alle Namen. Ich habe lediglich Taylors Befehle ausgeführt.«

»Und wo finde ich diesen Taylor?« fragte Topas. Sie lächelte Sterling ohne jede Spur von Humor an. Ihre Armmuskeln spannten sich, als sie ihn noch ein Stück weiter nach hinten drückte. Sterlings Gesicht verzerrte sich in Agonie.

»Taylor ist ein Hadenmann. Er arbeitet für die Flughafenwache, genau wie ich. Er weiß, wer Euren Mann erschossen hat. Fragt ihn!«

»Und sonst kannst du mir wirklich nichts sagen?«

»Nichts! Ich schwöre es!«

»Ich denke, ich glaube dir«, sagte Topas. »Was dir aber zu deinem Pech auch nicht mehr hilft.«

Plötzlich spannten sich die Muskeln in ihrem Arm noch weiter. Sterling schrie voller Todesangst auf, als seine Wirbelsäule brach.

Topas riß das Schwert heraus und schnitt ihrem Opfer mit einer kaum wahrnehmbaren, fließenden Bewegung die Kehle durch.

Als das Blut des Sterbenden in hohem Bogen aus der Wunde schoß, stand sie bereits nicht mehr dort, wo es sie hätte besudeln können. Sterling fiel schlaff zu Boden und rührte sich nicht mehr.

»Das war einer für dich, mein Gatte«, sagte sie leise in die Stille hinein. Langsam sah Topas sich um, und die Menge wich noch weiter vor ihr zurück. Keiner traute sich, ihrem brennenden Blick standzuhalten. Selbst Gaunt schlug die Augen nieder. Topas grinste freudlos und machte sich auf den Weg nach draußen. Niemand vertrat ihr den Weg.

Die Stille lastete zentnerschwer auf den Anwesenden, während Investigator Topas die ausgetretenen steinernen Stufen zur Tür hinaufstieg. Aber im gleichen Augenblick, als die Tür hinter ihr ins Schloß fiel, wandte sich die Menge wieder ihren alten, lärmenden Beschäftigungen zu. Der Lärm war beinahe genauso ohrenbetäubend wie zuvor, unbeeindruckt durch das eben Erlebte. Gaunt gestikulierte zweien seiner Leute, und sie trugen Sterlings Leiche weg. Anschließend kehrten die Männer zurück und entfernten auch die beiden toten Leibwächter. Eine Dienstmagd mit Eimer und Mop kam herbei und wischte das Blut auf.

Hinter der Theke öffnete sich die Tür, und Schwarzpeter trat heraus. Er bahnte sich einen Weg durch die Menge zu dem Besitzer der Roten Lanze.

»Danke, daß Ihr mich nicht verraten habt«, sagte er.

»Sie hat mich nicht nach Euch gefragt«, erwiderte Gaunt.

»Hättet Ihr sonst verraten, daß ich mich hinter Eurer Theke verstecke?«

Gaunt zuckte die Schultern. »Im Augenblick glaube ich, daß niemand in der Stadt dieser Frau irgend etwas verheimlichen kann.«

Schwarzpeter nickte zögernd. »Ich schätze, Ihr habt recht. Doch, ganz bestimmt. Ihr habt recht.«

Ein Dutzend Stadtwachen erwarteten Topas, als sie aus der Roten Lanze auf die Straße trat. Sie blieb vor der Tür stehen und blickte sich rasch um. Die Wachsoldaten waren ausgeschwärmt und hatten jeden möglichen Fluchtweg abgeschnitten. Topas blickte den Diensthabenden an und nickte resignierend.

»Hallo John. Sucht Ihr jemanden?«

»Der Direktor braucht Euch noch immer, Topas«, erwiderte Silver, der Esper vom Dienst des Raumhafens. »Tatsache ist, er braucht Euch sogar verdammt dringend.«

»Der dicke alte Dieb kann warten«, sagte Topas kurz angebunden.

»Nein, kann er nicht. Ihm läuft die Zeit davon.«

»Dann soll er sich jemand anderen suchen.«

»Geht nicht. Ihr werdet gebraucht, Investigator Topas.«

Topas verzog das Gesicht und suchte in Silvers Miene nach Anzeichen von Unsicherheit. Aber sie sah nur Erschöpfung und eine ruhige Pflichterfüllung, die so gar nicht zu dem jungen Gesicht passen wollte. Silver steckte in dicken, hervorragend geschneiderten Fellen, die vom purpurnen Umhang der Esper bedeckt wurden; doch seine Kleidung konnte die schlanke, muskulöse Gestalt des jungen Mannes nicht verbergen. Er war nur mit einem einfachen Kurzschwert bewaffnet, das er in der abgenutzten Scheide an seiner Hüfte trug.

Silver hatte seinen Lebensunterhalt als Pirat verdient, bevor er nach *Nebelwelt* gekommen war. Topas wußte, daß sie ihn würde töten müssen, wenn sie ihn aufhalten wollte – falls es zu einem Kampf kam.

Und sie war nicht sicher, ob sie das fertigbringen würde. Silver hatte Michael und sie bei den Stadtwachen untergebracht und ihrem Leben einen neuen Sinn gegeben, als sie beide ihn dringend benötigt hatten. Als einziger kam er dem Begriff Freund auch nahe.

»Wie habt Ihr mich gefunden?« fragte Topas schließlich, mehr um etwas zu sagen als aus echter Neugier.

»Ihr habt eine kaum zu übersehende Spur durch die Stadt gezogen«, entgegnete Silver. »Vier verwüstete Tavernen und mehr als sechzig Verletzte. Im Grünen Mann sind sie immer noch damit beschäftigt, einen Burschen vom Kronleuchter abzuhängen.«

»Ich bin dicht dran, John«, sagte Topas. »Ich bin so dicht dran, den Kerl zu finden, der Michael getötet hat, daß ich jetzt nicht aufhören kann. Ich darf die Spur nicht wieder kalt werden lassen.«

»Aber Ihr werdet beim Raumhafen gebraucht, Investigator. *Dringend!* An Bord der *Höllenfeuer* befindet sich etwas Fremdes. Stahl glaubt, es könnte eine Bedrohung für ganz

Nebelhafen darstellen, und Ihr .wißt, daß er nicht leicht in Panik gerät. Ihr müßt mit uns kommen, Topas.«

»Oder?«

»Es gibt einen Haftbefehl gegen Euch. Ihr habt im Verlauf des Abends mehrere wichtige Persönlichkeiten verärgert, und jeder von ihnen will Euren Kopf. Der Haftbefehl ist noch nicht unterzeichnet, und wenn Ihr Stahl helft, wird es auch dabei bleiben.«

»Meint Ihr, ich gäbe auch nur einen Dreck auf Euren verdammten Haftbefehl?«

»Werft Euer Leben nicht ohne Grund weg, Topas. Michael hätte das nicht gewollt.«

»Ich habe ihm den Racheschwur gegeben. Den Söldnerschwur, John.«

»Der Auftrag wird sicher nicht allzu lange dauern, Topas. Ein paar Stunden höchstens. In der Zwischenzeit könnten meine Leute hier die Spur weiterverfolgen, wenn Ihr mir sagt, was Ihr bisher erfahren habt.«

Topas blickte die schweigenden Wachsoldaten an. »Und wenn ich nicht freiwillig mit Euch gehe, dann laßt Ihr mich abführen, richtig?«

»Ziemlich richtig, ja«, antwortete Silver. »Deswegen bin ich mitgekommen. Ihr könntet glatt imstande sein, es mit all diesen Männern aufzunehmen, aber mich würdet Ihr nicht töten.«

»Seid Ihr Euch da so sicher?«

»Nein. Andererseits – wo bleibt der Spaß, wenn man sich bei allem sicher ist?«

Silver lachte fröhlich, und nach einem Augenblick lächelte auch Topas.

»Ich suche nach einem Sicherheitsbeamten des Raumhafens. Sein Name lautet Taylor«, sagte sie endlich. »Ein Hadenmann. Er weiß, wer Michael auf dem Gewissen hat.«

»Sollte nicht lange dauern, bis wir ihn gefunden haben«, sagte Silver zuversichtlich. »Wenn Ihr mit Eurem Auftrag für Stahl fertig seid, werden wir ihn Euch auf dem Tablett servieren.«

»Das will ich hoffen«, sagte Topas. »Wenn Ihr ihn durch

Eure Finger schlüpfen laßt, werde ich Euch dafür vielleicht töten, John, Freund oder nicht.«

Sie stapfte in den wabernden Nebel davon, und einen Augenblick später folgten ihr Silver und die Wachleute zurück zum Raumhafen.

KAPITEL 8
STERNLICHT

Direktor Stahl wartete ungeduldig vor dem Hauptlandefeld. Er zog ein verdrießliches Gesicht wegen der Kälte der Nacht und kaute hungrig auf einem Schokoladenriegel. Die Sonne war bereits vor einer guten Stunde untergegangen, und der nächtliche Frost wurde von Minute zu Minute strenger. Es würde ein harter Winter werden. Stahl kaute langsam und bedächtig und genoß das Aroma der Süßigkeit. Er stampfte mit den Füßen auf dem Schnee, um sie wenigstens halbwegs warm zu halten. Wie bei beleibten Menschen üblich, spürte er die Kälte in den Füßen immer am stärksten.

Die *Höllenfeuer* ragte turmhoch vor Stahl auf, ein gigantischer stählerner Berg, neben dem der Kontrollturm mit seinen hellen, elektrischen Lichtern wie ein buntes Spielzeug aussah. Zum Glück ging kein Wind, andererseits hing der Nebel um so schwerer über dem Landefeld und hüllte alles in ein diffuses graues Tuch. Und aus dem grauen Tuch trat Investigator Topas.

Ihr Gesicht wirkte grimmig und verschlossen, und sie stolzierte mit weit ausgreifenden, ungeduldigen Schritten aus dem Nebel herbei – eine Art der Bewegung, die um so einschüchternder wirkte, weil sie so vollkommen unbewußt war. Stahl beobachtete Topas nachdenklich, während sie sich ihm näherte, und er begann sich zu fragen, ob seine Entscheidung vielleicht doch nicht so gut gewesen war. Direktor Stahl respektierte und fürchtete Investigator Topas, aber er hatte nicht den leisesten Schimmer, was hinter ihren kalten, unbeirrbaren Augen vor sich ging. Man hatte ihm berichtet, daß Topas den größten Teil des Tages und des frühen Abends damit verbracht hatte, auf der Suche nach dem Mörder ihres Mannes eine blutige Spur durch die heruntergekommenen Gegenden des Diebesviertels zu legen. Stahl bewunderte sie dafür; er selbst hätte diese Gegend von *Nebelhafen* nur betreten, wenn er in jeder Hand einen Disruptor und eine ganze Armee von Wachleuten zur Rückendeckung dabei gehabt hätte. Und doch – die Topas, an die er sich aus der Zeit vor drei Jahren erinnerte, war kalt und emotionslos gewesen, und sie hatte nichts zwischen sich und ihre Arbeit kommen lassen. Genau diese typische Objektivität und Nüchternheit eines Investigators waren es, die Stahl jetzt benötigte.

Er runzelte die Stirn. Topas war angeblich im Kampf mit den Koboldshunden verwundet worden, aber davon war ihr nicht die leiseste Spur anzumerken. Wenn sie auch nur den kleinsten Schimmer von Schmerz oder Schwäche verspürte, so zeigte sich jedenfalls nichts davon in ihrem Gesicht oder an ihrer Haltung. Wahrscheinlich war das Teil ihrer Ausbildung, wie Stahl zu Recht vermutete. Er musterte erneut Topas' Gesicht und lächelte schwach. Sie schien überhaupt nicht glücklich zu sein, daß man sie von ihrem Rachefeldzug zurückgepfiffen hatte. Stahl spürte keinerlei Bedauern. Er benötigte die Hilfe und das Können eines Investigators. Als Investigator Topas schließlich vor Direktor Stahl stehenblieb, verbeugte er sich höflich vor ihr, und sie nickte zur Antwort kurz, bevor sie sich abwandte und zur *Höllenfeuer* hinaufstarrte.

Das massive Raumschiff stand dumpf und brütend auf seinem Landeplatz, und die gewaltige, polierte Hülle glänzte rötlich vom Schein der zahlreichen Fackeln. Gezackte Löcher überzogen Bug und Heck wie Pockennarben. Eine ganze Sektion lag offen und war der bitteren Kälte des Planeten ausgesetzt. Ein Stummelflügel mittschiffs war seiner Verkleidung beraubt worden, und die nackten Stahlstreben ragten korrodiert wie verwitternde Knochen aus dem Rumpf. Es war ein Wunder, daß die *Höllenfeuer* lange genug durchgehalten hatte, um *Nebelwelt* zu erreichen. Stahl verzog das Gesicht und biß erneut in seinen Schokoladenriegel. Er mißtraute Wundern.

»Wie lange dauert es noch, bis wir an Bord gehen können, Direktor?«

Die harte, rauhe Stimme überraschte ihn, und er schluckte rasch die Schokolade hinunter, bevor er antwortete.

»Hängt vom Kapitän ab. Er weiß, daß wir hier sind.«

»Warum habt Ihr nach mir geschickt, Stahl? Es gibt sicher andere Leute bei den Wachen, die mehr Erfahrung haben als ich.«

»Ihr seid anders«, erwiderte Stahl tonlos. »Ihr wart schließlich Investigator.«

Topas musterte den Direktor mit einem scharfen Blick. »Was macht Euch so sicher, daß Ihr einen Investigator benötigt?«

»Meine Esper haben das Schiff zigmal überprüft, und die Resultate waren keine zweimal die gleichen. Irgend etwas Ungewöhnliches befindet sich an Bord. Etwas ... etwas Fremdartiges.«

»Nichtmenschlich?«

»Möglicherweise. Was auch immer, es ist gefährlich. Das ist das einzige, worin sich alle meine Esper einig sind. Es ist gefährlich. Es ist mächtig, und es versteckt sich irgendwo an Bord der *Höllenfeuer*. Ich brauche Euch, um herauszufinden, was es ist, und wie ich am besten damit fertig werden kann. Das ist doch die Aufgabe eines Investigators, oder nicht?«

Topas mußte lachen. Stahl zuckte bei dem kalten, unbarmherzigen Klang ihrer Stimme zusammen. »Soll ich Euch sagen, was die Aufgabe eines Investigators ist, Stahl? Das Imperium nimmt uns unseren Eltern weg, wenn wir noch kleine Kinder sind, und es zerstört alles in uns, was uns menschlich macht. Wir dürfen keine Gefühle zeigen. Sie könnten uns schwächen. Wir dürfen kein Gewissen besitzen, kein Mitleid, keine Skrupel. All das könnte unsere Ausbildung negativ beeinflussen. Das Imperium formt unsere Körper und unseren Geist, und wenn man uns alles beigebracht hat, was man über das Töten und Betrügen und das

109

Aufdecken verborgener Wahrheiten weiß, dann sendet man uns zu den Sternen, an die Grenzen des Imperiums. Wir untersuchen neuentdeckte extraterrestrische Kulturen, und wir entscheiden, ob sie möglicherweise eine Bedrohung für das Imperium darstellen. Wenn das der Fall ist oder wenn wir auch nur den Verdacht hegen, dann berichten wir dem Imperium, wie diese Kulturen am besten unterworfen oder vernichtet werden können. Versklavung oder Ausrottung – viel Unterschied macht es am Ende nicht. Sie nennen uns Botschafter und Diplomaten, aber in Wirklichkeit sind wir nichts anders als extrem geschickte Mörder. Nicht mehr und nicht weniger, Stahl.«

Der Direktor trat unsicher von einem Bein aufs andere und suchte krampfhaft nach einer Antwort. »Im Augenblick interessiert mich nur eins: Was versteckt sich an Bord der *Höllenfeuer*? Werdet Ihr mir jetzt helfen oder nicht?«

Topas zuckte die Schultern. »Je früher wir anfangen, desto schneller bin ich fertig und kann mich wieder um meine eigenen Angelegenheiten kümmern. Wenn es an Bord der *Höllenfeuer* Extraterrestrier gibt, dann werde ich sie finden.«

»Danke.«

Topas warf dem Direktor einen mißtrauischen Blick zu. »Warum seid Ihr eigentlich persönlich hier, Stahl? Habt Ihr Angst, die Flüchtlinge könnten versuchen, ein paar Wertsachen an Euch vorbeizuschmuggeln?«

»Ich erfülle meine Pflicht«, entgegnete Stahl kühl. »Ich erfülle nur meine Pflicht.«

»Für einen gewissen Preis.«

Stahl schlug die Augen nieder. Er war unfähig, Topas' sarkastischem Blick standzuhalten. »Wie ich höre, hattet Ihr Schwierigkeiten mit der Lieferung unseres Speicherkristalls, Investigator?«

»Schlechte Nachrichten verbreiten sich schnell, wie? Ein Einbrecher hat in der Nacht versucht, den Kristall zu stehlen. Offensichtlich hat ihm niemand gesagt, daß ich eine Sirene bin.«

Stahl lächelte schwach. »So ein Pech aber auch. Wurde der Mann inzwischen identifiziert?«

»Noch nicht«, gestand Topas. »Irgendwie hat er es tatsächlich geschafft, mir zu entkommen.«

Stahl hob ungläubig eine Augenbraue.

»Der Kristall befand sich noch immer sicher verschlossen in seiner Schatulle«, fuhr Topas gleichmütig fort. »Und dort war er auch noch, als ich die Schatulle bei Euren Sicherheitsleuten abgeliefert habe, wie Ihr zweifellos erfreut seid zu hören, Direktor Stahl.«

»Natürlich, Investigator. Natürlich.«

Stahl biß erneut in den Schokoladenriegel und wickelte sich fester in seinen Umhang. Neugierig musterte er Topas' Uniform. Er hatte sofort bemerkt, daß sie die alte Investigator-Uniform trug; aber er wollte das Thema besser nicht zur Sprache bringen, wenn sie nicht von sich aus damit anfing. Inzwischen drehte Topas ihm den Rücken zu, um die Hauptschleuse der *Höllenfeuer* zu betrachten. Stahl bemerkte ein ausgefranstes Loch in dem dicken marineblauen Umhang des Investigators. Das Loch, das der Energiestrahl zurückgelassen hatte, der den Mann von Investigator Topas getötet hatte. Stahl erschauerte unwillkürlich. Wie ertrug sie es nur, mit diesem verdammten Umhang herumzulaufen? Stahl zuckte innerlich die Schultern und wandte den Blick ab. Der Mond schien fahl durch eine Lücke im Nebel, und es hatte leicht zu schneien begonnen. Stahl stopfte sich den letzten Bissen des Schokoladenriegels in den Mund und wischte die verschmierten Finger an den Fellen seiner Kleidung ab. Er beeilte sich, den Handschuh wieder überzuziehen, dann schlug er die Arme um den Leib, um die Kälte zu vertreiben. Wenn Topas meinte, allein ihre Anwesenheit würde ausreichen, um ihn am Einsammeln seines üblichen Zehnten von allem, was die Flüchtlinge mit sich führten, zu hindern, dann sollte sie besser noch einmal darüber nachdenken.

Er würde lediglich ein wenig vorsichtiger zu Werke gehen müssen, aber das war auch schon alles.

Kapitän Sternlicht saß in seinem Kommandantensitz und ließ den Blick über die rußgeschwärzte Brücke gleiten. Seine Navigationsrechner schwiegen, und die Lichter wurden immer schwächer, je weiter die Energieversorgung zusammenbrach. Der Hauptmonitor war schon lange tot, und aus den Lautsprechern drang nur noch das knackende Geräusch von Statik. Leere Sitze, in denen normalerweise seine Leute ihren Dienst verrichten sollten, starrten anklagend zu ihm herüber. Wenn er Schlaf fand – was in der letzten Zeit nicht häufig geschah –, dann hörte Sternlicht, wie seine tote Besatzung nach ihm rief. Eine weitere Kontrolleuchte wurde dunkel, als der Zentralrechner der *Höllenfeuer* fortfuhr, alle nicht unbedingt für die Schiffsintegrität notwendigen Systeme abzuschalten. Es spielte keine Rolle. Sternlicht hatte die Schadensberichte gesehen; die *Höllenfeuer* würde ohne gründliche Instandsetzung und Überholung nirgendwo mehr hinfliegen. Dunkelheit machte sich auf der Brücke breit, und anklagende Schatten warteten am Rand von Sternlichts Blickfeld.

Kapitän Sternlicht verlagerte das Gewicht in seinem Sitz. Erschöpfung zerrte an seinen Gliedern wie schwere eiserne ketten. Zwei Drittel seiner Mannschaft waren tot, zu Asche und weniger als Asche verbrannt auf *Tannim*, von den Höllenschiffen des Imperiums. Seine *Höllenfeuer* war nur noch ein Wrack, und er selbst war vogelfrei. Sternlicht grinste freudlos. Ausgleichende Gerechtigkeit? Wohl kaum. Sicher, er hatte seinen Teil an Gesetzen gebrochen und Regeln übertreten – welcher Raumschiffskapitän tat das nicht? –, aber er hatte nichts getan, was eine solche Strafe gerechtfertigt hätte.

Und meine arme Besatzung ...

Sternlicht erinnerte sich an die Stimmen seiner Männer, die ihn aus den Kommunikatoren angefleht hatten, als die *Höllenfeuer* sich ihren Weg durch die äußeren Atmosphärenschichten gekämpft hatte und ihre Schilde unter dem schwerem Beschuß der Imperialen erzitterten. Er hätte ganz sicher auf seine Leute gewartet, wenn er die Zeit gehabt hätte; aber das hatte er nicht. Es hatte keine Warnung gegeben, und er hatte nicht gewagt, noch länger zu warten. Es war auch so schon verdammt knapp gewesen. Zehn Mann der verbliebenen Besatzung waren inzwischen ebenfalls tot. Mehr als doppelt so viele waren verletzt, zum Teil schwer. Und die Passagiere ... seine Passagiere. Sie hatten gewußt, welches Risiko sie eingingen, als sie zu ihm gekommen waren. Damals, als das Urteil über den Planeten *Tannim* noch kaum mehr als ein Gerücht gewesen war. Sie hatten gewußt, was geschehen würde, wenn die Dinge sich gegen sie entwickelten. Sie hatten das Risiko gekannt, und sie alle hatten es akzeptiert – aber weder sie noch Sternlicht hätten voraussagen können, was dann geschehen war. Das Schreckliche, was er hatte tun müssen, um sein Schiff zu retten ...

Kapitän Sternlichts Blick glitt über die leere Brücke. Die überlebenden Besatzungsmitglieder schliefen in ihren Quartieren, oder sie versuchten es zumindest. Es gab nichts mehr, das sie noch hätten tun können. Nichts mehr, das irgend jemand noch hätte tun können. Langsam erhob sich Sternlicht aus seinem Sitz, und die Erschöpfung wogte in langsamen, fast schon vertrauten Wellen durch seinen Körper. Der Raumhafendirektor wartete, um mit ihm zu sprechen, und Sternlicht hatte lange genug gezögert. Er hatte Pflichten zu erfüllen, solange er noch Kapitän war.

Sie mochten ihm alles genommen haben, aber das nicht.

Stahl warf einen verstohlenen Blick zu Topas, die grimmig den alles verhüllenden Nebel zu durchdringen versuchte. Er fragte sich, was sie dort sehen mochte. Er fragte sich, was in ihrem Kopf vor sich ging. Wenn sie Trauer oder Kummer wegen ihres toten Mannes verspürte, so zeigte sie es nicht. Selbst ihre Rache war eine kalte, berechnende Angelegenheit geworden.

Plötzlich ertönte das gequälte Summen einer überlasteten Maschine, und Stahl richtete seine Aufmerksamkeit wieder auf die *Höllenfeuer*. Die große Irisblende der Hauptschleuse glitt langsam auf, und Metall kreischte auf Metall, während stinkende Luft aus der Kammer strömte. Stahl verzog angewidert das Gesicht und gab sich Mühe, nur durch den Mund zu atmen. Er trat vor und spähte mißtrauisch in die offene Schleuse. Die große, stahlgerippte Kammer maß volle dreißig Meter Seitenlänge. Sie wurde von einer einzelnen Lichtsphäre über der Außenluke nur spärlich erleuchtet. Die Decke und die gegenüberliegende Innenluke verschwanden in der Dunkelheit. Langsam verging der faulige Geruch, als die eisige Luft des Planeten in die Kammer eindrang, und Stahl trat vorsichtig durch die offene Luke, Topas dicht auf den Fersen. Stahl haßte Irisschotten. Er hatte schon immer Angst gehabt, sie könnten sich plötzlich schließen, bevor er ganz hindurch war. Langsam stapfte er in die Kammer. Am hinteren Ende bewegte sich eine undeutliche Gestalt. Stahl blieb wie angewurzelt stehen und blinzelte unsicher.

»Kapitän Sternlicht?«

Die Gestalt trat langsam vor und ins Licht. Ein großer, grauhaariger Mann mit verschleierten Augen, dessen Umhang schlackerte wie ein schmutziges Leichentuch. Seine silberne Uniform bestand nur noch aus blutverschmierten Fetzen. Sein ausgezehrtes Gesicht war von tiefen Furchen durchzogen, und die eingesunkenen Augen glänzten stumpf von Bitterkeit und Erschöpfung.

»Ich bin Sternlicht.«

Stahl nickte steif, als Sternlicht schließlich vor ihm zum Stehen kam. »Raumhafendirektor Stahl, zu Euren Diensten, Kapitän. Das hier ist Investigator Topas.«

Sternlicht starrte den Direktor mit mühsam unterdrückter Wut an. »Meine Passagiere sind Flüchtlinge vom Planeten *Tannim*. Ihre Welt ist tot, und sie haben keinen Ort mehr, zu dem sie gehen könnten. Werden sie hier in Sicherheit sein?«

Stahl zuckte die Schultern. »So sicher wie überall. *Nebelwelt* ist ein armer Planet, und rauh obendrein. Eure Passagiere werden für sich selbst sorgen müssen oder verhungern. Und wir werden sie zuerst überprüfen.«

»Natürlich«, erwiderte Sternlicht und lächelte müde. »Wir könnten alle Spione des Imperiums sein, nicht wahr?«

»Ja«, sagte Topas. »Ihr könnt alle Spione sein.«

Sternlicht blickte Stahl und Topas schweigend an. Stahl

hüstelte diskret. »Wie viele Flüchtlinge habt Ihr uns gebracht, Kapitän?«

»Es waren fünfzehntausend, aber die meisten sind tot.«

»Was ist geschehen?« fragte Topas.

»Ich habe sie umgebracht«, entgegnete der Kapitän.

Die *Höllenfeuer* war voller Geräusche, als Sternlicht den Raumhafendirektor und Investigator Topas durch ein scheinbar endloses stählernes Labyrinth führte. Überall knackte und knirschte Metall, das sich in der eisigen Atmosphäre *Nebelwelts* zusammenzog. Von Zeit zu Zeit erklang ein lautes, stotterndes Krachen, das Stahl jedesmal zusammenzucken ließ; aber es handelte sich nur um die eine oder andere Maschine, die ihre Funktion einstellte oder sonstwie ausfiel. Sternlicht und Topas achteten nicht darauf. Beider Gesichter blieben kalt und unberührt wie Eis. Stahl fluchte im stillen in sich hinein und gab sich die größte Mühe, nicht hinter den anderen zurückzubleiben. Er wollte verdammt sein, wenn er nur endlich sehen konnte, woher all der Lärm kam; der Frachtraum würde ihm schließlich nicht davonlaufen.

Die Lichter an den Decken flackerten unsicher und verloschen eins nach dem anderen, als die Schiffslektronen allmählich auseinanderfielen und der Inhalt der Speicherkristalle wegen mangelnder Energieversorgung verlorenging. Die Luft war atembar, aber zum Schneiden dick vom Rauch und Gestank verbrannter Isolation und geborstener Kühlkreisläufe. Die Lufterneuerung schien nach und nach ganz zu versagen. Die Temperaturregelung war bereits ausgefallen, und die Kälte des Planeten hatte begonnen, das Schiff zu durchdringen.

Die *Höllenfeuer* lag im Sterben.

»Warum ausgerechnet Ihr?« fragte Sternlicht unvermittelt und betrachtete Topas mit neugierigem Blick. Seine Stimme brach sich als Echo an den nackten Wänden. »Ihr seid doch Investigator?«

»Ehrlich gesagt, es war meine Idee«, meldete sich Stahl

von hinten. »Meine Esper entdeckten etwas ziemlich Ungewöhnliches an Bord Eures Schiffes.«

»Ja, ich erinnere mich«, sagte Sternlicht. »Ihr habt es bereits erwähnt. Aber es gibt keine Extraterrestrier an Bord der *Höllenfeuer*.«

»Meine Esper sind da ganz entschieden anderer Meinung...«

»Eure verdammten Esper interessieren mich einen Dreck! Ich kenne mein Schiff! Es gibt mich, es gibt meine Besatzung, und es gibt die Flüchtlinge. Sonst gibt es niemanden!«

»Keine Fremdrassigen unter den Flüchtlingen?« fragte Topas.

»Keine.«

»Ihr habt doch nichts dagegen, wenn ich mich selbst davon überzeuge?«

»Habe ich eine andere Wahl?«

»Nein.«

Eine Weile gingen sie schweigend weiter.

Schließlich sagte Stahl vorsichtig: »Ihr habt gesagt, Ihr hättet die meisten Flüchtlinge getötet. Wie ist es dazu gekommen, Kapitän Sternlicht?«

»Das werdet Ihr sehen«, erwiderte der Kapitän. »Wir sind beinahe da.«

Sternlicht ging durch einen engen Tunnel voraus und betrat einen ebenfalls schmalen Laufsteg. Schließlich blieb er stehen. Ringsum gab es nichts als Dunkelheit, und das Licht aus dem Tunnel endete abrupt auf dem Laufsteg. Stahl blickte sich unsicher um. Er konnte kaum weiter als einen Meter in jeder Richtung sehen, aber das schwache Echo, das selbst das geringste Geräusch begleitete, jagte ihm Angst ein. Sternlicht machte sich an einigen Kontrollen zu schaffen, und hoch oben an der Decke flammten große Scheinwerfer auf. Stahl wich bis an die Wand zurück, als er vor sich den Hauptfrachthangar erkannte, eine einzige gigantische Halle aus geripptem Stahl, eine Fläche von sicher hunderttausend Quadratmetern. Goldenes Licht schimmerte an den Wänden und wurde von Tausenden von Kälteschlafeinheiten reflektiert, die den gesamten Raum ausfüllten. Die

116

überlebenden Flüchtlinge von *Tannim* schliefen tief und fest in ihren Zylindern, die von Wand zu Wand und vom Boden bis zur Decke übereinander gestapelt waren wie kristallene Särge.

»*Tannim* wurde bereits angegriffen, als ich den Befehl zum Start gegeben habe«, erklärte Sternlicht, der langsam über den schmalen Laufsteg vorausging, welcher auf halber Höhe an den Wänden des Frachthangars entlangführte. Stahl und Topas folgten dem Kapitän dichtauf. In den am nächsten gestapelten Zylindern konnten sie die undeutlichen Umrisse von Menschen erkennen, wie schwebende Schatten, die im Eis eingeschlossen waren. »Die Imperialen Zerstörer kamen zu Hunderten aus dem Hyperraum. Rings um uns herum wurden andere Flüchtlingsschiffe aus dem All geschossen. Auch die *Höllenfeuer* wurde angegriffen, und meine Schilde drohten zu versagen. Ich benötigte mehr Energie, und ich zog sie von den Kälteschlafeinheiten ab. Mir blieb keine andere Wahl.«

Stahl runzelte nachdenklich die Stirn. Selbst mit der zusätzlichen Energie hätte die *Höllenfeuer* nicht lange genug durchhalten können, um sich in den Hyperraum zu retten. Er zuckte die Schultern. Vielleicht hatten sie einfach Glück gehabt. So etwas kam hin und wieder vor. Dann wurde ihm die Bedeutung dessen bewußt, was Sternlicht gesagt hatte, und er blickte den Kapitän der *Höllenfeuer* mit wachsendem Entsetzen an.

»Wieviel Energie habt Ihr von den Kälteschlafeinheiten abgezogen, Kapitän? Wieviel?«

Sternlicht beugte sich über das Geländer des Laufstegs und startete bei dem am nächsten stehenden Zylinder eine Selbstdiagnose. Keine der Kontrollampen leuchtete grün. Sternlicht ließ kraftlos die Hand sinken und wandte sich zu Investigator Topas und Direktor Stahl um.

»Das Schiff benötigte die Energie. Ich konnte sie nicht wieder zurückleiten, bevor die *Höllenfeuer* sicher im Hyperraum war. Und da war es bereits zu spät.«

»Wie viele?« fragte Topas. »Wie viele Eurer Flüchtlinge haben den Energieverlust überlebt?«

»Zweihundertzehn«, antwortete Kapitän Sternlicht leise. Seine Stimme war voller Bitterkeit. »Zweihundertzehn von fünfzehntausend.«

KAPITEL 9
DUNKELSTROM UND DER BLUTFALK

Das Wrack der *Donnersturm* ruhte halb vergraben im Schnee, fünfzehn Meilen nördlich von *Nebelhafen*, am Fuß des Schädelgebirges. Zwischen der Stadt und dem Wrack lag ein weites Hochplateau, auf dem sich im Laufe der Jahrhunderte Dutzende von Metern Schnee und Eis angesammelt hatten. Der geschwungene Gebirgszug lenkte die Stürme derart um, daß sie in breiter Front über das Plateau fegten, den Schnee überall gleichmäßig und flach verteilten und es außerdem von jeder Spur von Leben frei hielten. Selbst die Koboldshunde mieden das Plateau. Die schneebedeckte Ebene erstreckte sich mehr als dreißig Kilometer in jede Richtung, und die Temperatur stieg selbst im Sommer niemals über den Gefrierpunkt. Das Plateau war eine verlassene, öde Landschaft, und es behielt seine Geheimnisse für sich. Es besaß noch nicht einmal einen Namen; allerdings war auch keiner nötig. Jeder kannte das Plateau und wußte von den Gefahren, die dort lauerten. Geschichten kursierten über die wenigen Tapferen, die versucht hatten, es zu durchqueren, allein oder auch in Gruppen, aber im Verlauf der gesamten – wenn auch kurzen – Geschichte *Nebelhafens* hatte noch nie jemand Erfolg gehabt. Entweder man nahm die längere Route um das Plateau herum, oder man verschwand für immer.

Die Dinge hätten sicher noch eine halbe Ewigkeit so bleiben können, wie sie waren – hätte nicht Arne Saknussen ebenfalls eine Expedition zur Durchquerung des Plateaus gestartet. Saknussen und seine Mannschaft waren erst seit fünf Tagen draußen im Schnee gewesen, als sie ihre Entdeckung gemacht hatten. Wie bei den meisten großen Entdeckungen geschah es durch reinen Zufall. Drei Tage lang hatte ein Sturm getobt, und Schnee hatte der Expedition den Weg versperrt wie eine massive Wand. So dicht in der Nähe der Berge waren die Kompasse nutzlos, und Saknussens Mannschaft kroch im Schneckentempo voran, um nicht die Orientierung zu verlieren. Dann wurde aus dem Sturm plötzlich ein Blizzard, und sie mußten anhalten. Saknussens Leute legten Thermitladungen, um eine Höhle zu schmelzen, in der sie vor dem Blizzard Zuflucht finden konnten, aber in der Hektik des Augenblicks verrechneten sie sich in der Stärke der Ladungen. Die Explosion tötete zehn Männer und verletzte ebenso viele, doch als der Wind schließlich nachließ, fanden sich Saknussen und die überlebenden Mitglieder seiner Mannschaft vor einem Loch wieder, das fast einen Kilometer tief ins Eis hinabreichte – und am Boden dieser Höhle entdeckten sie das Wrack der *Donnersturm*.

Dieser Teil des Plateaus sah jetzt sehr verändert aus. Die Seitenwände der Höhle waren sorgfältig bearbeitet und abgestützt worden, um einen leichten Zugang zum Wrack zu ermöglichen. Eine ganze Reihe von Windbrechern war errichtet worden, um die kleine, neue entstandene Stadt aus massiven Unterkünften am Eingang der Höhle zu schützen, und tief unten in der Höhle selbst hatte man die *Donnersturm* zu mehr als der Hälfte sorgfältig aus dem Schnee gegraben. Die langgestreckte, polierte Hülle bot vor dem Hintergrund des dicht gepackten Schnees einen eigenartig fremden Anblick, wie eine gewaltige stählerne Schlange in ihrem Höhlenversteck. Rings um die einzige Öffnung in der Schiffshülle waren mächtige Winden und Kräne errichtet worden, bereit, die zahlreichen technologischen Ausrüstungsgegenstände und Apparate zu bergen, die von den Erkundungsmannschaften zur Luftschleuse geschafft wurden. Aus der Ferne betrachtet erweckte das Bündel von Winden und Kränen den Eindruck von Streichholzmännchen, die sich unermüdlich vor dem Hintergrund aus blendendem Schnee reckten und streckten.

Eileen Dunkelstrøm kletterte unbeholfen von dem Motorschlitten herunter, der sie über das Plateau hergebracht hatte, und streckte ihre schmerzenden Muskeln. Trotz der dunklen Sonnenbrille schmerzte das blendende Glitzern des Schnees in ihren Augen, und der eisige Wind schnitt wie ein Messer in die ungeschützte Haut. Dunkelstrøm wickelte ihren Umhang fest um ihre Fellkleidung und stampfte probehalber mit den Stiefeln auf dem fest gepackten Schnee. Er schien sie ohne Schwierigkeiten zu tragen, aber das Wissen, daß sich unter ihren Füßen nichts als Hunderte von Metern Schnee befanden, verursachten dennoch in ihr ein mulmiges Gefühl. Dunkelstrøm beschloß, nicht weiter darüber nachzudenken, und bewegte sich zum Rand des Lochs, von wo sie einen Blick auf das Wrack der *Donnersturm* werfen konnte. Ihre Augen wanderten begierig über den glänzenden Stahl des Schiffes. Ratsmitglied Dunkelstrøm war seit mehr als zwölf Jahren oberster Schmied der Stadt *Nebelhafen*, aber sie hatte nie ihre Zeit als Raumschiffkommandantin vergessen. Als ihr bewußt wurde, daß sie sich jetzt hauptsächlich darum sorgte, wie man das Schiff möglichst schnell und effizient ausschlachten konnte, stahl sich ein wehmütiges Lächeln auf Dunkelstrøms Gesicht. Wie tief die Mächtigen doch sinken konnten.

Dunkelstrøm wandte den Blick ab und ließ ihre Augen über die Umgebung schweifen, während sie darauf wartete, daß der Blutfalk mit seinem Schlitten eintraf. Auf dem Plateau war der Dunst so schwach, daß man beinahe hindurchsehen konnte. Hoch oben schien eine helle Mittagssonne. Der Himmel war blau und wolkenlos. Die Gipfel des Schädelgebirges ragten düster zur Rechten und Linken auf; gewaltige, blauschwarze Granitfelsen, deren Spitzen mit Schnee bedeckt waren. Vermutlich war das Gebirge vulkanischer Natur, und gelegentlich erinnerten heftige Beben an diese Theorie. An seinen Hängen traten heiße Schwefelquellen zutage und hielten die Temperaturen auf einem eben erträglichen Maß, um die Gegend bewohnbar zu machen. Trotzdem hatten sich bisher nur wenige Menschen entschließen können, dort zu siedeln, und die Koboldshunde sorgten dafür, daß sich daran nur wenig änderte.

Dunkelstrøm blickte erneut in das Loch hinunter und verzog das Gesicht. Kurz nach der Entdeckung des Wracks hatte sie alle Hebel in Bewegung gesetzt, um eine Versetzung zum Plateau zu bewirken. Die Apparate, die aus der *Donnersturm* geborgen wurden, machten die Arbeit hier zum Traum eines jeden Technikers, und Dunkelstrøm war fest entschlossen gewesen, an diesem Projekt teilzunehmen. Aber die Ratsversammlung hatte sie nicht gehen lassen. Sie wäre zu wertvoll im Rat, hieß es, und in *Nebelhafen*. Jetzt endlich war Dunkelstrøm am Ziel ihre Wünsche angelangt, doch sie würde nicht bleiben. Sie war nur aus einem einzigen Grund zu diesem gottvergessenen Plateau gekommen: Sie sollte herausfinden, warum die Kommunikation zwischen den Bauernhöfen und Siedlungen und der Stadt zusammengebrochen war.

Das hustende Brüllen eines sich nähernden Schlittenmotors riß Dunkelstrøm aus ihren Gedanken. Sie drehte sich um und sah, wie der Schlitten des Blutfalk rasch über die schneebedeckte Ebene herbeieilte. Die flache, gedrungene Maschine kam schlitternd vor ihr zum Stehen, und das Geräusch des Motors erstarb, als der Blutfalk die Maschine abstellte. Er kletterte würdevoll aus dem Sitz und streckte sich elegant. Selbst nach Stunden, die er über die Schlittenkontrollen gebeugt verbracht hatte, wirkte Graf Stefan Blutfalk noch immer von Kopf bis Fuß wie ein Aristokrat und Edelmann. Seine Fellkleider waren von erlesenster Qualität, und sein Umhang kleidete ihn auf vorteilhafteste Weise. Seine schlanke Gestalt und elegante Gestik schienen eher in einen Debattierklub zu passen als auf dieses rauhe Plateau. Doch der Blutfalk hatte schon immer ein stark ausgeprägtes Pflichtgefühl gezeigt und sich nicht durch Unbequemlichkeiten beeinflussen oder abschrecken lassen, jedenfalls ganz bestimmt nicht durch seine eigenen Vorlieben oder Abneigungen. Was vielleicht einer der Gründe dafür war, warum Dunkelstrøm ihn so sehr mochte. Der Blutfalk kam durch den Schnee herbei, und sie umarmten sich unbeholfen wegen ihrer dicken Fellkleidung. Dann legte er einen Arm um Dunkelstrøms Schultern und blickte in das Loch hinab.

Die Lastkräne und Winden arbeiteten noch immer fieberhaft, doch das Dröhnen ihrer Motoren war auf diese Entfernung hin nur schwach zu hören.

»Stefan«, begann die Dunkelstrøm schließlich, »was machen wir eigentlich hier? Ich steige weiß Gott gerne von dem verdammten Schlitten, aber wir können uns nicht allzu viele Pausen leisten, wenn wir noch vor Einbruch der Nacht beim Hartsteinfels sein wollen.«

»Der Fels kann noch eine Weile warten«, entgegnete der Blutfalk gleichmütig. »Ich habe über Komm mit Ratsfrau DuWolfe Verbindung aufgenommen. Anscheinend verschwindet einiges von den Maschinen, die wir aus der *Donnersturm* ausbauen. Ein Teil der Apparate kommt nie in *Nebelhafen* an. Und da wir auf unserem Weg nach Hartsteinfels sowieso bei der *Donnersturm* vorbei mußten, habe ich zugestimmt, daß wir hier einen Zwischenhalt einlegen und nachsehen, was da vor sich geht. Außerdem weiß ich, wie gerne du die *Donnersturm* in Augenschein nehmen möchtest.«

Eileen Dunkelstrøm schüttelte traurig den Kopf, doch um ihre Lippen spielte ein leises Lächeln. Manchmal schien Stefan Blutfalk sie besser zu kennen als sie sich selbst. Saknussens Loch lag in der Tat ein wenig abseits von ihrer Strecke, aber Eileen hatte der Verlockung nicht widerstehen können, zumindest einen raschen Blick auf die *Donnersturm* zu werfen. Als der Blutfalk erkannte, in welche Richtung sie ihn führte, schien er mit *Nebelhafen* Verbindung aufgenommen und nach einer Entschuldigung gesucht zu haben, die sie hier eine Rast einlegen ließ. Insgeheim segnete sie ihn dafür.

»Also gut, Stefan«, sagte Dunkelstrøm mit rauher Stimme. »Ich schätze, wir können die Zeit für einen kurzen Abstecher erübrigen. Welche Maschinen werden denn vermißt?«

Der Blutfalk zuckte die Schultern und setzte sich in Richtung des nächstgelegenen Abstiegs zur *Donnersturm* in Bewegung.

»Schwer zu sagen, wirklich. Das meiste, was wir aus der *Donnersturm* bergen, ist für sich genommen ziemlich harmloser Natur. Erst, wenn man die Teile zusammensetzt und sieht, was im einzelnen fehlt, wird die Angelegenheit . . . beunruhigend. Lauter Apparaturen, die ein Klonpascher gebrauchen könnte. Oder eine Körperbank.«

Dunkelstrøm fluchte böse. Sie hätte jeden Eid geschworen, daß auf *Nebelwelt* keine Klonpascher ihr Unwesen trieben, aber Körperbänke . . . davon gab es einige, und alle illegal. Der Rat und die Stadtwachen verbrachten einen großen Teil ihrer Zeit damit, genügend Beweise zusammenzutragen, um den üblen Burschen das Handwerk zu legen. Dunkelstrøm ging in Gedanken alle Namen durch und sortierte die Leute aus, die nicht genügend Geld und Einfluß besaßen, um eine Aktion wie diese hier in Szene zu setzen. »Vertue«, sagte sie schließlich. »Er ist der einzige, der in Frage kommt.«

»Eine Möglichkeit, sicher«, stimmte der Blutfalk zu. »Aber nicht die einzige. Wir wollen schön einen Schritt nach dem anderen machen. Zuerst werden wir die Sicherheit an Ort und Stelle überprüfen und genau herausfinden, welche Art von Technik fehlt. Dann werden wir nachforschen, wer vom Personal Zugang zu dieser Technik hat. Und dann . . .«

»Gehen wir nach Gefühl vor.«

»Richtig, meine Liebe. Wir werden Fragen stellen, überall herumschnüffeln und uns ganz allgemein unbeliebt machen. Ich bin ziemlich gut darin, wenn ich es mir erst einmal in den Kopf gesetzt habe.«

»Ja, das bist du wirklich«, sagte Dunkelstrøm feierlich.

Der Blutfalk grinste. »Du aber auch«, erwiderte er großzügig.

Beide lachten und stiegen die Stufen hinab, die in die Innenwände der Höhle geschnitten worden waren.

Im Innern der *Donnersturm* herrschten behagliche Temperaturen. Dunkelstrøm schob ihre Kapuze in den Nacken und zog die Schneebrille aus. Sie war froh, dem schneidenden Wind und dem unerträglichen Glitzern des Schnees entkommen zu sein, wenigstens für eine Weile. Neugierig blickte sie sich um, als der Blutfalk aus der Luftschleuse trat und sich zu ihr gesellte. Mehr als zwölf Jahre war es her, daß Dunkelstrøm zum letzten Mal einen Fuß an Bord eines Raumschiffs gesetzt hatte. Der glänzende Stahl der Korridore weckte alte Erinnerungen. Dunkelstrøm hatte ein Gefühl, als würde sie nach langer Zeit endlich wieder nach Hause kommen. Die Wände der *Donnersturm* waren glatt und schmucklos, ohne jede Verzierung oder Dekoration. Das Imperium mochte nicht, wenn die Besatzungen von ihrer Pflicht abgelenkt wurden. Die Lichtsphären an der Decke leuchteten hell. Wahrscheinlich wurden sie von irgendeinem Generator der Bergungsmannschaften mit Energie versorgt, aber das schwache, beinahe unhörbare Summen klang genau so, wie Dunkelstrøm es in Erinnerung hatte. Wenn man das erste Mal ein Schiff betrat, trieb einen das niemals enden wollende Summen der Lichtsphären fast in den Wahnsinn, aber nach einer Woche oder so hörte man es nicht mehr.

Dunkelstrøm spazierte langsam durch den weiten, geräumigen Korridor, und der Blutfalk hielt sich immer an ihrer Seite. Er sagte nichts, denn er hatte bemerkt, wie sehr seine Freundin in alten Erinnerungen schwelgte; aber er blieb bei ihr, falls sie ihn brauchen würde. Ohne hinzusehen streckte die Dunkelstrøm ihre Hand aus und ergriff die des Blutfalk. Sie verspürte ein gewisses Bedürfnis nach Unterstützung. Sie hatte ganz vergessen, wie sehr sie das Gefühl vermißt hatte, Kapitän ihres eigenen Schiffes zu sein. *Nein,* korrigierte sie sich rasch, *das stimmt nicht. Jedenfalls nicht ganz.* Dunkelstrøm hatte es nicht einfach vergessen. Sie hatte sich gezwungen, es zu vergessen. Es war ihr als die einzige Möglichkeit erschienen, nicht den Verstand zu verlieren. Dunkelstrøm beschleunigte ihren Schritt, als könnte sie auf diese Weise die Erinnerungen hinter sich lassen.

Kapitän Eileen Dunkelstrøm von der *Daemon.* Fünf Jahre makelloser Dienst. Nicht eine einzige gescheiterte Mission befleckte ihre Akte. Eine der besten Schiffsführerinnen der gesamten Flotte, auf dem Weg zu Höherem. Und dann hatte die Eiserne Hexe einen ihrer Vettern für vogelfrei erklärt, weil er sich mit den falschen Leuten abgegeben hatte. Kurz darauf war Eileen Dunkelstrøm von ihren Vorgesetzten freundlich daran erinnert worden, was die Vorschriften der Flotte ganz klar festlegten: Nämlich, daß kein Verwandte eines Gesetzlosen ein Raumschiff kommandieren durfte. Sie hatten ihr gesagt, sie müsse ihr Patent niederlegen oder damit rechnen, unehrenhaft entlassen zu werden.

Zuerst hatte Eileen nicht geglaubt, daß sie es ernst meinten. Die Vorschriften würden bei jemandem wie ihr sicher eine Ausnahme machen, hatte sie gedacht – bei all ihren Verdiensten um das Imperium. Als Eileen schließlich gemerkt hatte, daß das Imperium keineswegs scherzte – trotz all ihrer Verdienste –, da hatte sie ihr Schiff mitsamt der Besatzung genommen und war in die Weiten des Alls geflüchtet. Ein oder zwei Jahre hatte sie sich als Piratin durchgeschlagen, ohne jedoch rechtes Vergnügen an ihrem blutigen Handwerk und der endlosen Zerstörung zu finden. Am Ende beging sie einen Überfall zuviel und geriet in einen Hinterhalt der Imperialen. Die *Daemon* wurde zum Wrack geschossen, und Dunkelstrøm mußte in einer beschädigten Pinasse um ihr Leben fliehen. Einige Zeit später, nach einer Irrfahrt von Planet zu Planet und von Schiff zu Schiff, strandete sie auf *Nebelwelt*. Dort begann sie noch einmal ganz von vorne. Zuerst als Schmied, und dann wurde sie in den Rat berufen. Manchmal fragte sie sich, welche dieser beiden Positionen die wichtigere war.

Dunkelstrøm schüttelte den Kopf. Die Dinge hatten sich eigentlich ganz gut entwickelt, seit sie auf *Nebelwelt* angekommen war. Sie war frei, ein Zustand, den sie in all der Zeit im Imperium nie gekannt hatte, und noch viel wichtiger: Sie hatte Graf Stefan Blutfalk kennen und lieben gelernt. Dunkelstrøm drückte liebevoll die Hand des Blutfalk und lächelte, als er ihren Druck erwiderte.

Als Dunkelstrøm und der Blutfalk tiefer in das Schiff vordrangen, füllten sich die Gänge allmählich mit Menschen. Techniker hatten die Wandverkleidungen der Korridore abgerissen und überprüften, welche der dahinter verborgenen Systeme eine Bergung lohnten. Dunkelstrøm war beeindruckt, wie gut die *Donnersturm* ihre Bruchlandung überstanden hatte. Den Berichten zufolge war das Heck zerschmettert, und die unteren Decks bestanden nur noch aus einer Masse verbogenen Metalls. Aber hier, mittschiffs, schien alles den Absturz mehr oder weniger unbeschadet überstanden zu haben. Wahrscheinlich hatte der dicht gepackte Schnee des Plateaus die meiste Energie des Aufpralls verschluckt.

Es sah jedenfalls so aus, als bekämen die Techniker hier eine ganze Menge zu tun.

Lässig bewegte sich Dunkelstrøm unter ihnen und stellte Fragen über die Arbeit und die Technik, die zu bergen war; sie wollte einfach ein Gefühl für die Dinge bekommen. Die meisten der Facharbeiter entspannten sich ein wenig, nachdem sie erst einmal erkannt hatten, daß Dunkelstrøm ihre Sprache sprach, und der Blutfalk hielt sich vorsichtig im Hintergrund. In Situationen wie dieser konnte er auf die Männer zu einschüchternd wirken, und er wußte es.

Im ganzen betrachtet schienen alle mit den Fortschritten ihrer Arbeit zufrieden zu sein. Es gab die üblichen Beschwerden über die Umstände, aber nichts Ernsthaftes. Jeder kannte die Realitäten des Lebens hier draußen auf dem Plateau. Vorsichtig begann Dunkelstrøm, die eine oder andere Frage über die verschwundene Technik zu stellen. Die meisten ihrer Gesprächspartner hatten nicht die geringste Ahnung, worauf sie hinauswollte (oder sie taten einfach so), aber es gab auch genügend verschlossene Gesichter und plötzliches Stocken in der Unterhaltung, um Dunkelstrøm davon zu überzeugen, daß zumindest einige der Männer mehr wußten, als sie zu wissen vorgaben. Dunkelstrøm nahm diese Leute zur Seite und forschte nach weiteren Einzelheiten. Sie setzte all ihren Charme und ihren Einfluß als Ratsmitglied ein – und schließlich flüsterte jemand einen Namen. Joshua Kranich.

»Es liegt nichts Konkretes gegen den Mann vor«, meinte die Dunkelstrøm nachdenklich, als sie zusammen mit dem Blutfalk tiefer ins Zentrum des Schiffes vorstieß. »Aber er ist alles, was wir haben. Er war lediglich zu häufig im richtigen Augenblick an der richtigen Stelle. Es scheint ganz so, als laufe die Sache nur in relativ kleinem Maßstab. Ein einziger Mann hier beim Schiff könnte bereits vollkommen ausreichen.«

»Aber ich will den Kerl am anderen Ende«, sagte der Blutfalk. »Den Kerl, der die Befehle erteilt. Ich verabscheue Technologieschmuggel. Wenn Blutsauger wie diese Vertue erst einmal damit anfangen, sich wichtige Maschinen und Apparate unter den Nagel zu reißen, dann bricht in *Nebelhafen* alles noch viel schneller zusammen.«

»Vergiß nicht, daß wir diesen Joshua Kranich lebend brauchen«, sagte die Dunkelstrøm und lächelte, als der Blutfalk zögernd die Hand vom Griff seines Schwertes löste. »Ein toter Techniker mag den Schmuggel für den Augenblick beenden, aber ohne den Namen seines Hintermannes fängt wenig später alles wieder von vorne an. Ich hoffe nur, daß sich Leon Vertue als Auftraggeber entpuppt. Ich schätze, ich würde ihn mit Vergnügen hängen sehen. Kaum eine Familie in *Nebelhafen* hat nicht schon einen oder mehrere Angehörige an seine verdammten Körperräuber verloren.«

»Er wird seiner gerechten Strafe nicht entgehen«, brummte der Blutfalk.

Dunkelstrøm mußte unwillkürlich grinsen. Der Blutfalk war sich seiner Sache immer so sicher.

Die Deckenbeleuchtung wurde spärlicher, als die beiden den Weg zu den Hauptmaschinenräumen einschlugen. Nur wenige Aufzüge funktionierten zwischen den einzelnen Decks, und Dunkelstrøm mußte sich auf ihre Erinnerungen an Laufstege und Niedergänge verlassen. Sie war überrascht, wieviel von den Schiffsplänen nach all den Jahren noch in ihrem Kopf war; trotzdem mußten sie und der Blutfalk immer wieder stehenbleiben und sich erst davon überzeugen, daß sie sich noch auf dem richtigen Weg befanden. Die *Donnersturm* gehörte zur leichten Schiffsklasse wie ihre alte *Daemon*, aber Dunkelstrøm hatte nur selten Gelegenheit gefunden, ihren eigenen Maschinenraum zu besuchen.

Wieder einmal blieb sie stehen, um sich zu orientieren, als sie zum ersten Mal das Gefühl hatte, beobachtet zu werden. Einige Korridore und mehrere scharfe Biegungen weiter war sie sich ihrer Sache sicher. Dunkelstrøm tauschte einen

127

raschen Blick mit dem Blutfalk, um zu sehen, ob er es ebenfalls bemerkt hatte. Sie hätte beinahe gegrinst, als sie sah, daß seine Hand wieder dicht über dem Schwertgriff hing. Ihre Blicke trafen sich. Der Blutfalk nickte unmerklich. An der nächsten Kreuzung blieben sie stehen und sahen sich suchend um, als wären sie nicht sicher, welchen Weg sie einschlagen sollten.

»Er ist hinter uns«, flüsterte der Blutfalk, ohne daß seine Lippen sich bewegten. »In Richtung sieben Uhr.«

»Hab ihn«, bestätigte die Dunkelstrøm leise. »Meinst du, er besitzt einen Disruptor?«

»Nein. Denn wenn er einen hätte, dann würde er ihn inzwischen benutzt haben. Ich schätze, es ist am besten, wenn wir uns trennen. Ich gehe auf dem Weg zurück, den wir gekommen sind, als würde ich in die Hauptabteilung zurückkehren. Dann, wenn er dich weiter verfolgt, schlage ich einen Haken und fange ihn von hinten ab.«

»Klingt gut.«

»Du hast nichts dagegen, der Köder zu sein?«

»Stefan, ich kann sehr wohl selbst auf mich aufpassen. Ich trage ein Schwert, und ich weiß, wie ich es benutzen muß, falls es zu einem Kampf kommt. Du solltest wirklich damit aufhören, dir immer Gedanken um mich zu machen. Mach jetzt, daß du loskommst. Und vergiß nicht – wir brauchen ihn lebend.«

»Ich denk' dran.«

Der Blutfalk wandte sich um und ging ohne große Eile durch den Korridor zurück, durch den sie gekommen waren, während Dunkelstrøm sich wieder in Richtung des Maschinenraums in Bewegung setzte. Ihre Nackenhaare prickelten beunruhigend, und es kostete sie eine bewußte Anstrengung, nicht die Hand auf den Griff ihrer Waffe zu legen. Sie konnte die Gegenwart des unsichtbaren Verfolgers beinahe körperlich spüren, so dicht war er inzwischen herangekommen. Die Versuchung wurde immer stärker, stehenzubleiben und sich umzudrehen, aber Dunkelstrøm gab ihr nicht nach. Ihre Instinkte verrieten ihr, wo der andere war, und diese Instinkte hatten sie noch nie im Stich gelassen. Dunkelstrøm hielt die Hand vom Schwert an ihrer Hüfte entfernt und gab sich große Mühe, locker und unbeschwert zu wirken.

Doch trotz all ihrer scharfen Instinkte und Vorahnungen war sie völlig überrumpelt, als sich ein Arm von hinten fest um ihren Hals legte. Dunkelstrøm begann, sich zu wehren, aber als ihr Angreifer einen bösartig aussehenden, stacheligen Dolch vor ihre Augen hielt, gab sie den Widerstand auf.

»Ein Schrei, und Ihr seid tot«, schnarrte eine Stimme an ihrem Ohr. »Wer seid Ihr?«

»Ich bin Ratsmitglied Eileen Dunkelstrøm.«

»Ihr habt zu lange am falschen Ort Scherereien gemacht, Ratsmitglied«, sagte die rauhe Stimme gepreßt. »Und es war wirklich ein Fehler, daß Ihr Euren Freund fortgeschickt habt.«

»Er wird bald zurück sein.«

»Nicht bald genug.«

»Ihr seid Joshua Kranich, nehme ich an?«

Eine kurze Pause entstand. »Ihr habt gerade das falsche Wort gesagt, Ratsmitglied. Alles andere, und ich hätte Euch vielleicht gehen lassen, aber jetzt, da Ihr meinen Namen kennt . . .«

»Ich bin nicht die einzige, der ihn kennt.«

»Dann muß ich mich also auch um Euren Freund kümmern. Es ist zu spät für den Rat, jemand anderen zu schicken. Die letzte Sendung ist bereits unterwegs, und ich werde ihr folgen, sobald ich mit dieser Sache hier fertig bin. In *Nebelhafen* wartet ein Haufen Geld auf mich, und weder Ihr noch sonst jemand wird mich daran hindern, es in Empfang zu nehmen.«

»Ihr glaubt doch wohl nicht im Ernst, daß Ihr ein Ratsmitglied töten und ungeschoren davonkommen könnt, oder?« Dunkelstrøm gab sich die größte Mühe, ihrer Stimme einen ruhigen und gelassenen Klang zu verliehen, aber Kranich lachte nur.

»Ihr wärt überrascht, Ratsmitglied, mit was man alles davonkommen kann. Ihr hättet Euren Freund wirklich nicht fortschicken sollen. Nun, ich habe keine Eile mit dieser Sache. Ich kann mir ein wenig ... Spaß leisten. Ich fürchte nur, daß es für Euch wenig spaßig sein wird, Ratsmitglied.«

Der Dolch schimmerte stumpf im trüben Licht, als Kranich die Waffe langsam vor Dunkelstrøm bewegte. Die bösartige gezackte Klinge näherte sich bedrohlich ihrem Gesicht, und Dunkelstrøm versuchte, den Kopf zur Seite zu drehen. Kranich verstärkte seinen Griff, so daß Dunkelstrøm sich überhaupt nicht mehr bewegen konnte. Die Spitze des Messers ritzte ihre Haut direkt über dem rechten Wangenknochen, und ein dünner Blutstrom rann über Dunkelstrøms Gesicht. Genüßlich zog Kranich die Klinge nach unten, und der Schnitt wurde länger. Trotz des Schmerzes konnte Dunkelstrøm spüren, wie sich ihr Fleisch unter der scharfen Schneide teilte und weiteres, frisches Blut aus der Wunde trat und über ihre Wange tropfte. Sie stöhnte laut, dann stieß sie ihren Ellenbogen mit aller Macht in Kranichs Rippen. Zwölf Jahre als Schmied von *Nebelhafen* hatten ihre Muskeln gestärkt, und Kranich bekam dies nun zu spüren. Der plötzliche Stoß trieb ihm die Luft aus den Rippen. Bevor er etwas unternehmen konnte, stieß Dunkelstrøm mit dem Ellenbogen ein zweites Mal zu. Der Klammergriff um ihren Hals löste sich, und sie stampfte mit dem Absatz auf Kranichs linken Spann. Das Brechen von Knochen war deutlich zu spüren. Der Dolch fiel klappernd zu Boden, als Kranich schmerzerfüllt aufheulte. Dunkelstrøm warf sich vor, um aus seiner Reichweite zu gelangen. Sie prallte auf den Boden und rollte sich ab, und noch während sie wieder auf die Beine kam, riß sie das Schwert aus der Scheide. Dann erstarrte Dunkelstrøm und beobachtete wütend, wie Kranich schwer zu Boden fiel, die Hände verzweifelt auf die tiefe, blutüberströmte Wunde an seinem Hals gepreßt. Blut sprudelte zwischen seinen Fingern hervor, während er sich auf dem Boden krümmte. Schließlich erschlafften seine Bewegungen, die Hände fielen kraftlos zur Seite, und er lag still. Einen Augenblick später hörte er auf zu atmen. Der Blutfalk trat aus dem Schatten, musterte den reglosen Leichnam verächtlich und nicke zufrieden. Er begann, sein

Schwert mit einem Fetzen Stoff zu reinigen. Dunkelstrøm schüttelte zornig den Kopf.

»Verdammt, Stefan! Wir wollten ihn lebend, hast du das vergessen?«

»Ich durfte kein Risiko eingehen. Er hätte dich töten können.«

»Ich wäre schon mit ihm fertig geworden.«

»Vielleicht. Aber er hatte blanken Stahl in der Hand, und mir mißfiel die Chancenverteilung. Auf deinem Gesicht ist Blut. Hier, nimm das.«

Dunkelstrøm blickte den Blutfalk mit verdrießlicher Miene an. Dann nahm sie das Tuch, das er ihr hinhielt. Sie erkannte ein Friedensangebot, wenn sie eins sah. Sie preßte das Tuch auf ihre Wunde und betastete neugierig den klaffenden Schnitt. Er war zum Glück nicht allzu tief.

»Bist du in Ordnung, meine Liebe?«

»Mir geht's gut, Stefan. Es ist nur ein Kratzer.«

»Ich hatte Angst um dich.«

»Ja. Ich weiß. Und jetzt laß uns hier verschwinden. Wir können ein paar Männer zum Aufräumen herschicken.«

»Hat Kranich dir gegenüber Namen erwähnt? Beispielsweise Leon Vertue?«

»Nein. Er sagte nur, daß in *Nebelhafen* Geld auf ihn warten würde.«

Der Blutfalk runzelte nachdenklich die Stirn. »Ohne Namen können wir unsere Rückkehr nach *Nebelhafen* nicht rechtfertigen. Unser Auftrag, die Kommunikation mit der Stadt wieder herzustellen, ist zu wichtig.«

»Unglücklicherweise hast du recht. Aber es wäre zu schön gewesen, wenn wir Leon Vertue endlich hätten festnageln können.«

»Ja«, stimmte der Blutfalk zu, während er seine Freundin durch den trübe erleuchteten, stählernen Korridor zurückführte. »Aber mach dir keine Gedanken, meine Liebe. Ich verspreche dir, daß er bekommen wird, was er verdient.«

Die Nacht lag schwer über der Stadt, und der Vollmond schimmerte düster durch die träge über die Landefelder wirbelnden Nebelschwaden. Jamie Royal wickelte seinen abgetragenen grauen Umhang fest um sich und spähte angestrengt aus der Sicherheit seines Verstecks in den Schatten am Rand des Raumhafens in die Dunkelheit. Das Landefeld lag verwaist, und selbst die Markierungsfackeln brannten nur noch schwach. Jamie zog eine Karte aus der Innentasche des Umhangs und studierte sie sorgfältig im Schein einer Stiftlampe. Der kleine Lichtfleck tanzte über die unebene Oberfläche der Karte, denn Jamies Hände zitterten heftig wegen der feuchten Kälte der Nacht. Er fluchte lautlos vor sich hin und bemühte sich, das Zittern unter Kontrolle zu bringen. Die Nacht war eisig, und es würde bald noch kälter werden. Jeder Atemzug brannte in Jamies Lungen, und trotz aller Anstrengungen klapperten seine Zähne. Jamie verdrängte die Kälte aus seinen Gedanken, so gut es ging, und konzentrierte sich auf den Plan. Je früher er mit dieser Sache fertig war, desto schneller konnte er der verdammten Kälte entfliehen. Nur ein Dummkopf oder ein Verrückter würde freiwillig im nächtlichen *Nebelhafen* herumlungern. Nur ein Dummkopf, ein Verrückter ... oder ein Verzweifelter. Jamie verzog das Gesicht zu einer Grimasse und untersuchte die Karte.

Der Rand des Raumhafens war umgeben von Sensorfeldern und Annäherungsminen, doch die sicheren Wege zwischen den Sperren hindurch konnte man sich leicht merken. Jamie steckte die Stiftlampe weg, dann faltete er die Karte sorgfältig wieder zusammen und stopfte sie zurück in die Innentasche. Er hatte bereits den größten Teil des Abends damit verbracht, die sicheren Wege auswendig zu lernen, aber er ging lieber kein unnötiges Risiko ein. Jamie starrte in die wabernden Nebelschwaden hinaus und schwor sich im stillen, daß dies der letzte Auftrag war, den er für Leon Vertue durchführte – Drohungen hin oder her. Er hatte gedacht, die Sache wäre vorbei, nachdem er den verdammten Kristall an den Hadenmann geliefert hatte, aber Vertue hatte auf diesem letzten Dienst bestanden, während Schwarzpeter, der Söldner, mit kaltem Grinsen neben dem Doktor gestanden und darauf gewartet hatte, daß Jamie den Versuch machen würde, sich zu weigern. Jamie hatte ihm die Befriedigung nicht gegönnt.

Aber ich werd's dir heimzahlen, dachte Jamie grimmig. *Euch beiden. Ihr werdet bezahlen für das, was ihr mir angetan habt, mir und Madeleine. Meine süße kleine Madeleine ...*

Er lächelte unglücklich und schüttelte den Kopf. Wie es aussah, würde er bereits genug Schwierigkeiten haben, mit heiler Haut aus dieser Geschichte herauszukommen, auch ohne wilde Rachepläne gegen Vertue und Schwarzpeter. Die Vergeltung würde auf bessere Zeiten warten müssen – vorausgesetzt, Jamie würde irgendwann ein Plan einfallen, der mehr wert war als Dreck. Jamie blickte sich um und lauschte konzentriert. Keine Schatten, die sich im Nebel bewegten, und keine Geräusche, die die Stille durchdrangen. Laut seinen Informationen patrouillierte die Wache das Randgebiet in halbstündigen Intervallen. Reichlich Zeit, um sich am Verteidigungsring des Raumhafens vorbeizuschleichen und im Nebel in Deckung zu gehen. Vorausgesetzt natürlich, daß alles nach Plan lief. Jamie atmete tief durch und setzte sich vorsichtig auf das Landefeld hinaus in Bewegung.

Die Annäherungsminen waren leicht zu entdecken, jetzt, da Jamie wußte, wonach er Ausschau halten mußte; aber die Sensorfelder waren für das normale Auge unsichtbar. Man bemerkte erst, daß man auf eines getreten war, wenn die Wachen aus dem Nichts herbeistürzten und einen packten. Jamie bleckte in einem wilden Grinsen die Zähne und eilte weiter. Entweder die Karte war korrekt, oder sie war es nicht. Und wenn sie nicht korrekt war, dann machte es sowieso keinen Sinn mehr, sich jetzt noch deswegen den Kopf zu zerbrechen.

Zu beiden Seiten stachen die Silhouetten der Schmugglerschiffe in den Nebel, lange silberne Nadeln, die im flackernden Licht der Markierungsfackeln rot widerschienen. Die anderen Landeplätze lagen leer und einsam, und Jamie überkam ein schreckliches Gefühl von Nacktheit und Verletzlichkeit, während er weiterging. Seine Einbildung füllte das endlose Meer aus grauen Schwaden mit wachsamen Augen und Tausenden bewaffneter Sicherheitsleute, und er spürte, wie sein Herz in der Brust wild zu hämmern begann. Stolpernd kam er zum Stehen, als sich vor ihm ein gewaltiger dunkler Schatten aus dem Nebel schälte, doch als er die Hülle der *Höllenfeuer* erkannte, entspannte er sich ein wenig. Jamie war am richten Platz. Rasch ging er zu dem umzäunten Ausschiffungsgebiet hinüber und versteckte sich im Schatten der äußeren Mauer.

Der Umriß des mächtigen Schiffes wirkte irgendwie beruhigend. Jamie ließ sich auf die Hacken nieder und wartete ungeduldig, daß sich sein Atem zusammen mit seinem Puls wieder normalisierte. *Ich würde einen lausigen Spion abgeben*, dachte er ironisch. Kopfschüttelnd wandte er seine Aufmerksamkeit der breiten Schlange von Flüchtlingen zu, die aus der Hauptschleuse der *Höllenfeuer* hervorquollen. Sie bewegten sich langsam und lustlos über die Landefläche. Die meisten steckten in feinen Seidenkleidern und Anzügen, die für das bitterkalte Klima *Nebelwelts* vollkommen ungeeignet waren – aber nicht ein einziger von ihnen schien Notiz davon zu nehmen oder sich deswegen Sorgen zu machen. Die Gesichter der Menschen waren ausdruckslos, die Augen leer, und keiner warf einen Blick zurück auf das Schiff, das sie eben erst verlassen hatten. Verloren und allein, gegen jede Vernunft noch immer hoffend, waren sie nach *Nebelhafen* gekommen, genau wie so viele andere vor ihnen auch. Weil es nämlich keinen anderen Ort mehr gab, zu dem sie gehen konnten. Jamie schlang den Umhang fröstelnd enger um den Leib. Als er sich aufrichtete, stampfte er mit den Füßen auf den Boden, um die Kälte aus den Gliedmaßen zu vertreiben. Trotz der dicken Stiefel und Handschuhe hatte er jegliches Gefühl in Händen und Füßen verloren, und in seinem Haar bildete sich bereits Reif. Vertue oder nicht – diese verdammte Kälte würde Jamie nicht lange ertragen. Wenn er den Flüchtling, nach dem er suchte, nicht rasch finden konnte, dann würde er gehen und sich diesem verfluchten Söldner stellen müssen. Jamie fuhr alarmiert hoch. Ganz in der Nähe erklangen Schritte. Rasch warf er einen Blick in die entsprechende Richtung und zuckte zusammen, als er die Silhouette John Silvers im Eingang der Ausschiffungsbaracke erkannte. Was zur Hölle hatte der Esper vom Dienst hier zu suchen? Jamie kauerte sich an die Mauer und hoffte inbrünstig, daß die Schatten ihn verbergen würden. Sein mentaler Schild war so undurchdringlich, wie er ihn nur machen konnte, und soweit es Silvers ESP betraf, sollte er für ihn unsichtbar sein.

Silver trat durch das Tor hindurch, zögerte einen Augenblick und setzte sich dann langsam in Jamies Richtung in Bewegung. Der Esper vom Dienst hatte die Stirn in nachdenkliche Falten gelegt. Er schien, sich völlig auf die Flüchtlinge zu konzentrieren. Jamie griff nach unten und zog vorsichtig den Dolch aus seinem Stiefelschaft. Die schlanke Klinge lag schwer in seiner Hand. Er verspürte nicht den geringsten Wunsch, John zu töten, aber er konnte sich auch nicht leisten, geschnappt zu werden. Verräter wurden auf *Nebelwelt* kurzerhand gehängt.

Silver kam immer näher. Jamie holte mit dem Arm zum tödlichen Stoß aus und wartete darauf, daß der Esper in Reichweite kam. Dann rief jemand aus dem Innern der Baracke, und Silver blieb stehen und wandte sich um. Jamie erstarrte in seinem Versteck. Er wagte kaum zu atmen. Silver ging rasch zur Baracke zurück und verschwand in ihrem Inneren. Jamie atmete erleichtert auf. Mit fahrigen Bewegungen steckte er das Messer zurück in den Stiefel. Seine Hand zitterte. Je früher diese Sache vorbei war, desto besser. Seine Nerven würden den Druck nicht mehr lange aushalten.

Jamie aktivierte sein ESP und sondierte vorsichtig das Innere der Baracke, ohne die Abschirmung um sein eigenes Bewußtsein zu vernachlässigen. Scheinbar war er genau zur rechten Zeit eingetroffen; die ersten Flüchtlinge von *Tannim* wurden in diesem Augenblick abgefertigt. Jamie runzelte die Stirn. Außer Silver befanden sich zwei weitere Esper in der Baracke, die jeden der Neuankömmlinge äußerst gewissenhaft überprüften, geradeso, als hätten sie einen Verdacht und würden nach etwas Bestimmtem suchen. Jamie konnte nicht erkennen, was es sein mochte, jedenfalls nicht, ohne seine Schilde zu vernachlässigen und den anderen Espern dadurch seine Anwesenheit zu verraten – aber er konnte raten. Sie suchten nach dem gleichen Flüchtling, den zu finden er hergeschickt worden war. Jamie grinste. Er war hier, um sicherzustellen, daß sie keine Chance hatten. *Pech gehabt*. Jamie paßte einen geeigneten Augenblick ab und drang in die Köpfe der Flüchtlinge ein, die in der Baracke warteten. Es waren nur vier, und Jamie zog sich wieder schnell zurück. Vertue hatte gesagt, sie würde nicht unter den ersten Ankömmlingen sein, und es schien, als würde er recht behalten. Jamie richtete sein ESP auf die Menschen, die langsam über das Landefeld aus dem Nebel herbeitrotteten. Er überprüfte einen nach dem anderen, während sie sich der Ausschiffungszone näherten. Die Aufgabe war langwierig und ermüdend, doch Jamie gab nicht auf. Bald schon hatte er vergessen, wie viele Flüchtlinge bisher an ihm vorbeigezogen waren.

Allmählich schien es ganz so, als würde er seine Zeit verschwenden, und auf gewisse Weise hoffte er das sogar. Verrat wurde zwar verdammt gut bezahlt, aber sein Herz war nicht bei der Sache. Leise seufzte er vor sich hin. Jamie hatte noch immer Schulden zu bezahlen . . .

Dann schälten sich die Umrisse einer großen blonden Frau aus dem Nebel. Sie trug den langen, schrillen Umhang der Patrizierkaste *Tannims*. Das Kleidungsstück war abgenutzt und stand vor Schmutz und getrockneten Blutflecken. Die Frau konnte kaum älter sein als Zwanzig, aber Schmerz und Sorgen hatten bereits tiefe Linien in ihr Gesicht gegraben. Sie sah noch immer gut aus, doch eine Schönheit würde sie nie wieder sein. Langsam und graziös wanderte sie über das Landefeld, auf den Lippen ein beunruhigendes Lächeln, den Blick starr geradeaus. Jamie griff mit seinem ESP nach ihr und erhielt ein einziges Wort zurück. *Marie*. Er grinste mit schwachem Bedauern und eilte aus seinem Versteck, um sie zu begrüßen.

»Hallo Marie. Ich bin Schatten, Euer Kontaktmann.«

Die Frau richtete ihr Lächeln auf ihn, und Jamie erschauerte. Ihre Augen waren kalt und dunkel, und ihr Blick war sehr, sehr leer.

»Hallo Schatten. Marie wurde programmiert.«

Jamie warf einen raschen Blick in die Runde, um sich davon zu überzeugen, daß niemand ihre Anwesenheit bemerkt hatte. Dann packte er Marie am Arm und führte sie durch die dunstigen Schwaden davon. Während sie vorsichtig auf dem gleichen Weg zurückgingen, den Jamie gekommen war, warf er schnelle Seitenblicke auf die Frau. Sie sprach kein Wort und ließ sich ohne Zögern von ihm führen. Jamie war das nur recht. Ihre Stimme hatte kalt und irgendwie unmenschlich geklungen. Was zur Hölle hatten diese Imperialen Bastarde nur mit ihr gemacht? Und was hatte sie mit ›Marie wurde programmiert‹ sagen wollen? Jamie versuchte erneut, in ihren Verstand einzudringen, aber Marie besaß eine hervorragende Abschirmung. Entweder war sie ein sehr starker Esper, oder die Imperialen Hirntechs hatten ihr ein Implantat eingesetzt. Jamie zuckte die Schultern und eilte durch den immer dichter werdenden Nebel. Vertues Kontaktleute sollten zwar die Sensoren des Kontrollturms manipuliert haben, so daß niemand ihn und Marie entdecken könnte, aber Jamie verspürte nicht die geringste Lust, sich länger als nötig am Raumhafen aufzuhalten. Überhaupt beschlich ihn allmählich ein verdammt ungutes Gefühl wegen der ganzen Operation. Erneut warf er einen raschen Seitenblick auf Marie. Sie lächelte noch immer.

Sie erreichten die Umfriedung des Raumhafens, ohne behelligt zu werden, und Marie erlaubte Jamie, ihr über die niedrige Steinmauer zu helfen. Rasch kletterte er hinterher und sprang zu ihr in die enge Gasse, dann warf er einen weiteren gehetzten Blick auf seine Umgebung. Der Nebel wurde ständig dichter. Leichter Schneefall hatte eingesetzt. Jamie zitterte in seinem dünnen Umhang und blickte unschlüssig auf Maries zerschlissene Kleidung. Die Nacht

war kalt, und es würde noch kälter werden. Sein Auftrag
lautete, Marie auf direktem Weg zu Leon Vertue zu bringen,
aber die Chancen standen nicht schlecht, daß sie sich auf
dem Weg dorthin zu Tode frieren würde. Ganz besonders
dann, wenn Jamie Umwege einschlagen mußte, um den
Stadtwachen auszuweichen. In ihrer augenblicklichen Kleidung fiel Marie auf wie eine Nonne in einem Bordell. Er
mußte ihr ein paar warme Kleider beschaffen, irgendwo, wo
man keine lästigen Fragen stellen würde ... Plötzlich grinste
er. Die Schwarzdorn-Taverne. Cyder stand durch den Speicherkristall mit Vertue in Verbindung, also würde sie auch
nicht reden. Und die Taverne lag ganz in der Nähe. Jamie
nahm Marie am Arm und eilte mit ihr durch die schwach
erleuchteten Straßen. Cyder würde Marie ganz bestimmt ein
paar passende Kleider ausleihen. Vielleicht würde sie sogar
die eine oder andere Idee haben, was zur Hölle eigentlich
vor sich ging.

Im Schwarzdorn herrschte noch mächtig Betrieb, als Jamie
vorsichtig durch die geöffnete Tür ins Innere des Lokals
spähte. Die meisten Tische waren besetzt, und an der Theke
drängten sich die Gäste. Die Luft war dick vom Rauch und
hallte wider vom unbeschwerten Geschnatter der Besucher,
die sich scheinbar fest vorgenommen hatten, einen schönen
Abend zu verbringen, solange das Geld reichte. Jamies Griff
um Maries Arm wurde fester, als er die Frau in die Taverne
führte. Er war nicht sicher, wie die anderen Gäste sich ihr
gegenüber verhalten würden, wenn man ihr gegenwärtiges
Aussehen bedachte. Marie blickte einfach nur starr geradeaus und ignorierte ihre Umgebung völlig. Jamie versuchte,
sich ein wenig zu entspannen. Er bahnte sich einen Weg zur
Theke und suchte nach Cyder, aber die Wirtin war nirgends
zu sehen. Ein Typ in schmierigen Fellen streckte seine Hand
nach Marie aus und begrapschte sie. Marie reagierte überhaupt nicht, doch der Kerl wurde kreidebleich und erstarrte,
als er plötzlich Jamies Klinge dicht vor seinem Auge sah. Er
schluckte schwer.

»Äh ... nichts für ungut, Freund.«

»Nichts für ungut«, entgegnete Jamie grinsend und zog Marie zur Theke. Der Typ wandte sich zu seinen frotzelnden Kumpanen um und gab sich im übrigen die größte Mühe, so zu tun, als sei nichts geschehen.

Jamie fand eine freie Stelle an der langen Holztheke und wartete ungeduldig darauf, daß der große, dürre Barmann zu ihm kam. Mißtrauisch ließ er seine Blicke über die besetzten Tische schweifen. Er hatte nicht damit gerechnet, daß der Schwarzdorn um diese späte Stunde noch so voll sein würde. Maries Ankunft in *Nebelhafen* sollte eigentlich geheim bleiben, und Jamie hatte nichts Besseres zu tun, als sie zu einem Haufen von Leuten zu führen, die sie ohne Zögern verraten würden, wenn sie auch nur einen halben Kredit dafür bekämen. Jamie verzog das Gesicht. Er konnte Marie nicht in ihrem augenblicklichen Aufzug zu Vertue bringen. Sie würde vorher erfrieren. Außerdem hatte Jamie das Gefühl, dringend einen Rat zu benötigen. Die Dinge schienen ihm aus der Hand zu gleiten. Er drehte den Kopf, als der Barmann sich endlich um ihn und seine Begleiterin kümmerte, und gab sich Mühe, ein lässiges, entspanntes Grinsen aufzusetzen – allerdings ohne rechten Erfolg.

»Ich suche Cyder.«

»Sie ist geschäftlich unterwegs, Jamie Royal.«

»Ich muß sie sehen. Es ist dringend.«

»Es tut mir wirklich leid, mein Herr, aber Cyder ist nicht da. Wenn Ihr warten wollt – sie müßte eigentlich bald zurück sein.«

»In Ordnung. Danke.«

Jamie nahm erneut Maries Arm und führte sie zu einer der Privatnischen im hinteren Teil der Taverne. Er setzte sich, aber dann stand er wieder auf und schob zuerst Marie auf einen Stuhl. Sie blieb einfach da, wo Jamie sie hinschob. Das leere Lächeln hing wie festgefroren in ihrem Gesicht. Jamie ließ sich in seinen Stuhl fallen und streckte die Beine aus. Es tat gut, wieder im Warmen zu sein. Er massierte seine tauben Finger und überlegte angestrengt, was zur Hölle er eigentlich zu tun gedachte. Er konnte es sich nicht leisten, lange auf Cyder zu warten – auf der anderen Seite konnte Marie unmöglich in ihrer augenblicklichen Kluft durch die eisige Nacht laufen. Jamie zog ein mürrisches Gesicht und wünschte Vertue im stillen zur Hölle und wieder zurück.

Es war alles Vertues Schuld, egal von welcher Seite man es betrachtete.

Jamie musterte Marie nachdenklich. Soweit er feststellen konnte, hatte sie sich keinen Millimeter bewegt, seit er sie in den Stuhl gedrückt hatte. Ihr Gesicht wirkte ruhig und kalt, trotz des unverrückbaren Lächelns, und ihre Augen waren in eine unbestimmte Ferne gerichtet. Es schien fast, als würde sie ... auf etwas warten. Jamie wandte den Blick ab. Maries ständiges Lächeln zerrte allmählich an seine Nerven.

»Hallo, Jamie Royal. Ich hätte nicht erwartet, Euch hier zu sehen.«

Jamies Kopf ruckte hoch, und seine Hand fiel auf das Messer im Stiefel. Dann entspannte er sich ein wenig. »Das gleiche könnte ich über Euch sagen, Susanne. Was sucht eines der führenden Ratsmitglieder *Nebelhafens* in einer Kaschemme wie dieser?«

Susanne DuWolfe zuckte die Schultern und zog sich einen Stuhl heran. »Ich werde auch nicht lange bleiben. Wer ist Eure Freundin?«

»Keine Freundin. Ich gebe nur auf sie acht; eine geschäftliche Sache. Seht mal, Susanne, Ihr müßt mir einen Gefallen tun. Ich muß Marie schnellstens zu meinem Geschäftspartner bringen, aber ich kann sie nicht in dieser Kleidung durch die Nacht laufen lassen. Habt Ihr nicht einen warmen Umhang oder sonst etwas, daß Ihr mir ausleihen könntet? Ich hatte vor, Cyder danach zu fragen, aber sie ist noch unterwegs.«

Susanne runzelte die Stirn. »Steckt Ihr schon wieder in Schwierigkeiten, Jamie?«

»Stecke ich nicht immer in Schwierigkeiten? In letzter Zeit verwandelt sich alles in Ärger, was ich anfasse.«

»Jamie ... Ich habe gehört, daß Ihr und Madeleine Euch getrennt habt. Es ... es tut mir leid.«

140

»Danke.« Jamie zögerte. Dann faßte er einen Entschluß und blickte Susanne DuWolfe fest in die Augen. »Susanne, ich stecke bis zum Hals in Schwierigkeiten. In wirklichen Schwierigkeiten. Ich brauche Eure Hilfe.«

Susanne DuWolfe grinste zynisch und lehnte sich in ihrem Stuhl zurück. »Also gut. Wieviel soll ich Euch diesmal borgen?«

»Nein, Susanne. Ich brauche kein Geld. Zumindest nicht nur Geld. Ich brauche Euren Einfluß. Euren Schutz.«

»Jamie, ich kann nicht viel für Euch tun. Als Ratsmitglied kann ich meine Augen vor ein paar Dingen verschließen, aber das ist auch schon alles . . .«

»Ihr seid mehr als nur Ratsmitglied«, unterbrach sie Jamie. »Ihr seid auch eine Wolf.«

Susannes Gesicht wurde unvermittelt hart. »DuWolfe, Jamie. Ich bin nur eine angeheiratete Wolf, und Jonathan ist seit beinahe drei Jahren tot.«

»Ich weiß«, erwiderte Jamie. »Ich habe geholfen, seinen Mörder zu jagen und zu stellen, wie Ihr Euch sicher erinnert.«

»Ja. Ich erinnere mich.«

»Ich frage Euch als Freundin, Susanne. Wenn Ihr erst in einen Clan aufgenommen werdet, bleibt Ihr Teil davon. Sie werden Euch helfen, wenn Ihr sie darum bittet. Und der Wolf-Clans ist der einzige, der mir den Schutz geben kann, den ich brauche.«

»Hört schon auf, Jamie. Wen könntet Ihr schon so gegen Euch aufgebracht haben, daß Ihr derartigen Schutz benötigt?«

»Leon Vertue«, erwiderte Jamie leise. »Er ist ein Agent des Imperiums. Er hat all meine Schuldscheine gekauft, und er ist verantwortlich für Madeleines Tod.«

»O nein, Jamie. Nein . . .«

»Ich habe in den letzten paar Tagen für Vertue gearbeitet; in seinen Diensten steht ein Söldner namens Schwarzpeter, und der machte mir klar, daß ich keine große Wahl in der Sache hatte. Vertue plant etwas, Susanne. Etwas Großes. Ich will aussteigen, aber wenn ich verschwinde, schickt er den verdammten Söldner hinter mir her. Ich brauche Schutz, oder ich bin ein toter Mann.«

»Jamie . . .«

»Bitte, Susanne. Ich weiß nicht, was da vorgeht, aber ich habe ein verdammt schlechtes Gefühl bei der ganzen Sache.«

»In Ordnung«, sagte Susanne DuWolfe schließlich. »Ich werde mit dem Clan sprechen und sehen, was sie dazu sagen. In der Zwischenzeit bleibt Ihr besser in meiner Nähe. Sie werden nicht wagen, etwas gegen Euch zu unternehmen, während ich zugegen bin. Und jetzt – was machen wir mit Eurer jungen Freundin hier?«

Jamie Royal und Susanne DuWolfe richteten ihre Blicke auf Marie und erstarrten auf ihren Stühlen. Marie lächelte sie an, und ihre Augen waren schwärzer als die Nacht. Die Zeit des Wartens war vorüber.

Katze hing kopfüber von der Dachrinne herab und pochte wütend mit der Faust gegen die verschlossenen Fensterläden, aber sie blieben verschlossen. Er verzog das Gesicht und kletterte zurück aufs Dach. Cyder hätte inzwischen längst zurück sein müssen. Katze kauerte sich reglos auf die schneebedeckten Ziegel und dachte nach. Der Wind wirbelte Schneeflocken um ihn herum, und Katze fröstelte selbst in seinem Thermoanzug. Schließlich zuckte er resignierend die Schultern und stapfte über die Schräge zum Regenrohr. Er schwang sich über die Kante und glitt am Rohr hinab zu seinem Noteingang: einem schmalen Fenster, daß sich zum Obergeschoß des Schwarzdorn hin öffnete. Der Laden wurde nie verriegelt und stand stets einen winzigen Spaltbreit offen. Niemand außer Katze war schlank und gelenkig genug, um durch dieses Fenster einzusteigen. Selbst Katze hatte Schwierigkeiten, als er sich jetzt hindurchzwängte, und er überlegte, ob er vielleicht zugenommen hatte. Das hatte man nun von den regelmäßigen, reichhaltigen Mahlzeiten.

Aber schließlich war Katze hindurch und ließ sich im

Innern lautlos zu Boden gleiten. Er warf einen raschen Blick in die Runde. Niemand war in der Nähe. Die Lampen brannten hell in ihren Haltern, doch in der Luft lag eine eigenartige Kälte. Katze setzte sich in Bewegung, um in den Schankraum hinunterzugehen, und erstarrte zur Regungslosigkeit, als sich zu seiner Rechten eine Tür öffnete. All seine Instinkte schalteten sich gleichzeitig ein, und er huschte ohne nachzudenken in den Schatten eines Alkovens. Beinahe im gleichen Augenblick fühlte er sich lächerlich. Was war schon dabei, wenn sich eine Tür öffnete? Wahrscheinlich hatte einfach jemand vergessen, sie korrekt zu schließen. Trotzdem, Katze verharrte reglos in seinem Versteck. Er vertraute seinen Instinkten. Mißtrauisch beobachtete der Dachläufer die offene Tür. Kein Licht fiel auf den Gang, und ihm kam zu Bewußtsein, daß das Zimmer dahinter völlig dunkel war.

Niemand trat hervor, und einen Augenblick später fiel die Tür krachend zurück ins Schloß. Katze wartete reglos und neugierig. Der Vorgang wiederholte sich. Die Tür schwang auf und fiel erneut krachend ins Schloß. Und wieder.

Katze spürte, wie sich seine Nackenhaare aufrichteten, während er die Tür beobachtete. Das rhythmische Auf- und Zuschlagen hatte eine vorsätzliche, kontrollierte Gewalt an sich, die ihn zutiefst beunruhigte. Er wählte einen geeigneten Augenblick, dann schoß er, während die Tür geschlossen war, aus seinem Alkoven hervor und in Richtung der Treppe zum Schankraum; aber als er an der Tür vorbeikam, öffnete sie sich wieder. Katze drückte sich flach an die gegenüberliegende Wand des Gangs. Eine Pause entstand, bevor die Tür wieder ins Schloß krachte; doch Katze machte keinen Versuch, einen Blick in das Dunkel dahinter zu werfen. Er verspürte nicht die geringste Lust zu sehen, was dort auf ihn wartete.

Leise tappte er durch den Korridor und verzog sorgenvoll das Gesicht. Die krachende Tür mußte einen Höllenlärm veranstalten, aber niemand zeigte sich, um dem Geräusch auf den Grund zu gehen. Katze hielt auf die Treppe am Ende des Gangs zu. Als ihm bewußt wurde, daß sich zwischen ihm und der Treppe eine weitere Tür befand, zögerte er. Sie war geschlossen, und es schien nichts weiter als eine ordinäre Tür zu sein, aber Katze näherte sich trotzdem voller Mißtrauen. Sie blieb geschlossen. Er musterte die Tür nachdenklich, dann blickte er zur Treppe. Ihn beschlich mehr und mehr das Gefühl, daß im Schwarzdorn etwas nicht stimmte. Seine Instinkte sagten ihm, daß er aus dem Korridor verschwinden sollte, als wäre der Teufel persönlich hinter ihm her, doch die geschlossene Tür verunsicherte ihn. Katze blickte über die Schulter zurück und sah, daß die andere Tür sich noch immer öffnete und wieder schloß. Immer und immer wieder. Katze drehte den Kopf wieder nach vorn und musterte die geschlossene Tür vor der Treppe. Nachdenklich kaute er auf der Unterlippe. Schließlich zog er einen seiner Handschuhe aus und schob ihn hinter den Gürtel, dann legte er die nackte Handfläche vorsichtig gegen das Holz der Tür. Sollte sich auf der anderen Seite jemand bewegen, würde er die Vibrationen bemerken. Aber kaum hatte Katze die Hand an die Tür gehalten, da zog er sie schon wieder zurück, als hätte er sich verbrannt. Die Tür bebte! Katze leckte sich nervös über die trockenen Lippen und zwang sich zu einem neuen Versuch. Nach und nach dämmerte ihm, daß das Beben der Tür dadurch zustande kam, daß jemand auf der anderen Seite ununterbrochen mit den Fäusten dagegen hämmerte. Katze wich zurück und huschte zu den Stufen, die hinunter in den Schankraum führten.

Was zur Hölle war im Schwarzdorn passiert? Und wo verdammt noch mal steckte Cyder?

Am Fuß der Treppe zögerte Katze vor der schweren hölzernen Tür, die das Treppenhaus gegen den Schankraum abschloß. Normalerweise betrat er nie die Taverne während der Öffnungszeiten; er fühlte sich nicht sicher genug. Wenn die Stadtwachen jemals herausfänden, daß er über dem Schwarzdorn seinen Unterschlupf hatte, würden sie ihn oder Cyder nie wieder in Ruhe lassen. Außerdem war Katze sich gar nicht mehr sicher, ob er sehen wollte, was in der Taverne auf ihn wartete. Erst recht nicht nach der Sache mit den beiden Türen im Stockwerk darüber. Andererseits benötigte er dringend ein paar Antworten. Katze wappnete sich innerlich gegen alles, was auf ihn warten mochte und stieß die Tür auf.

Möbel lagen über den Boden verstreut wie Brennholz. Tiefe Risse zogen sich über die Wände, wie von gewaltigen Krallen. Sämtliche Spiegel waren zertrümmert und lagen zusammen mit den Trinkgläsern in Scherben. Katze blieb wie versteinert im Eingang stehen, starr vor Entsetzen und Unglauben. Langsam ließ er seinen Blick über das vor ihm liegende Chaos schweifen und versuchte, alles in sich aufzunehmen. Die lange hölzerne Theke war von einem Ende zum anderen gerissen. Tische und Stühle lagen umgestürzt herum, als wäre ein Orkan durch das Lokal gefahren. Weinpfützen und Bierlachen bedeckten den Boden wie vergossenes Blut. Alle Fenster waren zerschmettert, und die Lampen und Laternen brannten nicht mehr. Das einzige Licht stammte von den schwelenden Feuern, die hier und dort zwischen all den Trümmern entstanden waren. Und ringsherum bewegten sich eigenartige Schatten, die einmal Männer und Frauen gewesen waren. Einige saßen teilnahmslos auf dem Boden, mit dem Rücken gegen die Mauern oder umgestürztes Mobiliar gelehnt. Ihre Münder standen weit offen, und ihre aufgerissenen Augen blickten ins Leere. Andere lagen auf dem Rücken und stierten mit ausdruckslosen Blicken an die Decke, während ihre Hacken hilflos auf die Dielen trommelten. Noch mehr hatten sich in improvisierte Deckungen zurückgezogen, unter oder hinter Tische und andere Möbel, und preßten die Augen fest zusammen, während aus ihren Mündern heisere, entsetzte Schreie drangen, die Katze nicht hören konnte. Einige lagen tot unter den Trümmern, obwohl nirgends Wunden zu erkennen waren.

Katze setzte sich langsam in Bewegung. Er spähte hinter die zersplitterte Theke und zuckte zusammen. Der Barmann war schreiend und mit auf die Ohren gepreßten Händen gestorben. Aus den Augenwinkeln bemerkte Katze eine rasche Bewegung. Er wirbelte herum, bereit zu fliehen oder zu kämpfen, wenn es nötig werden sollte. Es war Cyder. Sie stand im Eingang zur Taverne und blickte schockiert um sich. Katze beeilte sich, den Schankraum zu durchqueren, wobei er sorgsam darauf achtete, nicht auf einen der vielen Körper zu treten. Er nahm Cyder in die Arme, und für einen Augenblick klammerte sie sich an ihn und vergrub das Gesicht an seiner Schulter. Dann straffte sie sich wieder und schob ihn von sich. Cyder warf einen erneuten Blick auf ihr verwüstetes Lokal, und obwohl ihr Blick kalt und unnachgiebig wirkte, waren ihre Schultern gebeugt von der Last dessen, was sie sah.

»Ich bin am Ende«, sagte sie leise. »Ich kann auf gar keinen Fall genügend Geld zusammenkratzen, um diese Schäden wieder in Ordnung zu bringen. Was zur Hölle ist bloß hier geschehen, während ich unterwegs war? Es sieht aus, als wäre eine verdammte Bombe eingeschlagen! Eine Bombe – oder ein Poltergeist. Verdammt! Verdammte Scheiße! Katze, du gibst acht, während ich nach einem Arzt suche. Vielleicht kann uns das eine oder andere dieser armen Schweine hier sagen, was geschehen ist.«

Katze nickte unglücklich.

Der Gedanke, alleine im Schwarzdorn zurückzubleiben, gefiel ihm überhaupt nicht. Aber als er sich umdrehte, war Cyder schon verschwunden.

Katze zuckte resignierend die Schultern und setzte sich neben der offenen Tür auf den Fußboden, um auf die Rückkehr seiner Freundin zu warten.

In einer feuergeschwärzten Nische im hinteren Teil der zerstörten Taverne hingen Jamie Royal und Susanne DuWolfe lang ausgestreckt über einem Tisch. Beide waren mausetot.

Die Typhus-Marie war nach *Nebelhafen* gekommen.

KAPITEL 11
ZWEI KRIEGER

Donald Royals Haus befand sich nahe der Grenze zum Händlerviertel, nicht weit entfernt vom Raumhafen. Als er und seine Frau damals eingezogen waren, da hatte das Haus in einer der vornehmsten und besten Wohngegenden von *Nebelhafen* gestanden, aber das lag schon viele Jahre zurück. Jetzt war das Haus alt und brüchig und an vielen Stellen reparaturbedürftig, genau wie alle anderen Häuser in der Umgebung. Aus den großen Herrenhäusern waren Mietskasernen geworden, und das alte Theater war nun ein überdachter Markt. Die Reichen und Aufstrebenden waren längst in andere, angesehenere Gegenden gezogen, doch Donald war hiergeblieben. Seine Frau hatte das Haus geliebt, und seit ihrem Tod gab es keinen anderen Ort mehr, zu dem es ihn zog. Außerdem – es war schließlich sein Haus, und Donald würde es nicht einfach verlassen, nur weil die Gegend plötzlich nicht mehr modern war.

Donald Royal war in solchen Dingen schon immer sehr starrköpfig gewesen.

Er saß im Lesezimmer und starrte gedankenverloren in das niedergebrannte Feuer. Jamie war jetzt beinahe drei Tage tot, und die Wachen waren mit der Suche nach den Verantwortlichen noch keinen Schritt vorangekommen. Sie konnten sich noch nicht einmal auf Jamies Todesart einigen. Sein Körper wies starke Verbrennungen auf, aber im Bericht des Leichenbeschauers hatte lapidar ›Herzversagen‹ gestanden. Donald schüttele langsam den Kopf. Er hatte immer gewußt, daß Jamie jung sterben würde, doch er hatte es nie wirklich geglaubt. Er hatte es nicht glauben *wollen*. Jamie war sein einziger lebender Verwandter gewesen, der letzte aus der Linie der Royals. Donald hatte so viele Pläne mit seinem Enkel gehabt, so große Hoffnungen in den Jungen gesetzt ... Alles vorbei. Aus und vorbei. Eines der wenigen tröstenden Dinge am Älterwerden war, daß man seinen Kindern und Enkelkindern zusehen konnte, wie sie aufwuch-

sen, daß man sie an den vielen Fallen und Fettnäpfchen vor-
beiführen konnte, und daß man ihnen helfen konnte, die
eigenen Fehler aus der Jugend zu vermieden. Es lag wirkliche Befriedigung darin, wenn man wußte, daß man sein
Bestes gegeben hatte, und daß die Kinder es genau aus diesem Grund weiter brachten als man selbst. Und jetzt? Jetzt
war alles vorbei. Donald hatte seine beiden Kinder überlebt
und seinen einzigen Enkel obendrein, und wozu? Um
alleine durch ein leeres Haus zu wandern und die Abende
einsam vor dem Feuer zu verbringen.

Donald Royal sank resigniert in seinem gepolsterten
Ohrensessel zurück und ließ den Blick über die angesam-
melten Besitztümer seines Lebens wandern. Jedes Gemälde,
jedes Möbel, jedes Stück Technologie, alles enthielt eine
eigene, besondere Erinnerung. Der junge Jakob Ohnesorg
hatte in dem Sessel gegenüber gesessen, als er das erste Mal
nach *Nebelwelt* gekommen war, um Krieger für eine Rebellion auf *Lyonesse* anzumustern. Die Geschichte war mehr als
zwanzig Jahre her, aber Donald konnte im Geist noch immer
die fanatische Überzeugung in Ohnesorgs Stimme hören,
während er davon sprach, daß sich alle Menschen überall
gegen die Tyrannei des Imperiums erheben müßten. Donald
hatte versucht zu erklären, daß es nicht so einfach wäre, wie
Ohnesorg sich die Sache dachte, aber Jakob Ohnesorg hatte
nicht hören wollen. Er hatte seine kleine Armee aufgestellt
und mit seiner großartigen Rhetorik und mit Versprechun-
gen von Ruhm und reicher Beute zusammengehalten. Dann
war er mit ihr zurück nach *Lyonesse* aufgebrochen, um sich
dem wartenden Imperium zu stellen. Einige Zeit später
hatte Donald die Nachricht von der Niederwerfung der
Rebellion erhalten. Ohnesorgs Armee war in Fetzen geschlagen worden, die wenigen Überlebenden als Verräter hinge-
richtet, doch Ohnesorg selbst war die Flucht gelungen, und
er hatte Rache geschworen.

Seither hatte Jakob Ohnesorg viele Rebellionen auf vielen
Planeten angeführt, und das Imperium existierte noch
immer. Er hatte nie begriffen, was Donald bereits seit langem wußte: Es brauchte mehr als Waffengewalt, um das

Imperium zu stürzen. Die Menschen glaubten noch immer daran, obwohl der Eiserne Thron sie belog und betrog und hinmordete, und solange man den Menschen nicht etwas anderes gab, an das sie glauben konnten, würde das Imperium seine blutige Herrschaft weiterhin aufrechterhalten können.

Donald rutschte unruhig in seinem Sessel hin und her, als weitere Erinnerungen in ihm hochstiegen. Lord Durandal hatte unter jenem Porträt an der Wand gestanden, während er seinen verrückten Plan erläutert hatte, in die *Dunkelzone* vorzudringen und die legendäre *Wolflingswelt* zu suchen. Wenn er sie je gefunden hatte, dann war er jedenfalls nicht zurückgekehrt, um davon zu berichten.

Und dann diese reichverzierte chinesische Vase, die Graf Eisenhand von den Marschen Donald geschenkt hatte; eine Erinnerung an die Zeit, als sie gemeinsam mit einer einzigen Kompanie von Wachsoldaten einem Rudel von mindestens hundert Koboldshunden gegenübergestanden und sie zurückgeschlagen hatten. Donald konnte die kleine häßliche Vase nicht ausstehen, aber er behielt sie, um den Grafen nicht zu verärgern. Er hatte Eisenhand immer gemocht. Donald runzelte die Stirn, als ihm bewußt wurde, daß Graf Eisenhand bereits seit mehr als fünfzehn Jahren tot war. Ertrunken bei dem Versuch, ein Kind zu retten, das in den Autumnusfluß gefallen war. Tapfer und edel bis zum Ende, der alte Eisenhand. Sie waren inzwischen alle tot; all die alten Helden und Krieger, die mit Donald gemeinsam *Nebelhafen* zusammengehalten und die Stadt stark gemacht hatten. Tot und vergangen, schon seit vielen Jahren, und nur Donald Royal war übriggeblieben, um sich an sie und die ruhmreichen Taten von einst zu erinnern.

Und wer wird sich an mich erinnern, wenn ich einmal nicht mehr bin? dachte er. *Wer wird sich an Donald Royal erinnern, außer in einer Fußnote in irgendeinem staubigen Geschichtsbuch?*

Und jetzt war auch Jamie tot.

Donald schüttelte schwermütig den Kopf und spürte, wie eine kalte, rauhe Wut in ihm hochstieg. Er war alt und müde, und er hatte seit mehr als zwölf Jahren kein Schwert mehr im Kampf geführt, aber er wollte verdammt sein, wenn er den Tod seines Verwandten ungerächt lassen würde. Donald Royal erhob sich aus dem Sessel und marschierte vor dem Kaminfeuer auf und ab, während er angestrengt nachdachte. Wo sollte er anfangen? Das war das erste Problem. Es hatte eine Zeit gegeben – sie war noch gar nicht so lange her –, da hatte er einfach eine Kompanie Wachsoldaten zusammenrufen und Zugang zu den Untersuchungen verlangen können, aber heute reichte seine Macht nicht mehr weit genug. Donald hatte jegliches Interesse an der Politik verloren, als sein letzter Opponent gestorben war, und seither hatte er die Dinge schleifen lassen. Pflichtgefühl war der einzige Grund, der ihn noch in die Ratsversammlung gehen ließ. Außerdem – die Wachen traten mit ihren Untersuchungen auf der Stelle. Sie fanden nichts Gescheites heraus, wie üblich. Anstatt sich darauf zu konzentrieren, was in dieser Schwarzdorn-Taverne mit Jamie geschehen war, sollten sie lieber versuchen herauszufinden, was ihn eigentlich dorthin geführt hatte. Außerdem war da noch die Frage, was Jamie überhaupt in der Privatnische mit Ratsmitglied DuWolfe zu besprechen gehabt hatte. Die beiden hatten nicht das geringste miteinander zu schaffen. Na gut, vielleicht waren sie ja ein heimliches Liebespaar gewesen, aber Donald hätte jeden Eid geschworen, daß Susanne DuWolfe einen zu guten Geschmack besaß, um sich mit jemandem wie Jamie einzulassen.

Donald verzog nachdenklich das Gesicht, während er vor dem Kaminfeuer auf und ab wanderte und langsam mit der rechten Faust in die linke Handfläche schlug. Er würde noch weiter zurückgehen und versuchen müssen herauszufinden, hinter was Jamie vor seinem Tod hergewesen war. Und das würde bestimmt nicht einfach werden. Jamie hatte nie irgendwelche Aufzeichnungen über seine vielen Geschäfte angefertigt, aus Furcht, sie könnten eines Tages vor Gericht gegen ihn verwendet werden. Aber wer sonst konnte Bescheid wissen? Donald blieb stehen, als ihm die Antwort dämmerte. Jamie mochte nichts Schriftliches festgehalten haben, aber vielleicht seine ehemalige Partnerin. Sie waren noch nicht so lange auseinander, und die Aussichten standen gar nicht schlecht, daß sie wußte, aus welchem Grund Jamie in dieser bestimmten Nacht in der Schwarzdorn-Taverne gewesen war.

Ja. Er mußte nur Jamies alte Partnerin finden. Madeleine Skye.

Donald stapfte aus dem Lesezimmer und eilte über den dämmrigen Korridor zu einem alten, vertrauten Schrank. Ungeduldig fummelte er an dem Schloß herum, bis er schließlich die Tür offen hatte. Im Schrank lagen all seine alten Schwerter und Dolche, noch immer liebevoll gepflegt und geölt und in spezielle Lappen gewickelt, um das Metall vor Rost zu schützen. Donald wählte sein Lieblingsschwert und wickelte es vorsichtig aus dem Tuch. Die Klinge lag wohltuend in der Hand, als würde es dorthin gehören. Donald lächelte, als er sich erinnerte, dann schob er das Schwert in die Scheide und schnallte sich den Waffengurt um den Leib. Er wickelte einen Dolch aus und schob ihn in den Stiefelschaft. Als nächstes holte er seine alte Streitaxt hervor, doch dann legte er sie zögernd wieder zurück. Donald hatte schon lange nicht mehr mit ihr geübt, und sein Auge war nicht mehr schnell genug. Statt dessen zog er einige weitere nützliche Kleinigkeiten hervor und verteilte sie an seinem Körper. Nur für den Fall.

Schließlich schloß Donald die Schranktür wieder und verriegelte sie. Das Schwert an seiner Hüfte schien ihm schwerer zu sein, als die Erinnerung vorgaukelte – aber schließlich war er auch nicht mehr der Jüngste. Donald grinste, als ihm die Untertreibung bewußt wurde. Zum Glück hatte er sich immer genausosehr auf Geschicklichkeit wie auf schiere Muskelkraft verlassen. Er zog ein paar lederne Handschuhe aus einer Schublade und legte seinen schwersten Umhang über die Schultern. Wenn er sich recht erinnerte, dann hatte Jamie erzählt, daß Madeleine jetzt ein Büro im alten Blaugelt-Gebäude im Gildenviertel besaß. Eine Stunde Fußmarsch, wenn er sich beeilte. Donald Royal lächelte erneut. Es war ein verdammt gutes Gefühl, endlich wieder etwas zu unternehmen ... nach so vielen Jahren.

Das Gildenviertel war nicht halb so eindrucksvoll wie das der Techniker, aber es war ganz sicher ebenso wohlhabend. Die flachen Backsteingebäude strahlten eine selbstzufriedene, arrogante Solidität und Ehrbarkeit aus. Die Straßen waren hell erleuchtet und einigermaßen sauber. Bettler wurden mit Entschlossenheit von hier vertrieben. Im Gildenviertel lebten mächtige Leute. Leute auf dem Weg nach oben. Oder auf dem Weg nach unten, je nach dem, wie man es sah.

Aber das Gildenviertel besaß, wie jedes andere Viertel auch, seine besseren und seine schlechteren Gegenden. Madeleine Skyes Büro befand sich in einer der schlechtesten, einem wirren Knäuel von Gassen und Straßen dicht an der Grenze zum Nachbarviertel, so daß es kaum noch dazugehörte. Das Blaugelt-Gebäude war mit drei Stockwerken das höchste in seiner Straße, aber die Ziegelmauern waren alt und brüchig, die Fassade ganz entschieden heruntergekommen, und der gesamte Platz atmete eine Atmosphäre vornehmer Armut. Donald erinnerte sich gut an die Zeit, als das Blaugelt-Gebäude eines der größeren Handelshäuser gewesen war, doch wie es aussah, war das schon eine ganze Weile her. Er blieb auf der Straße stehen und starrte verdrießlich auf die dunklen, leeren Fenster, während er versuchte, wieder zu Atem zu kommen. Früher hätte er den Marsch mit Leichtigkeit bewältigt, aber in seinem Alter fiel einem gar nichts mehr leicht. Müde schlurfte Donald zu der großen Eingangstür und lehnte sich für einen Augenblick dagegen, während er darauf wartete, daß sein Herzschlag sich ein wenig beruhigte. Die Laterne über dem Portal verbreitete ein trübes, gelbes Licht, das nur einen sehr kleinen Radius erleuchtete. Donald war es egal. Es gab sowieso nicht viel in dieser verdammten Straße, das einen Blick wert gewesen wäre.

Schließlich ging Donalds Puls wieder halbwegs normal, und er trat einen Schritt von der Tür zurück, während er den Umhang fester über die Schultern zog. Der Abend wich zusehends der Nacht, und er würde bald nach drinnen gehen müssen, bevor die wirkliche Kälte kam. Donald betätigte den Türknauf und war überrascht, wie leicht er sich bewegen ließ. Die Tür war nicht verschlossen. Donald schüttelte unglücklich den Kopf. Der Blaugelt schien wirklich ziemlich tief gesunken zu sein, nach seinen lausigen Sicherheitsmaßnahmen zu urteilen. Donald betrat das Gebäude und schloß die Tür hinter sich.

Ein langer, schmaler Korridor erstreckte sich vor ihm, halb im Schatten verborgen. An der Decke brannte eine einzelne Lampe, deren dürftiges, blaues Licht bedenklich flackerte. Anscheinend ging das Öl zur Neige. Donald bewegte sich langsam durch den Gang, während er mißtrauisch die Augen offenhielt. Der Gang war leer. Keine Möbel, keine Tapeten oder Teppiche an den kahlen Wänden oder auf dem nackten Holzfußboden, der scheinbar seit Jahren kein Wachs mehr gesehen hatte. Die Ratten hatten das sinkende Schiff verlassen, und sie hatten alles mitgehen lassen, was nicht niet- und nagelfest war. Auf beiden Seiten säumten Türen den Korridor, aber Donald machte sich erst gar nicht die Mühe nachzusehen, was dahinter lag. Niemand hier würde einen Dreck darauf geben, wer er war oder was er hier zu suchen hatte, solange er niemandem auf die Füße trat. Wütend starrte Donald die Treppe am Ende des Gangs an. Er erinnerte sich ganz deutlich, wie Jamie ihm gesagt hatte, daß Madeleine Skyes Büro im obersten Stockwerk lag. Typisch. Donald haßte Treppen. Selbst wenn er sich in Hochform fühlte, schaffte es eine langgezogene Treppe, ihn an sein Alter zu erinnern.

Drei Treppenabsätze und ein paar längere Pausen später kam Donald schnaufend vor der zweiten Tür im Obergeschoß zum Stehen. Auf die abblätternde Farbe der Tür war mit der Hand ›Madeleine Skye – Vertrauliche Ermittlungen‹ gepinselt worden. Donald mußte grinsen. Er war Skye noch nie begegnet, aber das Schild verriet ihm eine Menge über die Frau. Ein Euphemismus wie dieser dort konnte alles bedeuten, obwohl er im Grunde genommen eigentlich nur besagte, daß Madeleine Skye jeden Auftrag annahm, wenn das Geld stimmte. Donald klopfte höflich an und wartete ungeduldig. Auf der anderen Seite blieb alles ruhig. Donald versuchte, die Tür zu öffnen, doch sie war abgeschlossen. Er grinste schief. Wenigstens nahm einer der Mieter dieses Gebäudes die Notwendigkeit von Schutzvorkehrungen ernst. Er legte das Ohr gegen die Holztür und lauschte angestrengt, doch aus dem Innern des Büros drang nicht das leiseste Geräusch. Schließlich richtete Donald sich wieder auf und warf einen raschen Blick in die Runde, bevor er sich hinkniete und das Schloß untersuchte. Das einzige Licht entsprang einer schwachen Laterne am Ende des Gangs, aber für Donalds Zwecke reichte die Beleuchtung völlig aus. Er zog einen dünnen Draht aus seinem linken Handschuh und schob ihn vorsichtig in das Schlüsselloch. Dann spielte er ein wenig mit dem Draht, um ein Gefühl für den Mechanismus zu bekommen. Nach ein paar Sekunden wandte Donald ein wenig geübten Druck an, und die Tür war nicht länger verschlossen. Donald zog den Draht aus dem Schlüsselloch und schob ihn in den Handschuh zurück. Ein schönes Gefühl zu wissen, daß er seine Geschicklichkeit noch nicht verloren hatte.

Er stieß die Tür auf und betrat Madeleine Skyes Büro.

Leise schloß Donald die Tür hinter sich und wartete, bis seine Augen sich an die Dunkelheit gewöhnt hatten. Das einzige Licht stammte von einer Straßenlaterne, die direkt unterhalb des Fensters brannte. Donald schüttelte den Kopf. Es gab keine Fensterläden. Und das Glas in den Fenstern war nicht einmal Stahlglas. Die Sicherheitsmaßnahmen in diesem Gebäude waren wirklich entsetzlich.

Nachdem Donalds Augen sich an das Dämmerlicht gewöhnt hatten, machte er ein paar vorsichtige Schritte in das Büro – wenn man es überhaupt Büro nennen konnte. Zumindest das Notwendigste war vorhanden: ein Schreibtisch und einige Papiere darauf. Ein recht komfortabler Sessel dahinter, und ein zweiter, weniger bequemer davor, für Besucher. Zwei Lampen, doch Donald durfte nicht riskieren, sie anzuzünden. An der Wand zu seiner Rechten stand eine zerschlissene, alte Couch, an deren einem Ende ein paar ordentlich gefaltete Decken lagen. Scheinbar diente das Sofa hin und wieder auch als Bett. Auf der Fensterbank stand eine einsame, große Topfpflanze, ohne Blüten. Die Blätter hingen schlaff herab.

Donald bewegte sich langsam durch das Büro und versuchte, ein Gefühl für den Ort zu bekommen. Alles war billig, aber angemessen. Das Mobiliar war funktionell, nicht mehr und nicht weniger. Daran war nichts falsch. Donald legte nicht viel Wert auf Verzierungen und Dekoration, und er mißtraute Leuten, die anders darüber dachten. Und doch ... der Eindruck, den er gewann, war der von Verlassenheit. Als wäre Madeleine Skye vor einiger Zeit gegangen und nicht wieder zurückgekehrt. Donald wischte mit dem Finger über den Schreibtisch und runzelte die Stirn, als er die Spur sah, die der Finger im Staub erzeugt hatte. Er ging um den Schreibtisch herum und benutzte sein Taschentuch, um den Staub von dem Sessel dahinter zu wischen, bevor er sich setzte. Das Möbel war noch bequemer, als es auf den ersten Blick ausgesehen hatte. Donald legte seine müden Beine auf die Tischplatte und blickte sich um. Alles recht interessant, sicher, aber bisher hatte er nichts gefunden, das Jamies Tod erklären konnte. Es mußte irgendein Fall gewesen sein, an dem er gearbeitet hatte. Sicher war Donalds Enkel nicht wegen seiner Schulden getötet worden; jedermann wußte, daß Jamie am Ende immer bezahlt hatte. Donald runzelte nachdenklich die Stirn. Vielleicht waren Jamie oder Madeleine Skye durch Zufall auf etwas gestoßen, das nicht für ihre Augen bestimmt gewesen war.

Donald holte seine Stiftlampe hervor, schaltete sie ein und blätterte durch die Papiere, die vor ihm lagen. Notizen und unbezahlte Rechnungen, alles triviale Angelegenheiten, und nichts davon aktuell. Das Papier hätte schon lange der Wiederaufbereitung zugeführt werden müssen. Kein Wunder, daß Papier allmählich knapp wurde. Neugierig warf Donald einen Blick auf die beiden Schreibtischschubladen. Er zog an den Handgriffen, aber sie waren beide verschlossen. Donald versuchte seinen Drahttrick aufs neue, und schließlich untersuchte er sorgfältig den Inhalt der Schubladen. Wieder nur alltäglicher Kram – bis Donald auf einen braunen Ordner stieß. Er befand sich ganz hinten in der rechten Schublade, und er trug keinen Aufkleber. In dem Ordner befanden sich drei handgeschriebene Blätter. Die Buchstaben waren langgeschwungen und seltsam verschnörkelt. Die Handschrift war so unleserlich, daß Donald nur die Hälfte entziffern konnte. Es schien ein Bericht über die Züge der Koboldshunde in der Umgebung der umliegenden Gehöfte zu sein. Die Falten auf Donalds Stirn vertieften sich, als er weiterlas. Aus dem Bericht ging hervor, daß es nur einen einzigen Grund dafür gab, daß die Hunde die Bauernhöfe und Siedlungen mieden: Jemand führte sie daran vorbei ...

Donald starrte verdutzt auf das vor ihm liegende Papier. Wenn an diesem Bericht etwas Wahres war, und wenn Jamie und Madeleine Skye nach weiterführenden Informationen gesucht hatten, dann mochte das die Erklärung für alles sein. Nur das Imperium hatte ein Interesse daran und die notwendige Macht, eine derartige Operation in Gang zu setzen, und das Imperium hätte mit Sicherheit nicht lächelnd zugesehen, wie jemand in seinen Intrigen herschnüffelte. Donald schob die Papiere in den Ordner zurück und erstarrte plötzlich. Wenn das Imperium Jamies Tod gewollt hätte, dann wäre er von einem seiner Agenten leise und unauffällig getötet und seine Leiche beiseite geschafft worden. Das Imperium hinterließ keine unnötigen Spuren. Ganz sicher hätten sie keine vollbesetzte Taverne zerstört, nur um einen einzigen Mann zu töten. Donald verzog das Gesicht zu einer Grimasse. Wer auch immer für Jamies Tod verantwortlich war, das Imperium war es jedenfalls nicht. Was bedeutete, daß Donald noch immer keinen Schritt weitergekommen war.

Er lehnte sich in dem Sessel zurück und summte lustlos vor sich hin, während er versuchte, einen Sinn in der ganzen Geschichte zu erkennen. Der Ordner und sein Inhalt waren wichtig, das konnte er spüren, aber er sah keinerlei Verbindung zu Jamies Tod.

»Was meint Ihr eigentlich, was Ihr da tut?«

Donalds Herz drohte, für eine Sekunde auszusetzen. Die Stimme hatte ihn überrascht. Er blickte verdutzt auf und sah sich einer großen Gestalt gegenüber, die die gesamte Tür ausfüllte. Er richtete sich kerzengerade in seinem Stuhl auf, und seine Rechte glitt zum Schwertgriff hinab.

»Das würde ich an Eurer Stelle lieber bleiben lassen«, sagte die Stimme, und Donald zog die Hand wieder zurück. Er hatte gerade genug Zeit, um zu erkennen, daß die Stimme einer Frau gehörte, als plötzlich blendendes Licht das Zimmer durchflutete. Unwillkürlich zuckte Donald zusammen. Die Dunkelheit verschwand mit einem Schlag. Donalds Augen gewöhnten sich rasch an die neuen Lichtverhältnisse. Er musterte den Neuankömmling mißtrauisch. Die Frau stand reglos im Eingang, in der Linken eine helle Sturmlaterne. Sie war ziemlich groß für eine Frau, mindestens einsachtzig, und besaß einen wirren Schopf rotbrauner Haare, der in weichen Wellen bis auf die Schultern fiel. Das Gesicht war ein wenig zu breit, um hübsch zu wirken, aber ihre ausgeprägten Wangenknochen gaben ihr ein rauhes, sinnliches Aussehen, das irgendwie beeindruckend wirkte. Sie steckte in dicker, schlecht sitzender Fellkleidung und trug über den Schultern einen abgetragenen Umhang, der seinen Dienst noch klaglos versah. An der Hüfte hing ein Schwert, und in der rechten Hand hielt sie ein Wurfmesser.

»Ich habe Euch eine Frage gestellt«, sagte sie leise. Der Klang ihrer Stimme war tief, rauchig und selbstsicher. »Was habt Ihr hier zu suchen?«

»Mein Name ist Donald Royal«, erwiderte Donald. »Ich suche Madeleine Skye. Ich habe eine geschäftliche Angelegenheit mit ihr zu besprechen.«

Die Frau musterte Donald mit scharfem Blick, dann steckte sie das Messer mit einer raschen, geübten Bewegung ein. Sie trat an den Schreibtisch, stellte die Laterne ab und betrachtete Donald neugierig.

»Ich bin Madeleine Skye. Was wollt Ihr von mir?«

Das Büro schien wärmer und gemütlicher, jetzt, da beide Lampen brannten. Donald Royal hatte im Besuchersessel Platz genommen, der genauso unbequem war, wie er ausgesehen hatte, und betrachtete Madeleine Skye neugierig.

Nachdem er sie endlich kennengelernt hatte, verstand er auch, warum sein Enkel so lange mit ihr zusammengeblieben war. Normalerweise ging Jamie mit Frauen nach dem Motto ›Eine Nacht reicht auch‹ um, und wenn man bedachte, mit welchen Frauen er sich in seinem Leben abgegeben hatte, dann war das keinesfalls überraschend. Aber Jamie und Madeleine waren beinahe drei Jahre lang Partner gewesen, und das lag unzweifelhaft an ihr. Sie war eine dynamische und trotzdem unglaublich feminine Person, und sie schien genügend Energie zu besitzen, um einen kleinen Generator zu betreiben. Donald zweifelte keinen Augenblick daran, daß sie eine exzellente Partnerin für Jamie abgegeben hatte. Er fragte sich nur, was sie verdammt noch mal an seinem Enkel gefunden haben mochte. Plötzlich kam ihm zu Bewußtsein, daß Skye über den Fall sprach, an dem sie zur Zeit arbeitete, und so riß er sich zusammen und lauschte aufmerksam.

Informationen über die umliegenden Gehöfte und kleinen Siedlungen waren immer schwer zu beschaffen, erzählte Skye, doch in letzter Zeit schien der Nachrichtenfluß bis auf das absolute Minimum ausgetrocknet zu sein. Wenn man an die zurückliegenden Stürme dachte, so schien das zumindest teilweise verständlich. Völlig unverständlich blieb jedoch, daß selbst das psionische Espernetzwerk Probleme hatte, Antworten zu erhalten. Ratsmitglied Dunkelstrøm hatte sich inoffiziell an Madeleine Skye gewandt und sie beauftragt, die Situation zu untersuchen. Sie und der Blutfalk würden die offizielle Untersuchung leiten und nach Hartsteinfels gehen, aber Dunkelstrøm hatte zusätzlich ihre eigenen, privaten Nachforschungen hier in der Stadt anstellen wollen. Es schien offensichtlich, daß sie einigen der Ratsmitglieder nicht vertraute.

Dunkelstrøm hatte Madeleine keine weiteren Informationen über die Sache gegeben, und angesichts der Summe, die das Ratsmitglied geboten hatte, fühlte Madeleine wenig Neigung, die Dunkelstrøm zu bedrängen. Also begann sie herumzuschnüffeln, und fast von Anfang an kamen ihr eigenartige Geschichten über die Koboldshunde zu Ohren.

158

Aus den bisher zusammengetragenen Informationen schien zu folgen, daß die Hunde auf irgendeine Weise von den Siedlungen und Gehöften weggeführt wurden. Die Kommunikationseinrichtungen waren nur aus dem einen Grund sabotiert worden, diese Tatsache zu verheimlichen; aber die Nachricht war trotzdem durchgedrungen, zumindest in einigen Vierteln. Die Männer, die in diese Geschichte verwickelt waren, hatten sich jede nur erdenkliche Mühe gegeben, unerkannt zu bleiben. Doch es konnte keinen Zweifel daran geben, wer und was sie waren. Imperiale Agenten. Aber warum zur Hölle das Imperium ein Interesse am Schutz der umliegenden Siedlungen haben sollte, blieb bis zum jetzigen Zeitpunkt völlig unklar.

Donald runzelte die Stirn und beugte sich gespannt vor. »Und was hat das alles mit dem Tod meines Enkels zu tun? Wo ist der Zusammenhang?«

Skye zuckte die Schultern. »Da muß ich mich geschlagen geben. Jamie und ich hatten uns bereits getrennt, bevor ich Dunkelstrøms Auftrag angenommen habe. Ich bin nicht sicher, was er als letztes gemacht hat. Wir ... wir haben uns eine Weile nicht mehr gesehen. Aber wie es scheint, hat Jamie häufiger einen gewissen, wohlbekannten Doktor aufgesucht. Sein Name lautet Leon Vertue.«

»Der Kerl mit der Körperbank?«

»Ihr habt es erfaßt. Und wie jedermann weiß, unterhält Leon Vertue enge Beziehungen mit dem Imperium.«

»Vielleicht sollten wir uns einmal in aller Ruhe mit diesem Doktor unterhalten«, brummte Royal langsam.

»Wir könnten es zumindest versuchen. Aber ich bezweifle, daß er uns empfangen wird.«

»Er wird uns empfangen. Immerhin bin ich der Ratsvorsitzende, vergeßt das nicht.«

Madeleine Skye mußte lachen. »Meint Ihr wirklich, er würde sich darum scheren? Bei seinen Verbindungen?«

Donald setzte eine verdrießliche Miene auf und nickte zögernd. »Also schön. Dann werden wir uns auf Umwegen unserem Ziel nähern. Wir müssen jemanden finden, der uns ein wenig von Vertues augenblicklichen Plänen erzählen kann. Jemanden, der vielleicht sogar weiß, was Jamie für den Doktor tun sollte.«

»Da kenne ich genau den richtigen Mann«, sagte Madeleine. »Ein alter Zechkumpan von mir. Ein kleiner, schräger Vogel namens Donovan Würger. Er schuldet mir noch ein paar Gefälligkeiten. Aber die Art von Informationen, nach der wir suchen, wird trotzdem Geld kosten. Eine Menge Geld.«

»Ich habe genug davon«, entgegnete Donald. »Wo finden wir Euren Informanten?«

»In der Roten Lanze.«

Donald mußte unvermittelt grinsen. »Dieses Rattenloch existiert noch immer? Ich dachte, die Stadtwachen hätten schon vor Jahren gründlich darin aufgeräumt?«

»Die Rote Lanze hat einen neuen Besitzer, aber ansonsten hat sich eigentlich nichts verändert. Höchstens, daß der Laden noch schlimmer geworden ist.«

»Also schön, gehen wir.«

Skye hob eine einzelne Augenbraue. »Ihr wollt jetzt sofort aufbrechen? Noch heute abend?«

»Selbstverständlich. Je länger wir warten, desto größer ist die Wahrscheinlichkeit, daß die Spur kalt wird. Laßt uns aufbrechen.«

»Halt, einen Augenblick noch. Was macht Euch eigentlich so sicher, daß ich mit Euch zusammenarbeiten will? Schön und gut, Ihr seid Jamies Großvater, und ich kenne Euren Ruf. Ich schätze, jeder in *Nebelhafen* kennt Euch und Euren Ruf. Die Kinder lernen es in der Schule. Aber das ist alles schon verdammt lange her, und ich kann mich nicht in einen Fall hängen und gleichzeitig auf Euch aufpassen.«

»Ich bin sehr wohl imstande, selbst auf mich aufzupassen.« Donald erhob sich aus seinem unbequemen Sessel, hakte eine Geldbörse vom Gürtel und warf sie auf den Tisch. Sie landete mit einem schweren, dumpfen Geräusch vor Madeleine. »Einhundertfünfzig Kredits, in Gold. Betrachtet es als Vorschuß. Ihr arbeitet von jetzt an für mich. Ist das akzeptabel?«

»Gold ist immer akzeptabel«, erwiderte Madeleine.

»Außerdem, ich ... ich mochte Jamie. Also schön, wir sind uns einig. Versucht nur, mir nicht allzusehr im Weg zu stehen.«

»Ich werde mir Mühe geben«, versprach Donald. »Und jetzt: Könnten wir uns bitte in Bewegung setzen? Ich will nicht in den Straßen von der Nacht überrascht werden.«

Skye seufzte resignierend und erhob sich ebenfalls. Sie nahm den Geldbeutel und schnallte ihn an ihren Gürtel; dann wandte sie sich mit einem plötzlichen Grinsen an Donald. »Ich habe mich immer gefragt, von wem Jamie wohl seine Starrköpfigkeit hatte.«

Donald Royal hatte die Rote Lanze seit mehr als zwanzig Jahren nicht mehr betreten, und er war erstaunt festzustellen, daß der Laden sich kein Stück verändert hatte. Alles war genauso ekelhaft und widerlich, wie er es in Erinnerung hatte. Die Luft stand vom Geruch nach Schweiß, Urin und verschiedenen Drogen, und der ohrenbetäubende Lärm schmerzte in Donalds Ohren. Es schien ein wahres Wunder zu sein, daß jemand sich bei diesem Lärm unterhalten konnte. Langsam stieg Donald die steinerne Treppe zur Taverne hinab. Die verhüllte Gestalt Madeleine Skyes blieb ihm dicht auf den Fersen. Aus Gründen, die sie selbst wahrscheinlich am besten kannte, hatte sie darauf bestanden, ihre Kapuze tief in die Stirn zu ziehen, um ihr Gesicht zu verbergen. Donald hatte sich verkniffen, sie deswegen mit Fragen zu bombardieren. Er war nicht sicher, ob er die Antwort wissen wollte.

Niemand beachtete den Ratsvorsitzenden, als er sich einen Weg durch die Menge hindurch zur Theke bahnte, und Donald ärgerte sich ein wenig darüber. Einerseits wollte er auf keinen Fall unnötig Aufmerksamkeit auf sich lenken, doch andererseits hatte es einmal eine Zeit gegeben – und sie war sicher noch nicht allzulange her –, da hätte sein Eintreten in einen Laden wie diesen schlagartig jedes Gespräch zum Verstummen gebracht. Donald grinste schief, während er sich einen Weg durch die dichtgedrängte Menge bahnte.

Schließlich war das nicht anders zu erwarten; die Hälfte der Leute hier war noch nicht einmal geboren gewesen, als er sich und seinen Namen zur Legende gemacht hatte. Plötzlich zupfte Skye an Donalds Ärmel, und er blieb stehen. Sie deutete auf Peter Gaunt, den neuen Geschäftsführer der Roten Lanze. Donald änderte seine Richtung und hielt jetzt auf den Mann zu. Es beschwichtigte ihn ein wenig, daß zumindest Gaunt ihn augenblicklich erkannte.

»Nun, Ratsvorsitzender, das nenne ich vielleicht eine angenehme Überraschung«, sagte Gaunt wohlgelaunt, als er Donalds Hand ein wenig zu fest schüttelte. »Was führt den berühmten Donald Royal in die Rote Lanze? Sucht Ihr vielleicht nach etwas, um Eure alten Knochen zu wärmen?«

Donald starrte dem Geschäftsführer kalt in die Augen. Der leutselige Ton des Mannes gefiel ihm nicht im geringsten. »Ich suche nach Donovan Würger. Ist er hier?«

»Kann schon sein. Kommt ganz darauf an, was Ihr von ihm wollt.«

Donalds Blick blieb unverwandt auf Peter Gaunt gerichtet, und irgend etwas in den Augen des alten Mannes ließ den spöttischen Ausdruck aus dem Gesicht des Geschäftsführers verschwinden. Für einen kurzen Augenblick lebte ein Teil der alten Royal-Legende wieder auf, und Gaunt spürte, wie ihn ein plötzliches Frösteln durchfuhr. Er erinnerte sich an die Geschichten, die man sich seinerzeit über Royal erzählt hatte, und irgendwie erschienen sie ihm gar nicht mehr so übertrieben und unwahrscheinlich. Die dunklen, stahlgrauen Augen blickten ihn unnachgiebig an. Gaunt schluckte mühsam. *Dieser Kerl ist gefährlich*, durchzuckte ihn ein Gedanke, und er kämpfte gegen den Drang, nach seinen Leibwächtern zu rufen. Kalter Schweiß bildete sich auf seiner Stirn.

»Ich möchte mit Würger reden«, wiederholte Donald Royal. »Zeigt mir, wo ich den Mann finde.«

Gaunt wollte soeben zustimmend nicken, als einer seiner Leibwächter sich zwischen ihn und Royal schob und den Bann des alten Mannes brach. Gaunt senkte erleichtert den Blick und lehnte sich mit schwachen Beinen gegen die

Theke, während die Spannung langsam aus seinem Körper wich. Er sah wieder auf und erkannte nur noch einen alten Mann in einem schäbigen Umhang, der keinerlei Macht mehr über ihn besaß. Trotzdem, die Erinnerung an die stahlgrauen Augen ließ Gaunt noch immer erschauern. *Der Kerl ist noch immer gefährlich* . . .

Der Leibwächter stieß Royal seinen dicken Zeigefinger gegen die Brust. »Wenn du mit Herrn Gaunt sprichst, dann wirst du gefälligst höflich sein, Alterchen. Hast du mich verstanden?«

Donald musterte den Leibwächter mißtrauisch und ließ die große, muskulöse Gestalt auf sich wirken. Madeleine war nirgends in Sicht. »Das ist eine private Angelegenheit«, sagte er freundlich. »Ich sehe keinen Grund, warum Ihr Euch einmischen solltet.«

»Du bist schwer von Begriff, Opa. Suchst du Streit?«

»Nein, keineswegs«, erwiderte Donald. »Ich suche keinen Streit.«

»Das ist auch gut so. Weil du nämlich gehen wirst. Und zwar jetzt, auf der Stelle.«

»Ich bin aber noch nicht fertig hier.«

»Doch, bist du. Und zwar, weil ich es sage. Hast du vielleicht etwas dagegen einzuwenden?«

»Ich möchte wirklich keinen Ärger. Laßt mich nur meine Angelegenheiten regeln, und ich verschwinde freiwillig.«

Der Leibwächter grinste heimtückisch und spannte die Muskeln. »Ich schätze, deine Ohren sind nicht mehr die besten, was, Opa? Du scheinst mich nicht verstanden zu haben. Du verschwindest, wenn ich das sage, kapiert? Der Geschäftsführer hat verdammt noch mal wichtigere Dinge zu tun, als herumzustehen und sich die Geschichten eines heruntergekommenen, alten Penners anzuhören, der meint, er sei der Prinz von *Nebelwelt*. Gehst du jetzt freiwillig, oder soll ich dich an den Stiefeln hinter mir herschleifen?«

»Wißt Ihr eigentlich, wen Ihr vor Euch habt?«

»Nein, aber das ist mir auch scheißegal. Du wärst besser verschwunden, solange du noch Gelegenheit dazu hattest, Opa. Jetzt muß ich dir Manieren beibringen, und zwar auf die harte Tour. Wer nicht hören will, muß fühlen. Ich schätze, als erstes werde ich dir die Finger brechen.«

Der Schläger grinste böse und streckte eine Hand aus, um Donald am Arm zu packen. Donalds Faust schoß unter dem Umhang hervor wie eine Peitsche und krachte in den Unterleib seines Gegners, direkt oberhalb der Leisten. Der Leibwächter stieß einen überraschten, stöhnenden Laut aus, und sein Gesicht verzerrte sich in Agonie. Dann sackte der Mann in sich zusammen und fiel krachend zu Boden. Donald ließ den schweren, stählernen Schlagring von den Fingern gleiten und schob ihn in die Tasche zurück. Hinter ihm erklang das Geräusch weiterer Handgreiflichkeiten, und er wirbelte mit dem Schwert in der Hand eben noch rechtzeitig herum, um zu sehen, wie Madeleine Skyes Klinge das Herz des zweiten Leibwächters durchbohrte. Donald nickte ihr dankend zu und drehte sich wieder zu dem Geschäftsführer der Roten Lanze um. Gaunt blickte entgeistert auf seine beiden gefallenen Leibwächter und schüttelte unglücklich den Kopf. Er hatte seine Fassung rasch wiedererlangt, und wenn sein Gesicht noch ein wenig blaß wirkte, so lag das wahrscheinlich nur am Licht in der Taverne.

»Scheint, als hätte ich in letzter Zeit ein wenig Pech mit meinen Leibwächtern«, brummte er gleichmütig. »Und Ihr habt offensichtlich trotz Eurer Jahre nichts von Euren Fähigkeiten eingebüßt, Ratsvorsitzender.«

Donald lächelte. »Ich bin so gut wie eh und je, wenn Ihr das meint. Nur gemeiner.«

»Das habe ich gesehen. Wer ist Euer anonymer Freund dort?«

»Ein anonymer Freund eben. Und jetzt verratet mir doch, wo Donovan Würger ist?«

»Er sitzt in einer der Privatnischen. Dort, die dritte auf der linken Seite.« Gaunt deutete auf die hölzernen Kabinen am anderen Ende der Taverne.

Donald nickte höflich. »Danke sehr. Bitte sorgt dafür, daß man uns nicht stört.« Das Schwert noch immer in der Hand stapfte Donald davon, ohne eine Antwort Gaunts abzuwarten. Skye beeilte sich, zu Donald aufzuschließen, und er bemerkte anerkennend, daß sie ihre Waffe ebenfalls noch nicht wieder eingesteckt hatte. Die schwere Klinge stellte ein äußerst beruhigendes Gewicht in seiner Hand dar, während er sich den Privatnischen näherte. Die Lokalbesucher wichen vor ihm und Skye zur Seite und drängten hinter ihnen wieder zusammen, ohne in ihren zahlreichen Unterhaltungen auch nur eine Sekunde innezuhalten. Gezückte Schwerter bildeten in der Roten Lanze anscheinend einen alltäglichen Anblick. Vor der Nische, auf die der Geschäftsführer gezeigt hatte, blieb Donald stehen und klopfte an die geschlossene Tür. Als er keine Antwort erhielt, schob er die Tür auf und erstarrte. Ein kleiner, dürrer Mann lag mit dem Gesicht nach unten zusammengesunken über dem Tisch. Jemand hatte ihm die Kehle durchgeschnitten. Blut tropfte gleichmäßig von der Tischkante in eine sich stetig vergrößernde Pfütze am Boden. Donald trat schnell in die Nische und zog Madeleine hinter sich her. Er warf die Tür ins Schloß: dann suchte er die Nische nach Hinweisen ab, während Skye sich mit der Leiche befaßte.

»Ich nehme an, das hier ist Donovan Würger?« sagte er streng.

»Ja«, erwiderte Skye. »Und wie es scheint, ist er noch gar nicht lange tot.«

»Jemand wollte verhindern, daß er mit uns spricht, nicht wahr? Vielleicht der Geschäftsführer?«

»Das bezweifle ich. Mord ist nicht sein Stil.«

Donald beendete seine erfolglose Suche und betrachtete nachdenklich den Toten. »Wenigstens wissen wir jetzt, daß wir auf der richtigen Fährte sind ...«

»Vermutlich habt Ihr recht«, stimmte Madeleine ihm zu. »Verdammt! Er hätte uns eine Menge Zeit und Mühe ersparen können. Was machen wir jetzt?«

Donald dachte nach. »Nach dieser Geschichte wird niemand mehr reden wollen. Sie werden alle viel zuviel Angst haben. Aber es bleibt noch immer ein Name. Jemand, von dem wir wissen, daß Jamie für ihn gearbeitet hat.«

»Leon Vertue.«

»Richtig. Es ist bereits zu spät, um ihn jetzt noch aufzusu-

165

chen, selbst wenn wir es schaffen würden, an seinen Sicherheitsleuten vorbeizukommen. Außerdem will ich mich erst ein wenig über den Mann informieren. Vielleicht finde ich etwas, das sich als Druckmittel gegen ihn einsetzen läßt. Gebt mir Eure Nummer, und ich melde mich morgen irgendwann bei Euch.«

»Nein, ich melde mich bei Euch. Mein Büro besitzt keinen Komm-Anschluß. Gebt mir Eure Privatnummer, und ich melde mich.«

Donald zuckte die Achseln. »Also gut, wie Ihr wünscht.« Er warf einen Blick auf Würgers toten Körper und wandte sich ab. Trotz der vielen Toten, die er im Laufe seiner Jahre gesehen hatte, wurde es niemals einfacher. Plötzlicher, gewaltsamer Tod machte ihn noch immer ganz krank, sowohl in der Seele als auch im Magen. Auf gewisse Weise erleichterte es ihn. Es bedeutete, daß er noch immer Mensch war. Donald hatte in einem Leben zu viele Mordmaschinen gesehen. Am Ende brachten sie sich gegenseitig um, wenn ihnen die Feinde ausgegangen waren. Donald trat zur Tür und verließ die Privatnische. Madeleine Skye folgte ihm und schloß die Tür sorgfältig hinter sich. Sie bahnten sich ihren Weg zurück durch die Menge und über die steinerne Treppe nach draußen in die Nacht.

Im Schatten seiner eigenen Privatnische, direkt neben der von Würger, beobachtete ein Söldner, wie Donald Royal und Madeleine Skye die Rote Lanze verließen. Als Donald Royal die Rote Lanze betreten hatte, war dem Söldner namens Schwarzpeter augenblicklich klar geworden, daß er Donovan Würger zum Schweigen bringen mußte. Würger wußte zuviel, auch wenn er selbst keine Ahnung hatte, was er wußte. Schwarzpeter blickte nachdenklich der vermummten Gestalt hinterher, die den Ratsvorsitzenden begleitet hatte. Die Stimme, die er in der Nische vernommen hatte, gehörte einer Frau, aber der Söldner hatte sie nicht erkannt. Er würde herausfinden müssen, wem sie gehörte. Doch als erstes war es bestimmt keine schlechte Idee, wenn er sich mit dem alten Royal befaßte. Vielleicht war der Ratsvorsitzende wirklich nur ein alter Mann, der von seiner eigenen

Legende lebte. Aber bis jetzt hatte er jedenfalls keinen Fehler gemacht. Es konnte durchaus möglich sein, daß Vertue sich zu Recht Gedanken wegen Royal machte. Wenn es hart auf hart kommen würde, dann würde der Ratsvorsitzende eben einen kleinen Unfall erleiden. Es konnte nicht allzu schwierig sein, so etwas zu arrangieren. Vielleicht einen Sturz. Jeder wußte, daß alte Menschen Schwierigkeiten mit Treppen hatten.

Schwarzpeter verließ seine Nische und schlenderte zuversichtlich in den Schankraum hinaus, um Donald Royal und seiner unbekannten Begleiterin zu folgen. Er durfte nicht zulassen, daß in diesem Stadium noch etwas schiefging. Nicht jetzt, wo Vertues Pläne so dicht vor dem Erfolg standen.

KAPITEL 12
DER FRIEDHOF AM GALGENBAUMTOR

Cyder stand alleine im zerstörten Schankraum der Schwarzdorn-Taverne. Die Stadtwachen waren dagewesen und wieder gegangen, und die Toten und Wahnsinnigen waren weggeschafft worden. Das war jetzt drei Tage her, und allen Anstrengungen Cyders zum Trotz blieb die Taverne ein Trümmerhaufen. Die Fenster waren gesplittert oder gesprungen. Die holzvertäfelten Wände waren von tiefen Kratzern gefurcht, aber niemand konnte sich erklären, wer oder was die Kratzer verursacht hatte. Die große Messinguhr über der Theke war einige Minuten nach zwei stehengeblieben. Ihr Innenleben war vollständig intakt, die Feder aufgezogen, doch die Zeiger verharrten wie angewachsen in ihrer Position. Tische und Stühle waren verschwunden; Cyder besaß nicht genügend Geld, um die zerbrochenen Möbel zu ersetzen.

Die Gäste blieben ebenfalls weg. Jeder hatte Angst, den Schwarzdorn zu betreten. Cyder machte ihren Kunden keinen Vorwurf. Seit der Zerstörung ihrer Taverne hatte sie nicht eine Nacht richtig schlafen können, und oft war sie aus Alpträumen hochgeschreckt, an die sie sich lieber nicht erinnern mochte. Katze hatte seine Schlafgewohnheiten geändert, um die Nächte bei seiner Freundin zu verbringen, und obwohl sie in seinen Armen ein wenig Trost gefunden hatte, konnte er Cyder die Alpträume nicht nehmen. Es wäre alles nicht so schlimm gewesen, wenn sie auch nur die leiseste Ahnung gehabt hätte, was nach ihrem Weggehen mit ihrem Laden geschehen war. Keines der überlebenden Opfer hatte eine Antwort geben können. Die Wahnsinnigen wurden in *Nebelhafens* Hospitälern behandelt, doch keiner von ihnen hatte bisher auf Drogen oder die Bemühungen der Esper reagiert. Ihr Verstand war einfach weg, ihr Bewußtsein wie ausgelöscht. Die Autopsien an den Leichen hatten alle zum gleichen Ergebnis geführt: Tod durch Herzversagen. Am Ende konnte man einen Tod immer auf Herzversagen zurückführen. Drei Tage waren vergangen, seit Cyder zurückgekommen war und ihre Taverne als Leichenhaus wiedergefunden hatte; drei Tage, und noch immer konnte niemand ihr verraten, was eigentlich geschehen war.

Oder warum die vier Gäste im ersten Stock ebenfalls verrückt geworden waren.

Irgend etwas Böses war nach *Nebelhafen* gekommen, das schien festzustehen, und die Spuren seiner Gegenwart waren in der Taverne noch immer präsent. In der Luft schien ein eisiger Hauch zu schweben, trotz des knackenden Feuers im Kamin. Selbst das kleinste Geräusch warf ein endloses Echo. Öllampen und Fackeln erleuchteten die Taverne, aber der leere Raum wirkte noch immer düster, und die Schatten blieben schwarz. Cyder starrte finster um sich und legte den Wischmop zur Seite, den sie lustlos über den Boden geschoben hatte. Sie mußte sich der Wahrheit stellen. Selbst wenn die Besucher nicht ausgeblieben wären – es gab nur wenig, was sie ihren Gästen noch hätte anbieten können. Nur eine völlige Renovierung konnte die Taverne retten, und sie besaß nicht das nötige Geld dazu. Cyder drehte der zerrissenen Theke den Rücken zu und machte sich auf den Weg zur

Treppe, die hinauf zu ihren Privatzimmern führte. Sie würde mit Katze sprechen müssen. Sie hatte es vor sich hergeschoben, solange sie konnte, aber jetzt gab es nur noch diese eine Chance, sonst würde sie alles verlieren. Cyder *mußte* diese Chance ergreifen ... selbst wenn es bedeutete, daß sie Katze einem enormen Risiko auszusetzen hatte.

Langsam stieg Cyder die enge Wendeltreppe zu dem winzigen Dachgeschoß hoch über der Taverne hinauf, und auf dem ganzen Weg überlegte sie verzweifelt, wie sie Katze die schlechten Nachrichten beibringen sollte. Als Cyder schließlich die Tür zu seiner Kammer aufschob, wartete der Dachläufer bereits in seinem weißen Thermoanzug auf sie. Seiner Arbeitskleidung. Cyder lächelte und schüttelte ironisch den Kopf. Manchmal fragte sie sich allen Ernstes, ob Katze vielleicht heimlich Gedanken lesen konnte. Er grinste vielsagend zurück und winkte mit dem Kopf in Richtung des geschlossenen Fensters. Das war seine Art zu fragen, ob Cyder einen Auftrag für ihn hatte.

»Ja«, sagte Cyder. »Ich habe Arbeit für dich, mein Lieber. Aber es wird nicht einfach werden, und ich muß zuerst ein wenig nachdenken. Komm her und setz dich zu mir.«

Cyder ließ sich auf dem Bett gegenüber der Tür nieder. Katze trat herbei und tat wie ihm geheißen. Er legte einen Arm um Cyders Hüfte, und sie schmiegte sich an ihn. Mehr und mehr fand sie heraus, wie sehr sie die einfache, wortlose Unterstützung brauchte, die er ihr gab. Cyder hatte ihr gesamtes Erwachsenenleben selbst für sich gesorgt, allein und mit rücksichtslosem Geschick gegen ihre Feinde gekämpft und sich ihre Gelegenheiten selbst gemacht, wenn keine bequem zur Hand gewesen waren. Sie vergaß niemals eine Beleidigung, genauso, wie sie niemals einen Gefallen ohne Gegenleistung entgegengenommen hatte. Sie vertraute niemandem, kümmerte sich nur um ihre eigenen Angelegenheiten und war auch für niemanden verantwortlich. Cyder führte ein einsames Leben, aber es war ihr eigenes. Und doch hatte sie all ihr Mut und ihr Können nicht davor bewahrt, am Ende vor dem Nichts zu stehen. Ihr Einkommen aus der Hehlerei war auf Null gesunken, und ihre

Taverne war ruiniert. Das bißchen Geld, das sie zurückgelegt hatte, wurde von Tag zu Tag weniger, und ihre Möglichkeiten waren inzwischen an den Fingern einer Hand abzählbar. Katze betrachtete seine Freundin mit sorgenvollen Blicken, und Cyder erwiderte seine Blicke beinahe zärtlich. *Mein armer Kater*, dachte sie wehmütig. *All die Zeit hast du dich darauf verlassen, daß ich für uns beide denke, und jetzt, wo es zum ersten Mal wirklich darauf ankommt, habe ich nicht die leiseste Ahnung, wie es weitergehen soll.*

Katze schien Cyders Verzweiflung zu spüren und zog ihren Kopf liebevoll an seine Schulter. Er hielt sie fest in seinen Armen und wiegte sie sanft hin und her, als wolle er ein verängstigtes Kind trösten. Katze wünschte sich sehnlichst Worte, mit denen er Cyder beruhigen könnte, aber in seinem Hals steckte nichts als Schweigen. Er gab ihr, was er konnte, und wartete geduldig, daß sie ihre Kraft wiederfinden würde. Früher oder später würde seine Cyder schon mit einem Plan herausrücken, und Katze würde losgehen und alles für sie erledigen.

Cyder vergrub ihr Gesicht in Katzes Halsbeuge, während ihre Gedanken müde von einer vagen Hoffnung zur anderen trieben. Sie brauchte Geld, und zwar rasch. Sie konnte Katze jederzeit auf die Dächer hinausschicken, aber es gefiel ihr nicht, wenn er blind in der Nacht umherirrte. Ein erfolgreicher Einbruch erforderte Tage der Vorbereitung. Jede mögliche Gefahr mußte bedacht und berücksichtigt werden. Selbst dann noch konnten viel zu viele Dinge schiefgehen. Sollte Katze während seine Arbeit gefaßt werden, könnte Cyder sich das nicht verzeihen. Er war zu ihrem letzten As im Ärmel geworden. Ihr wertvollster Besitz. Cyder runzelte angestrengt die Stirn. Die Richtung, in die ihre Gedanken zu treiben drohten, gefiel ihr gar nicht. Aber so weit sie die Sache übersehen konnte, blieb ihr keine andere Wahl.

Das alles war Stahls Schuld, egal wie man es betrachtete. Es gab nur einen einzigen Grund, warum Cyder nicht im Schwarzdorn gewesen war, als dort die Hölle ausgebrochen sein mußte. Sie hatte versucht, ein paar neue Geschäfte mit dem verdammten dicken Raumhafendirektor abzuschließen. Die beiden hatten in der Vergangenheit ziemlich gut zusammengearbeitet, aber diesmal hatte er ihr nicht mehr angeboten als die Möglichkeit, einen Teil der Beute zu hehlen, die er aus der *Höllenfeuer* zu ziehen hoffte. Und selbst das würde warten müssen, bis ein wenig Gras über die Sache gewachsen war. Cyder schnitt eine Grimasse. Der verdammte Stahl. Sie konnte sich nicht leisten zu warten; sie brauchte das Geld, und zwar jetzt. Es war alles seine Schuld. Wäre sie in ihrem Laden gewesen, als die Sache losgegangen war, hätte sie vielleicht … etwas unternehmen können … Cyder seufzte bedauernd. Ganz egal, aus welcher Richtung sie das Problem auch anging, die Antwort blieb stets die gleiche. Nur eine einzige Sache konnte ihr jetzt helfen. Eine Sache, die nicht ganz ohne Risiko laufen würde … Cyder setzte sich auf und löste sich behutsam aus Katzes Umarmung. Er bemerkte den geschäftsmäßigen Ausdruck in Cyders Gesicht und hockte sich gefügig und aufmerksam hin. Er wartete auf ihre Befehle.

»Ich habe eine Aufgabe für dich, mein Lieber«, begann Cyder zögernd. »Solange du nur vorsichtig bist, besteht kein Risiko für dich. Ich möchte, daß du dich für mich mit einem Mann triffst. Sein Name lautet Sternlicht. Kapitän Sternlicht von der *Höllenfeuer*. Du findest ihn um die zehnte Stunde auf dem Galgenbaumtor-Friedhof im Händlerviertel. Er wird dir eine Probe seiner Waren zeigen. Wenn die Qualität gut ist, meldest du dich wieder hier bei mir, und ich werde ein Treffen arrangieren, um die Transaktion durchzuführen. Aber paß nur gut auf dich auf, mein Lieber. Rein vom Gesetz her betrachtet darf Sternlicht nichts von Bord der *Höllenfeuer* mitnehmen; jegliche Wertsachen sind der Raumhafenbehörde als Landegebühren zu übergeben. Also ist alles, was Sternlicht bei sich führt, vom Landefeld heruntergeschmuggelt worden. Und da unser lieber Raumhafendirektor Stahl weit und breit als extrem mißtrauischer Mensch bekannt ist, stehen die Chancen nicht schlecht, daß Sternlicht sorgfältig überwacht wird. Der Kapitän hat mir zwar versichert, daß er jeden Verfolger lange genug abschütteln könnte, damit dieses Treffen ungestört verläuft, aber ich möchte nicht, daß du das kleinste Risiko eingehst. Wenn Stahl herausfindet, daß wir versuchen, Profit an ihm vorbei-zu-schleusen, dann macht er Strumpfbänder aus unseren Eingeweiden. Wenn du jemanden siehst, ganz egal, wen, der dir nicht geheuer vorkommt, dann versuch erst gar nicht, Kontakt mit Sternlicht aufzunehmen. Statt dessen verschwindest du augenblicklich, als würde sich hinter dir die Hölle auftun, und kommst auf dem schnellsten Weg zu mir zurück. Hast du mich verstanden?«

Katze nickte. Alles in allem schien die Angelegenheit nicht besonders schwierig zu werden, solange er sich nur den Rücken freihielt. Er küßte Cyder zum Abschied – und noch einmal, weil es ihm so gut gefiel –, dann ging er rasch zu dem kleinen Fenster hinüber und blieb davor stehen. Katze aktivierte die Heizelemente seines Thermoanzugs und überzeugte sich davon, daß sie ordnungsgemäß arbeiteten. Schließlich zog er die Kapuze über seinen Kopf. Inzwischen hatte Cyder die Fensterläden entriegelt und aufgestoßen. Eine eisige Bö fuhr in die kleine Dachkammer, und Cyder zuckte zurück. Katze zog seine Handschuhe über, tastete rasch alle Taschen ab, um zu sehen, daß er nichts Wichtiges vergessen hatte, und schwang sich geschmeidig auf das Fenstersims. Er nickte Cyder ein letztes Mal zu, dann griff er nach oben über das Fenster, wo die beiden stählernen Griffe in das Mauerwerk eingelassen waren. Der Dachläufer packte die Griffe, spannte die Muskeln und schwang sich in einer fließenden Bewegung aus dem Fenster auf das Dach hinauf. Hinter ihm wurden die Läden krachend zugezogen und verriegelt.

Die Sonne war hinter dem Horizont versunken und dem hereinbrechenden Abend gewichen, aber die eigentliche Kälte der Nacht hatte noch nicht begonnen. Vorsichtig stapfte Katze über die schneebedeckten Ziegel zu einem wettergegerbten Giebel, wo er rittlings Platz nahm. Gelassen blickte er sich um, während er sich an die Kälte gewöhnte und den böigen Wind abzuschätzen versuchte. Der Nebel war dicht, und Schnee hing in der Luft. Nicht die besten Bedingungen für einen Dachlauf. Katze zuckte die Schultern und grinste vor sich hin. Je schlimmer das Wetter, desto besser war er vor unerwünschten Beobachtern geschützt. Die Nachteile und Vorteile wogen sich auf. Katze kauerte sich nachdenklich auf seinem Giebel zusammen. Für die restliche Welt sah er aus wie ein geisterhafter Wasserspeier. Eine Idee stieg in ihm hoch, und sein Grinsen wurde breiter. Wenn er sich in der zehnten Stunde mit diesem Sternlicht treffen sollte, dann würde er sich verdammt sputen müssen. Und es gab nur einen einzigen sicheren Weg, rechtzeitig dort zu sein ...

Katze schwang sich vom Giebel herunter, rannte rasch über das schräge Dach nach vorn und sprang mit einer geschmeidigen, lässigen Bewegung über die schmale Gasse hinweg, die tief unter ihm lag. Er landete auf dem nächsten Dach und eilte weiter. Wie ein Phantom wechselte er von Dach zu Dach, bewegte sich voller Eleganz von Giebel zu Schornstein zu Dachrinne, während er immer tiefer in Richtung des korrupten Herzens des Diebesviertels vorstieß. Eine gute halbe Stunde später ließ Katze sich auf ein niedriges Dach fallen, von dem aus er die Docks überblicken konnte, und kauerte sich gefährlich nah am Rand nieder. Er starrte angestrengt auf die dunklen Wasser des Autumnusflusses hinaus.

Dünne Nebelschwaden stiegen von dem schlammigen Wasser auf, während er schmale Fluß sich durch das Viertel schlängelte und es auf der anderen Seite wieder verließ. Der Fluß floß durch den größten Teil der Stadt und passierte dabei drei der Viertel *Nebelhafens*. Er war genauso häufig zugefroren wie eisfrei und bot die bequemste Möglichkeit, Güter durch *Nebelhafen* zu transportieren. Und so spielte es auch keine Rolle, welche Tages- oder Nachtzeit gerade herrschte, ständig waren auf dem Fluß Leichter unterwegs. Katze beobachtete zufrieden, wie die kohlebefeuerten Dampfschiffe ihren Weg durch die Flußbiegungen und die Dunkelheit suchen. An ihren Bugen funkelte jeweils nur eine einzige Laterne in trübem Rot wie ein glühendes Stück Kohle in der Nacht.

Katze schwang sich über eine schlüpfrige Mauerstrebe

und landete lautlos in der menschenleeren Dockanlage. Er huschte in die Schatten zurück und warf einen vorsichtigen Blick in die Runde. Auf der einen Seite stand ein Dutzend Kisten aufgestapelt, die auf ihre Verladung warteten, aber keine Arbeiter hielten sich in der Nähe auf. Selbst zu dieser frühen Abendstunde setzte niemand sich freiwillig der Kälte aus, wenn es nicht unbedingt sein mußte. Die Dockarbeiter hatten sich wahrscheinlich um ein Kohlenbecken in einer der nahebei stehenden Hütten zusammengedrängt – genau wie Katze es erwartet hatte. Erfrierungen waren für die, die hier in den Dockanlagen von *Nebelhafen* arbeiteten, zu einer Art Berufskrankheit geworden. Die Bezahlung war gut, aber das mußte auch so sein. Trotzdem hatte Katze nie darüber nachgedacht, sich hier einstellen zu lassen.

Er wartete geduldig in seinem Versteck, während die Leichter ohne sonderliche Eile an ihm vorbeiglitten, lange, flache Boote, die wie große treibende Särge aus dem Nebel auftauchten und wieder darin verschwanden. Eis, das sich auf der Wasseroberfläche zu bilden begann, krachte und knirschte an den stahlverstärkten Schiffsrümpfen. Katze beobachtete das Schauspiel und wartete. Schließlich fuhr einer der Leichter direkt unter dem Dock vorbei. Katze schätzte die Entfernung sorgfältig ab, schoß aus seiner Deckung hervor und sprang mit einem weiten Satz an Bord des Lastkahns. Mit der Leichtigkeit langjähriger Übung duckte er sich unter die schmierige Persenning, die sich über die halbe Länge des Bootes erstreckte, und fand sich außer Sicht von allen und jedem in einer behaglichen Nische zwischen den Frachtkisten wieder. Der Leichter fuhr weiter, verließ das Diebesviertel und hielt auf das Viertel der Händler zu.

Katze lehnte sich in der Dunkelheit zurück und ließ sich im trägen, ebenmäßigen Rhythmus des Wassers schaukeln. Er liebte es, auf den Kähnen mitzufahren. Das Dachlaufen machte Spaß, aber das hier war weitaus erholsamer. Jedenfalls so lange, wie die Besatzung des Kahns ihn nicht aufstöberte. Katze reckte sich faul. Der Leichter würde ihn zum Friedhof am Galgenbaumtor bringen, und wahrscheinlich blieb ihm sogar noch reichlich Zeit. Für den Augenblick zumindest schien Cyders Auftrag recht unkompliziert zu sein. Wenn alles glattging, wäre Katze in einer Stunde mit allem fertig und auf dem Weg zurück.

Der Friedhof am Galgenbaumtor war schlecht beleuchtet und ziemlich heruntergekommen, und selbst der schwere Weihrauchdunst von der benachbarten Kirche konnte den Friedhofsgestank nicht überdecken. Große, knorrige Bäume säumten den einzigen, kieselbedeckten Pfad, der sich über den Friedhof schlängelte, und ihre dunklen, dornigen Äste bewegten sich rastlos im Wind. Langes Gras wucherte über die vernachlässigten Gräber und Randsteine, und die umgebende hohe Friedhofsmauer war von Efeu überrankt. Grabsteine und Gedenktafeln schimmerten hell im trüben Mondlicht und ragten aus den Nebelschwaden am Boden wie die bleichen, unbeweglichen Geister der Toten.

Obwohl es bereits recht spät war, hob eine kleine Gruppe von Männern ein Grab aus. Sie bearbeiteten die gefrorene Erde mit heftigem Schwung, wahrscheinlich, weil die Anstrengung ihnen dabei half, in ihrer dichten Fellkleidung und unter den festen Umhängen warm zu bleiben. Kapitän Sternlicht sah den Leuten eine Weile bei ihrer Arbeit zu, dann wandte er sich gelangweilt ab. Der Dieb hatte Verspätung, und der Abend war bitterkalt. Sternlicht zog seine Kapuze tief in die Stirn, lehnte sich gegen einen großen Gedenkstein und warf einen nervösen Blick auf das Zeitstück, das in sein Handgelenk eingelassen war. Beinahe halb elf. Sternlicht verfluchte Cyder und ihren Dachläufer und nahm einen Schluck von der heißen Suppe in seiner Isolierflasche.

Seine *Höllenfeuer* war nur noch ein Wrack, und die zur Reparatur erforderliche Hochtechnologie war auf diesem gottverlassenen Planeten seltener als Gold. Kapitän Sternlicht war gestrandet. Er hatte seine Besatzung entlassen, und schon bald waren die letzten in der Stadt verschwunden, von ihr verschluckt, ohne auch nur eine Spur zu hinterlassen. Auch die Flüchtlinge waren inzwischen von Bord gegangen. Die Behörden kümmerten sich um sie – jedenfalls auf die eine oder andere Weise. Jetzt gab es nur noch Sternlicht. Er war auf sich allein gestellt, hatte keine Pflichten und keine Verantwortungen mehr und mußte auf niemanden achten außer auf sich selbst. Zum ersten Mal in seinem Erwachsenenleben war er frei, und er haßte das Gefühl bereits, bevor er es richtig kennengelernt hatte. Sternlicht fühlte sich nackt. Und er war ein gebrochener Mann. Sein Schiff und die gesamte Technologie an Bord waren als Landegebühren an die Raumhafenbehörde gefallen. Sternlicht war nichts geblieben bis auf die Juwelen und andere Beute, die er von seinen Passagieren bekommen hatte – auf die eine oder andere Weise. Sternlicht verzog das Gesicht. Niemand hatte Grund, sich zu beschweren. Keiner von ihnen. Er war schließlich kein Schmuggler oder Rebell, sondern ein ganz gewöhnlicher Raumschiffskapitän, der sich zur falschen Zeit am falschen Ort hatte überraschen lassen. Sternlicht hatte so viele Menschen gerettet, wie er nur konnte, und dabei sein Schiff verloren. Er hatte jedes Recht dazu, wenigstens einen kleinen Gewinn aus dieser Sache zu schlagen. Vorausgesetzt, der raffgierige Raumhafendirektor würde ihn nicht vorher ausplündern. Sternlicht schüttelte wütend den Kopf. Für ihn kam es nur darauf an, genügend Geld zusammenzubringen, um sich an Bord eines der Schmugglerschiffe eine Passage weg von dieser verdammten Welt leisten zu können, egal wohin. Soweit er bisher beurteilen konnte, war *Nebelwelt* der miserabelste Planet, den man sich zum Stranden nur vorstellen konnte.

Nicht weit von Sternlicht entfernt sangen die Totengräber leise zum Rhythmus ihrer Hacken und Schaufeln ein zweideutiges Lied. Dichte Nebelschwaden waberten zwischen den Grabsteinen und reflektierten bleiches Mondlicht. Der Wind flüsterte in den schwankenden Ästen der Bäume. An den massiven, schmiedeeisernen Friedhofstoren hingen bunte Lampions, deren pergamentene Seiten mit häßlichen Grimassen bemalt waren, um böse Geister abzuschrecken. Sternlicht musterte die Lampions ohne jede Spur von

Humor. Jeder Mensch brauchte etwas, an das er glauben konnte, selbst ein Raumschiffskapitän, der sein Schiff verloren hatte. Er trank einen weiteren Schluck seiner heißen Brühe und hoffte, daß die heiße, würzige Flüssigkeit die beißende Kälte lange genug aus einen Knochen halten würde, bis er den Handel abgeschlossen hatte. Sternlicht wartete noch keine ganze Stunde hier, und die Heizelemente in seiner Uniform liefen bereits auf Hochtouren, ohne den strengen Frost ganz überwinden zu können. Unbehaglich verlagerte er sein Körpergewicht von einem Bein auf das andere, während er sich gegen das ungemütlich kalte steinerne Kreuz lehnte, und brütete erneut über der verdammten Pechsträhne, die ihn hierauf *Nebelwelt* hatte stranden lassen.

Plötzlich vernahm Sternlicht knirschende Schrittee auf dem Kieselpfad. Sie wurden lauter, als jemand sich näherte. Sternlicht verkorkte seine Thermosflasche und schob sie zurück in die Innentasche seines Umhangs. Es wurde allmählich auch höchste Zeit, daß Cyders Dachläufer sein Gesicht zeigte. Sternlicht trat einen Schritt von dem Gedenkstein weg und rückte seinen Umhang zurecht, sorgfältig darauf bedacht, seine Rechte auf dem Griff des Disruptors unter dem weiten Stoff zu verbergen. Eine große blonde Frau in einem geflickten grauen Umhang trat mit energischem Gang aus dem Nebel heraus auf ihn zu. Ihre Zielstrebigkeit und gelassene Ruhe beunruhigten den Kapitän der *Höllenfeuer*, und er trat in seine Deckung zurück, um sie vorbeizulassen. Sie kam unbeirrt näher, weder zögernd noch eilig, und blieb schließlich direkt vor seinem Versteck stehen. Langsam wandte sie den Kopf von einer Seite zur anderen, als würde sie einem Geräusch lauschen, das niemand außer ihr hören konnte, und dann blickte sie genau in Sternlichts Richtung und lächelte. Unentschlossen trat Sternlicht wieder ins Mondlicht hinaus, die Hand noch immer auf dem Griff seiner Waffe.

»Kapitän Sternlicht!« sagte die Blonde irgendwie erleichtert. »Ich habe nach Euch gesucht.«

Sternlicht nickte steif.

»Cyder hat gesagt, der Dieb wäre ein Mann.«

Die Frau ignorierte Sternlichts Einwand. Ihre Augen musterten sein Gesicht prüfend und mit unverhülltem Hunger. Sternlicht fröstelte beim Anblick dieser riesigen Augen stärker, als die Kälte der Nacht hätte verursachen können. Die Frau lächelte noch immer. Als sie endlich wieder sprach, klang ihre Stimme rauh und drängend.

»Ich will meinen Saphir zurück, Kapitän. Was habt Ihr damit gemacht?«

Sternlichts Augen verengten sich. Er nickte langsam. »So. Ihr seid also einer der Flüchtlinge, die ich hergebracht habe. Stimmt's?«

»Mein Saphir, Kapitän. Ich will meinen Saphir.«

Sternlicht lockerte den Disruptor in seinem Halfter. »Ich habe nichts für Euch, junge Frau. Ich weiß nicht, wovon Ihr überhaupt sprecht.«

»Das ist wirklich sehr schade, Kapitän.« Die Frau kicherte plötzlich, und auf ihren fahlen Wangen entstanden zwei hektische rote Flecken. »Seht mich an, Kapitän. Seht mir in die Augen.«

Sternlicht gehorchte.

Katze kauerte sich auf der schlüpfrigen Steinmauer zusammen, als der böige Wind die dornigen Äste eines alten Baums gegen ihn drückte. Er warf einen raschen Blick in die Runde und ließ sich lautlos in das feuchte Gras am Boden fallen. Auf dem Friedhof am Galgenbaumtor war alles ruhig. In den Schatten rührte sich nichts, und niemand bewegte sich auf dem einzigen Kiesweg.

Katze musterte seine Umgebung mit mißtrauischen Blicken. Eigentlich hätten hier Wachen patrouillieren müssen, um die Grabräuber aus den Körperbänken abzuschrecken, aber die rostigen Flügel des Eisentores standen weit offen, und niemand war zu sehen. Katze zuckte die Schultern. *Wahrscheinlich weitere Kürzungen im Haushalt der Stadt*, dachte er und warf einen Blick zum nächtlichen Himmel hinauf. Ärgerlich über sich selbst schüttelte er den Kopf.

Wenn er auf dem verdammten Leichter nicht eingeschlafen wäre, hätte er schon viel früher hier sein können. Aber wie die Dinge lagen, kam er fast eine ganze Stunde zu spät. Es hätte ihn nicht weiter überrascht, wenn Sternlicht des Wartens müde geworden wäre und sich entschieden hätte, sein Diebesgut an jemand anderen zu verkaufen. Cyder würde sich ganz gewiß nicht darüber freuen.

Katze erschauerte, nicht nur wegen der nächtlichen Kälte, und setzte sich in Bewegung. Er tappte über den Kiesweg wie ein verstohlener Geist. Mondlicht schimmerte auf seinem weißen Thermoanzug. Er hätte es vorgezogen, in der Deckung der Friedhofsmauern zu bleiben, doch der Totenacker war übersät mit zugewachsenen und unmarkierten Gräbern, und Katze war abergläubisch.

Er fand Sternlicht auf dem Boden sitzend, mit dem Rücken gegen ein großes Steinkreuz gelehnt. Der Kapitän der *Höllenfeuer* atmete schwer, und seine Augen starrten blicklos ins Leere. Katze kniete neben ihm nieder und wedelte mit einer Hand vor den Augen des Kapitäns, ohne irgendeine Reaktion hervorzurufen. Katze verzog das Gesicht und spürte, wie sich die Haare in seinem Nacken aufrichteten. Der Geist des Kapitäns war erloschen, genau wie bei den Leuten, die Katze im Schwarzdorn gefunden hatte. Er schluckte den Kloß hinunter, der sich in seinem Hals gebildet hatte, und kämpfte den beinahe überwältigenden Impuls nieder, sich einfach umzudrehen und davonzurennen. Er fühlte sich wie in einem Alptraum gefangen, der ihm überallhin folgte – ganz egal, wohin er ging. Katze faßte sich rasch wieder und begann, mit emotionsloser Professionalität die Taschen des Kapitäns zu durchsuchen. Er förderte einige Silbermünzen und einen kleinen, geschliffenen Rubin zutage. Sonst nichts. Katze prüfte den Stein mit fachmännischem Blick. Gute Ware, aber ohne Sternlichts Hilfe gab es keine Möglichkeit, an den Rest davon zu gelangen. Cyder würde mit Sicherheit nicht sonderlich erfreut reagieren.

Wütend trat Katze gegen das Steinkreuz. Dann erfaßte er aus den Augenwinkeln eine plötzliche Bewegung und erstarrte. All seine Instinkte schalteten sich ein, und er schoß

aus dem hellen Mondlicht in den Schatten der nächstgelegenen Mauer, ohne auf die Gräber zu achten, über die er dabei
rannte. Wer oder was auch immer das Bewußtsein des
Kapitäns gelöscht hatte – er oder es war vielleicht noch in
der Nähe. Und Katzes weißer Thermoanzug, der ihn im
Schnee und im Nebel so hervorragend tarnte, war hier auf
dem verdammten dunklen Friedhof alles andere als unauffällig. Katze gelangte mehr und mehr zu der Überzeugung,
daß er sich in Zukunft besser auf die Dächer beschränken
sollte, wo er hingehörte, und wo er sich auskannte. Er
blickte sich vorsichtig um. Eine schwache Bewegung nicht
weit entfernt zog seine Aufmerksamkeit an, und nachdem er
eine Weile hingesehen hatte, bewegte er sich verstohlen
durch den Nebel, um die Sache genauer in Augenschein zu
nehmen.

Auf dem Boden neben einem frisch ausgehobenen Grab
lagen zwei Männer, die am ganzen Leib sichtbar zitterten.
Sie lagen auf dem Rücken, und ihre Hacken trommelten hilflos gegen die feuchte Erde. Der eine von beiden starrte mit
leeren Augen in den Nachthimmel, der andere hatte sich die
Augen anscheinend herausgerissen. Die Männer schienen
den Verstand verloren zu haben. Ihr Geist war erloschen,
wie bei den anderen. Katze schlich sich vorsichtig näher und
schielte in das offene Grab hinunter. Seine Nackenhaare
sträubten sich erneut, als er auf der aufgewühlten Erde am
Boden des Lochs eine reglose Gestalt erblickte. Der Nacken
des Mannes war in einem unmöglichen Winkel verdreht.

Wenigstens liegt er schon am richtigen Ort, dachte Katze.

Er erschauerte aufs neue und beschloß, daß er genug
gesehen hatte. Der Dachläufer zog sich leise in die Schatten
zurück, kletterte über die hohe Steinmauer und floh zurück
zu den besser begreifbaren Übeln des Diebesviertels.

Katze wußte nicht, daß der Tote ein Esper gewesen war,
und Katze wußte auch nicht, daß der Esper bereits tot gewesen war, bevor er am Boden des frisch ausgehobenen Grabes
aufgeschlagen war und sich das Genick gebrochen hatte.

Unter dem großen steinernen Kreuz saß die einsame
Gestalt von Kapitän Sternlicht, dem ehemaligen Komman-

danten des gestrandeten Raumschiffs *Höllenfeuer*, und
starrte mit leeren Blicken auf die weit offen stehenden Tore
des Friedhofs, durch die die Typhus-Marie verschwunden
war. An den Pfeilern schwankten die bunten Lampions, und
ihre aufgemalten Grimassen schienen sich vorwurfsvolle
Blicke zuzuwerfen.

Katze konnte es zwar nicht hören, aber der Kapitän der
Höllenfeuer wimmerte leise.

KAPITEL 13
BLUT UND TERROR

Der Hadenmann namens Taylor saß im Grünen Mann vor
einem Glas Wurmholz-Branntwein, als Schwarzpeter ihn
fand. Der Grüne Mann war eine Taverne an der Grenze zwischen den Vierteln der Diebe und der Techniker, wo sich die
untersten Schichten ganz öffentlich mit den Reichen und
Mächtigen trafen. Der Grüne Mann war ein Ort, wo Verträge
geschlossen und Pläne geschmiedet, Geheimnisse verkauft
oder offen besprochen wurden, und immer bissen den letzten die Hunde. Morde wurden arrangiert, Reputationen
geschaffen oder zerstört, und zu jeder Tages- oder Nachtzeit
wurden finstere Geschäfte getätigt, die meist denen schade-
ten, die gerade nicht da waren.

Der Grüne Mann war selbstverständlich kein billiges oder
häßliches Etablissement. Im Gegenteil. Die Taverne prahlte
mit luxuriöser Einrichtung, einer erstklassigen Küche und
einem exzellenten Weinkeller. Seltene, kostbare Gobelins
schmückten die Wände, und ein echter ölbefeuerter Generator im Kellergeschoß erzeugte Wärme und Elektrizität für
die Beleuchtung. In der Luft schwebte ein subtiler Wohlge-
ruch, und es gab wirklich niemanden, der so schlecht erzogen war, seine Stimme über einen baren Flüsterton hinaus
zu erheben. Schließlich besaß der Grüne Mann einen gewissen Standard, der unter allen Umständen zu halten war. Die

Taverne war an allen im Gebäude abgeschlossenen Geschäften mit einem gewissen Prozentsatz beteiligt, und sie hatte noch nie ein Jahr ohne einen überaus reichlichen Profit abgeschlossen.

Schwarzpeter blieb im Eingang stehen und ließ den Blick über das Lokal gleiten. Es war früh am Morgen, und die Sonne war eben erst aufgegangen, aber nichtsdestotrotz saßen gut und gerne fünfzig Gäste an den intarsienverzierten und exquisit polierten Tischen und tranken. Der Grüne Mann hatte rund um die Uhr geöffnet.

Schwarzpeter warf einen nachdenklichen Blick zu Taylor hinüber, der alleine in einer Nische Platz genommen hatte und mit dem Rücken gegen die Wand lehnte. Die Flasche Branntwein vor ihm auf dem Tisch war beinahe zur Hälfte geleert. Taylor blickte auf, als Schwarzpeter zwischen den Tischen hindurch auf ihn zukam, und nickte freundlich. Der Söldner zog einen Stuhl heran und nahm gegenüber dem Hadenmann Platz. Taylor rückte ein wenig seitwärts, damit Schwarzpeter ihm nicht den Blick auf die Tür versperrte. Die beiden Männer musterten sich eine Weile schweigend, während jeder darauf wartete, daß der andere als erster zu sprechen begann.

»Habt Ihr das mit Sterling gehört?« begann Taylor schließlich. Seine rauhe, summende Stimme gellte schrill in Schwarzpeters Ohren.

»Ich war dabei«, erwiderte der Söldner. »Ich habe es gesehen. Sie hat ihm mit bloßen Händen die Wirbelsäule gebrochen.«

»Fünfzehnhundert in Gold«, sagte Taylor tonlos. »Ich will es bis heute nacht haben.«

»Warum plötzlich diese Eile?«

»Sterling hat Topas meinen Namen verraten. Es ist nur noch eine Frage der Zeit, bis sie mich findet. Vorausgesetzt, daß die Stadtwache mich nicht vorher verhaftet. Anscheinend ist ein Preis auf meinen Kopf ausgesetzt worden, und selbst meine Freunde wollen auf einmal nichts mehr mit mir zu tun haben. Sie fürchten Investigator Topas. Ich kannte Sterling seit beinahe neun Jahren. Er war einer der besten

Gladiatoren, die je lebend aus der Arena von *Golgatha* gekommen sind, und diese Frau hat ihn wie einen blutigen Anfänger aussehen lassen. Ich wußte immer, daß sie gefährlich ist, aber Ihr hättet uns trotzdem warnen müssen, Söldner ... Investigatoren sind genausowenig menschlich wie ich.

Jedenfalls habe ich nicht vor, noch in der Nähe zu sein, wenn sie auftaucht und nach mir sucht. Ich habe keine Ahnung, welcher Idiot ihren Mann umgebracht hat, doch meine Chancen, sie davon zu überzeugen, sind nicht größer als die Überlebenschancen eines Schneeballs in der Hölle. Ich habe mir eine Passage auf einem Schmugglerschiff besorgt, und morgen früh werde ich mit dem ersten Start von *Nebelwelt* verschwinden.«

»Passagen auf Schmugglerschiffen sind meistens ziemlich teuer«, wandte Schwarzpeter ein.

»Fünfzehnhundert in Gold«, entgegnete Taylor. »Wenn ich den verdammten Halsabschneider nicht bräuchte, um das Schiff zu fliegen, würde ich ihn in Stücke reißen und auf seinen Resten herumtanzen. Also, Söldner? Entweder bekomme ich das Geld von Euch als Gegenleistung für mein Schweigen, oder ich bekomme es von Raumhafendirektor Stahl als Belohnung dafür, daß ich Euch verrate. Ist mir wirklich scheißegal, wer am Ende zahlt.«

Schwarzpeter betrachtete den Hadenmann mit einem nachdenklichen Blick. Die rasselnde, nichtmenschliche Stimme enthielt nur wenige Gefühlsschattierungen und blieb stets leise und gelassen, aber tief in den goldenen Augen des Hadenmanns erblickte der Söldner etwas, das echte Furcht zu sein schien.

»Was ist denn so Besonderes an dieser Topas?« fragte Schwarzpeter langsam. »Schön und gut, ich habe sie kämpfen sehen. Sie ist gut, verdammt gut sogar. Aber Ihr seid ein aufgerüsteter Mann von der verlorenen Welt *Haden*. Ihr solltet wirklich imstande sein, selbst auf Euch achtzugeben.«

Taylor schüttelte den Kopf und kippte den Rest seines Branntweins hinunter. Er starrte mit grimmigem Gesicht und brütendem Blick auf das leere Glas. »Habt Ihr noch nie von Investigator Topas gehört? Ich dachte wirklich, daß jeder auf *Nebelwelt* ihre Geschichte kennt. Im Imperium ist ihr Name eine Legende, mit dem Mütter ihre ungehorsamen Kinder erschrecken. Topas ist eine Sirene, Söldner. Wenn sie singt, reißt sie Euch den Verstand in Fetzen. Das Imperium hat sie ausgebildet, um allein auf sich gestellt ganze Zivilisationen auszulöschen. Und sie war sehr gut in ihrem Beruf. Eines Tages wandte sie sich gegen das Imperium – oder vielleicht auch das Imperium gegen sie –, und Topas flüchtete. Sirenen sind selten, und das Imperium wollte sie zurück und wieder unter seine Kontrolle bringen. Ich glaube, sie hatten selbst dann noch Angst vor ihr. Man setzte eine ganze Kompanie Elitetruppen auf sie an, fünfhundert voll ausgebildete Marineinfanteristen. Die Soldaten stellten Topas auf einem unbedeutenden Hinterweltplaneten namens *Virimonde*. Keiner von ihnen überlebte. Sie ist der stärkste Esper, den das Imperium je hervorgebracht hat. Sie tötete alle – mit nichts als einem einfachen Lied. Fügt außerdem noch die Ausbildung eines Investigators mit Schwert und Disruptor hinzu, und Ihr habt einen Kämpfer vor Augen, dem ich auf keinen Fall gegenübertreten möchte. Genausowenig wie Ihr, wenn Ihr auch nur einen Funken Verstand besitzt. Also, wann könnt Ihr mir mein Geld geben?«

»Vergeßt es«, knurrte Schwarzpeter.

Taylor blickte sein Gegenüber ungläubig an. »Vielleicht habe ich mich nicht deutlich genug ausgedrückt, Söldner. Euch bleibt keine andere Wahl.«

»Es gibt immer eine andere Wahl.«

»Glaubt ihr vielleicht, ich bluffe?«

»Nein, gewiß nicht. Wirklich nicht«, erwiderte Schwarzpeter.

Taylor warf sich seitlich aus dem Stuhl. Der blendende Energiestrahl aus Schwarzpeters Disruptor verfehlte ihn nur um Zentimeter. Der Hadenmann war unglaublich schnell wieder auf den Beinen. Er grinste böse. Der Söldner stieß seinen Stuhl weg und sprang mit gezücktem Schwert auf. Taylor kam ihm entgegen, doch der Söldner wich vorsichtig zurück, das Schwert weit vorgestreckt. Ringsumher entstanden hektische Geräusche, als die Gäste des Grünen Mannes sich beeilten, aus dem Weg und in Deckung zu springen. Im hinteren Teil der Taverne, wo Schwarzpeters Disruptorstrahl eingeschlagen hatte, brannte knisternd einer der kostbaren Tische. Der Söldner schob seine Pistole zurück in den Holster und wechselte das Schwert in die Rechte. Bis die zwei Minuten vorbei waren, die der Kristall zum Regenerieren benötigte, wäre der Kampf wahrscheinlich bereits auf die eine oder andere Weise beendet. Er schlug das linke Handgelenk gegen die Hüfte, und ein leuchtender Energieschild entstand vor seinem linken Unterarm.

Taylor umkreiste den Söldner langsam. Seine goldenen Augen zeigten keine Spur mehr von Nervosität oder Furcht, und seine Bewegungen waren ruhig und überlegt und zeugten von einer beunruhigenden, fließenden Eleganz. Der Hadenmann trug kein Schwert und keine Pistole. Er benötigte keine Waffen. Schwarzpeter hob seine Klinge. Er hatte noch nie einem Hadenmann gegenübergestanden, doch er vertraute auf seine Fähigkeiten. Langsam folgte der Söldner den Bewegungen seines Gegners, um Taylor nicht die Flanke zu zeigen, und achtete sorgsam darauf, daß der summende Energieschild stets zwischen ihm und dem anderen blieb. Für eine ganze Weile war das regelmäßige, kontrollierte Atmen der beiden Kämpfenden und das vorsichtige Schlurfen ihrer Schritte das einzige Geräusch im gesamten Lokal. Dann fintete Schwarzpeter mit dem Schwert und führte einen gewaltigen Streich gegen Taylors ungeschützten Nacken. Der Hadenmann duckte sich mit fast spielerischer Leichtigkeit unter der surrenden Klinge hindurch und versuchte, den Söldner an der Kehle zu packen. Schwarzpeter brachte seinen Schild gerade noch rechtzeitig hoch, und Taylors Hand prallte wirkungslos von der Energiebarriere ab. Ein dichter Funkenregen sprühte durch die Luft. Der Hadenmann fiel zurück und schüttelte benommen den Kopf. Auch Schwarzpeter stolperte von der Wucht des Aufpralls und hielt nur mühsam das Gleichgewicht. Er hatte eine Menge Glück gehabt, und er wußte es.

Er hatte noch nie gesehen, daß sich jemand *so verdammt schnell* bewegte. Der Hadenmann hob einen der nahebei stehenden Tische in die Höhe und *riß ihn entzwei.* Das schwere Eisenholz schien laut zu stöhnen. Taylor zog an einem der Tischbeine und hielt es plötzlich in der Hand, einen meterlangen Knüppel aus Eisenholz. Eisenholz! Man zerschnitt Eisenholz nicht mit einer normalen Säge; es mußte mit Hilfe von Lasern bearbeitet und geformt werden. Und Taylor hatte soeben einen Eisenholztisch *mit bloßen Händen* zertrümmert!

Wenn er meint, er könnte mich damit beeindrucken, dann hat er verdammt recht, dachte Schwarzpeter.

Taylor schoß vor und schwang das massive Tischbein nach Schwarzpeters Kopf. Der Söldner riß seinen Schild hoch, und Taylor änderte im allerletzten Augenblick die Richtung seines Angriffs. Das Tischbein drehte sich in seiner Hand, schlüpfte unter der leuchtenden Energiebarriere hindurch, und das Holz fuhr dem Söldner krachend in die Rippen und warf ihn zurück. Schwarzpeter spürte, wie seine Rippen brachen. Er kämpfte verzweifelt darum, nicht zu Boden zu gehen. Der Söldner hustete schmerzvoll, und in seinem Mund war plötzlich der schale Geschmack von Blut. Taylor setzte ihm nach, und Schwarzpeter wich zurück, stets sorgsam darauf bedacht, mit dem Schild seine verwundete Seite zu decken. Taylor schwang die Keule mit unglaublicher Geschwindigkeit, und nur ein glückliches Stolpern rettete Schwarzpeter vor einem zerschmetterten Schädel. So spürte er nur den kurzen Lufthauch, der sein Gesicht zu liebkosen schien, als der Knüppel an seinem Kopf vorbeistreifte – und dann, in dem einen Bruchteil einer Sekunde, in dem Taylor von der schieren Gewalt seines Schlages aus dem Gleichgewicht gekommen war, hieb der Söldner seinen Schild von unten gegen das Holz. Die flimmernde Kante des Schilds schnitt durch das Eisenholz wie ein heißes Messer durch Butter, und der Hadenmann hielt mit einem Mal nur noch einen kurzen Stumpf in der Hand. Schwarzpeter zog sich rasch zurück und suchte erneut hinter seinem Schild Deckung. Taylor blickte verdutzt auf den Holzstumpf in der

Hand, dann warf er ihn lässig beiseite. Er blickte zu Schwarzpeter und grinste.

Der Söldner wich langsam nach links aus, wobei er Tische umwarf und Stühle zur Seite stieß. Er benötigte Platz, um sich zu bewegen. Die gebrochenen Rippen verursachten einen soliden Schmerz in seinem Bewußtsein, aber er verdrängte ihn. Er durfte sich nicht ablenken lassen. Taylor hob den linken Arm und deutete auf Schwarzpeter. Einen Augenblick lang hielt der Hadenmann den Arm in dieser Position, bevor er in einer eigenartigen Bewegung die Hand nach oben wegbog. Schwarzpeters Herz drohte beinahe auszusetzen, als er den kurzen Lauf erblickte, der aus einem Schlitz in Taylors Handgelenk erschien. Der Söldner wollte weiter zurückweichen und riß den Schild noch eben rechtzeitig vor seine Brust, als ein sengend heißer Energiestrahl aus dem Disruptor-Implantat des Hadenmanns schoß. Der Strahl prallte von Schwarzpeters Energieschirm ab und zerstörte einen in der Nähe liegenden umgestürzten Tisch. Taylor senkte den Arm.

Schwarzpeter schluckte mühsam. Er mußte dichter an seinen Gegner herankommen und den Kampf beenden, solange er noch eine Chance dazu besaß. Niemand konnte sagen, wie viele Überraschungen der Hadenmann außerdem noch in seinen Körper eingebaut hatte. Schwarzpeter bewegte sich vorsichtig vorwärts. Taylor stellte sich ihm entgegen. Der Söldner führte einen Hieb auf Taylors ungeschützte Rippen, und die rechte Hand des Hadenmanns schoß vor und packte das Schwert. Die schwere, breite Hand umklammerte die Waffe wie ein Schraubstock, trotz der rasiermesserscharfen Klinge, und Schwarzpeter konnte sehen, wie das Fleisch an den Händen seines Gegners zerschnitten wurde, während er versuchte, die Schneide durch ruckhafte Bewegungen wieder frei zu bekommen. Dann erhaschte Schwarzpeter einen Blick auf das Stahlgewebe unter der Haut des Hadenmannes.

Er versuchte verzweifelt, seine Waffe wieder an sich zu reißen, aber ohne Erfolg. Taylor hob die andere Hand und griff beinahe lässig nach Schwarzpeters Kehle. Der Söldner riß seinen Energieschild nach vorn, und der Hadenmann ließ blitzschnell das Schwert los und brachte seinen Arm in Sicherheit.

Einen Augenblick standen sich die beiden Kontrahenten schweigend gegenüber und starrten sich an, dann spannte sich Taylor unvermittelt und sprang in einer fließenden, eleganten Bewegung in die Höhe. Seine aufgerüsteten Muskeln trugen ihn über den Kopf des verblüfften Söldners hinweg, und bevor Schwarzpeter auch nur ansatzweise eine Drehung machen konnte, um seinen Gegner wieder vor sich zu haben, schoß Taylors Fuß in einem bösartigen Karatetritt nach vorn und krachte dem Söldner in den Rücken. Schwarzpeters Gesicht verzerrte sich zu einer Grimasse, als ein entsetzlicher Schmerz über ihm zusammenschlug. Er fiel schwer zu Boden, verlor sein Schwert und hätte sich beinahe selbst noch ernsthaft an den scharfen Rändern seines Energieschildes verletzt. Schwerfällig rollte er sich auf den Rücken, verdrängte die Schmerzen und zog ein Wurfmesser aus dem Schaft seines Stiefels. Taylor stand da und beobachtete ihn grinsend. Schwarzpeter warf das Messer mit aller Kraft. Er zielte auf das Herz des Hadenmanns, doch dieser fing das Messer mühelos aus der Luft, zerbrach die Klinge in zwei Teile und warf sie achtlos beiseite. Plötzlich flackerte der Schild des Söldners knisternd auf und erlosch.

Taylor setzte sich langsam in Bewegung. Er genoß die offene Verzweiflung im Gesicht seines Opfers, während der Söldner rückwärts über den dichten Teppich davonstolperte. Der Hadenmann öffnete und schloß seine Hände erwartungsvoll. Dann stolperte Schwarzpeter gegen die rückwärtige Wand des Lokals, und er wußte, daß seine Flucht zu Ende war. Er fummelte an dem stählernen Band an seinem Handgelenk, aber ohne Erfolg. Der leuchtende Energieschild erwachte nicht wieder zum Leben.

»Ihr hättet die Ladungen Eurer Kristalle früher überprüfen sollen«, sagte der Hadenmann. »Jetzt dauert es mindestens eine halbe Stunde, bevor der Schild wieder einsatzbereit ist. Und in einer halben Stunde kann eine ganze Menge passieren.«

Taylor beugte sich vor, packte den Söldner an seiner Fellkleidung und hob ihn mühelos mit einer Hand hoch. Schwarzpeter trat dem Hadenmann in den Unterleib, aber Taylor schien es nicht einmal zu spüren. Der Söldner umklammerte die Hand, die ihn in der Luft hielt, und als auch das nichts fruchtete, umschloß er Taylors Hals mit einem Würgegriff. Unter der dicken, rauhen Haut spürte der Söldner, daß Taylor auch am Hals durch ein Stahlgewebe unter der Haut geschützt war. Der Hadenmann schlug dem Söldner lässig mit dem Handrücken quer über das Gesicht, und Blut schoß aus Schwarzpeters aufgeplatzten Lippen. Taylor schlug erneut zu, und Schwarzpeter spürte, wie sein Wangenknochen knackte und unter der Wucht des Schlages brach.

Da plötzlich flammte der Energieschirm am Arm des Söldners wieder auf. Der Hadenmann brachte nur ein ersticktes Röcheln hervor, als die Oberkante seine Kehle aufschlitzte. Er ließ den Söldner fallen und taumelte zurück. Blut schoß in dichten Strömen aus der klaffenden Wunde, die ihm beinahe den Kopf abgetrennt hätte. Taylor fiel zu Boden und rollte sich hin und her, während seine Hände die Wunde umklammerten, als wolle er sie allein durch rohe Kraft wieder schließen. Bald versiegte der Blutstrom, und Taylors Hände fielen schlaff herab. Schwarzpeter rappelte sich mühsam auf und schaltete den Energieschild ab.

»Eine Zeitschaltung«, sagte er rauh zu dem reglosen Leichnam des Hadenmanns. »Ein uralter Söldnertrick. Ich fürchtete schon, ich hätte das Zeitintervall zu groß gewählt.«

Vorsichtig trat er näher und überprüfte den Puls und die Atmung des Hadenmanns, um sicherzugehen, daß Taylor auch wirklich tot war. Schwarzpeter nahm sich reichlich Zeit, aber schließlich richtete er sich zufrieden auf und blickte sich suchend nach etwas zu trinken um. Er hatte es sich redlich verdient. Er ging zur Theke, langsam und vorsichtig. Zumindest eine Rippe war gebrochen, wahrscheinlich sogar zwei oder drei, und sein Rücken schmerzte wie die Hölle, genau wie sein zerschlagenes Gesicht. Die Gäste des Grünen Mannes kamen langsam aus ihren Verstecken hervor und unterhielten sich leise und angeregt über den Kampf, dessen Zeugen sie geworden waren. Einige applaudierten dem Söldner sogar, wenn auch zaghaft. Schwarzpeter überlegte einen Augenblick, ob er sich vielleicht verbeugen sollte. Er hatte kaum die Theke erreicht, als das leise Gemurmel schlagartig wieder erstarb und gespannte Stille eintrat.

»Ihr habt Euch wacker gegen den Hadenmann geschlagen«, ertönte eine eiskalte Stimme hinter ihm. »Ich muß sagen, ich bin beeindruckt.«

Schwarzpeter wandte sich schmerzerfüllt um und erblickte eine atemberaubend schöne, mittelgroße Frau mit einem Bürstenhaarschnitt, die ihn gelassen vom Eingang her musterte. Sie trug den marineblauen Umhang der Imperialen Investigatoren, und Schwarzpeter wußte ohne hinzusehen, daß der Umhang im Rücken ein schwarzgerändertes Loch aufwies.

»Topas«, sagte er rauh. Er hielt die Hand dicht über dem Disruptor in seinem Halfter, während seine Augen zu dem Schwert wanderten, das viel zu weit entfernt auf dem Boden lag.

»Ihr habt also bereits von mir gehört«, stellte Topas fest und trat elegant einen Schritt vor. »Nichts Gutes, wie ich hoffe.«

»Ihr habt vielleicht Nerven, Euch hierher zu wagen!« sagte Schwarzpeter. »Niemand hier hegt auch nur entfernt freundschaftliche Gefühle für die Stadtwachen.«

Während er noch redete, sah er bereits, wie sich die vielleicht fünfzig Gäste der Taverne wie ein Mann gegen Topas wandten. Es gehörte zu den ungeschriebenen Gesetzen, deren Einhaltung von den Reichen und Mächtigen unter den Kunden des Grünen Mannes erzwungen wurde, daß die Stadtwachen in diesem Lokal nichts verloren hatten. Ein geringer Preis, wenn man bedachte, daß dadurch ein offener Krieg vermieden wurde. Jeder Wachsoldat, der sich in den Grünen Mann wagte, tat dies auf eigenes Risiko. Niemand mochte die Stadtwachen, und viele der Gäste hatten alte Rechnungen zu begleichen. Das Reiben von Stahl an Leder ertönte, als Dutzende von Schwertern und Messern aus den Holstern und Gürteln gezogen wurden, und irgend jemand packte eine Flasche am Hals und schmetterte sie gegen die Theke. Hell funkelte das Licht auf den gezackten Rändern der zerbrochenen Flasche. Die Gäste des Grünen Mannes machten Front gegen Topas, vereint durch einen gemeinsamen, bösartigen Zorn auf die Wachen. Topas stand regungslos in der Mitte des Lokals und blickte sich kalt um. Dann öffnete sie den Mund und begann zu singen.

Die Meute spritzte auseinander, sobald die ersten Töne des Liedes erklangen, ihre Nervensysteme erschütterten und rasenden Schmerz durch ihre Körper sandten. Schwerter, Messer und die zerbrochene Flasche fielen achtlos zu Boden, während ihre Besitzer völlig orientierungslos hin und her wankten, die Hände auf die Ohren gepreßt, unfähig, sich auf irgend etwas anderes zu konzentrieren als das entsetzliche Geräusch von Topas' Stimme, das wütend durch ihren Verstand raste.

Topas verstummte genauso schnell, wie sie angefangen hatte, und die plötzliche Stille wurde nur vom unterdrückten Schreien und Stöhnen der halb bewußtlosen Lokalbesucher unterbrochen. Sie wandten sich in wilder Flucht ab, und vor dem Hinterausgang entstand für kurze Zeit ein wüstes Gedränge. Wenige Augenblicke später war die Taverne menschenleer – bis auf Schwarzpeter und Topas.

Während des Angriffs der Sirene hatte der Söldner unberührt an der Seite gestanden und entsetzt und fasziniert zugleich beobachtet, wie Topas sich dem mordlüsternen Mob entgegenstellte und ihn innerhalb weniger Sekunden in die Flucht geschlagen hatte. Vielleicht war diese Geschichte von der ganzen Kompanie Marineinfanteristen ja doch keine Übertreibung gewesen. Einen Augenblick lang wunderte er sich, warum Topas' Angriff ihm nichts ausgemacht hatte. Immun war er jedenfalls nicht. Niemand war immun gegen den Angriff einer Sirene, nicht einmal ein anderer Esper. Es gab nur eine einzige Möglichkeit: Sie hatte ihr Lied absichtlich so fokussiert, daß es ihn nicht berührte. Er brauchte nicht erst zu fragen, warum sie das getan hatte. Sie benötigte ihn noch, benötigte noch immer die Informationen, die er über den Tod ihres Ehemannes besaß, und sie war entschlossen, ihm diese Informationen zu entreißen. Solange er sorgfältig darauf achtete, was er sagte, kam er vielleicht sogar mit dem Leben davon. Unsicher beobachtete Schwarzpeter, wie Topas sich langsam näherte.

»Ich denke nicht, daß wir uns streiten müssen«, sagte er vorsichtig.

»Dann denkt Ihr falsch«, erwiderte Topas kalt und blieb einige Meter vor dem Söldner stehen. »Ich hatte Taylor die ganze Zeit über im Auge. Ich wußte, daß sein Herr und Meister früher oder später jemanden schicken würde, um ihn mundtot zu machen. Ihr habt Eure Sache ziemlich gut gemacht, Söldner.«

»Danke für das Kompliment«, erwiderte Schwarzpeter mit fester Stimme.

»Keine Ursache«, entgegnete Topas. »Und jetzt nennt mir den Namen des Mannes, in dessen Auftrag Ihr handelt. Er wird mir verraten, wer verantwortlich ist für den Tod meines Gatten. Nennt mir den Namen Eures Herrn, Söldner.«

»Leon Vertue«, antwortete Schwarzpeter. »Er betreibt eine Körperbank.«

»Ich kenne Vertue. Er ist ein Feigling. Er würde einen Mord befehlen, aber er hätte nie den Mut, ihn selbst zu begehen. Er würde jemand anderen dazu anheuern. Jemanden wie Euch, Söldner. Ich werde mich mit Vertue beschäftigen, irgendwann. Aber im Augenblick will ich nur den Namen des Mörders.«

»Ich habe keine Ahnung.«

»Eure Stimme sagt mir, daß Ihr lügt, Söldner. Sirenen erkennen eine ganze Menge aus Stimmen. Kann es sein, Söldner, daß Ihr selbst es wart, der meinen Mann getötet hat?«

»Es war ein Unfall.«

»Genau das frage ich mich bereits die ganze Zeit«, sagte Topas. »Er trug meinen Umhang, und im Getümmel des Kampfes mit diesen verdammten Hunden und all dem

Nebel ... ich frage mich schon die ganze Zeit, ob der Anschlag mir gegolten hat. Michael starb an meiner Stelle. Für Eure Tat werdet Ihr langsam sterben. Ich werde Euch langsam töten.«

»Natürlich werdet Ihr das«, entgegnete Schwarzpeter. »Esperabschaum wie Ihr hatte noch nie die Nerven für einen richtigen Kampf.«

Topas musterte den Söldner schweigend mit leicht zur Seite geneigtem Kopf. »Ihr wollt mich provozieren, nicht wahr?« sagte sie nach einer Weile. »Ihr wollt, daß ich in einem Anfall von Wut meine Vorteile aufgebe ... aber Imperiale Investigatoren kennen keine Emotionen, Söldner. Das wißt Ihr sicher selbst.«

»Ihr nicht. Ihr seid anders«, sagte Schwarzpeter.

»Ja«, erwiderte Topas. »Ich bin anders. Michael lehrte mich, wieder wie ein Mensch zu fühlen. Und deswegen schwor ich ihm, als er starb – als er von Euch ermordet wurde! –, den Söldnerschwur der Rache. Ich schwor ihm Blut und Terror. Ihr wißt, was das bedeutet, nicht wahr, Söldner? Ihr wißt es ganz bestimmt.«

Der Söldner antwortete nicht. Topas nickte langsam. Ihr Gesicht blieb beherrscht und emotionslos.

»Also gut, Schwarzpeter. Wie Ihr wollt. Ein fairer Kampf. Ich werde Euren Tod um so mehr genießen. Nehmt Euer Schwert, Söldner.«

Schwarzpeter beeilte sich, Topas' Aufforderung nachzukommen. Er huschte zu der Stelle, an der sein Schwert lag, und bückte sich tief, um es aufzuheben. Ihm stockte beinahe der Atem, als er die Schmerzen in seinen gebrochenen Rippen spürte, und für einen Augenblick verschwamm seine Sicht in einem roten, pulsierenden Nebel. Er biß die Zähne zusammen und kämpfte gegen den Schmerz an, und er verdrängte ihn in die hinterste Ecke seines Bewußtseins, wo er ihm nichts mehr anhaben konnte. Schwarzpeter packte den Griff seines Schwertes und richtete sich wieder auf. Seine verletzte Seite fühlte sich jetzt steif und abgestorben an, aber das war alles. Sein Söldnertraining würde den Schmerz unterbinden, solange es nötig war. Er blickte aus zusammengekniffenen Augen zu Topas und hob entschlossen die Waffe. Topas mußte sterben. Sie wußte zuviel, und außerdem mochte er es überhaupt nicht, wenn Fremde sich in seine Geschäfte einmischten. Schwarzpeter grinste schwach. Sie hätte es wirklich besser wissen müssen. Sich ausgerechnet mit ihm auf einen fairen Kampf einzulassen. Er hatte in seinem ganzen Leben noch nicht fair gekämpft, und er würde nicht jetzt damit anfangen. Erst recht nicht gegen diesen verdammten Esperabschaum. Schwarzpeters Grinsen wurde breiter, als er langsam gegen Topas vorrückte. Es war nicht notwendig, sich zu beeilen; er hatte genügend Zeit, das Geschäftliche mit ein wenig Vergnügen zu mischen. Er würde ihr zeigen, was Blut und Terror wirklich bedeuteten.

Topas erwiderte sein Grinsen und öffnete den Mund zu einem einzelnen, durchdringenden Ton. Schwarzpeter machte einen überraschten Satz nach hinten, als das stählerne Armband an seinem Handgelenk plötzlich zersplitterte und die Fragmente zu Boden polterten. Er stierte fassungslos auf die qualmenden Überreste des Energieschildes zu seinen Füßen, dann sah er wieder zu Topas. Sie lächelte noch immer.

»Ihr wolltet einen fairen Kampf, oder nicht? Jetzt wird es ein fairer Kampf werden.«

Topas nahm ihren eigenen Schildprojektor ab und stopfte ihn in eine Tasche, zog das Schwert und trat dem Söldner entgegen. Schwarzpeter hob seine Waffe erneut und bereitete sich auf den Zusammenprall vor. Sie umkreisten sich vorsichtig, und ihre Klingen fuhren durch die Luft und krachten in kurzen, fast spielerischen Hieben aufeinander, während jeder die Stärken und Schwächen des anderen abzuschätzen versuchte. Schwarzpeter führte den ersten ernsthaften Schlag, und Topas parierte mit Leichtigkeit. In den nächsten Minuten erfüllte das Geräusch von Stahl auf Stahl die Taverne, und der Söldner probierte jeden einzelnen schmutzigen Trick, den er beherrschte, in dem Versuch, den Kampf schnell zu beenden. Er setzte all seine Fähigkeiten ein und alles, was er in seinem langen Söldnerleben gelernt hatte. Kalter Schweiß trat auf seine Stirn, als ihm langsam

194

dämmerte, daß all sein Können nicht reichen würde. Topas war Investigator. Schwarzpeter kämpfte verbissen weiter, wich keinen Zentimeter zurück und suchte verzweifelt nach einer Lücke oder Schwachstelle, die ihm einen Vorteil verschaffen könnte. Er war bereits von seinem Kampf mit dem Hadenmann müde und ausgelaugt, und ohne den Energieschild waren die Chancen für seinen Geschmack viel zu ausgewogen.

Schwarzpeter sprang und fintete, und seine Klinge zischte in wilden Bögen und Hieben durch die Luft, aber irgendwie schaffte es Topas immer wieder, seine Angriffe zu parieren. Zentimeter um Zentimeter, Schritt für Schritt trieb sie ihn vor sich her. Ihr Gesicht verlor nicht für den Bruchteil einer Sekunde seinen ruhigen, konzentrierten Ausdruck. Der Söldner blutete bereits aus einem guten Dutzend kleinerer Schnitte an Brust und Armen, und er war ihr nicht ein einziges Mal nahe genug an seine Gegnerin herangekommen, um sie auch nur zu streifen. Furcht und Verzweiflung erfüllten seine Schläge mit neuer Kraft, aber es war noch immer nicht genug. Erneut sah er in Topas' Augen, und da erkannte er die kalte, gnadenlose Wut, die in ihnen brannte. Zum ersten Mal dämmerte ihm, daß er nicht den Hauch einer Chance besaß, den Kampf zu seinen Gunsten zu entscheiden. Er wich jetzt zurück, änderte seine Taktik von Angriff auf Verteidigung, während sein Verstand fieberhaft arbeitete. Als ihm schließlich die Antwort kam, da hätte er sich beinahe gefragt, wieso er erst jetzt darauf gekommen war. Er trieb Topas mit einem wahren Hagel wütender Schläge zurück und schleuderte schließlich sein Schwert nach ihr. Topas schlug die Klinge mit müheloser Leichtigkeit zur Seite, aber dieser kurze Augenblick reichte dem Söldner, um sich aus der Reichweite ihrer Waffe zurückzuziehen und den Disruptor aus dem Holster zu reißen. Plötzlich schien die Zeit langsamer abzulaufen. Schwarzpeter brachte die Waffe in Anschlag und zielte auf Topas. Sein Finger krümmte sich um den Abzug ...

... und Topas öffnete den Mund und begann zu singen.

Schwarzpeter erstarrte zu einer Salzsäule, als das Sirenenlied über ihn hereinbrach und sein Nervensystem lähmte. Er konnte sich anstrengen, so sehr er wollte, seine Glieder gehorchten ihm nicht. Er konnte den Zeigefinger nicht einmal um den Bruchteil des Zentimeters krümmen, der zum Auslösen der Waffe noch fehlte. Topas' Lied schwoll an und wurde wieder leiser, und die Töne rasten durch den Verstand des Söldners. Voller Entsetzen beobachtete er, wie seine eigene Hand langsam die Waffe hob und den Lauf auf sein rechtes Auge richtete. Er konnte nicht schreien, und er konnte nicht einmal die Augen schließen, als Topas' Lied seinen Finger dazu brachte, den Abzug langsam durchzuziehen . . .

Investigator Topas starrte auf den gekrümmten Leichnam zu ihren Füßen. *Blut und Terror,* dachte sie traurig. *Ich versprach dir Blut und Terror, Michael, mein Gatte, mein Leben.* Sie wandte sich ab und schob das Schwert in die Lederscheide zurück. In ihr breitete sich eine seltsame Leere aus. Der Augenblick von Schwarzpeters Tod hatte Topas mit wilder Befriedigung erfüllt, aber das Gefühl war fast ebenso rasch wieder verflogen, wie es gekommen war, und jetzt, da es verflogen war, füllte nichts die Leere aus, die es hinterlassen hatte. Sicher, da gab es noch Leon Vertue, mit dem sie sich beschäftigen mußte. Vertue hatte Michaels Tod befohlen. Vielleicht würde es ganz interessant werden, den Grund dafür von ihm zu erfahren. Aber irgendwie wußte Topas bereits, daß Vertues Tod ihr nicht so viel bedeuten würde wie das Ende des Söldners. Sie blickte sich müde um. Ihre Raserei und ihre Sehnsucht nach Rache waren alles gewesen, was sie seit Michaels Tod vorangetrieben hatte. Jetzt gab es nichts mehr, das ihr Leben ausfüllte. Nichts mehr, das die schweren Gedanken aus ihrem Kopf vertreiben konnte.

Geliebter Michael, was fange ich nur ohne dich mit meinem Leben an . . .?

Investigator Topas verließ den Grünen Mann, ohne sich noch einmal umzusehen, und verschwand rasch im Nebel. Eine Zeitlang war noch das Geräusch ihrer sich langsam entfernenden Schritte zu hören, und dann war selbst das verstummt. Nichts als die kalte, leere Stille der Nacht blieb zurück.

KAPITEL 14
JAMIE ROYAL – IN MEMORIAM

Am Tag von Jamies Beerdigung herrschte starker Schneefall. Dichter Nebel hüllte den Friedhof ein wie ein großes schmutziges Leichentuch, und ein bitterkalter Wind fuhr träge durch die Äste der knorrigen, alten Bäume. Donald Royal stand neben dem neu ausgehobenen Grab und beobachtete schweigend, wie er schneebedeckte Sarg in das geduldig wartende Loch hinabgelassen wurde. Der Friedhof am Winterhafen war vielleicht nicht der feinste oder luxuriöseste Friedhof der Stadt, aber er war einer der ältesten. Vier Generationen der Royal-Familie lagen hier begraben – nein, fünf waren es jetzt, Jamie eingerechnet. Donald beugte den Kopf gegen den Schnee, den der Wind ihm ins Gesicht trieb, und versuchte, sich auf die Worte des Geistlichen zu konzentrieren. Die uralten, traditionell lateinischen Phrasen klangen nicht mehr so trostspendend wie einst, doch das lag wahrscheinlich nur daran, daß Donald sie im Laufe seines Lebens ein paarmal zu oft hatte hören müssen.

Donald hob den Kopf ein wenig und blickte sich um. Der dichte Nebel verhinderte, daß er viel von seiner Umgebung erkennen konnte, aber das war auch gar nicht nötig. Er wußte, wo seine Familie lag. Seine Frau Moira, dort, im Schatten der Ostmauer. Zweimal jede Woche besuchte Donald ihr Grab, manchmal, um dort zu sitzen und zu reden, und manchmal, um dort zu sitzen und seinen Erinnerungen nachzuhängen. Nicht weit davon entfernt stand ein einfacher Grabstein mit zwei Namen darauf: denen seines Sohnes James und dessen Frau Helena. Beide waren vor mehr als zwanzig Jahren im Krieg gegen die Hohe Garde gefallen. Ihre Leichname waren bis heute verschwunden geblieben, aber Donald hatte dennoch einen Grabstein errichten lassen. Er spürte, daß sie es so gewollt hätten. Seine Tochter Katharina lag ebenfalls in der Nähe, direkt neben ihrer Mutter. Sie war zweimal verheiratet gewesen, beide Male mit Schurken, aber sie schien mit ihnen glücklich gewesen zu sein. Die verdammt beste Köchin, die Donald je gekannt hatte. Ihr Restaurant war damals in der ganzen Stadt berühmt gewesen. Sie hätte etwas Besseres verdient gehabt als das Messer eines gottverdammten, namenlosen Beutelschneiders im Rücken.

Und jetzt war Jamie an der Reihe. Donald betrachtete schweigend die kleine Gruppe von Trauernden, die sich an seiner Seite vor dem Grab versammelt hatte. Donald hatte nicht erwartet, daß viele kommen würden, und er hatte sich nicht geirrt. Madeleine Skye stand neben ihm, anonym unter der weiten Kapuze ihres Umhangs und der dicken Fellkleidung. Neben ihr stand Cyder, die Wirtin des Schwarzdorns. Cyder war eine verdammte hartherzige Hexe. Ihr Gesicht blieb ausdruckslos und ihre Augen trocken, doch Donald hatte vor Beginn der Zeremonie gesehen, wie sie einen kleinen Blumenstrauß auf Jamies Sarg gelegt hatte. Ihre Hände waren ihm dabei eigenartig liebevoll erschienen, und bevor sie sich abwandte, hatte sie die Fingerspitzen leicht auf den Sargdeckel gelegt, als ob sie Jamie *Lebewohl* hatte sagen wollen. Neben Cyder stand John Silver, gekleidet in seine dunkle, formelle Amtstracht und einen schwarzen Umhang, der seinen jugendlichen Gesichtszügen eine strenge Würde verlieh. Der Esper starrte mit dunklen, brütenden Blicken in das offene Grab hinunter und hing seinen eigenen Erinnerungen und Gedanken nach.

Niemand sonst begleitete Jamie auf seinem letzten Weg.

Donald seufzte leise und fröstelte unter seinem Umhang, als der Wind den Schnee um ihn herum aufwirbelte. Er hatte eigentlich erwartet, daß Gideon Stahl wenigstens kurz vorbeikommen würde, doch der Raumhafendirektor war nicht erschienen. Es überraschte Donald kaum, wenn man bedachte, mit welchen Problemen Stahl sich zur Zeit herumzuschlagen hatte, aber ... wenigstens hatte der Direktor einen Kranz geschickt.

Der Priester beendete sein Gebet, bekreuzigte sich hastig und klappte die Bibel mit einer raschen, entschlossenen Bewegung zu. Er murmelte noch ein paar Worte des Mitgefühls zu Donald, klopfte ihm ermutigend auf die Schulter und beeilte sich, zu der nächsten Beerdigung zu kommen. Der Einbruch des Winters war stets eine Zeit zahlreicher Beerdigungen. Die beiden Totengräber standen geduldig einige Schritte abseits und warteten darauf, daß die Trauernden gehen würden, damit sie ihre Arbeit beenden konnten. Donald nahm eine Handvoll Erde und warf sie auf den Sarg hinunter. Sie landete mit einem dumpfen Schlag auf dem Deckel; ein schweres, endgültiges Geräusch.

»Lebewohl, Jamie«, sagte er leise. »Ruhe in Frieden, Junge. Ich werde mir die Bastarde vorknöpfen, die dir das angetan haben, das verspreche ich dir. Ich schwöre es.«

Donald trat zurück und sah schweigend zu, wie die anderen zum Grab traten und einer nach dem anderen Erde nahmen und auf den Sarg warfen. Der Deckel war während der Zeremonie geschlossen geblieben. Jamies Gesicht war schlimm verbrannt gewesen, und kein Leichenbestatter hätte es auch nur halbwegs wieder herrichten können. Donald hatte den Leichnam ohnehin nicht mehr sehen wollen. Er zog es vor, Jamie so in Erinnerung zu behalten, wie er ihn zuletzt gesehen hatte: jung, adrett, sprühend vor Leben.

Madeleine Skye trat zu Donald und nahm seine beiden Hände in die ihren. Sie drückte sie kurz und sanft, bevor sie zurücktrat, um Cyder und John Silver Platz zu machen, die ebenfalls ihre Anteilnahme bekundeten.

Cyder musterte die verhüllte Gestalt unter der weiten Kapuze mit einem flüchtigen Blick, bevor sie Donald freundlich zunickte.

»Wenn ich mich nicht irre, hat Jamie noch immer Schulden«, erklärte sie in ihrer bärbeißigen Art. »Ich habe einige Ersparnisse auf der hohen Kante. Wenn Ihr Hilfe benötigt, um Jamies Angelegenheiten zu regeln ...?«

»Danke, nein«, erwiderte Donald. »Ich besitze genügend

Geld, mich um all seine Schulden zu kümmern. Aber vielen Dank für Euer großzügiges Angebot.«

»Ich mochte Jamie. Man wußte immer genau, woran man mit ihm war.«

»Ja, das stimmt. Ich wußte gar nicht, daß Ihr mit Jamie befreundet wart?«

»Ich auch nicht, bis er nicht mehr da war. Ich werde ihn vermissen.«

Cyder schüttelte Donald schweigend die Hand, wandte sich um und stapfte brüsk davon. Schnell hatte der Nebel ihre Gestalt verschluckt. John Silver trat vor und nahm ihren Platz ein.

»Ich kannte Jamie erst seit ein paar Jahren«, sagte er leise. »Wenn ich zurückdenke, dann scheint mir, ich hätte den größten Teil dieser Zeit damit verbracht, ihn vor den Stadtwachen zu beschützen . . . Das Leben wird schrecklich langweilig werden, ohne jemanden wie ihn, der die Dinge in Bewegung hält.«

»Habt Ihr inzwischen etwas Neues über seinen Mörder herausgefunden?« fragte Donald höflich, obwohl er die Antwort bereits kannte.

»Es tut mir leid. Nein. Aber es ist noch früh.«

»Ja.«

»Direktor Stahl läßt sich entschuldigen. Aber wie die Dinge im Augenblick aussehen . . .«

»Ich verstehe. Bitte richtet ihm meinen Dank für den Kranz aus.«

»Selbstverständlich.« Silver warf einen Blick zurück auf das Grab. »Jamie war ein verdammt guter Freund . . . auf seine Weise. Ich wünschte, ich hätte ihn länger gekannt.«

Der Esper schüttelte Donalds Hand und ging davon. Bald wurde auch seine Gestalt vom Nebel verschluckt. Donald Royal und Madeleine Skye standen alleine neben Jamies letzter Ruhestätte.

»Ich dachte immer, Jamie hätte mehr Freunde gehabt«, murmelte Madeleine leise.

»Nein«, erwiderte Donald. »Keine wirklichen Freunde jedenfalls. Bekanntschaften, Geschäftspartner, Saufkumpane, davon hatte er reichlich. Aber Freunde? Nein, er hatte nicht viele.«

»Ich schätze, das trifft letztendlich für jeden von uns zu.«

»Vielleicht habt Ihr recht.«

»Was ist mit dem Rest seiner Familie?«

»Es gibt niemanden mehr. Nur mich.«

Donald und Madeleine standen eine Weile beieinander, und jeder hing seinen eigenen Erinnerungen nach.

»Madeleine . . .?«

»Ja, Donald?«

»Habt Ihr ihn geliebt?«

Madeleine Skye blickte den älteren Mann nicht an. »Ich weiß es nicht. Kann schon sein. Ich kannte ihn nicht lange genug . . .« Sie hielt plötzlich inne, und ihre Stimme brach. »Was erzähle ich da? Natürlich. Ich habe ihn geliebt.«

»Habt ihr es ihm jemals gesagt?«

»Nein. Niemals. Und jetzt ist es zu spät.«

»Warum habt Ihr Euch von ihm getrennt? Mir schien, Ihr wart ein hervorragendes Team?«

»Waren wir auch. Aber wir hatten Streit. Eine dieser verrückten, belanglosen Angelegenheiten. Damals schien es wichtig zu sein.«

Donald nahm Madeleine am Arm und führte sie von Jamies Grab weg. »Laßt uns gehen«, sagte er leise. »Wir haben unser Lebewohl gesagt. Jetzt wartet Arbeit auf uns. Jemand wird für den Mord an Jamie bezahlen, und ich denke, ich weiß auch schon einen Namen.«

»Donald, Ihr könnt nicht einfach in Leon Vertues Büro eindringen und verlangen, mit ihm zu sprechen. Er besitzt ein hochentwickeltes Sicherheitssystem, wie Ihr es Euch nicht einmal im Traum vorstellen könnt, und es dient nur dem einen einzigen Zweck, Leute wie uns fernzuhalten.«

Donald Royal wärmte seine Hände über dem knisternden Feuer im Kamin. Er verzog das Gesicht zu einer Grimasse, als die Kälte langsam aus seinen Knochen wich. Skyes Büro brauchte verdammt lange, um warm zu werden, und

Donald war stundenlang draußen in der Kälte gewesen. Skye redete seit einigen Minuten auf ihn ein, aber wenn ihre Worte bis zu seinem Verstand vordrangen, so zeigte er keine Reaktion. Der alte Mann starrte nachdenklich in die züngelnden Flammen, die Lippen zu einem schmalen, grimmigen Strich zusammengepreßt. Als er schließlich zu sprechen begann, da klang seine Stimme beherrscht und entschlossen und sehr, sehr tödlich.

»Ich bin nur ein alter Mann, Madeleine. Ihr hättet mich in meinen besten Jahren sehen sollen. Eure Augen hätten zu funkeln begonnen, und Euer Puls wäre schneller gegangen. Wenn man dem glaubt, was die Leute sich heutzutage erzählen, dann war ich damals ein richtiger Held. Ich selbst bin mir da gar nicht so sicher. Ich war so beschäftigt, durch *Nebelhafen* zu jagen und die Dinge am Laufen zu halten, daß ich niemals wirklich genug Zeit fand, um darüber nachzudenken. Ich tat immer nur das, was getan werden mußte. Aber seit damals habe ich meine Frau und meine beiden Kinder verloren, und heute mußte ich auch noch zusehen, wie mein einziger Enkel zu Grabe getragen wurde. Ich habe all meine Freunde überlebt, und außerdem die meisten meiner Feinde. Und ich mußte mit ansehen, wie meine eigene Vergangenheit zu einer Legende wurde, die ich selbst nicht wiedererkenne. Jamie war alles, was ich noch hatte. Er war ein wilder Bursche, sicher, aber er hatte Stil und eine gewisse Art von Integrität. Ich hatte so viele Hoffnungen in den Jungen gesetzt ... und jetzt ist er tot. Irgend jemand wird dafür bezahlen. Es ist mir scheißegal, ob Vertue sich hinter einer ganzen verdammten Armee verschanzt hat. Ich werde nicht zulassen, daß er mit dem, was er verbrochen hat, einfach so davonkommt.«

Plötzlich zuckte Donald die Schultern und lächelte. Er wandte sich vom Feuer ab und sah Madeleine Skye ins Gesicht. »Ihr müßt bei dieser Sache nicht mitmachen, junge Frau. Ich habe nichts mehr zu verlieren, aber Ihr seid noch jung und habt Euer Leben vor Euch. Jamie würde nicht gewollt haben, daß Ihr Euer Leben wegen der Rachepläne eines alten Dummkopfes wie mir einfach wegwerft.«

Skye erwiderte das Lächeln liebevoll. »Jemand muß schließlich Euren Rücken decken, oder? Seht mal, wir können nicht sicher sein, daß Leon Vertue unser Mann ist. Ich habe einige Erkundigungen eingezogen, doch in den Akten gibt es nicht viel über Vertue zu entdecken. So viel steht fest: Jamie scheint eine Art Kurier für ihn gespielt zu haben, aber keiner hat eine Ahnung, mit welchen Aufträgen er unterwegs war. Die Gerüchte behaupten, daß Vertue in Schwierigkeiten steckt. Er hat sein Körperbank-Geschäft bis auf das absolut notwendige Minimum eingeschränkt, und seine Körperräuber halten sich bereits seit geraumer Zeit in Deckung. Die Gerüchte behaupten sogar, daß Vertue sich um eine Transportmöglichkeit auf einem der Schmugglerschiffe bemüht hat, um *Nebelwelt* zu verlassen. Es ist schwer, für irgendwas wirkliche Beweise zu finden, egal von welcher Seite man sich der Sache nähert. Die Leute haben Angst, über Vertue zu reden. Und nach dem, was mit Würger in der Roten Lanze geschehen ist, kann man ihnen noch nicht einmal einen Vorwurf daraus machen.«

»Weiß jemand, wer den Mord an Würger begangen hat?«

»Nichts Genaues. Vielleicht war es dieser verdammte Söldner, den Vertue sich als Schoßhund hält. Aber wie gesagt, niemand verspürt den Wunsch zu reden.«

»Also gut«, sagte Donald leise. »Da wir anscheinend nirgendwo sonst eine Antwort finden, können wir genausogut hingehen und Doktor Leon Vertue höchstpersönlich befragen.«

»Aber so einfach ist das nicht, Donald!«

»Wie recht ihr habt!« ertönte eine rauhe, höhnische Stimme hinter ihnen. Donald und Madeleine wirbelten herum und erblickten einen Bär von einem Mann, der sich im Eingang zu Madeleine Skyes Büro aufgebaut hatte. Er war sicher größer als zwei Meter und in seinen dicken Fellen mehr als halb so breit. Sein breites, vierschrötiges Gesicht versteckte sich zum größten Teil hinter einem dichten, buschigen Bart und einer schulterlangen Mähne dunklen, fettigen Haars. Seine kleinen, dunklen Augen blickten schläfrig, aber das Grinsen auf seinem Gesicht verriet die

Grausamkeit in ihm. Der Bursche sah sich in Madeleines Büro um und schniefte verächtlich. Hinter ihm drängten sich vier kräftige Schlägertypen, spannten ihre Muskeln und übten sich darin, harte Blicke in die Runde zu werfen. Donald wandte sich vorwurfsvoll an Madeleine.

»Mir scheint, wir müssen wirklich etwas an den Sicherheitseinrichtungen dieses Gebäudes ändern, meine Liebe.«

Skye nickte grimmig und funkelte die Eindringlinge wütend an. »Die Geschäftszeiten sind vorüber. Wer zur Hölle seid Ihr, und was habt Ihr hier zu suchen?«

»Mein Name ist Sterngrab«, brummte der Riese vergnügt. »Bestimmt habt Ihr bereits von mir gehört.«

»Sicher«, knurrte Skye. »Schutzgelder, Erpressung, Zuhälterei und eine ganze Reihe ziemlich übler Geschickten mit den Kunden Eurer Huren. Als ich Euren Namen das letzte Mal gehört haben, waren auf Euren Kopf dreißigtausend Kredits Belohnung ausgesetzt.«

»Fünfzigtausend, Frau. Deine Informationen sind veraltet.«

»Was wollt Ihr, Sterngrab?« unterbrach Donald den Riesen kalt.

Der Bär kicherte leise, aber im Ton seiner Stimme lag kein Humor, nur Gemeinheit. »Ich bewundere Leute wie dich, die ohne große Umschweife zum Geschäft kommen. Also gut, Großväterchen. Wie es scheint, haben du und diese junge Dame hier eure Nasen zu tief in Dinge gesteckt, die euch nichts angehen.«

»Und jetzt seid Ihr gekommen, um uns zu warnen.«

»Etwas in der Art jedenfalls, Großväterchen. Ihr beide wart ziemlich ungezogen, und wir werden euch bestrafen. Sie kriegt die Beine gebrochen, und du wirst kräftig in den Hintern getreten. Nichts Persönliches, wenn du verstehst, was ich meine.«

Donald mußte lachen. Der Riese runzelte überrascht die Stirn, als er entdeckte, daß der Alte sich wirklich zu amüsieren schien. »Glaubst du vielleicht, ich mache Witze, Großpapa?«

»Nicht im geringsten«, erwiderte Donald. »Es tut einfach

nur gut zu erkennen, daß sich manche Dinge niemals ändern. Ich werde Euch mit Freuden die Irrtümer Eures Lebensweges lehren.«

»Er muß verrückt sein«, brummte einer der Schläger hinter dem Riesen. »Laßt uns unsere Arbeit erledigen und verdammt noch mal von hier verschwinden.«

»Richtig«, stimmte Sterngrab dem Mann zu. »Allerdings schätze ich, daß wir Großpapa ebenfalls ein Bein brechen müssen. Es gefällt mir überhaupt nicht, wenn mich jemand auslacht.«

Sterngrab setzte sich in Bewegung, und die vier Schläger schlenderten lässig hinter ihm in Madeleines Büro. Donald musterte die Kerle seelenruhig und nahm den Grundriß des Büros und seiner Einrichtung in sich auf. Er suchte nach möglichen Vorteilen und Fallen. Selbst wenn man die Übermacht bedachte, tat es gut, zurück im Geschäft zu sein. Einer der Schläger musterte Madeleine mit neugierigen Blicken. Sie wartete noch immer unerkannt unter der Kapuze ihres schweren Umhangs. Plötzlich wurde das Gesicht des Schlägers weiß, und er blieb wie angewurzelt stehen.

»Das kann nicht sein! Das ist unmöglich! Vertue sagte, du wärst . . .!«

Er schrie auf und fiel nach hinten. Aus seinem linken Auge ragte das Heft von Madeleines Wurfmesser. Das rauhe Geräusch von Stahl auf Leder erklang, und Madeleine sprang mit gezücktem Schwert vor. Ihre Klinge war nur ein silbernes Flirren in der Luft, als der zweite Schläger mit hervorquellenden Eingeweiden zu Boden ging. Er hielt die Hände verzweifelt auf den tiefen Schnitt in seinem Unterleib gepreßt, aber ohne Erfolg. Skye wirbelte herum und wandte sich dem dritten Schläger zu. Die schiere Kraft und Geschwindigkeit ihres Angriffs ließ den Mann zurückweichen.

Sterngrab und der letzte verbliebene Schläger zückten die Waffen und machten den verständlichen Fehler, sich auf Donald zu stürzen – in der Annahme, daß er der leichtere Gegner war. Donald wich vorsichtig zurück, das Schwert in der ausgestreckten Hand, und sprang mit einem überraschend eleganten Satz hinter Madeleines Schreibtisch, so daß das Möbel zwischen ihm und seinen beiden Gegnern stand. Sterngrab und der Schläger tauschten einen Blick und versuchten, Donald von entgegengesetzten Seiten her in die Zange zu nehmen. Der Riese grinste bösartig. Wohin der alte Mann sich auch wenden mochte, er konnte ihnen nicht entwischen. Donald blickte wie in Panik von einem Gegner zum anderen, dann nahm er einen Stapel Papiere vom Schreibtisch und schleuderte ihn dem Schläger ins Gesicht. Der Bursche riß in einem Reflex den Arm hoch, um seine Augen zu schützen, und Donald durchbohrte mit einem gezielten Hieb das Herz des Mannes. Sterngrab stand da wie vom Donner gerührt und mußte voller hilflosem Staunen mit ansehen, wie Donald die Klinge zurückzog und der Leichnam seines Kumpanen schlaff zu Boden sank. Donald grinste. Das war ein Kampfstil, über den seine Legende sich ausgeschwiegen hatte. Vielleicht weil es seinem Ruf geschadet hätte. Er fand keine Zeit mehr, den Gedanken weiter zu verfolgen, als der Riese mit einem wütenden Schrei über ihn kam und nur noch Schwertkunst gefragt war.

Donald wich um den Schreibtisch herum zurück, duckte sich unter den Hieben Sterngrabs hinweg und parierte die Schläge seines Gegners nur, wenn es unbedingt erforderlich war. Er wußte, daß ein vollständiger Block oder eine Parade gegen die schiere Kraft seines Gegenübers nutzlos gewesen wären. Donald blieb weiter defensiv und zog sich zurück, während sein Verstand wie rasend arbeitete. Selbst in seiner besten Zeit hätte ein Gegner wie Sterngrab ihn in Bedrängnis gebracht, und Donalds beste Zeit war schon lange vorbei. Sein Arm wurde bereits müde, sein Griff schwächer, und sein Atem ging stoßweise. Plötzlich grinste er, und seine Augen blickten wieder kalt und entschlossen. *Das macht die ganze Angelegenheit nur interessanter.* Es war verdammt lange her, daß er sich in seinem Leben einer wirklichen Herausforderung hatte stellen müssen.

Donald duckte sich unter Sterngrabs weit ausholender Klinge hinweg und führte einen hinterhältigen Streich gegen das Knie des Riesen. Sterngrab sprang zurück. Der plötzliche Wechsel des Alten von reiner Verteidigung hin zum Angriff überraschte ihn, und als Donalds Angriffe stetig druckvoller wurden, begann langsam eine dumpfe Furcht in ihm aufzusteigen. Sterngrab hatte sich nie die Mühe gemacht, eine Ausbildung als Schwertkämpfer zu durchlaufen; allein seine rohe Kraft und Reichweite waren alles gewesen, was er je gebraucht hatte. Aber jetzt schien das Schwert des alten Mannes plötzlich von überall zugleich auf ihn einzuschlagen, schneller und immer schneller, bis die glänzende Klinge nur noch ein verschwommener Schatten war. Sterngrab wich zurück, Schritt um Schritt, unfähig zu glauben, daß dies wirklich geschah. Und dann stieß er mit dem Rücken gegen den Schreibtisch und erkannte, daß er keine Fluchtmöglichkeit mehr besaß. Er konnte nicht vor, und er konnte nicht zurück, und das Schwert des Alten, das verdammte Schwert schien überall zu sein! Sterngrab zögerte. Sein dumpfe Verstand arbeitete hektisch – und in diesem Augenblick spürte er einen plötzlichen, stechenden Schmerz an seiner Kehle.

Er hat mich erwischt, dachte er voller wildem Unglauben. *Der alte Mann hat mich erwischt. Dafür werde ich ihn zum Krüppel schlagen. Ich werde ihm die verdammte Zunge herausreißen und seine Augen ausstechen. Ich werde ihm jeden einzelnen Knochen im Leib brechen. Er hat mich erwischt!*

Das Schwert entfiel seinen plötzlich taub gewordenen Fingern und klapperte zu Boden. Sterngrab starrte der Waffe stupide hinterher. Etwas Warmes, Feuchtes durchnäßte die Felle an seiner Brust. Er legte die Hand auf die Stelle, und seine Finger waren naß von hellrotem Blut, als er darauf sah. Seine Sicht verschwamm, und die Geräusche aus dem Büro schienen mit einem Schlag sehr, sehr weit entfernt zu sein. Alle Kraft wich aus seinen stämmigen Beinen, und plötzlich mußte er sich setzen. Die Augen schlossen sich gegen seinen Willen, und sein Kopf sank nach vorn auf die Brust, als das letzte Lebensblut langsam aus der weit klaffenden Wunde an seiner Kehle spritzte.

Donald lehnte sich gegen die Wand und wartete schwer atmend darauf, daß sein Puls sich wieder beruhigte. Ein interessanter Gegner, aber nicht sehr hell im Kopf. Donald drehte den Kopf, um zu sehen, wie weit Madeleine mit ihrem Gegner war, aber der Mann war bereits gefallen, und Skye beschäftigte sich damit, seine Taschen zu durchwühlen.

»Und?« fragte Donald. »Etwas von Interesse gefunden?«

Skye hielt ihm eine prall gefüllte Geldbörse entgegen und wog sie prüfend in der Hand. Sie klimperte melodisch. »Ich hasse es, umsonst zu arbeiten«, sagte sie gelassen. Dann richtete sie sich wieder auf, hakte den Geldbeutel in ihren Gürtel und blickte sich in ihrem Büro um – oder in dem, was noch davon übrig war. Die fünf Toten hatten eine Menge Blut verspritzt. Madeleine rümpfte die Nase und verzog das Gesicht. »Was für eine Sauerei. Warum konnten sie uns nicht auf der Straße angreifen? Ach, egal. Wir sehen besser zu, daß wir von hier verschwinden, bevor irgend jemand die Wachen alarmiert.«

»Richtig«, stimmte Donald zu und drückte sich von der Wand ab. »Ihr könnt für eine Weile bei mir wohnen. In meinem Haus gibt es jede Menge leerer Zimmer. Habt Ihr noch immer Zweifel, daß Vertue unser Mann ist?«

»Nicht einen einzigen.«

»Gut.« Donald hob nachdenklich das Schwert. »Ich denke, wir werden ihm einen kleinen Besuch abstatten, sobald die Dinge sich ein wenig beruhigt haben. Ich freue mich wirklich schon auf eine ernsthafte Unterhaltung mit Doktor Leon Vertue.«

KAPITEL 15
DIE FALLE SCHLIESST SICH

Typhus-Marie wanderte durch die Straßen der Stadt, verborgen im wabernden Dunst.

Marie war nicht wirklich verrückt, nur eben programmiert. Das Imperium hatte sie entsprechend seinen Bedürfnissen manipuliert, aber davon wußte Marie nichts. Soweit es sie betraf, war sie nur eine von vielen Flüchtlingen, die vor dem Imperium davonrannten. Die Zeit bewegte sich ruckartig für sie, und die Erinnerungen des einen Tages überlebten selten den Anbruch des nächsten. Die einzigen Konstanten in ihrem Leben waren ihre Angst davor, erneut gefangengenommen und wieder an das Imperium ausgeliefert zu werden ... und ihr sehnlichster Wunsch nach dem Objekt ihrer Begierde: der verzweifelte, alles überwältigende Wunsch, der sie weder ruhen noch schlafen ließ und der dafür verantwortlich war, daß sie suchend durch den Nebel in den Gassen der Stadt streifte.

Als sie noch ein Kind gewesen war, auf dem Gut ihres Vaters, da hatten die anderen sie *habgierig* geschimpft. Ihre Mutter meinte, Marie habe eine Vorliebe für *Schönes*; und wenn sie etwas *Schönes* sah, dann konnte sie einfach nicht widerstehen. An ihrem zehnten Geburtstag bekam Marie von ihrem Vater einen Saphir geschenkt, weil sie so sehr darum gebettelt hatte: ein kleiner, geschliffener Stein mit einem Herzen aus kaltem, blauem Feuer. Der Stein hatte ihren Vater ein Vermögen gekostet, denn Saphire waren sehr selten, aber das war Marie ganz egal gewesen. Es reichte vollkommen aus, daß der Stein hübsch war und daß sie ihn unbedingt gewollt hatte. Marie hatte ihn an einer goldenen Kette befestigt und seither immer um den Hals getragen. Der Saphir war zu ihrem ständigen Begleiter geworden, in guten und in schlechten Zeiten, in Zeiten des Triumphes und des Schmerzes. Und jetzt war der Saphir verschwunden, und Marie wollte ihn wiederhaben.

Jemand hatte den Saphir gestohlen. Marie wußte nicht, wer oder warum, aber ein dunkles Flüstern in ihrem Hinterkopf hielt ihren Verstand in Bewegung und trieb sie unablässig voran, immer auf der Suche, auf der Jagd. Von Zeit zu Zeit schien es Marie, als hätte sie den Dieb endlich gestellt, doch irgendwie war es stets der falsche, und sie mußte weiter, weiter suchen, weiter jagen. Früher oder später würde sie den Stein finden. Sie *mußte* ihn einfach finden.

Marie hastete voran, von einem Schatten zum nächsten, immer in Angst vor dem Imperium, und streunte durch die verwinkelten Straßen und Gassen *Nebelhafens*. Tief in ihr regte sich Wahnsinn. Hinter ihr lag eine unübersehbare Spur aus Tod und Verwüstung, Leichen und Menschen, deren Geist erloschen war, aber davon wußte Marie nichts. Marie war programmiert.

Sie eilte durch die engen Gassen, unsichtbar im Nebel. In den Häusern, an denen sie vorüberkam, erwachten Kinder weinend aus dem Schlaf und waren durch nichts zu trösten.

»Die Leute sterben inzwischen zu Hunderten, Investigator! Ich habe weder die Zeit noch die Geduld, um Euren privaten Rachefeldzug gegen Leon Vertue länger zu erlauben!« Stahl hämmerte mit der Faust auf die am nächsten stehende Konsole, um seine Worte zu unterstreichen, und knurrte leise vor sich hin, als Topas seinen wütenden Blick seelenruhig erwiderte. Stahl atmete tief durch und kämpfte darum, seine Wut unter Kontrolle zu bringen.

Hinter ihrer undurchdringlichen Maske fühlte Investigator Topas sich todmüde. Am Anfang hatte es so einfach ausgesehen. Sie mußte nur hingehen und den Mörder ihres Mannes finden und töten, und dann wäre alles erledigt, und sie hätte wieder ein normales Leben führen können. Vielleicht war es der Finger des Söldners gewesen, der sich um den Abzug gekrümmt hatte, aber der Befehl dazu war letztendlich von Vertue gekommen. Topas wußte noch nicht einmal warum. Sie wußte nur eines mit Sicherheit: Michael war nicht das eigentliche Ziel des Anschlags gewesen. Er war nur aus dem einem einzigen Grund gestorben, daß Topas ihm ihren Umhang geliehen hatte. Er mußte sterben, weil der verfluchte Söldner ihren Mann für Investigator Topas gehalten hatte.

Nach dieser Erkenntnis war ihr erster Impuls gewesen, Leon Vertue zu stellen und ihn qualvoll sterben zu lassen, aber schon bald gelangte sie zu der Einsicht, daß sie das nicht tun durfte. In den vergangenen Tagen hatte Topas sich vollkommen an Tod und Zerstörung hingegeben, und erst der Tod des Söldners hatte sie wieder zur Vernunft kommen lassen. Das Imperium hatte sie gelehrt, in diesen Bahnen zu denken, das Imperium hatte sie gelehrt, zu töten und zu zerstören. Mit den Jahren hatte Michael Schießer ihr andere Wege zu leben gezeigt, menschlichere Wege, und Topas hatte geglaubt, daß die Vergangenheit endgültig vorüber war. Jetzt erkannte sie, daß sie sich geirrt hatte. Sie hatte die Vergangenheit nur tief in ihrem Innern vergraben. Sie war noch dort, und sie würde dort sein bis an ihr Lebensende ... und sie wartete nur darauf, daß sie wieder hervorgerufen wurde. Topas mußte lediglich die Menschlichkeit abstreifen, die Michael ihr so mühsam beigebracht hatte. Sie durfte nicht wieder die imperiale Bestie von einst werden. Nicht einmal dann, wenn es um die Rache für Michaels Tod ging. Er hätte es nicht gewollt.

Und so hatte Investigator Topas den Disruptor in den Holster und das Schwert in die Scheide geschoben und ihre Position in der Stadtwache dazu benutzt, Vertue im Rahmen der Gesetze zu verfolgen. Es war ihr nicht leichtgefallen. Soweit es das Gesetz anging, war Doktor Leon Vertue ein hart arbeitender, ehrenhafter Bürger der Stadt. Jedes Kind in *Nebelhafen* wußte von seinen dubiosen Geschäften und davon, daß er für das Imperium arbeitete, aber es gab keinerlei Beweise. Vertue war zu vorsichtig. Und die Leute, die seine Geschäfte unter die Lupe nehmen wollten, hatten die unangenehme Angewohnheit, überraschend zu verschwinden. Doch Investigator Topas gab nicht so leicht auf. Sie kämpfte sich weiter, Schritt um Schritt, arbeitete sich an Vertue und seine versteckten, schmutzigen Geheimnisse heran, trotz aller legalen und illegalen Hindernisse, die er ihr in den Weg legte.

Und die ganze Zeit über dachte Topas immer daran, wie gut es sich anfühlen würde, einfach das Schwert zu ziehen und Vertue niederzustechen und dabei zuzusehen, wie das Blut aus dem sterbenden Körper strömte.

»Hört Ihr mir überhaupt zu, Investigator?« Topas zuckte erschrocken zusammen, als Stahl sein Gesicht drohend dem ihren näherte. »So sehr ich auch wegen des Todes Eures Gatten mit Euch fühle – Ihr könnt nicht einfach all Eure Zeit

211

damit verbringen, hinter Vertue herzujagen. Ihr habt nicht einmal einen einzigen ernsthaften Beweis gegen den Mann in der Hand.«

»Genügend Beweise, um gegen ihn vorzugehen.«

»Nein, das stimmt nicht, und das wißt Ihr auch.« Stahl trat zurück und setzte sich auf die Kante seines Schreibtischs, der sich stöhnend und knarrend über das Gewicht des Direktors beschwerte. Stahl ignorierte das Geräusch. Sein Blick blieb auf Topas fixiert. »Ihr seid noch nicht sehr lange hier in *Nebelhafen*, Topas. Auf einer Welt wie dieser, in einer solchen Stadt, da hat die Stadtwache über jeden Verdacht erhaben zu sein. Es wird immer einen gewissen Prozentsatz an Gaunerei und Bestechung geben, doch das hilft schließlich nur, die Stadt funktionsfähig zu halten. Aber eins merkt Euch: Die Wache ist kein Platz für persönliche Rachefeldzüge! Wir haben nicht viele Gesetze hier, Investigator, aber die wenigen, die wir haben, werden mit allen zur Verfügung stehenden Mitteln durchgesetzt. Es muß einfach so sein. Wenn es diese Gesetze nicht gäbe, oder wenn sich jeder einfach darüber hinwegsetzen würde, dann würden wir in weniger als einer Generation zurück in die Barbarei fallen, und das Imperium könnte uns auslöschen. Wir überleben, weil wir härter gegen uns selbst sind, als es das Imperium jemals war. Es ist nicht einfach, frei zu sein. Und genau aus diesem Grund befehle ich Euch, Leon Vertue in Frieden zu lassen. Wenn der Mann das Gesetz gebrochen hat, dann wird das Gesetz ihn auch strafen. Am Ende kommt niemand davon. Und in der Zwischenzeit, Investigator Topas, werdet Ihr hier gebraucht. *Nebelhafen* scheint aus den Fugen zu geraten, der Rest des Rates ist entweder tot oder vermißt, und ich trage die Verantwortung für die ganze verdammte Scheiße. Ich kann nicht alles selbst machen, Investigator; ich brauche Leute um mich, denen ich vertrauen kann. Aus diesem Grund habe ich mir eine Menge zusätzlicher Schwierigkeiten aufgehalst, um euch nach Euren Sperenzchen mit Taylor und Schwarzpeter vor dem Gefängnis zu bewahren. Solltet Ihr allerdings darauf bestehen, weiterhin hinter Vertue herzujagen, kann ich absolut nichts mehr für Euch tun.

Vertue mag vielleicht eine Menge Dreck am Stecken haben, aber er hat sich auch die allergrößte Mühe gegeben, es vor uns zu verbergen. Außerdem besitzt er eine Menge Freunde in gehobenen Positionen. Sehr einflußreiche Freunde, Investigator, und diese Freunde strengen sich verdammt an, um mir das Leben noch schwerer zu machen, als es ohnehin schon ist. Wenn Ihr auch nur noch einen Schritt von den Vorschriften abweicht, Topas, dann bleibt mir keine andere Wahl, als Euch ernsthaft auf die Füße zu treten. Also – entweder spielt Ihr das Spiel jetzt nach meinen Regeln, oder ich werfe Euch den Wölfen zum Fraß vor. Habe ich mich deutlich genug ausgedrückt?«

»Sehr deutlich, Direktor. Allerdings bin ich bereits von ganz alleine zu dem gleichen Schluß gekommen. Vertue kann warten. Ich habe der Stadtwache in Eurem Namen befohlen, *Nebelhafen* abzuriegeln. Die Stadt steht unter Quarantäne, und niemand kommt hinein oder heraus, bis die Seuche halbwegs unter Kontrolle ist. Die Quarantäne wird unter Androhung der augenblicklichen Erschießung durchgesetzt. Überlebende Opfer werden isoliert, und der gesamte medizinische Stab der Stadt arbeitet rund um die Uhr daran, eine Gemeinsamkeit zwischen den Opfern festzustellen. Und jetzt setzt Euch bitte wieder, Direktor, und seid so nett, Eure Stimme zu senken. Mit Eurem Brüllen könnt Ihr mich nicht beeindrucken.«

Stahl verzog das Gesicht und ließ sich zögernd in seinen Stuhl hinter dem Schreibtisch sinken. Außerhalb des Büros arbeiteten seine Leute wie besessen auf ihren Posten, aber das dicke Panzerglas, das sein kleines Arbeitszimmer umgab, sperrte den Lärm von draußen aus. Die Seuche in *Nebelhafen* war jetzt bereits seit einer Woche außer Kontrolle geraten, und die Mediziner waren noch keinen Schritt näher an den Erreger herangekommen, von einem Gegenmittel ganz zu schweigen. Trotzdem – Stahl fragte sich, woher er den Mut genommen hatte, Investigator Topas anzubrüllen. Wahrscheinlich war er fix und fertig wegen der Überlastung und aus Mangel an Schlaf. Er bedeutete Topas mit einer Handbewegung, ihm gegenüber Platz zu nehmen, und sie ließ sich mit eleganter Grazie in den harten Besucherstuhl sinken. Stahls Glaskasten war auf Funktionalität ausgelegt, nicht auf Komfort, aber nach Topas' gelassener Haltung zu urteilen, hätte sie genausogut zu Hause in einem bequemen Ledersessel sitzen können.

Der Direktor warf einen gereizten Blick auf seinen überquellenden Schreibtisch. Die Körbe für Aktenein- und -ausgänge verschwanden beinahe unter Stapeln von Papieren, die meisten davon unübersehbar mit dem Vermerk ›DRINGEND‹ gekennzeichnet. Stahl hatte nicht einmal die Hälfte davon gelesen. In den letzten Tagen klangen alle Neuigkeiten so oder so irgendwie gleich, und er vertrug nicht mehr als eine gewisse Menge an deprimierenden Nachrichten. Es erschien ihm typisch, daß *Nebelhafen* seit Jahren die erste ernsthafte Katastrophe erlebte – und das ausgerechnet zu einem Zeitpunkt, als er derjenige war, der alleine die Verantwortung trug. Dunkelstrøm und der verdammte Blutfalk wanderten noch immer in den umliegenden Siedlungen herum, Donald Royal verfolgte seine eigenen, zweifelhaften Pläne, und die arme Susanne DuWolfe war tot, eines der ersten Opfer dieser verfluchten Seuche. Stahl seufzte müde. Das war ein untrügliches Zeichen dafür, wie verzweifelt er sich fühlte, daß er inzwischen sogar die Rückkehr des verdammten Blutfalk begrüßt hätte, wenn er nur zusammen mit der Dunkelstrøm einen Teil der Last von seinen Schultern genommen hätte.

Stahl fuhr mit einem Ruck aus seiner Träumerei hoch, als ihm bewußt wurde, daß Investigator Topas zu sprechen begonnen hatte.

»Direktor, wie hoch sind nach den letzten Meldungen die Verluste?«

Stahl gab die Frage an seinen Monitor weiter und starrte mürrisch auf die Antwort. »Es werden immer mehr. Inzwischen gibt es dreihundertsiebenundvierzig Tote und mehr als zweitausend Leute, deren Verstand einfach erloschen zu sein scheint. Und stündlich werden es mehr. Und als würde das für sich allein genommen nicht schon reichen, wurden Dutzende von Bauwerken in Ruinen verwandelt, an mehr als der Hälfte aller Orte, wo wir Seuchenopfer gefunden haben.«

»Das sieht ganz nach einem Angriff aus.«

»Darauf bin ich auch schon gekommen, Investigator.« Stahl schaltete den Monitor ab und starrte grimmig auf den leeren Schirm. »Das Imperium hat unsere Welt häufig genug als Testfeld für neue Waffen mißbraucht, aber so etwas wie das hier hat es noch nie gegeben. Am nächsten kommt der Sache noch der Mutantenvirus, den sie uns vor mehr als zwanzig Jahren geschickt haben ... aber was auch immer diese Seuche verursachen mag, die alten Impfstoffe verlangsamen ihre Ausbreitung nicht einen Deut.« Stahl lehnte sich in seinem Stuhl zurück und rieb die müden, schmerzenden Augen. *Zu viel Arbeit und zu wenig Schlaf ...* »Nichts von alledem ergibt einen Sinn, Investigator. Die Opfer sind ausnahmslos entweder tot, oder ihr Bewußtsein wurde einfach ausgelöscht. Niemand, der immun wäre, niemand, der ein schwächeres Krankheitsbild zeigt, niemand, der sich wieder erholt. Die Überlebenden sind autistisch oder fallen in Katatonie, doch keiner von ihnen hat genügend Verstand zurückbehalten, um auch nur auf eine psionische Sondierung zu reagieren. Wir haben nicht die geringste Ahnung, wie sie sich angesteckt haben könnten.«

»Die Stadtwache unternimmt präventive Maßnahmen, Direktor.«

»Und was hat sie bisher erreicht? Ich war mit allem einverstanden, angefangen damit, daß Familienangehörige unter Quarantäne gestellt werden, bis hin zum Niederbrennen ganzer Straßenzüge, und die verdammte Seuche breitet sich trotzdem immer weiter aus.«

Topas sah Stahl mit festem Blick in die Augen. »Wir tun alles, was in unseren Kräften steht, Direktor. Wenn Ihr bessere Vorschläge zu machen habt, dann nur heraus damit. Wir würden uns glücklich schätzen, sie in die Tat umzusetzen.«

»Ich weiß nicht, was wir machen sollen! Ich bin noch nicht einmal sicher, womit genau wir es zu tun haben! Die einzige Spur besteht darin, daß die ersten Opfer kurz nach der Landung der *Höllenfeuer* auftraten. Wie laufen übrigens die Arbeiten an diesem Wrack?«

»Die Techniker sind noch immer damit beschäftigt, das Schiff auseinanderzunehmen, aber bisher haben sie nichts gefunden.«

»Großartig. Einfach großartig!«

»Direktor, wißt Ihr eigentlich noch, warum Ihr mich beim ersten Mal habt rufen lassen?«

»Selbstverständlich. Die Esper des Raumhafens berichteten von etwas Fremdartigem an Bord der *Höllenfeuer*. Wir haben jeden Flüchtling überprüft, der das Schiff verlassen hat, und jeder verdammte einzelne von ihnen war sauber. Wir sind sogar so weit gegangen, die Tiefschlafkammern aufzubrechen, aber alle Leichen waren noch immer an Ort und Stelle, genau wie es sein sollte ... wenn es an Bord des Schiffes nicht ein Versteck gibt.«

»Das wage ich zu bezweifeln, Direktor. Die Techniker hätten es inzwischen mit Sicherheit gefunden. Aber wir fanden nie eine Erklärung für das Fremdartige, das die Esper spürten.«

»Ihr seid der Meinung, es ist von Bedeutung?«

Topas zuckte die Schultern. »Wer weiß schon, was von Bedeutung ist und was nicht? Jedenfalls nicht im Augenblick.«

Stahl runzelte nachdenklich die Stirn und verschränkte die Hände vor seinem mächtigen Bauch. »Die Esper berichteten von etwas Fremdartigem ... etwas Fremdartigem und Mächtigem. Kann das sein? Kann es sein, daß das verfluchte Imperium uns eine fremdrassige Kreatur untergeschoben hat, die eine extraterrestrische Seuche verbreitet?« Er unterbrach sich unvermittelt und rieb die schmerzende Stirn. »Nein. Wir hätten sie inzwischen entdecken müssen. Nichts kann sich so lange in *Nebelhafen* verstecken.«

Stahl verstummte erneut, und zusammen mit Topas saß er eine Weile schweigend da, jeder in seine eigenen Gedanken versunken. Plötzlich summte der Monitor, und der Bildschirm erhellte sich. Das Gesicht des diensthabenden Espers erschien.

»Direktor, eine Nachricht für Euch. Von Ratsmitglied Dunkelstrøm.«

Stahl beugte sich in seinem Sitz vor und grinste breit. »Endlich! Stellt sie zu mir durch! Ich hätte nie gedacht, daß ich eines Tages so froh sein könnte, ihr grimmiges Gesicht wiederzusehen.«

»Das ist mir nicht entgangen«, ertönte Eileen Dunkelstrøms Stimme trocken. Der Bildschirm blieb leer, doch ihre Stimme drang klar und deutlich aus den Lautsprechern. »Was ist in *Nebelhafen* passiert, seit ich unterwegs bin?«

»Tod, Seuche und Verwüstung«, erwiderte Stahl kurz angebunden. »Ich bin froh, daß wenigstens Ihr zurück seid. Die Dinge geraten allmählich außer Kontrolle, wißt Ihr?«

»Darum kann ich mich im Augenblick nicht kümmern«, entgegnete Dunkelstrøm brüsk. »Das hier ist wichtiger. Der Blutfalk und ich sind über eine ziemlich beunruhigende Sache gestolpert, hier draußen bei den Siedlungen. Die Nachrichtenverbindungen zwischen hier und der Stadt wurden vorsätzlich sabotiert, weil wir nicht herausfinden sollten, daß Imperiale Agenten die Koboldshunde zusammengetrieben haben und nach *Nebelhafen* dirigieren.«

»Was? Zusammengetrieben?« fragte Stahl ungläubig. »Seid Ihr sicher?«

»Ja«, antwortete Dunkelstrøm mit fester Stimme. »Ich bin sicher. Aber das waren erst die schlechten Nachrichten. Wartet, bis Ihr die wirklich schlechten gehört habt. Der Blutfalk und ich sind nur knapp vor dem Rudel hergekommen. Wir haben sie gesehen; es waren Hunderte, die über das Plateau rannten. Sie werden im Verlauf der nächsten zwei, drei Tage vor den Wällen auftauchen. Ihr müßt jeden einzelnen Wachmann mobilisieren, den Ihr nur finden könnt, und die Stadtmauern bewachen lassen.«

»Dunkelstrøm, das ist unmöglich . . .!«

»Es muß aber sein! Seht, ich habe keine Zeit, um anzuhalten und mit Euch zu diskutieren. Ich treffe mich mit jemandem, und es scheint eine wichtige Sache zu sein. Ich melde mich später wieder, und Ihr könnt mir dann die letzten Neuigkeiten erzählen. Dunkelstrøm Ende und Aus.«

Die Lautsprecher verstummten. Stahl tippte hektisch ein paar Zahlen in seine Tastatur. »Esper vom Dienst! Schafft mir die Dunkelstrøm wieder in die Leitung, aber schnell!«

»Tut mir leid, Direktor, aber Ratsmitglied Dunkelstrøm hat sich über ihr Komm-Implantat gemeldet. Es gehört nicht zu unserem Netz. Wir müssen warten, bis sie zurückruft.«

»Verflucht! Also schön. Ihr unterrichtet mich im gleichen Augenblick, in dem sie sich wieder meldet, verstanden?«

»Jawohl, Direktor.«

Der Schirm wurde erneut dunkel, und Stahl lehnte sich langsam in seinem Sitz zurück. »Das hat mir noch gefehlt. Zuerst eine Stadt, in der eine tödliche Seuche grassiert, und jetzt Hunderte von Koboldshunden auf dem Weg hierher. Ich hätte heute morgen gar nicht erst aufstehen sollen. Ach, zur Hölle. Wahrscheinlich übertreibt Dunkelstrøm einfach.«

Topas schüttelte den Kopf. »Ratsmitglied Dunkelstrøm ist zwar bekannt für ihre rhetorischen Fähigkeiten, aber wenn es um mögliche Gefahren für die Stadt geht, übertreibt sie eigentlich nie.«

»Ihr habt recht, Investigator. Also gut. Nehmt an Männern, wen immer Ihr finden könnt, und laßt sie die Stadtmauern patrouillieren. Wir werden uns um die Hunde kümmern, wenn und sobald sie bei uns auftauchen. Und jetzt ... zur Hölle, ich habe völlig vergessen, worüber wir uns gerade unterhalten haben!«

»Über den Anfang der Seuche, Direktor, und die möglichen Querverbindungen zur *Höllenfeuer*. Kapitän Sternlicht war eines der ersten Opfer, nicht wahr?«

»Genau. Und der Kapitän hat kein einziges Wort gesprochen, seit wir ihn auf dem Friedhof am Galgenbaumtor gefunden haben. Er will nicht essen oder trinken, und er will nicht schlafen; er sitzt einfach nur zusammengekauert in einer Ecke und wimmert leise vor sich hin. Wenn ich es nicht besser wüßte, könnte ich schwören, daß er vor Angst den Verstand verloren hat. Was ist das nur für eine verdammte Seuche, bei der die Überlebenden schlimmer dran sind als die Toten?«

»Wo es Leben gibt, da gibt es Hoffnung, Direktor. Mein

Mann hat mich diese Weisheit gelehrt, und ich glaube daran. Mit der Zeit werden unsere Ärzte sicher ein Gegenmittel gegen die Seuche finden.«

»Mit der Zeit wird die Seuche uns alle auslöschen.«

»Bisher gab es nicht sonderlich viele Tote. Jedenfalls nicht im Vergleich zu denen, die überlebt haben.«

»Es gab genug Tote, Investigator. Mehr als genug. Die meisten von uns haben einen Angehörigen oder Freund verloren.«

Topas blickte den Raumhafendirektor neugierig an. In Stahls Worten hatte so ein eigenartiger Klang gelegen ...
»Wen habt Ihr verloren, Direktor?«

»Einen Freund. Sein Name war Jamie Royal.«

Die Stimme des dicken Mannes war sehr leise, und seine Augen blickten in eine unbestimmte Ferne. Topas senkte den Blick und betrachtete ihre im Schoß gefalteten Hände.

»Ich wußte nicht, daß der junge Esper Euer Freund gewesen ist, Direktor.«

»Ich mochte ihn. Jeder mochte ihn, selbst seine Feinde.« Stahl saß zusammengesunken in seinem Stuhl, den Mund zu einem bitteren Strich zusammengepreßt. »Ich konnte noch nicht einmal zu seiner Beerdigung gehen. Zu viel Arbeit hier.«

»Ich hätte nicht gedacht, daß Ihr überhaupt Freunde besitzt, Stahl«, sagte Topas kalt. »Wie war er, dieser Jamie Royal?«

»Jamie ... war eine Spielernatur. Er schuldete jedem Geld, der dumm genug war, ihm etwas zu leihen, aber am Ende hat er seine Schulden immer bezahlt. Er brach nie sein Wort, und er gab die Karten nie von unten. Und jetzt wird niemand von Jamie etwas anderes in Erinnerung behalten als die Tatsache, daß er eines der ersten Opfer dieser verdammten Seuche war. Und das ist verflucht wenig für einen Mann wie Jamie Royal.«

Topas blickte den Raumhafendirektor nachdenklich an. Dann schob sie ihren Stuhl zurück und erhob sich. »Wir haben alles besprochen und alles getan, was wir für heute tun konnten, Stahl. Laßt uns Schluß machen. Es ist bereits

spät, und wir könnten beide eine Mütze Schlaf vertragen.«
Stahl nickte ihr zu, ohne aufzublicken, und Topas betrachtete für einen Augenblick den gesenkten Kopf des Direktors. Dann ging sie und schloß leise die Tür des gläsernen Büros hinter sich.

Eileen Dunkelstrøm stand wartend an der Stadtmauer im Technikerviertel und starrte in den Nebel hinaus. Die ganze Zeit über während ihrer Reise durch die unbarmherzige Kälte des Plateaus und die umliegenden Siedlungen hatte sie daran gedacht, wie schön es wäre, zurückzukehren in die behagliche Wärme *Nebelhafens*. Und jetzt war sie zurück, und als erstes hing sie in den kalten Außenbezirken der Stadt herum und fror sich den Arsch ab. Dunkelstrøm schniefte angewidert und wickelte sich fester in ihren Umhang. Der Nebel war dichter als je zuvor, und sie konnte kaum drei oder vier Meter sehen. Die Straßenlaternen bildeten nur kleine runde Inseln aus Licht, das kaum bis zum Boden vordrang, und der dichte Dunst verschluckte jedes Geräusch. Heftiger Schneefall hatte eingesetzt, und die untergehende Sonne des frühen Abends war hinter Nebel und Wolken verborgen. Noch eine knappe Stunde, und es wäre vollkommen dunkel; die Nächte wurden lang auf *Nebelwelt*, wenn der Winter sich näherte. Dunkelstrøm setzte ein mürrisches Gesicht auf und trat erbost in den hohen Schnee zu ihren Füßen.

Wo zur Hölle bleibst du nur, Stefan?

Dunkelstrøm marschierte ungeduldig vor der Stadtmauer auf und ab und stampfte heftig mit den Füßen auf den Boden, um die Kälte zu vertreiben. Der Blutfalk hatte eindringlich darauf bestanden, daß sie pünktlich hier sein sollte, und jetzt kam er selbst schon beinahe eine halbe Stunde zu spät. Typisch. Nicht zum ersten Mal wunderte Dunkelstrøm sich, was zur Hölle denn so wichtig sein konnte, daß der Blutfalk sich hier draußen mit ihr treffen mußte, um die Angelegenheit zu besprechen. So weit weg von allem und jedem. Es mußte etwas mit ihrer Entdeckung der Koboldshunde zu tun haben; das schien sicher. Dunkelstrøm hatte ursprünglich vorgehabt, auf dem schnellsten Weg zur Ratsversammlung zu gehen und Bericht zu erstatten, aber der Blutfalk hatte darauf bestanden, zuerst mit ihr alleine über die Sache zu reden. Als hätten sie auf dem Weg nach Hause nicht genug Gelegenheit dazu gehabt. Dunkelstrøm lächelte liebevoll, als die Erinnerung in ihr hochstieg.

Hinter ihr ertönte ein leises Geräusch, und Dunkelstrøm wandte sich erleichtert um, in der Erwartung, daß der Blutfalk endlich eingetroffen wäre. Doch es war niemand zu sehen. Dunkelstrøm warf einen raschen Blick in die Runde, aber nichts bewegte sich in dem verdammten grauen Nebel, und über dem schweren Schnee lag nichts als Stille. Dunkelstrøm erschauerte unruhig und ließ die Hand auf den Griff ihres Schwertes fallen. Die Hunde konnten frühestens in achtundvierzig Stunden hier sein, aber es bestand immer die Möglichkeit, daß ein paar Ausbrecher sich vor das eigentliche Rudel gesetzt hatten ... Dunkelstrøm zog das Schwert und starrte nervös in den Dunst. Ihre muskulösen Arme spannten sich zuversichtlich, und ihre zu schmalen Schlitzen verengten grünen Augen leuchteten erwartungsvoll und gefährlich. Sie hatte nicht viel über die Hunde gewußt, bevor sie zu ihrer Tour in die äußeren Siedlungen aufgebrochen war. Was sie dort erfahren hatte, war wie ein Schock in ihr Bewußtsein gedrungen. Die Hunde griffen Menschen nicht aus Hunger an oder weil sie sich von ihnen bedroht fühlten, sondern ganz einfach, weil sie es genossen. Die verfluchten Biester zeigten eine ausgeprägte Vorliebe für schwächere Opfer wie Frauen oder Kinder. Ganz besonders Kinder. Dunkelstrøms Griff um die Waffe wurde fester. Sie würde diese verdammten Bastarde mit Freuden eines Besseren belehren. Mit einer raschen Bewegung warf sie den Umhang zurück, um ihrem Schwertarm mehr Bewegungsfreiheit zu geben, wobei sie stur die Kälte ignorierte, und stampfte mit den Füßen auf, um ihren Stand zu verbessern. Was auch immer dort draußen im Nebel lauern mochte – es würde die Überraschung seines Lebens erfahren. Dunkelstrøm setzte sich langsam und leise in Bewegung und

221

lauschte angestrengt auf das geringste Geräusch. Rasch bemerkte sie, daß außer dem lauten Knirschen des Schnees unter ihren Füßen alles still war. Dunkelstrøm setzte ein grimmiges Gesicht auf und huschte wieder zurück zur Stadtmauer, wo sie mit dem Rücken gegen die Wand Stellung bezog. Sie würde es den Hunden nicht zu einfach machen.

Dunkelstrøms grimmige Miene vertiefte sich noch, als sie schließlich langsame, gleichmäßige Schritte aus dem Nebel auf sich zukommen hörte. Was immer das sein mochte, es war ganz bestimmt kein Koboldshund. Vielleicht ein Straßenräuber oder ein Imperialer Agent ... Dunkelstrøm hob das Schwert und nahm eine Verteidigungshaltung ein. Die Schritte näherten sich zielstrebig, und eine große, schlanke Gestalt schälte sich langsam aus dem Nebel. Dunkelstrøm spannte sich – und atmete erleichtert auf, als sie Graf Stefan Blutfalk erkannte, der aus dem Dunst auf sie zukam. Der Blutfalk blickte auf die angriffsbereite Waffe seiner Freundin und hob elegant die Augenbraue. Dunkelstrøm mußte lachen und schob das Schwert zurück in den Gürtel.

»Ich weiß selbst, daß ich mich ein wenig verspätet habe«, begann der Blutfalk vorwurfsvoll.

»Es tut mir leid, Stefan.« Dunkelstrøm grinste reumütig. »Der Nebel hat meinen Nerven einen Streich gespielt.« Sie warf sich in die Arme des Blutfalk und gab ihm einen Begrüßungskuß, auch um ihm zu zeigen, daß sie wegen seiner Verspätung nicht länger böse war. »Was hat dich so lange aufgehalten, mein Lieber? Gibt es neue Probleme mit den Hunden?«

»Ja«, erwiderte der Blutfalk bedauernd. »Ich fürchte ja.« Seine rechte Hand schob den Dolch fachmännisch zwischen Dunkelstrøms Rippen, und sie starrte ihn voller ungläubigem Entsetzen an, bevor ihre Augen brachen und sie nach vorn gegen ihren Mörder stürzte. Er trat zur Seite und ließ den leblosen Körper in den Schnee fallen.

»Es tut mir so unendlich leid, meine Liebe«, murmelte der Blutfalk leise. »Aber ich konnte wirklich nicht zulassen, daß du die Ratsversammlung warnst. Die Hunde sollen schließlich eine Überraschung bleiben.«

Er seufzte still, wischte den Dolch an Dunkelstrøms Kleidern ab und schob die Waffe zurück in den Ärmel. Wirklich eine Schande, daß er sie hatte töten müssen. Sie waren so ein hübsches Paar gewesen, und auf seine Weise hatte er sie gemocht ... Aber die Befehle des Imperiums in dieser Angelegenheit waren sehr deutlich, und der Blutfalk durfte nicht riskieren, seine Herren zu verärgern. Er würde alles tun, was sie von ihm verlangten, wenn er nur am Ende von dieser verdammten stinkenden Welt wegkam.

Nachdem Dunkelstrøm jetzt tot war, würde sich die Ratsversammlung ohne Vorwarnung den Hunden stellen müssen – oder genauer: das, was noch von der Ratsversammlung übrig war. Eileen Dunkelstrøm und Susanne DuWolfe waren tot, und er würde ... als verschollen gelten. Somit blieben nur noch der alte Trottel Royal und der Raumhafendirektor Stahl übrig. Ein Greis und ein Dieb. Der Blutfalk lächelte zufrieden. Alles verlief genau nach Plan. Er nahm Eileen Dunkelstrøms Leichnam hoch und warf ihn über die Schulter. Für eine so kleine Person wog sie überraschend viel. Ohne besondere Eile setzte Graf Stefan Blutfalk sich in Bewegung und verschwand rasch im dichten Nebel. Das Geräusch seiner Schritte verklang, und schon bald deutete nichts mehr darauf hin, daß er dort gewesen war. Wenn man von den Spuren im Schnee und der kleinen Blutlache an der Stelle absah, wo Eileen Dunkelstrøm gestorben war.

KAPITEL 16
DER WOLF AM TOR

Direktor Stahl marschierte in seinem kleinen, vollgestopften Büro auf und ab und versuchte sich wachzuhalten. Er hätte wirklich nach Hause gehen und ein wenig schlafen sollen, solange noch Gelegenheit dazu gewesen war. Jetzt war es bereits zwei Uhr früh, und es sah nicht danach aus, als würde er in dieser Nacht noch Schlaf finden. Sein Kopf war schwer, seine Augen schmerzten, und in seinem Mund hatte sich ein schaler Geschmack gebildet. Stahl nahm einen weiteren kräftigen Bissen von dem Schokoladenriegel in seiner Hand, aber es half nicht viel. Er warf einen verstohlenen Blick zu Investigator Topas, die über seine Lektronenkonsole gebeugt stand. Sie konnte selbst nicht sonderlich viel Schlaf abbekommen haben; dennoch wirkte sie widerlich wach und munter. Stahl fluchte lautlos vor sich hin. Es war einfach unnatürlich, so früh am Morgen bereits so verdammt gut auszusehen. Direktor Stahl stellte sich hinter Topas und schielte über ihre Schulter, während sie eine Reihe weiterer Kodes eintippte. Er sah die Antworten auf dem Schirm und zuckte zusammen.

»Mehr als fünftausend, und die Zahl steigt noch immer ... Was zur Hölle geschieht da draußen, Investigator? Wir haben die striktesten Quarantänemaßnahmen angeordnet, die *Nebelhafen* seit mehr als zwanzig Jahren erlebt hat, und noch immer sterben Menschen. Wie ist es nur möglich, daß alles so schnell außer Kontrolle gerät? Mit was zur Hölle haben wir es hier eigentlich zu tun?«

Topas schüttelte langsam den Kopf und hackte auf der Tastatur herum, als könne sie die Antwort auf ihre Fragen auf diese Weise aus dem Rechner herauspressen. »Wenn das Imperium eine neue Seuche entwickelt, dann leistet es ganze Arbeit, Direktor. Neue Ansteckungsherde finden sich überall in der Stadt. Die tatsächliche Todesrate ist noch immer verhältnismäßig niedrig, aber es gibt so viele Opfer, deren Bewußtsein ausgelöscht wurde, daß wir uns gar nicht mehr um alle kümmern können. Die Krankenhäuser und Hospitäler drohen aus den Nähten zu platzen. Wenn wir nicht bald einen Impfstoff finden, wird *Nebelhafen* in ein oder zwei Wochen nur noch eine Stadt der Toten und der Sterbenden sein.«

»Ich bin noch nicht einmal sicher, ob es wirklich eine Seuche ist«, brummte Stahl und ließ sich in seinen Sitz fallen. Wie üblich stöhnte das Möbel laut protestierend unter dem plötzlichen Gewicht, und wie üblich verfluchte Stahl den Stuhl geistesabwesend, bevor er fortfuhr. »Es verhält sich nicht wie eine Seuche, es fühlt sich nicht nach einer Seuche an . . .« Er nahm einen weiteren Bissen von seinem Schokoladenriegel und wischte sich die dicken Finger an der Hose ab. »Welche Art von Seuche zeigt keinerlei Symptome? Im einen Augenblick sind die Opfer noch putzmunter und gesund, und im nächsten – peng! Entweder man ist – zusammen mit jedem anderen in der Umgebung – tot, oder alle haben den Verstand verloren. Keine Seuche im ganzen Universum arbeitet so rasch.«

»Vielleicht dauert die Inkubationszeit so lang?«

»Nein. Unsere Tests hätten inzwischen mit Sicherheit etwas gefunden.«

»Aber was ist es dann, wenn schon keine Seuche?«

»Wenn ich das wüßte! Eine neue Waffe des Imperiums vielleicht. Oder ein verbrecherischer Esper . . .«

»Ein Esper? Das meint Ihr doch wohl nicht im Ernst, Direktor! Welcher Esper könnte schon fünftausend Leute in weniger als einer Woche ausschalten?«

»Ihr selbst habt damals fünfhundert Elitesoldaten mit einem einzigen Lied getötet.«

»Jaaah«, erwiderte Topas gedehnt. »Und beinahe wäre ich selbst dabei gestorben. Ich bin die stärkste Sirene, die das Imperium je hervorgebracht hat, und selbst ich habe meine Grenzen, Stahl. Nein, es kann kein Esper sein. Vollkommen unmöglich.«

»Wieso seid Ihr da so sicher?«

»Ich bin mir nicht sicher. Wir können uns über nichts mehr sicher sein, Direktor.«

Stahl und Topas tauschten einen hilflosen Blick und sahen dann zu der Konsole, als der Monitor hell wurde.

»Direktor!«

»Was gibt's?«

Der Esper vom Dienst starrte angstvoll auf seinen Vorgesetzten. »Die Abtaster melden Imperiale Schiffe, die sich im Orbit von *Nebelwelt* zusammenziehen!«

Stahl gaffte fassungslos auf den Schirm, unfähig, die Neu-

igkeit zu verarbeiten. *Sie sind gekommen. Sie sind wieder da.* Er
schluckte mühsam und schüttelte benommen den Kopf.

»Wie viele sind es?«

»Dreiundsiebzig bisher, aber es werden ständig mehr,
Direktor. Sie fallen aus dem Hyperraum, während wir hinsehen.«

»Die Flotte«, murmelte Topas leise. »Die Imperiale Flotte.
Nach all den Jahren denkt das Imperium anscheinend, die
Zeit ist gekommen, um *Nebelwelt* zu zerstören . . .«

Stahl ignorierte Topas und unterbrach die Verbindung zu
seinem Esper vom Dienst. Er schaltete den Monitor auf die
Hauptsysteme, und der Schirm zeigte ein belebtes Radar-
bild, auf dem praktisch jede Sekunde neue Reflexe entstanden. Das Gewirr durcheinanderredender Stimmen erfüllte
plötzlich das kleine Büro.

*Die Disruptorkanonen antworten nicht auf die Befehle der Feu-
erleitstelle. Schickt eine Mannschaft hinunter, um die Systeme zu
überprüfen.*

*Die Schmugglerschiffe fahren ihre Antriebe hoch. Achtung
Bodenmannschaften! Landefeld Sieben räumen!*

*Wo bleiben die Esper? Wir brauchen den verdammten psioni-
schen Schild!*

*Die Energieschilde sind zusammengebrochen. Keine Reaktion
auf die Befehle der Rechner.*

*Die Disruptorkanonen sind ausgefallen. Ich wiederhole: Die
Disruptorkanonen sind ausgefallen.*

*Die Lektronen sind tot! Sie nehmen keinerlei Befehle mehr ent-
gegen!*

Wo bleiben die Esper?

Stahl schaltete den Monitor ab, und das Stimmengewirr
verstummte. Er konnte spüren, wie ihm das Herz bis zum
Hals schlug, und seine Handflächen waren feucht vom
Schweiß. Alles ging so schnell, so verdammt schnell . . . Er
blickte zu Topas, und ihre unbeirrbare Selbstsicherheit half
ihm, sich ein wenig zu beruhigen.

»Uns bleiben immer noch die Schmugglerschiffe«, sagte
sie.

Stahl schüttelte den Kopf. »Sie haben nicht den Hauch

226

einer Chance gegen die Imperiale Flotte, und das wissen sie auch. Sie werden dort oben sterben, und das alles nur, um uns eine Galgenfrist zu erkaufen.« Er sackte in seinem Stuhl zusammen und starrte wie betäubt über sein Büro. Hinter den gläsernen Wänden rannten die Techniker hin und her. Ihre Münder öffneten sich zu lautlosen Flüchen. »Die Energieschilde sind ausgefallen. Die Disruptorkanonen funktionieren nicht. Ich kann einfach nicht glauben, daß all unsere Verteidigungsanlagen einfach so versagen. Was zur Hölle ist bloß mit unseren Lektronen passiert?«

»Der Kristall!« entfuhr es Topas.

»Was?!«

»Der Speicherkristall, den ich Euch gebracht habe! Er war Bestandteil des Hauptverteidigungssystems, oder nicht?«

Stahl fluchte bitter. »Ja, das stimmt. Dieser Dachläufer scheint also doch genügend Zeit gefunden zu haben, um den Kristall auszutauschen, bevor er von Euch entdeckt wurde. Und in dem ganzen Trubel, den die Ankunft der *Höllenfeuer* auslöste, zusammen mit dem ersten Überfall der Koboldshunde und dieser verdammten Seuche . . . niemand scheint den Kristall überprüft zu haben, bevor er eingebaut wurde.«

»Und ich habe ebenfalls nicht daran gedacht, ihn zu kontrollieren.«

»Warum hättet Ihr das tun sollen? Es war unsere Aufgabe, nicht die Eure.«

Ein gedämpftes Brüllen drang bis in Stahls Büro, als die Schmugglerschiffe von ihrem Landefeld abhoben und in den Nachthimmel schossen, um sich der Imperialen Flotte zu stellen. Ein Dutzend schlanker silberner Nadeln gegen die gesamte Imperiale Flotte.

»Ruft sie zurück!« forderte Topas.

»Ich kann nicht. Wir benötigen Zeit, um unsere Esper zusammenzubringen. Ohne die Energieschilde und Disruptorkanonen bilden die Schmugglerschiffe unsere einzige Verteidigung. Ihre Namen werden in unsere Geschichte eingehen.«

»Wir werden trotzdem verlieren«, sagte Topas leise. »Ich

hätte es wissen müssen. Niemand ist vor dem Imperium sicher, nirgendwo in der Galaxis.«

Stahl warf einen überraschten Blick auf Topas' dunkles, brütendes Gesicht, bevor er sich wieder seinem persönlichen Monitor zuwandte und eine Verbindung zu dem Esper vom Dienst herstellte.

»Sammelt Eure Leute, John Silver. Wir benötigen den psionischen Schirm. Dringend.«

»Er steht bereits, Direktor. Aber ich habe nicht die geringste Ahnung, wie lange er hält.« Silvers Gesicht blieb ruhig und beherrscht, aber aus seinen Augen funkelte Wut. »Hunderte unserer Esper sind inzwischen an der Seuche gestorben!«

»*Was*? Sagt das noch mal!«

»Hunderte unserer Esper sind . . .«

»Das ist es!« Stahl hämmerte wild auf seine Tastatur ein, ohne den verblüfften John Silver weiter zu beachten. Informationen rollten über den Monitor, und der Raumhafendirektor nickte grimmig. »Ich hätte es bereits viel früher entdecken müssen! *Einzig und allein Esper* sind an der Seuche gestorben! Wir waren so beschäftigt, nach einem gemeinsame physischen Nenner zu suchen, daß wir gar nicht daran gedacht haben, andere Möglichkeiten in Betracht zu ziehen. Investigator, wir sind die ganze Zeit über an der Nase herumgeführt worden! Unsere Lektronen sabotiert, die Disruptorkanonen funktionsunfähig . . . der psionische Schild ist alles, was noch zwischen uns und der Imperialen Flotte steht, und die verdammte Seuche dient nur dem einen einzigen Zweck, unsere Esper auszuschalten – und damit den Schild. Und ich Dummkopf war so stolz auf meine Kanonen . . . Ich hätte auf Susanne DuWolfe hören sollen. Silver, haltet den Schild unter allen Umständen aufrecht. Das hat allererste Priorität, bis ich Euch etwas anderes sage.«

»Jawohl, Direktor. Aber . . .«

»Macht, was ich Euch sage!« brüllte Stahl in den Monitor und unterbrach die Verbindung. Nachdenklich starrte er auf den leeren Schirm. »Es ist ein Überträger. Das muß es sein. Einer der Flüchtlinge von Bord der *Höllenfeuer*. Und ich dachte, Sternlicht hätte Glück gehabt, weil ihm die Flucht von *Tannim* gelang! Es war ein Trick! Das Imperium muß ihm irgendwie einen Überträger an Bord geschmuggelt haben, der eine Esper-spezifische Seuche verbreitet.«

»Nein!« widersprach Topas mit Entschiedenheit. »Das ist es nicht.«

Stahl blickte überrascht zu dem Investigator, während sie mit nachdenklich gerunzelter Stirn in seinem Büro auf und ab marschierte.

»Ihr hattet von Anfang an recht, Direktor. Es ist keine Seuche. Es ist ein verbrecherischer Esper. Eine Sirene wie ich selbst. Wenn ich zu singen beginne, vereinigen sich meine Stimme und mein ESP und dringen in das Bewußtsein meines Gegenübers ein, wo sie all seine Sinneseindrücke verstümmeln. Treibt man die Sache zu weit, dann . . .«

». . . löscht man das Bewußtsein des anderen aus«, vollendete Stahl den Gedanken.

»Genau«, sagte Topas. »Genau das ist mit den fünfhundert Soldaten auf *Virimonde* geschehen.«

»Und wenn Ihr gegen einen anderen Esper singt . . .«

». . . zerstört sich das schwächere Bewußtsein vollkommen. Die Begabung des Opfers gerät außer Kontrolle und tötet ihren Träger und verwüstet dessen Umgebung. Kein Wunder, daß so viele Stellen, an denen die Seuche aufgetreten ist, von Feuer und Verwüstung heimgesucht wurde. Unter den Opfern befanden sich anscheinend Pyros und Poltergeister. Wie konnten wir nur so blind sein? Die Esper waren die ganze Zeit über das eigentliche Ziel. Die Überlebenden waren nichts weiter als unschuldige Passanten. Ein Täuschungsmanöver, um uns von der Erkenntnis abzulenken, daß diejenigen, von denen unsere gesamte Verteidigung abhängig ist, einer nach dem anderen ermordet wurden!«

Stahl und Topas sahen sich an.

»Aber Ihr seid die stärkste Sirene, die das Imperium je besaß«, sagte der Direktor schließlich.

»Ja, richtig«, erwiderte Topas. »Ich *war* die stärkste Sirene, und sie machten mich zu einer Legende. Diese neue Sirene hat inzwischen mehr als fünftausend Leute auf dem Gewissen, und das innerhalb weniger Tage. Ich frage mich, ob sie aus ihr ebenfalls eine Legende machen wollen. Wahrscheinlich eher nicht; sie ist viel zu wirksam als Waffe.« Topas schüttelte langsam den Kopf. »Kein Wunder, daß die Esper des Kontrollturms eigenartige Signale an Bord der *Höllenfeuer* aufgefangen haben. Direktor, wir müssen diese Sirene finden und aufhalten, solange wir noch können!«

Stahl verzog das Gesicht.

»Die Sache ist nicht so einfach, wie Ihr vielleicht glaubt. Eine Frau in einer Stadt von der Größe *Nebelhafens* zu finden! Ich nehme doch an, wir können davon ausgehen, daß es sich um eine Frau handelt? Oder hat das Imperium am Ende vielleicht sogar eine männliche Sirene hervorgebracht . . .?«

Topas schüttelte entschieden den Kopf. »Nein. Das ESP der Sirenen ist geschlechtsgebunden. Wie bei Wünschelrutengängern oder Hexen.«

»Wollen hoffen, daß Ihr recht behaltet, Investigator.« Stahl rief den Esper vom Dienst auf seinen Schirm.

»Ja, Direktor?«

»Wie viele Eurer Leute könnt Ihr für eine stadtweite Suchaktion entbehren? Es handelt sich um einen Notfall, Silver.«

»Vorausgesetzt, daß jeder zum Dienst erscheint? Vielleicht ein Dutzend. Aber das wäre dann unsere gesamte Reserve.«

»Gut, das muß reichen. Wir suchen nach einem verbrecherischen Esper. Einer sehr mächtigen Sirene, noch stärker als Investigator Topas hier. Ihr solltet keine allzu großen Schwierigkeiten haben, sie zu entdecken; sie war verantwortlich für die eigenartigen Signale, die Eure Leute an Bord der *Höllenfeuer* fanden. Gebt mir Bescheid, sobald Ihr sie gefunden habt, aber stellt um Himmels willen keinen Kontakt her, bevor ich es sage. Sie ist verdammt gefährlich. Habt Ihr verstanden?«

»Jawohl, Direktor.«

»Steht der Schild sicher?«

»Im Augenblick ja. Die Imperialen Schiffe befinden sich in weitem Orbit und halten Abstand. Sie wissen genau, was mit ihnen geschieht, wenn sie sich zu nahe an die Oberfläche heranwagen.«

»Gut so. Bleibt dran, mein Junge«, sagte Stahl mit rauher Stimme. John Silver grinste schwach.

»Wird schon schiefgehen, Direktor.«

Der Bildschirm verdunkelte sich. Stahl blickte überrascht auf den letzten Bissen des Schokoladenriegels, der vergessen in seiner Hand vor sich hinschmolz, und schob ihn in den Mund. Er kaute nachdenklich darauf herum, die Hände über dem mächtigen Bauch verschränkt. »Die Esper des Kontrollturms haben jeden Mann, jede Frau und jedes Kind überprüft, die von Bord der *Höllenfeuer* kamen. Die Sirene kann ihrer Aufmerksamkeit auf gar keinen Fall entgangen sein.«

Topas zuckte die Schultern. »Wahrscheinlich wurde sie von Imperialen Agenten in Empfang genommen und vom Landefeld geschmuggelt. Die ganze verdammte Sache scheint von langer Hand geplant und vorbereitet worden zu sein.«

»Ja, es sieht allmählich wirklich danach aus. Aber wie weit reichen die Vorbereitungen zurück, Investigator? Ist es möglich, daß das Imperium den Planeten *Tannim* nur zerstört hat, um sicherzustellen, daß wir die Flüchtlinge an Bord der *Höllenfeuer* bei uns aufnehmen? Eine ganze Welt, nur aus diesem einen einzigen Grund?«

Topas blickte ihm fest in die Augen. »Das Imperium hat schon schlimmere Verbrechen begangen, Direktor. Viel schlimmere, glaubt mir.«

Eine Weile sprach keiner von beiden. Sie saßen nur schweigend beisammen. Stahl wußte, daß eine Menge dringender Entscheidungen auf ihn warteten, aber irgendwie schien er keine Energie aufbringen zu können. »Glaubt Ihr, wir finden die Sirene?«

»Ein Dutzend Esper, um eine ganze Stadt zu durchkämmen? Vielleicht haben sie Glück, aber ich wage es zu bezweifeln. Wir wissen noch nicht einmal ihren Namen.«

»Nennt sie Marie.«

»Was?«

»Typhus-Marie*. Ein alter Name aus den Anfängen der Menschheit. So nennt man einen Flüchtling, der eine ansteckende Seuche verbreitet.« Stahl grinste, als er Topas' unverhohlenes Erstaunen bemerkte. »Der Direktor eines Raumhafens muß sich auf vielen Gebieten auskennen, Investigator.«

Stahl stützte die Ellbogen auf die Schreibtischplatte und tappte nachdenklich die Fingerspitzen gegeneinander. »Ich befördere Euch hiermit zum Kommandanten der Stadtwachen, und zwar von diesem Augenblick an. Nachdem der Blutfalk verschwunden ist, brauche ich jemanden am Ort des Geschehens, dem ich vertrauen kann. Ihr seid wahrscheinlich der einzige Mensch, der wirklich versteht, mit welchem Gegner wir es zu tun haben. Schickt Eure Leute auf die Straßen und laßt sie die Stadt absuchen, Viertel für Viertel. Wenn Ihr auf versprengte Esper stoßt, dann wünsche ich, daß sie unter vollem Schutz hierher eskortiert werden. Wir können uns keine Verluste mehr leisten. Und im Kontrollzentrum sollten sie wenigstens halbwegs sicher sein.«

Topas nickte. »Klingt logisch. Nur eins noch, Direktor: Was sollen meine Leute machen, wenn sie auf die Sirene treffen?«

»Wir dürfen keinerlei Risiko eingehen«, antwortete Stahl mit Bestimmtheit in der Stimme. »Haltet sie im Auge, aber laßt sie in Ruhe. Ich werde bewaffnete Männer mit Disruptoren schicken.«

»Ihr wollt Ihr keine Chance geben, daß sie aufgibt?«

»Nein. Das Risiko ist mir einfach zu hoch.«

»Aber wir werden eine gute Geschichte brauchen, um all die Soldaten in den Straßen zu erklären.«

»Richtig. Daran habe ich auch schon gedacht. Wenn die Wahrheit ans Licht kommt, haben wir die schönste Panik. Setzt ein Kopfgeld auf die Sirene aus und erzählt allen, sie wäre eine Seuchenüberträgerin. Das kommt der Wahrheit ziemlich nahe.«

*Nach Mary Mallon (gest. 1938), einer in Irland geborenen Köchin, die in den Vereinigten Staaten von Amerika arbeitete. Sie war Typhus-Überträgerin, ohne selbst an der Krankheit zu leiden. (Anm. des Übers.)

Topas grinste leicht. »Jedenfalls wird es die Menschen von den Straßen halten. Ich führe persönlich eine Patrouille in das Diebesviertel. Ich kenne die Gegend.«

»Nein! Ihr seid ein Esper, Topas! Ich kann nicht riskieren, daß die Sirene Euch tötet!«

»Ich bin selbst eine Sirene, Direktor. Und vielleicht bin ich die einzige wirkliche Chance, um diese Typhus-Marie aufzuhalten.«

Stahl zögerte sichtlich, doch dann nickte er zustimmend. Ohne ein weiteres Wort wandte er sich wieder seinen Monitoren zu, und nach einem Augenblick verließ Topas das Büro. Stahl betrachtete mit verkniffenem Gesicht den leeren Bildschirm. Dieses verdammte sture Weibsstück war tatsächlich drauf und dran, sich von der Sirene umbringen zu lassen. Der Raumhafendirektor fragte sich verwundert, warum ihm das plötzlich so viel ausmachte. Dann seufzte er müde und streckte sich ausgiebig. Er war so erschöpft, daß ihm jeder Knochen einzeln weh tat. Er hatte alles getan und veranlaßt, was in seiner Kraft stand, aber das dumpfe Gefühl wollte einfach nicht weichen, daß es nicht genug war. Das Imperium hatte seinen Anschlag von langer Hand vorbereitet. Sie würden auch nicht die allerkleinste Kleinigkeit dem Zufall überlassen haben. Stahl blinzelte überrascht, als der Monitor einmal mehr hell wurde.

»Stahl hier, was gibt's?«

»John Silver hier. Die Hunde, Direktor! Sie strömen im Gildenviertel durch eine Bresche in der Stadtmauer. Die ersten Berichte sind alles andere als klar und deutlich, aber es scheint festzustehen, daß die Biester zu Hunderten gekommen sind. Die Wachen, die dort postiert waren, weichen langsam zurück, Straße um Straße. Falls nicht bald Verstärkungen eintreffen, ist es nur noch eine Frage der Zeit, bis sie überrannt werden!«

»Natürlich«, erwiderte Stahl müde. »Das Imperium darf nicht riskieren, daß wir Marie zu früh finden. Also startet man ein Ablenkungsmanöver.«

»Direktor?«

»Nehmt so viele Wachleute, wie Ihr benötigt, aber ich will,

daß diese Hunde im Zaum gehalten werden. Es ist lebenswichtig, daß sie aufgehalten werden, wo sie jetzt sind.«

»Aber wir haben nicht genügend Leute, Direktor! Wir können nicht die Hunde aufhalten und gleichzeitig weiterhin die Stadt nach der Sirene durchkämmen!«

»Ich weiß, ich weiß. Es ist nur ... tut, was Ihr könnt.«

»Jawohl, Direktor.«

»Wie hoch sind die bisherigen Verluste?«

»Hoch. Die Bestien schlachten alles, was ihnen in die Quere kommt. Die Wache behindert ihr Fortkommen, aber das ist auch schon alles. Trotzdem, es hätte schlimmer kommen können.«

»Ich wüßte nicht wie.«

»Die Wache war wenigstens schon an Ort und Stelle, Direktor. Wenn Ihr nicht den Befehl gegeben hättet, die Stadtmauern zu patrouillieren, dann wäre den Bestien die vollkommene Überraschung gelungen. Niemand kann auch nur abschätzen, wie hoch unsere Verluste gewesen wären, wenn die Hunde sich unkontrolliert in der Stadt hätten verteilen können.«

»Ja. Vermutlich habt Ihr recht. Wir müssen uns bei Ratsmitglied Dunkelstrøm dafür bedanken. Nehme ich richtig an, daß Ihr noch immer kein Lebenszeichen von ihr oder dem Blutfalk erhalten habt?«

»Bisher jedenfalls nicht, Direktor.«

»Und was ist mit Donald Royal?«

»Er wird ebenfalls vermißt, Direktor.«

»Also bleibe ich alleine übrig. Der letzte im Rat. Das ist vielleicht eine schöne Ironie des Schicksals.«

Stahl verfiel eine Weile in brütendes Schweigen, und sein Blick schweifte in unbestimmte Ferne.

John Silver wartete geduldig, bis der Direktor wieder sprach.

»Esper Silver?«

»Ja, Direktor?«

»Ich gehe nach Hause. Nehmt alle Nachrichten für mich entgegen, und ... und laßt mich hören, wenn es etwas Neues gibt.«

234

»Selbstverständlich, Direktor. Viel können wir im Augenblick sowieso nicht unternehmen, nicht wahr?«

»Nein, das können wir nicht. Ihr seht müde aus, mein Junge.«

John Silver lächelte.

»Ich schätze, ich halte noch eine Weile durch. Ich kann sowieso nicht schlafen.«

Stahl nickte. »Wir sehen uns später.«

»Gute Nacht, Direktor.«

Der Schirm erlosch. Stahl erhob sich schwerfällig und blickte sich um. Hinter den Glaswänden seines Büros saßen die Techniker reglos vor ihren Konsolen, gespannt und schweigend. Stahl blickte weg. Er hatte getan, was er konnte. »Ich habe mein Bestes gegeben«, murmelte er leise. Direktor Stahl zögerte, beinahe als erwarte er eine Antwort, dann wandte er sich um und verließ mit gesenktem Kopf das Büro, ohne sich noch einmal umzusehen.

Zwölf Esper lagen Seite an Seite auf komfortablen Pritschen und ließen ihre Gedanken auf der Suche nach Marie durch die Stadt schweifen.

Leichter trieben mit Persenning-bedeckten Ladeflächen den Autumnusfluß hinab. Ihre stählernen Buge brachen sich den Weg durch das frische Eis.

Ausladende, ziegelgedeckte Gebäude verbeugten sich voreinander wie alte Männer, ihre Obergeschosse nicht weiter als eine Handbreit voneinander entfernt.

Wachmänner patrouillierten in den laternenbeleuchteten Straßen und froren in ihren Felluniformen.

Katzen rannten entlang der steinernen Mauern und Wände einer Seitengasse. Sie tauchten aus dem Nebel auf und verschwanden wieder darin wie düstere Phantome.

Die Esper fanden Marie nach weniger als einer Stunde. Sie traten mit ihrem Bewußtsein in Kontakt – entgegen Stahls Befehlen. Marie tötete sie alle.

Die Typhus-Marie war programmiert.

KAPITEL 17
HELDEN UND SCHURKEN

Das Gebäude selbst wirkte bescheiden und unauffällig, beinahe anonym, und das Schild über der Tür verriet schlicht ›SCHMIED‹. Donald Royal lächelte grimmig. Er wußte es besser. Während seiner vielen Jahre im Rat der Stadt *Nebelhafen* hatte er unzählige Berichte über Doktor Leon Vertues Körperbank gelesen. Ein alter, vertrauter Zorn regte sich in Donald. Trotz zahlreicher Bemühungen hatte er nie genug Beweise gegen Vertue zusammentragen können, um den Laden dichtzumachen. Er hätte sich mehr Mühe geben sollen. Vielleicht wäre sein Enkel Jamie dann heute noch am Leben.

Donald seufzte leise und zog den Umhang enger um die Schultern. Der Nebel lastete dicht und schwer in den Straßen. Es schneite bereits seit Stunden, und der Morgen war noch kaum angebrochen. Der Winter würde dieses Jahr verdammt hart werden. Donald warf einen Seitenblick zu Madeleine Skye, deren Gesicht wie gewöhnlich unkenntlich unter ihrer weiten Kapuze verborgen lag. Sie schien ruhig und gefaßt zu sein, aber an ihrer Haltung und den nach vorn gereckten Schultern erkannte Donald, daß ihre Hand auf dem Griff ihres Schwertes ruhte. Es überraschte ihn nicht. Er hatte jedesmal die unverhohlene Wut in ihrer Stimme erlebt, wenn sie auf Doktor Leon Vertue zu sprechen gekommen waren.

»Also?« begann Donald. »Hier ist es.«

»Ja«, erwiderte Madeleine. »Ich weiß.«

»Ihr wart schon einmal hier?«

»Ja.«

Donald wartete einen Augenblick, und als er erkannte, daß Madeleine nicht mehr erzählen würde, rümpfte er die Nase. Er hatte das untrügliche Gefühl, daß Madeleine ihm etwas verschwieg. Nicht, daß es ihm etwas ausgemacht hätte. Wenn es von Bedeutung war, würde Madeleine ihm am Ende auch davon erzählen. Jetzt gab es nur eins, das zählte: Doktor Leon Vertue.

Donald musterte die verriegelte Tür und spürte, wie langsam die Wut in ihm hochstieg. Leon Vertue wußte, wie und warum Jamie hatte sterben müssen. Auf die eine oder andere Weise würde Donald die Wahrheit erfahren. Er wechselte einen raschen Blick mit Madeleine Skye.

»Fertig?«

»Fertig.«

»Also los.«

Donald trat einen Schritt vor und legte die Hand auf die Türklinke. Sie war nicht verschlossen. Er schob die Tür auf und betrat vorsichtig eine geschmackvolle, elektrisch beleuchtete Empfangshalle. Skye folgte ihm auf dem Fuß und schloß die Tür hinter sich. Es tat gut, der Kälte zu entfliehen. Donald warf die Kapuze in den Nacken und klopfte den Schnee von seinem Umhang, während er sich umsah. Die schmale, kurze Halle war vollkommen leer und führte zu einer einzigen weiteren Tür. Donald setzte sich in Bewegung, Madeleine Skye immer an seiner Seite. Er zog seine Handschuhe aus und stopfte sie in den Gürtel. Langsam öffnete und schloß er die Hände, um wieder Gefühl in seine Finger zu bekommen. Handschuhe waren nur im Weg, wenn es zu einem Schwertkampf kam. Unauffällig überprüfte Donald die Wände, an denen sie vorbeikamen. Er konnte keine Überwachungskameras entdecken, aber er war sicher, daß man sie beobachtete. Zu beiden Seiten waren die Wände demonstrativ mit teuren Gemälden und Wandteppichen geschmückt. Donald mußte grinsen, als er eine Fälschung erkannte. Er wußte, daß es eine Fälschung war, weil er das Original besaß. Langsam verging sein Lächeln. Zumindest hatte er immer angenommen, das Original zu besitzen. Donald erreichte die gegenüberliegende Tür in ziemlich mieser Stimmung, und als die Klinke nicht unter seiner Hand nachgab, verzog er das Gesicht zu einer wütenden Grimasse. Er hämmerte mit der Faust gegen die Tür und wartete. Ein statisches Knacksen ertönte aus einer Komm-Einheit, die in den Türrahmen eingelassen war.

»Doktor Vertue bedankt sich, daß Ihr vorbeigekommen seid, aber er bedauert mitteilen zu müssen, daß er heute unpäßlich ist. Wir bitten im voraus für jegliche Unannehmlichkeiten um Entschuldigung, die sich daraus ergeben könnten.«

»Schaltet unverzüglich diese verdammte Aufzeichnung ab und redet mit mir!« knurrte Donald in das Mikrophon. »Oder ich rufe eine Kompanie der Stadtwachen und lasse diese Tür zu Kleinholz verarbeiten. Hier spricht Ratsvorsitzender Donald Royal, und ich habe mit Doktor Leon Vertue zu sprechen!«

Eine kurze Pause entstand, dann meldete sich eine zögernde weibliche Stimme. »Es tut mir leid, Ratsvorsitzender, aber der Doktor hat strikte Anweisungen erteilt, daß er unter gar keinen Umständen gestört werden darf.«

»Euer Arbeitgeber steckt bereits in Schwierigkeiten«, antwortete Donald kalt. »Wenn Ihr Euch zu ihm gesellen wollt, dann macht nur weiter so. Andernfalls schlage ich vor, daß Ihr unverzüglich diese verdammte Tür öffnet!«

Die Tür gab ein leises Summen von sich, dann schwang sie sanft nach innen. Donald lächelte grimmig und stapfte zufrieden in das Anmeldezimmer des Doktors. *Soviel zur ersten Verteidigungslinie Vertues.* Ein prächtiger Rotschopf erhob sich nervös hinter dem großen Schreibtisch aus Stahlplastik. Donald nickte brüsk in Richtung der Frau und blickte sich um. Nirgendwo ein Zeichen von Vertue. Auf Hochglanz polierte Wände aus Eisenholz funkelten im Licht der elektrischen Sphäre an der Decke, und der Teppich war dick genug, um eine mittelgroße Schlange darin zu verstecken. Zu jeder anderen Zeit wäre Donald sicherlich beeindruckt gewesen, aber jetzt war er überhaupt nicht in der Stimmung. Er hatte ganz andere Dinge im Kopf.

»Vertue«, sagte er ohne Vorrede. »Wo steckt er?«

Die Sekretärin wandte ihre Augen von der unförmigen, pelzverhüllten Gestalt Madeleine Skyes ab und warf einen raschen Blick auf die geschlossene Tür zu ihrer Rechten, bevor sie Donald antwortete. »Ich fürchte, Ihr könnt Doktor Vertue im Augenblick nicht stören, Ratsvorsitzender. Er befindet sich in einer Konferenz, und er legt größten Wert darauf, nicht gestört zu werden. Wenn es Euch nichts ausmacht zu warten . . .«

»Er wird mit uns sprechen«, sagte Donald mit Bestimmtheit und ging auf die Tür zu.

»Es tut mir leid, Ratsvorsitzender«, sagte die Sekretärin. Ein eigenartiger Unterton in ihrer Stimme ließ Donald innehalten und zu ihr zurückblicken. Sie hielt einen Disruptor in der Hand, und der Lauf der Waffe war genau in die Mitte zwischen ihm und Madeleine Skye gerichtet. Donald erstarrte. Die Sekretärin hatte sie beide in ihrem Schußfeld, und er bezweifelte keinen Augenblick, daß sie die Waffe benutzen würde, sollte sie sich bedroht fühlen. Er dachte an das Wurfmesser in seinem Stiefelschaft, aber dann überlegte er ein zweites Mal. Er benötigte zuerst eine Ablenkung . . .

Die Sekretärin blickte gehetzt zwischen Donald und Madeleine hin und her und runzelte nachdenklich die hübsche Stirn. »Wenn Ihr wirklich eine Kompanie der Stadtwachen dabeigehabt hättet, dann wären Eure Leute mit hereingekommen, nicht wahr? Und wenn Ihr keine Rückendeckung von der Wache habt, dann bedeutet das, daß Ihr auch keinen Durchsuchungsbefehl besitzt, nicht wahr? Und keine Vorladung. Und das wiederum bedeutet, daß ich Euch beide jederzeit hinauswerfen kann, wenn mir danach ist. Aber Ihr hättet sicher nicht so deutlich gedroht, wenn Ihr nicht der Meinung wärt, etwas in der Hand zu haben, mit dem Ihr uns weh tun könntet. Ich denke, ich sollte kein Risiko mit Euch eingehen, Ratsvorsitzender. Oder mit Eurem geheimnisvollen Freund dort. Schnallt Euren Waffengurt ab, Ratsvorsitzender. Ganz langsam, und hübsch vorsichtig. Und Ihr da, in Euren Fellen: Schlagt diese verdammte Kapuze zurück und laßt mich einen Blick auf Euer Gesicht werfen. Ich bin sicher, daß ich Euch von irgendwoher kenne.«

Donald fummelte an seinem Waffengurt und nahm sich nicht allzu offensichtlich Zeit. Die Sekretärin schien mehr an Skyes Identität interessiert zu sein als an ihm. Wenn er den geeigneten Augenblick abwartete, dann ... Vorsichtig kniete Donald nieder und ließ die Lederscheide zu Boden fallen. Die Augen der Sekretärin huschten von Madeleine zu ihm und wieder zurück. Skye hob langsam die Hände und warf die Kapuze zurück, um ihr Gesicht zu zeigen. Die Augen der Sekretärin weiteten sich voller Entsetzen, und die Hand mit dem Disruptor begann zu zittern.

»Das kann nicht sein! Ihr ... Ihr seid tot! Ich habe Euren Leichnam mit eigenen Augen im Tank gesehen!«

Donald zog das Messer aus dem Stiefelschaft und schleuderte es mit aller Kraft aus dem Handgelenk. Die Klinge traf die Sekretärin in der Schulter und warf sie herum. Der Disruptor ging los, doch der Energiestrahl fuhr harmlos in die Decke. Madeleine schoß vor, das Schwert in der Hand, und die lange Klinge blitzte auf. Die Sekretärin brach zusammen. Skye kniete neben ihr nieder, um sicherzugehen, daß sie auch tot war. Dann schob sie das Schwert zurück in die Scheide. Donald nahm seinen Waffengurt auf und legte ihn wieder an.

»Nettes Kunststück«, sagte Skye anerkennend.

»Danke. Warum hat sie sich so erschreckt, als sie Euer Gesicht erkannte? Und was meinte sie mit ...«

»Ich werd's Euch später erklären. Kommt her und seht Euch das hier an.«

Donald rümpfte die Nase und ging um den Schreibtisch herum. Er kniete neben Madeleine Skye nieder. Seine Knie gaben protestierende Geräusche von sich. Donald ignorierte das laute Knacken. Skye bedeutete ihm, das Gesicht der Sekretärin genauer in Augenschein zu nehmen. Stirnrunzelnd folgte Donald der Aufforderung und streckte die Hand aus, um mit den Fingerspitzen leicht über die makellose Haut zu fahren. Sie war eine Spur zu straff, und schließ-

240

lich entdeckte er die winzigen, verräterischen Narben hinter den Ohren und unter dem Kinn. Der Rotschopf hatte sich anscheinend irgendwann einer ausgedehnten Hauttransplantation unterzogen, um sein erstaunliches Aussehen zu behalten. Donald fragte sich in Gedanken, was wohl mit der Frau geschehen war, die die Haut gespendet hatte, und als ihm klar wurde, daß er die Antwort bereits kannte, verzog er angewidert das Gesicht. Er packte den Griff seines Wurfmessers und zog es aus der Schulter des leblosen Körpers. Dann wischte er die Klinge an der weißen Bluse der Sekretärin ab und schob das Messer zurück in den Stiefel. Donald Royal hatte das untrügliche Gefühl, die Waffe noch einmal gebrauchen zu können, noch bevor der Morgen vorbei war.

Schwerfällig kam er wieder auf die Beine und zuckte zusammen, als seine Knie erneut protestierten. An manchen Tagen fragte Donald sich ernsthaft, auf wessen Seite sein verdammter Körper eigentlich stand. Skye ging in der Zwischenzeit zu der Tür und probierte die Klinke. Die Tür war verschlossen. Donald griff in seine Tasche und suchte nach einem Dietrich.

»Verschwendet nicht Eure Zeit, Donald«, sagte Madeleine. »Es ist ein elektronisches Schloß. Vertue denkt scheinbar an alles.« Nachdenklich musterte sie die winzige Sicherheitskamera im Türrahmen. »Wir können uns keine weitere Zeitverschwendung leisten. Wahrscheinlich haben wir inzwischen jeden einzelnen Alarm ausgelöst, und nur Gott allein weiß, wie lange man uns schon beobachtet. Durchsucht den Schreibtisch. Vielleicht findet sich dort ein verborgener Schalter oder etwas in der Art.«

Donald nickte zustimmend und wühlte in den Schubladen. Es dauerte nicht lange, da fand er, versteckt in einer leeren Bonbonschachtel, eine einfache Fernbedienungseinheit. Willkürlich probierte er die verschiedenen Knöpfe aus, und nachdem er die Beleuchtung mehrere Male ein- und ausgeschaltet hatte, summte die Tür auf der rechten Seite laut und schwang zur Seite. Dahinter befand sich ein langgezogener, schmaler Korridor. Donald schob die Fernbedienung in die Tasche und ging rasch hinüber zu Skye. Donald bemerkte, daß sie ihre Kapuze wieder in die Stirn gezogen hatte, aber er sagte nichts weiter dazu. Sie würde ihm bei passender Gelegenheit schon alles erzählen.

Der Korridor erstreckte sich über gut und gerne zehn Meter, bevor er hinter einer scharfen Biegung verschwand. In regelmäßigen Abständen waren Lichtsphären in die Decke eingelassen, aber nur eine einzige in der Mitte des Korridors brannte. In der Luft hing der starke Geruch von Desinfektionsmitteln. Skye setzte sich langsam in Bewegung, und Donald folgte ihr. Er konnte keine Überwachungskameras entdecken, aber er wußte, daß es sie gab. Ihre Schritte klangen unheimlich und laut in der Stille, und ein hohles Echo fiel von den nackten, kahlen Wänden zurück. Das leise Schaben von Stahl auf Leder erklang, als Madeleine ihr Schwert zog. Donald bemerkte, daß ihre Hand leicht zitterte.

Leon Vertue starrte wütend auf seinen Herrn, der gelassen auf der anderen Seite des Wiedergewinnungstanks stand. Er hatte den Mann angebrüllt und war mehr als eine Stunde lang vor ihm herumgetobt, und es hatte nichts gefruchtet. Nichts von alledem, was Leon Vertue zu sagen hatte, schien den Grafen Stefan Blutfalk in irgendeiner Weise beeindrucken zu können.

Ich hätte mich niemals mit dem verdammten Imperium einlassen sollen, dachte Vertue säuerlich. *Wenn man sich erst in seine Fänge begeben hat, dann lassen sie einen nie wieder los.* Er kämpfte hart darum, nicht die Beherrschung zu verlieren. Die ganze verfluchte *Nebelwelt* stand im Begriff, zur Hölle zu gehen. Schwarzpeter war tot, Investigator Topas saß ihm im Genick, und jetzt hatte irgendein verdammter Idiot auch noch die Koboldshunde in die Stadt geführt. Egal von welcher Seite Vertue es betrachtete: Sein Leben hier war zu Ende. Er mußte Nebelwelt verlassen und irgendwo anders von vorne beginnen. Es spielte keine Rolle wo. Es herrschte immer rege Nachfrage nach Körperbänken. Wichtig war nur die Frage, wieviel von seinen Vorräten und seiner Ausrüstung er mitnehmen konnte. Vertue brauchte die Ausrüstung, und es lag an dem Blutfalk, ihm zu helfen. Das Imperium schuldete es ihm. Vertue starrte den Blutfalk an. Der Graf erwiderte gelassen seinen Blick.

»Ihr müßt mir helfen, von hier zu verschwinden!« schnappte Vertue. »Euer verdammter Esper ist durchgedreht, während Ihr Euch in den Siedlungen draußen versteckt habt. Sie bringt alles um den Verstand, was sich bewegt! Ich habe keine Ahnung, was zwischen ihr und diesem Royal vorgefallen ist, aber seit diesem Zeitpunkt ist die verfluchte Hexe außer Rand und Band! Ihr habt mit keinem Wort erwähnt, daß sie so stark ist! Sie wird die ganze Stadt zerstören, bevor jemand sie erwischen kann.«

»Nun weint nicht gleich wie eine alte Frau; es steht Euch nicht.« Der Blutfalk wischte einen unsichtbaren Fussel von seiner Manschette. »Die Dame, von der Ihr in diesem herablassenden Ton sprecht, ist nicht im mindesten außer Kontrolle, mein lieber Vertue. Sie macht im Gegenteil genau das, was sie machen soll. Sie hat nur ein wenig früher damit angefangen, als ursprünglich geplant war, das muß ich eingestehen; doch der Fehler liegt bei Euch. Ihr hättet mir sagen müssen, daß dieser Jamie Royal unzuverlässig ist.«

»Ich hatte keine Ahnung! Es sah alles danach aus, als hätte Schwarzpeter ihn gehörig in Angst und Schrecken versetzt. Ich weiß noch immer nicht, warum Jamie nicht seinen Befehlen gehorcht hat.«

»Die Frage nach dem Warum ist auch nicht so wichtig. Tatsache ist, daß er Marie auf direktem Weg zu einem anderen Esper geführt hat. Kein Wunder, daß ihre Programmierung frühzeitig einsetzte.«

Vertue schüttelte wütend den Kopf. »Das ist doch jetzt alles nicht mehr wichtig! Schwarzpeter ist tot, und viel zu viele Leute fangen an, mich mit der ganzen Geschichte in Verbindung zu bringen. Es ist nur noch eine Frage der Zeit, bevor einer oder alle hinter mir her sind. Ihr hättet mich Topas töten lassen sollen, wie ich es von Anfang an vorhatte.«

»Nein! Nachdem der erste Versuch fehlgeschlagen war, durften wir uns nicht erlauben, die Aufmerksamkeit auf Topas zu lenken. Jemand hätte herausfinden können, wie gefährlich sie unseren Plänen werden konnte, weil sie eine Sirene ist. Genau wie unsere liebe Marie.«

»Seht mal – Ihr habt mich in diesen Schlamassel hineingeritten, Blutfalk. Es ist an Euch, mir auch wieder herauszuhelfen.«

»Oder?«

»Oder ich gehe schnurstracks zu dem, was vom Rat noch übrig ist, und liefere mich aus.«

»Sie werden Euch ohne Zögern einsperren und den Schlüssel wegwerfen.«

»Wenigstens bleibe ich auf diese Weise am Leben.«

»Nichts als eine weitere Ratte auf der Flucht von einem sinkenden Schiff«, brummte der Blutfalk traurig. »Mein lieber Leon, Ihr müßtet doch wirklich wissen, daß ich auf gar keinen Fall zulassen kann, wenn Ihr meine Pläne sabotiert. Nicht in diesem Stadium.«

»Und wie wollt Ihr mich daran hindern?« Vertue trat einen Schritt vom Wiedergewinnungstank zurück und grinste wölfisch. Der Blutfalk hob eine elegante Augenbraue, als er den Disruptor in Vertues Hand erblickte, aber er schwieg. »Ihr habt irgendwo ein Schiff versteckt«, sagte Vertue hart. »Ein privates Schiff. Ihr werdet mir helfen, meine Ausrüstung auf dieses Schiff zu schaffen, und dann werden wir beide gemeinsam diesen stinkenden Planeten hinter uns lassen. Am nächsten Raumhafen trennen sich dann unsere Wege. Das ist nur fair, meint Ihr nicht?«

»Ihr könnt Eure Waffe nicht ewig auf mich gerichtet halten«, entgegnete der Blutfalk.

»Aber ich kann es versuchen«, knurrte Vertue und grinste. »Und jetzt laßt uns endlich gehen. Wir haben bereits genug Zeit mit Reden verschwendet.«

»Mehr als genug«, sagte Donald Royal.

Vertue und der Blutfalk sprangen vor Schreck beinahe in die Höhe. Sie wirbelten herum und sahen Donald Royal im Eingang stehen, lässig gegen den Türrahmen gelehnt und ein Wurfmesser in der Hand. Madeleine Skye stand neben ihm, das Schwert gezückt und in ihrer dicken Kleidung und unter der Kapuze anonym wie immer.

»Eure Sicherheitsvorkehrungen sind wirklich ziemlich lasch, Vertue«, erklärte Donald nachsichtig. »Und jetzt legt bitte die Waffe nieder. Versucht erst gar nicht, den Lauf in meine Richtung zu schwenken, sonst könnt Ihr meinen häßlichen kleinen Dolch aus Eurem linken Auge ziehen.«

Vertue starrte den alten Royal an. Offensichtlich rechnete er sich seine Chancen aus. Dann legte der Doktor die Waffe vorsichtig auf den geschlossenen Deckel des Wiedergewinnungstanks. Donald nickte ihm dankend zu und schlenderte ohne besondere Eile in den großen Raum. Er warf einen raschen Blick in die Runde und nahm die schimmernden Kristallwände in sich auf und die sperrigen Wiedergewinnungstanks, die den größten Teil des Raums ausfüllten. Die Luft war eiskalt, und der Gestank nach billigem Desinfektionsmittel war beinahe überwältigend. Skye trat an Donalds Seite, die Augen unverwandt auf Leon Vertue gerichtet. Schließlich wanderte der Blick des alten Royal zurück zu Vertue und dem Blutfalk, und er achtete vorsichtig darauf, ein paar Schritte Abstand zu den beiden Verrätern einzuhalten. Er wandte sich an den Blutfalk und begann wieder zu sprechen.

»Ich dachte mir schon die ganze Zeit, daß Vertue nicht den Verstand – und erst recht nicht den Mut – besitzt, um eine Sache wie diese aufzuziehen«, sagte er leise. »Und daß Ihr zu untadelig wärt, um ehrlich zu sein. Seit wann habt Ihr unsere Welt verraten, Blutfalk? Wie lange schon haben wir einen Imperialen Agenten mitten in unserem Rat sitzen?«

»Beinahe von Anfang an«, gestand der Blutfalk lässig. »Sobald ich *Nebelhafen* erblickte, wurde mir klar, daß ich einen riesigen Fehler begangen hatte, als ich mich entschied herzukommen. So ein erbärmlicher, abstoßender Ort! Vollkommen unzivilisiert! Schnell dämmerte mir, daß ... was ich verbrochen hatte, war nicht wirklich schlimm gewesen, und möglicherweise war das Imperium daran interessiert, meine Loyalität zurückzugewinnen. Ich konnte schließlich eine Menge für sie tun. Gegen einen angemessenen Preis versteht sich. Es war gar nicht schwierig, mit dem Imperium in Kontakt zu treten. Auch damals nicht. Und das Imperium reagierte schnell, als es mein Potential erkannte. Ich habe im Laufe der Jahre ziemlich viel für sie getan, und es geht sogar das Gerücht, daß ich für meine Dienste mit einer Medaille ausgezeichnet werden soll.«

»Niemand zeichnet Verräter mit Medaillen aus, nicht einmal das Imperium«, erwiderte Donald.

Der Blutfalk zuckte unbeeindruckt die Schultern. »Mag sein, mag nicht sein. Aber mit der Unterstützung des Imperiums fiel es mir nicht schwer, in den Rat gewählt zu werden. Und von diesem Augenblick an . . .«

»Ja«, unterbrach Donald. »Jetzt ergibt allmählich alles einen Sinn. Kein Wunder, daß wir nie imstande waren, irgend etwas vor dem Imperium geheimzuhalten.«

»Genau«, stimmte der Blutfalk zu. »Wißt Ihr, eigentlich solltet Ihr Euch wirklich ergeben. Schließlich halte ich Euer Leben in meiner Hand.«

»Sagt das noch mal«, entgegnete Donald. »Ich glaube, ich habe Euch nicht richtig verstanden.«

Der Blutfalk grinste. »Mein lieber Donald, während wir hier miteinander sprechen, versammelt sich die Imperiale Flotte im Orbit von *Nebelwelt*.«

»*Was*?« Vertue blickte entsetzt zu dem Blutfalk. »Ihr habt nie ein Wort darüber verloren, daß die Imperiale Flotte hier auftauchen würde! Ihr habt kein einziges verdammtes Wort über die Flotte verloren!«

»Haltet bitte endlich den Mund, Leon. Es war nicht nötig, Euch darüber zu informieren. Und jetzt, mein lieber Donald, dauert es nur noch ein paar Stunden, bis die Flotte ihren Orbit verkleinert und den Planeten sengt. Alles Leben wird vernichtet werden, genau wie auf *Tannim*. Eure einzige Hoffnung zu überleben besteht darin, daß Ihr Euch ergebt und meiner Gnade ausliefert. Ich weiß, was Ihr sagen wollt, mein lieber Donald, aber ich fürchte, Ihr irrt Euch. Bald schon wird auch der letzte Esper von *Nebelhafen* tot sein, und ohne den psionischen Schild ist diese Welt schutzlos.«

»Die Disruptorkanonen . . .«

»Sind nicht in Betrieb, genausowenig wie die Energieschilde, dank meiner diskreten Sabotage. Inzwischen müßte Raumhafendirektor Stahl herausgefunden haben, daß seine kostbaren Lektronen ihm nicht mehr gehorchen. Es ist wirklich sehr erstaunlich, was man mit einem einzigen sorgfältig programmierten Speicherkristall am richtigen Ort alles erreichen kann, nicht wahr? Erinnert Ihr Euch, wie ich den Rat überzeugt habe, daß unsere Verteidigungslektronen einen neuen Speicherkristall benötigt?«

Donald funkelte den Blutfalk eine Weile schweigend an. »Seit wann habt Ihr das alles geplant?«

»Schon seit Jahren«, erwiderte der Blutfalk. »Abgesehen von einigen kleinen Pannen denke ich, daß die Sache hervorragend gelaufen ist, findet Ihr nicht auch?«

»Wer seid Ihr?« meldete sich Leon Vertue plötzlich zu Wort und starrte die schweigende, verhüllte Gestalt Madeleine Skyes an, die neben Donald wartete. »Warum seht Ihr mich so an?«

»Ihr wißt, wer ich bin«, erwiderte Madeleine. Sie warf die Kapuze in den Nacken, und Vertues Gesicht wurde kreidebleich. Seine Augen drohten aus den Höhlen zu quellen. Er sah aus wie ein gefangenes Tier. »Ihr und ich, wir haben noch eine Rechnung offen, Leon Vertue.«

»Ihr seid tot!« kreischte Vertue. »Schwarzpeter hat Euch getötet, und ich selbst habe Euren Leichnam in den Wiedergewinnungstank gelegt! Ich habe selbst gesehen, wie die Klingen und Sägen Euren Körper zerlegten!«

»Nein, Ihr irrt Euch«, sagte Madeleine leise. »Unglücklicherweise hat Euer verdammter Söldner einen Fehler begangen. Er kam in mein Büro, während ich unterwegs war. Die einzige Frau, die er antraf, war meine kleine Schwester Jessica. Sie war gekommen, um mir einen Überraschungsbesuch abzustatten. Die Leute sagen alle, daß sie mir sehr ähnlich sieht. Euer verdammter Söldner stach sie kaltblütig nieder und brachte sie zu Euch und Euren Wiedergewinnungstanks. Ihr habt meinen vorgeblichen Tod benutzt, um Jamie Royal dazu zu zwingen, für Euch zu

247

arbeiten. Der arme Jamie war sehr tapfer ohne mich als Rückendeckung. Ich fand ziemlich schnell heraus, was passiert sein mußte, und ich beschloß, tot zu bleiben, bis mir die ganze Tragweite Eurer finsteren Machenschaften klargeworden war. Ich wußte von Anfang an, daß jemand hinter Euch stecken mußte, Vertue. Und die ganze Angelegenheit stank verdächtig nach Imperium. Ich konnte nicht einmal Jamie verraten, daß ich noch am Leben war. Ich mußte zuerst herausfinden, auf wessen Seite er stand. Und als ich es herausgefunden hatte, da war es zu spät. Jamie war tot. Ich hatte nicht einmal Gelegenheit, ihm zu sagen, wie sehr ich ihn geliebt habe.«

»Ihr könnt mir keine Schuld an seinem Tod geben«, schrie Vertue. »Das war alles die Idee des Blutfalk. Er hat den Befehl gegeben! Ich habe ihn nur an Schwarzpeter weitergeleitet.«

Der Blutfalk hob eine Augenbraue. »Selbstverständlich lügt er.«

»Selbstverständlich«, sagte Skye. »Aber andererseits würdet Ihr beide das Blaue vom Himmel herablügen, um Eure Haut zu retten, nicht wahr?«

»Ich habe Geld!« kreischte Vertue. »Jede Menge Geld! Ich gebe Euch die Hälfte davon, wenn Ihr mich laufen laßt.«

»Ihr habt meine Schwester Euren blutigen Messern übergeben«, erwiderte Madeleine kalt. »Und es gibt im gesamten Imperium nicht genügend Geld, um das aufzuwiegen, was Ihr mit meinem armen Jamie getan habt.«

Vertue sah in Madeleines kalte, grüne Augen und erblickte sein Todesurteil.

Er wimmerte leise. Dann warf er sich verzweifelt nach vorn, um den Disruptor zu packen, der auf dem Wiedergewinnungstank lag. Skyes Schwert blitzte in einem silbern flimmernden Bogen auf und nieder und durchtrennte Vertues Handgelenk. Er hatte gerade noch genug Zeit zu einem Schrei, dann taumelte er röchelnd zurück. Donalds Messer hatte seine Kehle durchbohrt. Blut spritzte durch die kalte Luft, und Vertue sank sterbend zu Boden. Donald und Madeleine drehten sich rasch nach dem Blutfalk um und erstarrten, als sie den kleinen Disruptor in seiner Hand erblickten.

»Ihr habt doch nicht wirklich geglaubt, daß nur er eine Waffe besitzt, oder etwa doch?« fragte der Blutfalk spöttisch. »Bitte seid so freundlich und legt Euer Schwert zur Seite, Madeleine. Ich versichere Euch, Ihr habt nicht die geringste Chance, es gegen mich zu benutzen.«

Skye steckte die Klinge in die Lederscheide und achtete vorsichtig darauf, keine rasche Bewegung zu machen.

»Sehr schön, Madeleine. Und nun schnallt bitte beide Eure Waffengurte ab und laßt sie zu Boden fallen.«

Donald und Madeleine taten, wie ihnen geheißen. Die Schwerter in den ledernen Scheiden erzeugten einen dumpfen, hoffnungslosen Klang, als sie zu Boden schepperten. Der Blutfalk gestikulierte Skye und Royal, von dem Wiedergewinnungstank zurückzutreten, und sie folgten seiner Aufforderung. Dann warf er einen Blick auf Vertues Disruptor am Boden und trat ihn außer Reichweite.

»Das war ein hübsches Kunststück, Donald«, sagte er anerkennend. »Ein direkter Treffer in die Halsschlagader, aus einer sehr schwierigen Position heraus.«

»So gut war es auch wieder nicht«, brummte Donald. »Ich habe auf sein Auge gezielt.«

»Der gute Donald, bescheiden wie immer! Ihr werdet sicher einsehen, daß ich keinen von Euch beiden am Leben lassen darf. Ihr wißt zu viel. Soweit es alle anderen betrifft, gelte ich als vermißt, wahrscheinlich tot, und ich beabsichtige allen Ernstes, nichts an diesem Zustand zu ändern, bis ich diesen stinkenden Planeten verlassen habe und in Sicherheit bin. Macht die Sache nicht noch komplizierter, als sie ohnehin schon ist. Tragt es mit Fassung, und ich verspreche Euch einen raschen und sauberen Tod.«

»Wie bei Eileen Dunkelstrøm?« fragte Donald unvermittelt.

»Genau.«

»Bastard!«

»Also wirklich, Donald!«

»Sie hat Euch geliebt!«

»Sie war nützlich.«

Donald starrte den Blutfalk wütend an. »Wir sind zu zweit, und Ihr seid allein. Schießt auf mich, und Madeleine Skye wird Euch erwischen, bevor Eure Waffe sich wieder aufladen kann.«

»Ziemlich wahrscheinlich«, gestand der Blutfalk. »Aber sie wird nicht Euer Leben riskieren wollen, nicht mehr jedenfalls, als Ihr bereit seid, Madeleines Leben aufs Spiel zu setzen. Und keiner von Euch beiden ist verzweifelt genug, sein eigenes Leben wegzuwerfen, nur damit der andere eine Gelegenheit hat, mich zu erwischen. Nein, Ihr macht einfach das, was ich Euch sage, und Ihr hofft während der ganzen Zeit, daß ich einen Fehler begehe und Ihr die Chance erhaltet, den Spieß umzudrehen. Dort drüben in der Ecke findet Ihr ein paar Stricke, Donald. Seid so gut und schafft sie herbei. Und denkt nicht einmal daran, etwas Heldenhaftes zu versuchen, oder ich töte Madeleine.«

»Stricke«, sagte Donald, ohne sich zu bewegen.

»Jawohl, Stricke«, erwiderte der Blutfalk. »Ihr werdet Madeleine damit fesseln, und dann werde ich Euch fesseln. Anschließend kann ich Euch beide ohne besondere Eile erschießen. Und jetzt tut mir den Gefallen, Donald, und haltet endlich die Klappe. Ich habe wirklich nicht die Zeit, Euch so langsam zu töten, wie ich es gerne tun würde, aber liefert mir nur den kleinsten Vorwand, und ich schwöre, ich nehme mir die Zeit. Ich hasse Euch, alter Mann. Ich habe Euch von Anfang an gehaßt. Wenn Ihr und Euer verdammtes Vorbild nicht gewesen wärt, dann hätten wir *Nebelhafen* schon vor Jahren auseinandergenommen, und ich wäre längst weg von diesem elenden Drecksloch von Planeten. Immer und immer wieder setzte ich neue Verschwörungen in Gang, und immer und immer wieder habt Ihr mir einen Strich durch die Rechnung gemacht. Ihr habt dafür gesorgt, daß der Rat unbestechlich blieb. Ihr habt die Korruption bei den Stadtwachen bekämpft. Ihr allein seid daran schuld, daß ich all die Jahre hier auf *Nebelwelt* festgesessen habe!«

Der Blutfalk setzte sich mit wutverzerrtem Gesicht in Donalds Richtung in Bewegung. Die Waffe in seiner Hand zitterte, so intensiv waren seine Emotionen. Und genau in diesem Augenblick, während die ganze Aufmerksamkeit des Blutfalk auf Donald Royal gerichtet war, zog Madeleine Skye den Disruptor aus der Tasche, den sie der toten Sekretärin im Empfangsbüro von Doktor Leon Vertue abgenommen hatte. Der Blutfalk bemerkte die Bewegung aus den Augenwinkeln und wollte herumwirbeln, doch Donald machte einen Schritt nach vorn und hämmerte dem Grafen die Faust mit einem wilden Schwinger ans Kinn. Er hatte all seine Kraft in den Schlag gelegt, und der Blutfalk stolperte benommen zurück. Die Waffe in seiner Hand schwankte wild hin und her. Skye zielte in aller Seelenruhe und schoß dem Blutfalk durchs Herz. Der sengende Energiestrahl warf den Verräter gegen den Wiedergewinnungstank, wo er einen Augenblick mit weit ausgebreiteten Armen und gespreizten Beinen ungläubig stehenblieb, bevor er leblos zu Boden krachte.

Skye musterte die Leiche verächtlich, dann steckte sie die Waffe wieder ein. »Das war für dich, Jamie«, flüsterte sie leise. Sie drehte sich zu Donald um, der mit schmerzverzogenem Gesicht seine linke Hand hielt. »Alles in Ordnung, Donald?«

»Ich schätze, ich habe mir jeden einzelnen Knochen in meiner Hand gebrochen.«

Madeleine lachte.

»Mein strahlender Held! Kommt schon, Donald. So schlimm kann es nicht sein, wenn Ihr Eure Finger noch bewegen könnt.«

Donald schniefte, aber dann mußte er grinsen. »Wir waren am Ende gar nicht schlecht, was?«

»Nein, überhaupt nicht. Wir waren sogar verdammt gut.« Madeleine unterbrach sich und blickte Donald listig an. »Donald – was haltet Ihr davon, wenn wir daraus eine permanente Sache machen? Ich könnte einen Partner wie Euch gebrauchen.«

Donald erwiderte den Blick. »Macht Ihr Witze? In meinem Alter?«

»Ich sagte Partner, nicht Ehemann. Wir passen ganz hervorragend zusammen. Meine Geschicklichkeit, Eure Erfahrung. Es ist eine natürliche Ergänzung.«

Donald dachte über Madeleines Worte nach. Plötzlich grinste er. »Ach, zur Hölle! Ich habe mich im Rat sowieso nur gelangweilt!«

Sie strahlten sich an. Donald streckte die Hand aus, und Madeleine schüttelte sie mit festem Griff.

»Und was jetzt?« fragte sie.

»Nun, ich schätze, wir sollten zusehen, daß wir schnellstmöglich zum Kontrollturm kommen und feststellen, ob der verdammte Bastard die Wahrheit über die Imperiale Flotte gesagt hat. Ich habe so ein dummes Gefühl, als wüßten wir nicht einmal die Hälfte von dem, was wirklich vorgeht.«

KAPITEL 18
LIEDER IN DER NACHT

Bei so vielen Wachsoldaten in den Straßen beschlossen die meisten Diebe, daß Vorsicht besser war als Nachsicht und zogen sich für eine Weile aus ihrem Geschäft zurück. Seit den frühen Morgenstunden waren die Patrouillen ohne Pause unterwegs, und sie wurden zunehmend müder und leichter reizbar. Sie nahmen alles und jeden schon auf den geringfügigsten Verdacht hin in Gewahrsam, nur um für eine Weile von der Straße und aus der Kälte zu kommen. Und so blieben die Diebe eben zu Hause und warteten auf bessere Zeiten.

Alle. Mit Ausnahme der Dachläufer.

Hoch oben auf einem wettergegerbten Giebel, wie ein geisterhafter Gargoyle, stützte Katze das Kinn auf seinen weißen Handschuh und seufzte leise vor sich hin. Drei Tage waren seit der unglücklichen Geschichte am Galgenbaumtor-Friedhof vergangen, und Cyder ärgerte sich noch immer, daß Katze ohne Sternlichts Beute zurückgekehrt war.

Katze war in solcher Panik vom Friedhof geflüchtet, daß

er sogar vergessen hatte, den Disruptor des Kapitäns mitzunehmen. Solche Waffen waren extrem selten auf *Nebelwelt* und aus diesem Grund sehr kostbar. Cyder hatte ihm deswegen die Hölle heiß gemacht.

Ihre Stimmung war heute noch genauso mies wie gestern oder vorgestern, und so hatte Katze beschlossen, sich lieber für eine Weile auf die Dächer zurückzuziehen, bis Cyder sich wieder ein wenig beruhigt hatte und nicht mehr mit Gegenständen nach ihm warf.

Eine plötzliche Bewegung erregte Katzes Aufmerksamkeit, und er spähte interessiert nach unten in den Nebel auf der Straße. Eine Patrouille der Stadtwachen durchsuchte halbherzig einen müllübersäten Hinterhof, während ihr Anführer über Funk Bericht erstattete.

Investigator Topas verlagerte ihr Gewicht von einem vor Kälte tauben Bein auf das andere und wickelte sich fester in den schweren Umhang, während sie darauf wartete, daß das Kommandozentrum ihren Anruf zu Direktor Stahls Wohnung umleitete. *Typisch*, dachte sie säuerlich. *Meine Leute riskieren hier draußen eine Lungenentzündung, und er sitzt zu Hause mit den Füßen vor einem hübschen warmen Feuer in seinem Kamin. Es gibt einfach keine Gerechtigkeit mehr auf der Welt. Oder jedenfalls keine, mit der wir zu leben lernen könnten.* Topas starrte in den umgebenden Nebel, der sich allmählich aufzulösen schien. Ein schwacher Wind war aufgekommen, der den Dunst vertrieb, aber er machte die Kälte nur noch bitterer. Selbst ihr Investigator-Training bewahrte Topas nicht mehr davor, nach und nach entsetzlich zu frieren. *Anscheinend werde ich weich*, dachte sie. *Ich schätze, ich brauche mal wieder acht Stunden Schlaf an einem Stück.* Traurig schüttelte sie den Kopf und blickte auf die Komm-Einheit in ihrer Hand, als statisches Rauschen aus dem Lautsprecher tönte.

»Ja, Investigator?«

»Sektor Vier ist klar, Direktor. Keine Spur von der Sirene. Habt ihr irgendwelche Neuigkeiten?«

»Ein paar Leute wollen sie gesehen haben, aber bisher nichts Definitives. Die zwölf Esper, die ich für die Suche nach Marie abgestellt habe, scheinen sie gefunden zu haben.

Sie sind alle tot. Ich wage nicht, das Risiko noch einmal einzugehen.«

Topas fluchte lautlos in sich hinein, um ihre Männer nicht zu erschrecken. Im Augenblick waren schlechte Nachrichten der letzte Tropfen, der noch fehlte, um das Faß endgültig zum Überlaufen zu bringen und ihnen auch noch den letzten Mut zu rauben. »Was ist mit der Imperialen Flotte? Hat sie sich dem Schild genähert?«

»Nein. Sie kreist noch immer in einem hohen Orbit und wartet ab. Aber wir haben möglicherweise ein paar neue Informationen über die Sirene. Eines der ersten Opfer nach der Geschichte in der Schwarzdorn-Taverne war Kapitän Sternlicht. Es gibt einige Hinweise, die darauf schließen lassen, daß sie ihn mit voller Absicht gejagt hat.«

»Hinweise?«

»Ich ... ich habe Sternlicht überwachen lassen. Ich hatte den Verdacht, daß er versuchen könnte, Wertsachen von Bord der *Höllenfeuer* zu schmuggeln. Die meisten meiner Leute verloren zusammen mit Sternlicht den Verstand, doch einer von ihnen kam vorzeitig zurück. Aber erst jetzt ergibt sein Bericht einen Sinn .. jedenfalls scheint es, daß Marie dachte, Sternlicht hätte etwas von ihr. Etwas, das sie von *Tannim* nach hier geschmuggelt hat, und sie wollte es unbedingt zurückhaben. Unter Sternlichts persönlichen Sachen fanden wir einen blauen Saphir, den er offensichtlich einem der Flüchtlinge abgenommen hat. Saphire werden immer seltener im Imperium, und auf *Tannim* waren sie beinahe unbezahlbar.«

»Und wer hat den Saphir jetzt?«

Ein fettes Kichern war die Antwort.

»Ach ja, natürlich. Ich hätte es wissen müssen, Direktor.«

»Eigentlich ja. Mir scheint, daß es zwischen der Sirene und dem Saphir eine Verbindung gibt. Ich habe einen Kurier ausgesandt, der den Stein in die Labors der Raumhafenbehörde bringt. Vielleicht finden sie dort etwas. Für mich sieht er aus wie jeder andere Edelstein auch. Egal. Ich erwarte den Bericht des Labors irgendwann heute nachmittag. Vorausgesetzt natürlich, wir leben dann noch.«

»Sehr schön. Laßt mich wissen, wenn die Ergebnisse eintreffen.«

»Selbstverständlich. Topas . . .?«

»Ja, Direktor?«

»Donald Royal hat sich im Kontrollturm gemeldet. Ich
sprach gerade mit ihm, als Ihr anrieft. Wie es scheint, ist
Leon Vertue tot. Er starb bei dem Versuch, Donald zu
erschießen.«

»Ich verstehe.«

»Ich zweifle nicht daran, daß Donald uns später alle Einzelheiten erzählen wird. Ich dachte nur, Ihr würdet gerne
vorab Bescheid wissen.«

»Ja. Danke, Stahl. Ich gehe jetzt mit meinen Leuten zu Sektor Fünf. Topas Ende.«

»Stahl Ende.«

Topas schob die Komm-Einheit zurück in die Tasche und
rief ihre Patrouille zusammen. Die Wachmänner kamen aus
einem Hinterhof und schüttelten die Köpfe, während sie
stinkende Abfälle von ihren Uniformen klopften. Topas
nahm die Berichte entgegen und führte ihre Leute durch den
Nebel davon.

Von seinem Aussichtsplatz auf dem Dach blickte Katze
den sich entfernenden Soldaten hinterher und kratzte sich
nachdenklich an seiner narbigen Wange. Was er von Topas'
Lippen hatte ablesen können, ärgerte und beunruhigte ihn
gleichermaßen. Das Imperium hatte seit mehr als zweihundert Jahren keinen direkten Angriff mehr auf die *Nebelwelt*
gestartet – nicht mehr, seit die Flotte zum ersten Mal Kontakt mit dem psionischen Schild gehabt hatte – aber jetzt
schien es, als sei sie zurückgekommen . . . Katze kaute
besorgt auf der Unterlippe und verzog das Gesicht. Er
würde besser losgehen und Cyder die Neuigkeiten bringen
– und abwarten, was sie daraus machen würde. Wenn schon
nichts anderes, dann würde es sie vielleicht davon ablenken,
daß ihr Sternlichts Schatz entgangen war.

Leise trottete der Dachläufer über die schneebedeckten
Dächer von dannen. Als er im aufsteigenden Nebel verschwunden war, trat eine große blonde Frau mit abwesen-

dem Blick aus ihrem Versteck unten in dem Hinterhof, den die Soldaten kurz zuvor durchsucht hatten. Eine Zeitlang hatte sie geglaubt, sie würden sie entdecken, aber die Wachleute hatten sich nicht sonderlich viel Mühe gegeben. Genaugenommen hatten sie einfach nicht tief genug im Abfall gewühlt. Der Müll war kein angenehmes Versteck gewesen, aber Marie hatte sich schon an schlimmeren Orten verborgen. Alles war besser, als gefunden und wieder an das Imperium ausgeliefert zu werden. Topas' Unterhaltung war sehr aufschlußreich gewesen. Der Raumhafendirektor hatte also jetzt ihren Saphir; doch er plante, ihn jemand anderem zu überlassen. Das gefiel Marie überhaupt nicht. Sie mußte Stahl unbedingt vorher aufstöbern und ihn dazu bringen, ihr den Saphir zurückzugeben. Diese Frau – Topas –, sie wußte, wo Stahl zu finden war. Marie setzte sich ohne Zögern in Bewegung und folgte Investigator Topas und ihrer Patrouille durch den wieder dichter werdenden Nebel.

Selbst die besten Programme können abgelenkt werden.

Katze hing kopfüber von der Dachrinne des Schwarzdorn herab und runzelte überrascht die Stirn, als er bemerkte, daß die Läden des Dachfensters leicht geöffnet waren. Es sah Cyder überhaupt nicht ähnlich, sich so sorglos zu verhalten. Der Dachläufer zog die Läden ganz auf, packte die stählernen Griffe über dem Fenster und schwang sich in die Dachkammer.

Nur eine einzige Öllampe brannte, und die Luft im Zimmer war kalt. Katze zog die Läden zu und verriegelte sie sorgfältig. Cyder saß vor dem Kamin in einem Sessel und starrte müde in die züngelnden Flammen. Sie wirkte erschöpft und bitter und ein klein wenig verloren. Es gab kein Diebesgut, das sie mit Profit hätte an den Mann bringen können, und der Schwarzdorn war noch immer geschlossen. Cyder hatte hart gearbeitet und repariert, was zu reparieren gewesen war, aber es gab eine Grenze, und sie stand ziemlich dicht davor. In *Nebelhafen* war Armut ein Verbrechen, das nicht selten mit dem Tod in den kalten, unbarmherzigen

Straßen bestraft wurde. Katze verzog das Gesicht zu einer Grimasse. Er war und blieb ein Dachläufer, und ein guter Einbrecher konnte immer sein Geld verdienen. Auf die eine oder andere Weise jedenfalls.

Cyder wandte den Kopf, als sie hörte, wie Katze sich näherte. Sie schenkte ihm ein warmes Lächeln, doch ihre Augen schienen abwesend und blickten in weite Fernen. Sie stand auf, um ihn zu begrüßen, und Katze schlang seine Arme um ihre Hüften. Einen Augenblick lehnte sie sich gegen ihn, froh, einfach nur gehalten zu werden und sich geborgen zu fühlen; doch dann schob sie ihn von sich, und ihr Gesicht nahm wieder den üblichen, kontrollierten Ausdruck an. Cyder grinste, als sie Katzes enttäuschte Miene bemerkte, und küßte ihn warm.

»Wurde allmählich auch Zeit, daß du zurückkommst. Wo hast du bloß so lange gesteckt?«

Katze erklärte in seiner umständlichen Zeichensprache, was er von der Anführerin der Patrouille erfahren hatte. Ihn verwirrte Cyders eigenartige Ruhe, während sie seine Finger beobachtete. Sie wirkte beinahe geistesabwesend. Als Katze geendet hatte, küßte ihn Cyder erneut und eilte zum Spiegel, um ihr Make-up und ihre Frisur zu überprüfen. Katze beobachtete das Spiegelbild ihrer Lippen, als sie schließlich zu sprechen begann.

»Mach dir keine Gedanken wegen der Imperialen Flotte, mein Lieber. Solange der Esperschild hält, können sie uns nichts tun. Und wegen dieser Seuchenüberträgerin – ich weiß, daß der Preis auf ihren Kopf verlockend hoch ist, aber wir sind nur einfache Diebe und keine Kopfgeldjäger. Überlaß solche Dinge lieber Leuten, die etwas davon verstehen. In Ordnung?«

Katze nickte zögernd.

»Gut. Und jetzt habe ich Arbeit für dich. Ich werde mich mit Raumhafendirektor Stahl treffen.«

Katze hob fragend eine Augenbraue, und Cyder mußte lachen.

»Mach dir keine Sorgen, mein Liebling. Stahl und ich sind schon früher hin und wieder ins Geschäft gekommen. Er hat erst kürzlich einen ziemlich wertvollen Saphir erstanden, und ich habe einen Käufer für das Objekt. Ich hatte eine Verabredung mit Stahl, um ihm den Stein abzukaufen, aber als ich ihn vor einer Stunde anrief, brach er unsere Vereinbarung und weigerte sich, mir das Juwel zu verkaufen, egal zu welchem Preis. Er war recht kurz angebunden, und das können wir uns doch nicht gefallen lassen, oder? Ich muß dieses Geschäft machen, Süßer. Der Gewinn beim Weiterverkauf hätte uns aus dem größten Teil unserer gegenwärtigen Schwierigkeiten geholfen. Und jetzt stehen wir mit nichts in den Händen da, und alles ist seine Schuld. Also lade ich mich selbst zum Essen bei ihm ein. Es sollte nicht so schwer fallen; der dicke Gideon liebt es, seine kulinarischen Fähigkeiten unter Beweis zu stellen, und wir genießen für gewöhnlich unsere gegenseitige Gesellschaft. Und das ist der Punkt, an dem du ins Spiel kommst, mein Lieber. Während ich ihn ablenke, wirst du in seine Wohnung eindringen und den Saphir stehlen.«

Katze lächelte höflich. Er wäre besser auf dem Dach geblieben.

»Ich wußte, daß dir der Plan gefallen würde«, sagte Cyder.

Nebel erfüllte die schmalen Gassen, während Topas ungeduldig darauf wartete, daß ihre Leute wieder zu ihr stießen. Der Dunst ließ einen feuchten Schleier auf ihren Haaren und ihrem Umhang zurück. Die Sicht war erbärmlich, und die hohen steinernen Wände ringsum waren nur wenig mehr als graue Schatten.

Das Licht einer vereinzelten Straßenlaterne kämpfte tapfer gegen den alles verschleiernden Dunst, ein kleiner Lichtkreis in einem endlosen Meer aus Grau. Wenigstens hatte der Schneefall aufgehört.

Vertue war tot. Topas lächelte zögernd. Sein Tod hatte ihren Rachefeldzug beendet. Sie hätte ihn lieber eigenhändig getötet, aber das spielte keine so große Rolle. Es reichte, daß er tot war. Investigator Topas fühlte sich, als wäre ihr eine große Last von den Schultern genommen worden, und doch . . .

Was fange ich jetzt an? Ich brauche etwas in meinem Leben, auf das ich mich . . . konzentrieren kann. Etwas, das mir einen Sinn gibt.

Lange Zeit hatte Michael diese Rolle innegehabt. Dann war es die Rache gewesen. Und jetzt? Was? Topas runzelte die Stirn. Sie war jetzt Kommandantin der Stadtwachen. Michael hätte sich köstlich amüsiert, aber Topas hatte bereits früher Trost bei den Wachen gefunden. Sie hatten sie gleich von Anfang an akzeptiert, trotz allem, was sie gewesen war und in der Vergangenheit getan hatte. Vielleicht konnte sie *Nebelwelt* durch ihre Aufgabe bei den Wachen etwas von dem zurückzahlen, was sie dem Planeten schuldete, weil er ihr eine Zuflucht vor dem Imperium geboten hatte.

Langsame Schritte durchbrachen die umgebende Stille, und Topas blickte sich um. Ihre Männer würden sich um einiges schneller bewegen müssen, wenn sie noch vor Einbruch der Nacht mit ihrer Suche in diesem Sektor fertig sein wollten. Dann fiel ihr auf, daß es nur eine einzelne Person sein konnte, deren Schritte sich da näherten, und sie runzelte nachdenklich die Stirn. Das harsche, knirschende Geräusch der Stiefel drang klar und deutlich durch den grauen Dunst. Topas wandte sich zu dem Geräusch um, während ihre Rechte automatisch auf den Griff des Disruptors an ihrer Hüfte fiel.

Langsam schälte sich die Gestalt der Typhus-Marie aus dem Nebel. Sie war in einen schmutzigen, flickenübersäten Umhang gehüllt, doch das hagere Gesicht und die schlanken Hände waren der Kälte schutzlos ausgesetzt und zeigten unübersehbar Anzeichen von Erfrierungen. Die Frau lächelte, und ihre Augen blitzten. Topas wußte augenblicklich, wen sie vor sich hatte. Sirenen konnten sich nicht voreinander verbergen. Topas sah die Macht, die in ihrem Gegenüber brannte wie eine alles verzehrende Flamme, und sie spürte, wie ihr Mund austrocknete. Solange sie sich zurückerinnern konnte, war sie immer die stärkste Sirene des gesamten Imperiums gewesen, aber jetzt wußte sie mit

Sicherheit, daß das nicht mehr zutraf. Selbst durch Topas'
Abschirmung hindurch strahlte Maries Verstand hell wie
eine Sonne. Tief im Bewußtsein der anderen erblickte Topas
die Arbeit des Imperiums: eine dunkle, barbarische Konditionierung, die Maries Gedanken durchdrang wie Maden
einen herabgefallenen Apfel.

Topas blickte den Weg zurück, auf dem sie gekommen
war, aber außer Nebel war nichts zu sehen. Und selbst wenn
ihre Patrouille rechtzeitig bei ihr wäre, sie könnte nichts tun.
Kalter Stahl half nicht gegen das Lied einer Sirene. Topas
wußte, daß sie auf sich ganz allein gestellt war, genau wie
damals, als sie einer ganzen Kompanie von Marineinfanteristen gegenübergestanden hatte und sie mit ihrem Lied
besiegt hatte. Sie konnte die Schreie noch heute hören. Und
jetzt stand die Typhus-Marie vor Investigator Topas und
lächelte sie an. Vorsichtig bewegte Topas ihre Hand von der
Waffe weg. Der Disruptor konnte ihr nicht helfen.

»Marie . . .«

»So heiße ich nicht!«

»Ich kann dir helfen.«

Die große blonde Frau schüttelte langsam den Kopf. Ihr
leichenblasses Gesicht wirkte leer und versteinert. Ihr
Lächeln war nichts als eine hohle Grimasse, und das Funkeln in ihren Augen war kalt und tödlich. »Ich dachte
immer, zumindest *Nebelwelt* wäre frei von Kopfgeldjägern.
Spar dir deinen Atem, Investigator. Ich werde nicht zulassen, daß das Imperium mich wieder in seine Fänge
bekommt.«

»Ich bin keine Kopfgeldjägerin. Ich will dir einfach nur
helfen!«

Marie lachte rauh. »Ich erkenne deinen Umhang, Investigator. Ich kenne deinesgleichen. Ich weiß, was ihr seid, und
ich weiß, was ihr macht. Ihr seid genauso unmenschlich wie
die Fremdrassigen, mit denen ihr euch abgebt. Du willst
mich an das Imperium ausliefern.«

»Hör mir zu, Marie«, sagte Topas beschwörend und trat
einen Schritt vor.

Marie öffnete den Mund und sang.

Die Straßenlaterne zersprang. Topas wankte stolpernd zurück, als das Lied der Sirene über ihrem Bewußtsein zusammenschlug, und sie erhob die eigene Stimme, um sich zu verteidigen. Die beiden Sirenen standen sich regungslos von Angesicht zu Angesicht gegenüber, während die schiere Macht ihrer vereinigten Lieder den Schnee und den Nebel ringsumher zu einem langsamen, trüben Mahlstrom aufwirbelte. Die beiden Bewußtseine prallten mit unbarmherziger Härte aufeinander, und keine der Frauen wich auch nur einen Zentimeter zurück. Aber Topas erkannte, daß die andere nur einen Bruchteil ihrer Macht einsetzte, und sie spürte, wie langsam Furcht in ihr emporzukriechen begann. Sie rief all ihre Kräfte zusammen. Wenn sie jetzt verlor, dann würde ganz *Nebelwelt* mit in den Untergang gesogen. Topas griff tief in ihr Unterbewußtsein und aktivierte Energien, die sie nie wieder zu benutzen geschworen hatte. *Fünfhundert schreiende Menschen, die Augen so unendlich dunkel und leer.* Topas beschwor all ihre Kräfte und ließ sie in ihr Lied einfließen. Sie fokussierte all ihre Macht auf Marie, aber die hagere blonde Frau zuckte nicht einmal zusammen.

Im Gegenzug brach das Lied der Typhus-Marie über Topas herein und überwand mühelos all ihre Verteidigung. Topas' Abschirmung brach einfach zusammen, und Maries Lied rauschte durch den Verstand des Investigators, während sie erbarmungslos nach der Information suchte, die sie so sehr benötigte. Es dauerte nur wenige Augenblicke, und Maries Lied erhob sich zu einem triumphierenden Geheul. Sie hatte endlich entdeckt, wo ihr kostbarer Saphir zu finden war. Topas brach wie vom Blitz getroffen zusammen. Sie spürte den Aufprall auf den hart gefrorenen Boden nicht mehr.

Marie verstummte und stand nachdenklich über dem reglosen Körper von Investigator Topas. Der aufgewirbelte Schnee sank allmählich auf die Erde zurück, und auch der Nebel beruhigte sich nach und nach. Vorfreude stieg in Marie auf, als sie daran dachte, daß sie ihren heiß ersehnten Saphir bald wieder in den Händen halten würde. Aber da war auch eine dunkle, leise Stimme, die in ihrem Hinterkopf auf sie einredete. Die Stimme war schon so lange bei Marie, daß sie sich kaum noch daran erinnerte, wie das Leben vorher ausgesehen hatte. Die Stimme hatte ihr gesagt, wo sie nach ihrem Saphir suchen und wie sie sich ihrem Ziel annähern mußte, und was sie zu tun hatte, wenn die Menschen sie belogen. Jetzt verriet ihr die Stimme, wo das Kontrollzentrum *Nebelhafens* zu finden war. Sie verriet Marie, daß dort eine Menge Esper versammelt waren, die alle auf sie warteten. Darauf warteten, daß sie ihnen vorsang. Marie freute sich darauf, für die Esper zu singen, aber ihre Sehnsucht nach dem Saphir war noch größer. Sie zögerte verwirrt, hin und her gerissen zwischen den beiden widersprüchlichen Polen ihrer Konditionierung; doch dann lächelte sie und entspannte sich ein wenig, als ihr die Lösung einfiel. Zuerst würde sie sich auf den Weg zu Stahls Wohnung machen und ihren Saphir zurückverlangen. Und dann, wenn Marie ihren ersehnten Saphir endlich wieder in ihrem Besitz hatte, würde sie zum Kommandozentrum gehen und für die Esper singen. Marie lächelte fröhlich, als sie durch den wabernden Dunst davonstapfte, und ihre Augen blickten sehr, sehr dunkel.

Das Programm der Typhus-Marie näherte sich seinem Ende.

KAPITEL 19
EIN LETZTES OPFER

Katze kauerte sich unbehaglich auf dem flachen Asphaltdach des Gebäudes gegenüber der Wohnung von Raumhafendirektor Stahl nieder und wartete voller Ungeduld auf das mit Cyder verabredete Signal. Der Direktor lebte mitten im Zentrum des Technikerviertels, einem reichen Wohngebiet voller Hochtechnologie, das Katze aus Vernunftgründen normalerweise mied. Die Gebäude waren meist einfache Betonkästen mit schweren Glasfassaden und stammten noch aus der Zeit der ursprünglichen Imperialen Kolonie. Sie boten keine bequemen Nischen oder Ritzen, in denen Katze Halt gefunden hätte, und sie waren vollgestopft mit Sicherheitseinrichtungen. Aber am schlimmsten war, daß sie alle gleich aussahen, so daß Katze sich immer wieder verirrt hatte. Der Dachläufer blickte mit verzerrtem Gesicht in den dichten Nebel und dachte mit Freuden daran, daß seine Arbeit hier nicht ewig dauern würde und er anschließend wieder durch sein wohlvertrautes Diebesviertel mit den ziegelgedeckten Dächern und den spitzen Giebeln streifen konnte.

Die Heizelemente in den Handschuhen seines Thermoanzugs versagten schon wieder den Dienst, und Katze klopfte wütend die Fäuste zusammen, um das Blut zurück in seine Gliedmaßen zu treiben. Wenigstens waren der dichte Nebel und der erst kürzlich gefallene Schnee auf seiner Seite. Sie verschafften ihm eine hervorragende Deckung. Endlich einmal verdiente sein weißer Tarnanzug mit Fug und Recht den Namen. Katze starrte hinunter in Stahls Wohnung, aber noch immer war das vereinbarte Signal nicht zu sehen. Er dachte an Cyder und Stahl, die gemütlich vor einem knisternden Kaminfeuer saßen, Glühwein tranken und sich angeregt über das üppige Festmahl unterhielten, das sie im Begriff standen zu genießen. Katzes Magen knurrte laut. Er seufzte resignierend und spähte einmal mehr durch den dichten Nebel zu dem Fenster unter sich.

Stahls Wohnung lag im Erdgeschoß. Sie war warm und gemütlich, und der Boden war mit einer Reihe beeindruckend dicker Teppiche übersät. Teppiche hingen auch an den Wänden, weniger um die Kälte draußen zu halten, als um die eingebildete Kälte der weißen Decken und Wände zu vertreiben. Die Gebäude der Kolonie waren so konstruiert, daß man sie einfach errichten konnte und damit sie die Elemente aus ihrem Innern hielten, aber das war auch schon alles. Und da sie nie für die Ewigkeit gebaut worden waren, spielte es auch keine Rolle, wenn sie dem Auge keinen erfreulichen Anblick boten. Feinheiten und Luxus würden erst später kommen, wenn die Zeit reif dafür war. Es verriet dem Betrachter eine ganze Menge über die bewegte Geschichte der *Nebelwelt*, wenn Gebäude, die ursprünglich nur für eine kurze Übergangszeit errichtet worden waren, nicht nur Hunderte von Jahren später noch immer benutzt wurden, sondern darüber hinaus auch jedem der erst später hinzugekommenen Bauwerke aus Ziegeln vorzuziehen waren.

Stücke von Hochtechnologie und *objets retrouvés* lagen elegant verteilt in Stahls geräumigem Wohnzimmer herum, Seite an Seite mit Statuetten aus Gold, Messing und Silber. Stahl betrachtete sich als Sammler und Liebhaber, obwohl sein Geschmack einfach entsetzlich war. Die verschiedenen Sofas und Sessel waren für sich genommen sicherlich schön, elegant und trotzdem stabil genug, um das Gewicht des dicken Direktors aufzunehmen, aber sie wirkten irgendwie zusammengewürfelt und paßten nicht zueinander. Stahl kümmerte das nicht. Der Direktor war in allererster Linie ein praktischer Mensch.

Das große und einzige Fenster des Raums schimmerte im schwachen Blau von Stahlglas, aber die anderen Sicherheitseinrichtungen des Direktors blieben unauffällig und unsichtbar.

Selbst das Fenster verbarg sich zum größten Teil hinter einem schweren Vorhang.

Cyder ließ sich von Stahl den Umhang abnehmen und schlenderte bewundernd durch das Zimmer, während der Dicke das Kleidungsstück aufhängte. Jedesmal, wenn sie Stahl besuchte, schien er wieder einige neue kostbare Stücke erworben zu haben. Welch eine Schande, daß sie nur des Saphirs wegen gekommen war ...

»Was führt Euch zu mir, Cyder?«

Sie wandte sich langsam um und blickte Stahl in die Augen. Sie wußte, daß sie in ihrem hautengen, rotgoldenen Satinkleid einfach atemberaubend aussah.

»Ich wollte mich mit Euch unterhalten, und Ihr habt nicht auf meine Anrufe geantwortet. Also bin ich persönlich vorbeigekommen. Freut Ihr Euch nicht, mich zu sehen, mein Lieber?«

Stahl grinste plötzlich. »Doch, doch. Ich kann ein wenig Ablenkung gebrauchen. Ich bin gerade dabei, das Abendessen vorzubereiten. Habt Ihr nicht Lust, mir Gesellschaft zu leisten?«

»Seid Ihr sicher, daß es für zwei reicht?«

Stahl kicherte und betätschelte seinen Bauch. »Meine liebe Cyder! Bei mir reicht es immer für zwei!«

»Dann nehme ich Eure Einladung gerne an. Ihr seid schließlich noch immer der beste Koch auf *Nebelhafen*.« Cyder unterbrach sich und musterte Stahl mit fragenden Blicken. »Stimmt etwas nicht, Gideon? Fehlt Euch etwas? Ihr seht so ... müde aus.«

Cyder untertrieb, und beide wußten es. Stahl sah schrecklich aus. Sein Gesicht wirkte eingefallen und grau, und seine Augen waren klein vor Müdigkeit und Erschöpfung. Obwohl er starkes Übergewicht hatte, erweckte Stahl normalerweise eher den Eindruck, leichtfüßig unterwegs zu sein. Aber jetzt schien sein ganzes Gewicht ihn herunterzuziehen, und seine Bewegungen wirkten langsam und schwerfällig.

»Ich hatte einen langen Tag«, antwortete er und lächelte schwach.

»Ich habe gehört, daß sich die Flotte im Orbit sammelt.«

Stahl blickte Cyder überrascht an, dann kicherte er bewundernd. »Wie zur Hölle habt Ihr das schon wieder herausgefunden?«

»Man hat eben so seine Quellen«, erwiderte Cyder und lächelte zurückhaltend.

»Da bin ich sicher«, grinste Stahl. »Aber macht Euch wegen der Flotte keine Sorgen, meine Liebe. Der psionische Schild ist oben und wird sie im Zaum halten. Donald Royal wärmt meinen Sitz im Kontrollturm. Es gibt nichts wirklich Wichtiges für ihn zu tun, aber ... Ach, es tut mir leid, was mit Eurer Taverne geschehen ist. Die Schäden sollen ja ziemlich schlimm sein.«

Cyder zuckte die Schultern. »Eine miserable Geschichte.

Aber wir kommen langsam wieder zurück ins Geschäft. Bevor Ihr Euch verseht, ist der Schwarzdorn schon wieder geöffnet.«

»Aber das wird Euch einen Arm und ein Bein kosten. Habt Ihr denn soviel Geld, Cyder?«

»Selbstverständlich. Ich besitze jede Menge Erspartes, und außerdem habe ich kurzfristig Geld verliehen, mit dessen Rückzahlung ich jeden Tag rechne.«

»Gut. Schön. Nun, am besten, Ihr macht es Euch bequem, während ich mich um das Essen kümmere. Es wird nicht lange dauern.«

Stahl verzog sich in die angrenzende Küche, und Cyder goß sich ein großes Glas aus der beeindruckendsten Kristallkaraffe aus. Sie hätte nicht gedacht, daß es so einfach werden würde. Irgend etwas bereitete Stahl große Sorgen, und das war offensichtlich nicht die Imperiale Flotte. Die Seuchenüberträgerin? Cyder zuckte die Schultern und nahm einen Schluck von ihrem Wein. Hervorragender Jahrgang. Wenn schon sonst nichts, so würde sie Gideon wenigstens einen Abend guter Gespräche schenken und angenehme Gesellschaft leisten. Sie würde ihn zum Lächeln bringen, das war sie ihm schuldig. Schließlich waren sie alte Freunde.

Aber sosehr sie Stahl auch mochte – Geschäft blieb Geschäft. Cyder schlenderte hinüber zum Fenster, schlug den schweren Vorhang zurück und zog eine Stiftlampe aus ihrem weiten Ärmel. Draußen war der Nebel dichter als je zuvor. Cyder schaltete die Lampe ein und bewegte den Lichtstrahl hin und her in der Hoffnung, daß Katze ihr Zeichen sehen konnte. Er sollte keine Schwierigkeiten haben, in die Wohnung einzudringen ... vorausgesetzt, Cyders Informationen über Stahls Sicherheitseinrichtungen waren auf dem aktuellsten Stand. Wenn nicht, würde dies ein äußerst peinlicher Abend werden. Sie schaltete die Lampe wieder aus und schob sie in den Ärmel zurück. Dann blickte sie zur Küchentür, um sich zu versichern, daß Stahl noch immer beschäftigt war, zog den Vorhang in seine alte Position zurück und wandte sich vom Fenster ab. Cyder sah sich im Wohnzimmer um und schätzte in Gedanken den Wert einiger kostbarer Sammlerstücke, bevor sie in Richtung der Küche schlenderte.

Irgend etwas drinnen in der Küche roch köstlich.

Irgend jemand draußen auf der Straße sang laut.

Das Fenster implodierte mit einem Donnerschlag, und Splitter von Stahlglas schossen zusammen mit eisiger Luft in das Zimmer. Cyder wurde zu Boden geschleudert und lag mit ausgebreiteten Armen und Beinen auf den dicken Teppichen. In ihren Ohren klingelte es. Nicht weit von ihr entfernt war ein Glassplitter tief in die Seite eines Stuhls eingedrungen, und weitere Splitter hatten lange Risse in die Teppiche geschlagen. Cyder hob vorsichtig den Kopf. Kleine Rinnsale von Blut rannen an ihrem Gesicht hinab. Sie konnte ihre Beine nicht mehr spüren. Sie zitterte wie Espenlaub wegen der Kälte, und ihr Kopf dröhnte vor Schmerz. Wütend versuchte Cyder sich aufzusetzen, aber ihre Beine wollten ihr einfach nicht gehorchen. Schließlich gelang es ihr, sich auf den Ellbogen zu stützen, und mit zusammengebissenen Zähnen drehte sie den Kopf, um hinter sich zu blicken. Und dort, in dem zersplitterten Fenster, stand eine große Blondine in einem verdreckten, heruntergekommenen Umhang. Die Frau grinste wild, und ihre Augen verrieten den Wahnsinn.

Dichte Nebelschwaden rollten durch das zersprungene Stahlglasfenster in das Wohnzimmer des Direktors. Wenn die Blondine die Kälte spürte, so ließ sie sich jedenfalls nichts anmerken.

Sie musterte Cyder und setzte sich langsam in Bewegung. Cyder versuchte angestrengt sich wegzuschleppen, aber es ging nicht. Blut strömte gleichmäßig an ihrem Gesicht hinab. Die Blondine beugte sich noch immer grinsend über Cyder.

»Wo ist er?« fragte sie tonlos. »Wo ist Stahl?«

»Hier bin ich, Marie«, antwortete der Direktor mit leiser Stimme. »Und jetzt laß sie in Ruhe.« Stahl stand im Durchgang zur Küche. Sein Gesicht war bleich, aber seine Hände

wirkten ruhig. »Wie hast du mein Fenster zerbrechen können?« fragte er schließlich.

»Ich bin eine Sirene. Und eine gute Sängerin bringt jedes
Glas zum Springen.«

»Aber das war Stahlglas!«

Die Sirene zuckte die Schultern. »Glas bleibt Glas. Wo ist
mein Saphir?«

»Marie . . .«

»Nenn mich nicht Marie! Ich heiße nicht so!«

»Jetzt schon. Du bist ein verbrecherischer Esper. Typhus-
Marie, die Mörderin.«

Marie schüttelte ungeduldig den Kopf. »Ich habe niemanden umgebracht.«

Stahl blickte sie sprachlos an. »Was redest du da? Du hast
Hunderte getötet, und Tausende haben wegen dir den Verstand verloren! Was glaubst du denn, warum wir überall
nach dir suchen lassen?«

»Ihr wollt mich wieder an das Imperium ausliefern! Ich
kenne dich und deinesgleichen. Ich gehe nicht wieder
zurück. Vorher töte ich dich. Ich werde euch alle töten, bevor
ich mich zurückschicken lasse.«

Stahl erkannte den Wahnsinn in Maries Augen, und er
leckte sich unsicher über die trockenen Lippen. Die Sirene
zeigte alle Anzeichen eines Menschen, den die Imperialen
Hirntechs konditioniert hatten. Vernünftigen Argumenten
würde sie nur im Rahmen ihrer Konditionierung zugänglich
sein. Und selbst dann noch mußte er es vorsichtig anstellen.
Niemand konnte vorhersagen, über was sie sich aufregen
würde. Ein falsches Wort, und Stahl konnte genausogut sein
eigenes Todesurteil unterschreiben.

»Marie, bitte. Wir wollen dir helfen. Das Imperium hat
dich nur benutzt, um unsere Esper zu ermorden . . .«

Marie lachte verächtlich. »Verschwende nicht meine Zeit,
Stahl. Deine Lügen interessieren mich nicht. Du hast etwas,
das mir gehört, und ich will es wiederhaben. Wo ist es,
Stahl? Wo ist mein Saphir?«

»Marie . . .«

»Wo ist mein Saphir?!«

Stahl blickte die Sirene einen Augenblick lang wortlos an, dann nickte er mit dem Kopf in Richtung eines hübschen kleinen Sekretärs neben der Eingangstür. »Er ist in einer der Schubladen eingeschlossen.«

»Hol ihn.«

Stahl ging langsam hinüber zu dem Möbelstück. Maries Blicke folgten ihm unablässig. Er zog einen Schlüssel aus der Tasche, vorsichtig, um ja keine mißverständliche Bewegung zu machen, und entriegelte eine der Schubladen. Er griff hinein und brachte einen kleinen Lederbeutel zum Vorschein.

Dann zog er den Beutel an den Schnüren auf und nahm einen kleinen blauen Edelstein hervor, kaum größer als eineinhalb Zentimeter im Durchmesser.

»Ist er das?« fragte er langsam. »Ist das alles? Ein einziger dummer, kleiner Edelstein, und dafür all die vielen Toten und Verrückten?«

»Gib ihn mir!« verlangte die Blondine gierig. Stahl legte den Beutel und den Edelstein auf den Sekretär, griff erneut in die Schublade und zog einen Disruptor hervor. Marie blickte auf die Waffe und lächelte.

»Du hast Jamie Royal getötet«, sagte er.

»Gib mir den Saphir!«

»Er war mein Freund, und du hast ihn getötet. Du willst deinen verdammten Saphir? Komm und hol ihn dir!«

Marie öffnete den Mund zu einem kleinen, durchdringenden Trällern, und Stahl brach von Krämpfen geschüttelt zusammen. Der Disruptor fiel ihm aus den Händen. Er sackte hilflos an der Wand zu Boden und blieb wild zitternd liegen.

Cyder versuchte sich weiter aufzurichten, damit sie sehen konnte, wohin die Waffe gefallen war, aber ihr Arm gab nach. Sie fiel mit dem Gesicht voran auf den blutbefleckten Teppich und blieb zitternd liegen. Ringsum herrschte Stille. Irgendwie hatte sie nie geglaubt, daß sie einmal so enden würde. Mitten in einem kleinen, belanglosen Einbruch zu sterben ... es war einfach nicht fair. Cyder hustete. Ihre Rippen brannten, aber sie konnte sich nicht bewegen, um die

Schmerzen erträglicher zu machen. Eines ihrer Augen war mit trocknendem Blut verklebt. Ihr war so kalt, und sie hatte solche entsetzliche Angst.

Katze kauerte hilflos vor dem zersplitterten Fenster. Es gab nichts, das er hätte tun können. Die Frau war ganz offensichtlich ein sehr mächtiger Esper, und er besaß nicht einmal eine Waffe. Sie mit bloßen Händen anzugreifen, würde ihn das Leben kosten. Also blieb er einfach, wo er war, in seiner Deckung, und vielleicht kam er mit dem Leben davon. Er mußte schließlich nicht seinen Hals riskieren. Doch plötzlich zuckte er die Schultern und zog sich am Fensterrahmen in die Höhe.

Katze konnte nicht einfach davonrennen. Cyder war noch da drin, und sie brauchte seine Hilfe.

Er kauerte sich für einen Augenblick auf dem Sims aus Eisenholz nieder und balancierte sein Gleichgewicht richtig aus. Die Blondine drehte ihm den Rücken zu. Er raffte all seine Kraft zusammen und warf sich auf sie.

Die Frau schien im letzten Augenblick etwas gehört zu haben, denn sie wirbelte unvermittelt herum – aber da war Katze bereits über ihr und rammte sie mit solcher Wucht, daß sie gemeinsam zu Boden gingen. Sie rollten ineinander verschlungen über den blutbeschmierten Teppich, und Katze versuchte verzweifelt, seine Gegnerin in einen Würgegriff zu bekommen. Aber die Frau stieß ihm machtvoll den Ellbogen zwischen die Rippen. Der Schlag raubte Katze die Luft, und sein Griff lockerte sich. Marie befreite sich vollends und drehte ihr Gesicht in Richtung des Angreifers. Katze kämpfte sich auf die Knie. Marie öffnete den Mund und begann zu singen.

Katze erstarrte zu einer Salzsäule, als Maries Lied über ihm zusammenschlug und heiß durch seine Muskeln fuhr. Seine Sinne verschwammen, die Sicht verzerrte sich, und alles geriet durcheinander. Ein alles verzehrender Kopfschmerz schien ihn zu zerreißen, und dann war es plötzlich vorbei. Marie war der mächtigste Esper, den Katze je getroffen hatte. Zum ersten Mal seit seiner Kindheit konnte er wieder hören.

Er hörte das Geräusch seines eigenen, rasselnden Atems und das Streichen seiner Hände und Knie über den Teppich. Jenseits des Fenster hörte er die nie endende Geräuschkulisse der Stadt, gedämpft zu einem leisen Murmeln durch den dichten Nebel. Von überall strömten die wunderbaren, einfachen, alltäglichen Geräusche des Lebens auf den Dachläufer ein. Und über allem anderen hörte er, wie Marie sang.

Ihre Stimme war süß und zart, und sie hob und senkte sich wie ein einzelnes Blütenblatt, mit dem der Wind spielte. Das Lied erfüllte Katzes Bewußtsein, und nichts anderes mehr war von Bedeutung. Marie kniete vor ihm und sang, sang ihm ins Gesicht. Katze schaukelte langsam im Rhythmus ihres Liedes. Er genoß das Ende der Stille. Er spürte, wie er immer schwächer wurde, spürte, wie sich Dunkelheit rings um ihn versammelte, und es war ihm egal.

Sein Blick fiel an Marie vorbei, und er sah Stahl am anderen Ende des Zimmers zusammengesunken an der Wand lehnen, den Blick voller Entsetzen ins Leere gerichtet, die Hände auf die Ohren gepreßt. Er sah Cyder, die auf dem Teppich lag, zwischen Marie und Direktor Stahl, leblos und lang ausgestreckt, blutig und zerbrochen.

Katze erhob sich schwankend auf ein Knie, nahm sorgfältig Maß und schlug Marie die geballte Faust mit aller verbliebenen Kraft ins Gesicht. Das letzte Geräusch, das er in seinem Leben hörte, war das Krachen, als seine Faust ihr Ziel traf. Marie fiel nach hinten und lag still.

Katze weinte lautlose Tränen. Er kroch langsam hinüber zu der zerschlagenen, blutenden Gestalt Cyders und wiegte ihren Kopf in seinem Schoß.

KAPITEL 20
EIN NEUER ANFANG

Topas reichte Stahl einen Becher voll dampfenden Kaffees.

»Direktor, ihr seid der größte Glückspilz, der mir je über den Weg gelaufen ist. Wenn Euer geheimnisvoller Freund auch nur einen Augenblick länger gewartet hätte, bevor er Marie bewußtlos schlug, dann hättet Ihr und Cyder ohne Zweifel den Verstand verloren.«

»Glaubt nur ja nicht, ich wüßte das nicht selbst«, erwiderte Stahl. Er wärmte seine zitternden Hände an der heißen Tasse und nickte Investigator Topas dankbar zu. Der Kaffee schmeckte wunderbar. Hätte er es nicht besser gewußt, er hätte schwören können, daß es echter Kaffee war. »Der Wachoffizier hat berichtet, daß Ihr ebenfalls einen Zusammenstoß mit Marie hattet. Auf dem Weg hierher.«

Topas lächelte grimmig. »Scheinbar hatte ich ebenfalls Glück. Meine Investigator-Ausbildung hat mich vor den schlimmsten Auswirkungen ihres Gesangs geschützt, und sie nahm sich nicht die Zeit, um mir den Rest zu geben.« Sie blickte aus zusammengekniffenen Augen auf Stahl. »Und Ihr seid wirklich mit nichts als einem Disruptor in der Hand auf Marie losgegangen?«

Stahl zuckte verlegen die Schultern. »Ich war viel zu wütend auf sie, um Angst zu empfinden. Ich wußte, daß ich keine große Chance hatte, aber ... Ich konnte sie nicht einfach so davonkommen lassen. Ich mußte es zumindest versuchen, nicht wahr?«

Topas lachte laut. »Direktor, es besteht noch Hoffnung für Euch.«

Sie grinsten sich freundschaftlich an, und Stahl ließ sich in seinen Stuhl sinken und trank begierig aus seinem Becher. Es war echter Kaffee. Wo zur Hölle hatte Topas echten Kaffee aufgetrieben? Er beschloß, lieber nicht zu fragen. Es würde den Investigator nur in Verlegenheit bringen. Direktor Stahl seufzte zufrieden. Seit Jahren hatte er sich nicht mehr so gut gefühlt. Die Krise war vorüber, er lebte noch, und *Nebelhafen* war in Sicherheit. Es war verflucht knapp gewesen, aber sie hatten es geschafft, und das war letzten Endes alles was zählte. Stahl blickte sich um und lächelte schief. Er war nicht ganz ungeschoren davongekommen. Sein Wohnzimmer war ein einziges Trümmerfeld, überall Glassplitter und Blut. Irgend jemand war bereits unterwegs, um das zerborstene Fenster zu ersetzen, und Stahl haßte den Gedanken daran, wieviel Geld ihn die Reparatur kosten würde. Im Augenblick begnügte er sich damit, die Vorhänge geschlossen zu halten und so zu tun, als spüre er die Kälte nicht. Als er genauer darüber nachdachte, stellte er voller Überraschung fest, daß er tatsächlich einen Dreck darauf gab. Er lebte noch, und sein Raumhafen war in Sicherheit ... Er hatte sowieso vorgehabt, die Wohnung zu renovieren.

Die Wachleute hatten Marie abgeführt, während sie noch bewußtlos gewesen war. Im Hospital würde man sie unter Beruhigungsmittel setzen, bis die Esper einen Weg gefunden hätten, ihre Programmierung aufzuheben. Man konnte ihr keine Schuld gegen an dem, was sie getan hatte. Marie war nichts als ein weiteres Opfer des verdammten Imperiums. Es gab Unmengen davon auf *Nebelwelt*.

Auf dem Sofa gegenüber Stahl saß eine notdürftig verarztete und noch immer recht benommene Cyder, den Arm um Katze gelegt, der fröhlich seine bandagierte rechte Hand hielt. Er hatte Marie so wuchtig ans Kinn geschlagen, daß er sich dabei die Hand gebrochen hatte. Stahl musterte den jungen Dachläufer nachdenklich, und Topas folgte seinem Blick. »Wißt Ihr etwas über ihn, Stahl?«

»Nicht die Bohne. Sieht verdächtig nach Dachläufer aus, aber er hat noch kein Wort gesprochen. Tauchte einfach mir nichts dir nichts auf und rettete uns allen das Leben, indem er Marie niederschlug. Ich schätze, er hat sich die Belohnung verdient.«

»Das hätte ich vollkommen vergessen!«

»Ich wette, er nicht.«

»Mag sein, wie es will, Stahl. Im Augenblick interessiert mich viel mehr, was eine der berüchtigtsten Hehlerinnen von ganz *Nebelwelt* hier in Eurer Wohnung zu suchen hat.«

Der dicke Raumhafendirektor warf einen raschen Blick zu Cyder, grinste schwach und beschäftigte sich plötzlich aufmerksam mit seiner Kaffeetasse. Topas schoß einen wütenden Blick auf ihn ab und ging zum Sofa hinüber. Katze musterte den Investigator mißtrauisch, während Cyder elegant lächelte und ein freundliches ›Hallo‹ über ihre Lippen kam. »Wie geht es Euch, Cyder?«

»Ich werd's überleben, Topas. Und in der Zwischenzeit bin ich die Agentin dieses jungen Mannes hier. Wann kann er seine Belohnung in Empfang nehmen?«

»Er wird sie bekommen, aber zuerst habe ich ein paar Fragen an ihn. Er erinnert mich erstaunlich an einen Einbrecher, der mir einen Speicherkristall gestohlen hat.«

Katze lächelte unschuldig, und Cyder drückte ihn liebevoll an sich.

»Ich befürchte, das werden wir nie erfahren, Investigator. Unglücklicherweise ist mein Mandant taubstumm und kann keine Fragen beantworten.«

Topas wandte sich ab und schüttele angewidert den Kopf. Stahl kicherte leise, fing Katzes Blick auf und entließ ihn mit einem Wink zur Tür. Katze schüttelte den Kopf und grinste. Rasch erhob er sich, trottete zu dem zersplitterten Fenster hinüber, schlug die Vorhänge zur Seite und verschwand nach draußen im dichten Nebel der Straße. Stahl hob die Augenbrauen, aber Cyder grinste ihn nur unschuldig an. Topas beschloß, keine weiteren Fragen zu stellen.

»Wenn es Euch recht ist, mein lieber Gideon«, sagte Cyder, »dann gehe ich jetzt wieder zu meiner Taverne. Ich will diese Blutflecken aus meinem Kleid waschen, bevor es zu spät ist.«

»Selbstverständlich, Cyder. Ich bin sicher, Topas kann eine Eskorte für Euch stellen.«

»Danke, aber das wird jetzt nicht mehr nötig sein.«

Cyder erhob sich und zuckte zusammen, als ihre gebrochenen Rippen protestierten. Stahl wuchtete sich aus seinem Ohrensessel und begleitete seinen Gast zum Ausgang. Er half ihr in den Umhang und öffnete ihr die Tür. Cyder blieb noch einen Augenblick stehen.

»Auf Wiedersehen, Gideon. Ich bin sicher, es wäre ein wundervoller Abend geworden.«

»Danke, daß Ihr mir Gesellschaft geleistet habt.«

»Gern geschehen.«

Cyder hauchte einen Kuß auf Stahls Wange und ging. Stahl schloß leise die Tür hinter ihr, ging zu seinem Sessel zurück und ließ sich dankbar hineinsinken. Topas schüttelte ihm mit gefühlloser Effizienz die Kissen auf.

»Trinkt Euren Kaffe, Stahl. Er wird kalt.«

Der dicke Direktor nahm den Becher entgegen und nippte gehorsam an seinem Kaffee. Er seufzte dankbar, und dann glitt sein Blick geistesabwesend über das zerstörte Wohnzimmer. »Stimmt etwas nicht, Stahl?«

»Maries Saphir. Wo ist der Stein abgeblieben?«

»Ist das alles, woran Ihr denken könnt? Wollt Ihr gar nicht wissen, was mit der Imperialen Flotte geschehen ist?«

»Ich schätze, sie haben inzwischen bemerkt, daß unser psionischer Schild nicht zusammenbrechen wird. Also sind sie hübsch einer nach dem anderen wieder in den Hyperraum gesprungen.«

Topas nickte. »Sie haben ein Schiff als Beobachter zurückgelassen, aber das wird zweifellos spätestens morgen auch verschwunden sein. Und wenn nicht, werden unsere Poltergeist-Esper ein paar praktische Übungen veranstalten.«

»Also haben wir am Ende einen weiteren Sturm gemeistert. Wie sehen die letzten Zahlen über unsere Verluste aus?«

»Achthundertdreißig Tote, und mehr als zwölftausend Menschen haben den Verstand verloren.«

Stahl seufzte. »Kein ruhmreicher Sieg.«

»Wir haben der Imperialen Flotte getrotzt und überlebt«, entgegnete Topas ruhig. »Ich bin damit zufrieden.«

»Zur Hölle mit dem verdammten Imperium. Wo steckt dieser elende Saphir? Ich habe ihn auf den Sekretär gelegt, aber der ist umgestürzt, als Marie zu singen begann. Sie hatte ihn nicht, als man sie wegbrachte, genausowenig wie einer der Wachleute. Er muß hier irgendwo sein, aber ich will verdammt sein, wenn ich ihn finde!«

»Cyder. Sie muß ihn gestohlen haben.«

Stahl schüttelte entschieden den Kopf. »Nein. Die Sensoren in der Haustür hätten den Stein entdeckt, selbst wenn sie ihn hinuntergeschluckt hätte.«

»Der Dachläufer?«

»Ich habe seinen Anzug überprüfen lassen, während die Ärzte ihn versorgten. Kein Saphir.«

»Wer hat ihn dann genommen? Dieser Stein ist ein kleines Vermögen wert.«

Stahl zuckte resignierend die Schultern, entspannte sich plötzlich und ließ sich in seinen Sessel zurücksinken. »Ach, zur Hölle. Es ist bloß ein Saphir.«

Topas blickte ihn fragend an. »Seid Ihr sicher, daß Euch nichts fehlt, Direktor?«

Stahl lachte auf. »Mir fehlt absolut nichts, Topas. Das kann ich Euch versichern.«

»Gut.« Topas beugte sich vor und blickte ihm direkt in die Augen. »Weil ich nämlich das nächste Mal, wenn wir uns begegnen, die Beweise finden werde, die Euch ein für allemal festnageln.«

»Versucht nur Euer Glück. Investigator. Versucht es nur.«

Topas lachte, drehte sich um und ging. Stahl grinste und nippte an seinem lauwarmen Kaffee.

In der finsteren, schattenübersäten Gasse gegenüber Stahls Wohnung lehnte sich Cyder müde gegen eine rauhe Steinmauer und wartete darauf, daß der Schwindelanfall vorüberging. Sie schwitzte stark, trotz der beißenden Kälte, und ihre Hände zitterten unkontrolliert. Der Militärarzt der Stadtwache hatte gute Arbeit beim Verbinden ihrer gebrochenen Rippen und beim Nähen der Schnitte an ihrem Kopf geleistet, aber sie hatte trotzdem eine ganze Menge Blut verloren. Cyder fühlte sich entsetzlich, doch sie hatte nicht gewagt, noch länger in Stahls Wohnung zu bleiben. Das Risiko war einfach zu groß, daß irgend jemand anfing, ungemütliche Fragen zu stellen. Der Arzt hatte Cyder über Nacht zur Beobachtung ins Hospital schaffen wollen, aber sie hatte sich energisch geweigert. Cyder hatte eine morbide Furcht vor Krankenhäusern, und außerdem waren sie viel zu teuer. Sie lehnte sich mit dem Rücken gegen die kalten Steinwand. Halb tot durch einen verbrecherischen Esper, und alles umsonst ... Cyder sprang überrascht zur Seite, als Katze aus dem Nebel herabsprang und neben ihr landete. Er runzelte besorgt die Stirn, als er ihren Zustand bemerkte, und trat rasch vor, um ihren Arm zu nehmen.

»Ich bin in Ordnung«, versuchte Cyder zu widersprechen, ließ sich aber trotzdem helfen. Jetzt, wo sie nicht mehr alleine war, schienen ihre Beine weniger wacklig zu sein. »Und du? Fehlt dir etwas, mein Lieber?«

Katze schüttelte grinsend den Kopf.

»Nach allem, was wir durchgemacht haben ... und ich habe nicht einmal den Saphir. Die Belohnung kommt allerdings sehr gelegen ... Warum grinst du so breit?«

Katze öffnete den Mund, griff hinein ... und seine Finger kamen mit einem kleinen, blauen Edelstein wieder hervor. Cyder starrte sprachlos auf den Saphir und begann einen Augenblick später laut zu lachen. Es schmerzte höllisch in ihren Rippen, aber das war ihr egal.

»Natürlich! Das zerbrochene Fenster hatte keine Sensoren! Katze, mein Liebster, ich mache noch einen wahren Meisterdieb aus dir!« Cyder zögerte und bedachte den Dachläufer mit einem prüfenden Blick. »Niemand hat jemals irgend etwas für mich riskiert, und du setzt dein Leben aufs Spiel, um mich zu retten! Ich muß darüber nachdenken. Aber jetzt laß uns zurück in unsere Taverne gehen. Wir haben noch eine Menge Arbeit vor uns, bevor der Schwarzdorn wieder eröffnen kann.«

Cyder lehnte sich schwer gegen Katzes stützenden Arm, nicht allein weil sie sich schwach fühlte, und langsam verschwanden die beiden in dem ewigen Nebel der Stadt.

ENDE

GEISTERWELT

KAPITEL 1
EINE BEWEGUNG IM STURM

Die Pinasse der *Dunkelwind* löste sich vom Mutterschiff, eine silbern glänzende Nadel vor der endlosen Nacht. Für einen Augenblick hing sie über der Randwelt namens *Unseeli*, dann senkte sich die Nase des Schiffs, die Maschinen zündeten lautlos, und die Pinasse tauchte in die aufgewühlte Atmosphäre des Planeten ein wie ein Messer in einen Bauch. Die Triebwerke brannten sonnenhell und trieben das Schiff mit brutaler Kraft durch die gewaltigen Stürme. Blitze zuckten rings um die Pinasse, und der Wind riß von allen Seiten an ihr, doch nichts konnte das Schiff von seinem Kurs abbringen. Es bahnte sich mit arroganter Mühelosigkeit einen Weg durch die wirbelnden Luftmassen und fiel wie ein Stein auf den Metallwald am Boden zu.

Unseeli besaß weder Ozeane noch Gebirge. Der ganze Planet war eine einzige trockene Ebene, auf der sich von Pol zu Pol ein glänzender Wald ausbreitete. Ein Wald, dessen gewaltige Metallbäume weder Blätter noch Knospen, weder Sommer noch Winter kannten. Sie erhoben sich millionenfach und ungebeugt aus der grauen Erde, kalt und gefühllos wie glitzernde Metallnadeln. An manchen Stellen des Planeten reichten sie bis in die obersten Schichten der Atmosphäre, und weder das Wetter noch die Stürme sahen sie jemals schwanken. Der Wind zerrte unablässig an nackten Ästen, die nadelspitz aus glatten, konturlosen Stämmen sprossen. Violett und azur, golden und silbern streckten sich die Metallbäume in das Blitzen und den Donner hinauf und begrüßten das landende Fahrzeug.

Kapitän Johan Schwejksam saß zusammengesunken in seinem Kommandantensitz und beobachtete die Anzeigen der Sensorpaneele vor sich. Die Diagramme auf den Schirmen änderten sich mit rasender Geschwindigkeit, viel zu schnell für das menschliche Auge, um einen Sinn darin zu erkennen. Aus diesem Grund steuerte auch die KI das Schiff, und Schwejksam hatte nichts weiter zu tun, als die Kontrollen im Auge zu behalten. Dicke Sturmwolken verbargen den Blick auf die Metallbäume, doch die KI lokalisierte sie über die Schiffssensoren und änderte Kurs und Geschwindigkeit im Zeitraum von Sekundenbruchteilen entsprechend. Die KI dachte und reagierte viel schneller als jeder Mensch, selbst wenn er mental mit den Bordcomputern verbunden war. Deswegen stand zu keiner Zeit in Frage, wer die Pinasse nach unten steuern würde. Die KI war programmiert, die Gefühle der Menschen an Bord zu berücksichtigen, so daß sie Schwejksam vielleicht selbst die Pinasse landen ließ, wenn es nicht zu schwierig erschien.

Schwejksam vertiefte seine Konzentration und griff über das Komm-Implantat auf die Schiffssensoren zu. Die Hülle ringsum wurde unvermittelt durchsichtig, und die Sensoren zeigten Schwejksam eine Echtzeitsimulation der Geschehnisse draußen. Schwere, dunkle Sturmwolken schossen mit atemberaubender Geschwindigkeit auf die Pinasse zu und hüllten sie ein. Mächtige Blitze schlugen in die Schiffshülle. Schwejksam zuckte innerlich zusammen. Nach außen ließ er sich nichts anmerken, um seine Passagiere nicht zu beunruhigen. Der Sturm mochte rasen und toben wie er wollte; nichts konnte dem Schiff etwas anhaben, solange der Schutzschirm oben war. Glänzende Metallbäume erschienen und verschwanden wieder im Bruchteil von Sekunden, während die Pinasse in diese und jene Richtung manövrierte und sich einen Weg zwischen den Bäumen hindurch zu der Landeplattform von Basis Dreizehn bahnte. Die Sturmwolken waren zu schwarz und undurchdringlich, um Schwejksam einen Blick auf den Wald selbst zu ermöglichen, doch vor seinem geistigen Auge entstand das Bild eines endlosen, unerträglichen Nadelkissens; solide Metallstachel, die wie die scharfen Spitzen im Loch sein Schiff warteten.

Die Vorstellung beunruhigte Schwejksam. Er unterbrach die Verbindung zu den Sensoren und schwang mitsamt seinem Kommandantensitz herum, um sich nach den Passagieren umzusehen. Ein guter Kapitän vernachlässigte niemals seine Mannschaft. Vermutlich war ihnen heutzutage die

Loyalität einprogrammiert, trotzdem konnte ein wenig Vorsicht nicht schaden.

Die junge Esperfrau des Schiffs, Diana Vertue, sah um die Nase eindeutig grün aus. Die plötzlichen Bewegungen und das Schlingern der Pinasse schienen ihr nicht zu bekommen. Investigator Frost saß neben dem Esper, kühl und gefaßt wie immer, einen beinahe gelangweilten Ausdruck auf dem Gesicht. Die beiden Infanteristen Stasiak und Ripper saßen hinter den Frauen und schoben eine Flasche aus Waffenmetall zwischen sich hin und her. Schwejksam preßte den Mund zusammen. Hoffentlich war es nur Alkohol und nicht eine der neuen Kampfdrogen, die in den Medlabs zusammengebraut wurden. Offiziell war er angewiesen, derartiges Verhalten zu unterstützen, doch Schwejksam vertraute keinem chemisch erzeugten Mut. Er bevorzugte das Echte, wann immer möglich. An Chemikalien gewöhnte man sich zu schnell, und ihre Wirkung ließ wieder nach.

»Wir werden bald landen«, erklärte Schwejksam gleichmütig. »Mit unmittelbarer Gefahr ist eigentlich nicht zu rechnen, aber haltet Augen und Ohren offen. Da es sich um einen unvorhergesehenen Zwischenfall handelt, besitzen wir so gut wie keinerlei Informationen. Die Aufgabe ist relativ einfach. Basis Dreizehn antwortet auf keinerlei Signal. Unser Auftrag lautet, den Grund dafür herauszufinden.«

»Eine Frage, Kapitän?«

»Ja, Esper Vertue?«

»Laut den Daten der Lektronen ist *Unseeli* eine tote Welt. Nichts lebt hier, seit die eingeborenen Spezies nach der Ashrai-Rebellion vor zehn Jahren ausgelöscht wurden ...«

»Das ist richtig«, sagte Schwejksam, als die junge Frau eine Pause machte.

»Aber wenn das der Fall ist, Kapitän, wenn auf diesem Planeten nichts mehr lebt, das eine Gefahr bedeuten könnte – warum all die Aufregung? Es könnte sich schlicht um einen Fall von Kabinenfieber handeln. Das wäre so weit hier draußen am Rand des Imperiums schließlich nichts Neues.«

»Ein gutes Argument, Esper. Doch vor vier Tagen wurde auf Basis Dreizehn Alarmstufe Rot ausgelöst, ein Schutzschild rings um die Station errichtet und sämtliche Kommunikation mit dem Imperium abgebrochen. Das Imperium mag es nicht, ausgesperrt zu werden. Also werden wir hineingehen und herausfinden, was geschehen ist. Runzelt nicht die Stirn, Esper; das erzeugt nur unnötige Falten.«

»Ich habe mich nur gefragt, Kapitän ... nun, was macht Investigator Frost hier?«

»Ja«, stimmte Frost zu. »Diese Frage stelle ich mir auch schon die ganze Zeit.«

Schwejksam nahm sich Zeit, bevor er antwortete. Er musterte die beiden Frauen unverhohlen. Sie bildeten einen interessanten Kontrast. Diana Vertue war klein, schlank, goldhaarig und erinnerte Schwejksam stark an ihre Mutter Elaine. Die junge Frau war eben erst neunzehn geworden und von einer arroganten Unschuld erfüllt, die nur Jugend hervorbringen und aufrechterhalten konnte. Sie würde sie noch früh genug verlieren – spätestens bei dem Versuch, Gesetz, Ordnung und geistige Gesundheit hier draußen am Rand des Imperiums, auf den neu besiedelten Welten dicht am Abgrund aufrechtzuerhalten. Hier gab es nur wenig Zivilisation – und noch viel weniger Gesetz, ganz zu schweigen von Recht. Investigator Frost war nur wenige Jahre älter als der Esper, doch der Unterschied zwischen den beiden Frauen war so kraß wie der zwischen Jäger und Beute. Frost war hochgewachsen, geschmeidig, muskulös, und selbst im Sitzen und völlig entspannt ging von ihr ein Hauch von Gefahr aus. Dunkelblaue Augen brannten kalt in einem blassen, regungslosen Gesicht, das von kurzgeschorenem, rötlichem Haar umrahmt wurde. Die unruhige Landung schien Frost nicht das geringste auszumachen, aber das schien wahrscheinlich nicht nur so. Investigatoren wurden ausgebildet, um weit Schlimmeres zu überstehen. Das erklärte zumindest teilweise, warum Investigatoren so effiziente Killer abgaben. Schwejksam bemerkte, daß er länger geschwiegen hatte als beabsichtigt. Er beugte sich in seinem Sitz vor, runzelte die Stirn, als hätte er soeben seine Gedanken geordnet und wußte doch im gleichen Augenblick, daß er Investigator Frost keine Sekunde täuschen konnte.

»Ihr seid hier, Investigator, weil wir nicht wissen, was uns nach der Landung erwartet. Es besteht immer die Möglichkeit, daß *Unseeli* von einer neuen, unbekannten Spezies Besuch erhalten hat. Schließlich befinden wir uns hier am Abgrund, und mehr als ein Raumschiff ist in der endlosen Nacht verschwunden und niemals wieder aufgetaucht. Fremdrassen sind doch Eure Spezialität, oder nicht?«

»Ja«, antwortete Frost und lächelte schwach. »So könnte man es auch nennen.«

»Andererseits«, fuhr Schwejksam fort, »handelt es sich bei *Unseeli* um einen Minenplaneten, und die hier geförderten Metalle sind von lebenswichtiger Bedeutung für das Imperium. Eine beliebige Anzahl von Gruppierungen könnte ein Interesse entwickeln, die Produktion zu stören. Aus diesem Grund leite ich die Operation persönlich.«

»Wenn die Angelegenheit so wichtig ist – warum sind wir dann nur zu fünft?« fragte der Infanterist Stasiak. »Warum schicken wir nicht eine ganze Mannschaft aus Sicherheitsleuten hinein, umzingeln und stürmen die Basis und machen alles nieder, was sich bewegt?«

»Weil Basis Dreizehn die gesamten Minenapparaturen von *Unseeli* kontrolliert«, antwortete Schwejksam gelassen. »Die Systeme laufen jetzt nur noch mit dreißigprozentiger Effizienz. Wir wollen nicht riskieren, die Basis zu beschädigen und die Situation weiter zu verschlimmern. Außerdem, wie Esper Vertue bereits festgestellt hat, besteht immer die Möglichkeit, daß es sich um nichts weiter als eine neue Epidemie des Kabinenfiebers handelt und die Mannschaft der Basis lediglich eine nette kleine Unterhaltung mit den Psychiatern der *Dunkelwind* benötigt. Wir sind hier, weil wir herausfinden sollen, was wirklich los ist und weil wir darüber Bericht erstatten sollen, und nicht, um Tod und Verwüstung über die einzigen Leute zu bringen, die uns erzählen können, was sich zugetragen hat.«

»Verstanden, Kapitän«, sagte der andere Infanterist namens Ripper. »Wir werden die Sache hübsch und sanft durchziehen, wie es sich gehört. Kein Problem.«

Schwejksam nickte kurz und musterte die beiden Marineinfanteristen unauffällig. Lewis Stasiak war von durchschnittlicher Größe und Statur, gerade Anfang Zwanzig, obwohl er bereits stark mitgenommen und ausgebrannt wirkte. Sein Haar war ein wenig zu lang, die Uniform zerknittert, und in seinem Gesicht stand ein Ausdruck von Nachlässigkeit. Schwejksam erkannte die Gefahrenzeichen. Stasiak war zu lange ohne wirkliche Herausforderung und ohne Gefecht gewesen und weich und unvorsichtig geworden. Zumindest teilweise aus diesem Grund hatte ihn der Kapitän der *Dunkelwind* für das Erkundungsteam ausgewählt. Wenn irgend etwas schiefging, würde Stasiak kein großer Verlust sein. Es war immer nützlich, jemanden bei sich zu haben, auf den man verzichten konnte, jemanden, den man in gefährliche Situationen schicken konnte, bevor man selbst einen Blick auf das Geschehen warf. Trotzdem würde Schwejksam den Mann im Auge behalten müssen. Marineinfanteristen, die weich wurden, entwickelten die Tendenz, unter Druck nicht lange durchzuhalten, und wenn es sie erwischte, dann besaßen sie die häßliche Angewohnheit, alle anderen mitzureißen, die in der Nähe waren.

Alec Ripper auf der anderen Seite war all das, was Stasiak nicht war. Ripper war ein Bilderbuchinfanterist, und er sah auch danach aus. Neunundzwanzig Jahre alt, seit vierzehn Jahren im Dienst der Flotte, so groß wie ein Geräteschuppen und doppelt so gemein. Scharf und schneidig vom kurzgeschorenen Scheitel bis zu den Sohlen der glänzenden Stiefel. Vier Orden und drei Auszeichnungen für Tapferkeit im Feld. Ripper hätte längst Offizier sein können, wenn er nur die richtigen Verbindungen zu den Familien besessen hätte. Er war zweimal zum Unteroffizier befördert und beide Male wieder degradiert worden, weil er die Stirn besessen hatte, einem Offizier zu sagen, daß er sich möglicherweise irrte. Das war unklug in der Flotte, ganz besonders in der Gegenwart von Zeugen. Nach seiner Akte zu urteilen war Ripper ein hervorragender Soldat und ein noch besserer Kämpfer mit einem ausgesprochenen Talent zum Überleben. Wenn irgend jemand lebendig von dieser Mission zurückkehren würde, dann Ripper.

Wenn irgend jemand zurückkehren würde.

Die Mannschaft wußte nichts über *Unseeli* – im Gegensatz zu Schwejksam. Er war schon einmal hiergewesen, zehn Jahre zuvor, als die Ashrai in endlosen Wellen aus den Wäldern geschwärmt kamen und jeden Menschen erschlagen hatten, der ihnen begegnet war. Schwejksam erinnerte sich an die schrecklichen Dinge, die sie getan hatten, und an die noch schrecklicheren Dinge, die er getan hatte, um sie aufzuhalten. Heute gab es keine Ashrai mehr. Sie waren tot. Ausgerottet. Zusammen mit jedem anderen Lebewesen, das je über den Planeten gelaufen war.

Die Pinasse legte sich unvermittelt zur Seite. Das Brüllen der Maschinen schien für einen Augenblick zu stocken, bevor sie zu ihrem normalen Arbeitsgeräusch zurückkehrten. Schwejksam schwenkte in seinem Sitz herum und starrte auf die Schirme vor sich. Überall blinkten rote Warnleuchten, doch es gab keinen Hinweis auf einen Schaden. Über das Komm-Implantat schaltete sich der Kapitän erneut in die Sensoren, und wieder schien das Schiff rings um ihn herum unsichtbar zu werden. Dunkle Sturmwolken tobten um die Pinasse und blieben mit atemberaubender Geschwindigkeit hinter der schlanken Nadel zurück. Das Schiff machte einen weiteren Satz. Schwejksams Magen verknotete sich, als die Pinasse ohne Rücksicht auf das Befinden der Passagiere Kurs und Geschwindigkeit änderte. Glänzende Metallbäume tauchten vor ihnen und zu den Seiten auf, verschwanden wieder wie der Blitz, doch Schwejksam erkannte, daß die Pinasse nicht nur den Bäumen auszuweichen versuchte. Irgend etwas anderes lauerte dort draußen im Sturm. Irgend etwas, das lange Zeit auf eine Gelegenheit zur Rache gewartet hatte und einen Dreck darauf gab, daß es eigentlich seit zehn Jahren tot sein müßte.

Geisterwelt.

»Marineinfanteristen, an die Geschütze!« bellte Schwejksam rauh. »Investigator, schaltet Euch in die Sensoren und sagt mir, was Ihr seht. Esper, ich wünsche eine volle psionische Abtastung, so weit Eure Kräfte reichen. Ich will wissen, was dort draußen vor sich geht.«

Die Marineinfanteristen linkten sich über ihre Komm-Implantate in die Schiffsgeschütze ein, und ihre Gesichter wurden leer. Sie sahen jetzt durch die Zieleinrichtung der Kanonen. Frosts kaltes Gesicht veränderte sich kaum, als sie mit Hilfe der Sensoren einen raschen Blick auf die nähere Umgebung des Schiffs warf. Die Esperfrau blickte Schwejksam unsicher an.

»Nach was genau soll ich suchen, Kapitän?« erkundigte sie sich. »Irgend etwas. Was auch immer dort draußen lauert.«

»Aber ... ich kann nichts entdecken, Kapitän. Ein Sturm, weiter nichts.«

»Nein!« widersprach Schwejksam. »Da ist mehr als nur der Sturm. Fangt an, Esper. Das ist ein Befehl.«

»Aye aye, Sir.« Vertues Gesicht wurde starr, die Augen blickten ins Leere, und ihr psionischer Geist sprang aus dem Schiff und blickte sich um.

Ringsum toste der Sturm, doch er konnte Vertue nichts anhaben. Metallbäume brannten in ihrem Verstand wie blendend helle Suchscheinwerfer, die durch die Wolken fingerten. Hier und flackerten die Bäume auf, wenn Minenroboter an den Wurzeln rissen. Abgesehen von den Bäumen gab es im Bereich von Vertues ESP keinerlei Lebenszeichen, und doch erschien es ihr, als wäre da etwas, ganz am Rand ihres Verstands, fühlbar nur als kurze Bewegung und das unbestimmte Gefühl, beobachtet zu werden. Diana ging an die Grenzen ihrer Kräfte, schob die Reichweite ihres ESP so weit nach draußen wie nur irgend möglich, aber sie war nicht imstande, einen klaren Blick auf das zu erhaschen, was dort draußen lauerte.

Wenn dort überhaupt etwas lauerte ...

Stasiak spürte, wie die Kanonen der Pinasse auf seine Gedanken reagierten und herumschwenkten, und er grinste böse. Vier Disruptorkanonen, allermodernste Technologie und voll aufgeladen, waren über den Rumpf der Pinasse verteilt und bereit, auf seinen leisesten Gedanken hin zu feuern.

Doch da waren nur der Sturm und die Wolken und die

endlosen verdammten Bäume. Die Sensoren konnten nichts entdecken, auf das zu feuern wert gewesen wäre. Stasiak schaltete sich über eine gesicherte Verbindung in Rippers Komm-Implantat.

»Hey, Rip! Kannst du was entdecken?«

»Nein. Aber das bedeutet nicht, daß es dort draußen nichts gibt.«

»Ja, sicher. Wenn du mich fragst, dann hat der Kapitän Ameisen in der Hose und bildet sich das alles nur ein. Diese verdammte Welt ist tot, Rip. Jedes Kind weiß das.«

»Vielleicht hast du recht. Auf den Sensoren ist nichts zu erkennen. Trotzdem habe ich das ungute Gefühl, als wären wir nicht allein hier draußen. Sei lieber auf der Hut, Lew. Mir gefällt die ganze Geschichte nicht. Und wenn die Scheiße in den Ventilator fliegt, vergeude nicht deine Schüsse. Ziel sorgfältig. Vergiß nicht, die Kanonen benötigen vier Minuten zum Nachladen. In vier Minuten kann eine ganze Menge geschehen.«

»Ja, du hast recht.« Stasiak rutschte unbehaglich in seinem Sitz hin und her und versuchte, in alle Richtungen zugleich zu sehen. Jetzt, da Ripper es erwähnt hatte, spürte er es auch. Irgend etwas wartete, beobachtete, versteckte sich gerade außerhalb der Reichweite seiner Sensoren. Mit seinem Geist strich Stasiak über die Feuerkontrollen, spürte ihre Reaktion wie die von Hunden, die an der Leine zerrten. Die KI der Pinasse war so programmiert, daß sie die Geschütze nur im äußersten Notfall selbst aktivieren konnte, allein schon aus dem Grund, keine Illusionen über ihre Position in der Hierarchie an Bord aufkommen zu lassen, doch auch KI spürte mittlerweile, daß etwas mit diesem Sturm nicht stimmte. Auf ihre eigene Art und Weise war sie genauso begierig darauf zu handeln wie Stasiak.

Investigator Frost blickte zu dem Kapitän. »Die Sensoren können nichts entdecken«, meldete sie. »Keinerlei Hinweise auf Leben innerhalb ihrer Reichweite.«

»Damit hätte ich auch nicht gerechnet«, erwiderte Kapitän Schwejksam und starrte unverwandt weiter in den Sturm hinaus. »Odin, wie lange noch bis zur Landung?«

»Zwölf Minuten und vierzig Sekunden, Kapitän«, antwortete die KI augenblicklich. »Vorausgesetzt, mein Flugplan wird nicht durchkreuzt.«

»Bring uns so schnell wie möglich nach unten, Odin«, befahl der Kapitän. »Marineinfanteristen, bereithalten. Irgend etwas kommt auf uns zu.«

Und dann wurde die Pinasse unvermittelt zur Seite geschleudert und mit Macht aus dem Kurs geworfen, als hätte eine Riesenfaust aus dem Nichts nach ihr geschlagen. Das Schiff bockte und ächzte, während die KI darum kämpfte, es nicht an den dicht stehenden Metallbäumen zerschellen zu lassen. Dunkle, bedrohliche Schatten wuchsen über die kochenden Sturmwolken hinaus.

»Odin, Schutzschild hochfahren«, befahl Schwejksam mit leiser, fester Stimme, obwohl die Knöchel an seinen Fäusten weiß hervortraten. »Marineinfanteristen, sorgfältig zielen. Investigator, was könnt Ihr sehen?«

»Noch immer nichts, Kapitän. Die Sensoren sind der festen Überzeugung, daß es dort draußen nichts gibt außer Bäumen und Sturm.«

»Das gleiche hier«, meldete Stasiak drängend. »Nichts, auf das wir zielen könnten.«

Die Pinasse schüttelte sich, als irgend etwas unglaublich Großes immer und immer wieder auf den Schutzschild einhämmerte. Schwejksam beobachtete angespannt die Diagramme, die einen von allen Seiten zugleich ansteigenden Druck auf die Schirme anzeigten. Leuchtende Metallbäume rasten schneller als je zuvor an dem kleinen Beiboot der *Dunkelwind* vorüber, während die KI das Schiff durch den Wald in Richtung Landefeld zu steuern versuchte. Doch trotz der irrsinnigen Geschwindigkeit blieben die dunklen Schatten bei ihnen und prügelten mit brutaler Gewalt auf die Schilde ein. Schwejksam runzelte die Stirn und leckte sich über die trockenen Lippen. »Infanteristen, Streufeuer zu beiden Seiten des Schiffes. Zufällige Auswahl der Ziele. Feuer frei.«

Die Antwort der Infanteristen ging im Donnern der Disruptorkanonen unter. Blendende Energie sprang aus den

Geschützläufen und zerfetzte die Metallbäume in ihrer Bahn. Große Splitter flogen wie Schrapnelle durch die Gegend. Und noch immer übten die untoten Wesen mit unverminderter Kraft ihren Druck auf die Schutzschilde der Pinasse aus und verstärkten ihn von Sekunde zu Sekunde.

»Unsere Geschütze sind jetzt nutzlos, bis die Kristalle wieder aufgeladen sind«, sagte Investigator Frost leise. »Und der Schutzschild wird nicht bis zum Landefeld halten. Mehr und mehr Energie wird von den Maschinen abgezogen und in die Schirme geleitet. Uns bleibt nicht mehr viel übrig. Nicht, wenn wir den verdammten Planeten je wieder verlassen wollen. Was ist das dort draußen, Kapitän? Warum sehen wir nichts auf unseren Sensoren?«

Schwejksam blickte Frost an. »Weil sie tot sind, Investigator. Weil sie tot sind. Odin, voraussichtlicher Landezeitpunkt?«

»Zehn Minuten zweiundzwanzig Sekunden, Kapitän.«

»Sobald ich den Befehl gebe, schaltest du den Schild ab und leitest sämtliche freigewordene Energie in die Antriebe. Mach, was immer du für richtig hältst, Odin, aber bring uns runter! Falls wir die Landung überleben, können wir die Batterien in Basis Dreizehn jederzeit aufladen. Soldaten, bereithalten zum erneuten Feuern auf mein Kommando.«

»Aber dort draußen ist nichts!« beschwerte sich Stasiak. »Es gibt nichts, worauf wir zielen könnten!«

»Halt die Klappe, Lew!« zischte Ripper. »Wir sind nicht hier, um mit Vorgesetzten zu diskutieren, oder hast du das vergessen? Mach einfach das, was der nette Offizier dir sagt. Wenigstens scheint er eine Vorstellung von dem zu besitzen, was dort draußen vor sich geht.«

Stasiak schniefte aufsässig. »Sie zahlen einfach nicht genug für diesen Mist.«

Schwejksam starrte in den Sturm hinaus, dann blickte er wieder zu seinem Investigator. »Irgend etwas auf den Sensoren?«

»Negativ, Kapitän. Keinerlei Lebenszeichen. So weit es die Instrumente betrifft, sind wir ganz allein hier draußen.« Investigator Frost erwiderte Schwejksams Blick mit harten,

290

kalten Augen. »Ihr habt etwas in der Art erwartet, nicht wahr, Kapitän? Das ist der Grund, aus dem Ihr mit uns gekommen seid. Ihr wißt, was dort draußen lauert.«

»Ja«, antwortete Schwejksam. »Ja, ich weiß es.«

»Die Geschütze sind wieder feuerbereit, Kapitän!« meldete Ripper. »Wir können jederzeit schießen. Nennt uns nur ein Ziel, Sir.«

»Haltet Euch bereit, Soldaten. Esper, redet mit mir! Was seht Ihr dort draußen? Esper!«

Sie waren groß und furchterregend, und sie erfüllten Vertues gesamten Verstand mit einem blendenden Licht so hell wie die Sonne. Zu fremdartig zum Verstehen, zu gewaltig zum Begreifen hatten sie sich im Sturm versammelt wie archaische Rachegötter und überzogen die Pinasse mit Donner und Blitz. Diana Vertue kämpfte verzweifelt darum, inmitten all der Raserei und Wut ihre eigene Identität zu behalten, doch ihr menschliches Bewußtsein war ein zu kleines, unbedeutendes Ding inmitten von all diesem bitteren, intensiven Haß. Sie zog sich in die Sicherheit hinter ihren mentalen Schilden zurück und kämpfte gegen die fremdartigen Gedanken im Sturm außerhalb des Schiffes an, die heulend und brüllend in ihr Bewußtsein einzudringen versuchten.

Diana errichtete eine Verteidigungsbarriere nach der anderen, bis sie sich ganz unvermittelt zurück im Schiff befand, wo Kapitän Schwejksam sie anbrüllte.

»Er ist lebendig«, erklärte Diana benommen. Ihre Gedanken erschienen ihr nun, da sie wieder auf menschlicher Ebene funktionierten, langsam und unbeholfen. »Der Sturm ist lebendig, und er haßt uns.«

»Konntet Ihr Kontakt mit dem Sturm aufnehmen?« erkundigte sich Schwejksam. »Ist es Euch gelungen, irgendwie mit ihm zu kommunizieren?«

»Kommunizieren? Mit was?« mischte sich Investigator Frost in scharfem Tonfall ein. »Gäbe es dort draußen etwas Lebendiges, dann hätten die Sensoren es gezeigt.«

»Sie sind zu gewaltig. Zu groß« entgegnete Diana. »Riesig. Ich habe noch niemals derartigen Haß gespürt.«

291

»Versucht es!« befahl der Kapitän. »Das ist der Grund, aus dem ich Euch mitgenommen habe. Redet mit ... was auch immer sich dort draußen befindet.«

»Nein!« widersprach Diana vehement. In ihren Augen brannten heiße Tränen. »Bitte! Laßt mich ... Sie hassen uns so sehr.«

»Tut es! Das ist ein Befehl!«

Und Diana öffnete ihren Verstand erneut, warf ihn hinaus aus der Pinasse in den tosenden Sturm aus Haß. Esper befolgten stets ihre Befehle. Ihre Ausbildung sorgte dafür. Wer nicht lernen konnte oder wollte, erreichte das Erwachsenenalter nicht.

Der Sturm raste. Gewaltige, dunkle Gedanken umgaben Diana. Sie wußte, daß sie nur deswegen noch lebte, weil sie viel zu klein war, um von ihnen bemerkt zu werden. Sie wußte auch, daß die anderen auf eine unbestimmbare, dumpfe Weise allmählich bemerkten, daß Diana sie beobachtete.

Schwejksam musterte das Gesicht der jungen Esperfrau. Es war vor Entsetzen verzerrt, verzerrt wegen dem, was ihre blinden Augen sahen. Der Kapitän konnte den Blick nicht abwenden. Falls Diana starb oder den Verstand verlor, trug er die Verantwortung dafür. Das Risiko war ihm bewußt gewesen, als er darauf bestanden hatte, sie zu diesem Einsatz mitzunehmen. Ein dünner Speichelfaden troff langsam aus Dianas Mund, und sie begann leise zu stöhnen. Schwejksam konnte den Blick noch immer nicht abwenden.

»Soldaten, Sperrfeuer legen. Zufällige Zielauswahl, wie gehabt. Odin, Schutzschirm senken. Jeder sichert sich in seinem Sitz. Der Ritt wird ein wenig holprig.«

Ein ohrenbetäubendes Röhren erklang, mindestens ebensosehr in jedermanns Kopf wie akustisch in den Ohren, als die Schutzschirme zusammenfielen und die dunklen Wesenheiten in das Schiff eindrangen. Die Disruptorgeschütze feuerten in den Sturm hinaus, ohne irgendwelchen erkennbaren Schaden anzurichten. Die Pinasse schüttelte sich und schwankte von einer Seite zur anderen wie ein Blatt in einem Hurrikan. Metallbäume mit Stämmen, die ein Dutzend Fuß durchmaßen, sprangen aus den Wolken und krachten gegen die Flanken des kleinen Schiffs. Die Hülle war geschaffen, um Disruptorfeuer und taktischen Atomsprengköpfen zu widerstehen, und so hielt sie dem Ansturm relativ mühelos stand. Das Tosen der Schiffsantriebe schwoll an und ab, während die KI verzweifelt darum kämpfte, den Kurs zu halten.

Kapitän Schwejksam schaltete sich einmal mehr in die Schiffsinstrumente und biß sich auf die Unterlippe, als er feststellte, daß sie noch immer mehr als vier Minuten von der Basis entfernt waren. Unvermittelt senkte sich die Nase des Schiffes steil nach unten, als hätte jemand eine schwere Last daraufgestellt. Ein Kreischen von gequältem Metall, und die Backbordseite der Hülle zerriß wie Papier. Fetzen von Metall flogen durch die Kabine. Kratzer wie die Spuren gewaltiger Klauen zogen sich über die Außenhülle. Irgend etwas hämmerte auf die Pinasse, und große Beulen erschienen im oberen Bereich der Hülle.

»Da draußen ist absolut gar nichts!« kreischte Stasiak und hämmerte blindlings auf die Armlehnen seines Sitzes. »Dort draußen ist nichts! Die Instrumente können nichts entdecken.«

Ripper schüttelte den Kopf. Sein Mund formte lautlose Zustimmung. Investigator Frost starrte über ihr Komm-Implantat auf den wütenden Sturm hinaus und umklammerte die Waffe an der Hüfte. Dinge bewegten sich im Sturm, dunkle, verschwommene, unglaublich große Kreaturen. Der gesamte Rumpf der Pinasse kreischte gequält auf, als das Kabinendach von einer gewaltigen, unwiderstehlichen Kraft eingedrückt wurde.

»Wir verlieren Druck, Kapitän«, meldete die KI in Schwejksams Ohr. »Die Schiffsintegrität ist über meine Kompensationsfähigkeiten hinaus beschädigt. Ich bin nicht länger zuversichtlich, ob wir den Landeplatz erreichen können. Habe ich Eure Erlaubnis, eine Notlandung einzuleiten?«

»Nein!« erwiderte Schwejksam durch sein Komm-Implantat. »Noch nicht.«

»Wir müssen landen, bevor das Schiff auseinanderfällt«, sagte Frost.

Schwejksam bedachte den Investigator mit einem scharfen Blick. Er hatte nicht gewußt, daß sie Zugriff auf den Kommandokanal seines Implantats besaß. »Noch nicht«, wiederholte er entschlossen. »Esper, redet mit ihnen, verdammt! Sorgt dafür, daß sie Euch hören.«

Diana Vertue ließ den letzten Rest ihrer mentalen Abschirmung sinken und stand nun nackt und wehrlos vor den fremdartigen Wesenheiten.

Sie schossen vor und stürzten sich auf sie. Im gleichen Augenblick ließ die Pinasse die letzten Sturmwolken hinter sich und erreichte klare Luft. Mit schwindelerregender Geschwindigkeit wich die KI den im Weg stehenden Metallbäumen aus. Bösartige, stachelige Äste rasten an ihnen vorüber, scheinbar nur einen Zoll davon entfernt, den Schiffsrumpf aufzureißen und die Pinasse wie einen Fisch auszuweiden.

Dann blieben auch die Bäume zurück, und das kleine Schiff flog über eine weite offene Lichtung, über eine flache Ebene auf Basis Dreizehn und das Landefeld zu.

»Es hat aufgehört«, sagte Investigator Frost leise. »Hört nur. Es hat aufgehört.« Schwejksam blickte sich langsam um. Das Hämmern auf die Schiffshülle hatte tatsächlich aufgehört. Nirgendwo mehr eine Spur von den dunklen, bedrohlichen Wesen. Schwache Geräusche drangen in die Kabine, als das Schiff damit begann, seine Strukturschäden selbst zu reparieren. Die beiden Marineinfanteristen lösten ihre Verbindung mit den Schiffsgeschützen und sahen sich mit leeren Blicken um. Zum ersten Mal nahmen sie die schweren Schäden wahr, die das Schiff erlitten hatte. Ripper wandte sich an den Kapitän, um Fragen zu stellen, doch Stasiak bedeutete ihm mit einem Wink zu schweigen. Der Infanterist kletterte aus seinem Sitz und kniete sich neben der jungen Esperfrau nieder, die zusammengesunken auf dem Fußboden saß und den Kopf gesenkt hielt. Langsam drang seine Gegenwart in ihr Bewußtsein. Sie öffnete die Augen und blickte Stasiak an.

»Sie ... sie sind verschwunden, Kapitän. Sie sind einfach ... gegangen.«

»Was habt Ihr gesehen?« erkundigte sich Schwejksam in bewußt gleichgültigem Tonfall.

»Gesichter. Gargoylenfratzen. Eckig und glatt. Zähne und bösartige Klauen. Ich weiß es nicht. Ich glaube nicht, daß irgend etwas davon real war. Es kann nicht real gewesen sein. Es waren so viele Gesichter, und darin stand nichts als Wut und Haß. Ich war sicher, daß sie mich töten würden, doch als ich meine Abschirmung fallen ließ, blickten sie mich nur an und ... gingen. Ich weiß nicht, warum.«

»Aber Ihr wißt es, Kapitän«, sagte Investigator Frost. »Nicht wahr, Kapitän?«

»Bitte kehrt zu Euren Sitzen zurück«, unterbrach die KI. »Die Landung steht unmittelbar bevor.«

Schwejksam half Diana Vertue auf die Beine und führte sie zu ihrem Platz, bevor er sich in den Kommandositz begab.

Investigator Frost sah dem für einen Augenblick mit verkniffenem Gesicht hinterher und ignorierte ihn dann demonstrativ. Die Marineinfanteristen warfen sich vielsagende Blicke zu und schwiegen. Ihre Gesichter sprachen Bände.

»Ich habe versucht, mit Basis Dreizehn Kontakt aufzunehmen« meldete die KI, »doch ich erhalte keine Antwort. Die Schutzschirme rings um die Station sind noch immer oben. Innerhalb der Reichweite meiner Sensoren gibt es keinerlei Hinweise auf Lebensformen oder Bewegung. Ich nehme daher an, daß es sicher ist zu landen, es sei denn, Ihr stimmt dagegen, Kapitän.«

»Nein. Odin, bring uns so dicht an der Basis runter, wie nur irgend möglich. Anschließend wirst du die Sensoren auf größte Empfindlichkeit einstellen und die Schiffssysteme einschließlich der Bordwaffen auf höchster Gefechtsbereitschaft halten, bis ich diesen Befehl widerrufe.«

»Verstanden, Kapitän.« Ein Dutzend Yards vom schimmernden Schutzschirm von Basis Dreizehn entfernt kam die Pinasse zum Halt. Langsam sank sie dem Landefeld entgegen. Schwejksam starrte angestrengt auf die Simulation, die die Schottenwände unsichtbar werden ließ, und erkannte zum ersten Mal, wie groß die Landeflächen tatsächlich waren. Sie waren ursprünglich dazu gedacht, den gewaltigen Sternenfrachtern Raum zu bieten, die die Basis errichtet hatten und mit Nachschub versorgten. Schwejksam war Kapitän eines dieser Schiffe gewesen, und er erinnerte sich nur zu deutlich an das ständige Kommen und Gehen, das auf Basis Dreizehn geherrscht hatte. Von überall her aus dem Imperium waren Schiffe gekommen. Gewaltige silberne Frachter hatten die Landefelder bedeckt wie silberne Skulpturen, soweit das Auge reichte. Jetzt waren die Schiffe verschwunden, und die Pinasse stand allein auf dem weiten Feld, zwergenhaft vor der Weite der umgebenden Felder und der schieren Größe der Metallbäume, die die Lichtung überragten.

Schwejksam beendete seine Verbindung mit den Schiffssensoren. Der Anblick wich den nackten Stahlwänden der Schiffskabine. Schwejksam wandte sich in seinem Sitz um und nickte dem Team zu.

»Ich weiß, daß jeder von Euch eine Menge Fragen auf den Lippen hat, doch Ihr werdet Euch noch eine Weile gedulden müssen. Die Situation vor Ort ist äußerst kompliziert, und der rauhe Landeanflug war nur ein Anfang. Ich nehme an, niemand wurde ernsthaft verletzt? Gut. Odin, Schadensberichte.«

»Nichts Ernsthaftes, Kapitän. Allerdings wird es ein paar Stunden dauern, bevor die Pinasse wieder starten kann. Der Strukturbruch in der Hülle macht mir die größten Sorgen. Es gibt eine Grenze für Schäden, die ich ohne Zugriff auf die Ressourcen eines Sternendocks beheben kann.«

Schwejksam nickte bedächtig. »Wie sieht es schlimmstenfalls aus?«

»Falls ich die Hülle nicht instandsetzen kann, werden wir nirgendwo mehr hinfliegen, Kapitän. Selbstverständlich könntet Ihr jederzeit eine weitere Pinasse von der *Dunkelwind* anfordern, doch gibt es keinerlei Garantie, daß sie die Basis in besserem Zustand erreicht als unser Schiff.«

»Augenblick mal«, mischte sich Stasiak ein. »Du willst damit doch wohl nicht sagen, daß wir hier gestrandet sind?«

»Ruhig, Stasiak«, unterbrach ihn Ripper. »Das war nur ein Szenario für den schlimmsten Fall. Die Dinge stehen nicht so schlecht. Noch nicht jedenfalls.«

»Ich habe ebenfalls ein paar Fragen an Euch, Kapitän«, meldete sich Investigator Frost kühl zu Wort. »Dieser Planet steht offiziell in der Liste der zerstörten Welten. Hier dürfte es nichts Lebendiges mehr geben. Aber irgend etwas in diesem Sturm da draußen hat versucht, uns zu töten, auch wenn unsere Sensoren nichts auffangen konnten. Ihr wißt, was es war. Ihr habt es wiedererkannt. Ich repräsentiere das Imperium in allen Angelegenheiten, die fremde Rassen betreffen, und ich verlange eine Erklärung. Was war das dort draußen im Sturm?«

»Die Ashrai«, antwortete Schwejksam.

»Die Ashrai sind tot. Ausgerottet.«

»Das weiß ich. Ich sagte bereits, die Situation ist kompliziert.«

»Und was zur Hölle hat dann auf dem Weg nach hier die Scheiße aus uns herauszuprügeln versucht?« fragte Stasiak. »Geister vielleicht?«

Schwejksam grinste schwach. »Vielleicht. Wenn jemals ein Planet von seiner Vergangenheit verfolgt wurde, dann *Unseeli*.« Schwejksam zögerte, dann blickte er die Mitglieder seiner Mannschaft der Reihe nach an. »Hat irgend jemand von Euch auf dem Weg hierher etwas ... Außergewöhnliches gespürt?«

»Ja, ich«, grollte Stasiak. »Ich war mir sicher, daß wir alle den Tod finden würden.«

Ripper zuckte die Schultern. Investigator Frost runzelte für einen Augenblick die Stirn und schüttelte anschließend den Kopf. Schwejksam blickte fragend zu Diana Vertue. »Was ist mit Euch, Esper? Was habt Ihr gespürt?«

Die junge Frau blickte angestrengt auf ihre fest im Schoß verschränkten Hände. »Sie hätten uns alle töten können. Unsere Energieschirme hätten sie nicht aufgehalten, und unsere Geschütze konnten ihnen nichts anhaben. Doch im allerletzten Augenblick blickten sie mich an und wandten sich anschließend ab. Ich habe nicht die leiseste Ahnung, warum sie das getan haben. Wißt Ihr vielleicht mehr darüber, Kapitän?«

»Ja«, antwortete Schwejksam. »Weil Ihr unschuldig seid, Esper Vertue.« Er hob die Hand, um jeder weiteren Frage und jedem Kommentar zuvorzukommen. »Also schön, alles herhören. Diese Mission wurde in großer Eile zusammengestellt, somit hat niemand eine gründliche Einweisung erhalten. Das liegt wenigstens zum Teil daran, daß keiner so genau weiß, was auf *Unseeli* vor sich geht. Zum Teil allerdings wollte ich auch, daß Ihr unvoreingenommen auf diesen Planeten kommt.

Vor zehn Jahren erkannte das Imperium, daß *Unseeli* reich an wichtigen Metallen ist, und startete Minenoperationen. Die eingeborene intelligente Spezies, die Ashrai, hatte starke Einwände dagegen. Sie erhob sich zu einer Rebellion gegen das Imperium, wobei sie Unterstützung von einem Verräter aus den Reihen der Flotte erhielt, einem Mann, der sich gegen seine eigene Rasse gewandt hatte. Die Imperialen Truppen waren zahlenmäßig weit unterlegen und kein Gegner für die schiere Gewalt der Ashrai, selbst wenn man die viel weiter entwickelte Waffentechnik mit berücksichtigt. Doch das Imperium konnte sich keine Niederlage leisten. Die Metallvorkommen waren zu wichtig. Also zog man sich von der Planetenoberfläche zurück, rief die Sternenkreuzer herbei und sengte den ganzen verdammten Planeten von Pol zu Pol. Die Metallbäume überlebten, ohne Schaden zu nehmen. Nichts sonst. Kurze Zeit später wurden die Minen wieder in Betrieb genommen.

Das ist allerdings noch nicht die ganze Geschichte. Die Metallbäume sind keine gewöhnlichen Bäume. Sie bedecken neunzig Prozent der Planetenoberfläche und bestehen zu einhundert Prozent aus Metall. Überhaupt keine organischen Materialien, und doch sind sie definitiv lebendig. Diese Bäume wurden gezüchtet. Sie entwickelten sich nicht von allein. Ihre Wurzeln ziehen Metalle von tief unter der Oberfläche, reinigen die Schwermetalle und speichern sie in ihren Stämmen. Wir wissen nicht, wie sie das machen, und zahlreiche Hinweise deuten darauf, daß die Bäume einst durch genetische Manipulation entstanden sind. Jedenfalls scheint es vollkommen unglaublich, daß sich etwas so unglaublich Nützliches allein aus einer Laune der Natur heraus entwickelt haben könnte. Ganz besonders dann nicht, wenn man bedenkt, daß die Schwermetalle, die in den Stämmen angereichert werden, ideal dazu geeignet sind, Hyperraumantriebe mit Energie zu versorgen. Diese Metalle sind äußerst selten. Vielleicht versteht Ihr nun, warum das Imperium bereit war, alles in seiner Macht Stehende zu unternehmen, um die Ausbeute von *Unseeli*s einzigartigen Metallwäldern ungestört fortzusetzen.«

»Halt, Augenblick mal«, meldete sich Frost zu Wort. »Wollt Ihr damit andeuten, daß die Ashrai diese Wälder geschaffen haben?«

»Keineswegs« erklärte Schwejksam. »Ihre Zivilisation war zu keiner Zeit hoch genug entwickelt. Unsere ersten Investigatorteams förderten sogar Hinweise zutage, aus denen hervorzugehen scheint, daß die Ashrai erst lange nach den Bäumen auf diesem Planeten entstanden sind. Das gibt Euch eine Ahnung, wie lange die Bäume bereits auf *Unseeli* stehen.«

»Aber – wenn die Ashrai die Bäume nicht entwickelt haben«, sagte Ripper langsam, ». . . wer war es dann?«

»Eine gute Frage, Soldat«, antwortete Schwejksam. »Wer auch immer es war – hoffentlich kehrt er nicht zurück und findet heraus, wer sich an seinem Garten zu schaffen macht. Wo war ich stehengeblieben? Ach ja. Es gibt zwanzig Stationen auf *Unseeli*, von denen aus die Zerstörung des Wurzelwerks der Metallbäume durch die Minenroboter überwacht wird, so daß die Bäume anschließend leicht gefällt und eingebracht werden können. Basis Dreizehn kontrolliert alle anderen Stationen. Es ist die einzige bemannte Station auf dem gesamten Planeten. Das Personal verbringt die meiste Zeit mit Herumsitzen und Warten, ob irgendeine Apparatur ausfällt, um sie dann zu reparieren. Vor vier Tagen fand die letzte Kommunikation mit dem Imperium statt. Seither antworten sie auf kein Signal mehr. Gegenwärtig ist die Situation kaum mehr als ärgerlich, wenn auch ein wenig beunruhigend. Doch wenn die Lage sich weiter verschlechtert und der Nachschub an Metall geringer wird, weil die Minenroboter nach und nach ausfallen, dann könnte das Imperium in ernsthafte Schwierigkeiten geraten. Ich fürchte, wir sind ein wenig zu abhängig von *Unseeli*s Reichtümern geworden. Hat jemand Fragen?«

»Ich«, meldete sich Ripper. »Was macht Ihr hier, Kapitän? Es ist nicht üblich, daß sich ein Schiffskapitän in Gefahren wie diese begibt.«

»Das hier ist keine normale Situation«, erklärte Schwejksam. »Außerdem gibt es persönliche Gründe, warum ich hier bin. Ich beabsichtige zur Zeit nicht, weitere Erläuterungen dazu abzugeben.«

»In Ordnung«, sagte Frost. »Reden wir statt dessen über Basis Dreizehn. Ein Schutzschild ist die letzte Möglichkeit für eine angegriffene Station. Was könnte eine derart große Bedrohung für Basis Dreizehn dargestellt haben, daß die Besatzung sich hinter einen Schutzschild zurückgezogen hat?«

»Vielleicht haben sie ebenfalls Geister gesehen«, mutmaßte Diana Vertue.

Schwejksam lächelte schwach. »Ihr könnt sie ja fragen, wenn wir in der Basis sind.«

»Und wie genau sollen wir reinkommen?« fragte Frost in scharfem Ton. »Wir haben nichts, das auch nur annähernd stark genug wäre, um an diesem Schirm vorbeizukommen. Die Disruptorgeschütze der *Dunkelwind* würden es vielleicht schaffen, aber ihre Feuerkraft würde alles im Umkreis von einer Meile vernichten, höchstwahrscheinlich mitsamt allem, was sich innerhalb des Schutzschilds befindet. Dann könntet Ihr die Überreste der Basis in einem kleinen Eimer wegtragen.«

»Richtig«, stimmte Stasiak ihr zu und verzog das Gesicht zu einem unglücklichen Grinsen. »Es gibt nur eine Möglichkeit, an diesem Schirm vorbeizukommen. Jemand in der Basis muß in die Kommandozentrale gehen und die Schirme abschalten. Und das erscheint im Augenblick nicht gerade als wahrscheinlich. Wenn Ihr also keinen Zugriff zu irgendeiner Superwaffe besitzt, von der das Imperium noch nie gehört hat, Kapitän, dann sind wir den weiten Weg umsonst hergekommen.«

Schwejksam blickte den Marineinfanteristen gelassen an. »Vergreift Euch nicht im Ton, Stasiak. Seid ein braver Junge. Ich weiß, was ich tue.« Er wandte sich an die KI: »Odin, irgendwelche Hinweise auf feindliches Leben außerhalb des Schiffes?«

»Negativ, Kapitän«, lautete die prompte Antwort der KI. »Keinerlei Hinweise auf Leben innerhalb der Reichweite meiner Sensoren. Aus meinen Datenbänken habe ich entnommen, daß Basis Dreizehn einhundertsiebenundzwanzig Besatzungsmitglieder hat, doch ich kann diese Angaben zu meinem Bedauern nicht bestätigen. Der Schutzschild blockiert meine Sensoren.«

»Was ist mit den Dingern, die uns auf dem Weg hierher angegriffen haben?« fragte Diana Vertue. »Sie können schließlich nicht einfach verschwunden sein.«

»Meine Sensoren entdeckten während der ganzen Zeit des Landeanflugs keinerlei Lebenszeichen«, sagte die KI. »Falls es Angreifer gegeben hätte, würde ich sie entdeckt und Euch alle augenblicklich informiert haben. Darf ich Euch daran erinnern, Esper Vertue, daß wir es hier mit einer toten Welt zu tun haben? Nichts lebt mehr auf diesem Planeten.«

»Nun, jedenfalls hat irgend etwas das Schiff auf unserem Weg nach unten angegriffen«, entgegnete Frost. »Ich kann einige der Beschädigungen von meinem Platz aus sehen.«

»Ich stimme mit Euch darin überein, daß die Pinasse schwere Sturmschäden erlitten hat«, hielt die KI dagegen. »Trotzdem muß ich darauf bestehen, daß während des Sturms keinerlei bedrohliche Lebensformen anwesend waren. Falls es welche gegeben hätte, würden mich meine Instrumente informiert haben.«

»Ich konnte sie mit meinem ESP sehen!« widersprach Diana Vertue. »Ich spürte sogar ihren Haß.«

»Wahrscheinlich Halluzinationen«, sagte die KI. »Verursacht durch den gefährlichen Landeanflug. Wenn Ihr wollt, verteile ich Beruhigungsmittel.«

»Schluß damit«, fuhr Schwejksam dazwischen. »Also schön, Leute. Fertigmachen zum Aussteigen. Volle Feldausrüstung für jeden, und das schließt auch Euch ein, Esper Vertue. Bewegung!«

Die Besatzung der Pinasse beeilte sich, auf die Beine zu kommen. Alle versammelten sich um Investigator Frost, die den Waffenschrank öffnete und die Ausrüstung verteilte. Die beiden Marineinfanteristen warfen sich nachdenkliche Blicke zu. Volle Feldausrüstung bedeutete einen Kettenumhang, Spreng- und Splittergranaten, Schwerter, Energiewaffen und einen persönlichen Schutzschild. Diese Art Ausrüstung wurde normalerweise nur in offenen Feuergefechten und bei gewalttätigen Aufständen eingesetzt. Stasiak nahm seinen Armvoll Ausrüstung entgegen und entfernte sich so weit von Frost und Kapitän Schwejksam, wie der beengte Raum nur erlaubte. Ripper folgte ihm, und die beiden Infanteristen steckten die Köpfe zusammen, während sie sich nach außen hin mit ihren Rüstungen beschäftigten.

»Mir gefällt die Sache einfach nicht«, sagte Stasiak leise. »Ich hasse diesen Planeten, und ich hasse diesen Auftrag. Volle Feldausrüstung für eine angeblich tote Welt? Ein Kapitän, der von Geistern und Superwaffen spricht? Der Mann hat einen ernsthaften Schaden, wenn du mich fragst. Verdammt noch mal, nur noch fünf Monate, und ich hätte meine Zeit um gehabt. Fünf kurze Monate, und ich hätte den Dienst in der Flotte quittiert und wäre wieder mein eigener Herr gewesen. Aber wie immer läuft nichts so, wie ich es mir vorgestellt habe. Warum muß ich Idiot mich auch freiwillig für diese verdammte Mission melden? Halluzinationen, jede Wette, was? Es ist mir egal, ob diese Welt tot ist; irgend etwas dort draußen lebt noch, und dieses Etwas ist uns in keiner Weise freundlich gesinnt.«

»Und warum konnten wir dann keine Ziele für unsere Geschütze finden?« murmelte Ripper und zog seinen Waffengurt mit geübter Leichtigkeit über. »Es besteht nicht der geringste Zweifel daran, daß die Flotte *Unseeli* gesengt hat.

Ich habe die Schiffsdatenbänke durchgesehen, bevor die Pinasse auf dem Planeten gelandet ist. Vor zehn Jahren kamen sechs Sternenkreuzer hierher und vernichteten alles Leben an der Oberfläche. Sie radierten den Planeten aus, von Pol zu Pol.«

»Sechs Schiffe?« fragte Stasiak ungläubig. »Standardmäßig machen das zwei Sternenkreuzer, drei, wenn es eilig ist. Was gab es hier unten, daß das Imperium glaubte, sechs Sternenkreuzer zu benötigen?«

»Da ist noch mehr«, fuhr Ripper fort. »Rate mal, wer das Kommando bei dieser Sache geführt hat?«

Stasiak unterbrach seine Bemühungen mit den Schnallen des Gurtes. »Vielleicht Schwejksam?«

»Du hast es erfaßt. Er war verantwortlich für die Niederschlagung der Ashrai-Rebellion. Als die Angelegenheit außer Kontrolle geriet, war er derjenige, der die Sternenkreuzer herbeirief.«

Stasiak schüttelte langsam den Kopf. »Das wird ja immer besser. Das wird kein Spaziergang, Ripper. Ich spüre es im Urin.«

»Mach dir keine Gedanken deswegen; vertrau einfach dem alten Ripper. Ich werde schon dafür sorgen, daß wir die Geschichte überstehen.«

Stasiak blickte seinen Kameraden schweigend an.

Die junge Esperfrau Diana Vertue kämpfte mit ihrem Kettenumhang. Laut dem Etikett besaß er ihre Größe, doch das Etikett schien zu lügen. Schließlich zwängte sie sich mit brutaler Gewalt hinein und kam schweratmend und mit puterrotem Kopf durch die Halsöffnung wieder zum Vorschein. Das lange Kettengewand war schwer und unhandlich. Vertue haßte schon jetzt den Gedanken daran, wie sie sich erst fühlen würde, wenn sie ein paar Stunden darin verbracht hatte.

Sie blickte unentschlossen auf das Schwert und den Disruptor, die man ihr ausgehändigt hatte, zögerte einen Augenblick und ging dann zum Waffenschrank, um beides wieder zurückzulegen.

»Das würde ich an Eurer Stelle nicht tun«, gab Frost zu

bedenken. »Die Chancen stehen nicht schlecht, daß Ihr beides gebrauchen könnt.«

»Ich benutze keine Waffen«, erwiderte Diana Vertue entschieden. »Ich bin kein Killer. Ich behalte den Schutzschild, aber das ist auch schon alles.«

Investigator Frost zuckte die Schultern. »Es ist Euer Hals, nicht meiner.« Sie rückte den Disruptor in eine bequeme Position auf der rechten Hüfte und zog ein Schwert mitsamt Scheide aus dem Waffenschrank. Es war ein Langschwert, eindeutig nicht Standardausrüstung der Flotte. Frost schlang es über die rechte Schulter und schob es so auf den Rücken, daß der Griff hinter ihrem Hals hervorragte. Die Spitze der Scheide berührte beinahe den Boden. Frost bemerkte Diana Vertues neugierigen Blick und grinste.

»Es ist ein Zweihänder. Ein altes irdisches Schwert, das sich schon seit Generationen im Besitz meines Clans befindet. Eine gute Klinge.«

»Habt Ihr jemals einen Menschen damit getötet?« fragte die Esperfrau. Ihr Tonfall war freundlich, doch Frost versteifte sich, als sie die Mißbilligung in Vertues Frage hörte.

»Natürlich«, sagte Frost. »Das ist schließlich mein Beruf.« Sie griff in den Schrank und brachte eine Bandoliere mit Granaten zum Vorschein. Frost legte den Gurt straff über die Brust und bewegte die Arme mehrmals, um sicherzustellen, daß er sie nicht eingeengte. Dann blickte sie wieder zu Diana Vertue. »Wenn Ihr nicht kämpfen wollt, dann bleibt mir aus dem Weg. Und erwartet nicht, daß ich Euch zu Hilfe komme oder auf Euch aufpasse. Das ist nicht mein Beruf.«

Frost warf die Türen des Waffenschranks ins Schloß und ging zu Kapitän Schwejksam und den beiden Marineinfanteristen, die an der Luftschleuse warteten. Vertue blickte ihr einen Augenblick lang hinterher, doch sie schwieg. Sie gesellte sich mit gesenktem Blick zu den Wartenden.

Schwejksam musterte seine Mannschaft und hob die Augenbraue, als er das Fehlen von Waffen bei seinem Schiffsesper feststellte. Dann tippte er den Sicherheitskode für die Luftschleuse ein. Mit einem Zischen glitt die innere

Luke auf. Schwejksam betrat die Schleuse als erster. Die beengte Kammer war eben groß genug, um allen Platz zu bieten. Als die Innenluke wieder zuglitt, breitete sich rasch eine klaustrophobische Atmosphäre aus. Vertue schlang die Arme um die Schultern, um ihr Zittern zu unterdrücken. Sie hatte beengte Räume noch nie gemocht.

»Odin, hier spricht der Kapitän«, sagte Schwejksam durch sein Komm-Implantat. »Antworte bitte.«

»Kontakt bestätigt«, murmelte die KI in sein Ohr. »Die Sensoren melden alles im normalen Bereich. Noch immer keinerlei Lebensformen zu entdecken. Luft, Temperatur und Gravitation sind im annehmbarem Bereich. Euch bleiben noch etwa sieben Stunden Tageslicht.«

»Öffne bitte die Außenluke«, befahl Schwejksam.

Die Luke schwang mit einem weiteren Zischen komprimierter Luft nach innen. Schwejksam trat vor. Im Durchgang zögerte er. Eine frische Brise wehte den Geruch *Unseelis* heran. Es war ein stechender, rauchiger Geruch. Schwejksam hatte ihn seit zehn Jahren nicht mehr gerochen, doch er schien augenblicklich vertraut. Beinahe so, als hätte der Kapitän der *Dunkelwind* den Planeten nie verlassen. Er hob den Kopf ein wenig und trat auf das Landefeld hinaus. Die anderen folgten ihm. Es war ein bitterkalter, grauer Nachmittag. Die Atemluft kondensierte vor Schwejksams Gesicht. Eine Reihe schwacher Klickgeräusche zeigte an, daß die Heizelemente seiner Uniform sich eingeschaltet hatten.

Das Landefeld war von riesigen Metallbäumen umgeben. Der Wald reichte bis zum Horizont, ganz gleich, in welche Richtung Schwejksam blickte. Zehn Jahre war es her, daß er zum letzten Mal auf den Metallwald gestarrt hatte. Schwejksam kam es vor, als sei es erst gestern gewesen. Basis Dreizehn lag im Zentrum des weiten Landefelds, sicher hinter ihrem Schutzschild versteckt. Die schützende Kuppel schimmerte und waberte wie eine riesige Perle in einer eintönigen Umgebung aus stählernen Nadeln. Es fiel nicht schwer, sich etwas Dunkles, Bedrohliches vorzustellen, das sich hinter dem Schirm verborgen hielt und die Mannschaft der Pinasse beobachtete, während es darauf wartete, daß sie zu ihm kam. Unwillkürlich lief Schwejksam ein Schauer über den Rücken, der rein gar nichts mit der Temperatur zu tun hatte. Er grinste säuerlich und schob die unangenehmen Gedanken beiseite. Dann schaute er nach seinen Leuten, um zu sehen, wie sie in der fremdartigen Umgebung zurechtkamen.

Die beiden Marineinfanteristen hielten ihre Disruptoren im Anschlag und warfen gehetzte Blicke um sich auf der Suche nach Bedrohungen und in dem Bestreben, sich mit der neuen Umgebung vertraut zu machen. Investigator Frost stand ein wenig abseits und betrachtete gelassen den Schutzschild. Diana Vertue hatte wegen der Kälte die Arme um den Leib geschlagen und starrte auf den Wald. Die Augen in ihrem knochigen Gesicht erschienen unnatürlich groß. Niemand wirkte beunruhigt oder ängstlich. Das würde sich früh genug ändern. Schwejksam räusperte sich, um ihre Aufmerksamkeit zu erlangen.

»Ich werde Euch eine Weile hier zurücklassen. Investigator Frost übernimmt in meiner Abwesenheit das Kommando. Sollte es Probleme geben, werdet Ihr Euch über Euer Komm-Implantat mit mir in Verbindung setzen. Allerdings wünsche ich nicht gestört zu werden, wenn es nicht unbedingt notwendig ist. Wir werden Hilfe benötigen, um durch den Schutzschild zu gelangen, und ich schätze, ich weiß jetzt, wo ich diese Hilfe finde.«

Frost blickte Schwejksam aus zusammengekniffenen Augen an. »Hilfe? Auf *Unseeli*? Meint Ihr nicht, es wird allmählich Zeit, daß Ihr uns aufklärt über das, was hier vor sich geht, Kapitän?«

»Nein«, antwortete Schwejksam. »Noch nicht.«

»Nun, Ihr könntet uns zumindest verraten, wohin Ihr geht?«

»Selbstverständlich, Investigator. Ich werden den Verräter namens Carrion aufsuchen. Er wird uns durch den Schild helfen. Falls er nicht beschließt, uns vorher zu töten.«

306

KAPITEL 2
GEISTER

Ripper und Stasiak sollten das Landefeld sichern, doch sie verbrachten die meiste Zeit mit dem Beobachten der rätselhaften Metallwälder in den wirbelnden Nebeln. Beide hatten sich freiwillig für diese Aufgabe gemeldet. Ripper, weil er an den Sinn einer guten Verteidigung glaubte, und Stasiak, weil er froh war über die Chance, wenigstens zeitweilig aus der Nähe von Investigator Frost zu verschwinden. Stasiak hatte jede Menge Geschichten über die berüchtigten Assassinen des Imperiums gehört, und nun, da er Frost begegnet war, glaubte er vieles von dem, was er früher als Legende abgetan hatte. Investigatoren waren die Elite des Imperiums, ausgebildet, um in Situationen zu bestehen, die für normale Truppen zu schwierig oder zu gefährlich waren. Ihre Spezialität war der Umgang mit neu entdeckten Fremdrassen. Sie studierten die Fremden sorgfältig, arbeiteten aus, wie sie am besten eingegliedert, versklavt oder ausgerottet werden konnten und führten anschließend die Missionen durch, die die Welt der Fremden auf die eine oder andere Weise in das Imperium eingliedern sollten. Investigatoren waren unvergleichliche Kämpfer, kühle, berechnende Strategen und durch nichts außer den eigenen Tod aufzuhalten. Man sagte von ihnen, sie wären so fremdartig und nichtmenschlich wie die Aliens, mit denen sie umgingen, und Stasiak glaubte es inzwischen. Allein Frosts Nähe erzeugte eine Gänsehaut bei ihm. Die beiden Soldaten wanderten langsam am Rand des Landefelds entlang und legten in regelmäßigen Abständen Annäherungsminen. Ripper liebte Annäherungsminen. Sie erschwerten dem Gegner nicht nur das Anschleichen, sondern gaben den Verteidigern auch reichlich Vorwarnzeit, daß ein Gegner im Anmarsch war. Ripper klopfte liebevoll auf die Mine, die er soeben plaziert hatte. Stasiak zuckte zusammen. Die Mine war nicht sonderlich groß, doch die flache graue Scheibe enthielt genug Sprengstoff, um jedermanns Tag zu verderben.

Das Errichten des Absperrgürtels hatte länger gedauert als erwartet, und das nicht nur wegen der langen Augenblicke, in denen die beiden Soldaten mißtrauisch in den Wald gestarrt hatten. Das Landefeld war noch größer, als es aussah, und es sah riesig aus. Ripper versuchte sich vorzustellen, wie es hier gewesen war, als die Basis errichtet wurde und gewaltige, berggroße Frachter in stündlichen Abständen gestartet und gelandet waren, doch er konnte es nicht. Der Maßstab war einfach zu groß. Er wollte mit Stasiak darüber reden, doch dann änderte er seine Meinung. Stasiak war ein guter Mann im Rücken, wenn es zum Kampf kam, aber er besaß nicht gerade eine ausgeprägte Phantasie. Wenn man etwas nicht essen, trinken, bekämpfen oder vögeln konnte, dann war Stasiak nicht daran interessiert.

Gegenwärtig blickte Stasiak aus zusammengekniffenen Augen in den wabernden Nebel hinaus, und Ripper folgte mürrisch seinen Blicken. An *Unseeli* im allgemeinen und Basis Dreizehn im besonderen war etwas, das Ripper auf einer tiefen, instinktiven Ebene beunruhigte. Die schiere Größe der Metallbäume wirkte einschüchternd, gab Ripper das Gefühl, klein und unbedeutend zu sein wie eine Kirchenmaus in einer großen Kathedrale. Und dann war da noch der Nebel, der den Wald wie ein schmutziges, durchlöchertes Leichentuch einhüllte. Ripper dachte immer wieder, für Sekundenbruchteile undeutliche Gestalten zu sehen, die sich am Rand des Waldes bewegten. Er glaubte sich ständig beobachtet, ein beinahe körperlich spürbares Gefühl unsichtbarer, lauernder Augen. Alienaugen. Die Stille zerrte ebenfalls an den Nerven. Die einzigen Geräusche in der Luft stammten von den beiden Soldaten selbst, und sie wurden von der alles einhüllenden Stille verschluckt. Kein Tier brüllte, kein Vogel sang, nur Stille. Totenstille überall. Es war eine tote Welt. Eine Geisterwelt. Ripper verkniff das Gesicht und legte die Hand auf den Griff seines Disruptors, während Stasiak die letzte Mine deponierte.

Irgend etwas lag in der Luft, etwas, das viele Jahre auf diesen Augenblick gewartet hatte. Und doch lag ringsum alles still und leise. Tot.

Stasiak ging rasch die Aktivierungsroutine durch, machte die Annäherungsmine scharf und trat dann zu Ripper. Wer sich den Minen ohne den richtigen Kode im Komm-Implantat näherte, würde sich sehr unverhofft über ein weites Areal verstreut wiederfinden. Stasiak schniefte verdrießlich und schob die Waffe in seinem Holster in eine bequemere Position. Er hatte gehofft, sich sicherer zu fühlen, wenn der Minengürtel erst ausgebracht war, aber davon spürte er nichts. Ein Blick auf den Wald reichte aus, daß er die Zähne zusammenbeißen mußte. Merkwürdige Farben schimmerten in den Tiefen des Nebels, eigenartige, beunruhigende Schatten, die sich wie Farbe in Wasser auflösten, wenn man länger hinsah. Die Muster zerflossen langsam und bedächtig, als würde eine Absicht oder ein Bewußtsein dahinterstecken, irgendeine fremdartige Intelligenz, die der menschliche Geist nicht begreifen konnte. Ripper berührte Stasiak am Arm, und Stasiak hätte fast der Schlag getroffen. Er funkelte Ripper an, der seinen Blick gelassen erwiderte.

»Wenn du mit dem Versuch fertig bist, mir einen Herzanfall zu bescheren, dann könnten wir vielleicht machen, daß wir von hier wegkommen und zur Pinasse zurückkehren«, sagte Stasiak. Ripper sah seinen Kameraden amüsiert an. »Ich dachte, du wärst froh, ein paar Meter Distanz zwischen dir und der großen bösen Investigatorfrau zu haben?«

Stasiak zuckte die Schultern und blickte erneut in den Wald hinaus. »Das war ich auch. Aber hier ist es noch unheimlicher als in ihrer Nähe. Ich ... ständig sehe ich irgendwelche Dinge. Höre Geräusche. Komm schon, Rip; du hast es auch gespürt, das merke ich dir an. Irgend etwas lauert dort draußen im Nebel und beobachtet uns.«

»Die KI war ziemlich bestimmt, was das angeht«, erwiderte Ripper neutral. »Nach unseren Bordinstrumenten zu urteilen, sind wir die einzigen lebenden Wesen auf dem ganzen verdammten Planeten. Außer natürlich, du bist der Meinung, daß es hier spukt ...«

»Warum nicht?« entgegnete Stasiak und blickte Ripper ernst an. »Hier draußen am Abgrund sind schon immer merkwürdige Dinge geschehen. Erinnerst du dich an die

Geistkrieger und den Wolfling im Labyrinth des Wahnsinns? Hier draußen findest du alles, wirklich alles.«

»Trotzdem ziehe ich eine Grenze, wenn es um Geister geht«, erwiderte Ripper.

»Irgend jemand hat uns auf dem Weg nach unten angegriffen. Irgend etwas, das nicht auf den Sensoren erschien. Und was ist mit diesem Carrion, nach dem der Kapitän sucht? Angenommen, er ist kein Geist und kein lebender Toter – das bedeutet doch, daß jemand einen Weg gefunden hat, sich vor den Sensoren des Imperiums zu verbergen. Und wenn ein Mann das fertigbringt, wer sagt dann, daß andere es nicht auch können? Eine ganze Menge anderer, schwer bewaffnet und auf der Lauer, um im geeigneten Augenblick auf uns loszugehen?«

»Du bist fest entschlossen, fröhlich zu sein, wie?« fragte Ripper. »Also schön, zugegeben. Auch ich habe ein schlechtes Gefühl, was diese Gegend angeht. Aber ich halte meine Nerven im Zaum. Ich werde nicht anfangen, mir in die Hosen zu machen, bevor ich nicht ein Ziel sehe, auf das ich mit dem Disruptor schießen kann. Du zerbrichst dir zu sehr den Kopf, Stasiak. Diese Minen werden jeden aufhalten, einschließlich einem Hadenmann.«

»Und wenn du dich irrst und eine häßliche Überraschung dort draußen auf uns wartet?«

»Dann kannst du allen erzählen, ich hätte mich geirrt«, entgegnete Ripper.

Stasiak schüttelte den Kopf. Er war nicht überzeugt. »Es muß irgend etwas hiergewesen sein, sonst hätte die Basis nicht den Schutzschild hochgefahren. Ich meine, das ist ihre letzte Verteidigung; die Schutzschilde werden erst eingeschaltet, wenn alles andere nicht funktioniert hat. Das alles gefällt mir nicht, Rip. Diese ganze verdammte Mission gefällt mir nicht ein Stück.«

»Genausowenig wie mir«, ertönte eine kühle, gelassene Stimme hinter den beiden. Die Soldaten wirbelten herum und fanden Investigator Frost unmittelbar hinter sich. Ripper und Stasiak tauschten einen raschen Blick, als ihnen bewußt wurde, daß keiner von beiden gehört hatte, wie

Frost sich ihnen genähert hatte, und das trotz der unheimlichen Stille ringsum.

»Immer noch keine Reaktion von Basis Dreizehn«, sagte Frost. »Unsere Ausrüstung ist in Ordnung, also will die Besatzung der Station entweder nicht mit uns reden, oder sie kann es nicht. Woraus folgt, daß es hier etwas geben muß, das imstande ist, eine ganze Basis zu Tode zu erschrecken. Und das wiederum steht im Widerspruch zu dem, was unsere Instrumente sagen, nämlich daß außer uns nichts und niemand hier ist.«

»Was ist mit diesem Carrion?« erkundigte sich Stasiak. Frost nickte nachdenklich.

»Ja, was ist mit ihm? Habt Ihr den Namen schon einmal gehört?«

»Nein«, antwortete Ripper. »Und Ihr?«

Frost runzelte die Stirn. »Die meisten Daten über *Unseeli* sind durch Kodes gesichert, zu denen selbst ich keinen Schlüssel besitze. Dennoch habe ich einiges zutage gefördert, das nicht allgemein bekannt ist. Damals, als das Imperium sich im Krieg mit den aufständischen Ashrai befand, war der Verräter Carrion ein hochrangiger Offizier unter Kapitän Schwejksam. Carrion wandte sich gegen seine eigene Rasse und kämpfte zusammen mit den Ashrai gegen die Menschen. Und das recht erfolgreich, nach dem zu urteilen, was damals geschah. Anscheinend zeigte er machtvolle Espertalente in der Schlacht, obwohl interessanterweise über dieses Talent keinerlei Aufzeichnungen in seiner Akte existieren. Man nimmt an, daß Carrion zusammen mit den Ashrai umgekommen ist, als der Planet aus dem Orbit gesengt wurde.«

Stasiak schüttelte entschieden den Kopf. »Dann ist er auch tot. Niemand überlebt so etwas.«

»Bis heute jedenfalls nicht«, sagte Frost. »Allerdings scheint der Kapitän recht überzeugt, daß Carrion überlebt hat und daß er ihn finden kann. Ein faszinierender Gedanke.«

»Habt Ihr schon früher unter Kapitän Schwejksam gedient?« erkundigte sich Ripper.

»Nein. Bisher ist seine Akte einwandfrei, wenn man von *Unseeli* absieht. Und Ihr? Wie lange seid Ihr bei ihm?«

»Mittlerweile sind es zwei Jahre«, antwortete Ripper. »Er ist nicht übel für einen Kapitän. Ich habe schon unter schlimmeren gedient. Lew?«

»Er ist in Ordnung«, erklärte Stasiak schulterzuckend. »Wenigstens schien er in Ordnung zu sein, bis diese Mission anfing. Seit der Befehl eingegangen ist, daß wir hier nach dem Rechten sehen sollen, verhält er sich merkwürdig.«

»Wenn man bedenkt, daß er die Sache beim letzten Mal so gründlich vermasselt hat, daß das Imperium den gesamten Planeten sengen mußte, überrascht mich das eigentlich nicht.« Frost sah zu dem Metallwald hinüber, als könnte sie dort Antworten finden. »Ich würde sagen, das gegenwärtige Verhalten des Kapitäns bereitet Anlaß zur Sorge. Genaugenommen macht er den Eindruck eines Mannes, der innerlich nicht mehr stabil ist.«

Ripper blickte Frost scharf an. Sie hatte ihre Worte mit größter Bedacht gewählt. »Angenommen, wir gelangen zu dem Schluß«, begann er, »daß Kapitän Schwejksam nicht mehr imstande ist, die Mission anzuführen – wer würde dann das Kommando übernehmen? Ihr?«

Investigator Frost lächelte. »Möglicherweise. Um der Mission willen.«

»Ja«, sagte Ripper. »Um der Mission willen.«

»Ich sollte alle Anwesenden daran erinnern«, meldete sich die Stimme der KI plötzlich in ihren Komm-Implantaten, »daß die Strafen für Verrat und Meuterei äußerst drastisch sind.«

»Verrat?« hakte Stasiak rasch ein. »Wer redet denn hier von Verrat? Ich jedenfalls nicht.«

Frost grinste ungerührt. Ripper schnitt eine säuerliche Grimasse. »Ich hätte es wissen müssen. Selbst auf einem gottverlassenen toten Planeten gibt es keine Privatsphäre.«

»Meine Befehle lauten, in der gegenwärtigen Notsituation alle Konversationen zu protokollieren«, sagte die KI. »Ich muß dem Kapitän Eure Unterhaltung melden, sobald er zurückgekehrt ist.«

»Selbstverständlich«, bestätigte Frost. »Wenn er zurückkehrt. Bis dahin wirst du keinerlei Konversation mehr protokollieren, an der ich teilnehme, es sei denn, ich erteile dir die Erlaubnis dazu. Das ist ein direkter Befehl unter Berufung auf Kode Sieben. Bestätige.«

»Kode Sieben bestätigt«, meldete die KI zögernd und verstummte dann.

Ripper blickte Frost mit gehobener Augenbraue an. »Ich wußte gar nicht, daß man die Sicherheitsdirektiven einer KI außer Kraft setzen kann.«

»Das ist das Besondere an einer Laufbahn bei der Flotte«, entgegnete Frost. »Jeden Tag lernt man etwas Neues. Ich würde zwar gerne noch eine Weile bleiben und mich unterhalten, aber ich denke, ich mache jetzt einen kleinen Spaziergang im Wald. Ich will ein Gefühl für diesen Ort bekommen. Wenn Ihr das Bedürfnis habt, Euch noch eine Weile über den Kapitän zu unterhalten, solltet Ihr vielleicht besser bis zu meiner Rückkehr warten.«

Ohne einen Blick zurück stapfte Investigator Frost in Richtung Metallwald davon. Die Soldaten sahen ihr schweigend hinterher, bis sie im Nebel verschwunden war. Stasiak blickte Ripper an. »Keine Ahnung, was mir mehr angst macht«, sagte er. »Dieser Planet oder Frost.«

Ohne Eile schritt Schwejksam durch den Nebel, den Blick starr geradeaus gerichtet. Zu beiden Seiten ragten Metallbäume auf. Einst vertraute Gesichter schienen sich am Rand seines Gesichtsfeldes aus dem Dunst zu formen, doch Schwejksam wandte niemals den Kopf. Der Wald steckte voller alter Erinnerungen, und nur wenige davon waren angenehm. Schwejksam konzentrierte sich auf den Mann, den zu finden er hergekommen war, den Verräter namens Carrion. Den Mann, der sein Freund gewesen war, zehn lange Jahre zuvor.

Die Heizelemente seines Anzugs hielten ihn behaglich warm, bis auf die ungeschützten Hände und das Gesicht. Das Imperium versprach schon seit Jahren, Handschuhe zur

Ausrüstung zu liefern, doch das Budget war stets zu knapp. Schwejksam grinste stoisch und tat sein Bestes, die Kälte zu ignorieren. Er war nicht mehr weit von seinem Ziel entfernt. Theoretisch konnte sich Carrion überall auf *Unseeli* aufhalten. Seine außergewöhnlichen Esperfähigkeiten schirmten ihn vor der Entdeckung durch die Sensoren der Pinasse ab. Carrion hatte eine ganze Welt, um sich zu verstecken, aber Schwejksam wußte, wo er ihn finden konnte. Carrion würde auf der Lichtung warten, die sich eine halbe Meile vom Landefeld entfernt befand. Der Lichtung, wo er zusammen mit den Ashrai in ihren Tunnels unter der Erde gelebt hatte. An dem Ort, den er sein Zuhause genannt hatte.

Schwejksam hielt an und aktivierte sein Komm-Implantat. »Carrion, hier ist Johan Schwejksam, Kapitän der *Dunkelwind*. Könnt Ihr mich hören?« Schwejksam wartete, doch es kam keine Antwort. Er war nicht überrascht. Carrion war nicht dumm genug, sich so leicht übertölpeln zu lassen. Jeder konnte einen offenen Kommunikationskanal abhören, und das wußte er.

Plötzlich bemerkte Schwejksam eine Bewegung in den Augenwinkeln, und er wirbelte mit gezogenem Disruptor herum. Nichts zu sehen. Dennoch war Schwejksam fest überzeugt, daß dort etwas gewesen war. Was auch immer die Pinasse während des Landeanflugs angegriffen hatte, es war wieder da. Schwejksam bemerkte weitere Bewegungen im Dunst rechts und links, vor und hinter sich. Er setzte sich erneut in Bewegung, sorgsam darauf bedacht, nicht überhastet oder hektisch zu erscheinen. Die Schatten kamen unaufhaltsam näher, und in Schwejksam erwachte der Impuls zu rennen. Doch er tat es nicht. Es war nicht klug, ihnen das Gefühl zu vermitteln, er liefe vor ihnen davon. Außerdem nutzte Laufen nichts.

Die Lichtung war nicht mehr weit entfernt. Schwejksam kam der Gedanke, daß sie vielleicht sein Treffen mit Carrion verhindern wollten, und ein erster Anfall von Unsicherheit ließ trotz der Kälte glitzernde Schweißperlen auf seine Stirn treten. Er mußte Carrion treffen. Er mußte ihn einfach erreichen.

Leuchtende Fetzen wirbelten durch den Dunst vor Schwejksam, getrieben von einem nicht spürbaren Wind. Plötzlich ertönte ein scharfes Knacken, und ein langer Metallast brach von einem nahe stehenden Baum. Schwejksam warf sich gerade rechtzeitig zur Seite, und der schwere Ast krachte an der Stelle in den Boden, wo der Kapitän noch einen Augenblick zuvor gestanden hatte. Knackende Geräusche ertönten mit einemmal aus allen Richtungen. Weitere Äste brachen von den Bäumen und regneten auf ihn herab. Schwejksam rannte mit eingezogenem Kopf los. Er hatte alle Mühe, dem Hagel auszuweichen. Die Schritte seiner schweren Stiefel hallten laut auf dem harten Boden, und seine Füße schmerzten. Er wandte sich nach links und rechts, mit brennenden Lungen von der kalten Luft, und ringsum schlugen die Metallspeere in den Grund. Schwejksam rannte weiter. Er durfte sich auf keinen Fall aufhalten oder einschüchtern lassen, dazu war er bereits zu weit gekommen. Ein spitzer Ast zerriß seine Uniform und erwischte ihn an den Rippen. Schwejksam dachte, er wäre mit dem Schrecken davongekommen, bis er an sich herabsah und den großen Blutfleck an seiner Seite bemerkte. Ein weiterer Speer zielte auf sein Gesicht. Im letzten Augenblick konnte Schwejksam den Arm hochreißen. Blut spritzte, als der Ärmel zerriß. Der Aufprall betäubte seinen Arm.

Im Wald erkannte der Kapitän nun Dinge, die sich mit ihm bewegten, während er rannte. Er konnte hören, wie sie zwischen den Bäumen hindurchliefen, konnte spüren, wie der Boden unter ihren Schritten erzitterte. Schwejksam rannte verbissen weiter. Er hielt den Disruptor noch immer in der Hand, doch er sah nirgendwo ein Ziel, auf das er hätte schießen können. Dann war sein Weg plötzlich versperrt, blockiert von einem Haufen nadelscharfer Äste, die von einem Baum herabgefallen waren. Schwejksam hielt stolpernd inne und ließ sich neben einem goldenen Stamm auf die Knie sinken. Er lehnte sich mit dem Rücken gegen den Stamm und blickte gehetzt um sich. Sein Weg war vollständig blockiert. Einen anderen Weg gab es nicht. Jetzt hatten sie ihn in der Falle.

Tief im Wald heulte irgend etwas laut. Es war ein rauhes, fremdartiges Geräusch, nicht im geringsten menschlich, doch der Klang von Wut und Raserei und unvergessenem Verlust war eindeutig. Der schreckliche Schrei trieb zwischen den Bäumen hindurch, wurde lauter, kam näher. Weitere Stimmen erhoben sich rechts und links. Ein betäubender Chorus, der durch Schwejksams Nerven schnitt wie ein Messer. Er hob die Waffe in einer vergeblichen Geste des Trotzes und sank zugleich noch weiter am Stamm nach hinten. Waffen würden nicht aufhalten können, was dort auf ihn zukam. Schatten bewegten sich im Wabern des Nebels, umkreisten ihn, und Schwejksam erhaschte kurze Blicke auf klauenbewehrte Hände und gebleckte Zähne, große, geschmeidige Gestalten und flache, ausdruckslose Gargoylengesichter.

Schwejksam zielte auf das nächste Gesicht und feuerte seine Waffe ab. Der knisternde Energiestrahl ging durch das fremde Wesen hindurch und zerschmetterte den Metallbaum dahinter. Es gab ein hartes, reißendes Geräusch. Der Baum kippte langsam seitwärts und krachte zu Boden. Eine Zeitlang prasselten noch Metallsplitter nieder, doch nichts deutete darauf hin, daß Schwejksams Schuß seinen Feind verwundet oder auch nur erschreckt hätte. Aber Schwejksam hatte auch nichts anderes erwartet. Seine Feinde waren bereits tot. Seit zehn Jahren tot. Schwejksams Mund verzerrte sich. Sie spielten nicht fair. Sie hielten sich nicht an die Regeln. Außer, daß er sich hier auf *Unseeli* befand, der Welt der Ashrai, und daß die Ashrai ihre eigenen Regeln besaßen.

Inzwischen hatten sie den Kapitän umzingelt. Das ohrenbetäubende Geheul schwoll an und ab, bis Schwejksams Kopf dröhnte. Er wußte, wer ihm gegenüberstand, obwohl das eigentlich nur ein Witz sein konnte. Die Ashrai bewegten sich langsam und entschlossen durch den Nebel, zwischen den Stämmen, kreisten, kreisten – all die gequälten Seelen, die Schwejksam zehn Jahre zuvor verdammt und vernichtet hatte. Der Spuk war so real wie die Erinnerung an die schrecklichen Dinge, die bereits so lange Jahre auf Schwejksam Gewissen lasteten.

Das Heulen verstummte von einem Augenblick zum anderen, und ein erwartungsvolles Schweigen breitete sich aus. Schwejksam bemühte sich, ein wenig aufrechter zu sitzen, und schnitt eine Grimasse, als eine Welle von Schmerz durch seine verletzte Seite raste. Er hob seine Waffe und senkte sie dann wieder. Selbst wenn es ein Ziel gegeben hätte, würde der Disruptor erst wieder feuern, nachdem der Energiekristall aufgeladen worden war. Schwejksam besaß zwar noch sein Schwert, aber er konnte sich höchstens selbst hineinstürzen und die Ashrai auf diese Weise um ihre Rache bringen. Wenn das in seiner Natur gelegen hätte. Aber Schwejksam war kein Mensch, der aufgab, und wenn die Situation noch so hoffnungslos erschien. Umständlich zog er die Klinge aus der Scheide und starrte trotzig in den wirbelnden Nebel.

Irgend etwas bewegte sich unter den Bäumen ganz in der Nähe. Es war wirklich ganz nah.

Dann trat plötzlich ein Mann aus dem Dunst und stellte sich neben Schwejksam. Totenstille herrschte. Schwejksams Schicksal stand auf Messers Schneide. Mit einemmal verschwand das Gefühl unzähliger beobachtender Augen, und der Nebel war leer. Schwejksam stieß langsam den Atem aus, erschauerte, seufzte, und ließ das Schwert zu Boden gleiten. Trotz der Kälte war er schweißgebadet, und er wischte sich mit dem Ärmel über Stirn und Augen. Dann blickte Schwejksam zu dem Mann auf, der neben ihm stand. Eine dunkle, großgewachsene Gestalt, gertenschlank, gekleidet in schwarzes Leder und einen weiten schwarzen Umhang. Carrion hatte schon immer Schwarz bevorzugt. Er trug einen langen Stab aus poliertem Knochen, beinahe so lang, wie er groß war, doch er hielt ihn eher wie eine Waffe denn einen Stock zum Gehen. Carrions Gesicht war im Schatten der Kapuze verborgen, und Schwejksam wußte nicht, ob er dafür dankbar sein sollte oder nicht.

»Hallo Sean«, sagte Schwejksam schließlich und bemerkte erleichtert, daß seine Stimme ruhig und gleichmäßig klang. »Es ist lange her, was?«

Die Gestalt musterte ihn schweigend, und Schwejksam

rührte sich unruhig. »Was ist los mit Euch? Erinnert Ihr Euch nicht an mich?«

»O doch, Kapitän«, erwiderte Carrion leise. »Ich erinnere mich an Euch. Genau wie sie.«

»Wer sind sie?« fragte Schwejksam.

»Die Vergangenheit. Geister vielleicht.«

»Ich glaube nicht an Geister«, entgegnete Schwejksam.

»Das geht schon in Ordnung«, sagte Carrion. »Sie glauben an Euch.«

KAPITEL 3
AUF DER SUCHE NACH ANTWORTEN

Stasiak und Ripper lungerten gelangweilt und ruhelos in ihren Sitzen und beobachteten ohne großartiges Interesse, wie Esper Vertue sich bemühte, mit den Lektronen von Basis Dreizehn in Kontakt zu treten. Bisher waren ihre Anstrengungen, die KI der *Dunkelwind* in das System der Basis einzuschleusen, ohne größeren Erfolg geblieben. Vertue murmelte leise vor sich hin. Schließlich schaffte sie es mit Odins Hilfe und ständiger Optimierung ihres Vorgehens, eine schwache Verbindung zwischen den Bordsystemen der Pinasse und dem Lektronennetz der Basis zu etablieren. Diana untersuchte die eingehenden Daten gewissenhaft und zuckte innerlich zusammen, als die Systeme der Basis sich zögernd ihren Sondierungen öffneten und das ganze Ausmaß der Verwüstungen offenbarten. Die Lektronen von Basis Dreizehn waren zur Hölle gefahren. Die Hälfte der Systeme war zusammengebrochen. Nirgends fand sich eine Spur der Basis KI, deren Aufgabe es eigentlich gewesen wäre, die Anlage vor derartigen Beschädigungen zu bewahren. Außerdem stimmte irgend etwas nicht mit den Lektronen, zu denen Vertue Kontakt aufnehmen konnte. Irgend etwas stimmte nicht.

Diana Vertue runzelte die Stirn. Ihre Finger glitten über das Kommunikationspaneel. Sie beobachtete aufmerksam, wie ein Monitor nach dem anderen zum Leben erwachte und endlose Ströme von Informationen über die leuchtenden Schirme huschten. Ihre Finger hetzten über die Tastatur in dem Bemühen, wichtige Daten von unwichtigen zu trennen. Vertues Stirnrunzeln vertiefte sich noch. Allmählich entfaltete sich das Bild.

Was auch immer in Basis Dreizehn vorgefallen war, es war kein Unfall gewesen. Hinter derart selektiven Beschädigungen mußte eine Absicht stecken. Noch war nicht klar, ob der Angriff von innerhalb oder außerhalb der Basis gekommen war. Diana Vertue verzog das Gesicht zu einem schwachen Lächeln, als sie hinter sich einen der Soldaten schwer seufzen hörte. Wahrscheinlich Stasiak. Er war ihr nie wie jemand erschienen, der sich lange auf eine Sache konzentrieren konnte.

»Ihr müßt nicht hierbleiben, wenn Ihr nicht wollt«, sagte Diana brüsk, ohne sich nach den beiden umzudrehen. »Ihr könnt sowieso nichts tun, um mir zu helfen.«

»Unser Auftrag lautet, uns um Euch zu kümmern«, entgegnete Stasiak. »Wir sollen sicherstellen, daß Euch nichts zustößt. Und wenn das bedeutet, in einer gemütlichen, warmen Kabine herumzusitzen anstatt durch die Kälte zu stapfen und darauf zu warten, daß meine Extremitäten abfallen – nun, ich stelle mich meiner Pflicht. Investigator Frost und der Kapitän sind verschwunden, und Ripper und ich sind alles, was zwischen Euch und den Schrecken dort draußen steht, nicht wahr, Rip?«

»Genau«, stimmte Ripper ihm zu.

»Die Annäherungsminen geben mir jeden Schutz, den ich brauche«, entgegnete Diana Vertue. »Außerdem besitzt die Pinasse noch ihren eigenen Schutzschild, für den Fall der Fälle. Ich werde hier noch eine ganze Zeit zu tun haben. Glaubt mir, aufregender wird es nicht mehr.«

»Macht Ihr denn Fortschritte?« fragte Ripper. Diana hielt ihm zugute, daß er sich wenigstens den Anschein von Interesse gab.

»Nicht viele«, gestand sie, lehnte sich in ihrem Sitz zurück und nahm die Hände für einen Augenblick von der Tastatur. Eine Direktverbindung zu den Lektronen hätte die Angelegenheit ein gutes Stück beschleunigt; aber Vertue stand im Rang nicht hoch genug, außerdem war sie eine Esperfrau und deswegen nicht vertrauenswürdig genug für ein Komm-Implantat. Niemals. Also mußte sie mit der Tastatur arbeiten. Diana bemerkte, daß Ripper noch immer auf eine Antwort wartete und riß sich zusammen.

»Die meisten Rechner der Basis sind außer Betrieb und scheinen fest entschlossen, in diesem Zustand zu bleiben ... ganz egal, was ich unternehme. Sie reagieren weder auf die Standardkodes noch auf irgendwelche Startroutinen. Die KI der Basis bleibt verschwunden. Wüßte ich es nicht besser, würde ich schwören, daß sie sich versteckt. Es ist, als hätte irgend jemand oder irgend etwas einfach alles abgeschaltet und anschließend die Speicherkristalle gelöscht. Die Subsysteme für die Steuerung der Minenapparate scheinen größtenteils intakt zu sein, aber die wenigen Informationen, die ich von ihnen erhalte, sind ziemlich deprimierend. Die Maschinerie arbeitet nur noch mit zwanzigprozentiger Effizienz, Tendenz sinkend. Wenn uns nicht bald etwas einfällt, um diesen Prozeß umzukehren oder wenigstens aufzuhalten, wird in knapp achtundvierzig Stunden alles zum Erliegen kommen. Wenn die Maschinen erst einmal stillstehen, wird es ein höllisches Problem, sie wieder anzuwerfen. Und das Imperium wird ganz bestimmt nicht glücklich sein – ratet mal, welche drei Leute in dieser Kabine hier höchstwahrscheinlich die Schuld dafür bekommen werden?«

»Können wir etwas tun, um zu helfen?« fragte Ripper.

»Nein, nicht wirklich. Es sei denn, Ihr kennt einen Weg in die Basis, so daß ich meine Hände auf die Terminals der Hauptlektronen legen kann. Odin arbeitet sich seine elektronische Seele aus dem Leib, um einen Weg in die Hauptrechner zu finden, aber irgend jemand oder irgend etwas in der Basis spielt mit unseren Kommunikationssignalen, was bedeutet, daß Odin noch nicht einmal annähernd mit voller Kapazität funktioniert.

Und als würde das allein nicht schon reichen, stimmt ganz definitiv etwas nicht bei den Rechnern, die ich bisher untersuchen konnte. Die Informationen aus ihren Speichern ergeben absolut keinen Sinn. Die Hälfte ist sinnloser Mist, und der Rest ist unmöglich. Wüßte ich es nicht besser, würde ich sagen, daß diese Systeme von Grund auf neu programmiert wurden.«

Stasiak und Ripper blickten sich an. Ripper beugte sich in seinem Sitz vor. »Wollt Ihr damit sagen, daß jemand oder etwas innerhalb der Basis die Systeme vorsätzlich zum Absturz gebracht hat?«

»Ganz genau. Ich würde sagen, dafür spricht eine ganze Menge.«

»In diesem Fall«, sagte Ripper langsam, »würden wir mit feindlichen Aktionen rechnen müssen.«

»Vielleicht«, gestand Diana Vertue. »Ich kann das nicht mit Bestimmtheit sagen. Einige der vorgenommenen Veränderungen ergeben keinerlei Sinn.«

Ripper stand auf. »Lew, ich denke, wir beide sollten besser einen Kontrollgang um das Landefeld machen. Sicherstellen, daß nichts Unvorhergesehenes auf uns zukommt.«

Stasiak lehnte sich in seinem Sitz zurück und streckte die Beine aus. »Komm schon, Rip, hab ein Herz. Es ist schweinekalt dort draußen. Ich hänge ziemlich an meinen Fingern und Zehen, und ich würde sie gerne behalten. Mach du deinen Spaziergang, wenn dir danach ist. Ich bin sicher, Esper Vertue und ich finden etwas, womit wir uns während deiner Abwesenheit beschäftigen können. Hab' ich recht?«

»Nur in Euren Träumen«, entgegnete Vertue kühl. »Ihr seid nicht mein Typ, Lew. Ich bevorzuge Männer, die auf einer höheren Stufe der Evolution stehen.«

»Darf ich das als ›vielleicht‹ auffassen?« fragt Stasiak und erhob sich zögernd aus seinem Sitz.

»Faßt es mehr als ein ›Schert Euch raus hier‹ auf.«

»In Ordnung«, sagte Stasiak. »Ich verstehe. Geh du vor, Rip. Ich freue mich ja so auf einen netten kleinen Spaziergang in der Kälte und auf blaugefrorene Extremitäten.«

Diana Vertue kicherte leise und wandte sich wieder ihren

Paneelen zu, doch sie entspannte sich erst, als die Luke der Luftschleuse hinter den beiden Marineinfanteristen geschlossen war. Stasiak war auf seine Art ganz in Ordnung, aber Diana mußte vorsichtig darauf achten, wen sie an sich heranließ. Es gab immer Leute, die nur allzu gerne ihre Vorteile aus Dianas Esperfähigkeiten zogen. Auf der anderen Seite war es auch nicht ungefährlich, allein zu bleiben. Esper brauchten immer jemanden, der zwischen ihnen und dem Imperium stand. Jemanden, der stark genug war, einen Bürger zweiter Klasse, wie zum Beispiel einen Esper, vor offiziellem Mißvergnügen und politischen Pogromen zu schützen. Stasiak stand viel zu weit unten auf der Leiter, um Diana irgendwie von Nutzen zu sein, und Ripper war nicht viel besser . . .

Diana Vertue bemerkte, daß ihre Gedanken abschweiften, und konzentrierte sich wieder auf die Paneele vor ihr. Die Informationen aus den Rechnern der Basis flossen in einem endlosen Strom über die Schirme, das meiste verdammt rätselhaft und vollkommen nutzlos.

»Ich empfange etwas . . . Ungewöhnliches«, meldete sich Odin plötzlich. »Zuerst dachte ich, es wären die letzten Überreste der Basis-KI, doch jetzt bin ich mir da nicht mehr so sicher. Es ist, als würde irgend jemand innerhalb der Basis versuchen, auf meine Rufe zu reagieren, aber auf eine Art, die nichts ähnelt, was ich kenne.«

»Auf den Hauptschirm«, forderte Diana und runzelte die Stirn, als die KI eine Aufzeichnung ihrer Anfragen und der Antworten aus der Basis abspielte. Die Antworten waren verstümmelt und geheimnisvoll, wirres Zeug, das sich jedem Verständnis entzog. Diana führte ein paar einfache Tests durch, um zu überprüfen, ob es sich vielleicht um eine Art Kode handelte, doch falls es einer war, dann reichte die Verschlüsselung so tief, daß sie nicht herankam. Und doch nagten die Worte an Dianas Bewußtsein, versuchten unablässig, ihr irgend etwas . . . mitzuteilen.

»Laß eine volle Analyse von dem hier ablaufen, Odin«, befahl sie schließlich. »Achte auf Wortwiederholungen und Phrasen, betonte oder vermiedene Substantive, all die üblichen Dinge. Falls es nicht von der KI stammt – könnte es von einem Überlebenden innerhalb der Basis kommen?«

»Sollte das der Fall sein«, antwortete Odin, »dann müssen wir annehmen, daß alle verrückt geworden sind.« Außerhalb der Pinasse war es noch bedeutend kälter, als Stasiak angenommen hatte. Er schlang die Arme fest um den Leib und stampfte mit den Füßen auf der Landefläche, während er darauf wartete, daß die Heizelemente seines Anzugs sich einschalteten. Stasiak überlegte allmählich, ob er sich nicht die Zeit hätte nehmen sollen, seine Ausrüstung einer gründlichen Überprüfung zu unterziehen, bevor er sich zu dieser Mission gemeldet hatte. Der routinemäßige Check war lange überfällig, und Stasiak gelangte zu dem Schluß, daß er vielleicht ein wenig zu lange damit gewartet hatte.

Er zuckte die Schultern und rieb die steifen Hände gegeneinander. Er würde es überleben. Ripper schien überhaupt nichts von der Kälte zu spüren. Er starrte mit ruhigen, nachdenklichen Augen auf den Waldrand. Stasiak folgte dem Blick seines Kameraden, doch er wollte verdammt sein, wenn er etwas Bedeutsames oder auch nur Interessantes entdecken konnte. Er rümpfte laut die Nase und blickte sehnsüchtig zu der Pinasse zurück.

»Ripper, erzähl mir nicht, du hast mich nur wegen einer verdammten Übung in die Kälte gezerrt. Sag mir, daß es einen guten Grund gibt, aus dem ich jetzt hier draußen stehe und mir den Arsch abfriere, bevor ich dich mit einem stumpfen Gegenstand totschlage und auf deinen Überresten herumtanze.«

»Du hast keinen stumpfen Gegenstand«, entgegnete Ripper, ohne sich nach seinem Kameraden umzudrehen.

»Dann improvisiere ich eben.«

Ripper grinste. Er wandte den Blick noch immer nicht vom Wald ab. »Du hast nicht auf die Schirme gesehen, oder? Laut den Sensoren in den Annäherungsminen hat irgend etwas oder irgend jemand den Gürtel an mehreren Stellen durchquert und sich anschließend wieder in den Wald zurückgezogen.«

»Du machst wohl Witze«, entgegnete Stasiak. »Du machst

ganz sicher Witze. Wenn jemand durch den Gürtel gegangen ist, warum sind dann die Minen nicht explodiert?«

»Gute Frage«, antwortete Ripper. »Eine weitere gute Frage könnte lauten: Warum entdecken die Minen eine Bewegung, wenn die Sensoren der Pinasse steif und fest behaupten, daß außer uns nichts Lebendiges auf diesem Planeten existiert? Du mußt schon zugeben, Lew, es ist zumindest ein interessanter Ort, zu dem uns unsere Kapitän geführt hat.«

»Ich scheiß was drauf«, brummte Stasiak finster. Er trat ein paar Schritte vor und stellte sich neben Ripper. »Weißt du, warum er ausgerechnet uns mitgenommen hat, Rip?« Stasiak starrte düster in den Wald hinaus. »Wir sind entbehrlich. Wir sind nur da, um für ihn den Lockvogel zu spielen. Wenn uns etwas zustößt, zuckt er die Schultern und bedauert unseren Tod, und dann setzt er sich mit der *Dunkelwind* inVerbindung und läßt zwei weitere warme Körper kommen.«

»Das gehört nun mal zu unserem Job«, entgegnete Ripper. »Wir sind Soldaten, oder? Wenn du keinen Spaß verträgst, dann hättest du nicht zur Flotte kommen sollen.«

»Ich will nur die nächsten fünf Monate überleben, dann ist mein Kontrakt abgelaufen«, sagte Stasiak. »Dann werde ich so schnell verschwunden sein, daß dir schwindlig wird. Ich kann einfach nicht glauben, daß ich so kurz vor dem Ende von allem noch zu einer Mission wie dieser gekommen bin. Ich verrate dir was, Rip, und es kostet dich keinen Penny: Ich werde hier unten nicht das geringste Risiko eingehen, wenn es nicht unbedingt sein muß. Ich werde mich streng an die Vorschriften halten und mich zu nichts freiwillig melden. Egal was auch immer aus dieser Mission werden wird, ich will gesund und lebendig zurückkehren. Darauf kannst du wetten.«

Ripper wandte sich nun doch nach seinem Kameraden um. »Und dann, Lew? Was willst du anschließend tun? Wohin wirst du gehen, wenn du die Flotte verlassen hast? Was du weißt, all deine Fähigkeiten, deine Erfahrungen, all das hast du von der Flotte. Außerhalb der Flotte gibt es nicht gerade viele Berufsmöglichkeiten für einen professionellen Killer. Soll ich dir verraten, was mit dir geschieht? Du wirst von einem miesen Job in den nächsten fallen, jeder frustrierender als der vorhergehende. Jeden Tag wirst du dir dein Rückgrat ein wenig mehr verbiegen, und das für die Hälfte des Geldes, das du bei der Flotte verdient hast. Und am Ende, wenn dein Geld alle ist und du vor Langeweile fast den Verstand zu verlieren drohst, wird dich irgendein Hai mit einem breiten Grinsen und in einem Anzug, der dich einen ganzen Jahreslohn kostet, als Söldner für einen hübschen Auftrag anwerben, und du wirst durch die schlimmsten Höllenlöcher des Imperiums ziehen. Schließlich wirst du froh sein, wenn du zurück zur Flotte rennen und dich wieder verpflichten kannst, genau wie es all die anderen Ex-Soldaten tun.«

»Wie du es getan hast«, sagte Stasiak.

»Ja. Ganz genau wie ich es getan habe. Gewöhne dich besser an den Gedanken, Lew. Das hier ist alles, was das Leben für Leute wie uns bereithält.«

»Nicht für mich!« widersprach Stasiak vehement. »Sobald ich hier fertig bin, kriegen sie mich nie wieder in die Finger. Ich habe Pläne. Ich werde etwas aus mir machen!«

»Sicher, Lew. Das wirst du.«

»Ich meine es ernst!«

»Das weiß ich. Ich drücke dir beide Daumen. Aber bis dahin solltest du die Augen offen und den Kopf in Deckung halten. Und sieh jetzt nicht hin, aber ich denke, ich habe gerade eine Bewegung dort draußen beim Minengürtel gesehen, Richtung zwei Uhr.«

Stasiak blickte sich gelassen um, und seine Augen schwenkten ganz beiläufig auf zwei Uhr. Nichts zu sehen. Er schaltete seine Infrarotimplantate hinzu, doch er entdeckte nirgendwo Hitzespuren entlang des Gürtels. Er schaltete sich auf die Sensoren der Pinasse und betrachtete direkt die empfangenen Signale, aber es war noch immer nichts zu entdecken. Stasiak brach den Kontakt ab, sah zu Ripper und zuckte die Schultern. »Jagd auf Schatten, Rip. Da draußen ist nichts.«

»Doch, da ist etwas. Ich hab's gesehen. Beobachte weiter. Es wird sich verraten. Manchmal wünschte ich, das Imperium würde seinen Bann gegen alle bis auf die lebenswichtigsten Implantate lockern. Ich habe auf dem Schwarzmarkt Dinge gesehen, die würdest du nicht für möglich halten. Implantate und eingebaute Waffen, die einen Mann im Kampf unbesiegbar machen können. Natürlich ist das der Grund für ihre Achtung. Das Imperium will nicht, daß seine lieben kleinen Soldaten anfangen, über ihre Lage nachzudenken. Die Rebellion der Hadenmänner ist noch immer unvergessen.«

»Ja, ja«, sagte Stasiak. »Diese Kyborgs haben aber auch jeden ziemlich erschreckt. Ich kann noch immer nichts dort draußen entdecken. Vielleicht ist es der Kapitän auf dem Rückweg?«

»Wäre es der Kapitän, hätten wir ihn auf Infrarot sehen müssen, oder nicht? Eine weitere Frage, die das Nachdenken wert scheint: Was macht der gute Kapitän hier unten? Warum riskiert er seinen kostbaren Hals mit solchen Nullen wie uns?«

»Er sucht nach diesem Carrion. Wer auch immer das sein mag.«

»Ja.« Ripper runzelte zum ersten Mal die Stirn. »Der Kapitän weiß eine ganze Menge mehr über das, was hier gespielt wird, als er uns zu verraten bereit ist. Ich gehe jede Wette ein, dieser Carrion entpuppt sich als sehr starker Esper. Das ist die einzige Möglichkeit, wie er sich vor unseren Sensoren verbergen kann.«

Stasiak schüttelte zweifelnd den Kopf. »Ich weiß nicht so recht. Wenn Carrion in den letzten zehn Jahren ganz allein hier gewesen ist – wovon hat er dann gelebt? Es gibt keine Nahrung mehr. Keine Tiere, die er fangen könnte. Alles Lebendige fiel den Sternenkreuzern zum Opfer. Und selbst wenn er einen Weg zum Überleben gefunden hat, nach zehn Jahren ganz allein ist er sicher verrückt geworden.«

»Nicht unbedingt«, entgegnete Ripper. »Er könnte eine Art Deal mit der Besatzung der Basis ausgehandelt haben. Da! Hast du das gesehen?«

»Hab' ich«, antwortete Stasiak leise. »Direkt am Wald-rand, zwei Uhr, wie du gesagt hast. Aber ich kann nicht erkennen, was es ist. Willst du hin und einen Blick riskie-ren?«

»Langsam, Lew. Es könnte sich um einen Trick handeln, um uns vom Schiff wegzulocken. Außerdem, wenn es schon so nah gekommen ist – wieso hat es keine der Minen aus-gelöst? Wer immer das sein mag, er befindet sich in ihrer Reichweite. Vielleicht besitzt er eine Möglichkeit, die Minen ein- und auszuschalten. Er könnte einfach darauf warten, daß wir einer nach dem anderen hingehen und nachsehen, und dann selbst die Minen zünden. Peng, und sie schicken deine Eier in einer Schachtel nach Hause, weil sie den Rest nicht mehr finden konnten. Nein, Lew, solange sich kein richtiges Ziel oder eine unmittelbare Bedrohung der Pinasse ergibt, bewege ich mich keinen Zentimeter von hier weg. Wenigstens nicht, solange ich keine klarere Vorstellung von der gegnerischen Seite besitze.«

»Verdammt richtig«, stimmte Stasiak zu. Er blickte noch immer verstohlen und unauffällig nach zwei Uhr. »Wenn der Kapitän allein losmarschiert, um nach Gespenstern zu suchen, dann ist das seine Sache. Ohne direkten Befehl mache ich gar nichts. Ich kann es nicht mehr sehen, Rip. Du vielleicht?«

»Nein. Es ist wieder verschwunden.«

Stasiak blickte auf das Zifferblatt seiner ins Handgelenk eingelassenen Uhr. »Der Kapitän ist schon ziemlich lange unterwegs, weißt du das? Er hätte inzwischen längst zurück sein müssen.«

Ripper zuckte die Schultern.

»Wie lange dauert es, jemanden zu finden, der offiziell gar nicht existiert? Mach dir keine Gedanken wegen Kapitän Schwejksam. Er ist ein erwachsener Mann. Er kann gut auf sich selbst aufpassen.«

Eine Weile standen Ripper und Stasiak schweigend bei-sammen und starrten in den Nebel hinaus.

»Weißt du«, sagte Stasiak schließlich, »wenn das da bei zwei Uhr ein Geist oder so was ist, dann befindet er sich grob in der gleichen Richtung wie unser Investigator. Vielleicht stoßen die beiden ja aufeinander.«

»In diesem Fall«, entgegnete Ripper, »tut mir der Geist richtig leid.«

KAPITEL 4
CARRION

Kapitän Schwejksam erhob sich langsam und zuckte unwillkürlich zusammen, als seine verletzten Rippen protestierten. Carrion machte keine Anstalten ihm zu helfen, wofür Schwejksam ihm dankbar war. Er wollte Carrion nicht für irgend etwas dankbar sein müssen Es hätte das, was er zu tun hatte, nur noch schwerer gemacht. Schwejksam verdrängte die Schmerzen und konzentrierte sich auf den Verräter, der vor ihm stand. Zehn Jahre war es her, daß er diesem Mann zum letzten Mal begegnet war, dem Mann, der sein Freund gewesen war und den wiederzusehen er niemals erwartet hätte. Carrion hätte zusammen mit den Ashrai sterben müssen. Tot wäre er vielleicht zum Märtyrer geworden. Lebendig bedeutete er nichts weiter als ein loses Ende. Eine Peinlichkeit. Jemand, den Schwejksam benutzen konnte, um ein umständliches Problem zu lösen.

Kapitän Schwejksam bemerkte, daß er vor Carrion stand und ihn anstarrte, doch die Worte wollten nicht kommen. Er hatte sich alles zurechtgelegt, auf dem Weg nach unten in der Pinasse. Er hatte genau gewußt, was er sagen wollte, welche Knöpfe er drücken mußte, um Carrion dazu zu bewegen, das Notwendige zu tun. Doch jetzt stand Schwejksam seinem alten Freund von Angesicht zu Angesicht gegenüber, einem Geist aus der Vergangenheit, und die Worte waren wie Asche in seinem Mund. Dieser Mann war sein Freund gewesen, hatte ihm nähergestanden als ein Bruder, doch bei ihrer letzten Begegnung hatten sie sich gegenseitig umzubringen versucht. Lange, lange Zeit hatte Schwejksam geglaubt, der Sieger zu sein. Dann waren ihm Geschichten zu Ohren gekommen. Geschichten von Männern, die auf *Unseeli* gedient hatten, Geschichten über den Mann, der nicht sterben konnte. Der Geist in den Wäldern. Carrion. Die Jahre waren vergangen, aber Schwejksam kehrte niemals zurück. Er wollte seinen Freund nicht noch einmal töten. Doch die Zeit und die Umstände hatten ihn einmal mehr hergeführt, und vergangene Sünden gehörten in die Vergangenheit.

Jetzt zählte nur sein Auftrag zusammen mit allem, was Schwejksam zu dessen Erfüllung tun mußte. Er kannte seine Pflicht. Er hatte stets seine Pflicht gekannt, und wenn das bedeutete, seinen Freund ein weiteres Mal zu benutzen und zu betrügen, dann konnte er auch damit leben. Er hatte schon Schlimmeres getan.

Carrion hob die Hand und schob die Kapuze zurück, die sein Gesicht verhüllte. Schwejksam spürte, wie ihn ein plötzlicher Schauer durchlief und seine Nackenhaare sich aufrichteten. Carrion war nicht gealtert. Er hatte zehn Jahre unter entsetzlichen Umständen überlebt, doch auf seinem Gesicht zeigte sich nicht eine einzige Falte. Er sah ganz genauso aus, wie Schwejksam ihn in Erinnerung behalten hatte: jung, stolz, unnachgiebig. Die Zeit hatte ihn nicht berührt. Auf der anderen Seite: Geister alterten nie. Schwejksam fühlte sich plötzlich alt und beschämt wegen der Veränderungen, die in der letzten Dekade an ihm stattgefunden hatten. Wie sah Carrion ihn, mit seinem zurückweichenden Haaransatz und dem dicker werdenden Bauch? War es ihm überhaupt aufgefallen, und wenn, war es ihm gleichgültig? Und noch wichtiger: War Carrion bewußt, daß nicht der gleiche Johan Schwejksam vor ihm stand wie damals, der Johan Schwejksam, der vielleicht gezögert hätte, seinen Freund zu opfern, wenn das Spiel es erforderlich machte? Allein durch den Anblick des jungen Mannes vor ihm fühlte sich Schwejksam älter, schmutziger und verbrauchter. Er wußte noch immer nicht, was er sagen sollte. Am Ende war es Carrion, der das Schweigen brach.

»Was macht Ihr hier, Kapitän?«

»Ich benötige Eure Hilfe«, antwortete Schwejksam tonlos.

Carrion lächelte knapp, als hätte er mit den Jahren die Fähigkeit dazu verloren. »Ich habe nicht gedacht, daß Ihr den weiten Weg hergekommen seid, um eine alte Bekanntschaft zu erneuern. Ich wußte immer, daß Ihr eines Tages wiederkommen würdet. Wir haben noch eine Rechnung offenstehen, wir beide.«

»Das kann warten«, entgegnete Schwejksam. »Wißt Ihr, was in Basis Dreizehn geschehen ist?«

»Ich weiß, daß vor einiger Zeit der Schutzschild hochgefahren wurde. Das ist alles.«

»Ihr hattet keinen Kontakt mit dem Personal der Basis?«

Das Lächeln kam und ging erneut, doch es erreichte Carrions Augen nicht. »Der Kommandant verfolgte, was meine Person betraf, eine Politik des Erst-Schießens-dann-Fragens. Er hätte sich keine Sorgen machen müssen. Er besaß nichts, das für mich von Interesse gewesen wäre. Sie hatten Angst vor mir, vor dem, was aus mir geworden ist, und zumindest in dieser Hinsicht hatten sie recht.«

»Was ist aus Euch geworden?« fragte Schwejksam. »Wie habt Ihr all die Jahre hier überlebt, ohne Vorräte und ohne Ausrüstung?«

»Ehrlich gesagt, gar nicht. Ich habe eine Menge durchgemacht seit unserer letzten Begegnung, Kapitän. Ich bin nicht mehr der Mann, an den Ihr Euch erinnert.« Carrion blickte für einen Augenblick zur Seite, als lausche er einer Stimme, die nur er allein hören konnte. Dann nickte er langsam und sah Schwejksam wieder an. »Hier können wir nicht reden. Ihr habt keine Freunde unter den Bäumen, und selbst ich kann Euch nicht gegen den ganzen Wald schützen. Kommt mit mir. Mein Zuhause ist nicht weit von hier.«

Carrion wandte sich um und ging davon, ohne sich zu vergewissern, ob Schwejksam ihm folgte. Der Kapitän der *Dunkelwind* setzte sich in Bewegung und biß die Zähne zusammen wegen der Schmerzen in seiner Seite. Die Wunde schien nicht weiter ernst zu sein, aber er mußte bald etwas unternehmen, bevor ihn der Blutverlust zu sehr schwächte.

Er veranlaßte seine Uniform, Endorphine in seinen Kreislauf zu injizieren, genug, um den Schmerz zu dämpfen, aber zu wenig, um seinen Verstand zu trüben.

Schwejksam folgte Carrion durch den Wald aus Gold und Bronze, folgte einem Weg, den nur der Gesetzlose sehen konnte. Nichts regte sich im Dunst, doch die Stille wurde von einem düsteren, erwartungsvollen Gefühl begleitet, und Schwejksam spürte erneut die unsichtbaren, beobachtenden Augen. Plötzlich wichen die Bäume zurück und enthüllten einen großen Metallhügel, der mit silbernen Rosen überwuchert war. Das Metall war vernarbt und pockig, und die Blumen wucherten stellenweise wie Parasiten. Trotzdem erkannte Schwejksam den Schlachtwagen darunter. Vermutlich gab es eine ganze Reihe von ihnen, im gesamten Wald verteilt, zurückgeblieben, wo sie gefallen waren, bezwungen von den Ashrai und ihren PSI-Stürmen. Schwejksam glaubte, sich an die Lichtung zu erinnern; sie war eines der wenigen Schlachtfelder, auf denen er und Carrion gleichzeitig gekämpft hatten.

Laser flackerten in der Nacht. Sprenggranaten blühten in der Dunkelheit auf wie purpurne Blumen. Disruptorfeuer zuckte, und über allem das laute Summen hochgefahrener Schutzschilde. Die Ashrai kamen in nicht enden wollenden Wellen – riesige, häßliche Gestalten, die sich mit überraschender Grazie und Geschwindigkeit bewegten. Ihre PSI-Stürme knisterten in der Luft ringsum, änderten Wahrscheinlichkeiten und rissen an den mentalen Barrieren, die die Imperialen Esper über den Bodentruppen errichtet hatten. Klauen und Fänge begegneten Schwertern und Schilden. Blut floß in Strömen über den aufgewühlten Grund. Schlachtwagen rumpelten durch die Nacht, erzwangen sich ihren Weg zwischen den Bäumen hindurch, und Disruptorfeuer aus niedrig fliegenden Gleitern schoß herab. Wissenschaft prallte auf Wildheit, die Schlacht wogte hin und her, und keine der beiden Seiten war imstande, für längere Zeit die Oberhand zu behalten.

Schwejksam erschauerte plötzlich und tauchte aus einer Erinnerung auf, die ihm so real erschienen war, daß er noch immer die Schlachtrufe der Lebenden und die Schreie der Sterbenden zu hören vermeinte. Die Ashrai waren ein tapferer, mutiger Feind gewesen, doch sie hatten niemals eine Chance gegen das Imperium besessen. Sobald Schwejksam erkannt hatte, daß er die Ashrai weder entscheidend schlagen noch sich lange gegen sie halten konnte, hatte er einfach alle seine Leute von der Oberfläche zurückgezogen und die Sternenkreuzer herbeigerufen, um den ganzen verdammten Planeten zu sengen.

Millionen waren gestorben. Alles Leben war ausgelöscht worden, und nicht einmal die Leichen waren geblieben, um an die Gefallenen zu erinnern. Das Imperium war gründlich. Schwejksam hatte gewonnen, und es hatte ihn nichts weiter gekostet als seine Ehre und seinen Freund. Eine Weile hatte er gemeint, ohne beides sterben zu müssen, doch er war nicht gestorben. Niemand stirbt jemals wirklich an gebrochenem Herzen.

Als alles vorüber gewesen war, hatte das Imperium nicht gewußt, was es mit Schwejksam tun sollte. Auf der einen Seite hatte er die Kontrolle über die Situation verloren und Zuflucht im Sengen *Unseeli*s gesucht, doch auf der anderen Seite hatte er das Problem recht gründlich und vor allem endgültig gelöst. Also hatte man gelächelt und ihm die Hand geschüttelt und ihm in aller Öffentlichkeit auf die Schultern geklopft – und insgeheim eine Notiz in seinen Akten angelegt, daß er niemals befördert werden durfte. Er hatte sein Patent behalten, doch mehr würde es für Schwejksam nicht geben. Es war ihm egal. Er hatte seinen Karrieresinn auf *Unseeli* verloren.

Und nun war er zurück, zurück auf dem verdammten Planeten, und ihm schien, als wäre das Problem überhaupt nicht gelöst worden. Sie erreichten die Lichtung, wo Carrions Zuhause stand, und Schwejksam wurde von einem beinahe überwältigenden Déjà-vu-Gefühl erfaßt. Überhaupt nichts hatte sich verändert. Vor ihm standen die gleichen Bäume, die gleiche Lichtung, lag der gleiche von Silberrosen verdeckte Eingang, der zu den geheimen Tunnels unter der Erde führte. Schwejksam beobachtete, wie Carrion das Rosengeflecht zur Seite schob und die Falltür aufzog. Als Schwejksam das letzte Mal hiergewesen war, hatte er seine

Befehle mißachtet und in letzter Minute versucht, Carrion von seinem geplanten Verrat abzubringen. Damals waren sie noch Freunde gewesen, und der Verbrecher hatte noch keinen Namen gehabt. Sie hatten sich als Freunde getroffen und als Feinde getrennt, und alles, was danach geschehen war, hatte die Unausweichlichkeit des Schicksals besessen. Keinen von beiden hatte es abgehalten, seine Rolle zur Gänze auszukosten. Und heute standen sie sich erneut gegenüber, und nur die Echos vergangener Freundschaft und darauffolgender Feindschaft verbanden sie. Einmal mehr suchten sie nach dem neutralen Gelände, auf dem sie sich begegnen konnten. Schwejksam lächelte säuerlich. Vielleicht hatten sie ja dieses Mal mehr Glück.

Carrion stieg die dunklen Stufen hinter der Falltür hinab, Schwejksam folgte ihm nach unten. Er hielt kurz inne, um das Gewicht der Falltür zu prüfen. Sie war genauso schwer wie in seiner Erinnerung, doch Carrion hatte sie mit einer Hand angehoben, als wäre sie gewichtslos. Schwejksam räusperte sich, und Carrion blickte ihn an.

»Soll ich die Tür hinter mir schließen?« fragte der Kapitän der *Dunkelwind*.

Carrion lächelte knapp. »Dazu besteht keinerlei Notwendigkeit. Es ist nicht so, als gäbe es noch jemand anderen, der uns folgen könnte. Solltet Ihr Euch allerdings auf diese Weise sicherer fühlen, dann . . .«

Carrion deutete auf die Tür, und sie bewegte sich wie von Geisterhand in ihre Ruheposition zurück.

Schwejksam beeilte sich, in den düsteren Lichtschein der unterirdischen Tunnel zu kommen, während hinter ihm die Tür krachend zufiel. Der Aufprall ließ die irdenen Wälle und den Boden erzittern. Schwejksam starrte Carrion wütend hinterher, doch der ging bereits ein ganzes Stück voraus, so daß Schwejksam sich beeilen mußte, um zu ihm aufzuschließen.

Der Tunnel war breit genug, daß sie nebeneinander hergehen konnten. Über ihren Köpfen waren noch gut zwei bis drei Fuß Luft. Der Boden verströmte einen reichen, fruchtbaren Geruch, der nicht unangenehm war. Wurzeln von

Metallbäumen rankten entlang der unebenen Decke und erfüllten die Gänge mit ihrem warmen, konstanten Licht. Der geschlossene Raum erfüllte Schwejksam trotz allem mit einem zunehmend klaustrophobischen Gefühl, und er gab sich Mühe, nicht an das zunehmende Gewicht der Erde über sich zu denken, während der Weg stetig tiefer hinabführte.

Bald erreichten sie eine Verzweigung, dann eine weitere. Korridore führten vom Tunnel weg und in weite, hell erleuchtete Kavernen. Schwejksam hatte schnell jegliche Orientierung in dem unterirdischen Labyrinth verloren, das die Heimat der Ashrai und des Gesetzlosen Carrion gewesen war. Bei seinem letzten Besuch hier unten waren Schwejksam und Carrion noch gute Freunde gewesen; gut genug jedenfalls, daß Carrion den Kapitän der *Dunkelwind* nach Abschluß ihrer Unterredung wieder nach draußen geführt hatte. Schwejksam wußte nicht, ob das noch heute so sein würde, doch auf der anderen Seite spielte es auch keine Rolle. Er mußte mit Carrion reden.

Schließlich blieb der Gesetzlose an einer Abzweigung stehen und bedeutete Schwejksam, vor ihm in den Gang zu treten. Schwejksam trat ohne Zögern ein. Carrion sollte ihm seine Furcht nicht anmerken. Der Gang weitete sich zu einer großen Kaverne, die von den allgegenwärtigen leuchtenden Metallbaumwurzeln in der irdenen Decke erhellt wurde. Carrions Zuhause war groß genug, um die Illusion von Raum zu erwecken – und trotzdem so angefüllt mit Mobiliar und zahlreichen kleinen Annehmlichkeiten, daß es beinahe gemütlich wirkte.

Es gab zwei zerbrechlich aussehende Stühle, einen Schreibtisch, ein breites Bett. An einer Wand knisterte ein behagliches Feuer in einer gemauerten Einfassung. Der Rauch zog durch einen engen Kamin in der Erddecke ab. Der Boden war mit einer Art Webteppich bedeckt, verdreckt und fleckig von den Spuren langer Benutzung. Kein besonders angenehmer Ort, um sein Exil darin zu verbringen.

Kleine, zierliche Ashrai-Skulpturen füllten mehrere Nischen in den Wänden. Schwejksam trat zur nächstgelegenen, um die Kunstwerke zu betrachten, doch die Formen ergaben keinen Sinn für ihn. Im Gegenteil, die verwundenen Umrisse und unbegreiflichen Details verursachten Kopfschmerzen.

»Sie sind zum Anfassen geschaffen, Kapitän, nicht zum Betrachten. Die Ashrai waren eine äußerst taktile Rasse. Ihre visuellen Sinne unterschieden sich beträchtlich von den unseren.«

»Danke«, antwortete Schwejksam. »Ich passe.«

»Wie Ihr meint. Nehmt Platz und macht es Euch gemütlich. Ich würde Euch gerne einen Drink oder etwas zu rauchen anbieten, aber meine Vorräte enthalten leider nichts von alledem.«

Schwejksam ließ sich vorsichtig im nächstgelegenen Stuhl nieder. Das Möbel war stabiler, als es den Anschein erweckt hatte, und es trug sein Gewicht mit Leichtigkeit. Carrion warf sich in den zweiten Stuhl. Eine Weile saßen sich die beiden Männer schweigend gegenüber. Schwejksam konnte einfach nicht fassen, wie wenig Carrion sich in zehn Jahren verändert hatte. Zehn lange Jahre der Einsamkeit hatten nicht eine einzige Furche in seinem Gesicht hinterlassen, geschweige denn seine Haltung gebeugt. Der Gesetzlose war aufreizend freundlich und zurückhaltend wie immer. Nach einer Dekade des Alleinseins hätte er eigentlich vor verzweifelter Sehnsucht nach dem Klang einer menschlichen Stimme über Schwejksam herfallen müssen. Statt dessen saß er seelenruhig da und schien ganz offensichtlich völlig zufrieden, auf das zu warten, was auch immer Schwejksam ihm zu erzählen hatte.

»Hübsches Zuhause, das Ihr Euch da geschaffen habt«, sagte Schwejksam schließlich, nur um irgend etwas zu sagen.

»Mir gefällt's«, antwortete Carrion. Unvermittelt beugte er sich in seinem Stuhl vor, und Schwejksam zuckte wider Willen zusammen. Carrion lächelte nicht. »Ich weiß nicht, was ich Euch sagen soll, Kapitän. Es ist lange her, daß ich mit einem anderen menschlichen Wesen gesprochen habe.«

»Wie ist es Euch gelungen, ganz allein zehn Jahre zu überleben?« fragte Schwejksam.

Carrion hob eine Augenbraue. »So lange ist das her? Ich habe aufgehört zu zählen. Ich überlebte, indem ich mich veränderte. Mich anpaßte. Indem ich über mein Menschsein hinauswuchs.«

»Für mich seht Ihr immer noch ziemlich menschlich aus«, entgegnete Schwejksam. »Genaugenommen habt Ihr Euch so gut wie gar nicht verändert.«

»Das macht *Unseeli* mit unsereinem. Das Aussehen kann täuschen, Ihr solltet das am besten wissen. Ihr habt die Ashrai nie verstanden, Kapitän. Sie sind es, die mich die ganzen Jahre am Leben gehalten haben.«

Schwejksam blickte sein Gegenüber nachdenklich an. »Wollt Ihr damit sagen, daß einige Ashrai hier unten in den Tunnels überlebt haben?«

»Nein, Kapitän. Die Ashrai sind ausgerottet. Ihr seid äußerst gründlich vorgegangen. Sie sind alle tot. Niemand außer mir ist übriggeblieben, um die Geschichte zu erzählen. Ich überlebte nur, weil ich Angst hatte vor dem Tod. Ich hatte viel Zeit, darüber nachzudenken, ob das ein Fehler gewesen war oder nicht. Aus welchem Grund seid Ihr zurückgekommen, Kapitän?«

»Die Dinge haben sich seit unserer letzten Begegnung verändert.«

»Nicht für mich, Kapitän. Die Ashrai sind noch immer tot, und die Maschinen des Imperiums graben noch immer nach Metall, zerschneiden die Wurzeln der Bäume, damit sie gefällt und abtransportiert werden können. Die Ausplünderung des Planeten schreitet von Tag zu Tag weiter fort.«

Schwejksam seufzte müde. »Zehn Jahre der Einsamkeit haben Euren Standpunkt nicht ändern können. Ihr habt damals nicht zugehört, und Ihr werdet es wahrscheinlich auch jetzt nicht; trotzdem will ich es ein weiteres Mal versuchen, der alten Zeiten wegen. Das Imperium benötigt die Metalle, die es von *Unseeli* abtransportiert. Ein einziger der großen Metallbäume kann einen Sternenkreuzer für ein ganzes Jahr mit Energie versorgen. Wir haben sogar Verwendung für das Metall der Rinde, aus dem Schiffshüllen und Maschinengehäuse gefertigt werden. Allein *Unseelis*

336

Metallvorkommen haben unsere Expansion ermöglicht. *Unseeli* ist der einzige Planet im gesamten Imperium, wo diese Metalle so leicht zu finden sind, und wir sind davon abhängig geworden. Ohne die regelmäßigen Nachschublieferungen von *Unseeli* würde die Hälfte unserer Kolonien hungern, Not leiden oder zerfallen, weil lebenswichtige Güter fehlen. Millionen würden sterben, das Imperium würde zusammenbrechen, und innerhalb einer einzigen Generation würde die Menschheit zurückfallen in die Barbarei.«

»Für die Ashrai waren wir Barbaren«, entgegnete Carrion.

Schwejksam schüttelte ungeduldig den Kopf. »Nichts davon spielt noch eine Rolle. Es ist Vergangenheit. Ich benötige Eure Hilfe, Sean. Irgend etwas ist mit Basis Dreizehn geschehen.«

Carrion blickte seinem Gegenüber fest in die Augen. »Als wir uns das letzte Mal getroffen haben, rief ich die Ashrai zu den Waffen und führte sie gegen das Imperium. Ich führte sie in den Kampf um das Wohl und Überleben ihrer Welt, und Ihr habt sie niedergemetzelt. Ihr habt geschlachtet und gemordet, bis Ihr es leid wart, und dann habt Ihr Euch in den Orbit zurückgezogen und alles Leben verbrannt.«

Schwejksam wandte den Blick nicht ab. »Es war notwendig.«

»Die Ashrai . . .«

». . . hatten nicht die Spur einer Chance. Das haben Rebellen niemals.«

»Und Ihr erwartet, daß ich Euch jetzt helfe? Nach allem, was geschehen ist, erwartet Ihr allen Ernstes, daß ich dem Imperium helfe?«

»Ich könnte eine Begnadigung für Euch erwirken.«

»Das wage ich zu bezweifeln.«

Schwejksam grinste kalt. »Redet Euch nichts ein, Sean. So wichtig seid Ihr nicht, oder ein Kopfgeldjäger hätte sich schon vor Jahren Euren Kopf geholt. Nein, Sean. Ihr seid nichts weiter als einer von vielen Deserteuren, der sich auf irgendeinen Hinterweltplaneten zurückgezogen hat. Niemand schert sich auch nur einen Dreck um Euch. Ich kann eine Begnadigung erwirken, und ich kann Euch von diesem Planeten runterhelfen. Ich bringe Euch, wohin auch immer Ihr wollt. Ihr könnt ganz von vorne anfangen, und das mit einer weißen Weste. Denkt darüber nach, Sean. Ihr könntet sogar den Namen Carrion ablegen.«

»Und warum sollte ich, Kapitän? Carrion, das bin nun einmal ich.« Er schüttelte langsam den Kopf und sank in seinen Stuhl zurück. »Danke für Euer Angebot, Kapitän, aber nein.«

»Nein? Bedenkt, was ich Euch biete! Ihr könnt doch nicht allen Ernstes allein hierbleiben wollen . . .«

»Kann ich nicht? Hier habe ich meinen Frieden gefunden . . .«

»Welchen Frieden? Den Frieden der Toten? Eines Friedhofs?«

»Den Frieden des Waldes, Kapitän. Ihr habt nie begriffen, was Ihr zerstörtet. Die Ashrai und die Metallbäume standen in engerer Beziehung, als Ihr euch träumen laßt. Die Bäume sind lebendig. Ich habe gesehen, wie sich Äste ohne jeden Wind bewegten, und ich habe Stimmen im Nebel gehört. Die Ashrai sind tot, doch sie sind nicht verschwunden. Es gibt eine Harmonie, eine Kraft, die die Bäume zusammenhält, und ich bin Bestandteil davon.« Die Stimme des Gesetzlosen wurde zu einem Flüstern. »Laßt mich allein, Johan. Bitte.«

»Ich kann nicht, Sean. Ich brauche Euch.«

»Warum, Kapitän? Warum immer ich?«

»Weil Ihr der Beste seid.«

»Danke sehr, Kapitän.« Die Bitterkeit in Carrions Stimme ließ Schwejksam den Blick senken. Er erhob sich. »Auf geht's, alter Freund. Es ist ein weiter Weg zurück nach Basis Dreizehn, und wir haben unterwegs eine Menge zu bereden.«

Carrion hob den Blick. »Seid Ihr Euch so sicher, daß ich helfen werde?«

»Das bin ich. Ihr seid mein Freund. Und es ist nicht so, als hättet ihr etwas anderes zu tun, oder?«

KAPITEL 5
DER GEIST IN DER MASCHINE

Die Esperfrau Diana Vertue lehnte sich in ihrem Sitz zuruck und starrte mit finsterem Blick auf die Monitore der Pinasse. Die KI gab sich noch immer Mühe, einen Sinn in den verstümmelten Antworten zu entdecken, die sie aus dem Inneren von Basis Dreizehn empfing. Soweit Diana die Sache beurteilen konnte, war kein Erfolg abzusehen. Vermutlich war es schon ein positives Zeichen, daß überhaupt etwas ankam, doch insgeheim befürchtete sie, daß die eingehenden Daten nichts als Zufallsrauschen von einem beschädigten Rechner waren. Sie hatte Odin ihre Befürchtungen mitgeteilt, aber die KI ignorierte sie. Diana Vertue war nur ein Esper, und die KI mußte nicht auf sie hören, wenn ihr nicht danach war. Selbst eine KI stand sozial höher als ein Esper.

Diana seufzte und streckte die Beine aus, soweit es der beengte Raum der Kabine erlaubte. Sie hatte vieles von ihrer ersten Mission auf einem fremden Planeten erwartet, doch ganz bestimmt nicht Langeweile. Fast war sie an einem Punkt angelangt, an dem sie sich nach der Rückkehr der beiden Soldaten an Bord sehnte, nur um jemanden zu haben, mit dem sie reden konnte.

Wenigstens hatten die beiden etwas zu tun, und wenn es nur Streifelaufen und die Überprüfung der Sicherheitssysteme war. Diana Vertue hatte nichts zu tun, außer dazusitzen und zu beobachten, wie der Rechner Selbstgespräche führte oder darauf zu warten, daß etwas geschah. Nicht, daß sie viel hätte tun können, wenn dieser Fall eintrat. Sie seufzte erneut und zog einen Schmollmund. Das war einfach nicht fair. Man hatte ihr nichts zu tun erlaubt, seit die Pinasse auf dem elenden Planeten niedergegangen war. Diana sehnte sich nach Abwechslung, nach etwas Neuem – bis hin und einschließlich einer größeren Katastrophe –, solange sie nur ein wenig Action bekam. Alles wäre besser als diese Langeweile.

Nun ja, jedenfalls beinahe alles. Diana Vertue hatte nicht

vergessen, was geschehen war, als sie während des Anflugs ihr ESP geöffnet hatte. Irgend etwas war hier auf *Unseeli*, etwas Lebendiges, ganz gleich, was die Bordsensoren sagten. Und was auch immer es war, es war gefährlich. Diana hatte eine Wut und einen Haß gespürt, die weit über alles hinausgingen, dem sie jemals zuvor begegnet war. So machtvoll, daß allein der mentale Blick darauf die Esperfrau um ein Haar den Verstand gekostet hätte.

Seither hatte sie ihr ESP abgeschirmt. Diana Vertue besaß nicht die Absicht, es erneut auszuprobieren, ganz gleich, wie groß die Langeweile auch werden mochte. Sie runzelte unglücklich die Stirn über den Weg, den ihre Gedanken eingeschlagen hatten, doch sie war gleichzeitig außerstande, ihren Verstand in andere Bahnen zu lenken.

Kapitän Schwejksam hatte die angreifende Macht erkannt, auch wenn das, was er seinen Leuten erzählt hatte, keinen Sinn ergab. Sobald er zurück war, würde sie einige Antworten aus ihm herausholen, auf die eine oder andere Weise. Eine schnelle Sondierung war nicht schwierig. Hinein und wieder heraus, so schnell, daß er gar nichts davon bemerkte. Aber das durfte sie natürlich nicht. Allein der Gedanke daran ließ kalten Schweiß auf ihre Stirn treten. Das Imperium konditionierte seine Esper äußerst sorgfältig von Kindesbeinen an, um sicherzustellen, daß sie ihre Fähigkeiten niemals mißbrauchen würden. Außer natürlich im Dienst des Imperiums. »Investigator Frost an Pinasse, bitte melden und Lagebericht.«

Diana Vertue richtete sich kerzengerade auf, als Frosts kühle, ruhige Stimme in ihrem Komm-Implantat erklang. »Hier spricht Esper Vertue. Die Pinasse ist weiterhin unbehelligt. Nichts ist seit Eurem Aufbruch geschehen. Wo befindet Ihr Euch?«

»Etwa zwei Meilen östlich des Landefelds. Kartenreferenz Alpha Tango achtundachtzig. Ist der Kapitän bereits zurückgekehrt?«

»Nein, Investigator. Er hat noch keinen Kontakt mit uns aufgenommen, und wir konnten ihn von uns aus nicht erreichen. Irgend etwas auf dieser Welt beeinflußt die Kommunikationssystme. Sie funktionieren nur, wenn sie Lust dazu haben.«

»Ich hatte eigentlich gehofft, den Kapitän zu sprechen, aber wir können auch ohne ihn weitermachen. Dies ist ein offizieller Eintrag ins Logbuch: *Unseeli*, Tag eins, 15:43 Uhr. Ich habe ein Raumschiffwrack entdeckt, das anscheinend von einer fremden Rasse stammt. Es liegt zwei Meilen östlich von Basis Dreizehn. Das Schiff hat schwere Schäden erlitten. Bisher keinerlei Spuren von Pilot oder Besatzung.«

»Ein fremdes Raumschiff?« fragte Diana aufgeregt, als Frost innehielt. »Was für ein Typ? Welche Spezies?«

Eine weitere Pause, und als Frost erneut sprach, klang ihre Stimme ruhig und gefaßt. »Unbekannt, Esper Vertue.«

Diana starrte mit leerem Blick auf die Kommunikationspaneele. Ihr Verstand raste. Raumfahrende Fremdrassen waren selten, selbst hier draußen am *Abgrund*, aber eine neue, unbekannte Spezies! Das war genau die Sorte von Abenteuer, aus der Karrieren entstanden. Ein plötzlicher Gedanke durchzuckte sie. »Investigator, könnte es sich um Angehörige der Spezies handeln, die ursprünglich die Metallbäume erschufen?«

»Möglich, aber unwahrscheinlich. Eine Spezies, die intelligent genug ist, diese Bäume zu erschaffen, würde ein Schiff ganz sicher ohne Zwischenfall landen. Hört jetzt gut zu, Esper. Ihr werdet die Pinasse verlassen. Ich brauche Euch hier bei mir, um dieses Schiff zu untersuchen. Die Soldaten werden Euch begleiten und Deckung geben.«

»Ihr meint, ich soll die Pinasse unbewacht zurücklassen?« fragte Diana ungläubig.

»Die Pinasse kann allein auf sich achtgeben. Odin, volle Kampfbereitschaft. Bestätige.«

»Bestätigt, Investigator«, antwortete Odin. Vielleicht bildete Diana sich alles nur ein, aber sie hätte schwören können, so etwas wie Aufregung in der stets ruhigen Stimme der KI gehört zu haben.

»In der Zwischenzeit wirst du versuchen, mit Kapitän Schwejksam in Kontakt zu treten, Odin«, fuhr Frost fort. »Es gefällt mir nicht, daß er so lange nichts von sich hören läßt.

341

Das gleiche gilt für Euch, Esper. Vielleicht haben Eure Bemühungen mehr Erfolg, wenn Ihr Euch aus der unmittelbaren Nähe von Basis Dreizehn entfernt. Odin, wie kommst du mit den Reparaturen voran?«

»Ganz gut, Investigator. Alle Hauptsysteme sind wieder einsatzbereit und laufen fehlerfrei.«

»Wie steht es um die strukturelle Integrität? Könnten wir starten, wenn es sein muß?«

»Unbekannt, Investigator. Theoretisch ja. Praktisch würde ich es nicht empfehlen, es sei denn im Notfall.«

»Sehr gut. Nimm regelmäßig Kontakt zur *Dunkelwind* auf, nachdem Esper Vertue und die Soldaten aufgebrochen sind. Halte sie auf dem laufenden über die Vorgänge hier unten. Und bereite dich darauf vor, als Relaisstation für mich zu arbeiten, damit ich Daten an die *Dunkelwind* senden kann. Ich möchte, daß dieses Schiff mit existierenden Aufzeichnungen in unseren Archiven verglichen wird.«

»Ich fürchte, das wird nicht möglich sein, Investigator«, erwiderte Odin. »Seit unserer Landung konnte ich keinen Kontakt mehr zur *Dunkelwind* herstellen. Unsere Kommunikationssysteme arbeiten einwandfrei, was nur den Schluß übrigläßt, daß wir es mit natürlichen Störungen oder absichtlicher Blockade zu tun haben.«

»Was wollt Ihr damit sagen, keinen Kontakt mehr?« fuhr Frost die KI an. »Warum erfahre ich das erst jetzt?«

»Ihr habt nicht danach gefragt.«

»Odin, sobald dieser Auftrag beendet ist, werden wir beide uns ausführlich darüber unterhalten, wer hier das Kommando führt. Bis dahin wirst du mir oder Esper Vertue oder wer auch immer gerade zugegen ist über alle Veränderungen äußerer Umstände berichten, die unseren Auftrag betreffen, und zwar unverzüglich. Solltest du weitere Probleme verursachen, werde ich persönlich deine Datenspeicher umprogrammieren, und zwar mit einer Splittergranate. Hast du mich verstanden?«

»Es ist nicht nötig, daß Ihr mich anbrüllt, Investigator. Ich versichere Euch, daß mir unser Auftrag ebenso sehr am Herzen liegt wie Euch. Ich existiere nur, um zu dienen.«

»Steck dir das in den Hintern.«

Diana blickte erschreckt auf die Kommunikationspaneele vor sich. Vom Mutterschiff abgeschnitten zu sein war eine schlimme Geschichte. Es bedeutete nicht nur, daß ihnen die überlegene Rechenkapazität der Schiffslektronen verwehrt war, sondern auch, daß sie ganz auf sich allein gestellt waren, wenn etwas schiefging.

Diana schlang die Arme um den Leib. Sie war noch nie vom Schiff abgeschnitten gewesen, seit sie seiner Besatzung zugewiesen worden war. Sie war an den Schutz der *Dunkelwind* gewöhnt. Er war immer etwas Selbstverständliches gewesen, nie weiter als einen Ruf entfernt.

Jetzt fühlte sie sich allein, nackt, schutzlos. Sie bemerkte, daß Frost noch immer redete, und zwang sich zur Aufmerksamkeit.

»Wenn irgend jemand unsere Sendungen blockiert, Odin, kannst du die Position der anderen Seite in Relation zur unsrigen feststellen?«

»Nicht zum gegenwärtigen Zeitpunkt, Investigator«, antwortete die KI. »Ohne weitere Hinweise bleibt alles reine Spekulation.«

»Damit wäre das also erledigt. Esper, ich wünsche, daß Ihr mir folgt, so schnell Ihr könnt. Je früher wir dieses fremde Schiff überprüft haben, desto besser. Und haltet unterwegs die Augen offen. Frost Ende.«

Das Schweigen, das Frosts Abschalten folgte, ließ in Diana ein starkes Gefühl der Ungewißheit aufkommen. Ganz zu schweigen von Unruhe. Das fremde Raumschiff würde vielleicht eine ganze Reihe von Dingen erklären, doch für den Augenblick warf es mehr Fragen auf, als es beantwortete. Und der Gedanke, die relative Sicherheit der Pinasse zu verlassen und allein durch den Metallwald zu marschieren, beruhigte Diana nicht im geringsten. Auch nicht mit den beiden Infanteristen als Schutz. Diana erhob sich aus ihrem Sitz und stand unschlüssig da, während sie überlegte, womit sie anfangen sollte. Sie hatte sich nach ein wenig Action gesehnt, nach Aufregung und Abwechslung, aber das hier war unglaublich. Ihr kam ein Gedanke, und sie wandte sich zu den Kommunikationspaneelen. »Odin, warum entdeckten deine Sensoren das abgestürzte fremde Raumschiff nicht?«

»Ich weiß nicht, Esper Vertue. Entweder ist das Schiff mit einer besonderen Abschirmung versehen, oder es ist zusammen mit seiner Besatzung einfach zu fremdartig, um von meinen Instrumenten kategorisiert zu werden.«

Diana runzelte die Stirn. »Ich dachte immer, es sei vollkommen unmöglich, daß sich etwas vor unseren Sensoren verbirgt?«

»Unmöglich für jede Form von Technologie, die mir bekannt ist. Die technologische Entwicklungsstufe des fremden Raumschiffs ist unbekannt.«

Diana stieß einen unterdrückten Fluch aus und ging durch die Kabine zur Luftschleuse. Selbst wenn sie direkt mit der KI sprach, erhielt sie keine vernünftige Antwort von ihr. Wenigstens Investigator Frost kannte den Wert Espers. Wenn Diana erst bei dem fremden Schiff stand, würde sie schon allen zeigen, zu was ein Esper imstande war. Sie würde es allen zeigen.

Die Soldaten nahmen ihre neuen Befehle ohne Murren entgegen. Diana vermutete insgeheim, daß sie sich genauso gelangweilt hatten wie sie selbst. Die Neuigkeiten von einem fremden Raumschiff brachten sie keine Sekunde aus der Fassung. Sie nickten einfach, überprüften die Ladungen ihrer Waffen und führten Diana über das Landefeld und in den Metallwald.

Sie gingen rechts und links von ihr, beobachteten unablässig und mißtrauisch die Bäume, die Disruptoren schußbereit in den Fäusten. Diana blickte auf die Waffen und verzog mißbilligend das Gesicht. Es bestand immer die Chance, daß die Fremden überhaupt nichts mit den Problemen von Basis Dreizehn zu tun hatten, sondern nichts weiter als unschuldige Zuschauer waren.

Die übliche Reaktion des Imperiums auf fremde Rassen. Schieß zuerst und stelle später Fragen, wenn überhaupt.

Diana war fest entschlossen, es hier nicht so weit kommen zu lassen. Erstkontakte sollten friedfertig verlaufen, und sie würde alles in ihrer Macht Stehende unternehmen, damit das hier ein friedlicher Erstkontakt wurde. Das Imperium jedenfalls würde keine Gelegenheit erhalten, sich eine weitere Rasse von Dienern einzuverleiben, ein weiteres Volk, das man als Bürger zweiter Klasse betrügen und ausbeuten konnte. Wie die Esper.

Diana gefiel die Richtung nicht, die ihre Gedanken eingeschlagen hatten, deswegen konzentrierte sie sich lieber auf ihre Umgebung. Die Metallbäume waren genaugenommen wunderschön. Sie leuchteten im Dunst wie gefrorene Feuerwerksblumen. Jetzt, da Diana zwischen ihnen hindurchging und die Bäume aus der Nähe betrachten konnten, erschienen sie ihr nicht halb so imposant wie während oder nach der Landung. Ihr warmes Leuchten wirkte freundlich, ja sogar einladend ... Jedenfalls eine ganze Menge mehr als das, was Diana über die Entitäten sagen konnte, die sie während des Anflugs angegriffen hatten. Mit einemmal erschien der Tag irgendwie kälter. Diana erschauderte. Sie hatte noch nie derartige Wut und derartigen Haß gespürt, eine Raserei, die weit über Verstand und Emotion hinausging. Eine Macht für sich allein. Eine Macht, die stark genug war, um sich den Weg durch eine Pinassenhülle zu bahnen, die Atomexplosionen widerstehen konnte. Vertue warf verstohlene Seitenblicke auf die beiden Marieneinfanteristen rechts und links von ihr, und mit einem Schlag war das Gefühl von Sicherheit verschwunden, als hätte es niemals existiert. Disruptoren und blanker Stahl waren vollkommen nutzlos gegen die Art von Gewalt, die Diana Vertue gespürt hatte.

Sie verbannte den Gedanken aus ihrem Kopf. Sie war auf dem Weg zu einem fremden Raumschiff, und nichts und niemand würde ihr diese Sache vermasseln. Dianas Schritte wurden länger. Fast hätte der Enthusiasmus sie rennen lassen. Die Soldaten mußten sich anstrengen, um mit Diana Schritt zu halten.

Ripper musterte sie eindringlich von der Seite, und

Stasiak bedachte sie mit ein paar finsteren Blicken, doch Diana Vertue ignorierte beide.

Plötzlich verließ das Lächeln ihr Gesicht, und innerhalb eines einzigen Augenblicks war alle Freude verflogen. Nicht weit von ihr entfernt bewegte sich etwas zwischen den Bäumen. Diana blieb wie erstarrt stehen. Die beiden Soldaten folgten ihrem Beispiel. Sie blickten Vertue fragend an. Die junge Esperfrau gab sich größte Mühe, ihr Zittern unter Kontrolle zu halten.

»Habt Ihr das gehört?« fragte sie leise.

»Was gehört?« antwortete Stasiak mit einer Gegenfrage, während er die Umgebung absuchte.

»Irgend etwas bewegt sich im Dunst, nicht weit vor uns. Es weiß, daß wir hier sind.« Sie fokussierte ihre Konzentration und versuchte, das Unbekannte mit ihrem ESP zu berühren, doch es blieb immer gerade außerhalb ihrer Reichweite.

»Könnt Ihr uns nicht wenigstens eine Richtung nennen?« fragte Ripper leise.

Diana deutete mit dem Kinn nach vorn rechts, und alle spähten angestrengt in den wabernden Dunst. Es war kalt und still. Nichts bewegte sich.

»Da ist nichts«, sagte Stasiak und senkte den Disruptor. »Absolut überhaupt nichts. Ihr seid nervös, Esper, das ist alles. Ihr seid auf Schatten hereingefallen.«

»Es ist hier«, beharrte Diana. »Ich kann es spüren.«

»Nun, was auch immer Ihr spürt, ich denke, wir sind sicherer, wenn wir in Bewegung bleiben«, erklärte Ripper. »Lew, du gehst voraus. Ich sichere nach hinten. Esper, Ihr bleibt immer hübsch zwischen uns. Falls Ihr es erneut seht, dann versucht uns Bescheid zu geben, ohne es aufzuscheuchen. Macht Euch keine Sorgen, wir geben schon auf Euch acht. Und jetzt wollen wir weiter, ja? Immer hübsch einen Schritt nach dem anderen ...«

Sie setzten sich erneut in Bewegung. Diana stapfte schwerfällig voran, blickte unablässig nach rechts und links. Ihre Nackenhaare hatten sich aufgerichtet. Irgend etwas beobachtete sie, und sie konnte seine Bösartigkeit geradezu schmecken. Diana ballte die Fäuste, bis die Knöchel weiß hervortraten. Fast hätte sie sich gewünscht, doch einen eigenen Disruptor mitgenommen zu haben. Der Gedanke brachte sie zur Besinnung wie ein Eimer kalten Wassers ins Gesicht. Sie war ein Esper, kein Killer. Was auch immer dort draußen lauerte, sie tat besser daran, sich zu bemühen, Kontakt mit ihm herzustellen.

Nur, daß es kein einziges anderes lebendes Wesen auf dem gesamten verdammten Planeten gab. Jedenfalls behaupteten das die Sensoren. Auf der anderen Seite hatten die Sensoren auch nicht auf die Wesen reagiert, die Diana während der Landung angegriffen hatten, und die waren verdammt real gewesen. Sie hatte sie in ihrem Kopf gespürt, als sie unaufhaltsam nähergerückt waren, um die zerbrechliche Pinasse zu zerquetschen. Sie hatten sich erst zurückgezogen, als sie Dianas Gegenwart spürten. Ihre Gegenwart. *Weil sie wissen, daß Ihr unschuldig seid*, hatte Kapitän Schwejksam gesagt. Das Wort *unschuldig* dröhnte in ihrem Kopf wie eine Glocke.

Ein lautes, krachendes Geräusch ertönte zu Vertues Linker. Irgend etwas Großes bahnte sich einen Weg zwischen zwei Bäumen hindurch, wobei es selbst massive Äste abbrach. Ripper signalisierte drängend, daß sie weitergehen sollten. Diana blickte zu Stasiak.

»Glaubt Ihr immer noch, ich jage Schatten hinterher?«

Stasiak stieß einen unterdrückten Fluch aus und schwang die Waffe auf der Suche nach einem Ziel hin und her. Zur Rechten und zur Linken der kleinen Truppe erklang das Geräusch schwerer Schritte, und der Boden bebte unter ihren Füßen. Diana stockte der Atem, als ihr bewußt wurde, daß das Geräusch inzwischen aus zwei verschiedenen Richtungen kam. Sie beschleunigte ihren Schritt. Die beiden Soldaten folgten ihrem Beispiel, bis mit einemmal alle drei rannten. Die schweren Schritte hielten mühelos mit ihnen mit, und der Boden schüttelte sich wie bei einem Erdbeben. Diana spürte, wie Panik sie zu übermannen drohte, doch sie kämpfte gegen das Gefühl an. Was auch immer dort draußen lauerte, es kam näher. Sie merkte, wie ihre Schritte langsamer wurden und ihre Luft knapp, aber sie zwang sich weiter.

Der kleine Trupp brach aus dem Wald hervor auf eine Lichtung, und im gleichen Augenblick waren die Schritte der Verfolger verklungen. Die drei Menschen kamen stolpernd zum Stehen und blickten gehetzt zurück zwischen die Bäume, doch der Dunst blieb leer und still. Das einzige Geräusch war das Rasseln ihrer Lungen.

»Was war das?« fragte Stasiak atemlos. »Haben wir sie abgeschüttelt?«

»Ich denke nicht«, entgegnete Vertue.

»Und was ist dann geschehen?« fragte Ripper.

Diana zuckte die Schultern. »Sie sind noch nicht bereit, uns zu töten. Das ist alles. Sie wollen, daß wir zuerst noch ein wenig leiden.«

»Sie?« fragte Ripper. »Diana, wer sind sie?«

Die Esperfrau wandte den Blick von den Bäumen ab und zu den beiden Marineinfanteristen. »Das sind die Ashrai. Oder besser das, was von ihnen noch übrig ist. Wütende Geister. Sie spuken in den Wäldern, die einst die ihren waren.«

Allmählich normalisierte sich ihr Atem. Sie nickte den beiden Soldaten zu, daß sie bereit war weiterzugehen. Ripper und Stasiak starrten die Bäume an, schwenkten unsicher ihre Waffen und setzten sich über die offene Lichtung in Bewegung. Diana ging zwischen ihnen. Sie hatte ihr ESP weit geöffnet, doch sie entdeckte nichts mehr im umliegenden Wald.

Alle spannten sich unwillkürlich, als sie die Lichtung verließen und erneut in den Wald vordrangen, doch nichts geschah. Sie blieben den Rest des Weges über wachsam und vorsichtig, aber der Wald war nun leer und still wie ein riesiger verlassener Friedhof.

Schließlich erreichten die drei ihr Ziel unverletzt, wenn auch mit angeschlagenen Nerven. Sie blieben auf einer Anhöhe stehen und blickten auf das hinunter, weswegen sie hergekommen waren. Lange Zeit sprach keiner von ihnen ein Wort.

348

Das abgestürzte Raumschiff lag am Fuß der Erhebung. Es war groß und düster wie eine herabgefallene Gewitterwolke. Hunderte von Fuß lang, ein verrücktes Wirrwarr aus Messingsäulen, zusammengehalten von glasigen Knoten, von denen jeder einzelne größer war als die gesamte Pinasse. Spitze, zackige Auswüchse ragten in unregelmäßigen Abständen aus dem Hauptknoten, doch es war nicht zu erkennen, ob es sich dabei um Sensoren, Waffen oder sonst etwas vollkommen Unbekanntes handelte. Das Schiff lag halb unter der Erde am Ende eines meilenlangen Grabens, dessen Ränder zwei lange Reihen umgeknickter oder abgerissener Baumstümpfe säumten. Diana versuchte, sich vorzustellen, wie schnell das Schiff gewesen sein mußte, als es aufschlug, um eine derartige Verwüstung zu verursachen, doch das ging über ihre Phantasie hinaus. Nur eins war sicher: Die Pinasse hatte eine derartige Landung nicht überlebt. Diana fuhr herum, als jemand ihren Namen rief, dann eilte sie den Hang hinab zu der bei dem Wrack wartenden Frost. Die Soldaten folgten dem Esper in langsamerem Tempo, und wenn nur aus dem Grund, Investigator Frost daran zu erinnern, daß sie sich nicht vor ihr beeindrucken ließen. Das Schiff ragte über Diana auf wie ein gewaltiger Bergrücken. Seine dumpfen, messingfarbenen Flächen schienen das Licht eher zu absorbieren denn zu reflektieren. Investigator Frost ignorierte den Effekt, als hätte sie schon Beeindruckenderes gesehen. *Wahrscheinlich hat sie das tatsächlich*, dachte Diana.

»Ihr habt länger gebraucht als erwartet«, rügte Frost. »Gab es unterwegs Probleme?«

»Nicht wirklich«, antwortete Ripper leichthin. »Wir dachten, wir hätten gehört, wie sich etwas im Dunst bewegt, doch das war auch schon alles.«

Anscheinend machte sie sich keine weiteren Gedanken. »Ihr beide werdet Wache stehen, während Esper Vertue und ich das Schiff überprüfen. Nichts darf sich unidentifiziert dem Wrack nähern. Schießt nicht alles über den Haufen, was sich bewegt. Vergeßt nicht, daß der Kapitän noch irgendwo dort draußen ist. Esper Vertue, folgt mir.«

Frost wandte sich ab und ging davon. Diana beeilte sich, ihr zu folgen. Das fremde Schiff faszinierte sie. Seine Form ergab überhaupt keinen Sinn. Allein der Versuch, den Verdrehungen und Biegungen der verrückten Struktur mit dem Auge zu folgen, erzeugte Kopfschmerzen. Die Rohre oder Säulen aus messingfarbenem Material besaßen einen Durchmesser zwischen zwei und zwanzig Fuß und waren genauso häufig ineinander verschlungen wie nicht.

»Es ist ein unbekanntes Schiff, Investigator, nicht wahr?« platzte Diana schließlich heraus. Sie konnte nicht länger schweigen. »Es ist eine völlig neue, fremde Spezies! Ich habe so etwas noch nie gesehen.«

»Genausowenig wie ich«, erwiderte Frost gelassen. »Überprüft es für mich. Gründlich.«

Diana errötete. Sie hätte nicht erst auf einen Befehl warten dürfen, um etwas so Grundlegendes zu tun. Sie schickte ihr ESP aus und ließ es über das Schiff gleiten. Die riesige Konstruktion brannte in ihrem Geist hell wie eine Magnesiumfackel, und Diana Vertue blinzelte unwillkürlich. Es schien, als würde sie nichts von dem, was sie da sah, wirklich begreifen. Ihr Verstand glitt vom Schiff ab, als wäre es mit Fett eingeschmiert. Sie konzentrierte sich, versuchte, ihre Energien gezielt einzusetzen, doch das Schiff war so anders, so ... fremdartig, daß ihr Verstand es einfach nicht begreifen *wollte*.

Irgend etwas an der Konstruktion mit all den verrückten Winkeln und gewundenen Oberflächen beunruhigte Diana zutiefst. Dinge, die nicht zusammenhalten sollten und doch irgendwie hielten. Und über all dem ... etwas anderes. Etwas so Gewaltiges, Großes, daß Diana die Einzelheiten nicht zu einem einzigen Bild zusammenfügen konnte. Sie zog sich zurück, versuchte, die Konstruktion als Ganzes zu erfassen, und als ihr die Wahrheit allmählich dämmerte, vergaß sie für einen Augenblick das Atmen.

Frost musterte die Esperfrau, während Diana Vertue vor dem fremden Schiff stand und ihre Augen sich ruhelos hinter den geschlossenen Lidern bewegten. Dianas Atem ging schnell und flach. Auf ihrer Stirn schimmerte trotz der Kälte

Schweiß. Plötzlich riß Vertue die Augen weit auf und wich stolpernd einen Schritt zurück, die Arme hochgerissen, als wollte sie sich vor einem nahen Feind schützen. Sie wandte den Kopf vom Schiff ab, erschauerte kurz und hatte sich wieder unter Kontrolle. Frost runzelte die Stirn. Was immer die Esperfrau gesehen hatte, es war offensichtlich unangenehm genug, um alle Begeisterung für die Fremden aus ihr zu vertreiben.

»Nun?« fragte Frost schließlich. »Was habt Ihr entdeckt, Esper?«

»Ich bin nicht sicher«, antwortete Diana leise. »Dieses Schiff ist so fremdartig, daß ich überhaupt nichts mit Sicherheit sagen kann.«

»Habt Ihr Lebenszeichen in seinem Innern gefunden?«

»Nur ein einziges.« Diana blickte Frost zum ersten Mal in die Augen. »Ich glaube, es ist das Schiff selbst. Und es steht im Begriff zu sterben.«

Frost sah die unglückliche Esperfrau noch einen Augenblick lang an, dann nickte sie und wandte sich ab. Langsam wanderte sie an dem gigantischen Schiff entlang und nahm Einzelheiten in sich auf. Diana beeilte sich, ihr zu folgen. Sie wollte nicht allein zurückbleiben, nicht für einen einzigen Augenblick.

Oben auf der Anhöhe wechselte Stasiak einen Blick mit Ripper. »Hast du auch allmählich das Gefühl, hier überflüssig zu sein?«

Ripper zuckte die Schultern. »Es besteht immer die Möglichkeit, daß die Geister wieder auftauchen und uns Ärger bereiten.«

»Oh, großartig. Und was sollen wir mit ihnen machen? Sie exorzieren? Mir steht dieser Auftrag bis obenhin, Rip. Nichts zum Draufschlagen, nichts zum Beschießen, und meine Heizelemente sind schon wieder leer.«

»Sieh's doch mal von der positiven Seite«, erwiderte Ripper. »Wenigstens regnet es nicht.«

Stasiak sah seinen Kameraden schweigend an.

Frost stand vor dem mächtigen fremden Schiff. Ihre Rechte ruhte auf dem Griff des Disruptors. Wenn sie nicht bald einen Eingang fand, würde sie sich selbst einen auf die harte Tour schaffen. Es gefiel ihr nicht, so frühzeitig während einer Untersuchung auf rohe Gewalt zurückzugreifen, doch dieser ganze verdammte Auftrag hatte von Anfang an unter einem schlechten Stern gestanden.

Die Standardprozeduren bei der Entdeckung neuer Intelligenzen war ein Studium aus sicherer Entfernung. Kontakt wurde erst hergestellt, wenn sicher war, daß man die Oberhand behalten würde. Und doch stand Frost hier mitten im Dreck und drohte langsam einzusinken. Der Kapitän war auf eigene Faust unterwegs und suchte nach Geistern, und Rückendeckung vom Mutterschiff war auch nicht zu erwarten, falls die Dinge aus dem Ruder glitten. Frost seufzte und schüttelte den Kopf. An manchen Tagen war es besser, im Bett zu bleiben.

Sie musterte das Schiff aus zusammengekniffenen Augen und streckte die Hand aus, um das düster glänzende Metall mit den Fingerspitzen zu berühren. Es fühlte sich überraschend warm und unangenehm ölig an.

»Investigator!«

Frost rieb geistesabwesend die Finger gegeneinander. »Was gibt's, Esper?«

»Ich habe etwas entdeckt. Es könnte sich um eine Schleuse handeln.«

Frost blickte sich zu Vertue um und zuckte zusammen, als sie sah, daß die Esperfrau auf einen Metallturm geklettert war, der vor einer schattigen Nische aus dem Rumpf ragte. Frost überlegte kurz, ob es Sinn machte, Vertue einen Vortrag über Sicherheitssysteme und Fallen zu halten, und entschied dann, daß sie damit nur ihren Atem verschwendete.

Bei Vertues Glück würden sie wahrscheinlich sowieso versagen. Frost kletterte vorsichtig zu Diana hinauf. Ihre Hände und Füße glitten immer wieder von dem schlüpfrigen Metall ab. Oben angekommen, ließ sie sich Vertues Entdeckung zeigen. Hinter einem Metallschirm versteckt lag ein dunkles Loch, vielleicht drei Meter hoch und einen Meter breit.

»Das ist keine Luftschleuse«, sagte Diana Vertue aufgeregt. »Aber der Umriß ist zu regelmäßig, um vom Absturz zu stammen. Gehen wir hinein?«

Frost verzog das Gesicht. »Normalerweise würde ich jetzt nein sagen. Wir wissen nicht genug über das Schiff, um zu erkennen, was gefährlich ist und was nicht. Aber da unsere Zeit knapp ist und wir die Antworten möglichst bald benötigen ... ja, wir gehen rein, Esper. Das heißt, ich gehe rein, und Ihr kommt mit, um mir den Rücken zu decken. Bleibt dicht bei mir, aber kommt mir nicht in die Quere. Odin, hier spricht Investigator Frost. Antworte bitte.«

Frost wartete ein paar Sekunden, doch aus ihrem Komm-Implantat drang nichts als statisches Rauschen. Schließlich bedeutete sie Vertue, es ebenfalls zu versuchen, vergeblich.

»Verdammt«, fluchte Frost leidenschaftslos. »Irgend etwas im Schiff scheint unsere Sendungen zu stören. Dieser Auftrag wird von Minute zu Minute beschissener. Folgt mir, Esper.«

Frost zog den Disruptor und trat vorsichtig durch die Öffnung. Diana Vertue folgte ihr praktisch auf den Hacken. Hinter der Öffnung fanden die beiden Frauen einen schmalen Gang, dessen Wände von strähnigem Gewebe bedeckt waren. Ein Teil davon schien bereits abgestorben und hatte sich in großen Fetzen gelöst. Die Decke war für Frost und Vertue zu niedrig, und so waren sie gezwungen, sich in unbequem gebückter Haltung voranzubewegen. Aus den Wänden drang ein flackerndes blaues Licht, das mindestens ebensoviel in den Schatten verbarg, wie es enthüllte. Im Inneren des Schiffs war die Luft entschieden wärmer. Diana rümpfte die Nase. Ein süßlicher, ekelerregender Gestank gewann an Intensität, je weiter sie vordrangen. Er erinnerte Vertue an etwas Bestimmtes, doch sie kam nicht darauf, um was es sich dabei handelte.

Statt dessen konzentrierte sie sich auf den Korridor und das, was er über die Besatzung des Schiffes verriet. Zum ersten schienen sie definitiv kleiner zu sein als Menschen, vielleicht vier Fuß groß. Das blaue Licht ließ darauf schließen, daß ihre Augen ungefähr genauso funktionierten wie die eines Menschen, und die wärmere Luft legte das

Bedürfnis nach einer kontrollierten Umwelt nahe. Darüber hinaus konnte Diana nur Vermutungen anstellen.

Frost schob ihren Disruptor in das Holster zurück, zog das Langschwert und bahnte sich mit methodischen Hieben einen Weg durch das verrottende Gewebe. Die Stränge boten ihrer Klinge nicht viel Widerstand, doch es gab nur wenig Raum in dem engen Gang, um das Schwert zu führen. Außerdem wurde Frost immer wieder aufgehalten, weil sie klebrige Strähnen von der Klinge abstreifen mußte, die hartnäckig haften blieben.

Je tiefer die beiden Frauen in das fremde Schiff vordrangen, desto heller wurde die blaue Beleuchtung. Auch das Flackern nahm zu. Diana zuckte die Schultern. Vielleicht mußte das Licht flackern.

Der Gestank wurde immer schlimmer. Der unebene Boden hob und senkte sich wie die Brandung eines Meeres, und die Wände wölbten sich nach außen und innen, ohne daß Diana einen Grund dafür hätte erkennen können. Entlang der Wände zogen sich dünne silberne Leitungen, doch es war nicht klar, ob sie eine Funktion besaßen oder nur der Dekoration dienten. Ganz sicher genügten die Muster nicht dem menschlichen Anspruch an Funktionalität oder Ästhetik.

In unregelmäßigen Abständen waren Öffnungen in die Wände eingelassen, die in andere Korridore führten. Einige davon waren dunkel. Diana wurde allmählich nervös, weil sie ohne Zwischenfall so weit gekommen waren. Sie warf einen Blick zurück über die Schulter. Der Tunnel erstreckte sich bis weit hinter ihnen. Der Eingang, durch den sie das Schiff betreten hatten, war nicht mehr zu sehen. Diana beschloß, lieber nicht darüber nachzudenken. Zweifellos wußte Frost, auf welchem Weg es nach draußen ging, und das war alles, worauf es ankam. In der Zwischenzeit gab es einfach viel zu viele interessante, aufregende Dinge zu entdecken.

»Ist das nicht phantastisch?« flüsterte Diana Frost zu, die erneut angehalten hatte, um ihr Schwert zu säubern.

Frost lächelte schwach, ohne zu antworten. Die Esperfrau

mochte das alles vielleicht mit großen Augen bestaunen, doch Frost war zu erfahren, um sich ablenken zu lassen. Später würde es noch genügend Gelegenheiten für eine Besichtigung geben – nachdem das Schiff sorgfältig erforscht und nach Fallen abgesucht worden war, ob absichtlich installiert oder nicht. Investigator Frost setzte ihren Weg vorsichtig fort. Sorgfältig überprüfte sie jeden Seitengang, an dem sie vorüberkamen. Das Schiff lag merkwürdig still. Die Wände schienen jedes Geräusch bereits im Augenblick seines Entstehens zu verschlucken. In der Luft hing eine merkwürdige, stetig zunehmende Spannung, wie elektrische Statik. Plötzlich wurde Frost bewußt, daß Diana Vertue nicht mehr hinter ihr war, und sie blickte in den Gang zurück. Diana war ein Stück weiter hinten stehengeblieben und untersuchte die Decke über sich. Frost ging leise zu ihr zurück.

»Was gibt es, Esper? Habt Ihr etwas entdeckt?«

»Ich bin nicht ganz sicher«, antwortete Diana nachdenklich. »Seht Euch das hier an.«

Sie deutete auf einen bestimmten Bereich der Decke. Ein Fleck, blau und geschwollen wie eine Prellung. Frost stieß mit der Schwertspitze dagegen. Das Material gab ohne jeden Widerstand nach.

»Außerdem habe ich den Gestank endlich erkannt«, fuhr Vertue fort. »Er ist hier viel deutlicher wahrzunehmen.«

Frost blickte den Esper fragend an und sog prüfend die Luft ein. Zusammen mit dem Fleck an der Decke wurde ihr der übelkeiterregende, süßliche Gestank augenblicklich vertraut. »Verwesung«, sagte sie. »Faulendes Fleisch.«

»Genau«, stimmte Diana ihr zu. »Zersetzung. Das hier war anscheinend lebendes Gewebe. Zumindest Teile des Schiffs sind schon lange genug tot, daß die Verwesung einsetzen konnte.«

Frost hob das Schwert, packte das Heft mit beiden Händen und führte einen mächtigen Hieb gegen den Fleck in der Decke. Die Klinge drang tief ein, und das geschwollen aussehende Material brach auf wie eine Wunde. Frost zog die Klinge zurück. Aus der klaffenden Öffnung fielen silberne Knäuel aus Fäden, die sich um pinkfarbene Stränge gewickelt hatten, die wie Eingeweide gespickt mit facettierten Kristallen aussahen.

Diana wich erschrocken einen Schritt zurück. Auf ihrem Gesicht stand ein Ausdruck beinahe komischer Überraschung. Frost streckte die Hand nach einem der baumelnden Knäuel aus, und es zerfiel zu klebrigem Schleim, der über den Boden spritzte. Investigator Frost betrachtete die Überreste nachdenklich, bevor sie sich die Finger an ihrer Hose abwischte. Ohne ihre Ausrüstung konnte sie keine korrekte Analyse durchführen, und der größte Teil davon befand sich im Orbit an Bord der *Dunkelwind* .

Plötzlich fiel Vertue neben dem Schleimfleck auf die Knie und teilte ihn vorsichtig mit den Fingern. Frost blinzelte überrascht. Dann kniete sie neben Vertue nieder und beobachtete, wie die junge Esperfrau einen kleinen Facettenkristall hervorzog und hochhielt.

»Was ist das?« fragte Frost.

»Ein Speicherkristall«, erklärte Diana. »Denjenigen ziemlich ähnlich, die wir in unseren Lektronen einsetzen. Nur, daß die Muster hier so stark eingeprägt sind, daß ich sie beinahe mit meinem ESP lesen kann. Vielleicht täusche ich mich ja, aber ich glaube, das hier ist ein Teil des Schiffslogs.« Sie stand auf. Frost folgte ihrem Beispiel.

»Die anderen Kristalle sind entweder tot oder beschädigt«, fuhr Vertue fort. »Ich empfange überhaupt nichts von ihnen. Dieser hier . . .« Sie hielt den Kristall erneut hoch. ». . . dieser hier ist von Bedeutung. Ich kann es spüren.«

Frost nickte zögernd. Nachdenklich schwenkte sie das Schwert. »Bringt ihn zurück zur Pinasse und laßt Odin einen Blick darauf werfen. Ich wünsche eine vollständige Analyse und Zugang zu den gespeicherten Daten, und ich wünsche es gestern. Also beeilt Euch.«

Diana blickte Frost verständnislos an. »Ihr meint, wir gehen zurück? Aber . . . aber wir haben kaum etwas von dem Schiff gesehen!«

»Ihr geht zurück. Ich bleibe. Ich schätze, wir können ziemlich sicher sein, daß sich keine überlebenden Besatzungsmit-

356

glieder an Bord befinden, sonst hättet Ihr sie inzwischen aufgespürt. Also werden wir unsere einzigen Antworten aus dem Kristall erhalten. Nehmt die beiden Infanteristen mit; der Kristall benötigt ihren Schutz dringender als ich. Was steht Ihr hier noch herum, Esper? Worauf wartet Ihr?«

»Ich finde den Rückweg nicht alleine«, antwortete Diana recht kleinlaut. »Könnt Ihr mitkommen und mir zeigen, wo es nach draußen geht?«

Stasiak blickte zu Ripper, und Ripper blickte zu Stasiak. Dann sahen beide zu Diana Vertue. »Wir sollen sie hier allein lassen? Seid Ihr sicher?«

»Genau das hat sie gesagt«, erwiderte Diana. »Wollt Ihr vielleicht deswegen mit ihr streiten?«

»Nein, nicht wirklich«, sagte Ripper.

»Ich weiß nicht, Rip«, meldete sich Stasiak zu Wort. »Hier kann jederzeit irgend etwas passieren.«

»Irgend jemand anderes, und ich würde mir tatsächlich Sorgen machen«, konterte Ripper. »Wir reden hier über einen waschechten Investigator, Stasiak. Wer Frost über den Weg läuft, hat mein aufrichtiges Beileid. Außerdem ... willst du ihr später wirklich gegenübertreten und erklären, daß du einen direkten Befehl mißachtet hast?«

»Nein, nicht wirklich«, antwortete Stasiak. Er blickte den Abhang hinunter auf das Wrack. »Wie sieht es da drin aus, Diana?«

»Faszinierend!« Jetzt, da sie wieder draußen und an der frischen Luft war, hatte sich ihre Nervosität gelegt, und sie platzte beinahe vor Aufregung. Beinahe verspürte sie den Wunsch, zurückzugehen und ihre Erkundungstour fortzusetzen. Aber nur beinahe. »Ich habe noch nie etwas Vergleichbares gesehen. Die gesamte Konstruktion scheint eine Symbiose aus organischem und anorganischem Material zu sein, das ineinander verwoben ist und gemeinsam funktioniert.«

»Ihr meint wie ein Kyborg?« hakte Stasiak nach und starrte unsicher auf das riesige Wrack hinunter.

»Vermutlich, ja. Aber in viel größerem Maßstab. Das ganze Ding ist lebendig. Wenigstens war es das. Ich würde liebend gern mehr Zeit damit verbringen, aber Investigator Frost hat mit Nachdruck darauf bestanden, daß wir diesen Speicherkristall zur Pinasse zurückbringen. Typisch. Im gleichen Augenblick, wo man etwas Interessantes entdeckt, findet das Imperium schon einen Weg, es einem wieder wegzunehmen.«

Stasiak grinste. »Wenn Ihr keinen Spaß vertragt, hättet Ihr nicht zum Militär gehen sollen.«

»Ich hatte in dieser Hinsicht genaugenommen keine Wahl«, erklärte Vertue. »Esper tun, was man ihnen sagt.«

Sie blickte an Stasiak vorbei, und das scheue Lächeln verschwand aus ihrem Gesicht. Die beiden Soldaten wirbelten herum und erblickten Schwejksam, der hinter ihnen am Waldrand stand und sich gegen einen Baumstamm stützte.

»Kapitän!« sagte Diana und wurde rot vor Verlegenheit. »Ich habe Euch gar nicht kommen hören . . .«

»Offensichtlich«, entgegnete Schwejksam. »Vorsichtsmaßnahmen sind bei diesem Auftrag nicht eingeplant.« Er unterbrach sich und verzog das Gesicht vor Schmerz wegen seiner verletzten Rippen. Diana musterte Schwejksam zerfetzte, blutbefleckte Uniform und wollte auf ihn zueilen, doch er winkte mit erhobener Hand ab. »Mir fehlt nichts. Ich hatte nur ein wenig Besuch von den ortsansässigen Gespenstern. Carrion hat mich gerettet. Und nein, ich wünsche nicht, darüber zu reden. Odin hat mir von Investigator Frosts Entdeckung berichtet. Ich brachte Carrion mit, damit er sich die Sache ansehen kann. Seit wann seid Ihr hier?«

»Noch nicht lang«, antwortete Diana. »Investigator Frost und ich führten eine kurze Inspektion des Schiffes durch, doch es gibt keinerlei Spuren einer Besatzung. Wir fanden eine Art Speicherkristall. Investigator Frost entschied, daß er zur Analyse in die Pinasse gebracht werden soll. Sie selbst befindet sich noch im Schiff.«

»Das habe ich mir beinahe gedacht«, brummte Schwejksam. »Carrion wird ihr Gesellschaft leisten. Gemeinsam sollten sie imstande sein, ein paar Antworten zu geben.«

»Verzeiht, wenn ich frage, Kapitän«, sagte Stasiak, »aber was macht den Verräter so wichtig?«

»Carrion war ein Investigator«, erwiderte Schwejksam. »Einer der besten. Ausgebildet, um mit Spezies zurechtzukommen, die nicht wie Menschen denken.«

»Wenn er so gut war«, warf Ripper ein, »was ist dann schiefgelaufen? Wieso hat er die Seite der Ashrai ergriffen?«

Schwejksam lächelte freudlos. »Vielleicht hat das Imperium ihn zu gut ausgebildet.«

Er blickte auf das fremde Schiff hinab, und die anderen folgten seinem Blick. Carrion war auf die Hülle geklettert und untersuchte gerade den Eingang, den Diana entdeckt hatte. Sein schwarzer Umhang umgab ihn wie ein Paar gefalteter Flügel. Er sah aus wie ein Aasgeier, der sich an einem Kadaver zu schaffen machte.

»Was trägt er da für einen Stab bei sich?« fragte Stasiak.

»Ein Energielanze«, antwortete Schwejksam.

»Aber das ist doch eine geächtete Waffe!«

Schwejksam grinste. »Er ist ein geächteter Mann.«

Carrion bahnte sich einen Weg durch die gewundenen Gänge des fremden Raumschiffs. Er folgte dem Weg, den Frost in das Gewebe geschlagen hatte. Nach einiger Zeit gelangte er in eine weite, runde Kammer tief im Innern des Schiffs, einem Raum mit metallenen Wänden voller sperriger, rätselhafter Maschinen auf allen Seiten. Die runden Wände waren übersät mit Öffnungen, hinter denen sich weitere Gänge erstreckten, einige weit oben in der Wand und ohne offensichtliche Möglichkeit, sie zu erreichen. Dichte Stränge verrottenden Gewebes hingen von der Decke herab, durchsetzt von kristallenen Ranken, die im unsteten Licht glitzerten und funkelten. Das flackernde Leuchten kam aus den Tiefen der Gänge ringsum und warf merkwürdige, lange Schatten auf Boden und Decke. Die Luft war heiß und stickig. Es stank nach Verwesung. Frost trat aus den Schatten ins Licht. Carrion nickte ihr höflich zu.

»Ich kenne Euch«, sagte Frost.

»Nein«, entgegnete Carrion. »Das war jemand anders. Ich bin Carrion. Ich bringe Unglück. Ich bin der Zerstörer von Nationen und Welten.«

Frost hob eine Augenbraue. »Wirklich?«

»Die Ashrai glaubten es zumindest.«

Sie betrachteten sich eine Weile im schwankenden Licht. Jeder behielt für sich, was er im Gesicht des anderen entdeckte.

»Es überrascht mich, daß Ihr Euch an mich erinnert«, sagte Carrion schließlich. »Es ist lange her.«

»Alle Investigatoren erinnern sich an Euch«, antwortete Frost. »In der Akademie werdet Ihr noch immer als schlechtes Beispiel aufgeführt. Ihr habt die Erste Regel gebrochen. Ihr habt Euch involvieren lassen.«

»Ich durchbrach meine Konditionierung«, entgegnete Carrion. »Andererseits war ich immer involviert, mit der einen oder anderen Spezies. Wenn man sein halbes Leben lang lernt, seinen Verstand in fremdartigen Bahnen zu bewegen, dann wird es schwierig, ganz allein als Mensch zu denken.«

Frost zuckte die Schultern. »Mitgefühl ist ein nützliches Werkzeug, aber das ist auch schon alles. Fremde Rassen sind zum Töten da. Ich habe etwas Interessantes gefunden. Kommt mit und werft einen Blick darauf.«

Frost führte Carrion zu einem kleinen Raum abseits der Halle. Der Eingang war so niedrig, daß sie auf Händen und Knien kriechen mußten. Der Raum war angefüllt mit kristallinen Apparaten, die anscheinend nahtlos in Wände und Boden übergingen. Die Decke war gerade hoch genug, daß die beiden Menschen aufrecht stehen konnten. Alles war in ein trübes, rotes Licht getaucht, das bestürzend organisch wirkte. Der Boden war uneben. Massive Streben zogen sich darüber und drückten sich gegen die Stiefelsohlen der Besucher. Überall hochtechnisierte Instrumente, die in organisches Gewebe eingebettet waren. Lebende Komponenten funktionierten Hand in Hand mit Technik, als wäre das Schiff zur einen Hälfte gewachsen, zur anderen gebaut worden.

»Das scheint die Kommandozentrale zu sein«, erklärte Frost. »Oder zumindest eine davon. Ich habe eine ganze Reihe von Energieleitungen verfolgt, die alle hier zusammenlaufen. Sicher kann ich allerdings erst sein, wenn ich meine Ausrüstung von der *Dunkelwind* hergeschafft habe.«

»Habt Ihr bereits die Hauptenergiequelle aufgespürt?«

Frost schüttelte ärgerlich den Kopf. »Nein. Auch nicht den Hyperraumantrieb. Nach allen Regeln der Vernunft dürfte dieses Ding nicht einmal fliegen, geschweige denn zwischen den Sternen umherspringen.«

Carrion nickte. Sein Blick wirkte geistesabwesend und weit entfernt. »Vielleicht kann ich den Antrieb für Euch finden.«

Eine Brise aus dem Nichts zupfte an Carrions schwarzem Umhang. In den fremdartigen Konsolen ringsum blinkten plötzlich Lichter. Frosts Nackenhaare richteten sich auf. Ein Gefühl von Bedrohung hing in der Luft, von etwas unmittelbar Bevorstehendem, Unaufhaltsamem. Eine Luke in der Wand neben Frost glitt auf und fiel krachend wieder zu wie ein Metallkiefer. Die fremdartigen Instrumente schienen sich auf unerklärliche, subtile Weise zu verändern. In der Ferne vernahm Frost ein wütendes, schmerzerfülltes Heulen, als wäre das sterbende Schiff auf dunkle Weise wieder zu seinem scheußlichen Leben erwacht.

Carrion grinste, doch es war kein angenehmes Grinsen. Seine dunklen Augen fixierten etwas, das nur er allein sehen konnte. Frosts Hand glitt beiläufig in die Nähe des geholsterten Disruptors an ihrer Hüfte. In diesem Augenblick erschien ihr der Verräter Stück für Stück genauso fremdartig und gefährlich wie das Schiff, das sie gemeinsam untersuchen sollten. Ein lautes Rattern versetzte den Boden in Vibrationen, die sich bis in Hände und Zähne fortpflanzten. Dann öffnete sich der Fußboden in der Mitte der Halle. Ein großer stählerner Turm schob sich durch die Öffnung nach oben. Er leuchtete so hell, daß Frost und Carrion den Blick abwenden mußten. In den Gängen erstarb das wütende Heulen. Die fremdartige Maschine kam zur Ruhe. Plötzlich war die Halle von Stille erfüllt.

Carrion und Frost wandten die Köpfe langsam wieder dem Metallturm zu. Sie schirmten ihre Augen mit den Unterarmen ab.

»Ich wußte nicht, daß Ihr ein Poltergeist seid«, sagte Frost.

»Ich wette, es steht in meiner Akte.«

»Eure Akte ist geheim.«

»Dachte ich mir.«

Nachdem sie sich an die Helligkeit gewöhnt hatten, nahmen Sie die Konstruktion vor sich in Augenschein. Der Turm bestand aus einem kunstvollen Flechtwerk von Metallbändern, die komplex und geheimnisvoll einen strahlend hellen Klumpen leuchtender Kristalle einhüllten. Die Konstruktion besaß eindeutig Sinn und Zweck, aber keinen, den das menschliche Bewußtsein hätte begreifen können.

»Was ist das?« flüsterte Frost, die wider Willen beeindruckt war.

Carrion lächelte schwach. »Nach dem verbliebenen Energiefluß zu urteilen der Hyperraumantrieb des Schiffs. Auch wenn er unseren Aggregaten nicht im geringsten ähnelt. Das Imperium benutzt Kristalltechnologie in seinen Lektronen; offensichtlich haben diese Fremden noch weitere Verwendungszwecke dafür entdeckt.«

KAPITEL SECHS
IM INNERN VON BASIS DREIZEHN

Diana saß zusammengesunken in ihrem Sitz an Bord der Pinasse und fragte sich, warum sie sich noch immer nicht sicher fühlte. Es war ganz plötzlich über sie gekommen, auf dem Rückweg durch den Metallwald zum Landefeld. Ohne irgendeinen erkennbaren Grund war die Esperfrau mit einemmal überzeugt gewesen, daß irgend etwas Großes, Machtvolles, Schreckliches sie beobachtete. Ihr Magen hatte sich verkrampft. Schweiß hatte sich auf ihrer Stirn gebildet.

Sie hatte sich soweit unter Kontrolle gehabt, daß sie nicht laut aufgeschrien hatte, doch das Gefühl unmittelbarer Gefahr war hartnäckig geblieben, obwohl nichts, rein gar nichts zu hören oder zu sehen gewesen war. Nichts, das sich im Dunst zwischen den Bäumen bewegt hätte, kein Geräusch bis auf Dianas eigene Schritte und die ihrer Kameraden und deren leise Unterhaltung. Diana hatte ihr ESP nach draußen geschickt und nach allem gesucht, was sich in der Nähe verbergen oder der Gruppe unbemerkt nähern konnte, ohne Erfolg. Nichts hatte sich verändert. Die Bäume leuchteten in Dianas Verstand wie Inseln aus Licht, doch es gab nichts Lebendiges im Wald außer ihnen dreien. Sie hatte den Radius ihres ESP erweitert, bis sie über Basis Dreizehn gestolpert war und dort etwas gesehen hatte, das ihren mentalen Blick erwiderte.

Es war groß und düster, und es füllte die gesamte Basis aus. Es hatte Diana mit hungrigen Augen betrachtet. Stimmen hatten im Hintergrund geschrien, menschliche Stimmen voller Qual und Entsetzen. Diana hatte ein Gefühl blutigroter Bosheit entdeckt, ein Gefühl unmittelbar bevorstehender, tödlicher Gefahr – und dann war alles urplötzlich wieder verschwunden, als hätte sie sich alles nur eingebildet. Diana hatte ihr ESP auf die Basis fokussiert, aber dort war nichts mehr. Wenn überhaupt jemals etwas dort gewesen war.

Sie hatte den anderen nichts von ihrer Entdeckung erzählt. Sie besaß keinerlei Beweise, und alles war so schnell gegangen, daß sie ihrem eigenen Verstand nicht trauen wollte. Das heiße, neblige Gefühl eines Fiebertraums war geblieben, und die Benommenheit war Teil des Entsetzens, das sie nun empfand.

Also hatte Diana auf dem ganzen restlichen Weg zurück zur Pinasse geschwiegen. An Bord hatte sie sich in ihrem Sitz zusammengerollt wie ein Hund in seinem Korb und versucht, den Zwischenfall aus ihrem Bewußtsein zu verdrängen. Nur, daß es ihr anschließend noch schlechter gegangen war.

Nach einer Weile hatte Diana der KI befohlen, eine

Außenansicht in ihr Komm-Implantat einzuspeisen. Die stählernen Schiffswände schienen durchsichtig zu werden, als der Rechner eine Echtzeitübertragung seiner Sensoren in Dianas Komm-Implantat überspielte. Nichts war zu sehen außer dem Landefeld, den Bäumen und dem wabernden Dunst, den beiden wachestehenden Soldaten und der Basis, die im Schutz ihres undurchdringlichen Schirms lag.

Diana hätte sich geborgen und sicher fühlen müssen, beschützt von der Pinasse und ihrer Bordbewaffnung, doch auf unbestimmte Weise fühlte sie sich noch sichtbarer, noch verwundbarer. Die Pinasse war das einzige Schiff auf dem Landefeld, und sie erschien Diana mit einemmal als ein verdächtig gutes Ziel, klein und wehrlos im Vergleich zu dem riesigen Landefeld und den umgebenden Wäldern. Diana hielt aufmerksam in jede Richtung Ausschau, unfähig, sich zu beruhigen und unwillig, erneut ihr ESP auszusenden – aus Furcht, die Aufmerksamkeit des Beobachters auf sich zurück zu lenken.

Je länger Diana den anderen gegenüber schwieg, desto mehr erschien ihr der gesamte Zwischenfall als ein Streich ihrer Nerven, ein Produkt ihrer eigenen Furcht und Unsicherheit. Sie versuchte etwas von der Begeisterung zu empfinden, die sie bei der neuen fremden Spezies und dem abgestürzten Raumschiff verspürt hatte, und es half tatsächlich, ihre Furcht ein wenig zu dämpfen. Es waren nur die Nerven, die Anspannung und das Warten. Diana Vertue würde wieder in Ordnung sein, wenn der Zeitpunkt gekommen war, in die Basis einzudringen. Bis dahin würde sie Augen und Ohren offenhalten. Nur für den Fall.

Die beiden Marineinfanteristen hatten das Phänomen ebenfalls gespürt, wenn auch schwächer. Auf dem Weg zur Pinasse waren sie ziemlich aufgeregt gewesen. Sie schienen beinahe erleichtert, als Schwejksam ihnen schließlich befohlen hatte, außerhalb der Pinasse Wache zu schieben.

Der Kapitän schien im Gegensatz zu allen anderen seltsam ruhig und gelassen, trotz der Angriffe, die auf dem Weg zu Carrion stattgefunden hatten. Er war noch immer nicht bereit, über die Sache zu reden. Er hatte stoisch stillgehalten, als die Med-Einheit der Pinasse ihn mit einem halben Dutzend Nadeln geimpft und anschließend seine Uniform justiert hatte, um die Rippen zu stützen. Jetzt saß der Kapitän entspannt zurückgelehnt in seinem Sitz und unterhielt sich leise mit Odin über den Speicherkristall, den Diana in dem fremden Schiff gefunden hatte.

Odin hatte den Kristall lange untersucht, doch wie es schien, mußte die KI zuerst eine ganze Reihe neuer Methoden entwickeln, um Zugriff auf den Inhalt des Speichers zu erlangen. Diana grinste kurz. Hätte sie gewußt, daß die KI auf derartige Schwierigkeiten stoßen würde, sie wäre kurzerhand mit ihrem ESP direkt in den Kristall eingedrungen und hätte den Inhalt ausgelesen. Was auf der anderen Seite bedeutet hätte, daß sie erneut ihr ESP hätte einsetzen müssen, und dazu war sie im Augenblick nicht bereit. Noch nicht.

Schwejksam starrte mit gefurchter Stirn auf die Kommpaneele vor sich. Ausreichend Zeit vorausgesetzt, sollte die KI imstande sein, alles aus dem Kristall herauszuholen, was herauszuholen war – allerdings fehlte ihnen die Zeit. Das Imperium wollte, daß die Minenmaschinerie wieder lief, und es wollte, daß sie *jetzt* wieder lief. Sollte Schwejksam erfolglos sein, würden sie jemand anderen zur Ablösung schicken. Und das wäre wirklich das Ende seiner Karriere. Schwejksam seufzte und zuckte zusammen, als er seine Rippen spürte. Er war sich vollkommen sicher, daß das fremde Schiff die Antwort auf die Geschehnisse in Basis Dreizehn enthielt. Einer oder mehrere der Fremden waren in die Basis eingedrungen, es hatte einen Konflikt gegeben, und der Schutzschild war hochgefahren worden. So einfach war das. Und für den Fall, daß die Sache doch nicht so einfach war, benötigte Schwejksam die Informationen aus dem fremden Speicherkristall, bevor er in die Basis eindrang. Es war niemals klug, sich ohne detaillierte Informationen in eine potentielle Gefahr zu begeben, und das galt hier gleich doppelt. Gespenster auf der einen und eine hochentwickelte fremde Rasse auf der anderen Seite. Alles Voraussetzungen für ein wirklich böses Desaster.

»Kapitän«, sagte eine leise Stimme hinter Schwejksam. »Ich muß mit Euch reden.«

»Nicht jetzt, Esper. Ich bin beschäftigt.«

»Ihr solltet Euch etwas ausruhen, Kapitän.«

»Ich werde mich später ausruhen, sobald ich Zeit dazu finde. Im Augenblick warte ich darauf, daß Carrion und Frost zurückkehren. Anschließend werden wir Basis Dreizehn einen Besuch abstatten und uns ein paar Antworten holen.«

»Kapitän . . . falls sich Fremde in der Basis aufhalten, sollten wir vielleicht nicht allzu aggressiv vorgehen. Wir sollten Ärger vermeiden und wenigstens versuchen, Kontakt mit ihnen herzustellen. Vielleicht sind sie friedlich? Das alles könnte Folge eines schrecklichen Mißverständnisses sein.«

Schwejksam drehte sich in seinem Sitz um und blickte die junge Esperfrau nachsichtig an. »Das ist alles neu für Euch, Diana. Das Imperium verfährt nach einer Standardprozedur, wenn es um Erstkontakte geht. Und der erste und wichtigste Abschnitt dieser Prozedur verlangt, daß ein Investigator entscheidet, wie wir vorgehen. Frost ist die Expertin.«

»Eine Expertin im Morden.«

»Ja. Dem Imperium mißfällt die Vorstellung von Konkurrenz, also verhält es sich gegenüber Fremden auch so. Entweder sie sind freundlich gesinnt – in diesem Fall werden sie ins Imperium eingegliedert –, oder sie sind unfreundlich, und in diesem Fall treten wir ihnen in den Hintern. Und zwar fest.«

»Wie den Ashrai?« fragte Diana.

»Wie den Ashrai, Esper. Ich wußte selbst damals, wem gegenüber ich verantwortlich war. Sollte ich einen Weg sehen, wie wir ohne Blutvergießen weiterkommen, werde ich diesen Weg einschlagen. Ich setze meine Leute nicht gern unnötigen Risiken aus. Allerdings bin ich in dieser Sache nicht besonders optimistisch. Höchstwahrscheinlich haben einer oder mehrere der Fremden die Basis betreten und das gesamte Personal ermordet.«

»Woher wollt Ihr das wissen?«

»Gute Frage, Esper. Ich weiß es nicht. Wenn die andere

Seite bereit ist zu reden, werde ich zuhören. Allerdings haben sie bisher keinen Schritt unternommen, um Kontakt zu uns aufzunehmen. Wart Ihr imstande, etwas zu empfangen?«

»Nur . . . Eindrücke. Nichts, das ich mit Sicherheit sagen könnte. Es liegt an meiner eigenen Furcht. Ich könnte das wenige, das ich empfange, falsch interpretieren. Wollt Ihr nicht wenigstens warten, bis die KI den Speicherkristall entschlüsselt hat? Vielleicht befinden sich darin alle Antworten, die Ihr benötigt.«

»Esper, mir geht allmählich die Zeit aus, ganz zu schweigen von meiner Geduld. Ich warte noch, bis Carrion und Frost zurück sind, aber dann brechen wir auf . . . egal ob der Kristall entschlüsselt ist oder nicht.«

Vertues Kiefermuskulatur arbeiteten angestrengt. Als sie wieder sprach, klang ihre Stimme ruhig und gefaßt. »Ich würde gerne etwas ausprobieren, Kapitän. Ich möchte Eure Erlaubnis, allein in die Basis vorzudringen, sobald Ihr uns am Schirm vorbeigebracht habt, und mit Hilfe meines ESP Kontakt herzustellen versuchen. Vielleicht betrachten sie eine einzelne Person nicht als Bedrohung.«

»Meine Befehle sind in dieser Hinsicht eindeutig«, entgegnete Schwejksam. »Ich habe herauszufinden, was sich in Basis Dreizehn zugetragen hat und alle notwendigen Maßnahmen zu ergreifen, um die Basis mitsamt den Minenapparaturen wieder zum Laufen zu bringen. Alles andere ist zweitrangig. In der Basis lebten hundertsiebenundzwanzig Männer und Frauen. Seit der Schirm eingeschaltet wurde, haben wir nichts mehr von ihnen gehört. Wir müssen damit rechnen, daß alle tot sind. Falls das der Fall ist, müssen die Verantwortlichen, wer oder was sie auch immer sind, sterben. Das Imperium kann es sich nicht leisten, Schwäche zu zeigen.«

»Bitte, Kapitän, hört auf mich . . .« Diana zögerte, hin- und hergerissen zwischen ihrem Bedürfnis, mit jemandem über den Zwischenfall zu reden und dem Bewußtsein, daß sie keine Beweise für ihre Theorie besaß. »An dieser Geschichte ist mehr als das, was aus dem abgestürzten Schiff gekommen ist. Ich habe ... Dinge gefühlt, während des Landeanflugs der Pinasse, und später auch ... Irgend etwas unglaublich Mächtiges befindet sich auf diesem Planeten, Kapitän, und ich glaube nicht, daß es die Fremden sind.«

»Ihr habt recht, Esper«, stimmte ihr Schwejksam zu. »Es sind die Ashrai.«

Diana überlegte sich ihre nächsten Worte sorgfältig. »Aber die Ashrai sind alle tot, Kapitän. Ihr selbst habt dafür gesorgt.«

»Sie mögen vielleicht tot sein«, entgegnete Schwejksam. »Aber sie haben einen verdammt leichten Schlaf.«

»Ich könnte trotzdem mein ESP einsetzen, um mit den Fremden in Kontakt zu treten«, wich Diana aus.

»Nein«, entschied Schwejksam. »Die Situation ist auch so schon kompliziert genug.«

»Also überlaßt Ihr alles Investigator Frost? Der Killerin?«

»Ihr betont dieses Wort wie eine Beleidigung. Frost würde es als Kompliment auffassen. Investigatoren sind das Ergebnis der Suche des Imperiums nach perfekten Kriegern. Es fing mit aufgerüsteten Männern an, mit Wampyren und Wolflingen. Die Dinge liefen aus dem Ruder, als die Kyborgs rebellierten. Also schuf man eine Rasse von Kriegern, die nicht auf technische Implantate angewiesen war; eine Rasse von Killern, die von Kindheit an ausgebildet und trainiert werden. Stark, schnell, intelligent, gnadenlos. Und, was am wichtigsten ist, in der Lage, wie Wesen zu denken, die anders denken als wir. Frost hat das Kommando bei allen Kontakten mit Fremden, und sie wird alle notwendigen Entscheidungen treffen. Sie ist die Expertin. Falls Ihr noch etwas zu sagen habt, besprecht es mit Investigator Frost.«

»Wird sie mir denn zuhören?«

»Woher soll ich das wissen? Vielleicht. Sie versteht sehr gut, wozu ein Esper imstande ist.«

»Vielleicht sollte ich mit Carrion reden. Er war früher ebenfalls Investigator, oder nicht?«

»Ja«, antwortete Schwejksam. »Ja, er war Investigator. Früher einmal.«

Diana spürte Schwejksam Trauer selbst durch ihre mentale Abschirmung hindurch. Sie blickte zur Seite. Durch die transparente Schiffshülle konnte sie Frost und Carrion erkennen, die aus dem Dunst hervorkamen und zu Ripper und Stasiak gingen. Die Marineinfanteristen hatten die beiden offensichtlich nicht gehört und erschraken. Schwejksam folgte Dianas Blick, sah Carrion und wandte die Augen ab.

»Ihr kennt Carrion von früher«, sagte Diana. »Wie war er, bevor er zum Verräter wurde?«

»Er war mein Freund«, antwortete Schwejksam. Er erhob sich und verließ die Kabine. Diana blieb noch einen Augenblick stehen, um ihm ein wenig Vorsprung zu gewähren, dann folgte sie nach draußen.

Draußen vor dem Schiff standen alle herum und blickten sich an. Jeder schien darauf zu warten, daß jemand anderes zu reden anfing. Schwejksam nickte Frost und Carrion knapp zu. Die beiden standen dicht nebeneinander, besaßen die gleiche Körperhaltung und bewegten sich auf die gleiche Art und Weise, wie Bruder und Schwester. Als hätten sie mehr gemeinsam als mit irgend jemandem sonst im Universum. Schwejksam wußte, daß er ein Auge darauf haben mußte. Er durfte nicht riskieren, Frost auf die gleiche Art zu verlieren, wie er Carrion verloren hatte.

»Irgendeine Spur von der Besatzung des fremden Schiffs?« fragte er das Paar.

»Nein«, antwortete Frost. »Das Schiff ist tot. Es ist ein interessantes Schiff. Die Technologie ähnelt nichts, dem ich je zuvor begegnet bin.«

Der Kapitän der *Dunkelwind* blickte zu Carrion. »Könnte die Besatzung in die Wälder geflüchtet sein?«

»Nein, Kapitän. Das hätte ich gewußt.«

»Damit bleibt nur noch die Basis übrig«, sagte Ripper. »Überraschung, Überraschung!«

»Erzählt mehr über die Technologie der Fremden«, forderte Schwejksam Frost auf. »Ihr habt vorhin irgend etwas von einem neuartigen Hyperraumantrieb erwähnt.«

»Sie benutzen sehr viel lebendes Gewebe zusammen mit

elektronischen oder mechanischen Bauteilen«, erklärte Frost. »Im Grunde genommen war das Schiff ein einziger kybernetischer Organismus von unglaublicher Komplexität. Und falls der Hyperraumantrieb das ist, was wir glauben, dann ist er viel weiter entwickelt als alles, was das Imperium besitzt.«

Eine gespannte Pause entstand. Es schien, als wollte jeder etwas sagen, aber niemand als erster. Manche Dinge sagte man besser niemals laut, besonders dann nicht, wenn man von einer Imperialen KI belauscht wurde. KIs waren auf Loyalität programmiert, und sie tendierten zu einer äußerst peniblen Auslegung von Tatbeständen wie Verrat oder Bedrohung des Imperiums. Schwejksam blickte Carrion nachdenklich an.

»Die Fremden müssen sich in der Basis aufhalten.«

»Darin stimme ich Euch zu, Kapitän.«

»Und Ihr werdet uns helfen, den Schutzschild zu durchdringen.«

»Nein, Kapitän.«

Schwejksam starrte Carrion an, und die Spannung zwischen den beiden Männern knisterte in der Luft. Die Soldaten richteten ihre Waffen aus, so daß die Mündungen auf den Verräter deuteten. »Ich kann den Schirm durchdringen«, fuhr Carrion fort. »Allerdings seid Ihr nicht in einem Zustand, der Euch erlaubt, in die Basis vorzustoßen.«

»Ich muß ihm zustimmen«, sagte Frost. »Ein Kapitän hat sich nicht selbst unnötigen Risiken auszusetzen. Das steht in den Vorschriften.«

»Dieser Auftrag gehorcht keinen Vorschriften«, entgegnete Schwejksam knapp. »Ich führe hier das Kommando, und ich treffe die erforderlichen Entscheidungen. Um das zu tun, muß ich an Ort und Stelle sein, sprich hier, um reagieren zu können, sobald sich die Umstände ändern. Und ich habe das Gefühl, daß sich die Umstände verdammt schnell ändern werden, sobald wir in der Basis sind. Ich bin fit genug, und das muß reichen. Ich bin sicher, unsere beiden Marineinfanteristen sind mehr als imstande, mir ausreichenden Schutz zu gewähren.«

»Genau«, grollte Stasiak und bedachte Carrion mit einem wütenden Blick. Der Gesetzlose ignorierte ihn. Carrion sah zu Basis Dreizehn hinüber, und wenn ein Ausdruck in seinem Gesicht stand, dann konnte keiner der anderen ihn lesen.

»Also schön, gehen wir«, sagte er leise. »Je früher wir anfangen, desto früher haben wir es hinter uns. Möge Gott Gnade haben mit denen, die hier sterben.«

Carrion setzte sich in Richtung der Basis in Bewegung. Einen Augenblick später folgten ihm Schwejksam und Frost. Der Rest bildete die Nachhut. Stasiak sah zu Ripper.

»Fröhlicher Bastard, wie?«

»Was hast du erwartet?« entgegnete Ripper. »Schließlich war er Investigator.«

Sie standen vor Basis Dreizehn und starrten auf den perlmuttfarben schimmernden Schirm. Schwejksam verzog das Gesicht. Ihm war, als würde sich der Schutzschild über ihn lustig machen. Alles konnte sich hinter diesem undurchdringlichen Energiefeld verbergen. Restlos alles. Jeder andere hätte vor der höhnischen Gleichgültigkeit des Schirms kapitulieren müssen, doch Schwejksam hatte ein As im Ärmel. Er hatte Carrion. Schwejksam blickte den Gesetzlosen an. Carrion stand noch immer neben Frost. So nah, daß sich ihre Schultern berührten. Die beiden sahen aus, als gehörten sie zusammen. Als wären sie durch eine gemeinsame Vergangenheit und Geheimnisse miteinander verbunden, die zu schrecklich waren, um sie mit irgend jemand anderem zu teilen. Schwejksam verspürte eine merkwürdige Eifersucht. Carrion war sein Freund gewesen. Doch das war viele Jahre her. Damals waren sie andere Menschen gewesen. Schwejksam war ehrlich genug zuzugeben, daß er sich unbehaglich gefühlt hätte, wenn Carrion bei ihm anstatt Frost gestanden hätte.

Die Soldaten warteten ein wenig abseits, die Waffen im Anschlag, und beobachteten Carrion unauffällig. In ihren Augen bedeutete Carrion zur Zeit die größte Gefahr für die restlichen Mitglieder der Mannschaft, also konzentrierten sie ihre Aufmerksamkeit auf ihn, bis ein gefährlicherer Gegner auftauchte. Marineinfanteristen waren großartig darin, sich auf die unmittelbar vor ihnen liegenden Probleme zu konzentrieren und ihren Offizieren die Sorgen über die Zukunft zu überlassen.

Diana Vertue ignorierte das alles. Sie starrte unverwandt den Schirm an, als könne sie mit ihrem ESP hindurchdringen und erkennen, was dahinter lauerte. Bedauerlicherweise war sie dazu nicht stark genug. Das war der Grund, warum Schwejksam Carrions Hilfe benötigte. Der Kapitän der *Dunkelwind* musterte den Gesetzlosen und seufzte innerlich. Er konnte nicht länger warten. Der Zeitpunkt der Wahrheit war gekommen. Die Würfel sollten fallen, wie sie mochten. Schwejksam aktivierte sein Komm-Implantat.

»Odin, du hast ab sofort das Kommando über die Pinasse. Du wirst unser Eindringen in die Basis visuell verfolgen und alles aufzeichnen, was geschieht. Sollten wir versagen und niemand von uns überleben, wirst du jede erforderliche Anstrengung unternehmen, um zur *Dunkelwind* zurückzukehren und unseren Nachfolgern die Aufzeichnungen zur Verfügung zu stellen. Bestätige bitte.«

»Bestätigt, Kapitän. Viel Glück.«

Schwejksam blickte Carrion erneut an. »Es ist Zeit. Fangt an.«

Der Gesetzlose nickte. Sein Blick war starr auf den Schutzschild gerichtet. Er trat einen Schritt vor und streckte die Hand nach dem Energiefeld aus. Satte Statik sprühte auf, das war alles. Und das war gleichzeitig interessant. Der Stromstoß hätte Carrion augenblicklich töten müssen. Er hätte jeden anderen Menschen umgebracht. Carrion drückte gegen den Schirm, doch er gab nicht nach. Der frühere Investigator grinste, als hätte er damit gerechnet, und trat wieder zurück. Dann hob er seine Energielanze und berührte mit ihrer Spitze den Schirm. Erneut sprühte Statik, und dort, wo der Stab den Schirm berührte, bildete sich eine schwache

Korona. Carrion verstärkte den Druck, und der Schirm gab nach. Dann packte Carrion den Stab mit beiden Händen und ging langsam auf die Wand aus Energie zu. Das Kraftfeld wellte sich und wirbelte um ihn herum. Bänder aus irisierendem Licht brachen über ihn herein. Inzwischen stand Carrion tief im Feld, und der Schirm, der Disruptorgeschützen und Atomwaffen widerstehen konnte, wich zögernd vor dem Gesetzlosen zurück. Eine Öffnung entstand rings um Carrion, und der dunkle, flache Umriß der Basis wurde sichtbar. Carrion blickte sich zu den anderen um. In seinen Augen glitzerte etwas Unmenschliches. »Jetzt«, befahl er, und wie auf ein Kommando traten alle gleichzeitig vor. Schwejksam hielt den Kopf erhoben, obwohl seine Haut juckte in Erwartung der tödlichen Energien des Schirms, die lediglich vom Verstand eines einzelnen Mannes gebändigt wurden. Eines Mannes, der vielleicht keine Mensch mehr war. Schließlich waren alle hindurch. Carrion blieb im Kraftfeld zurück. Er blickte sich ohne Eile um. Ringsum verfärbten sich die Energieschirme des Felds in allen Farben des Regenbogens. Schließlich trat er vor, und das Feld schloß sich hinter ihm, als hätte es nie eine Öffnung gegeben. Ohne Carrions Hilfe konnte niemand wieder hinaus oder herein. Sie waren gefangen, mit was auch immer in Basis Dreizehn lauerte, und der Schutzschild umhüllte alles.

»Wie habt Ihr das gemacht?« fragte Diana mit einer Stimme, die von so etwas wie Ehrfurcht weich klang.

»Seine Energielanze«, sagte Frost, als deutlich wurde, daß der Gesetzlose nicht antworten würde. »Sie verstärkt und kanalisiert seine Psychokinese. Ratet mal, warum Energielanzen im Imperium geächtet sind? Doch selbst mit Energielanze ist das, was er gerade vollbracht hat, unmöglich. Seine Esperfähigkeiten sprengen jeden Maßstab. Ich bin überrascht, daß das Imperium ihn frei herumlaufen läßt.«

»Bevor er nach *Unseeli* kam«, erklärte Schwejksam, »gab es keinerlei Hinweise auf ESP bei ihm. Seine Zeit bei den Ashrai hat das geändert.«

»Unmöglich«, widersprach Frost tonlos. »Jeder wird auf PSI getestet. Niemand schlüpft durch die Maschen.«

»Nichts ist unmöglich, jedenfalls nicht für die Ashrai«, sagte Carrion.

»Aufgepaßt bitte«, meldete sich Odin in jedermanns Komm-Implantat. »Kapitän, ich war endlich in der Lage, einige nützliche Informationen aus den Daten der Basisrechner zu gewinnen. Es ist mir gelungen, das Logbuch des Kommandanten zu finden. Ich denke wirklich, Ihr solltet sehen, was ich gefunden habe, bevor Ihr weitermacht.«

»In Ordnung«, stimmte Schwejksam zu. »Bisher ist nichts aus der Basis gestürmt und hat uns angegriffen. Ich denke, wir können ohne Gefahr ein paar Minuten warten, bevor wir endgültig reingehen. Soldaten, Ihr gebt acht. Wenn sich etwas bewegt, schießt. Odin, du wirst die wichtigsten Stellen für alle bis auf Stasiak und Ripper abspielen. Sobald du fertig bist, wirst du sie erneut abspielen, diesmal nur für Stasiak und Ripper. Wie lange wird das ungefähr dauern?«

»Nicht lang, Kapitän. Ich habe die wichtigsten Augenblicke zusammengeschnitten.«

Ein zittriges Zickzackmuster erschien vor Schwejksams Augen, als die KI das Log des Basiskommandanten startete. Das Bild klärte sich und zeigte den Kommandanten an seinem Schreibtisch. Schwejksam runzelte die Stirn. Er kannte den Mann. James Sternblut war zur gleichen Zeit an der Flottenakademie gewesen wie Schwejksam. Eine alte Familie. Nicht viel Geld, aber gute Verbindungen. Sie hatten sich kurze Zeit gekannt, waren aber nie richtige Freunde geworden. Sternblut war ein hart arbeitender, effizienter Offizier mit der Phantasie eines Steins gewesen. Was wahrscheinlich auch die Erklärung dafür war, daß er einen Posten wie diesen bekleidete. *Unseeli* war keine Station für Leute, deren Stern im Aufgehen begriffen war. Schwejksams Stirnrunzeln vertiefte sich. Der Kommandant wirkte abgespannt und verwirrt. Als er schließlich sprach, klang seine Stimme rauh und unsicher.

»Wer auch immer dieses Logbuch findet – es handelt sich um einen Notfall Rot-Alpha. Das Raumschiff einer fremden Rasse ist ganz in der Nähe abgestürzt. Es reagiert nicht auf unsere Versuche der Kontaktaufnahme. Ich habe ein Team ausgesandt, um die Absturzstelle zu untersuchen. Es kehrte nicht zurück. Das war vor drei Tagen. Inzwischen verschwinden Leute innerhalb der Basis. Irgend etwas manipuliert die Lektronen. Ganze Sektoren antworten nicht mehr. Die Lebenserhaltungssysteme brechen zusammen. Die Beleuchtung erlischt. Es wird kalt. Irgend etwas ist hier drin bei uns, aber wir können es nicht finden.«

Die Szene änderte sich. Sternblut saß zusammengesunken in seinem Stuhl. Er schwitzte. Seine Uniform war zerzaust. Er wischte sich mit zittriger Hand über den Mund und hatte sichtlich Schwierigkeiten, sich zusammenzureißen. »Ich kann niemanden mehr in der Basis erreichen. Irgend etwas ist mit unserem Hauptkommunikationssystem passiert. Ich habe keinen Kontakt mehr mit dem Imperium. Ich kann nicht einmal eine Warnung absetzen. Mein persönliches Log scheint sicher zu sein, jedenfalls im Augenblick. Ich habe mich in meinem Quartier eingeschlossen und die Tür verbarrikadiert. Ich kann hören, wie sich draußen auf dem Gang etwas bewegt. Es klingt nicht menschlich. Ich bin hier drin gefangen. Basis Dreizehn ist für das Imperium verloren. Mir bleibt nur noch ein Ausweg; ich muß den Schirm einschalten.«

Sternblut streckte die Hand aus dem Aufnahmebereich heraus, dann blickte er wieder in die Optik. Seine Augen schienen Schwejksam zu durchdringen. Im Gesicht des Mannes stand Verzweiflung, aber auch noch etwas anderes. Etwas, das vielleicht Würde sein mochte. »Der Energieschirm ist jetzt aktiviert. Was auch immer es ist, es ist im Innern der Basis gefangen. Ich kann nicht riskieren, es entkommen zu lassen. Das Imperium muß von der neuen Bedrohung erfahren. Der Schirm kann jetzt nur noch von innen und mit meinem persönlichen Kode abgeschaltet werden. Ich kenne meine Pflicht.« Er zog einen Disruptor aus dem Holster an der Hüfte und überprüfte schwerfällig die Ladung. »Ich habe so ein Ding schon Jahre nicht mehr benutzt«, murmelte er leise. Dann richtete Sternblut die Waffe gegen sich selbst und zielte sorgfältig auf sein Herz. Er blickte ein letztes Mal auf.

»Wer auch immer diese Nachricht findet: Rächt uns. Schützt das Imperium. Ich bin James Sternblut, Kommandant von Basis Dreizehn.«

Schwejksams Sichtfeld klärte sich und zeigte wieder die Welt ringsum. Er wünschte, er hätte den Mann mehr gemocht. »Das war alles, Kapitän«, sagte Odin leise.

»Hundertsiebenundzwanzig Leute«, murmelte Diana. »Alle tot.«

»Ihr habt doch nicht ernsthaft etwas anderes erwartet, oder?« entgegnete Frost. Diana zuckte die Schultern und sah weg. Eine Pause entstand, während die beiden Marineinfanteristen die Nachricht sahen.

»Also, das klingt interessant«, sagte Stasiak fröhlich. »Wir haben es mit Wesen zu tun, die stark genug sind, eine ganze Basis auszulöschen, und wir haben nichts außer ein paar Handwaffen und einem gesetzlosen Esper. Warum erschießen wir uns nicht alle gleich selbst? Dann haben wir es hinter uns.«

»Er hat nicht ganz unrecht«, stimmte Ripper ihm zu.

»Ruhe«, befahl Frost gelassen. Die beiden Soldaten verstummten augenblicklich. »Es gibt nichts, worüber Ihr Euch Sorgen machen müßtet. Ich bin bei Euch.« Sie blickte zu Schwejksam. »Ihr habt das Kommando, Kapitän. Was machen wir jetzt?«

»Wir gehen rein«, entschied Schwejksam. »Und wir tun, was nötig ist.« Er stapfte auf den Eingang zu. Carrion und Frost folgten ihm dichtauf. Diana Vertue beeilte sich, zu den dreien aufzuschließen. Die beiden Marineinfanteristen wechselten einen bedeutungsvollen Blick und schlossen sich den anderen zögernd an.

Die Basis wirkte still und verlassen. Nirgendwo brannten Lichter. Der Haupteingang stand offen. Schwejksam blieb davor stehen und untersuchte sorgfältig die Stahltüren. Sie hingen schlaff in ihren Angeln. Eine dicke Schicht aus Rauhreif bedeckte das Metall. Carrion stieß einen Türflügel an, der sich nur unwillig bewegte. Die Energieversorgung war tot. Der Gesetzlose schob die Tür ganz auf, und zusammen mit Schwejksam betrat er die düstere Vorhalle.

Unseelis Kälte war in die Basis eingedrungen und verlieh der schalen Luft etwas Beißendes. Keine einzige Beleuchtungsquelle funktionierte. Soweit Schwejksam sehen konnte, war die Halle verlassen. Carrion und Frost bewegten sich rasch und deckten Schwejksams Flanken. Ihre Augen suchten unablässig nach möglichen Angreifern oder einem Hinterhalt. Alles war still. Das einzige Geräusch war das Atmen der Eindringlinge. Frost sog prüfend die Luft ein. Sie hielt ihren Disruptor in der Hand, als gehörte er dorthin. Carrion stützte sich elegant auf seine Energielanze, offensichtlich froh, daß Schwejksam die Initiative an sich gerissen hatte. Diana Vertue trat durch den Eingang, gefolgt von den beiden Soldaten. Schwejksam bedeutete ihnen mit einer Handbewegung, sich zu verteilen, und sie leisteten seinem Befehl rasch und professionell Folge. Vertue blickte sich in der leeren Halle um und schlang dann die Arme um den Leib. Wahrscheinlich war ihr kalt.

Das Empfangspult war verwaist. Die Sicherheitsmonitore erloschen. Papiere lagen über das Pult verstreut. Alles war von einer dünnen Schicht Rauhreif bedeckt. Schwejksam winkte den beiden Soldaten, hinter das Pult zu sehen, und sie setzten sich mit den Waffen im Anschlag in Bewegung.

Frost blickte sich gründlich um. Sie wollte ein Gefühl für den Ort bekommen. Es gab keinerlei Hinweise auf einen Kampf oder eine Panik. Alles schien an seinem Platz zu sein.

Beim Empfangspult untersuchte Stasiak die verstreuten Papiere, ohne sie zu berühren. Es handelte sich um Routineangelegenheiten, Alltagskram, und Stasiak empfand so etwas wie Trauer darüber. Die Menschen, die hier gearbeitet hatten, waren von ihrem Schicksal ohne Vorwarnung heimgesucht worden. Keine Chance, sich vorzubereiten. Wahrscheinlich hatten sie gedacht, es wäre ein weiterer ganz normaler Tag, bis der Knall kam und die Lichter ausgingen. Stasiak blickte zu Ripper, der sich an den Sicherheitsmonitoren zu schaffen machte, allerdings ohne Erfolg. Schließlich richtete sich Ripper seufzend auf, sah den Kapitän an und schüttelte den Kopf.

»Nichts, Sir. Irgendwo im System gibt es Energie, doch sie

gelangt nicht bis zur Rezeption. Ich schätze, sie wird vorher irgendwohin umgeleitet, aber fragt mich nicht wohin.«

»Nichts, verdammt noch mal überhaupt nichts, was uns weiterbringen könnte«, fluchte Stasiak. »Es ist, als wären alle ... einfach aufgestanden und verschwunden. Gespenstisch.«

»Seht Euch um. Versucht, ein paar Lampen oder Scheinwerfer zum Funktionieren zu bringen«, befahl Schwejksam. »Ohne Licht kommen wir nicht weit. Investigator, Ihr probiert, ob das Kommunikationsnetz arbeitet. Vielleicht können wir jetzt mit jemandem Kontakt aufnehmen, da wir im Innern der Basis sind.«

Frost nickte und aktivierte ihr Komm-Implantat. »Hier Investigator Frost von der *Dunkelwind*. Bitte antwortet.«

Alles lauschte, doch nur das schwache Rauschen eines offenen Kanals war zu hören.

»Kann mich jemand hören? Hier spricht Investigator Frost. Ich komme im Namen des Imperiums und erbitte Antwort.«

Eine Falte bildete sich plötzlich auf ihrer Stirn. In ihrem Ohr murmelte eine Stimme, so leise und schwach, daß die Worte unverständlich blieben. Frost warf einen raschen Blick auf die anderen, doch obgleich alle die Stimme hörten, verstand niemand den Sinn der Worte. Frost regelte die Lautstärke hoch, aber die Stimme war verstummt.

»Ich höre Euch«, sagte sie laut. »Bitte wiederholt Eure Worte. Wo seid Ihr? Benötigt Ihr Hilfe?«

Keine Antwort. Frost drehte die Lautstärke wieder herunter, blickte zu Schwejksam und schüttelte den Kopf. Der Kapitän wandte sich an Diana Vertue.

»Überprüft die gesamte Basis, Esper. Falls es etwas Lebendiges, Denkendes in dieser Station gibt, will ich wissen, was und wo es ist.«

Diana drehte sich um, so daß Schwejksam ihr Gesicht nicht sehen konnte. Sie hatte darauf gewartet, daß er sie fragte. Sie hätte sogar freiwillig die Basis mit ihrem ESP abgesucht, doch sie erinnerte sich noch allzu deutlich an das Entsetzen, dem sie beim letzten Mal begegnet war, als sie ihr

ESP eingesetzt hatte. Sie erinnerte sich an die Schreie, Schreie aus menschlichen Kehlen, und an die gewaltige, entsetzliche Wesenheit, die ihren Blick mit wissenden, hungrigen Augen erwidert hatte. In ihrem ganzen Leben hatte Diana noch nie soviel Angst gehabt. Und jetzt wollte Schwejksam, daß sie ihren Verstand gegenüber diesem Schrecken öffnete. Sie konnte nicht. Sie konnte einfach nicht. Aber Diana durfte sich auch nicht weigern. Also schloß sie die Augen und öffnete ihr ESP nur ein ganz klein wenig, wie ein Kind, das ängstlich zwischen den Fingern der vor die Augen geschlagenen Hände hindurchspäht. Alles war still und ruhig. Diana sondierte ein wenig weiter, ließ ihr ESP vorsichtig durch das Erdgeschoß der Station treiben, doch es war nichts zu entdecken. Erleichtert seufzte sie innerlich auf und blickte Schwejksam wieder an.

»Keine Spur von Leben, Kapitän. Natürlich besteht die Möglichkeit, daß irgend etwas mein ESP blockiert. Falls dem so ist, kann ich es jedenfalls nicht entdecken.«

Diana wartete betäubt, während Schwejksam ihre Antwort überdachte. Sie rechnete fest damit, daß er ihre Halbwahrheit durchschauen und sie kalt anstarren würde, doch er nickte bloß und wandte sich ab. Sie wußte nicht, ob sie sich erleichtert oder beschämt fühlen sollte. Schwejksam legte die Stirn in nachdenkliche Falten.

»Odin, gib mir den Grundriß von Basis Dreizehn. Ein Geschoß nach dem anderen. Fang mit dem Erdgeschoß an. Und laß die anderen mitsehen.«

Ein durchsichtiger, schematischer Plan entstand vor Schwejksams Auge. Er schien relativ einfach. Ein einziger Eingang im Erdgeschoß, ein Aufzug und zwei Treppen, die nach unten zu den anderen Stockwerken führten. Sämtliche Stationen waren aus Sicherheitsgründen in die Erde gebaut. Alles Wichtige oder Unersetzliche befand sich im untersten Stockwerk, Ebene Drei, geschützt durch dicke Betonwände und andere, weniger offensichtliche Maßnahmen. Schwejksam betrachtete den Grundriß jeder einzelnen Ebene und merkte sich die Ausgänge, bevor er Odin befahl, den Plan wieder wegzunehmen.

»In Ordnung, Leute, aufgepaßt. Es scheint, als müßten wir die Sache auf die harte Tour angehen. Wir werden uns in zwei Gruppen aufteilen, so daß wir mehr Terrain abdecken können. Carrion und Frost, Ihr bleibt bei mir. Wir werden diese Ebene durchsuchen. Esper Vertue, Ihr werdet zusammen mit Stasiak und Ripper das nächste Stockwerk durchkämmen. Nehmt Euch Zeit und überprüft jeden Raum gewissenhaft, bevor ihr zum nächsten weitergeht. Laßt Euch auf kein Risiko ein und ruft um Hilfe, sobald Ihr auf etwas stoßt, das auch nur entfernt gefährlich aussieht. Ich benötige Informationen, keine toten Helden. Was auch immer geschieht, niemand trennt sich von den anderen. Verstanden?«

Ein allgemeines Murmeln erklang. Köpfe nickten.

»Also schön, Leute. Fangen wir an. Immer schön nach den Vorschriften.«

Die Soldaten salutierten rasch, schalteten einen der Handscheinwerfer für den Notfall ein, die Ripper hinter dem Empfangspult hervorgekramt hatte, und setzten sich in Richtung eines der Treppenhäuser im hinteren Bereich der Halle in Bewegung. Diana eilte ihnen hinterher. Der Gedanke, das nächste Stockwerk zu durchsuchen, gefiel ihr überhaupt nicht, und noch weniger gefiel ihr die Vorstellung, zurückzubleiben und plötzlich allein zu sein.

Frost schaltete ihren Scheinwerfer ein. Das Licht war hell und freundlich, obwohl es in den Augenwinkeln beunruhigende Schatten erzeugte. Frost bot Carrion die Lampe an, doch er schüttelte höflich den Kopf. Schwejksam nahm die Lampe aus ihrer Hand und führte die beiden Investigatoren in die Finsternis des Erdgeschosses.

Gang um Gang, Raum um Raum arbeiteten sie sich voran. Alles lag still und verlassen. Nirgendwo Hinweise auf einen Kampf oder Gewalt. Die Rechnerstationen waren dunkel, die Monitore ausgeschaltet, und doch gab es noch immer Spuren der Menschen, die in Basis Dreizehn gelebt und gearbeitet hatten. Ein offenes Notizbuch, ein halb ausgefülltes Formular, eine fast volle Tasse Kaffee. Schwejksam nahm die Tasse in die Hand. Eine dicke Schicht gefrorenen Schaums bedeckte die Oberfläche des Kaffees. Er setzte die

Tasse beinahe wütend wieder ab. Noch immer keinerlei Hinweise auf Schwierigkeiten oder gar Überraschung. Was auch immer geschehen war, es mußte unglaublich schnell gegangen sein. Der Gedanke war alles andere als beruhigend. Basis Dreizehn hätte vor Sicherheitspersonal wimmeln müssen, selbst angesichts der Tatsache, daß *Unseeli* eine tote Welt war. Überall waren Reservesysteme eingebaut. Das Imperium ging keine überflüssigen Risiken ein.

Trotzdem war es den Fremden auf rätselhafte Weise gelungen, in die Basis einzudringen, die Systeme zu übernehmen und das Personal auszuschalten, ohne daß sie entdeckt oder aufgehalten worden wären. Was eigentlich unmöglich sein sollte.

»Interessant«, sagte Carrion, als sie wieder auf dem Korridor standen.

»Was denn?« erkundigte sich Frost und warf einen raschen Blick in die Runde.

»Eure Waffe«, erwiderte Carrion. »Ich hatte bis jetzt keine Gelegenheit, einen Blick darauf zu werfen. Ich kenne das Modell nicht.«

Frost zuckte die Schultern. »Es ist ein Standarddisruptor. Vermutlich hat sich das Design in den letzten zehn Jahren verändert. Diese Version ist den alten Modellen weit überlegen.«

»Wirklich? Wie sind die Nachladezeiten?«

»Nur noch zwei Minuten.«

Carrion hob eine Augenbraue. »Das nenne ich wirklich eine Verbesserung. Aber Ihr tragt immer noch ein Schwert.«

»Natürlich.« Frost grinste. »Ein Schwert benötigt überhaupt keine Nachladezeit.«

»Achtung bitte«, meldete sich Odin unvermittelt auf dem Kommandokanal ihrer Komm-Implantate. »Ich habe eine wichtige Entdeckung gemacht, Kapitän. Anscheinend war Kommandant Sternblut bereits vor dem Absturz des fremden Raumschiffes besorgt wegen möglicher Eindringlinge in die Basis. In seinem Log gibt es mehrere Einträge, die Sichtungen von ›Geistern‹ oder irgendwelchen anderen ›Wesen‹ durch Stationspersonal betreffen. Die Sichtungen erfolgten so regelmäßig und waren so beunruhigend, daß Sternblut sechs Wächter herbeordert hat. Eine Eintragung bestätigt ihre Ankunft zwei Wochen vor dem Absturz des fremden Raumschiffs.«

Schwejksam runzelte die Stirn. »Sechs Wächter? Wie zur Hölle sind die Fremden an ihnen vorbeigekommen?«

»Was genau sind ›Wächter‹?« fragte Carrion.

»Eine Entwicklung der letzten Jahre«, erklärte Frost. »Es sind allermodernste Sicherheitsroboter. Schnell, stark, effizient und mit wirklich schlechtem Benehmen. Ursprünglich wurden sie zur Niederschlagung von Aufständen entwickelt. Ein Wächter für einen Aufstand. Und Sternblut orderte sechs ... Er muß wirklich verdammte Angst gehabt haben. Sechs Wächter hätten ausgereicht, einer kleinen Armee zu widerstehen.«

»Und falls sie noch immer durch die Station streifen«, fügte Schwejksam hinzu, »dann stecken wir in ernsten Schwierigkeiten.«

KAPITEL 7
WÄCHTER

Die Marineinfanteristen bewegten sich vorsichtig über die Metalltreppe nach unten. Sie spähten in das Dunkel vor ihnen. Die Waffen in ihren Händen schwenkten unablässig hin und her und deckten jede Richtung ab, aus der ein Angriff erfolgen konnte. Diana nahm an, daß soviel offensichtliche Professionalität beruhigend auf sie wirken sollte, doch statt dessen erinnerte es sie an die vor ihnen lauernden Gefahren. Beinahe hätte sie sich gewünscht, selbst einen Disruptor zu tragen. Beinahe. Sie war ein Esper, kein Killer. Diana hielt sich so dicht hinter den beiden Soldaten, wie sie nur konnte, ohne sie zu behindern, und hielt ihren Scheinwerfer hoch, damit das Licht möglichst weit reichte. Große

Schatten bewegten sich ringsum wie beobachtende Gespenster, doch alles blieb ruhig. Nichts regte sich.

Sie hatten den Aufzug entdeckt, der im Grundriß eingezeichnet war. Damit hätten sie zur nächsten Ebene fahren können, doch keiner der drei verspürte Lust, das Risiko einzugehen. Sie hatten keine Ahnung, wieso der Aufzug im Gegensatz zu den meisten anderen Einrichtungen noch funktionierte. Jedenfalls war es nicht schwer sich vorzustellen, wie die Kabine mitsamt ihnen darin zwischen den Stockwerken hängenblieb und sie in einem stählernen Sarg gefangen hielt, bis die Luft ausging.

Folglich benutzten sie mit bis zum Zerreißen angespannten Nerven die Treppe in Erwartung eines Angriffs, der nicht erfolgte. Im Treppenhaus war es kalt, und es wurde ständig kälter. Rauhreif erzeugte Muster auf den Wänden, die den Augen einen Sinn vorzugaukeln versuchten. Der Atem kondensierte in der Luft. Irgendwie reichten die Heizelemente in ihren Uniformen nicht aus, um das Frösteln aus ihren Knochen zu vertreiben. Die Schritte der drei Menschen hallten laut auf der Metalltreppe. Das Geräusch echote unnatürlich lang in der Dunkelheit.

Diana wußte, daß sie eigentlich ihr ESP einsetzen sollte, um die Umgebung zu erkunden, doch sie brachte es nicht fertig. Noch nicht. Die Überprüfung des Erdgeschosses war ihr schwer genug gefallen, und dort hatte sie sich noch halbwegs in Sicherheit gefühlt. Hier unten, im Herzen der Dunkelheit, fürchtete sie sich davor, ihren Verstand auf die Reise zu schicken. Vielleicht kam er nicht mehr zurück. Sie fürchtete sich davor, daß irgend etwas in der Dunkelheit lauerte, und sie wollte nicht riskieren, es erneut aufzuwecken. Manchmal überlegte sie, daß es einer der Fremden war, manchmal dachte sie, es seien die Geister der toten Besatzung. Sicher wußte sie nur eins: Sie hatte Angst. Soviel Angst, daß sie die schrecklichen Gestalten, die ihre Vorstellung heraufbeschwor, der Begegnung mit der Wirklichkeit vorzog. Es war einfacher, sich selbst zu belügen und sich zusammen mit den Soldaten in der Dunkelheit zu verstecken.

Schließlich erreichte der kleine Trupp den Fuß der Treppe und standen abwartend beisammen. Zu ihrer Rechten bedeckte eine dicke Eisschicht das Schild mit der Aufschrift EBENE ZWEI. Sie ignorierten es und starrten in den Lichtkegel des Scheinwerfers, den Vertue hielt. Die Wände des Korridors waren übersät mit fremdartigen Auswüchsen und Einbuchtungen. Dicke Strähnen glänzenden Gewebes hingen von der Decke herab und schwangen leicht hin und her wie in einer unspürbaren Brise. Die metallenen Wände waren an zahlreichen Stellen auseinandergerissen und zerfetzt. Vielfarbige Leitungen hingen aus ihnen heraus wie Plastikeingeweide – als wären die fremden organischen Formen irgendwie in die Wände hineingewachsen und hätten sie zum Platzen gebracht, nachdem sie zu groß geworden waren. Silberne Fäden verliefen in rätselhaften Mustern über die unzerstörten Bereiche der Wände. Sie glitzerten und pulsierten im Licht des Scheinwerfers wie Adern aus Metall.

Die gesamte Decke war von warzenähnlichen Knoten in Kopfgröße bedeckt, umgeben von und verbunden mit wirbelnden, kalkweißen Spiralfäden. Ein schwerer, süßlicher, ekelhafter Geruch hing in der Luft wie von einem frisch geöffneten Grab.

»Was zur Hölle ist das?« stieß Stasiak hervor und schwenkte wild die Waffe, ohne sich für ein Ziel entscheiden zu können. »Das sieht aus wie . . . eine Seuche.«

»Eine Seuche, genau«, sagte Ripper. »Ich denke, wir können jetzt als sicher annehmen, daß die Fremden nach ihrem Absturz hergekommen sind.« Er warf einen Blick auf Diana an seiner Seite. »Diese . . . diese Mischung aus Lebendigem und Totem – ist es das, was Ihr an Bord des fremden Raumschiffs gesehen habt?«

Diana schluckte einen dicken Kloß in ihrem Hals herunter, bevor sie antwortete. Als sie schließlich sprach, klang ihre Stimme kühl und professionell. »Richtig, genau das. Nur daß das Schiff entweder im Sterben lag oder bereits tot war. Das hier sieht lebendig aus. Es funktioniert. Die Fremden müssen es mitgebracht haben. Vielleicht als eine Art Samen.

Aber warum? Sicherlich haben sie diese Basis nicht so stark verändert, nur um sich ein wenig wie zu Hause zu fühlen. Es muß ein Sinn dahinter stecken.«

»Wenn ein Sinn dahintersteckt, dann jedenfalls einer, den ich nicht verstehe«, entgegnete Ripper. »Vielleicht irgend etwas, das wir nicht einmal dann verstehen, wenn man es uns erklärt. Ich schätze, wir benötigen Investigator Frost hier unten bei uns, bevor wir einen Schritt weiter gehen.«

»Halt, Augenblick mal«, unterbrach ihn Stasiak hastig. »Wir wollen erst darüber nachdenken. Wir müssen nicht herausfinden, was das alles soll. Es sieht merkwürdig aus und es riecht noch viel schlimmer, aber es ist nicht aggressiv, oder? Wir haben den Auftrag, nach dem Basispersonal zu suchen, und dazu benötigen wir Frost nicht. Wir sind Marineinfanteristen. Wir kommen auch ohne einen Investigator klar, der uns an der Hand hält.«

Ripper blickte Stasiak nachdenklich an. »Das klingt so gar nicht nach dir, Lew. Es ist ein Fortschritt, sicher, aber es klingt nicht nach dir. Was hast du im Sinn?«

Stasiak grinste. »Odin zeichnet alles auf, was hier geschieht, hast du das vergessen? Und ich gehe jede Wette ein, daß eine ganze Menge hoher Tiere diese Aufzeichnungen zu Gesicht bekommen werden. Das ist unsere Chance, vor Leuten gut auszusehen, die wichtig sind. Warum soll sich Frost ganz allein mit Ruhm bekleckern? Ich kann förmlich spüren, daß für uns Geld und Ehre drin sind. Ich rieche es.«

»Hier sind Menschen gestorben«, unterbrach ihn Diana in scharfem Ton. »Und Ihr denkt an nichts anderes, als wie Ihr die Situation zu Eurem eigenen Vorteil ausnutzen könnt?«

Stasiak zuckte die Schultern. »Wenn sie bereits tot sind, dann kann ich nicht mehr viel für sie tun, oder? Also darf ich doch wohl ein wenig an mich denken, meint Ihr nicht?«

»Und wenn das, was diese Menschen umgebracht hat, schließlich auch uns findet?«

»Dann werden wir die Toten rächen«, entgegnete Ripper. »Wir kennen unsere Pflicht, Diana. Wir sind Marineinfanteristen.«

Diana rümpfte die Nase und blickte demonstrativ zur

Seite, um die fremdartige Szenerie zu betrachten. Ripper zuckte die Schultern. »Odin, schneidest du alles mit?«

»Ich sehe alles, was Ihr auch seht«, murmelte die KI in seinem Ohr. »Es ist wirklich äußerst faszinierend. Bitte stoßt weiter in die umgebaute Zone vor. Ich benötige Informationen über das Ausmaß der Veränderungen.«

»Halt, einen Augenblick!« unterbrach Stasiak die KI. »Es macht keinen Sinn, überhastet vorzudringen. Vor uns könnten alle möglichen Unannehmlichkeiten lauern.«

Ripper betrachtete seinen Kameraden amüsiert. »Vor einer Minute warst du noch Feuer und Flamme bei dem Gedanken«, spöttelte er. »Alles für Ruhm und Ehre.«

»Ich bin ehrgeizig, aber nicht verrückt. Wir wollen schön vorsichtig weitermachen, ja? Einen Schritt nach dem anderen. Ein Held hat nur dann etwas von seinem Heldentum, wenn er lange genug überlebt, um Kapital aus seiner Geschichte zu schlagen.«

Stasiak brach ab, und sie wirbelten herum. Ein vereinzeltes, widerhallendes Klopfen ertönte in der Dunkelheit vor ihnen. Es klang schwer und bedrohlich und ziemlich vorsätzlich, als wollte, wer auch immer für das Geräusch verantwortlich war, sich Gehör verschaffen. Ripper und Stasiak richteten ihre Disruptoren in den Gang. Dianas rechte Hand griff nach dem Auslöser des Energieschirms an ihrem linken Handgelenk; doch sie zögerte noch, den Schild einzuschalten. Der Energiekristall besaß nur eine beschränkte Kapazität, und sie wollte ihn nicht unnötig erschöpfen.

»Odin, kannst du mit deinen Sensoren irgend etwas Lebendiges in diesem Gang entdecken?« fragte Ripper leise.

»Ich fürchte, nein«, kam die Antwort. »Meine Sensoren sind gegenwärtig außerstande, die Basis zu durchdringen. Irgend etwas blockiert sie. Ich besitze nichts weiter als das, was ich durch Eure Komm-Implantate höre und sehe.«

Weitere Geräusche ertönten in der Dunkelheit. Ein langsames, regelmäßiges Klopfen wie von einem gigantischen Herzen. Der Boden erbebte rhythmisch unter ihren Füßen. Etwas Großes, Schweres kam aus der Dunkelheit auf sie zu. Es war gewaltig und füllte beinahe den gesamten Korridor aus. Diana wich zurück wie ein Kind, das sich vor dem Mann im Dunkeln fürchtet. Etwa zwölf Fuß vor dem kleinen Trupp kam die Gestalt zum Stehen. Blauer Stahl glitzerte im Licht von Vertues Scheinwerfer. Der gebeugte Kopf kratzte an der Decke entlang, die metallenen Hände trugen rasiermesserscharfe Klingen. Stasiak fluchte leise, doch seine Hand blieb ruhig, als er den Disruptor auf die Gestalt richtete.

Schwejksams Stimme ertönte unvermittelt in ihren Ohren. »Hört zu, Leute. Wir haben ein Problem. Odin hat mir soeben berichtet, daß sich mehrere Wächter in der Basis aufhalten. Legt Euch unter keinen Umständen mit ihnen an. Höchstwahrscheinlich wurden sie programmiert, die Basis gegen jeden Eindringling zu schützen. Solltet Ihr einem Wächter begegnen, zieht Euch augenblicklich zurück.«

»Danke für die Warnung«, sagte Ripper, »aber sie kommt ein wenig zu spät. Wir stehen gerade einem Wächter gegenüber. Erbitte Empfehlung.«

»Verschwindet, als sei der Teufel hinter Euch her«, antwortete Schwejksam ohne zu zögern. »Vermeidet jede Form von bedrohlichen Bewegungen und zieht Euch zurück. Sollte er sich weiter nähern, rennt. Wahrscheinlich sind noch mehr von ihnen unterwegs. Sie starren vor Waffen und machen keine Gefangenen. Solange Ihr genügend Abstand haltet, sollte keine Gefahr drohen.«

»Sollte?« hakte Stasiak nach. »Was meint Ihr mit ›sollte‹? Ich rühre keinen Muskel, bis ich nicht sicher bin, daß nichts geschieht.«

»Halt die Klappe, Lew«, unterbrach ihn Ripper. »Esper, zieht Euch zurück und geht die Treppe hinauf. Wir folgen Euch.«

»In Ordnung«, sagte Diana leise. »Ich gehe jetzt los.«

Sie wich vorsichtig zurück. Die mächtige Gestalt hob eine Hand und deutete auf Diana. Ein Disruptorstrahl schoß aus einem ihrer Finger und verwandelte die Metalltreppe in einen Haufen nutzlosen Schrott.

Schreie, Flüche und Obszönitäten drangen aus Schwejksams Komm-Implantat und wurden beinahe im gleichen Augenblick vom Krachen einer nahen Explosion erstickt. Das Krachen war ohrenbetäubend, und der Boden schüttelte sich. Carrion und Frost blickte Schwejksam fragend an.

»Was auch immer dort unten geschieht, wir können nichts tun«, erklärte der Kapitän der *Dunkelwind* tonlos. »Bis wir dort sind, ist alles vorbei, auf die eine oder andere Weise. Und wir dürfen den Wächter auf keinen Fall mit neuen Spuren versorgen. Esper Vertue, Soldaten, könnt Ihr mich hören? Zieht Euch zurück. Ich wiederhole, zieht Euch zurück.« Er wartete, doch es kam keine Antwort. Nichts außer dem leisen Rauschen eines offenen Kommkanals. »Odin, ich will sehen, was Esper Vertue und die beiden Marineinfanteristen sehen.«

»Es tut mir leid, Kapitän«, meldete die KI gleichmütig. »Irgend etwas innerhalb der Basis stört mein Kommunikationsnetz. Ich habe jeglichen visuellen Kontakt mit Esper Vertue und den Soldaten verloren. Ich empfange noch immer Audiosignale, aber ich weiß nicht, wie lange noch. Ich rate dringend, Basis Dreizehn zu verlassen, Sir. Ihr seid nicht ausgerüstet, um mit Wächtern klarzukommen.«

»Wetten daß?« bellte Frost. »Zeig mir einen. Wer mir in den Weg kommt, wird es bedauern.«

Carrion blickte zu Schwejksam. »Ist sie immer so selbstbewußt?«

»Ja«, antwortete Schwejksam. »Es macht einem angst, nicht wahr?«

Carrion drehte plötzlich den Kopf zur Seite. »Kapitän ... irgend etwas nähert sich. Es ist schon ganz nah.«

Frost und Schwejksam zogen die Waffen und zielten ins Leere. Der breite Korridor lag still und offen. Zu beiden Seiten gingen Türen ab. Schwejksams Scheinwerfer war die einzige Lichtquelle. Sie gab nur ein blasses Licht ab, das kaum bis zu den beiden Enden des Korridors reichte. Nichts regte sich, doch die Schatten schienen lebendig. Was eben noch nichts weiter als ein Korridor gewesen war, wirkte plötzlich wie eine tödliche Bedrohung. Hinter jeder Tür konnte etwas lauern. Schwejksam und Frost stellten sich Rücken an Rücken. Carrion stützte sich auf seine Energielanze und legte die Stirn in Falten, als lausche er einem Geräusch, das niemand außer ihm wahrnahm. Schwejksam strengte seine Ohren an, doch alles war totenstill.

»Was ist?« fragte er den Gesetzlosen. »Aus welcher Richtung kommt es?«

Carrion schloß die Augen. »Sie sind schon da, Kapitän. Sie sind schon da.«

Die Wand zur Linken zerriß wie Papier. Ein Wächter schob sich in den Korridor hinein. Dicke Stränge zerrissener Kabel behinderten einen seiner Arme, und der Wächter entledigte sich ihrer mit einer ungeduldigen Bewegung. Die Maschine war gut acht Fuß hoch, ein schwerer, metallener Koloß mit leuchtenden Augen und einem unablässigen, entnervenden Grinsen auf dem Gesicht aus blauem Stahl. Rasiermesserscharfe Klingen ragten aus Armen und Beinen. Die Handknöchel waren mit spitzen Stacheln besetzt. Es war nicht lebendig, doch Haß und Gewalt waren Bestandteil seiner Natur. Es war eine Mordmaschine, konstruiert in Menschengestalt, weil sie auf diese Weise noch furchterregender wirkte.

»Verdammt groß, nicht wahr?« sagte Carrion.

Das Geräusch schwerer Schritte erklang von beiden Enden des Korridors. Zwei weitere Wächter erschienen und blockierten die einzigen Fluchtwege. Die drei Maschinen verharrten unnatürlich still. Sie studierten ihre Ziele, dann schossen sie vor, zu schnell für das menschliche Auge. Schwejksam zielte und feuerte seinen Disruptor auf den nächsten Wächter ab, der aus der zerfetzten Wand gekommen war. Der Schutzschild der Maschine flackerte gerade rechtzeitig auf, um den Energiestrahl abzulenken, dann verschwand er wieder. Die Maschine hob eine Hand und zielte. Schwejksam warf sich zur Seite. Ein Energiestrahl brannte ein Loch an der Stelle in die Wand, wo er Sekundenbruchteile zuvor noch gestanden hatte. Schwejksam rollte sich auf dem Boden ab und war blitzschnell wieder auf den Beinen. Er schlug auf das Metallarmband an seinem rechten Handgelenk und aktivierte seinen eigenen Schutzschild. Ein metergroßer Zylinderausschnitt aus leuchtender Energie, der jeden Disruptorbeschuß abzulenken vermochte, solange der Speicherkristall hielt.

Der Wächter konnte seinen Schild in Sekundenbruchteilen ein- und ausschalten, so daß die Energie praktisch unbegrenzt hielt. Schwejksam besaß diese Möglichkeit nicht.

Außerdem mußte er nun zwei Minuten warten, bevor er seinen Disruptor erneut benutzen konnte, und der Wächter war direkt vor ihm. Der Kapitän der *Dunkelwind* trat die Tür zu seiner Linken auf, sprang in das dahinterliegende Zimmer und warf dieTür hinter sich ins Schloß. Er glaubte nicht wirklich, daß die Tür etwas aufhalten würde, das durch massive Wände brach, aber vielleicht würde es ihm ein wenig Zeit verschaffen, während er sich seine nächsten Schritte überlegte.

Eine Metallfaust schlug ein Loch in die Tür. Schwejksam beobachtete voller Faszination, wie ein Arm der Faust folgte und dann kraftvoll zurückgezogen wurde. Die Tür brach aus den Angeln. Ohne besondere Eile betrat der Wächter den Raum und weitete dabei den Durchgang seiner Größe entsprechend. Schwejksam wich mit erhobenem Schutzschild zurück.

Der Korridor wurde in plötzliche Dunkelheit getaucht, als Schwejksam in einem Nebenraum verschwand und den einzigen vorhandenen Scheinwerfer mit sich nahm. Frost fluchte leidenschaftslos und schaltete ihre Infrarotimplantate ein, um gleich darauf festzustellen, daß die Wächter gegen Hitzeabstrahlung abgeschirmt waren. Sie schaltete auf Restlichtverstärkung und aktivierte ihren Schutzschild. Das Leuchten des Kraftfelds reichte mehr als aus, um den herannahenden Wächter zu sehen. Frost feuerte den Disruptor ab, doch der Strahl glitt harmlos vom Schutzschild des Wächters ab. Frost zuckte die Schultern, steckte die Waffe ins Holster zurück und zog ein Messer aus dem Stiefelschaft. Die Klinge war breit und beinahe einen Fuß lang, und die Kanten sahen unscharf und irgendwie verschwommen aus.

»Monofaser«, erklärte sie Carrion. »Schneidet durch alles hindurch. Man muß ziemlich vorsichtig damit umgehen, sonst ist man seine Finger los.«

»Diese Dinger waren zu meiner Zeit illegal«, erwiderte Carrion.

»Das sind sie auch heute noch. Aber wenn Ihr nichts sagt, halte ich ebenfalls den Mund.«

Dann waren die Wächter heran, und es blieb keine Zeit mehr zum Reden. Frost stürmte vor, und ihre Klinge schnitt ein Stück aus der Hand des Wächters. Die eingebauten Disruptoren feuerten alle zugleich, doch der Schutzschild des Investigators lenkte die Strahlen ab. Frost brachte das Energiefeld in eine waagerechte Lage, und die rasiermesserscharfe Kante schnitt glatt durch die andere Hand des Wächters, als sie nach ihrem vermeintlichen Opfer griff. Die mächtigen Metallarme schlossen sich, um Investigator Frost zu umfassen und sie gegen die Klingen in der Brust des Wächters zu drücken; aber Frost ließ sich auf die Knie fallen und rollte sich zur Seite ab. Die gewaltigen Arme packten nichts als Luft. Frost sprang zurück und wieder auf die Beine. Der Wächter folgte ihr und streckte die verkrüppelten Arme erneut aus, um sie zu ergreifen.

Frost warf sich nach vorn, traf den Wächter mit ihrem Messer, ohne indes wirklichen Schaden anzurichten, und wich wieder zurück. Der Metallkoloß war einfach zu groß, und das Messer war zu klein. Die rechnergestützten Bewegungen der Maschine waren übermenschlich schnell, und nur Frosts Investigatortraining ermöglichte ihr das Ausweichen. Ihr wurde bewußt, daß sie diese Geschwindigkeit nicht lange aufrechterhalten konnte. Sie konnte sich abwenden und fliehen. Die Wächter sahen nicht danach aus, als wären sie für Verfolgungen bei größeren Geschwindigkeiten gebaut worden. Allerdings würde Flucht auch bedeuten, daß sie Carrion und Schwejksam im Stich ließ und ihre Pflicht vergaß. Investigatoren rannten nicht davon. Frost warf sich unter den Armen des Wächters nach vorn, brachte die Mündung ihres Disruptors an die Brust der Maschine und betätigte den Abzug. Nichts geschah. Die Zeit hatte nicht ausgereicht, um den verdammten Energiekristall wieder aufzuladen. Frost kletterte wie eine Wildkatze an dem Wächter nach oben, wobei sie sorgfältig die rasiermesserscharfen Klingen auf der Brust vermied, und sprang hinter ihm zu Boden. Sie wirbelte herum und stach der Maschine die Monofaserklinge in den Rücken, bevor sie sich umdrehen konnte. Der Wächter schüttelte sich kurz, und das war alles. Die Klinge war nicht lang genug, um wichtige Teile zu beschädigen. Frost zog das Messer wieder heraus. Ein Metallarm wirbelte herum und schickte sie schwer zu Boden. Sie hatte ihren Schutzschild rechtzeitig eingeschaltet, doch der Schlag war noch immer heftig genug, um den Atem aus ihren Lungen zu treiben. Frost brachte die Füße unter den Leib und wich zurück, als der Wächter erneut angriff, unaufhaltsam und unausweichlich wie der Tod selbst.

Carrion kauerte sich nieder und erstarrte, als Schwejksam mitsamt dem Scheinwerfer verschwand. In der Dunkelheit konnte der Wächter Carrion nur durch Schallortung aufspüren. Außer natürlich, das verdammte Ding besaß Infrarotaugen. Dann schaltete Frost ihren Schutzschild ein. Carrions lange nicht mehr benutzte Restlichtverstärker wurden ebenfalls aktiviert. Er richtete sich auf, als der dritte Wächter angriff, und sammelte seine Kräfte. Knisternde, knackende Energie erfüllte die Luft und hüllte die Maschine ein, um sie zu zerreißen. Plötzlich erloschen Carrions PSI-Kräfte mit einem Schlag, als hätte es sie niemals gegeben. Er stand für einen Augenblick da wie vom Donner gerührt, und das hätte beinahe seinen Tod bedeutet. Der Wächter hob die Hand, und all seine eingebauten Disruptoren feuerten gleichzeitig. Im letzten Augenblick warf sich Carrion zur Seite. Alte, im Kampf erworbene Reflexe retteten ihn. Die verfluchte Maschine besaß eingebaute PSI-Reflektoren. Sie arbeiteten nach dem umgekehrten Prinzip von Carrions Energielanze und dämpften psionische Energien, anstatt sie zu verstärken. Das Imperium benutzte die Reflektoren, um

Esper gefügig zu halten. Sie reagierten auf angesammelte psionische Energie und vernichteten sie automatisch, sobald sie eine bestimmte Grenze überschritt. Carrion wich vor dem Wächter zurück und hielt die nutzlos gewordene Energielanze vor sich ausgestreckt.

Der Wächter ragte drohend vor ihm auf und griff mit klingenbewehrten Händen nach ihm. Carrion suchte in sich nach einem Rest psionischer Energie. Die PSI-Reflektoren hinderten ihn an einer dramatischen Aktion, doch es war überraschend, was man selbst mit wenig Energie anstellen konnte, wenn man geschickt vorging. Er griff mit seinem Verstand nach draußen, ein Flüstern von Psychokinese, das zu leise war, um von den Reflektoren bemerkt zu werden, und schob es zwischen die Füße des Wächters und den Fußboden. Alle Haftung verschwand in dem Augenblick, in dem Carrion sich konzentrierte, und der Wächter verlor jeglichen Halt. Er fiel mit ohrenbetäubendem Krachen auf den Rücken. Carrion beeilte sich, das gleiche mit dem Wächter zu tun, der Frost bedrohte. Auch dieser fiel krachend hin, und Frost sprang vor und stieß ihm die Monofaserklinge in den Kopf. Der Wächter zuckte und zitterte und lag hilflos auf dem Rücken. Frost zog die Klinge wieder heraus und machte sich gelassen daran, der Maschine den Kopf abzutrennen. Die Wand zu Carrions Linker explodierte. Splitter flogen durch den Korridor. Carrion mußte seinen Esperschild hochfahren, um sich zu schützen. Allerdings konnte er sich nicht zugleich auf den Schild und den angreifenden Wächter konzentrieren, und die Maschine kam rasch wieder auf die Beine.

Schwejksam kletterte durch das Loch in der Wand. Eine Metallhand griff nach ihm, und der Kapitän warf sich nach vorn, um ihr zu entgehen. Er krabbelte auf Händen und Füßen weiter und kam neben Carrion schwer atmend wieder auf die Beine.

Der Wächter vor den beiden feuerte seinen Disruptor ab. Schwejksam blockierte den Strahl mit seinem Schutzschild und lenkte ihn derart ab, daß er den Wächter traf, der Schwejksam verfolgte. Der Strahl prallte wirkungslos an dem Schutzschild der Maschine ab; doch der Wächter wurde zumindest eine Zeitlang aufgehalten. Schwejksam grinste atemlos.

»Den gleichen Trick habe ich benutzt, um mir einen Notausgang in der Wand zu verschaffen«, sagte er.

»Sehr schlau eingefädelt«, brummte Carrion. »Beinahe so schlau wie Euer Verschwinden in einem Nebenraum unter Mitnahme der einzigen Lichtquelle.«

»Ah«, erwiderte Schwejksam. »Tut mir aufrichtig leid. Es ist eine Weile her, daß ich in einen Kampf verwickelt wurde. Ich schätze, ich bin etwas aus der Übung.«

Sie spritzten in verschiedene Richtungen auseinander, als Carrions Wächter erneut schoß. Der gleißende Energiestrahl verfehlte sein Ziel und erzeugte am Ende des Korridors ein Loch in der Wand. Der Wächter, der Schwejksam verfolgte, brach krachend in den Korridor, schüttelte ein paar Trümmer ab und wandte sich gegen Frost. Der Investigator hob den abgetrennten Metallkopf und schleuderte ihn dem Wächter entgegen. Die Maschine fing den Kopf geschickt auf, stellte ihn mit überraschender Sanftheit auf dem Boden ab und bewegte sich auf Frost zu. Sie grinste böse und hob das Messer. Plötzlich griff die kopflose Maschine hinter ihr mit einer beschädigten Hand nach Frosts Knöchel und hielt sie mit eisernem Griff fest.

Carrion benutzte so viel von seinem ESP, wie er nur wagte, fokussierte seine Psychokinese zu einem engen Bündel und schlug dem Wächter vor sich ein Loch in die Brust. Die Maschine bebte, doch sie fiel nicht. Der Gesetzlose wich zurück, und Schwejksam folgte seinem Beispiel.

»Gibt es denn keine Möglichkeit, diese Dinger zu schlagen?« fragte Carrion.

»Nicht wirklich, nein«, antwortete Schwejksam. »Ehrlich gesagt bin ich überrascht, daß wir überhaupt so lange durchgehalten haben. Sie sollen angeblich unbesiegbar sein. Andererseits habt Ihr Euch von so etwas noch nie beeindrucken lassen.«

Dann waren die Wächter heran, und es war nicht mehr die Zeit für Worte.

Diana kauerte sich hinter ihren persönlichen Schutzschild. Sie zitterte am ganzen Leib. Drei Wächter rückten gegen sie vor. Die beiden Marineinfanteristen hatten ihre Disruptoren bereits abgefeuert, ohne Ergebnis, und nun blieb ihnen nichts weiter übrig, als sich ebenfalls hinter ihren Schilden zu verstecken und hektisch nach einem Fluchtweg zu suchen. Die Wächter stapften ohne jede Eile durch den verseuchten Korridor und ignorierten alles mit Ausnahme ihrer Opfer. Ripper zog eine Granate aus dem Gürtel, machte sie scharf und warf sie mitten unter die drei Mordmaschinen. Sie explodierte eine Sekunde später. Der Korridor füllte sich mit Fetzen organischen Gewebes und fremder Technologie und dickem, schwarzem Rauch. Stasiak packte Diana am Handgelenk und riß sie mit sich. Sie liefen hinter Ripper her, der durch einen Seitengang davonrannte, weg vom Rauch und den drei unbeschädigten Wächtern, die sich bereits auf die neue Situation eingestellt hatten und hinter den Flüchtlingen herstapften.

Die Veränderungen, die die Fremden hier unten vorgenommen hatten, wurden mit jedem Schritt eindrucksvoller, den die drei Flüchtlinge tiefer in Ebene Zwei vordrangen; doch Diana war zu sehr damit beschäftigt, den Rauch aus ihrer Lunge zu husten, als daß sie ihrer Umgebung großartig hätte Aufmerksamkeit schenken können. Tränen brannten in ihren Augen, ebensosehr vom Schock wie vom beißenden Rauch. Sie hatte noch niemals derartig perfekten Killermaschinen wie den Wächtern gegenübergestanden. Sie machten ihr auf einer sehr ursprünglichen Ebene angst, die für nichts anderes Raum ließ als helle Flucht. Die Wächter erinnerten Diana an jede Bedrohung, jede Strafe, die das Imperium ihr je zugefügt hatte – rohe Symbole der Autorität, grausam und gefühllos wie das Gesetz oder die Rache. Sie hätte genausowenig eine Hand gegen die Maschinen erheben können, wie sie ihre eigene Konditionierung nicht durchbrechen konnte.

Die Schritte der Soldaten wurden langsamer, nachdem sie den Rauch erst hinter sich gelassen hatten, doch das Geräusch der unaufhaltsam folgenden Wächter erklang nicht weit hinter ihnen. Stasiak zog eine kleine Kapsel aus der Tasche und schluckte sie mit verzerrtem Gesicht hinunter. Er bot Ripper ebenfalls eine an. Ripper hatte keine Schwierigkeiten beim Schlucken. Stasiak grinste Diana an. Seine Augen waren bereits weit und glasig.

»Nur eine Kleinigkeit, die einem kämpfenden Mann auf die Sprünge hilft«, erklärte er. »Wollt Ihr auch eine?«

Diana schüttelte den Kopf. Sie hielt nichts von Kampfdrogen.

Stasiak zuckte die Schultern und zog die Esperfrau weiter hinter sich her. »Ganz wie Ihr meint. Aber wenn Ihr uns behindert, werden wir Euch zurücklassen, was, Rip?«

Ripper nickte brüsk, ohne sich nach den beiden umzudrehen. Diana hatte Mühe, mit den Soldaten mitzuhalten. Immer weiter ging es durch einen Korridor, der von Schritt zu Schritt fremdartiger aussah. Überall entsprangen organische Auswüchse, durchsetzt von fremder Technologie. Die dicken Spinnweben an der Decke wurden immer zahlreicher. Schwere Stränge baumelten herab und blieben an den Uniformen der drei Menschen kleben, wenn sie mit ihnen in Berührung kamen. Nach einer Weile wurde der Korridor immer enger. Von allen Seiten wucherte die unbegreifliche Organotechnik der Aliens in den Gang. Diana gewann allmählich den Eindruck, als hätten sie die Basis längst verlassen und würden sich über eine fremde Welt bewegen. Die Wächter folgten ihnen noch immer. Diana hörte ihre schweren Schritte. Die Veränderungen in der Umgebung und die zunehmende Fremdartigkeit schienen die Roboter nicht im geringsten zu beeindrucken oder gar zu verlangsamen.

Dann endete ein Korridor vor einer dichten, geschwollenen Masse des fremden Gewebes. Es ging nicht mehr weiter. Die Soldaten hieben mit ihren Schwertern auf das Gewebe ein, doch es absorbierte jeden ihrer Streiche. Resigniert blickten sie in den Korridor zurück. Stasiak schluckte eine weitere Kapsel. Das Geräusch sich nähernder Schritte drang deutlich durch die Stille.

Ripper berührte Stasiak am Arm und deutete zur Decke hinauf. Stasiak blickte ihn verwirrt an. Ripper hob seinen

Disruptor, und Stasiak grinste verstehend. Sie richteten ihre Waffen auf die Stelle an der Decke, wo die Wächter in den Korridor einbiegen würden. Diana stand mit laut summendem Schutzschild hinter den beiden und versuchte ihr Zittern unter Kontrolle zu bringen.

Dann bogen die Wächter in den Korridor ein, und Stasiak und Ripper feuerten auf die Decke.

Das fremde organische Gewebe wurde in Fetzen gerissen, als die Decke explodierte. Elektrische Systeme verschmolzen, Kurzschlüsse entstanden und dicke Funken sprühten durch die Luft. Die halbe Decke fiel auf die Wächter herab und begrub sie unter Tonnen von Trümmern. Vertue und die beiden Soldaten warteten geduldig, bis sich der Staub gelegt hatte. Nichts rührte sich. Diana überraschte sich selbst mit einem lauten Jubelruf. Stasiak und Ripper stimmten mit ein. Sie schalteten ihre Schutzschilde ab und umarmten sich glücklich vor Erleichterung. Und verstummten schlagartig, als sich unter den Trümmern etwas bewegte. Zerfetztes Metall und totes Gewebe wurden zur Seite gestoßen, und ein Wächter erhob sich langsam aus dem Dreck. Der blaue Panzerstahl wies kaum einen Kratzer auf.

Der Wächter rückte ohne Eile gegen Schwejksam und Carrion vor. Er wußte, daß seine Opfer nirgendwohin fliehen konnten. Falls sie die Stellung halten und sich hinter ihren Schilden verstecken wollten, würde er sie in Stücke reißen. Am anderen Ende des Ganges hielt der enthauptete Wächter Frost mit eisenhartem Griff am Fuß gepackt, während der dritte langsam auf ihn zukam. Schwejksam warf Carrion einen verzweifelten Blick zu.

»Macht etwas! Setzt Eure Lanze ein!«

»Wenn ich den gleichen Trick noch mal versuche, werden mich ihre PSI-Reflektoren daran hindern«, entgegnete Carrion gelassen. »Sie werden mir das Gehirn ausbrennen.«

Schwejksam wich langsam vor dem Wächter zurück. Carrion tat es ihm gleich. Der Wächter hob eine Hand und feuerte seine Disruptoren ab. Schwejksams Gedanken überschlugen sich. Die verfluchten Dinger mußten einfach irgendwo einen Schwachpunkt besitzen. Alles besaß irgendeinen Schwachpunkt. Außer den Wächtern. Sie waren so konstruiert, daß nichts und niemand sie aufhalten konnte. Unglaublich stark, lektronenschnelle Reflexe ... Lektronen. Schwejksam klammerte sich an das Wort. Die Wächter waren Bestandteil des Sicherheitssystems, was bedeutete, daß sie von den Sicherheitsrechnern der Basis gesteuert wurden ... »Odin! Kannst du mich empfangen?«

»Laut und deutlich, Kapitän. Die Audioverbindung scheint stabil.«

»Dring in die Sicherheitsrechner der Basis ein und schalte alles ab, was auch nur entfernt danach aussieht, als könnte es einen Wächter steuern!«

»Selbstverständlich, Kapitän. Eine gute Idee.« Eine kurze Pause entstand, dann meldete sich Odin zurück. »Es tut mir leid, Kapitän, aber ich kann Euren Befehl nicht ausführen. Ich kann in der gesamten Basis kein funktionierendes Rechnersystem finden, das imstande wäre, einen Wächter zu steuern. Lediglich ein paar Notsysteme arbeiten noch.«

»Was?« Schwejksam warf Carrion einen leeren Blick zu. »Aber ... wenn die Systeme der Basis die Wächter nicht steuern ... dann steuern sie sich selbst! Das ist unmöglich! Das ist vollkommen unmöglich!«

»Wollt Ihr es ihnen sagen, oder soll ich es tun?« fragte Carrion.

»Verdammt, unternehmt endlich etwas! Dieses verdammte Ding wird uns beide töten!«

»Ja«, antwortete der Gesetzlose leise. »Ich denke, das wird es, Kapitän.«

Am anderen Endes des Korridors zerrte Frost verzweifelt an den stählernen Fingern, die ihren Knöchel gepackt hielten. Der zweite Wächter war fast heran, doch sie konnte sich nicht aus dem Griff befreien. Sie fluchte wild und führte einen Hieb mit der Monoklinge gegen den Arm des Wächters. Der Streich durchtrennte das stählerne Handgelenk.

Frost warf sich unbeholfen zur Seite, wich den ausgestreckten Armen des zweiten Wächters aus und rappelte sich wieder auf die Beine. Die abgetrennte Hand hing noch immer an ihrem Knöchel, und das bedeutete, daß Frost ihrem Gegner nicht davonlaufen konnte. Andererseits gehörte Davonlaufen auch nicht gerade zu ihren Talenten.

Sie stach mit der Monoklinge auf den heranrückenden Wächter ein, doch das Messer prallte harmlos vom Schutzschild der Maschine ab. Frost zuckte die Schultern und wich erneut zurück. Anscheinend waren die Wächter imstande, aus Fehlern zu lernen. Genaugenommen überraschte es Frost, daß sie überhaupt so lange durchgehalten hatte.

Mit ein paar schnellen, sicheren Schnitten entfernte Frost die Metallhand von ihrem Knöchel und warf sich dann zur Seite. Ein Disruptorstrahl zischte an der Stelle vorbei, wo sie noch einen Augenblick zuvor gestanden hatte. Frost rollte sich auf dem Boden ab und war rasch genug wieder auf den Beinen, um weiteren Schüssen zu entgehen.

Ein Gedanke nagte an ihrem Unterbewußtsein, während sie sich pausenlos von Deckung zu Deckung warf und Energiestrahlen auswich. Die Wächter waren schnell – aber sie waren bei weitem nicht so schnell, wie Frost ursprünglich geglaubt hatte. Oder wie sie sein sollten. Tatsächlich schien es durchaus möglich, daß Frost ihnen davonlaufen konnte. Und das brachte sie auf eine Idee.

Die Wächter besaßen Schutzschilde, doch sie setzten sie nur ein, um Disruptorschüsse abzulenken. Anscheinend betrachteten sie alles andere nicht als sonderlich gefährlich. Frost grinste böse und zog eine Splittergranate aus dem Gürtel. Sie wich einem weiteren Disruptorstrahl aus, sprang an dem herannahenden Wächter vorbei und auf den Rücken des Kopflosen, der blind nach seiner Beute griff. Sie machte die Granate scharf, schob sie in den offenen Hals und sprang davon. Es gab eine gedämpfte Explosion, Rauch strömte aus der Halsöffnung, aber der Wächter stand noch immer auf den Beinen. Frost starrte den Roboter ungläubig an. Wieviel konnten diese verdammten Dinger einstecken?

Schwejksam und Carrion wichen vor dem heranrückenden Wächter zurück, bis eine Wand ihnen den Weg versperrte und keine andere Fluchtmöglichkeit mehr vorhanden war. Carrion blickte Schwejksam an.

»Anscheinend sind uns die Möglichkeiten ausgegangen, Kapitän. Falls Ihr noch einen Meisterplan zu unserer Rettung in petto habt, dann wäre es sicher keine schlechte Idee, mich jetzt einzuweihen.«

»Tut mir leid«, entgegnete Schwejksam. »Ich habe mich auf Euch verlassen.«

Carrion brachte etwas zustande, das beinahe wie ein Grinsen aussah. »Das hättet Ihr wirklich besser wissen sollen, Johan.«

Frost floh vor dem kopflosen Wächter und stolperte über den abgetrennten Kopf. Sie blickte automatisch nach unten und hielt inne, als irgend etwas ihre Aufmerksamkeit erregte. Ohne ihre Flucht zu verlangsamen, packte sie den Kopf und studierte ihn ein wenig gründlicher. Der kopflose Roboter zögerte und blieb plötzlich wie angewurzelt stehen. Auch der andere Wächter marschierte nicht weiter. Frost blinzelte verwirrt und musterte den abgetrennten Kopf ein weiteres Mal. Die Augen waren erloschen, doch das furchteinflößende Grinsen stand noch immer in dem Metallgesicht. Irgend etwas war anders ... Frost drehte den Kopf um, ein Auge stets auf den bewegungslosen Wächter gerichtet, und pfiff leise vor sich hin, als sie das Innere des Kopfes erblickte. Plötzlich wurde ihr vieles klar. Wo Frost nichts anderes als Siliziumchips und kristalline Matrizen erwartet hatte, erblickte sie dicke Strähnen organischen Gewebes. Gewebe der Fremden.

Frost sah den Gang entlang und bemerkte, daß auch der dritte Wächter seinen Vormarsch gegen Schwejksam und Carrion beendet hatte. Sie rief nach den beiden und warf den Kopf in ihre Richtung. Er prallte zu Boden und rollte weiter. Der Wächter machte keine Anstalten, ihn aufzuhalten. Schließlich blieb der Kopf vor Schwejksam liegen. Der

Kapitän bückte sich danach. Er hob eine Augenbraue, als er das Gewebe im Innern der Schädelhöhle bemerkte und zeigte Carrion seinen Fund.

»Interessant«, meinte der Gesetzlose.

»Das erklärt eine ganze Menge, nicht wahr?« sagte Schwejksam. »Kein Wunder, daß sie keine Rechner benötigten, um gesteuert zu werden. Die Fremden sind auch in die Wächter eingedrungen ... Die verdammten Biester sind lebendig ...«

»Und jetzt, da wir das wissen, sieht die Sache schon ganz anders aus«, sagte Carrion. »Mein ESP konnte nicht viel gegen Wächter mit PSI-Reflektoren ausrichten, aber lebendiges Gewebe reagiert viel empfindlicher auf einen Esperangriff. Es braucht nur einen kleinen Piekser an der richtigen Stelle ...« Carrions richtete den Blick auf den Wächter, der vor ihm stand, und das Ding fing an zu zittern wie vor Kälte oder Furcht. Dann sank es in die Knie, fiel auf das grinsende Gesicht und lag mit einemmal still.

Carrion sah zu den beiden verbliebenen Wächtern, und die Roboter klappten zusammen wie Marionetten, denen man die Fäden durchgeschnitten hat. Eine ziemlich passende Metapher, dachte Schwejksam. Aber wo es Puppen gab, da waren auch die Puppenspieler nicht weit. Sie mußten sich noch immer mit dem auseinandersetzen, was die Basis erobert hatte.

Frost kam heran und trat gegen einen am Boden liegenden Wächter.

»War das schon alles?« fragte sie. »Ich bin beinahe enttäuscht, daß es so leicht ging.«

»Macht Euch deswegen keine Sorgen«, erwiderte Carrion. »Ich bezweifle ganz stark, daß wir bereits sämtliche Schwierigkeiten überwunden haben.«

»Richtig«, sagte Schwejksam. »Wahrscheinlich ist die gesamte Basis mit diesem Zeug verseucht. Wenn wir keine Möglichkeit finden, sie zu säubern, müssen wir die Basis aufgeben und vom Orbit aus zerstören.«

»Das würde dem Imperium nicht gefallen«, warf Carrion ein.

»Nein«, stimmte Frost zu. »Das würde es ganz und gar nicht.«

Schwejksam warf Carrion einen alarmierten Blick zu. »Halt, einen Augenblick! Wir haben unsere beiden Infanteristen und Esper Vertue vergessen. Wir haben nichts mehr von ihnen gehört, seit der Kontakt abgebrochen ist.«

»Macht Euch deswegen keine Gedanken«, beruhigte ihn Carrion. »Ich habe eben mit Diana Vertue in Verbindung gestanden. Anscheinend hatten die drei ebenfalls Schwierigkeiten mit den Wächtern. Ich erklärte ihr, was zu tun ist. Diana ist sehr wohl imstande, allein mit den Wächtern fertig zu werden.«

Ein Stockwerk tiefer, in Ebene Zwei, blickte Diana Vertue selbstgefällig auf die Wächter, die regungslos in den Trümmern der herabgestürzten Decke lagen. Die beiden Soldaten wechselten sich darin ab, ihr auf die Schultern zu klopfen und hätten sie vor Begeisterung beinahe umgehauen.

»Denk nur, das war erst Ebene Zwei«, sagte Stasiak. »Ich hasse die Vorstellung an das, was in Ebene Drei auf uns wartet.«

Ripper nickte und blickte zu Diana. »Ihr führt besser zuerst eine Erkundung durch und seht nach, ob noch mehr häßliche Überraschungen auf uns warten.«

Diana nickte, schloß die Augen und ließ ihr ESP vorsichtig nach draußen treiben. Beinahe in der gleichen Sekunde runzelte sie heftig die Stirn.

»Was ist?« fragte Stasiak.

»Spuren von Leben«, erwiderte Diana. »Sie sind überall. In der gesamten Basis, rings um uns, doch die größte Konzentration befindet sich auf der Ebene unter uns. Sie wissen, daß wir hier sind.« Plötzlich erhob sie die Stimme. »Sie verstecken sich nicht länger vor uns. Sie wollen angreifen.«

»Wer?« fragte Stasiak und starrte alarmiert um sich. »Wer will uns angreifen?«

Die Wände ringsum brachen auseinander. Dickes Blech zerriß wie Papier. Tentakel und andere Auswüchse schossen in den Korridor und griffen nach nach Diana und den beiden Soldaten. Die Tentakel kamen von überall zugleich, aus der Decke, dem Boden, den Wänden, und es gab keinen Ort, wo die Menschen sich hätten verstecken oder zu dem sie hätten flüchten können.

KAPITEL 8
UNTEN IN DER DUNKELHEIT

»Esper Vertue! Ripper, Stasiak! Könnt Ihr mich hören? Antwortet!« Schwejksam wartete mit in Falten gelegter Stirn, doch in seinem Komm-Implantat blieb alles still. Er starrte in das Treppenhaus hinunter, das zu Ebene Zwei führte, aber dort war nichts als undurchdringliche Dunkelheit. Dunkelheit, Kälte und Stille – und das Wissen, was er würde tun müssen. Es war zwanzig Minuten her, seit Carrion Diana Vertue zum letzten Mal erreicht hatte. Er hatte ihr übermittelt, wie sie mit den Wächtern fertig werden konnte, und sie hatte seine Botschaft bestätigt, doch seither hatte es keinen weiteren Kontakt mehr gegeben. Schwejksam schüttelte langsam den Kopf. Sie konnten nicht tot sein. Sie besaßen Informationen, die er dringend benötigte. Sie durften einfach nicht tot sein. »Odin, könnte das Kommunikationsnetz durch einen Störsender ausgeschaltet worden sein?«

»Das ist ziemlich wahrscheinlich, Kapitän«, antwortete die KI in seinem Ohr. »Ich bin seit geraumer Zeit nicht mehr imstande, mit der Gruppe auf Ebene Zwei in Verbindung zu treten. Irgend etwas in Basis Dreizehn stört jede Art von Kommunikation. Ich benötige viel zuviel Energie, um die Audioverbindung zu Euch aufrechtzuerhalten. Allerdings erklärt das noch nicht, wieso der Gesetzlose Carrion nicht psionisch mit Esper Vertue Verbindung aufnehmen kann.«

»Wir müssen runter und sie suchen«, sagte Frost und

leuchtete mit ihrem Scheinwerfer in die Finsternis des Treppenhauses. Geheimnisvolle Schatten tanzten über Treppen und Wände, doch sie enthüllten nichts. »Wenn den anderen etwas zugestoßen ist, dann müssen wir es herausfinden.«

»Was auch immer es gewesen sein mag, es ist inzwischen vorbei«, warf Carrion ein. »Es nutzt überhaupt niemandem, wenn wir uns blind in die Dunkelheit stürzen. Laßt uns einen Augenblick abwarten und nachdenken. Bisher haben wir eine wachsende Zahl von Fragen und nur wenige gute Antworten. Zum Beispiel: Wenn Kommandant Sternblut sechs Wächter zur Verfügung hatte – warum hat er sie nicht gegen die eindringenden Fremden eingesetzt?«

»Weil ihm höchstwahrscheinlich dazu nicht genügend Zeit geblieben ist«, antwortete Frost. »Nach seinen Logbucheintragen zu urteilen war es bereits zu spät, als er endlich herausgefunden hatte, was vor sich ging. Es ist genaugenommen sogar möglich, daß die Wächter bereits mit fremdem Gewebe verseucht waren, bevor sie in Basis Dreizehn abgeliefert werden konnten.«

»Meiner Meinung nach«, sagte Carrion und lehnte sich elegant auf seinen Stab, »sind die Fremden nicht nur mächtig und weit fortgeschritten, sie sind auch heimtückisch und schnell. Was bedeutet, daß wir ganz schön dumm wären, wenn wir uns in eine unbekannte Situation vorwagen, ohne zuerst darüber nachzudenken. Und je länger ich über diese Sache nachdenke, desto mehr sieht das alles nach einer Falle aus, in der Esper Vertue und die beiden Infanteristen den Köder spielen.«

»Ihr habt wahrscheinlich recht«, gestand Schwejksam. »Doch das macht keinen Unterschied. Das sind meine Leute dort unten, und ich werde nicht ihr Leben aufs Spiel setzen, indem ich zaudere. Ihr geht voraus, Investigator; Carrion und ich folgen direkt hinter Euch.«

Frost grinste flüchtig, ein plötzliches Aufblitzen weißer Zähne, und setzte sich die Metalltreppe hinunter in Bewegung, in einer Hand den Scheinwerfer, in der anderen den Disruptor. Carrion bedachte Schwejksam mit einem langen, nachdenklichen Blick, dann folgte er Frost nach unten in die

Finsternis. Schwejksam bildete die Nachhut. Die Treppe war schmal und beengt, und das Licht des Scheinwerfers reichte nicht weit. Sie bewegten sich in einem kleinen Lichtkreis. Bedrohliche Schatten tanzten über die Wände ringsum, so nah, daß man sie beinahe berühren konnte. Der kleine Trupp hatte kaum den Treppenabsatz auf halber Höhe erreicht, als Frost plötzlich anhielt. Carrion und Schwejksam blieben stolpernd hinter ihr stehen.

Frost stand still, den Kopf zur Seite gelegt, und lauschte.

»Was gibt's, Investigator?« flüsterte Schwejksam.

»Ich bin nicht sicher, Kapitän«, antwortete Frost. »Ich habe etwas gehört. Ganz in der Nähe . . .«

Sie brach unvermittelt ab und richtete den Scheinwerfer auf ihre Füße. Ein gut dreißig Zentimeter langes Insekt mit breitem Rückenpanzer und Hunderten von Beinen legte sich beinahe gemächlich um ihren linken Knöchel. Dutzende weiterer Kreaturen wimmelten auf den Treppenstufen nach unten. Andere kletterten anscheinend mühelos über die glatten Wände.

Frost steckte ihren Disruptor weg und zog das Schwert. Sie bewegte sich langsam und vorsichtig. Die Kreatur an ihrem Knöchel besaß weder Augen noch Mund. Frost setzte die Spitze der Klinge gegen das, was sie für den Kopf hielt, und führte einen Schnitt über den Rücken aus. Der Körper der Kreatur zuckte und klammerte sich schmerzhaft fest um Frosts Knöchel. Sie gab Carrion den Scheinwerfer, bückte sich und nahm das Insekt von ihrem Bein. Es wehrte sich mit überraschender Kraft, selbst mit abgetrenntem Kopf, und Frost mußte sich gehörig anstrengen, um es zu entfernen. Schließlich riß es ab – und versuchte augenblicklich, sich um Frosts Arm zu wickeln. Sie schleuderte es in die Dunkelheit davon. Auf der Treppe unter ihr wimmelten Hunderte seiner Artgenossen. Sie kletterten und huschten wild übereinander vor Begierde, zu ihrer Beute zu gelangen.

Carrion warf die Lampe ein Stück weit in die Luft und hielt sie dort mit seinem ESP fest.

Licht verteilte sich über die Szene, und Carrion hatte die Hände frei. Schwejksam zielte mit dem Disruptor auf die

Stelle, wo sich die größte Ansammlung von Insekten befand. »Das würde ich nicht tun, Kapitän«, sagte der Gesetzlose leise. »Ihr würdet der Treppe mehr Schaden zufügen als diesen Biestern.«

Schwejksam nickte steif und steckte die Waffe weg. Er hätte selbst auf etwas derart Offensichtliches kommen müssen. Schwejksam zog sein Schwert und trat vorsichtig neben Investigator Frost. Gemeinsam hackten und stießen sie nach den Insekten und verschafften sich so ein wenig freien Raum. Insektenteile flogen durch die Luft, zappelnde Beine, zerfetzte Rückenpanzer, doch die Kreaturen wollten einfach nicht sterben. Sie drängten blindlings die Treppe hoch in dem Versuch, sich um einen Arm oder ein Bein zu wickeln, immer auf der Suche nach der Kehle, als wüßten sie auf geheimnisvolle Weise, daß das die verwundbarste Stelle der Menschen war. Sie kletterten an den Wänden empor und warfen sich von oben auf ihre Opfer, doch Carrion schirmte die Angreifer mit seinem ESP ab, zerbrach sie wie Nußschalen oder zerquetschte sie mit der Kraft seiner Gedanken an den Wänden. Trotzdem drängten die Kreaturen unablässig weiter vor. Ihre Zahl schienen nicht enden zu wollen.

Schließlich trat Carrion einen Schritt zurück und hielt die Energielanze waagerecht über den Kopf. PSI-Ströme knisterten an beiden Enden der Lanze und schossen auf das Gewimmel der Kreaturen herab. Wo die mentale Energie einschlug, zerplatzten die Insekten zu kleinen Feuerbällen. Energie tanzte durch das Treppenhaus, zu hell, um mit bloßem Auge hinzusehen, und versengte die fremden Kreaturen, ohne Schwejksam oder Frost Schaden zuzufügen.

Schließlich wichen die Insekten zurück. In verzweifelter Hast rannten sie die Treppe hinunter und warfen sich in die soliden Metallwände, die sie verschluckten, als wäre der glänzende Stahl nichts weiter als eine Wand aus Nebel.

Innerhalb von Sekunden war das Treppenhaus leer und das Gerassel der Insektenpanzer nur noch ein verklingendes Echo in weiter Ferne. Nur die Kadaver blieben zurück und erinnerten daran, daß ein Angriff stattgefunden hatte. Frost streckte die Hand aus und strich über die nächste Wand, doch sie war wie Stahl und gab unter ihrer Berührung keinen Millimeter nach.

»Interessant«, sagte Carrion. Frost nickte.

»Ist das alles, was Euch dazu einfällt?« erkundigte sich Schwejksam.

»Im Augenblick ja«, entgegnete Carrion. »Die Situation scheint komplizierter zu sein, als wir ursprünglich dachten. Bevor Ihr fragt, Kapitän: Nein, ich kann es nicht erklären. Ich kann nur die Vermutung anstellen, daß die Wände genauso von fremdem Gewebe verseucht sind wie die Wächter. Und das bedeutet, daß die Fremden im buchstäblichen Sinn die Basis übernommen haben.«

»Diese ... Kreaturen«, begann Schwejksam. »Könnte es sein, daß sie die Fremden aus dem abgestürzten Schiff sind? Vielleicht bilden sie eine Art Kollektivbewußtsein?«

Frost zuckte die Schultern. »Möglich, aber nicht sehr wahrscheinlich. Wenn man die Größe des fremden Raumschiffs bedenkt, dann würde ich sagen, der Maßstab paßt einfach nicht. Ich schätze eher, die Insekten sind Werkzeuge der Fremden. Wir sind dem wirklichen Feind bisher noch nicht begegnet.«

»Ein beruhigender Gedanke«, sagte Carrion.

»Wir wollen weitergehen«, entschied Schwejksam. »Wir sind noch nicht einmal bis Ebene Zwei gekommen. Carrion, das war gute Arbeit mit Eurer Lanze. Haltet Euch bereit, wir könnten Eure Hilfe erneut brauchen.«

»Selbstverständlich, Kapitän. Es ist immer ein gutes Gefühl, gebraucht zu werden.«

»Ich könnte eine Granate nach unten werfen«, schlug Frost vor. »Falls die Fremden unten eine weitere Überraschung für uns bereithalten, könnte so eine Splittergranate ihnen einen ziemlich miesen Tag bescheren.«

»Netter Gedanke, Investigator. Aber nein. Esper Vertue und meine beiden Infanteristen befinden sich noch irgendwo dort unten. Ihr geht voraus, Investigator.«

Die Schritte der drei Menschen echoten hohl auf den Metallstufen, als sie ihren Weg die Treppe hinab fortsetzten. Der Scheinwerfer schwebte ständig über ihren Köpfen.

Schwejksam hielt aufmerksam die Treppe und die Wände im Auge, doch von den geflohenen Insekten fand sich keine Spur. Statt dessen sonderten die Wände nun einen dicken, viskosen Schleim ab, der allmählich die Stufen bedeckte und einen schlüpfrigen Untergrund bildete. Sie verlangsamten ihren Vorstoß und nahmen nur noch eine Stufe auf einmal. Dicke Tropfen fielen von der Decke herab und landeten mit unvermuteter Wucht auf Köpfen und Schultern. Der merkwürdige, unangenehme Regen wurde stärker, je näher der Trupp dem Fuß der Treppe kam. Frost versuchte, das Zeug aus ihrem Gesicht zu wischen, und stellte fest, daß es nicht ging. Der Schleim klebte auf ihrer Stirn und floß plötzlich über ihre Augen auf Nase und Mund zu.

Sie blieben stehen. Eine große Welle von Schleim floß die letzten Stufen hinauf und schloß ihre Füße mit unnachgiebigem Griff ein. Weiterer Schleim regnete von der Decke herab und hüllte Köpfe und Gesichter ein. Frost kratzte an dem Material, doch es rann zwischen ihren Fingern hindurch und bot keinerlei Widerstand. Sie preßte den Mund fest zusammen und kniff die Nase zu, um zu verhindern, daß das Zeug in ihren Körper eindrang. Auf ihren geschlossenen Augen und in ihren Ohren herrschte bereits zunehmender Druck.

Schwejksam versuchte mit seinem Schwert, den Schleim von den Füßen zu kratzen, aber das Zeug teilte sich um die Klinge herum und vereinte sich auf der Rückseite gleich wieder, ohne auch nur eine Sekunde den Griff zu lockern. Wie eine langsam steigende Flut kletterte der Schleim an Schwejksams Beinen hoch.

Plötzlich wurde der Schleim abgerissen, wich von Schwejksams Gesicht und Füßen zurück, genau wie von Frost und Carrion, verschaffte ihnen Zeit zum Atmen, und wurde von einer fast physisch spürbaren Präsenz an die Wand gedrängt, während der weiter von der Decke regnende Schleim zur Seite gelenkt wurde. Schwejksam blickte zu Carrion, die Stirn in Falten gelegt hatte, als dächte er über ein interessantes Problem nach.

»Gut gemacht, Carrion«, lobte Schwejksam. »Ihr habt

Eure Kontrolle bedeutend verbessert, seit wir uns das letzte Mal begegnet sind.«

»Ich hatte unendlich viel Zeit zum Üben«, antwortete Carrion. Ein Weg öffnete sich wie von Geisterhand vor ihnen. Der Schleim teilte sich und wurde an die Wände gedrückt.

»Wir sollten uns besser beeilen, Kapitän. Ich kann dieses Zeug nicht lange aufhalten. Es ist zu diffus. Außerdem steigt der Druck kontinuierlich an.« Frost und Schwejksam rannten die Treppe hinunter, so schnell es ging. Carrion folgte ihnen auf den Fersen. Dicker Schleim troff von Decke und Wänden, doch er drang nicht bis zu den Menschen vor. Plötzlich bildete sich eine mächtige Woge vor ihnen und drohte sie unter sich zu begraben, aber Carrions psionischer Wille brach die Welle und warf sie zu den Seiten. Endlich waren sie am Fuß der Treppe angekommen. Rasch eilten sie in einen Korridor und ließen den Schleim hinter sich zurück. Frost zog eine Granate aus ihrer Bandoliere und machte sie scharf.

»Brandgranate«, erklärte sie Carrion steif. »Versucht, sie so weit wie möglich die Treppe hinauf zu transportieren, bevor sie explodiert.«

Carrion nickte zustimmend. Die Granate sprang aus Frosts Hand und flog in die Dunkelheit des Treppenhauses hinauf. Eine heiße, helle Explosion erfolgte. Purpurne Flammen schossen aus dem Treppenhaus in den Korridor, doch weder sie noch die gewaltige Hitze drangen durch Carrions mentalen Schutzschild. Feuer toste durch das Treppenhaus und verzehrte gierig den Schleim. Die Flammen beleuchteten die schaurige Szene taghell. Stück für Stück erstarben die Flammen wieder, nachdem kein Schleim mehr vorhanden war, bis sie schließlich ganz erloschen waren und wieder Stille und Finsternis Einzug hielten. Ein rauchiger, bitterer Gestank erfüllte die Luft, doch vorerst rannte nichts Lebendiges mehr die Treppe hinab, und kein Schleim troff mehr von den Wänden.

Die drei Menschen blickten sich im Korridor um und nahmen die fremdartigen Geschwülste in sich auf, die aus der Decke und den Metallwänden wuchsen. Zahlreiche dicke, spinnwebartige Fäden an der Decke baumelten langsam hin und her, als wäre eben erst jemand hier vorübergekommen. Silberne Leitungen leuchteten an den Wänden wie lebendige Schaltmuster. In der Luft lag ein schwerer, süßlicher Geruch von Verwesung, der von Minute zu Minute stärker wurde.

»Zuerst Insekten, die einfach nicht sterben wollen und in festen Wänden verschwinden, dann lebendiger, mordlüsterner Schleim, und jetzt das hier«, sagte Frost. »Was auch immer sich hier unten versteckt, es will partout nicht von uns gefunden werden.«

»Esper Vertue! Stasiak! Ripper!« Schwejksams Stimme hallte durch die Stille. Ein schwaches Echo kam zurück, doch keine Antwort. »Stasiak! Ripper, wo seid Ihr? Diana? Könnte Ihr mich hören?«

Sie warteten. Das Echo erstarb, und nichts folgte ihm. Die Schatten waren reglos, finster und tief genug, daß sich alles und jeder darin verbergen konnte.

»Verteilt Euch und durchsucht diese Ebene«, befahl Schwejksam. »Ich will sie finden. Haltet ständigen Kontakt. Und paßt auf Euch auf. Irgend jemand hier unten mag uns überhaupt nicht.«

Sie teilten sich und begannen die Trümmer und die verwaisten Räume und Gänge zu durchsuchen. Die fortgesetzte unnatürliche Stille wirkte merkwürdig bedrohlich, insbesondere nach den langwierigen Kämpfen, die ihr vorausgegangen waren. Eine dunkle Vorahnung hing in der Luft. Das deutliche Gefühl, daß jeden Augenblick irgend etwas geschehen würde, zerrte an den Nerven der drei Eindringlinge. Sie entdeckten ein großes Loch in einer Wand, wahrscheinlich von einer Granate oder einem Wächter, und verschiedene kleine Einschußlöcher, die nur von Disruptorfeuer herrühren konnten, doch nirgendwo fanden sie eine Spur von Esper Vertue oder den beiden Soldaten ... oder von dem, was sie angegriffen hatte.

Schließlich kehrten sie zum Fuß der Treppe zurück und wechselten ratlose Blicke, zuckten die Schultern und schüttelten die Köpfe.

»Anscheinend haben die Wächter sie tiefer in die Basis verschleppt« sagte Frost nach einer Weile. »Vielleicht wurden sie auf Entführung und Gefangennahme umprogrammiert, anstatt aufs Töten.«

»Aber Carrion hat Diana verraten, wie sie mit den Wächtern fertigwerden konnte«, warf Schwejksam ein. »Die Wächter hätten für jemanden mit Vertues Fähigkeiten leichte Ziele sein müssen.«

»Irgend etwas ist schiefgelaufen«, sagte Carrion.

Schwejksam nickte zögernd. »Findet sie, Carrion. Setzt Euer ESP ein.«

Der Gesetzlose nickte und legte die Stirn in konzentrierte Falten. Frost sah zu Schwejksam. »Ich dachte, er ist ein Poltergeist?« fragte sie leise. »Poltergeister sind normalerweise nicht gleichzeitig Telepathen, oder irre ich mich?«

»An Carrion ist nichts normal«, erwiderte Schwejksam, ohne die Stimme zu senken. »Dafür haben die Ashrai Sorge getragen.«

Carrion öffnete die Augen und atmete tief durch. Er schüttelte den Kopf, als müsse er sich erst wieder orientieren. »Ich kann die Soldaten nirgendwo entdecken«, berichtete er. »Esper Vertue versteckt sich in einem Kleiderspind ein Stück weit den Korridor hinunter. Sie schirmt sich ab, doch ich kann ihre Gegenwart spüren, weil ich weiß, wonach ich zu suchen habe.«

»Warum versteckt sie sich?« fragte Schwejksam.

»Das weiß ich nicht, Kapitän. Es fühlt sich an, als wäre etwas Schreckliches mit ihr geschehen. Etwas *wirklich* Schreckliches.«

Carrion führte die anderen durch einen Seitengang. Frost und Schwejksam folgten dichtauf mit schußbereiten Disruptoren. Der Scheinwerfer schwebte über ihren Köpfen und erzeugte finstere, bedrohliche Schatten auf den ungleichmäßigen Wänden. Vor einer Reihe von Spinden blieb Carrion stehen. Er betrachtete die Schränke nachdenklich. Schwejksam folgte seinem Tun ungläubig. Die Schränke waren kaum einen halben Fuß breit und keine sechs Fuß hoch, nicht einmal groß genug für einen Kindersarg. Was hatte Vertue derart verängstigt, daß sie sich in so einem engen Schrank versteckt hielt?

Carrion probierte die Tür eines der Spinde. Sie war abgeschlossen. Er konzentrierte sein ESP. Das Schloß zersprang und die Tür flog auf. Im Innern des Schranks fanden sie Diana Vertue. Die Esperfrau hatte sich halb zusammengekauert, die Arme eng um den Leib geschlungen, die Augen fest geschlossen. Die Körperhaltung wäre für jeden normalen Menschen nach ein paar Minuten schmerzhaft gewesen. Nach so langer Zeit hätte Diana es vor Schmerzen eigentlich kaum noch aushalten dürfen, doch sie machte keinerlei Anstalten, den Spind zu verlassen. Sie schien nicht einmal zu erkennen, wer dort vor ihr stand. Carrion streckte die Hand aus und berührte sie sanft an der Schulter.

»Sie hat sich ganz tief in sich selbst zurückgezogen«, sagte der Gesetzlose sanft. »Etwas unvorstellbar Schreckliches muß hier geschehen sein, daß sie lieber in einen traumatischen Schockzustand verfiel, als über das Erlebte nachzudenken.«

»Wir müssen wissen, was geschehen ist«, sagte Schwejksam. »Und wo die Soldaten stecken. Bringt es aus ihr heraus, Carrion.«

»Ich kann überhaupt nichts tun, Kapitän. Falls ich versuche, mit Gewalt in ihren Verstand einzudringen, verliert sie ihn vielleicht endgültig.«

»Dann muß ich es selbst tun«, knurrte Schwejksam. Er kniete neben der komatösen Esperfrau nieder und legte ihr überraschend sanft den Arm um die Schulter. »Diana, ich bin Kapitän Schwejksam. Wach auf. Bitte rede mit mir. Du mußt mit mir reden, Diana. Sprich mit deinem Vater.«

Vertue regte sich langsam. Carrion und Frost wechselten einen verblüfften Blick und sahen dann wieder auf Vertue, die langsam die Augen aufschlug. Diana erkannte ihren Vater und warf sich laut schluchzend in seine Arme. Er hielt sie fest umschlungen und wiegte sie sanft hin und her, während er ihr beruhigende Worte in Ohr flüsterte. Irgendwann sah er auf und bemerkte Frosts und Carrions neugierige Blicke. Er zuckte die Schultern.

»Sie nahmen sie mir mit sechs Jahren weg, als sich das erste ESP in ihr zu zeigen begann. Ich hielt Verbindung mit ihr, so gut ich konnte. Sie schloß die Akademie ab und kam auf mein Schiff, wo ich auf sie aufpassen konnte. Ich dachte, sie wäre sicher bei mir.«

Diana gewann schließlich die Kontrolle über sich zurück und hörte auf zu weinen. Sie schniefte noch ein paar letzte Tränen, dann war es gut. Schwejksam ließ sie los und half ihr auf die Beine. Sie streckte sich und zuckte vom Schmerz in den verkrampften Muskeln zusammen.

»Was ist passiert, Diana?« fragte Schwejksam. »Warum hast du dich versteckt? Haben die Wächter Stasiak und Ripper entführt?«

»Ich weiß es nicht«, antwortete Diana mit trübem Blick. »Ich kann mich an nichts erinnern. Die Wächter können es nicht gewesen sein. Wir hatten sie geschlagen. Carrion zeigte mir wie. Es war ganz leicht. Und dann ... irgend etwas ist geschehen, aber ich kann mich nicht daran erinnern.«

»Zwingt Euch nicht dazu«, sagte Carrion. »Es wird Euch schon wieder einfallen.«

»Es gibt nur einen Ort, wohin sie Stasiak und Ripper geschafft haben können«, erklärte Frost. »Nach unten, auf Ebene Drei. Wir müssen hinterher.«

»Ja«, stimmte Schwejksam zu. »Ich schätze, das müssen wir. Geht voraus, Investigator. Diana, du bleibst dicht bei mir.«

Frost warf dem Kapitän einen Seitenblick zu und setzte sich in Bewegung. Diana folgte, und Carrion und Schwejksam bildeten den Schluß.

»Die Esperfrau sollte wirklich nicht mitkommen«, murmelte Carrion. »Was auch immer sie gesehen hat, es hat ihr soviel Angst eingejagt, daß sie in einen Schock fiel und ihren Verstand vollkommen abschaltete. Ihr gegenwärtiger geistiger Zustand ist bestenfalls als labil zu bezeichnen. Wenn sie gezwungen wird, sich erneut mit den Umständen auseinanderzusetzen, die diesen Zusammenbruch verursachten, kann das dazu führen, daß sie nicht wieder zurückfindet. Sie könnte sich so weit in sich selbst zurückziehen, daß selbst der beste Esper sie nicht wieder aufwecken könnte. Allein die Tatsache, daß sie noch immer hier ist, kann sie unter unerträglichen Streß setzen. Schickt sie zur Pinasse zurück, Johan. Wir brauchen sie hier nicht . Ihr habt mich. Mein ESP ist mehr als stark genug, um mit allem fertig zu werden, das wir finden.«

»Ich muß wissen, was sie gesehen hat«, sagte Schwejksam. »Wenn ich sie hier behalte, wird das ihrem Gedächtnis auf die Sprünge helfen.«

»Sie ist Eure Tochter, Johan!«

»Und ich bin der Kapitän der *Dunkelwind*. Ich weiß, was ich zu tun habe.«

»Ja«, entgegnete Carrion. »Das wußtet Ihr immer. Ihr habt Euch nicht ein Stück verändert.«

Er ging schneller, um zu den beiden Frauen aufzuschließen. Schwejksam blickte auf die drei Rücken vor ihm und machte keine Anstalten, sich zu ihnen zu gesellen. Die Treppe, die zu Ebene Drei hinunterführte, sah offen und einladend aus. Keine Insekten, die über die Stufen wimmelten, kein Schleim an Decke oder Wänden. Zwar gab es auch hier die seltsamen Geschwülste und das merkwürdige spinnwebartige Gewebe, das von der Decke baumelte, doch die Treppe selbst schien unberührt. Carrion bedeutete Frost mit einer Handbewegung vorauszugehen, und sie setzte sich vorsichtig die Treppe hinunter in Bewegung, Schritt um Schritt, den schußbereiten Disruptor in der Hand. Carrion folgte ihr mit Diana an seiner Seite. Die Hände der jungen Frau zitterten unübersehbar, aber ihr Rücken war gerade und der Kopf hoch erhoben. Schwejksam bildete den Schluß. Er wäre gern stolz auf seine mutige Tochter gewesen, doch er konnte sich nicht erlauben, auf diese Art von ihr zu denken. Sie war sein Schiffsesper, und das stand an erster Stelle.

Die Temperatur stieg merklich an, je weiter sie nach unten in die Dunkelheit vordrangen. Die bittere Kälte wurde von einer schwülen, beinahe erstickenden Hitze abgelöst. Sie schalteten die Heizelemente in ihren Anzügen ab und eilten

414

weiter. Es war ungemütlich heiß. Die Lampe schwebte, gesteuert von Carrions ESP, noch immer über ihnen, doch das Licht reichte nicht weit. Sie hatten erfolglos nach Dianas Scheinwerfer gesucht. Er blieb verschwunden. Die junge Frau konnte nicht erklären, was mit ihm geschehen war. Sie redete nicht viel, aber sie tat, was man ihr befahl. Sie war ein Esper, und Esper gehorchten Befehlen.

Ohne Zwischenfall erreichten die vier Menschen den Fuß der Treppe und legten eine kurze Pause ein, um Atem zu schöpfen. Die Hitze war überwältigend. Dicke Schweißperlen standen auf jedermanns Stirn. Ringsum waren die Wände aufgerissen und von Löchern übersät, aus denen regelmäßig geformte Geschwülste wuchsen. Ihre Form und Anordnung deutete auf einen Sinn hin, der sich allerdings dem menschlichen Verstand entzog. Stalaktiten aus verdrilltem Metall hingen von der Decke herab. Feuchtigkeit sammelte sich darauf und tropfte in Pfützen, die sich auf dem unregelmäßigen Boden gebildet hatten. Die Luft war schwer vom Geruch verrottender Blumen.

»Was zur Hölle hat das zu bedeuten?« fragte Schwejksam. Er streckte die Hand nach dem nächsten Metallstalaktiten aus und zuckte bei der Berührung zurück. Das Metall war schmerzhaft heiß. Die Feuchtigkeit darauf kochte fast.

»Hier sieht es anders aus als auf Ebene Zwei«, sagte Frost. »Oben waren die Geschwüre irgendwie wilder, als wären sie außer Kontrolle. Hier scheint mehr Absicht dahinter zu stecken. Es wirkt mehr wie geplant. Wir haben die gleiche Mischung aus lebendigem und totem Material, doch die Mischung wirkt durchdachter.«

»Woher kommt all das verdammte Zeug?« fragte Carrion mit gerunzelter Stirn. »Die Fremden haben sicher etwas von ihrem Schiff mitgebracht, aber sie hatten unmöglich genug Zeit, um derartige Veränderungen an der Konstruktion der Basis durchzuführen. Außerdem sieht es überhaupt nicht danach aus, als hätte hier jemand gearbeitet. Es sieht eher aus, als wäre das alles gewachsen.«

»Ganz genau wie das Schiff der Fremden«, stimmte ihm Frost zu. »Was auch immer dieses Zeug sein mag, es lebt nicht parasitär. Es besitzt einen ganz bestimmten Zweck, eine Funktion, die wir nicht erkennen. Symbiose. Unterschiedliche Systeme arbeiten zusammen, um ein gemeinsames Ziel zu erreichen. Wahrscheinlich handelt es sich um eine vollständige Ökologie, die die ursprüngliche übernommen und ihren Bedürfnissen entsprechend umgestaltet hat. Die Technologie der Fremden muß der unsrigen um Jahrhunderte voraus sein, sonst hätten sie bestimmt nicht so viel in so kurzer Zeit erreicht. Wir müssen zur Pinasse zurückkehren, Kapitän. Das Imperium muß gewarnt werden. Was auch immer sich hier festgesetzt hat, muß zerstört werden. Radikal, bis zum letzten Stück. Falls es Gelegenheit erhält, sich auszubreiten . . .«

Schwejksam nickte. »Odin, kannst du uns noch immer empfangen?«

»Im Augenblick schon, Kapitän«, erwiderte die KI. Ihre Stimme drang deutlich zu ihnen durch, wenn auch schwach. »Die Audioverbindung scheint stabil. Ich erhalte noch immer kein visuelles Signal. Von den Marineinfanteristen fehlt bisher jedes Lebenszeichen. Irgend etwas muß passiert sein, entweder mit den Soldaten oder mit ihren Komm-Implantaten. Ich führe ein vollständiges Log über den Einsatz. Sollte ich den Kontakt zu Euch ebenfalls verlieren, werde ich ein allgemeines Notrufsignal absenden und diesen Planeten unter Quarantäne stellen.«

»Danke sehr«, sagte Schwejksam trocken. »Nächstes Mal kannst du vielleicht abwarten, bis ich dir den Befehl dazu erteile. Noch habe ich hier das Kommando.«

»Selbstverständlich, Kapitän. Allerdings benötige ich weitere Daten über die strukturellen Veränderungen an der Basis, um mein Logbuch zu vervollständigen. Dazu ist es unbedingt erforderlich, daß Ihr tiefer in die Station vordringt.«

»Wenn das hier vorüber ist, Odin«, sagte Schwejksam, »dann werden du und ich uns intensiv darüber unterhalten müssen, wer hier der Kapitän ist, und es wird dir nicht gefallen, das garantiere ich dir.« Er blickte die anderen an und gab sich Mühe, gelassen zu wirken. »Unglücklicher-

416

weise hat die KI recht. Wir benötigen weitere Informationen, und die erhalten wir nur, wenn wir weiter vorstoßen.«

Schwejksam hielt inne und musterte Diana, die am ganzen Leib heftig zitterte. Sämtliche Farbe war aus ihrem Gesicht gewichen. Ihre Augen waren weit aufgerissen. Sie bemerkte, daß sie beobachtet wurde, und machte einen Versuch, sich zusammenzureißen. Sie schlang die Arme um den Leib und lächelte tapfer, wenn auch unsicher.

»Mir fehlt nichts, Kapitän. Wirklich nicht. Ich habe versucht, das Gebiet vor uns abzutasten, aber irgend etwas hier unten hindert mich daran. Ich kann nicht einmal sagen, ob absichtlich oder nicht. Ich kann weder Stasiak noch Ripper entdecken, doch ringsum gibt es ganz eindeutige Anzeichen von Leben. Die ganze Ebene fühlt sich an wie ein Dschungel, ohne daß ich irgend etwas identifizieren könnte. Sicher ist nur eins: Wir sind nicht allein hier unten. Wir werden beobachtet.«

»Könnt Ihr ein wenig deutlicher werden?« fragte Schwejksam mit kühler, beruhigender Stimme. Er wollte seine Tochter nicht noch mehr aus der Fassung bringen.

Diana biß sich auf die Unterlippe und schüttelte den Kopf. »Irgend etwas lauert hier unten, Kapitän. Ich weiß nicht, was es ist oder wo es sich befindet. Aber es weiß, daß wir hier sind.«

Sie hielt plötzlich inne, als hätte sie noch etwas hinzufügen wollen und sich die Sache dann anders überlegt. Schwejksam wartete einen Augenblick, bis klar wurde, daß Diana Vertue alles gesagt hatte, was sie sagen wollte. Sie wirkte noch immer verängstigt, doch sie hatte sich wieder unter Kontrolle. Für den Augenblick jedenfalls.

»In Ordnung«, sagte Schwejksam schließlich steif. »Wir gehen rein. Wenn sich etwas bewegt, tötet es. Wir haben keine Freunde hier unten.«

»Und was ist mit den Soldaten?« fragte Carrion.

»Mit großer Wahrscheinlichkeit sind sie tot«, antwortete Schwejksam tonlos. »Ansonsten hätten Diana oder die KI sie orten können. Wir werden unterwegs nach ihnen Ausschau halten, aber sie sind nicht unser wichtigstes Ziel. An erster

Stelle kommen die Fremden. Alles andere hat dahinter zurückzustehen.«

»Selbstverständlich«, erwiderte Carrion. »Menschen kommen immer erst an zweiter Stelle, soweit es das Imperium betrifft. Falls im Zweifel, schieße zuerst und stelle dann die Fragen. Wenn überhaupt.«

Frost zuckte leichthin die Schultern. »Wir halten uns an das, was sich bewährt hat. Und jetzt wollen wir uns in Bewegung setzen. Es gefällt mir nicht, so lange untätig hier herumzustehen. Es macht uns zu leichten Zielen.«

Sie wandte sich ab und betrat den Korridor. Vorsichtig ging sie über den unebenen Boden voraus, und die anderen folgten ihr. Die Hitze wurde ständig drückender, je weiter sie kamen. Wasser kondensierte an Decke und Wänden und tropfte auf die kleine Gruppe herab. Komplexe rätselhafte organische Geschwülste blühten auf dem Metall der Wände. Große fleischige Stengel entrollten sich aus knöchernen, metallgespickten Auswüchsen, und mächtige lebendige Konstruktionen bewegten sich wie Uhrwerke auf unbekannte Ziele zu. Einige Formen schienen einem bestimmten Zweck zu dienen, doch sie entzogen sich wie alles andere bisher auch jeglichem menschlichen Verständnis.

An einer Stelle wurde der Weg durch den Korridor von einem gewaltigen grauen Netz versperrt. Der kleine Trupp mußte kurz anhalten und sich den Weg mit den Schwertern freihacken. Es war eine langwierige, anstrengende Arbeit. Die Stränge gaben nur zögernd unter den Hieben nach. Schwejksam hatte hin und wieder den Eindruck, in der Dunkelheit hinter dem Netz Lichter aufblitzen zu sehen, doch die anderen verloren kein Wort darüber, und so schwieg auch er, bis er sich seiner Sache sicher war.

Plötzlich verzog Esper Vertue das Gesicht und hielt inne. Sie starrte regungslos auf eine neue Form von Geschwulst an der Wand.

»Sie beginnt sich zu erinnern«, murmelte Carrion zu Schwejksam. »Ich werde sie im Auge behalten.«

Dann hatten sie das Netz durchbrochen und gingen weiter. Sie umrundeten eine Biegung, und Diana blieb wie angewurzelt stehen und schrie laut auf. Carrion und Frost traten rasch vor und stellten sich zwischen Diana und das, worauf sie starrte. Diana schluckte den zweiten Schrei herunter, doch sie zitterte so heftig, daß sie sich kaum auf den Beinen halten konnte. Schwejksam trat zu ihr und mußte gegen den drängenden Impuls ankämpfen, den Blick von dem abzuwenden. Vor sich sah er, was aus dem verschwundenen Personal von Basis Dreizehn geworden war.

An der Wand hingen menschliche Körper und Organe, durchsetzt mit Geschwülsten aus fremdem Gewebe und metallischen Mechanismen. Leichen waren auseinandergerissen worden und in merkwürdigen Mustern wieder zusammengesetzt. Technologie der Fremden, durchsetzt von blutdurchströmten Muskeln, Nerven und Drähten, die sich um vertraute Knochen schlangen. Jedes einzelne Organ, jedes Stück Gewebe war eindeutig noch lebendig und funktionierte als Teil eines fremdartigen, monströsen Ganzen. Stasiaks Gesicht starrte blind aus einem sich wiegenden Spinnennetz silberner Fäden. Das Gesicht besaß keine Augen mehr, doch um den schlaffen Mund herum zuckte regelmäßig ein Muskel.

»Es ist lebendig«, sagte Carrion leise. »Ich kann es in meinem Verstand spüren. Es sollte nicht lebendig sein, aber es lebt.«

»Ganz genau wie das fremde Schiff«, sagte Frost. »Lebendes Material und Technologie verschmolzen zu einem Kyborg. Ein biomechanisches Geschöpf, das mehr ist als die Summe seiner Teile. Das hier ist ein funktionierendes Konstrukt, Kapitän. Es besitzt einen Zweck, einen Grund für seine Existenz.«

Schwejksam sah zu Diana. Ihr Mund hing schlaff herab, ihre Augen waren blicklos. Er drehte sich wieder zu der lebenden Wand um. »Zumindest wissen wir nun, was mit den Soldaten geschehen ist«, sagte er leise. »Sie sind anscheinend gefangengenommen und ... vor Dianas Augen geschlachtet und zerlegt worden. Kein Wunder, daß sie die Erinnerung daran verloren hat.« Schwejksam sah seine Tochter erneut an und blickte dann weg. Ihre leeren Augen sprachen ihn schuldiger, als jeder bewußte Blick es hätte tun können. »Warum nur haben sie Diana nicht ebenfalls genommen?«

»Esper besitzen einzigartige Verteidigungsmechanismen«, antwortete Carrion kalt. »In großer Gefahr sind sie imstande, ihr ESP dazu zu benutzen, sich psionisch unsichtbar zu machen. Niemand kann sie sehen oder hören. Man kann direkt in einen Esper hineinrennen und würde es nicht bemerken. Anscheinend funktioniert dieser Trick auch bei Aliens. Ihr könnt Diana deswegen befragen, sobald sie wieder aufwacht. *Falls* sie wieder aufwacht.«

»Wenn sie nicht mit uns mithalten kann, müssen wir sie zurücklassen«, erklärte Frost. »Ich weiß«, erwiderte Schwejksam. »Ich weiß.«

Sie gingen an der Wand entlang und nahmen Einzelheiten in sich auf. Carrion führte Diana an der Hand. Sie ging mit vollkommen leerem Gesicht neben ihm her. Der Scheinwerfer schwebte noch immer über ihnen. Sein gnadenloses Licht enthüllte jedes Detail der lebenden Oberfläche. Vertraute Körperteile und Organe waren nahtlos in die Technologie der Fremden eingegliedert worden. Ein halbes Gehirn saß naß und glänzend in einem Rahmen aus silbernen Fäden. Direkt daneben befand sich eine blutleere Hand, deren Finger sich unablässig öffneten und schlossen, öffneten und schlossen. Ein einzelner Augapfel starrte blicklos zwischen beschlagenen Kupferröhren hervor.

Eine endlose Reihe von Gedärmen wand sich zwischen goldenen und silbernen Drähten. Frost betrachtete das alles mit kalter Faszination. Schwejksam konnte ebenfalls nicht wegsehen. Carrion kümmerte sich hauptsächlich um Diana, die ihm willenlos folgte.

Sie fanden weitere gleichartige Wände. Je tiefer die kleine Gruppe in Ebene Drei vorstieß, desto bizarrer und unverständlicher wurde die Mischung aus lebendigem Gewebe und fremder Technologie. Einhundertsiebenundzwanzig Männer und Frauen hatten in Basis Dreizehn gelebt und gearbeitet, bevor die Fremden gekommen waren, und nicht ein einziger Körperteil von ihnen war ausgelassen worden.

»Warum?« fragte Frost schließlich. »Welcher Sinn steckt hinter alldem? Was wollen sie damit erreichen? Wenn die Fremden zu derart ... gründlicher Arbeit fähig sind, warum haben sie dann nicht die Ressourcen der Basis eingesetzt, um ihr Schiff zu reparieren?«

»Vielleicht waren die Schäden am Schiff zu groß« vermutete Carrion. »Oder vielleicht ist diese ... diese Konstruktion der eigentliche Grund, aus dem die Fremden herkamen. Wir benötigen weitere Informationen und einen Kontext, um das alles zu verstehen. Im Augenblick tun wir nichts weiter als Raten.«

»Wir müssen die Fremden finden«, entschied Schwejksam. »Sie dürfen nicht ungestraft für das davonkommen.«

»Kapitän«, flüsterte Odin in Schwejksam Komm-Implantat. »Ich habe den Speicherkristall aus dem abgestürzten Raumschiff untersucht, und ich habe es geschafft, die Informationen darin zu entschlüsseln. Ich habe sie in so leicht verständlicher Form wie möglich zusammengestellt. Ich empfehle dringend, daß Ihr meinen Bericht sofort durchgeht, bevor Ihr weitermacht.«

»In Ordnung«, beschloß Schwejksam. »Zuerst spielst du mir den Bericht vor, während Carrion und Frost Wache stehen. Dann wiederholst du ihn für die beiden. Halte dich bereit, die Übertragung jederzeit abzubrechen, sollte es erforderlich werden.«

»Selbstverständlich, Kapitän. Einen Augenblick bitte.«

Schwejksams Sicht trübte sich und wurde unvermittelt von exotischen Eindrücken ersetzt, als die KI den Inhalt des Speicherkristalls direkt in sein Gehirn übertrug.

Mächtige Türme, von Schnüren aus Glas und Perlen bedeckt, stehen unter einem quecksilbernen Himmel. Silberne Wolken ziehen sich langsam vor einer Sonne zusammen, die viel zu hell ist, um sie direkt anzusehen. Die Türme stehen ganz allein auf einer endlosen Ebene. Dunkle Einbuchtungen an den Seiten stellen vielleicht Eingänge dar. Irgend etwas Lebendiges bewegt sich um die Basis der

Türme, die sich wie Blütenstengel der Sonne entgegen-recken. Die Bilder sind verschwommen wie durch einen Dunstschleier hindurch.

Eine Reihe ähnlicher Bilder kommt und geht. Die Details wechseln, doch die Szene bleibt die gleiche. Die Türme werden älter. Sie stürzen nicht ein. Die Schnüre werden brüchig unter dem Ansturm der Zeit. Weitere Türme wachsen neben den alten in den Himmel, bedecken die gesamte Ebene. In und vor den Einbuchtungen an der Basis der Türme bewegen sich undeutliche Gestalten. Sie halten niemals still, sind immer verschwommen. Es ist wie eine Zeitrafferaufnahme, die den Eindruck von Leben erwecken soll.

Irgend etwas spricht ohne Worte. Informationen werden weitergereicht, schwer vor Bedeutung.

Überall stehen Türme. Sie sind durch Brücken aus organi-schem Gewebe miteinander verbunden. Überall ist Leben. Es gibt keinen Raum. Die Zeit vergeht. Ein Krieg findet unter den Türmen statt. Feuer rasen, tosende Energieaus-brüche finden statt. Überall sind Tote. Überall ist Leben.

Eine Reihe von Konstruktionen, groß und aus Metall, alle unterschiedlich, entsteht auf der Ebene. Die Maschinen erheben sich in den quecksilbrigen Himmel und sind ver-schwunden.

Schwejksam schwankte auf den Beinen, als die Bilder vor seinen Augen verblaßten. Er wäre gestürzt, wenn Frost ihn nicht aufgefangen hätte. Er stützte sich für einen Augenblick auf den Investigator bis die Kraft in seine Beine zurück-gekehrt war, dann bedeutete er ihr mit einem Nicken, daß es wieder ging. Schwejksam wartete ab, bis Odin den beiden anderen die Bilder des Kristalls gezeigt hatte. Schließlich blickten sie sich mit neuem Verständnis an.

»Unglaublich«, sagte Frost. »Eine Spezies, eine ganze Zivilisation, bei der die Grenzen zwischen belebter und toter Welt, zwischen Lebewesen und Dingen, verschwommen und in Vergessenheit geraten sind. Alles dort schien leben-dig, kämpfte um Raum und ums Überleben.«

»Und nirgendwo war noch freier Raum. Alles voll«, fügte Carrion hinzu. »Also bauten oder züchteten sie Raumschiffe und brachen zu neuen Welten auf. Zu neuen Planeten, die sie erobern, verseuchen und nach ihren Vorstellungen formen konnten. Und ganz genau das geschieht hier. Die Basis wurde zu etwas umgeformt, das sie ... von ihrer Heimat kennen.«

»Mehr als das«, sagte Frost. »Basis Dreizehn ist eine Boje, die nach anderen ihrer Art ruft. Wir müssen sie aufhalten, hier am *Abgrund*, solange sie noch auf eine Welt beschränkt sind. Wenn sie sich weiter ausbreiten ... Das Imperium muß gewarnt werden. Die Fremden müssen vernichtet werden.«

»Keine Fremden«, korrigierte Schwejksam. »Nur dieser eine hier. Jedes der Schiffe hatte nur ein einziges der Wesen an Bord. Oder besser, jedes dieser Schiffe ist ein einziges dieser Wesen. Ich habe es gespürt. Unser Besucher hat seine Hülle zurückgelassen, nachdem das Schiff abgestürzt ist, und hat sich in Basis Dreizehn eine neue gebaut. Wir müssen ihn finden und töten. Falls wir das können. Ich bin nicht so sicher, ob er lebendig ist. Jedenfalls nicht so, wie wir das verstehen.«

»Wir dürfen keinerlei Risiko eingehen«, erklärte Frost. »Nicht mit einer Kreatur wie dieser. Unsere gesamte Spezies ist gefährdet. Wir sollten unverzüglich zur *Dunkelwind* zurückkehren und die Station mit Atomwaffen bombardieren, bis nichts mehr außer Staub übrig ist.«

Schwejksam blickte Carrion an, der zögernd nickte. »Wir müssen zuerst den Schutzschildgenerator finden und abschalten.«

»Odin, hörst du mit?« fragte Schwejksam. »Wie weit bist du mit den Reparaturen? Kannst du alles zum Start vorbereiten, bis wir mit dem Schirmgenerator fertig sind?«

»Es tut mir leid, Kapitän«, erwiderte die KI. »Aber ich kann Euch nirgendwo hinbringen. Ihr alle wart fremden Organismen ausgesetzt. Mit hoher Wahrscheinlichkeit seid Ihr verseucht. Ich darf die *Dunkelwind* nicht dem Risiko aussetzen, daß sich die Seuche verbreitet.«

»Odin, dies ist ein direkter Befehl von Kapitän Schwejksam«, sagte Schwejksam. »Halte dich bereit, uns zur *Dunkel-wind* zurückzubringen, wo wir uns in Quarantäne begeben werden ...«

»Es tut mir leid, Kapitän. Meine einprogrammierten Befehle setzen die Euren außer Kraft. Ihr werdet hierbleiben. Die Pinasse ist für Euch gesperrt.«

Carrion lachte leise. »Ist das nicht immer so mit dem Imperium, Johan? Jeder ist entbehrlich. Wirklich jeder.«

KAPITEL 9
UNERWARTETE KOMPLIKATIONEN

Schwejksam fiel hilflos durch endlose Dunkelheit. Die bitterkalte Luft war dick vom Gestank nach Schwefel und brennendem Blut. Helle Lichter flackerten rings um ihn auf und zischten vorüber wie glühende Kometen. Stimmen sprachen im Dunkel, laute, bedeutungslose Worte, durchbrochen von Lachen und Schreien. Schwejksam wußte nicht, wie lange er schon gefallen war, doch es kam ihm vor wie eine Ewigkeit. Er ruderte mit den Armen, suchte verzweifelt mit den Händen nach etwas, woran er sich festhalten konnte, doch da war nichts außer der Dunkelheit und der bitterkalten Luft, die um ihn herum toste. Er zwang sich zur Ruhe. Seine Gedanken überschlugen sich. Wo war er, und wie zur Hölle war er hergekommen? Wo steckten die anderen? Wo verdammt noch mal steckte Carrion?

»Hier, Kapitän«, sagte eine Stimme. »Direkt neben Euch.«

Mit einemmal stand Schwejksam auf einer schmalen Treppe, deren verwitterte marmorne Stufen sich bis in die Unendlichkeit nach unten erstreckten. Carrion stand neben ihm, ruhig und gelassen. Der kalte Wind zerrte an seinem Haar, und der Umhang flatterte an seinem Leib wie sich blähende Flügel. Carrion blickte die endlose Treppe hinab, dann sah er zu Schwejksam.

»Ich hatte Euch gewarnt, Kapitän«, sagte er. »Trips wie dieser sind immer gefährlich.«

»Trip?« fragte Schwejksam mit rauher Stimme. Er hatte Mühe, seine Unsicherheit zu verbergen. »Wo sind wir, Carrion?«

»Dort, wo ich Euch hinbringen sollte. In Dianas Bewußtsein.«

Die Erinnerung kehrte schlagartig zurück. Diana hatte gesehen, wie die Marineinfanteristen gestorben und vor ihren Augen zerrissen worden waren. Horror und die Schuldgefühle, weil sie überlebt hatte, hatten sie überwältigt. Der einzige Weg, nicht verrückt zu werden, hatte darin bestanden, das Geschehene zu vergessen. Und sie hatte auch alles vergessen, bis sie gezwungen worden war, sich zu erinnern. Dann hatte sie sich in ihrem eigenen Bewußtsein eingeschlossen, wo nichts sie erreichen und ihr weh tun konnte, anstatt sich dem Entsetzen erneut zu stellen. Sie hatte ihren Verstand einfach abgeschaltet und blind, taub und komatös dagestanden. In Sicherheit, endlich.

Carrion konnte Diana nicht mit seinem ESP erreichen, doch er hatte eine Idee. Es war ein unsicheres, riskantes Unterfangen, gefährlich sowohl für ihn als auch für Diana, doch er konnte seinen Schild fallenlassen und sein Bewußtsein mit dem Dianas vereinigen. Ihren Schmerz zu seinem eigenen machen.

Wenn Ihr hineingeht, komme ich mit Euch, hatte Schwejksam gesagt. *Schließlich bin ich ihr Vater.* Carrion war dagegen gewesen, doch Schwejksam hatte nicht auf ihn gehört. Ihm blieb keine Wahl. Er brauchte Diana, wenn er seinen Auftrag erfolgreich zu Ende bringen wollte. Außerdem war sie seine Tochter.

Licht brannte hell in der Dunkelheit, flackerte und war verschwunden. Stimmen kamen und gingen, schrill, unmenschlich. Und Wind erhob sich, blies aus dem Nichts.

»Jedes Licht ist ein Gedanke«, erklärte Carrion leise. »Jede Stimme eine Erinnerung. Und das An- und Abschwellen des Windes ist die Kraft ihres Willens. Wir sind nun Bestandteil ihres Bewußtseins, genauso verletzlich wie sie. Entweder wir finden eine Möglichkeit, sie von ihrem Wahnsinn zu befreien, einen Weg, der sie mit ihren Erinnerungen leben läßt, oder wir werden niemals wieder hier herauskommen.«

»Was hat die Treppe zu bedeuten?« fragte Schwejksam. Der Klang seiner eigenen Stimme beruhigte ihn ein wenig.

»Es ist eine Konstruktion unserer vereinten Bewußtseine. Ein Symbol für Konstanz, das uns ein Gefühl von relativer Sicherheit verleiht. Ihr müßt hier mit merkwürdigen Dingen rechnen, Kapitän. Der Verstand arbeitet mit Symbolen. Ganz besonders dann, wenn er über eine bestimmte Sache nicht nachdenken will.« Carrion sah nach unten, und Schwejksam folgte seinem Blick. Plötzlich endete die Treppe gar nicht weit unter ihnen auf einer glänzenden silbernen Ebene, die sich weiter in alle Richtungen erstreckte, als das Auge sehen konnte. Und dort, am Fuß der Treppe, stand ein großes weißes Haus. Aus den Fenstern drang merkwürdiges Licht.

»Das dort ist Dianas Bewußtsein«, erklärte Carrion. »Oder die Art und Weise, wie sie sich wahrnimmt. Wir müssen in das Haus hinein und den Schaden dort beheben, wenn wir können. Wir tun gut daran, uns zu beeilen. Zeit spielt zwar keine Rolle; ein paar Tage hier können nur wenige Sekunden in der Realität bedeuten. Doch ein fremdes Bewußtsein ist immer ein merkwürdiger Ort. Hier finden wir alles, vor dem wir uns wirklich fürchten. Nichts kann uns vor der Gewalt unseres eigenen Willens schützen. Hier gibt es keine Regeln, Kapitän. Nichts als verschiedene Ausprägungen von Notwendigkeit.«

»Dann laßt uns endlich anfangen«, erwiderte Schwejksam und setzte sich die Treppe hinunter in Richtung auf das große Haus in Bewegung.

Das Haus kam nur langsam näher, als zögere es, die fremden Besucher zu empfangen. In Schwejksam regte sich nach und nach das Gefühl, daß noch jemand in der Dunkelheit ringsum lauerte. Er sah sich unauffällig um, doch die Dunkelheit erwiderte seine Blicke mit gelassener Arroganz. Schwejksam hörte ein langsames, regelmäßiges Atmen und ein Schlagen wie von gigantischen Flügeln. Die Geräusche kamen erst von der einen, dann von der anderen Seite und näherten sich stetig. Schwejksam spürte eine heiße, trockene Wesenheit, die ihn und Carrion aus dem Schutz der Dunkelheit heraus beobachtete.

»Ignoriert es, Kapitän«, sagte Carrion leise. »Was auch immer es sein mag, wir wollen ihm nicht begegnen. Konzentriert Euch auf das Haus. Nur das Haus, sonst nichts.«

Plötzlich standen sie am Fuß der langen Treppe. Das Haus ragte vor ihnen auf, silbern glänzend wie ein Mond. Das große Gebäude sah altmodisch und merkwürdig aus, als hätte sein Erbauer es mehr zum Ansehen denn zum darin Wohnen errichtet. Die merkwürdigen Lichter waren verschwunden, und in den Fenstern herrschte nun Dunkelheit. Ein plötzliches Frösteln durchzuckte Schwejksam, als ihm bewußt wurde, worauf er starrte. Es war das Puppenhaus, das er Diana zu ihrem fünften Geburtstag geschenkt hatte, als sie noch sein Kind gewesen war. Bevor das Imperium gekommen war und sie ihm weggenommen hatte. Schwejksam blickte auf die Eingangstür. Es war ein großes, konturloses Stück Holz ohne Griff oder Klopfer.

»Und was machen wir nun?« fragte er. Das Echo seiner Stimme brach sich tausendfach und schien nicht aufhören zu wollen, bis es schließlich zu einem beängstigenden Flüstern erstarb.

»Wir gehen rein«, antwortete Carrion tonlos. »Und dann reden wir mit Diana oder welchem Teil von ihr auch immer, den sie uns zu zeigen bereit ist. Wir können sie nicht zwingen, zusammen mit uns zurückzukehren. Wir müssen sie überzeugen. Falls wir können.«

Carrion trat vor und klopfte kräftig an die Tür. Das Geräusch klang flach und hohl, überhaupt nicht so, wie man sich das Klopfen an einer Tür vorstellt. Die Tür schwang langsam nach innen auf und gab den Blick auf eine hell erleuchtete Halle frei. Schwejksam wechselte einen Blick mit Carrion, der ihm mit einer Geste bedeutete voranzugehen. Entschlossen trat Schwejksam vor. Carrion folgte ihm in dichtem Abstand.

Hinter ihnen fiel die Tür mit einem soliden, endgültigen Geräusch ins Schloß. Die Halle erstreckte sich unmöglich lang vor ihnen. Von überall kam Licht, ohne daß eine Quelle zu erkennen war, und in regelmäßigen Abständen führten Türen aus der Halle.

»Das Bewußtsein ist ein Labyrinth«, sagte Carrion. »Ich hoffe nur, daß wir nicht dem Minotaurus begegnen.«

»Vielleicht gibt es gar keinen«, erwiderte Schwejksam.

»Es gibt immer einen Minotaurus. Wenn wir Glück haben, finden wir aber auch einen Führer.«

Als hätte das Haus ihr Gespräch belauscht und lediglich auf das Stichwort gewartet, öffnete sich ganz in der Nähe eine Tür, und ein Kind trat heraus. Diana, sechs Jahre alt, in ihrem Geburtstagskleid. Auf ihrer Stirn waren Brandspuren von Elektroden zu sehen.

»Erkennt Ihr das Bild, Johan?« fragte Carrion. »Wißt Ihr, warum sie ausgerechnet dieses Bild ausgewählt hat, um uns zu begrüßen? So hat sie ausgesehen, als das Imperium sie trainierte, ihr ESP zu benutzen. Oder, um präziser zu sein es *nicht* zu benutzen. Das erste, was alle Imperialen Esper lernen, ist Gehorsam. Ihr ESP nur dann einzusetzen, wenn es von ihnen verlangt wird. Esper werden durch Schmerzvermeidungskonditionierung kontrolliert. Es ist ein langwieriger, schmerzhafter Prozeß, der sich nur deswegen rechtfertigen läßt, weil er funktioniert. Niemand benutzt das Wort Folter. Esper besitzen keine Menschenrechte. Sie sind eine Sache, weiter nichts. Sie werden benutzt und weggeworfen, wie es gerade nötig ist. Wenn das bedeutet, einem sechsjährigen Mädchen Elektroden auf die Stirn zu pflanzen und den Stromregler hochzudrehen – nun, man kann kein Omelette zubereiten, ohne Eier zu zerschlagen und so weiter. Nein, Kapitän, wendet Euren Blick nicht ab. Das ist Eure Schuld.«

»Das habe ich nicht gewußt«, sagte Schwejksam.

»Weil Ihr es nicht wissen *wolltet*«, konterte Carrion. »Ihr habt Eure Augen vor dem Offensichtlichen verschlossen, und um Euer Gewissen zu beruhigen, habt Ihr Euch gesagt, daß es so am besten sei. Ihr habt Eure Tochter in die Hölle geschickt, Johan. Ein Teil von ihr ist noch immer dort, und er wird immer dort bleiben. Es ist ein endloses Leiden. Ein endloses Weinen. Und wir müssen hindurch, um zu ihr zu gelangen.«

Carrion beugte sich vor. Seine Stimme klang sanft, als er zu dem Kind sprach.

»Diana, wir müssen mit dir reden. Kannst du reden?«

Das Kind wandte sich um und streckte die Hände aus, damit die Besucher sie ergriffen. Es führte die beiden Männer durch die Halle. Die kleine Kinderhand fühlte sich in Schwejksams Griff sehr warm und sehr real an. Geister erschienen und begleiteten sie auf dem Weg durch die Halle. Blasse, schweigsame Gestalten, die in Dianas kurzem Leben von Bedeutung gewesen waren. Schwejksam kannte keinen von ihnen. Von ihm selbst war keine Spur zu sehen. In ehrfurchterregender Stille defilierten sie an ihnen vorüber, die Augen in unendliche Ferne gerichtet, die Gedanken irgendwo anders. Einige von ihnen trugen die Brandmale der Elektroden auf der Stirn, andere weinten lautlos, und manche waren offensichtlich verrückt. Viel zu viele von ihnen waren Kinder.

Schwejksam wandte den Blick ab. Er zählte die Türen, an denen sie vorüberkamen. Die Räume dahinter enthielten Augenblicke aus Dianas Kindheit, Augenblicke so endlos wie Fliegen in Bernstein. Die meisten Szenen handelten von Leid. Mentales oder physisches Leid oder beides. *Ihr habt Eure Tochter in die Hölle geschickt, Johan.* Schwejksam wollte erneut den Blick abwenden, doch er zwang sich zum Hinsehen. Schließlich erreichten sie eine verschlossene Tür, hinter der ein kleines Kind untröstlich und verloren weinte, ohne jede Hoffnung und ohne Beistand. Schwejksam blieb stehen. Carrion folgten seinem Beispiel. Schwejksam starrte auf die Tür. Er hatte unbewußt die Hände zu Fäusten geballt, und in ihm keimte das starke Gefühl, daß er nur die Tür öffnen und hindurchtreten mußte, um seine Tochter zu retten und das Unrecht ungeschehen zu machen, das er ihr zugefügt hatte. Carrion warf ihm einen scharfen Blick zu. In den Augen des Gesetzlosen stand etwas, das Furcht hätte sein können.

»Ihr könnt nichts daran ändern, Johan. Was Ihr dort hört

ist die Vergangenheit. Es ist bereits geschehen. In irgendeinem tiefen Teil unseres Bewußtseins wartet alles, was uns jemals verletzt oder geängstigt hat, auf seine Chance, sich wieder in unsere Gedanken zu schleichen. Wenn Ihr diese Tür öffnet und losläßt, was dahinter lauert, dann schickt Ihr Diana einmal mehr zur Hölle, und uns gleich mit. Kommt weg da, Johan. Wahrscheinlich werdet Ihr noch weit Schlimmerem begegnen, bevor wir den Kern ihres Bewußtseins erreichen – das tiefe, verborgene Zentrum von Dianas Selbst, diesem Selbst, das niemals schläft.«

»Wir sollten nicht hier sein«, sagte Schwejksam. »Das ist mehr als nur ein Eindringen in ihre Privatsphäre. Hier gibt es Dinge, die niemand sehen sollte, geschweige denn sich daran erinnern.«

»Da habt Ihr sicher recht«, stimmte Carrion zu. »Allerdings haben wir keine große Wahl. Diana hat sich zu tief in sich selbst zurückgezogen, um ohne Hilfe den Weg nach draußen zu finden. Ich bin nicht einmal sicher, ob ich uns beide ohne Dianas Unterstützung wieder nach draußen bringen kann. Wenn ich es allein versuche, könnte ich ihr Bewußtsein zerstören oder schlimmer. Das habe ich Euch bereits gesagt, bevor wir hergekommen sind. Jetzt ist es ein wenig zu spät, um Skrupel zu entwickeln.«

»Sie ist meine Tochter, Sean.«

»Nein, Johan. Ihr habt Euren Anspruch aufgegeben, als Ihr sie den Imperialen Hirntechs übergeben habt. Wir müssen weitermachen, Johan. Wir müssen tiefer vordringen.«

Schwejksam nickte steif. Das kleine Kind, das einst seine Tochter gewesen war, führte ihn und seinen früheren Freund weiter durch die Halle. Unablässig wirbelten Geister um sie herum, verloren in der Vergangenheit. Sie passierten unzählige Türen.

Schwejksam blieb vor einer weiteren geschlossenen Tür stehen, hinter der Schreie aus Haß und Wut erklangen. Irgend etwas Großes, Machtvolles krachte von innen gegen die Tür, so daß sie in ihrem Rahmen erzitterte und das dicke Holz splitterte. Die kleine Diana zerrte mit Nachdruck an Schwejksams Arm.

»Bleib nicht stehen. Es ist gefährlich hier. Sie könnte ausbrechen.«

Schwejksam ließ sich von der Tür wegziehen, und die drei setzten ihren Weg fort. Das Licht wurde nach und nach schwächer. Der Boden unter Schwejksams Füßen erschien nicht mehr so solide wie zuvor. Und dann kamen ihnen plötzlich aus der Dunkelheit weit voraus Stasiak und Ripper entgegen. Sie hinterließen blutige Fußabdrücke. Schwejksam trat zur Seite, um die beiden passieren zu lassen, doch sie blieben vor ihm stehen und blockierten den Weg. Sie starrten Schwejksam an, und aus ihren starren Augen rannen Tränen aus Blut.

»Warum habt Ihr das getan, Kapitän?« wisperte Stasiak. »Warum habt Ihr uns auf diesen Planeten geschickt und im Stich gelassen? Bitte, Kapitän, ich möchte zurück nach Hause. Laßt mich nicht hier in der Dunkelheit allein.«

»Sie sind nur Bilder«, erklärte Carrion. »Euer Bewußtsein verleiht ihnen Kraft und Leben. Sie können uns nichts tun, wenn Ihr es nicht zulaßt.«

»Bitte, Kapitän«, sagte Ripper. »Laßt uns nicht allein zurück.«

»Was auch immer geschehen mag«, entgegnete Schwejksam mit fester Stimme, »ich schwöre, daß ich Euch nicht in Basis Dreizehn zurücklasse. Ich werde Euch dort herausholen, auf die eine oder andere Weise.«

Er setzte sich zusammen mit Diana und Carrion in Bewegung. Die beiden Soldaten traten zur Seite und ließen die drei passieren. Sie kamen an weiteren Türen vorüber, andere Geister umgaben sie, doch schließlich endete die riesige Halle vor einem einzelnen Portal. Das Kind Diana ließ Carrions und Schwejksams Hände los, brachte von irgendwoher einen gewaltigen Messingschlüssel zum Vorschein und schloß das Portal auf. Es schob die Flügel mit Leichtigkeit auf, trotz ihres offensichtlichen Gewichts, und bedeutete den beiden Männern einzutreten. Vorsichtig folgten sie Dianas Aufforderung und fanden sich in einem kleinen, behaglich eingerichteten Raum mit einem gemütlichen Kaminfeuer wieder. Diana, jetzt neunzehn wie in Wirklichkeit, saß bequem in einem der Sessel am Kamin. Schwejksam runzelte die Stirn und blickte sich aufmerksam um. Das Kind Diana war verschwunden. Die Türflügel hatten sich leise hinter ihnen geschlossen.

»Ich kenne dieses Zimmer«, sagte Schwejksam. »Ich erinnere mich. Elaine und ich brachten Diana hierher, als sie noch ganz klein war. Es waren unsere letzten gemeinsamen Ferien.«

»Wahrscheinlich ist das der Grund, aus dem sie sich in dieser speziellen Erinnerung versteckt hat«, sagte Carrion. »Sie fühlt sich hier sicher. Der letzte Ort, an dem sie jemals Geborgenheit und Schutz vor der Welt da draußen gefunden hat.«

Carrion und Schwejksam sahen zu Diana, die entspannt in dem großen, gepolsterten Sessel ruhte. *Er war in Wirklichkeit gar nicht so groß*, erkannte Schwejksam. *Er ist nur in ihrer Erinnerung so groß, weil sie damals noch so klein war.* Draußen hörte er das Geräusch von Regen. Es hatte damals die ganzen Ferien über geregnet, und zusammen mit Elaine hatten sie die Tage mit Spielen und gutem Essen verbracht. Nicht besonders viel, um in der Erinnerung einen Himmel daraus zu machen. Aber wenn das alles ist, was man hat ...

»Diana«, sagte er schließlich. »Ich bin es, dein Vater. Ich bin gekommen, um dich zu holen. Es ist Zeit zu gehen.«

»Ich will nicht«, erwiderte Diana. »Da draußen ist irgend etwas. In der Dunkelheit. Es macht mir angst.«

»Ihr könnt nicht hierbleiben«, mischte sich Carrion ein. »Je länger Ihr wartet, desto schwieriger wird es zu gehen.«

»Ich will aber nicht« widersprach Diana. »Hier bin ich sicher.«

Draußen vor den geschlossenen Fensterläden bewegte sich etwas. Schritte gingen vorüber, langsam und gleichmäßig, und hielten auf die Tür zu.

»Wer ist das dort draußen, Diana?« fragte Carrion.

»Meine Mutter. Sie war ebenfalls hier.«

Schwejksam wurde kreideweiß. Eine kalte Hand legte sich um sein Herz. »Nein, Diana. Deine Mutter ist inzwischen seit fünf Jahren tot.«

»Hier nicht«, widersprach Diana. »Du warst hier, ich war hier, und Mutter war bei uns. Wir werden alle wieder zusammen sein, und wir werden für immer hierbleiben.«

Die Schritte erreichten die Tür und verstummten. In der Luft hing schwer die Vorahnung von etwas Endgültigem, Unwiderruflichem.

»Die Tür ist verschlossen«, wandte sich Carrion an Schwejksam. »Konzentriert Euch, Johan. Die Tür ist verschlossen, wenn Ihr fest daran glaubt, daß sie verschlossen ist. Johan, hört auf mich. Wir dürfen nicht zulassen, daß Diana ihre Erinnerung vervollständigt, sonst sind wir zusammen mit ihr hier drin gefangen.«

»Elaine«, sagte Schwejksam. »Ihr habt sie nie kennengelernt, Sean. Ihr hättet sie sicher gemocht. Sie war fröhlich, lebhaft und sehr schön. Sie starb bei einem Überfall im Pferdekopfnebel. Sie fanden niemals einen Leichnam, trotzdem hielten wir ein Begräbnis ab. Sie fehlt mir, Sean. Sie fehlt mir so sehr.«

Der Türgriff wurde betätigt. Schwejksam blickte zu dem verschlossenen Portal, dann zu Diana. Carrion umklammerte heftig seinen Arm.

»Johan, Diana – macht das nicht. Je wirklicher Ihr die Vergangenheit werden laßt, desto mehr Macht erlangt sie über Euch. Noch habt Ihr die Kontrolle, doch das wird nicht lange so bleiben. Hier drin befindet sich alles, was jemals einen Eindruck bei Euch hinterlassen hat, gleichgültig ob gut oder schlecht. Im Augenblick sind alle Erinnerungen an Schmerz oder Furcht sicher hinter den Türen eingesperrt. Wenn Ihr erst die Kontrolle verliert, werden sich diese Türen öffnen. Dann wird nicht mehr Elaine am Türgriff rütteln und hereinkommen. Johan, redet mit Eurer Tochter, verdammt! Überzeugt sie! Ihr habt selbst gesagt, daß Elaine seit fünf Jahren tot ist. Was glaubt Ihr, was dort draußen wartet? Bestenfalls werdet ihr mit einer Ewigkeit konfrontiert, in der Ihr Kinderspiele spielt und gut eßt. Schlimmstenfalls steht Ihr einer Frau gegenüber, die seit fünf Jahren tot ist.«

Schwejksam blickte zu dem Portal und dann wieder zu Diana. Sie lächelte ihn glücklich an.

»Diana, wir können nicht hier bleiben. Du mußt jetzt mit mir kommen.«

»Nein, Vater. Wir werden wieder zusammen sein. Für immer und ewig.«

»Diana . . .«

»Irgend etwas ist passiert«, unterbrach Diana. »Ich erinnere mich nicht mehr, und ich will mich auch nicht erinnern. Ich sterbe lieber, als mich zu erinnern.«

»Nein!« begehrte Schwejksam auf. »Diana, bitte! Hör auf mich. Ich brauche dich. Ich war so lange allein . . . Ich muß gehen. Bitte. Laß mich nicht wieder allein.«

Diana blickte ihren Vater fest an. Kein Geräusch war hinter dem Portal zu hören. Die gesamte Welt schien den Atem anzuhalten. Schließlich streckte Diana die Hand nach ihrem Vater aus.

»Du mußt dich um mich kümmern«, sagte sie leise. »Du mußt mich beschützen. Versprich mir das.«

»Ich verspreche es.« Schwejksam spürte einen Kloß im Hals. Das Sprechen fiel ihm schwer. »Ich werde nie wieder zulassen, daß jemand dir weh tut.« Er schloß Diana in die Arme, und sie klammerte sich an ihn, das Gesicht an seiner Brust vergraben. Schwejksam wechselte einen Blick mit Carrion. Die Augen des Kapitäns waren feucht von unverhohlenen Tränen. »Bringt uns hier raus, Sean.«

Ein neues Licht erfüllte das Zimmer. Es war hell und blendend, und in seinem Schein erloschen alle Konturen. Es verblaßte wieder, und sie waren zurück im Korridor auf Ebene Drei. Zurück in einem anderen Labyrinth mit einem anderen Minotaurus, aber zusammengeschweißt durch ein Band neu entdeckter Liebe. Carrion hoffte nur, daß es fest genug hielt.

»In Ordnung«, sagte Schwejksam. »Ich habe einen Plan. Es ist ganz einfach. Einfache Pläne sind immer die besten, weil dabei am wenigsten schiefgehen kann. Diana, du wirst dein ESP einsetzen, um Kontakt zu dem Fremden aufzunehmen. Dem Fremden selbst, der Kreatur unter der Schale. Was auch immer als erstes vom Schiff in die Basis eingedrungen ist. Du wirst die Rolle des Köders übernehmen, um das Wesen aus seinem Versteck hervorzulocken. Es wird kommen, weil es dich als Bedrohung wahrnimmt. Dein ESP macht dich besonders gefährlich, und die Kreatur weiß das. Du mußt dich nicht fürchten. Investigator Frost wird bei dir sein. Sie wird dich beschützen und die Kreatur von dir ablenken, während Carrion und ich zum Herzen des Systems vorstoßen. Es muß ein Zentrum geben, einen Ort, an dem alles zusammenläuft. Wenn es uns gelingt, diesen Ort zu zerstören, dann wird das Fremde isoliert und viel verwundbarer sein.

Carrion wird seine psionische Unsichtbarkeit einsetzen, um die Kreatur über unsere Absichten hinwegzutäuschen, bis es zu spät für sie ist. Sobald wir die Verbindung zwischen dem Wesen und seiner Basis unterbrochen haben, sollte Frost keinerlei Schwierigkeiten mehr haben, mit ihm fertig zu werden. Diana, du mußt dir darüber im klaren sein, daß wir nicht aufhören können, wenn wir erst einmal angefangen haben. Du darfst dich weder psionisch unsichtbar machen noch verstecken. Du bist der Köder. Du mußt die Kreatur ablenken, während Carrion und ich ihr Zentrum zerstören. Ich glaube nicht, daß du in ernste Gefahr gerätst. Frost wird dich beschützen.«

»Verdammt richtig«, brummte Frost. »Ich bin bisher noch mit jedem Außerirdischen fertig geworden.«

Diana nickte ruckhaft. »Ich verstehe, Vater. Fangen wir an.«

Sie schloß die Augen und ließ ihren Verstand nach draußen schweben. Die Basis ringsum brodelte vor Stimmen. Einige davon waren menschlich, andere nicht. Die menschlichen Bestandteile des Alienkyborgs waren noch immer lebendig, obwohl die Bewußtseine – oder was davon übriggeblieben war – nun in fremdartigen Bahnen dachten. Diana konzentrierte sich darauf, das Stimmengewirr auszublenden, während sie nach der beherrschenden fremden Wesenheit im Zentrum des Netzes suchte.

Die Kreatur fand Diana zuerst. Sie brach hell strahlend in Dianas Gedanken ein, doch Diana widerstand dem Ansturm und sperrte das Wesen aus ihrem Bewußtsein aus. Sie spürte, wie das Interesse der Kreatur an ihr wuchs, während sie ihr ESP einsetzte und die fremde Wesenheit weiter in Schranken hielt. Unbegreifliche Gedanken krochen über Dianas psionische Schilde wie zersetzende Maden über einen Leichnam. Die Sondierungsversuche nahmen an Stärke und Bedrohlichkeit zu, doch Diana war ausgebildet worden, weit Schlimmeres auszuhalten.

Diana wurde allmählich bewußt, daß die fremde Wesenheit allein gar nicht so stark war, wie sie angenommen hatte. Sie schöpfte ihre Kräfte aus der Hülle, die sie rings um sich errichtet hatte, aus ihrer Macht über die lebendigen Bestandteile ihres Netzes. Dianas Selbstvertrauen wuchs. Sie sperrte die vielen anderen Stimmen aus, konzentrierte sich ganz allein auf die Kreatur und zeigte ihr, wie stark sie war. Die Gedanken des Wesens brodelten machtlos an den Rändern ihres Bewußtseins, dunkle, komplexe und vollkommen fremdartige Gedanken. Die Denkprozesse ergaben für Diana einfach keinen Sinn, so sehr sie sich auch um Verständnis bemühte. Schließlich konzentrierte sie sich darauf, der Kreatur eine einzelne Botschaft zu übermitteln. *Wenn du mich haben willst, mußt du schon selbst kommen und mich holen. Dein Netz kann mich nicht sehen. Wenn du nicht zu mir kommst, komme ich zu dir. Ich werde zu dir kommen, und ich werde dich vernichten.*

Die Wesenheit unterbrach schlagartig jede Verbindung mit Diana. Die junge Esperfrau fiel in ihren Körper zurück und öffnete die Augen. Die anderen sahen sie mit fragenden Blicken an, und sie nickte fest in dem Bemühen, professionell und wie die Herrin der Lage auszusehen.

»Es weiß jetzt, wo ich bin. Ihr geht jetzt besser los, Kapitän. Es wird bald hier sein.«

Schwejksam nickte lächelnd. »Sag mir nur, in welche Richtung ich gehen muß, Diana.«

Über die Komm-Implantate zeigte Schwejksams Tochter den anderen auf der Karte, die Odin überspielt hatte, ihre momentane Position und die Stelle, an der sich das Zentrum des Netzes befand. Schwejksam und Carrion bestätigten den

Erhalt der Information, und Diana unterbrach die Kommunikation. Sie warteten noch, bis die junge Frau sich mit der neuen Lampe vertraut gemacht hatte, die Investigator Frost gefunden hatte, dann setzten sie sich in Bewegung. Über Carrion schwebte noch immer der psionisch an Ort und Stelle gehaltene Scheinwerfer.

Diana und Frost standen einen Augenblick beieinander, dankbar für die gegenseitige Gesellschaft, dann setzte sich Frost auf den Boden, zog das Schwert und legte es quer über den Schoß.

»Wir können es uns genausogut bequem machen, während wir auf die Kreatur warten. Habe ich das richtig verstanden, daß Euer ESP uns frühzeitig warnen wird?«

»Selbstverständlich, Investigator.« Diana zögerte, doch dann setzte sie sich neben Frost. Sie fühlte sich nicht sonderlich wohl, aber es tat gut, eine Weile nicht auf den Beinen stehen zu müssen. »Und was machen wir nun, Investigator? Einfach nur warten?«

»Genau. Wir können nichts tun als warten, bis die Kreatur hier ist. Entspannt Euch. Spart Eure Kräfte auf. Ihr werdet sie sicherlich noch brauchen.«

»Wie sieht die Kreatur Eurer Meinung nach aus?« fragte Diana zögernd. »Ich bin noch nie einem Außerirdischen begegnet. Von Angesicht zu Angesicht meine ich.«

»Keine Ahnung. Das Wesen kann so gut wie jede Form besitzen«, antwortete Frost leichthin. »Nichts von all dem hier paßt zu irgend etwas, das ich je gesehen habe. Wahrscheinlich ist die Kreatur häßlich wie die Nacht. Das sind die meisten in unseren Augen. Laßt Euch davon nicht beeindrucken. Sobald das Ding sich zeigt, blase ich mit meinem Disruptor ein Loch hinein. Ihr könnt mir anschließend helfen, es in mundgerechte Stücke zu zerhacken. Kein Problem.«

»Woher um alles in der Welt nehmt Ihr nur soviel Zuversicht und Selbstvertrauen?« fragte Diana. »Diese Bestie hat jedes lebende Wesen in der Basis ermordet und die Leichen benutzt, um sein lebendiges Netz daraus zu basteln. Das ist kein wildes Tier, mit dem wir es hier zu tun haben. Es ist eine mächtige, intelligente Kreatur, und sie hat es auf uns abgesehen.«

»Ich bin Investigator«, entgegnete Frost. »Ich bin dazu ausgebildet worden, mit Situationen wie dieser umzugehen. Habt Ihr Angst, Diana?«

»Ja«, bestätigte Diana. »Ja, ich habe Angst.«

»Das ist gut. Das Gefühl von Angst verschafft Euch einen Vorteil. Es pumpt Adrenalin in Euren Kreislauf und schärft die Sinne.«

»Habt Ihr Angst?«

»Vermutlich schon, auf meine eigene Weise. Investigatoren kennen keine Emotionen, nur blasse Schatten von dem, was andere als Emotionen empfinden. Unsere Ausbildung trägt dafür Sorge.«

Diana nickte. »Ausbildung. Der im Imperium gebräuchliche Euphemismus für Gehirnwäsche. Meine Ausbildung begann, als ich gerade sechs Jahre alt war. Sie brachten mir bei, wann ich meine Kräfte einzusetzen hatte und wann nicht. Und wofür ich sie einzusetzen hatte. Von Anfang an machten sie uns klar, daß wir sterben würden, falls wir nicht schnell oder gründlich genug lernten. Das Imperium duldet keine widerspenstigen oder unkontrollierbaren Esper. Sechs Jahre ist ein verdammt schlechtes Alter, um jemandem seine eigene Sterblichkeit vor Augen zu führen. Auf der anderen Seite bekommt man eine neue Perspektive. Am Ende kommt es lediglich darauf an, Befehlen Folge zu leisten. Nichts sonst zählt.

Eine Weile experimentierten sie mit bewußtseinskontrollierenden Implantaten, doch sie fanden keines, das nicht unsere Esperfähigkeiten beeinträchtigt hätte, also wich man auf die gute alte Methode der Gehirnwäsche und Konditionierung aus. Ich bin so sorgfältig ausgebildet, wie es ohne Lobotomie nur vorstellbar ist.« Diana verstummte. Für eine Weile saßen die beiden Frauen schweigend nebeneinander.

»Meine Ausbildung begann im gleichen Alter«, erzählte Frost langsam. »Wir müssen ein gutes Stück von dem aufgeben, was einen Menschen ausmacht, um zu lernen, wie Außerirdische zu denken. Dinge wie Emotionen, Gewissen,

438

Kameradschaft. Unsere Ausbildung bringt Kämpfer hervor. Vollkommene Mordmaschinen, die dem Ruhm des Imperiums dienen. Ich fühle nicht mehr viel, außer wenn ich kämpfe. Ich hatte Liebhaber, doch ich war niemals verliebt. Ich besitze keine Freunde, keine Familie, nichts außer meiner Arbeit. Trotzdem, es ist eine sehr interessante Arbeit, wenn schon nichts anderes.«

»Und sonst habt Ihr nichts?« fragte Diana. »Nur Eure Arbeit und das Töten?«

Frost zuckte die Schultern. »Mir reicht das. Man darf nicht zu hohe Erwartungen an das Leben stellen, Esper. Ich dachte, das müßtet Ihr am besten verstehen.«

Diana lächelte scheu. »Wißt Ihr, wir sind uns ähnlicher, als ich zu Anfang dachte. Ihr beschäftigt Euch mit Töten, ich beschäftige mich mit Lebendigem, doch wir sind zwei Seiten ein und derselben Medaille. Man hat uns beiden die Kindheit weggenommen und unser Leben in Bahnen gelenkt, die diese Kinder niemals verstanden hätten. Und wir werden wahrscheinlich beide sterben, weil wir den Leuten dienen, die unser Leben zerstört haben.«

Frost schüttelte den Kopf. »Nein, Esper Vertue. Ihr versteht mich falsch. Mir gefällt, was ich bin, was sie aus mir gemacht haben. Ich bin stark, und ich bin schnell. Nichts und niemand kann mir widerstehen. Ich bin die vollkommenste Kampfmaschine, der Ihr je begegnet seid. Ich bin verantwortlich für die Vernichtung ganzer Zivilisationen, und ich habe Männer, Frauen und Kinder mit bloßen Händen umgebracht. Nur wenn ich kämpfe und töte, fühle ich mich wirklich lebendig. Es ist wie eine Droge, derer man niemals überdrüssig wird. Ihr könnt nicht wissen, was das für ein Gefühl ist, Esper – zu wissen, daß man die Beste ist. Ich bin das personifizierte Imperium, Esper. Ich verkörpere seine Kraft und seine Entschlossenheit. Und dazu mußte ich nichts weiter aufgeben als ein paar armselige Emotionen, die mich bei meiner Arbeit wahrscheinlich nur behindert hätten.

Bei Euch liegt die Sache anders. Ihr seid nicht stolz auf Eure Begabung als Esper. Wenn Ihr könntet, würdet Ihr

Euren Beruf morgen schon aufgeben, um ein normales Leben zu führen. Ich würde niemals aufgeben, was ich bin, und ich werde jeden töten, der mir das zu nehmen versucht. Ihr denkt zuviel, Esper. Es behindert Euch. Das Leben kann soviel einfacher sein ohne Gewissen oder Emotionen, die alles so schrecklich kompliziert machen.«

Diana blickte Frost in die Augen. »Man hat mir alles andere genommen. Ich werde meine Gefühle nicht auch noch aufgeben. Lieber sterbe ich.«

»Vielleicht werdet Ihr das früher, als Euch lieb ist«, entgegnete Frost und starrte angestrengt in den dunklen Korridor. »Irgend etwas kommt auf uns zu.«

Investigator Frost erhob sich in einer geschmeidig fließenden Bewegung und stand mit erhobenem Schwert in der Hand da, um zu lauschen. Diana kämpfte sich weniger elegant auf die Beine und warf gehetzte Blicke um sich. Die Kreatur konnte unmöglich bereits so nah sein. Sie konnte einfach nicht. Dianas ESP hätte sie längst aufgespürt. Außer natürlich, das Wesen wußte ebenfalls, wie man sich psionisch unsichtbar machte. In diesem Fall versprachen die Dinge doch noch relativ interessant zu werden.

Frost berührte das Armband an ihrem linken Handgelenk, und ihr persönlicher Schutzschild baute sich vor dem linken Arm auf, ein blasses, flimmerndes Rechteck aus reiner Energie, das in der Stille laut summte. Diana aktivierte ihr ESP und tastete angespannt nach draußen. In der Basis war alles still. Die Stimmen, die sie noch kurze Zeit zuvor gehört hatte, waren verschwunden. Die fremde Kreatur hatte Abschirmungen errichtet . Diana zog sich hastig in ihren eigenen Verstand zurück und errichtete ihre psionischen Schilde. Theoretisch sollten sie kräftig genug sein, um jedem psionischen Angriff widerstehen zu können, einschließlich einer Gedankenbombe, doch Diana hatte noch nie zuvor Gelegenheit gehabt, die tatsächliche Stärke ihrer Schilde während eines Kampfes zu testen. Hoffentlich bemerkte die Kreatur das nicht. Ihr Blick glitt zu Frost, deren offensichtliche Professionalität und Gelassenheit sie ein wenig beruhigte. Plötzlich kam ihr ein Gedanke.

440

»Investigator, wenn die Kreatur kommt – würdet Ihr dann nicht besser Euren Disruptor einsetzen, anstatt das Schwert?«

»Nein«, entgegnete Frost gleichmütig. »Ein Schwert ist vielseitiger. Wenn Ihr wollt, könnt Ihr meinen Disruptor haben.«

»Nein danke«, wehrte Diana ab. »Ich halte nichts von Waffen.«

»Ganz wie Ihr meint«, sagte Frost mit einem Schulterzucken. »Was auch immer dort draußen lauert, es ist schon sehr nah. Ich kann es spüren. Ich bin ziemlich beeindruckt. Ich hätte nicht gedacht, daß sich irgend jemand so nah an mich heranschleichen könnte, ohne daß ich es bemerke.«

»Psionische Unsichtbarkeit«, erklärte Diana. »Ihr konntet überhaupt nichts bemerken.«

»Das hätte keinen Unterschied machen dürfen«, widersprach Frost. »Immerhin bin ich Investigator. Könnt Ihr denn etwas feststellen?«

»Nicht viel. Irgend etwas nähert sich uns, und es ist nicht allein. Ich glaube nicht, daß es das fremde Wesen ist.« Diana blickte Frost unglücklich an. »Ich bin nicht sicher, aber ich glaube allmählich, die außerirdische Kreatur kommt überhaupt nicht. Sie schickt jemand oder etwas anderes und hält sich weiterhin im Hintergrund. Haltet Euch bereit, Investigator. Sie sind beinahe hier.«

»Entspannt Euch, Esper.« Frost ließ das Schwert lässig kreisen und grinste. »Nichts wird bis zu Euch vorstoßen, solange ich da bin. Allerdings könntet Ihr vielleicht wenigstens Euren Schild aktivieren. Wir wollen es ihnen schließlich nicht zu leicht machen. Ihr seid als Lockvogel hier, nicht als Opfer.«

Diana errötete und betätigte ihr Armband. Das leise Summen des Schutzschilds wirkte beruhigend. Zusammen mit Frost stand sie da und lauschte abwartend in die Dunkelheit. Dann drang das leise Tappen rennender Füße an ihre Ohren. Sie bereiteten sich auf den Angriff vor. Endlich zeigte sich der Feind.

Einst waren sie Menschen gewesen, bevor die fremde

Kreatur sie in ihrem Netz absorbiert hatte. Jetzt waren sie etwas anderes. Nur noch grob von menschlicher Gestalt, umgebaut, um den Bedürfnissen des Aliens zu genügen. Mißgestaltet und gebeugt, loses Fleisch auf dem Skelett wie schmelzendes Wachs an einer brennenden Kerze. Einige besaßen keine Haut mehr, und ihre roten Muskeln glänzten feucht im Licht des Scheinwerfers. Die Sehnen spannten und zuckten bei jeder Bewegung. Büschel haarähnlicher Organellen wuchsen in leeren Augenhöhlen, in Mündern saßen Hunderte messerscharfer nadelspitzer Zähne. Muskeln wölbten sich an unmöglichen Stellen, ohne daß ein Sinn dahinter erkennbar gewesen wäre. Die verzerrten Gesichter waren ausdruckslos, unempfänglich gegenüber Emotion oder Vernunft.

Das Alien hatte sie nach seinen eigenen Bedürfnissen umgeformt, und falls noch ein Rest von Menschsein in ihnen steckte, war er so tief vergraben, daß er nicht an die Oberfläche dringen konnte.

Sie waren zu zehnt. Zehn Zombies warteten schwankend am Rand des Lichtkreises, als zögerten sie, den Schutz der Dunkelheit zu verlassen. *Zehn*, dachte Diana. *So schlecht steht es gar nicht. Mit zehn können wir fertig werden.* Wie als Antwort auf ihre Gedanken erschienen weitere Zombies. Sie traten aus den Wänden, als bestünden diese nur aus Nebel und nicht aus Stahl. Frost verzog das Gesicht.

»Wie machen sie das nur? Diese Wände bestehen aus massivem Stahl. Ich habe mich selbst davon überzeugt.«

»Die Wände sind zu einem Bestandteil des Netzes geworden«, vermutete Diana. »Sie sind nun ebenfalls fremd. So fremd wie alles andere in dieser Station. Die gesamte Konstruktion ist zu einem einzigen riesigen Organismus geworden. Die fremde Kreatur ist Herz und Verstand zugleich.«

Frost schnaubte. »Und was sollen diese ... Dinger?«

»Antikörper. Wir sind Eindringlinge. Wir bedeuten eine Infektion des Systems. Eine Bedrohung. Also kommen sie her, um uns auszulöschen.«

»Ihr meint wohl, sie versuchen es«, entgegnete Frost gelassen. »Schön, es sind eine ganze Menge, aber sie sind nicht einmal bewaffnet, das wollen wir nicht vergessen, Esper. Wir schaffen es.«

»Ihr begreift nicht, oder?« widersprach Diana. »Das sind *Antikörper*. Die Kreatur kann so viele von ihnen herstellen, wie sie will. Wenn es nötig ist, werden sie repariert und recycelt. Sie kann ein Dutzend oder hundert oder hunderttausend von ihnen produzieren, so viele, wie sie benötigt, um uns zu überrennen. Selbst Ihr könntet so vielen nicht widerstehen, Investigator. Das sind keine Menschen mehr. Sie denken nicht, sie fühlen nicht, sie empfinden keine Schmerzen und keine Furcht. Sie werden so lange weiter anstürmen, bis wir tot sind. Dann wird die Kreatur kommen und uns in ihr System einbauen und einer nützlichen Aufgabe zuführen. Wenn wir Glück haben, kriegen wir davon nichts mehr mit.«

»Ihr denkt noch immer zuviel, Esper«, wies Frost Vertue zurecht. »Es ist niemals vorbei, bevor es vorbei ist. So viele Antikörper werden die meiste Zeit damit verbringen, übereinander zu stolpern und sich im Weg zu stehen. Wir müssen sie lediglich aufhalten, bis entweder der Kapitän oder der Gesetzlose im Zentrum des Netzes angekommen sind oder die Kreatur die Geduld verliert und sich aus ihrem Schlupfloch wagt.« Sie grinste die Gestalten vor sich böse an und schwang die Klinge. »Kommt schon her, ihr verdammten nutzlosen Hurensöhne. Fangt endlich an.«

Johan Schwejksam und der Gesetzlose Carrion eilten durch verfremdete Gänge in Richtung des dunklen Herzens der mutierten Station. Lange Zeit entsprang das einzige Licht der schwebenden Lampe über ihnen. Schließlich tauchten in der Ferne andere Lichter auf. Stetiges Leuchten, plötzliche Blitze und unbegreifliche Dinge, die sich in den Schatten regten, manchmal lebendig, manchmal nicht. Schwejksam hielt seine Umgebung wachsam im Auge und bemühte sich zugleich, nicht zu genau hinzusehen. Irgend etwas an den unbegreiflichen Formen beunruhigte ihn auf unerklärliche Weise. Es weckte Urängste in ihm. Die Vorstellung, daß die materielle Welt plötzlich ein Bewußtsein entwickeln könnte, unterminierte seinen Glauben in die Naturgesetze des Universums.

Carrion auf der anderen Seite schien das alles nichts auszumachen. Aber er war schließlich auch Investigator gewesen, und Investigatoren ließen sich durch nichts aus der Fassung bringen. Schwejksam blickte sich um. Er hatte die Faust so fest um den Griff seines Disruptors geschlossen, daß die Knöchel weiß hervortraten. Sicher, er vertraute voll auf Carrions Fähigkeit, sie psionisch unsichtbar zu machen, doch all seine Instinkte sträubten sich gegen die Vorstellung, direkt in die Höhle des Löwen zu marschieren. Er hatte alle Hände voll zu tun, seine Nerven unter Kontrolle zu halten und darauf zu achten, wohin er die Füße setzte. Dicke Stahltaue bewegten sich träge über den Boden wie träumende Schlangen und schlangen sich in langsamen, lasziven Bewegungen umeinander, während sie schwarze Öltropfen absonderten.

Silberne Fäden glänzten wie metallische Adern an den Wänden und pulsierten in schnellen, unregelmäßigen Rhythmen. Schwejksam starrte Carrion an, dessen unerschütterliche Ruhe ihn allmählich aus der Fassung zu bringen drohte.

»Und Ihr seid sicher, daß wir unsichtbar sind?« fragte Schwejksam.

»Ziemlich sicher, Kapitän. Würde es nicht funktionieren, wären wir inzwischen wahrscheinlich schon tot. Vertraut mir, Kapitän. Ich bringe Euch hin.«

Schwejksam rümpfte die Nase. »Odin, kannst du uns noch empfangen?«

»Jawohl, Kapitän«, murmelte die KI in seinem Kopf. »Die Audioverbindung ist nach wie vor stabil.«

»Gib mir einen Überblick über Ebene Drei.«

Der durchsichtige Grundriß erschien vor Schwejksams Augen. Leuchtende Linien und Symbole schwebten in der Luft. Schwejksam überprüfte ihre Position relativ zum Zentrum des Netzes und runzelte die Stirn. Sie waren bereits viel weiter gekommen, als er vermutet hatte. »Odin, hast du deine Entscheidung noch einmal überdacht, uns nicht mehr an Bord der Pinasse zu lassen?«

»Nein, Kapitän. Meine Sicherheitsinstruktionen sind in dieser Hinsicht eindeutig. Allerdings werde ich Euch mit allen Informationen versorgen, die mir zur Verfügung stehen.«

»Gibt es neue Informationen von den Rechnersystemen der Basis?«

»Bisher nicht, Kapitän. Allerdings sind verschiedene Sektoren noch immer durch Sicherheitskodes gesperrt, auf die ich keinen Zugriff besitze.«

»In Ordnung. Schalte den Grundriß wieder ab.« Die leuchtende Karte verschwand. »Bleib mit uns in Kontakt, Odin. Gib mir Bescheid, sobald sich irgend etwas an der Lage ändert.«

»Selbstverständlich, Kapitän.«

Schwejksam wandte sich an Carrion. »Ich nehme an, Ihr habt die Unterhaltung verfolgt. Irgendwelche Kommentare oder Vorschläge?«

»Höchstens, daß wir von jetzt an noch vorsichtiger sein sollten. Wir sind fast da. Ich kann einfach nicht glauben, daß das Alien das Zentrum seines Netzes nicht gesichert hat. Sicher gibt es Verteidigungssysteme und Fallen, die nur darauf warten, daß wir sie auslösen.«

»Ich habe Eure optimistische Persönlichkeit wirklich vermißt, Carrion. Ihr seht immer nur schwarz, wie?«

»Genau. Und in der Regel habe ich damit recht.«

Schwejksam rümpfte die Nase. »Wir sollten in wenigen Minuten im Zentrum sein. Angenommen, wir finden einen Weg, wie wir an den Verteidigungseinrichtungen vorbeikommen, habt Ihr eine Idee, was wir als nächstes unternehmen, wenn wir da sind?«

»Nein, nicht wirklich, Kapitän. Ein paar von Euren Granaten, falls nötig verstärkt durch einen PSI-Sturm, sollten mehr als ausreichen, um alles zu zerstören, was das Alien dort aufgebaut hat. Aber ich kann das erst mit Bestimmtheit sagen, wenn ich es gesehen habe.«

»Wollt Ihr mir denn gar keinen Vortrag halten, wie

grundsätzlich falsch es ist, die Vernichtung einer neuen Spezies zu planen? Ich glaube mich zu erinnern, daß Ihr sehr ausführlich argumentiert habt, als es um die Ashrai ging.«

»Das war etwas anderes. Die Ashrai waren zur Koexistenz bereit. Diese Spezies ist es nicht. Ihre gesamte Existenz basiert auf dem völligem Umbau und der totalen Kontrolle der Umgebung. Sie bedrohen diese Welt und die Ashrai genauso wie das Imperium.«

»Ich wünschte nur, Ihr würdet endlich aufhören, von den Ashrai zu reden, als lebten sie noch. Sie sind tot. Vernichtet. Ich habe sie alle getötet. Ihr seid zu lange allein gewesen, Sean.«

Carrion blickte Schwejksam beinahe mitleidig an. »Die Ashrai sind nicht vernichtet. Ihr habt die Verbindung zwischen ihnen und den Metallbäumen nie richtig begriffen. Ich bin seit zehn Jahren auf diesem Planeten, und ich beginne eben erst zu verstehen, was das Imperium hier zerstört hat. Die Ashrai waren eine Rasse von Espern mit PSI-Kräften, die wir kaum abschätzen können, geschweige denn verstehen. Sie boten dem Imperium die Stirn und erreichten trotz ihrer technologischen Unterlegenheit ein Patt. Und obwohl Ihr diesen Planeten verbrannt habt, sind sie noch immer da: Ihre Körper mögen tot sein, doch ihre Seelen leben in den Bäumen fort. Nennt es meinetwegen ein riesiges lebendiges Feld aus psionischer Energie, das durch die Bäume geerdet ist, wenn Euch das Verständnis dadurch leichterfällt. Aber solange der Wald steht, existieren die Ashrai. Sie werden nicht vergessen und nicht verzeihen. Sie waren etwas ganz Besonderes, Johan. Ihr habt nie begriffen, was Ihr hier angerichtet habt.«

»O doch, Sean. Ich weiß, was ich getan habe.« Carrion hielt unvermittelt inne und bedeutete Schwejksam, leise zu sein. Eine Weile verharrten die beiden reglos im schmalen Lichtkreis der Lampe über ihnen, während Carrion die Stirn in Falten legte und den vor ihnen liegenden Weg mit seinem ESP abtastete. Schließlich schüttelte er den Kopf und winkte Schwejksam weiterzugehen. Er wirkte noch immer nachdenklich. Schwejksam zog seinen Disruptor und starrte mißtrauisch auf jeden Schatten. Das Gefühl, beobachtet zu werden, lastete von Minute zu Minute schwerer auf ihnen, doch nichts versperrte den Weg.

Mit einemmal öffnete sich der Gang zu einem der früheren Rechnerräume. Carrion und Schwejksam blieben erneut stehen, diesmal wegen des Anblicks, der sich ihren Augen bot. Die Maschinen waren vom Druck zerplatzt, der sich von innen aufgestaut hatte, und überwuchert von halb lebendigen Konstruktionen, die durch lange glitzernde Stränge menschlichen Nervengewebes untereinander verbunden waren. Ein unablässiges, kaum hörbares Murmeln erfüllte die Luft. Schwejksam ließ den Blick langsam über den Raum gleiten. Er zwang sich zur Ruhe, ganz gleich, wie sehr der Anblick ihn innerlich aufwühlte. Carrion trat langsam vor. Sein Gesicht war ausdruckslos, doch in den Augen stand Wissen und Vorahnung.

»Dies ist das Herz des Netzes. Das Zentrum, von dem aus die mutierte Basis gesteuert wird«, erklärte er mit leiser Stimme. »Von hier aus kontrolliert die Kreatur alles, was in der Basis geschieht. Das hier sind ihre Augen und Ohren, ihr Gehirn und ihre Erinnerungen. Wenn wir das hier zerstören, ist sie von ihrem Werk abgeschnitten. Die Systeme werden zerfallen, und das Alien wird allein und verwundbar übrigbleiben.«

»Wenn die Sache so einfach ist – warum blickt Ihr dann so unglücklich drein?« erkundigte sich Schwejksam.

»Es erscheint mir zu leicht. Es war zu leicht herzukommen, und es ist zu leicht, das Zentrum zu vernichten. Es kann nicht so einfach sein. Wir übersehen irgend etwas. Ich schätze, wir sollten diese Systeme äußerst sorgfältig untersuchen, bevor wir uns zum Handeln entschließen.«

»Dazu bleibt uns nicht die Zeit, Carrion. Das Alien ist im Augenblick nicht daheim, aber es kann jeden Augenblick zurückkehren. Wir müssen das Zentrum seiner Macht zerstören, solange wir noch können. Seht mal, nur weil die Kreatur intelligent und mächtig ist, heißt das noch lange nicht, daß sie sehr weit vorausdenkt. Je mächtiger ein Organismus ist, desto weniger muß er vorausdenken. Das Alien

447

verhält sich nach einem Muster, das in der Vergangenheit wahrscheinlich funktioniert hat, und es geht davon aus, daß das reicht. Es wurde noch nie geschlagen und glaubt vielleicht, es sei unverwundbar. Aber alles hat einen Schwachpunkt, und jetzt haben wir den seinen gefunden. Geht ein wenig zur Seite und laßt mich meine Arbeit machen. Bewacht den Korridor, wenn Ihr etwas Nützliches tun wollt. Ich will die Granaten deponieren. Anschließend verschwinden wir so schnell von hier, als wäre der leibhaftige Teufel hinter uns her, bevor die Kreatur merkt, daß irgend etwas nicht stimmt und hierher zurück rennt.«

Der Gesetzlose nickte steif und ging in den Korridor zurück. Der Zweifel stand ihm noch immer im Gesicht.

Schwejksam setzte sich mit der KI in Verbindung und ließ Odin die Stellen berechnen, wo die Ladungen den größtmöglichen Schaden anrichten würden. Sorgfältig deponierte er drei Granaten, machte eine nach der anderen scharf und rannte schließlich neben Carrion her den Korridor hinab. Sie hatten soeben die erste Biegung hinter sich, als die erste Granate hochging.

Eine Schockwelle aus überhitzter Luft und Splittern heulte durch den Gang und prallte wirkungslos von dem psychokinetischen Schild ab, den Carrion errichtet hatte. In kurzen Abständen folgten zwei weitere Explosionen. Der Boden bebte unter ihren Füßen. Das Krachen war ohrenbetäubend laut. Schwejksam preßte mit triumphierendem Grinsen die Hände auf die Ohren. Rauch füllte den Korridor und hüllte die beiden Menschen in dichte Schwaden. Schließlich verebbte das Beben, und mit Ausnahme des Knisterns entfernter Feuer kehrte wieder Ruhe ein. Schwejksam grinste Carrion an.

»Das sollte reichen, um ihm den Tag zu verderben. Ihr sucht besser rasch die Umgebung ab, nur für den Fall, daß dieser ganze Mist hier noch immer funktioniert. Ich werde die KI veranlassen, das gleiche von ihrer Seite aus zu tun.« Schwejksam brach ab, als Odins Stimme plötzlich in seinem Kopf ertönte. »Wir haben ein Problem, Kapitän«, meldete die KI. »Anscheinend war Kommandant Sternblut nicht damit zufrieden, die Basis völlig von der Außenwelt abzuriegeln. Er hat darüber hinaus das Selbstzerstörungsprogramm der Basis aktiviert. Eine kleine Nuklearwaffe wurde geschärft und so programmiert, daß sie gegen Ende eines Countdowns explodiert. Als die Systeme des Aliens die Rechner übernahmen, unterbrachen sie den Countdown, doch sie vergaßen, die Bombe zu entschärfen. Solange das System gearbeitet hat, konnte der Countdown nicht fortgesetzt werden, und die Basis war sicher. Da Ihr das System jetzt zerstört habt, läuft der Countdown weiter. Die Atombombe wird von jetzt an in genau zweiunddreißig Minuten detonieren. Ich bin nicht im Besitz der notwendigen Kodes, um die Bombe zu deaktivieren. Ich schlage deswegen dringend vor, daß Ihr die Basis augenblicklich verlaßt. Solange Ihr noch könnt, Kapitän.«

KAPITEL 10
FREUNDSCHAFT UND LOYALITÄT

Frost zog eine Splittergranate aus der Bandoliere, zog den Sicherungsstift heraus und warf sie lässig über die Köpfe der unentschlossen dastehenden Humanoiden. Ein paar wandten die leeren Gesichter nach dem Wurfgeschoß um, doch die anderen zeigten keinerlei Reaktion, selbst dann nicht, als Frost zwei weitere Granaten schleuderte. Die erste explodierte mit einem ohrenbetäubendem Knall mitten unter den Kreaturen und schuf ein blutiges Chaos in ihren Reihen. Rauch erfüllte den Gang, und ein blutiger Nebel sprühte durch die Luft. Die beiden anderen Granaten explodierten Sekundenbruchteile später. Frost und Vertue drängten sich in den Schutz einer Nische, die Hände auf die Ohren gepreßt. Die massierten Reihen der Humanoiden absorbierten den größten Teil der zerstörerischen Wucht. Überall auf dem blutverschmierten Korridor lagen zerfetzte

Körper. Die Lebenden und leicht Verletzten taumelten verwirrt und ziellos hierhin und dorthin. Frost zog mit bösem Kichern ihren Disruptor und schoß einer der Kreaturen den Kopf weg. Diana duckte sich unter dem Eindruck roher Gewalt in der Stimme Frosts und wischte hektisch über die Blutflecken, die ihre Kleidung besudelt hatten.

Die Humanoiden wogten vor und zurück und bedrängten sich gegenseitig. Frost lachte leise, hob ihren Zweihänder und trat leichtfüßig aus der Nische. Ihre Klinge blitzte im Licht des Scheinwerfers, als sie sich einen Weg durch die geistlosen Zombies hackte. Das Schwert zerteilte Knochen und Fleisch gleichermaßen. Frost schien überall zugleich zu sein. Körper sanken vor, hinter und neben ihr zu Boden und rührten sich nicht mehr. Die Humanoiden taumelten blind durch Rauch und Chaos, während das fremde Bewußtsein dahinter um Orientierung kämpfte. Investigator Frost bahnte sich eine blutige Schneise in das Herz des Feindes und war zufrieden, wenn nicht sogar glücklich mit ihrem Tun.

Diana Vertue konzentrierte sich darauf, ihre psionische Unsichtbarkeit aufrechtzuerhalten und ihr Bedürfnis nach Sicherheit mit ihren Pflichten als Lockvogel in Einklang zu bringen. Sie gestattete einem kleinen Teil ihres Selbst, durch die mentalen Schilde zu sickern, um die Aufmerksamkeit des Alien weiterhin auf sich zu lenken, doch sie verbarg ihren Aufenthaltsort hinter einem Schirm aus Mehrdeutigkeit. Weder das Alien noch seine menschlichen Sklaven konnten genau sagen, wo sie sich aufhielt. Sie tanzten mit ausgestreckten Armen suchend um Diana herum, eine entsetzliche, gesichtslose Masse aus zu Klauen verkrümmten Händen und zuckenden Mündern, aber keiner der Zombies war imstande, Diana zu finden, selbst dann nicht, wenn er sie aus Versehen anrempelte. Sie biß sich heftig auf die Unterlippe, um nicht laut aufzuschreien. Die humanoiden Zombies waren aus den Überresten des Basispersonals zusammengebaut worden. Sie kämpften und suchten mit sturer Hartnäckigkeit nach Diana, und doch waren sie längst tot. In ihren Gesichtern stand keine Emotion, kein

Gedanke, nichts. Ihre Haut war kalt wie der Tod, und aus ihren starren Augen blickte etwas entsetzlich Unmenschliches. Diana stand mit dem Rücken fest gegen die Wand gepreßt, das Gesicht vor Schrecken verzerrt. Bei jedem Kontakt sank sie weiter in sich zusammen.

In ihrer linken Kopfhälfte entwickelte sich ein heftiger Schmerz, der Diana zu blenden drohte, während sie um die Erhaltung des zerbrechlichen Gleichgewichts zwischen Tarnung und Sichtbarkeit kämpfte. Dort und doch nicht dort. Anwesend und nicht zu sehen. Und über allem anderen das sichere Wissen, daß die Zombies sich im gleichen Augenblick auf Diana stürzen und sie zerreißen würden, da sie die Kontrolle verlor.

Frost tanzte und tötete inmitten ihrer Feinde. Ihr Schwert kreiste in unaufhaltsamen Schwüngen, und sie bewegte sich mit tödlicher Professionalität. Es war eine gute Klinge. Alter irdischer Stahl. Sie war vielleicht nicht so scharf wie das Monofasermesser, doch Gewicht und Wucht des Zweihänders reichten mehr als aus für die Klauenhände der Zombies. Sie schwärmten um Frost herum, ein lebendes Meer aus Haß und Gewalt, doch kein einziger war schnell genug, um Frost auch nur nahe zu kommen. Klauenhände schnappten nach ihr, aber sie griffen stets ins Leere. Frost war längst nicht mehr da, ließ sich weder fangen noch halten. Ihr persönlicher Schutzschild fegte die wenigen zur Seite, die ihr zu nahe kamen, und das leuchtende Energiefeld wehrte die übernatürlichen Kräfte der Zombies ab. Doch es war gefährlich, den Schild ununterbrochen einzusetzen. Der Energiekristall leerte sich gefährlich schnell. Es konnte nicht mehr lange dauern, bis der Schild zusammenbrechen würde. Frost war es egal. Die Humanoiden fielen vor ihr, und Frost war in ihrem Element. Sie tat, wozu sie geboren und ausgebildet worden war. Nichts konnte ihr widerstehen. Sollten sie nur kommen. Sollten sie nur alle kommen. Frost war Investigator, die beste Kriegerin der Menschheit, und das Alien würde erfahren, was das bedeutete.

Diana beobachtete Frost dabei, wie sie voller Eleganz und Grazie ihren tödlichen Tanz vollführte. Sie schlachtete die

Untoten von Basis Dreizehn dahin und schien in ihrem Tun genauso wenig menschlich wie das, was sie bekämpfte. Frosts Gesicht war eine kalte Maske aus Verachtung und Professionalität ohne jede Spur von Mitleid. Sie mordete, weil sie zum Morden ausgebildet worden und weil sie gut darin war. Eine Expertin in der Kunst des Schlachtens. Nicht, daß Diana viel Mitleid für Frosts Opfer empfunden hätte. Sie erkannte an ihren Gesichtern, daß sie bis auf die grob humanoide Gestalt nicht länger menschlich waren. Der Tod war die einzige Gnade, auf die sie hoffen durften. Vermutlich war es angebracht, Frost zu helfen, aber Diana konnte nicht. Teilweise, weil es zu anstrengend war, ihre Unsichtbarkeit aufrechtzuerhalten, doch größtenteils, weil allein der Gedanke an persönliche Gewalt sie krank machte. Das Imperium hatte ganze Arbeit an ihr geleistet.

Und dann wichen die Zombies mit einemmal zurück. Sie wandten sich von Frost ab und verschwanden in den umgebenden Stahlwänden. Im einen Augenblick noch wimmelte es im Korridor von blutrünstigen Gestalten, dann waren sie verschwunden. Langsam legte sich der Rauch und enthüllte Frost, die verblüfft das blutige Schwert sinken ließ. Sie atmete nicht einmal schneller. Die Toten lagen, wo sie gefallen waren. Gezacktes Metall glänzte in ihren Wunden, Eingeweide besudelten den Boden und die Wände, doch ansonsten waren Frost und Diana ganz allein im Korridor.

Frost schniefte enttäuscht und ging zu Diana zurück. Dort blieb sie stehen und schüttelte das Blut von der tropfnassen Klinge. Die junge Esperfrau wich vor dem Schwert zurück. Frost schien es nicht zu bemerken. Sie klopfte Diana auf die Schulter und blickte sich mit zufriedenem Lächeln um.

»Sieht ganz danach aus, als wären wir zu gut für sie gewesen. Eine Schande ist das. Ich hatte gerade erst angefangen, die Sache zu genießen.«

»Es ist noch nicht vorüber«, erwiderte Diana leise. »Irgend jemand kommt.«

Frost blickte sie scharf an, dann blickte sie sich mit gehobenem Schwert um. »Ist es das Alien?«

»Es scheint so. Es brennt in meinem Bewußtsein so hell

und strahlend wie ein Leuchtfeuer. Allein der Gedanke daran schmerzt. Irgend etwas ... irgend etwas stimmt nicht an der Sache.«

»Wie weit ist es noch entfernt?«

»Es ist nah. Sehr nah. Ich kann seine Gedanken hören. Sie ergeben keinen Sinn. Es besitzt Gefühle, aber ich kann sie nicht erkennen. Es ist beinahe so, als würde man plötzlich neue Farben in einem Regenbogen entdecken ...«

»Ihr schweift ab, Esper«, wies Frost Diana zurecht. »Bleibt beim Thema. Wie groß ist das Alien? Wie stark? Aus welcher Richtung kommt es?«

»Es ist fast da.« Diana rieb sich über die Stirn, als die Kopfschmerzen erneut aufflackerten. »Ich habe immer größere Mühe, es nicht in meine Gedanken eindringen zu lassen. Als würde man in die Sonne blicken, wenn sie zu hell ist ... Das Wesen ist sehr stark. Sehr mächtig. Unglaublich mächtig.«

»Konzentriert Euch, Esper!«

»Ich kann nicht ... es ist zu groß ...«

»Dann lockt es herbei. Ihr seid der Lockvogel, und ich kümmere mich um den Rest.«

In diesem Augenblick erschien das Wesen am Ende des Korridors, und Frost verstummte. Es war wirklich groß. Es füllte den Gang von Wand zu Wand aus und ragte bis zur Decke wie ein Wurm in seinem Tunnel. Der dunkle, gerippte Leib war lang und kräftig. Dicke Muskelstränge standen hervor und pulsierten wie Adern. Metallische Sehnen waren mit seinem Fleisch verwoben – nicht künstlich hinzugefügt, sondern integraler Bestandteil des Körpers. Lange, knochige Glieder ragten in regelmäßigen Abständen überall aus seinem Leib und schoben es an den Wänden entlang. Aus dem glänzenden Rücken stachen glitzernde Stacheln und Dornen hervor. Sein Hinterleib verschwand so weit hinten im Dunkeln, daß er nicht mehr zu sehen war. Der runde Schädel besaß weder Augen noch andere offensichtliche Sinnesorgane mit Ausnahme der spitzen Metallzähne, die in dem weiten Maul immer wieder zuschnappten wie eine Menschenfalle. Das Maul war groß genug, um einen Menschenkopf auf einen Schlag abzubeißen. Die Zähne darin schimmerten wie Dolche.

Das Wesen bewegte sich vorwärts, Fuß um Fuß, gewaltig und bedrohlich wie eine Gewitterwolke, die sich zur Erde hinab senkte. Seine Glieder ratterten über die Metallwände, und der Atem kam zischend aus dem weiten Maul.

Diana wollte den Blick abwenden, doch sie konnte nicht. Das Ding ängstigte sie bis auf die Knochen. Es war eine Mischung aus Lebendigem und Totem, aus Leben und Technologie, aber gewachsen, nicht konstruiert. Dinge, die niemals ein Bewußtsein hätten besitzen dürfen, waren integrale Bestandteile seines Körpers. Diana versuchte sich vorzustellen, welch höllische Evolution eine derartige Kreatur hatten hervorbringen können – ohne Erfolg. Das Wesen war einfach zu fremdartig. Zu verschieden von allem, was sie kannte. Die Kreatur leuchtete hell in Dianas Bewußtsein, und die schiere Kraft seiner Gegenwart fegte all ihre Schilde beiseite, bis sie nackt und hilflos vor ihm stand. Das Alien blickte sie mit seinem augenlosen Kopf an. Es wußte, wo sie sich befand. Die Art und Weise seines Denkens enthüllte sich Diana, doch die Gedanken ergaben keinen Sinn. Überhaupt keinen Sinn.

»Es ist größer, als ich vermutet habe«, brummte Frost beiläufig. »Anscheinend ist es beträchtlich gewachsen, seit es sein Schiff verlassen hat. Wahrscheinlich das gute Futter. Ich meine das Personal der Basis. Ich frage mich, wie groß es ohne äußere Limitierungen werden kann ... Aber diese Frage müssen die beantworten, die nach uns kommen. Tretet zurück, Esper. Ich werde es mit dem Disruptor grillen.«

»Eure Waffe kann es nicht aufhalten«, widersprach Diana. »Nichts kann es aufhalten. Es ist viel zu groß. Viel zu fremdartig.«

»Zur Hölle damit«, entgegnete Frost. »Es ist nichts weiter als ein Alien.«

Sie hob den Disruptor und zielte auf den runden Kopf. Dann betätigte sie den Abzug. Der sengende Energiestrahl brannte ein Loch in den Kopf der Kreatur. Ölige, schwarzes Blut bespritzte Wände und Decke. Das Wesen heulte ohrenbetäubend auf. Der Klang seiner Stimme ging Vertue durch Mark und Bein.

Der schwere Kopf wackelte hin und her. Frost beobachtete betäubt, wie das verbrannte Fleisch sich verformte und zusammenfügte. Stählerne Adern legten sich über die Wunde wie eine Naht. Frost steckte den Disruptor weg.

»Ich schätze, wir haben Schwierigkeiten, Esper. Ich hatte mich fest auf den Disruptor verlassen, um mit der Kreatur fertig zu werden. Aber wie es so schön heißt: Wenn ein Plan fehlschlägt, dann improvisiere. Ich habe noch ein paar Granaten übrig. Sobald ich das Kommando gebe, rennt Ihr los. Und schaut nicht nach hinten, weil ich direkt hinter Euch sein werde.«

Frost nahm eine Granate aus ihrer Bandoliere, wog sie gelassen in der Hand, zog den Sicherungsstift und rollte sie über den Boden auf das Wesen zu. Sie rief Diana zu, sich in Bewegung zu setzen, und die junge Esperfrau rannte in die entgegengesetzte Richtung davon. Das Alien schoß vor, und sein gewaltiger Leib bedeckte die Granate. Es gab eine gedämpfte Explosion, und der Boden schüttelte sich. Frost gestattete sich einen Augenblick der Befriedigung. Dann erfüllte das Brüllen der Kreatur den Gang, rauh und heiser und unbarmherzig. Der Boden bebte erneut, doch diesmal vom massigen Gewicht der Kreatur, die sich in Bewegung gesetzt hatte und ihre Opfer verfolgte. Frost versuchte sich vorzustellen, wie schnell sich ein derart großes Wesen bewegen konnte, aber sie gab diesen Versuch rasch wieder auf. Nichts in ihrer Ausbildung oder Erfahrung hatte sie auf einen Anblick wie diesen vorbereitet. Alles war zu anders, zu fremdartig, zu unähnlich allem, was der Menschheit je zuvor begegnet war

Frost blendete den Grundriß von Ebene Drei ein und führte Diana in die engeren Korridore in der Hoffnung, die fremde Kreatur wäre zu groß, um hindurchzupassen. Doch wohin sie sich auch wandten, das Alien war bereits dort. Seltsame Geschwülste wucherten aus schwitzenden Stahlwänden, glänzende Fasern hingen von den Decken. Und schließlich mußten die beiden Menschen eine Rast einlegen, damit Diana wieder zu Atem kommen konnte. Frost blickte sich ungeduldig um, während die junge Frau sich mit hängendem Kopf haltsuchend auf sie stützte und nach Luft rang. Frost atmete noch immer langsam und gleichmäßig. Ihre Ausbildung hatte sie auf Schlimmeres als das hier vorbereitet. Sie hätte der Kreatur mit Leichtigkeit davonlaufen können, wenn Vertue sie nicht aufgehalten hätte. Auf der anderen Seite brachte sie es nicht fertig, Diana einfach im Stich zu lassen. Solange der Köder noch vor der Nase der Kreatur baumelte, würde es sich aller Wahrscheinlichkeit nach auf die Esperfrau konzentrieren und nicht auf das, was Carrion und der Kapitän gerade machten.

Frost starrte in die undurchdringliche Finsternis des Korridors zurück, in einer Hand den Disruptor, in der anderen eine Brandgranate. Vielleicht war sie nicht imstande, das Alien zu töten, aber sie würde seine Aufmerksamkeit voll beanspruchen. Sie blickte sich um und suchte nach möglichen Hinterhalten und schnellen Fluchtmöglichkeiten. Überall befanden sich Löcher in den Wänden und der Decke. Einige davon führten in Tunnels, die groß genug waren, um die Pinasse der *Dunkelwind* zu verschlucken. Das Alien war fleißig gewesen.

Frost legte die Stirn in Falten, als ihr bewußt wurde, daß das Beben des Bodens aufgehört hatte. Das Alien hatte sich anscheinend für einen anderen Weg entschieden. Was bedeutete, daß eines der Löcher möglicherweise Ausgangspunkt für einen Angriff war. Frost schlich zu dem nächstgelegenen Loch und spähte vorsichtig hinein. Tief im Innern vernahm sie ein schwaches Murmeln, eine inzwischen vertraute Kakophonie menschlicher und fremder Stimmen. Frost zog den Sicherungsstift aus ihrer Brandgranate, zählte rasch bis drei und schleuderte die Granate so tief in den Tunnel, wie sie konnte. Dann trat sie zur Seite und preßte sich flach an die Korridorwand. Ein dumpfes Brüllen erklang, dann schossen Rauch und Flammen zusammen mit Fragmenten fremden Gewebes aus dem Loch. Frost grinste wild und trottete mit Diana im Schlepptau den Korridor hinab. An jedem Loch hielt sie kurz inne und feuerte ihren

Disruptor in die Dunkelheit ab. Die Energiestrahlen erhellten die Tunnels jedesmal für Sekundenbruchteile, doch nirgends war etwas von dem Alien zu sehen. Der Disruptor benötigte immer länger, um sich zwischen den Schüssen wieder aufzuladen. Kurz vor dem Ende des Korridors hielten sie erneut an. Frost sah sich unsicher um. Sie verursachte gewaltige Schäden an der Station, aber bisher war es ihr nicht gelungen, das Alien aufzuhalten. Inzwischen hätte es sie längst finden müssen. Sie war nicht so dumm zu glauben, daß sie es abgeschüttelt hätten, und das bedeutete, daß in seinem rätselhaften, undurchschaubaren Verstand ein Plan gereift sein mußte. Frost lächelte. Auf ihre Art genoß sie die Jagd. Es war die erste wirkliche Herausforderung, der sie sich jemals hatte stellen müssen. Die erste Gelegenheit, etwas herauszufordern und zu überlisten, das nicht wie ein Mensch dachte. Bisher war Frost im Vorteil. Solange sie und ihr Lockvogel in Bewegung blieben, konnte das Alien nichts weiter tun, als sie zu jagen. Es war zu groß, zu schwer und zu dumm, um irgend etwas anderes zu tun als hinter ihnen herzujagen. *Und wenn der Kapitän und Carrion erst das Herz seines Netzes gefunden und zerstört hatten, würde sie den Spieß umdrehen und ihrerseits das Alien für eine Weile jagen.* Frosts Kopf fuhr plötzlich herum. Sie hatte erneut das leise Murmeln der fremden Kreatur gehört. Sie blickte die Esperfrau an, die mit geschlossenen Augen dastand und heftig zitterte.

»Es ist hier«, sagte Diana. »Es hat uns gefunden.«

»Wo ist es?« fragte Frost. »Ich kann es nirgendwo entdecken.«

»Nah«, antwortete Diana. »Ganz nah.«

Frost blickte sich gehetzt um. Sie strengte die Ohren an, doch nichts bewegte sich im düsteren Leuchten des Korridors. Alles lag still und ruhig.

Frost runzelte die Stirn und klopfte mit dem Lauf ihres Disruptors gegen den Oberschenkel. Wo auch immer das Alien steckte, ihr sollte reichlich Vorwarnzeit bleiben, um auf einen Angriff zu reagieren. Es konnte sich nicht nähern, ohne daß der Boden unter seinen Füßen bebte. Selbst dann nicht, wenn es durch eine der Wände kam. Irgend etwas ließ

Frost nach oben blicken. Der runde Kopf der Kreatur schob sich aus einem großen Loch in der Decke wie eine Made aus einem faulen Apfel. Frost packte Diana und warf sich zusammen mit der Esperfrau zur Seite. Die Kreatur sprang herab. Der Boden bebte unter dem Aufprall.

Frost rollte sich ab und war im gleichen Augenblick wieder auf den Beinen. Sie hielt eine Granate in der Hand, zog den Sicherungsstift heraus und rollte sie durch den Korridor auf die Kreatur zu. Dann riß sie Diana hoch und rannte um die nächste Biegung. Frost zählte lautlos mit, während sie durch den Seitengang weiterliefen. Die Explosion schickte einen Schwall überhitzter Luft durch den Hauptgang, und die Kreatur brüllte laut auf. Frost grinste. Vielleicht würde sie das verfluchte Biest nicht töten können, aber sie würde ihm zumindest Schmerzen zufügen.

Frost schob die Esperfrau vor sich her, während sie davonrannten, und nutzte die Gelegenheit, einen Blick auf die Ladeanzeige ihres Disruptors zu werfen. Der Energiekristall war beinahe erschöpft. Höchstens noch drei oder vier Schuß steckten in der Waffe.

Erneut bebte der Boden unter ihren Füßen. Das Alien mußte ihnen dicht auf den Fersen sein. Frost riskierte einen Blick nach hinten und fluchte leidenschaftslos. Es war näher, als sie erwartet hatte. Das Ding bewegte sich für seine Masse überraschend schnell. Frost grinste flüchtig. Sie war bisher stets die Verfolgerin gewesen, nie die Verfolgte. Das war eine völlig neue Erfahrung für sie. Eine aufregende Erfahrung.

Die beiden Flüchtenden umrundeten die nächste Biegung und kamen schlitternd zum Stehen. Es ging nicht mehr weiter. Wo auf dem Grundriß ein offener Gang eingetragen war, befand sich nun ein dickes Netz aus fremdem organischen Gewebe. Frost hob ihren Disruptor. Die Waffe besaß noch ausreichend Energie, um einen Weg durch das Netz zu brennen. Auf der anderen Seite benötigte Frost diese Energie vielleicht, um auf das Alien zu feuern. Sie überlegte kurz, zuckte die Schultern und zielte auf das Netz. Der Energiestrahl fraß sich durch das Gewebe und hinterließ schwarze

Ränder an den Wänden. Frost wollte sich in Bewegung setzen, doch dann hielt sie verblüfft inne. Das Netz regenerierte sich vor ihren Augen mit müheloser Leichtigkeit. Der Weg war wieder versperrt, und sie hatte einen Schuß verschwendet. Ein weiterer Versuch war sinnlos. Frost blickte sich um. Auch hier befanden sich Löcher in Decken und Wänden, und niemand vermochte zu sagen, wohin sie führten. Weitere Umbauarbeiten der fremden Kreatur. Frost wandte sich zu Diana Vertue, die mit aufgerissenen Augen und bebendem Mund in den Gang zurückstarrte, durch den sie gekommen waren.

»Wir werden hierbleiben und uns verteidigen müssen, Esper«, erklärte Frost. »Besser gesagt, ich werde uns verteidigen. Ihr könnt mir nicht helfen, und Ihr könntet verletzt werden, wenn Ihr mir in den Weg kommt. Deswegen möchte ich, daß Ihr alleine weitergeht. Sucht Euch eines der Löcher aus. Sie werden schon irgendwo hinführen. Geht durch eines der kleineren, und das Alien kann Euch nicht folgen. Ich werde hierbleiben und seine Aufmerksamkeit auf mich lenken, bis der Kapitän und Carrion ihren Teil des Plans erledigt haben.«

»Ihr könnt diesem Ding nicht allein gegenübertreten«, widersprach Diana. »Euer Disruptor hat keinen Schaden angerichtet, und die Granaten haben es lediglich verlangsamt. Wenn Ihr hierbleibt, wird es Euch töten. Kommt mit mir. Ich mache uns beide unsichtbar, und wir schütteln das Alien in den Tunnels ab.«

»Nein, Esper. Wir haben einen Auftrag zu erfüllen, oder habt Ihr das vergessen? Wir müssen die Kreatur in Atem halten.«

»Das könnt Ihr nur, solange Ihr nicht getötet werdet. Bleibt hier, und Ihr werdet sterben.«

Frost hob eine Augenbraue. »Das ist noch gar nicht so sicher. Schließlich bin ich Investigator. Wir können nicht beide in den Tunnels verschwinden. Das ist unbekanntes Gebiet für uns. Das Alien kennt sich ganz bestimmt darin aus. Ihr verschwindet, Esper. Ich halte hier die Stellung. Ihr müßt überleben, damit Ihr erneut den Lockvogel spielen könnt, falls es nötig ist. Und wenn Ihr das Alien ein zweites Mal auf Euch lenken wollt, dann benötigt Ihr einen ziemlichen Vorsprung. Nein, ich bleibe hier. Ihr geht, Esper.«

Diana blickte Frost trotzig in die Augen. »Ihr wollt hier sterben, nicht wahr?«

»Nicht, wenn ich es verhindern kann.«

»Könnt Ihr das?«

Frost seufzte resignierend. »Ich weiß es nicht. Wahrscheinlich nicht. Doch das spielt keine Rolle. Ich kenne meine Pflicht. Ich wußte immer, daß ich eines Tages im Kampf und nicht im Bett sterben würde. Das hat die Arbeit so an sich. Es ist mir egal. Es ist meine Pflicht, und es ist mein Leben. Es ist alles, was ich mir jemals gewünscht habe.«

»Ihr meint, das ist alles, was das Imperium Euch zu wünschen eingetrichtert hat. Sie haben Euch programmiert, genau wie mich. Sie haben Euer Leben ruiniert und Euch dazu gebracht, es auch noch zu mögen. Und jetzt wollt Ihr für sie sterben, weil Eure Konditionierung nicht zuläßt, daß Ihr das einzig Vernünftige tut und davonlauft.«

»Nein, Diana. Das ist es nicht. Ich werde hierbleiben und kämpfen, weil es das ist, was ich am besten kann. Wir verschaffen den anderen Zeit, indem ich kämpfe und indem Ihr davonlauft. Und jetzt macht bitte, was ich Euch gesagt habe, und verschwindet durch diesen verdammten Tunnel. Bitte, Diana.« Diana trat unvermittelt vor und umarmte Frost heftig. Investigator Frost stand für einen Augenblick reglos da, bevor sie die Umarmung sanft erwiderte. Diana löste sich von ihr, und Frost half ihr dabei, in den nächstgelegenen Tunnel zu klettern. Sie lächelte mit so fest zusammengebissenen Lippen ein letztes Mal zu Frost hinab, daß man das Zittern nicht sehen konnte, dann wandte sie sich um und verschwand zusammen mit der Lampe im Gang. Frost justierte ihre Augen auf höchstmögliche Restlichtverstärkung und wandte sich wieder dem Korridor zu. Der persönliche Schutzschild summte beständig an ihrem Arm, und das Gewicht des Schwertes lag beruhigend in ihrer Hand. Sie atmete langsam und kontrolliert. Ihre Hand zitterte keine Spur. Zur Hölle. Es war doch nur ein Alien, weiter nichts. In der Finsternis am Ende des Korridors bewegte sich etwas. Frost grinste breit.

Im Zentrum des Netzes blickten sich Carrion und Schwejksam sprachlos an, als die KI ihnen in ruhigem Konversationston vom Countdown der nuklearen Selbstzerstörungsvorrichtung erzählte. Schwejksam schob seinen Disruptor mit einem Ruck zurück in das Holster.

»Na, das ist ja einfach großartig, Odin! Wirklich großartig! Was sollen wir jetzt tun?«

»Falls ich einen Vorschlag unterbreiten dürfte, Kapitän«, sagte Carrion, »dann sollten wir vielleicht besser unterwegs über diese Angelegenheit diskutieren. Uns bleiben weniger als zweiunddreißig Minuten, um Esper Vertue und Investigator Frost zu finden, dem Alien zu entkommen und aus Basis Dreizehn zu verschwinden, als wäre der Teufel persönlich hinter uns her. Anschließend müssen wir nur noch Eure KI davon überzeugen, uns wieder in die Pinasse zu lassen und von dem Planeten verschwinden, bevor der nukleare Sprengsatz detoniert.«

»Mit anderen Worten«, antwortete Schwejksam, »wir werden sterben. Zur Hölle! Wir können es genausogut versuchen, um uns die Zeit zu vertreiben. Odin, finde heraus, wo wir uns befinden, und zeig uns die schnellstmögliche Fluchtroute nach draußen.«

»Ich fürchte, das kann ich nicht, Kapitän«, antwortete die KI. »Erstens werde ich Euch nicht zurück an Bord der Pinasse lassen. Ihr seid noch immer aller Wahrscheinlichkeit nach kontaminiert. Zweitens benötigt das Imperium den Leichnam des Aliens und so viel von seiner Technologie, wie nur irgend möglich, um alles zu untersuchen. Wenn man die potentielle Gefahr bedenkt, die von dieser neuen Spezies ausgeht, dann benötigt das Imperium alle nur irgendwie erhältlichen Informationen über das Ausmaß dieser Gefahr. Ich muß darauf bestehen, daß Ihr alles in Euren Kräften Stehende unternehmt, um Basis Dreizehn und ihren Inhalt zu

schützen. Ich bedaure die Notwendigkeit derart harter Maßnahmen, Kapitän, aber meine Programmierung erfordert
das von mir. Ihr selbst wißt das sicher am besten.«

»Immer dann, wenn man glaubt, die Dinge könnten gar
nicht mehr schlimmer kommen, verschlechtern sie sich noch
ein ganzes Stück«, brummte Schwejksam. »Ich schlage einen
Handel vor, Odin. Du erklärst dich einverstanden, uns von
Unseeli zu evakuieren und an Bord der *Dunkelwind* in Qua-
ratäne zu schaffen, und wir bewahren Basis Dreizehn und
ihren Inhalt vor der Zerstörung. Was sagst du?«

»Einverstanden«, antwortete die KI. »Meine Programmierung gestattet mir in Notfällen eine gewisse Flexibilität.«

»In Ordnung«, sagte Schwejksam. »Das ist immerhin ein
Anfang.«

»Entschuldigt, wenn ich frage«, wandte sich Carrion an
Schwejksam. »Aber wie genau wollt Ihr in weniger als
einunddreißig Minuten das Alien besiegen und die Basis an
der Selbstzerstörung hindern?«

»Wenn ich das wüßte. Odin, sicher hast du inzwischen
einige Verbindungen zu den Rechnern der Basis etabliert.
Kannst du dich nicht in den Countdown schalten und die
Zündung verhindern?«

»Nicht zum gegenwärtigen Zeitpunkt, Kapitän. Die
Selbstzerstörung ist als letzter Ausweg gedacht, und das
Imperium hat eine ganze Reihe von Vorkehrungen eingebaut, um sicherzustellen, daß niemand den Countdown
unterbrechen kann, sobald er einmal eingeleitet ist. Das
Alien hat es irgendwie fertiggebracht, den Countdown aufzuhalten, aber es konnte ihn ebenfalls nicht abschalten. Ich
muß gestehen, daß mir keine Erklärung dafür einfällt. Ich
gebe mir die größte Mühe, Zugriff auf die relevanten
Systeme zu erhalten. Soweit ich allerdings bisher absehen
kann, benötige ich dafür wesentlich mehr Zeit als die
einunddreißig Minuten, die bis zur Selbstzerstörung bleiben.«

»Woher wußte ich eigentlich so genau, daß die KI das
sagen würde?« brummte Schwejksam. »Habt Ihr eine Idee,
Sean?«

»Wissen wir denn, wo sich die Ladung befindet?« fragte Carrion mit nachdenklich gerunzelter Stirn.

»Odin? Kennst du die Antwort?«

»Die exakte Position ist durch einen Kode geschützt, auf den ich keinen Zugriff besitze. Allerdings erscheint es logisch, daß die Ladung irgendwo auf Ebene Drei versteckt ist, um eine maximale Zerstörung sicherzustellen.«

»Was immer wir unternehmen, wir sollten uns besser beeilen«, sagte Carrion. »Zuerst müssen wir mit Frost und Vertue in Kontakt treten. Sie stehen inzwischen wahrscheinlich dem Alien gegenüber und denken noch immer, wir hätten alle Zeit der Welt zu unserer Verfügung.«

»Es gibt einen Weg«, murmelte Schwejksam langsam. »Schließlich betrifft die Sache nicht nur uns allein. Wir sind nicht die einzigen Wesen auf diesem Planeten, nicht wahr, Sean? Es gibt auch noch die Ashrai.«

Das Alien raste durch den Korridor auf Frost zu wie eine Springflut. Es war unglaublich groß und schnell. Sein Maul stand weit offen und entblößte die rasiermesserscharfen Zähne. Innerhalb einer Sekunde war es bei Frost. Sie sprang hoch, schlug einen Salto über den gesenkten Kopf der Kreatur hinweg und landete auf dem stachelbesetzten Rücken. Frost landete unsanft und hatte Mühe, sich nicht selbst aufzuspießen. Rasch fand sie ihr Gleichgewicht wieder. Sie schwang den Energieschild in einem kreisförmigen Bogen, und die funkende Kante schnitt die Stacheln wie eine Monofaser ab. Nachdem sie sich auf diese Weise Raum geschaffen hatte, hieb Frost das lange Schwert krachend auf den Kopf der Bestie. Die Klinge versank zur Hälfte im ledrigen Fleisch, und die Kreatur heulte schrill auf. Sie schlug den Kopf gegen die Korridorwand und versuchte, ihre Peinigerin auf diese Weise abzuschütteln, doch Frost klammerte sich mit beiden Händen an ihre Waffe und behielt das Gleichgewicht.

Schleimiges, schwarzes Blut strömte aus der Wunde und lief über Frosts Füße. Sie grinste wild, während sie mit der

Klinge in der Wunde umherstocherte und nach dem Gehirn suchte. Das Alien schrie markerschütternd. Der mächtige Körper zuckte konvulsivisch, als es versuchte, Frost abzuwerfen.

Frost setzte all ihre Kräfte ein und zwang das Schwert noch ein paar Zoll tiefer in die Wunde. Sie bewegte die Klinge von einer Seite zur anderen, wollte die Wunde vergrößern, doch während das dunkle Fleisch sich noch teilte, sprangen bereits metallene Fäden aus dem rohen Fleisch und begannen mit der Verarztung. Die Wunde verheilte unglaublich schnell, und die Metallfäden waren stabil genug, um Frosts Schwert zu widerstehen. Langsam, Zoll um Zoll, wurde die Klinge aus der Wunde gedrückt, die es verursacht hatte.

Frost hob den Arm mit dem Schutzschild und ließ ihn wie einen Hammer niedersausen. Die Kante des Schirms schnitt durch das ledrige Fleisch wie durch Dunst und hinterließ eine tiefe, kauterisierte Narbe. Frost kniete neben dem Schwert nieder und trieb den Schild immer tiefer in den Nacken der Kreatur. Der Energieschirm knisterte und versprühte Funken, während die Bestie sich von einer Seite auf die andere warf und voller Schmerz ein ohrenbetäubendes Geheul ausstieß. Das Echo der Schreie brach sich gleich mehrfach an den Korridorwänden. Frost kämpfte um ihre Balance. Ringsum schoben sich weitere Metallstacheln aus dem Rücken. Sie mußte den Schild wieder zurückziehen. Dann warf sie sich mit ihrem ganzen Gewicht auf das Schwert, doch die Klinge drang nicht mehr tiefer ein.

Plötzlich öffnete sich unter Frost ein Loch im Rücken der Kreatur und saugte die Menschenfrau nach innen. Sie war bereits bis zu den Knien eingesunken, bevor sie auch nur reagieren konnte. Versteckte Muskeln drohten ihre Beine zu zerquetschen. Frost keuchte vor Schmerz und hieb verzweifelt mit Schwert und Schild um sich, doch das fremde Fleisch saugte sie unbeirrt weiter in die Tiefe. Es schloß sich rings um sein Opfer wie ein lebendiges Meer, ignorierte ihre Anstrengungen und versorgte seine Wunden genauso schnell, wie Frost sie ihm beibringen konnte. Frost griff nach der Monofaserklinge in ihrem Stiefelschaft, aber der war bereits im Körper der Bestie verschwunden. Irgend etwas zerrte an ihren Füßen, zog sie immer weiter nach innen, bis sie schließlich hüfttief absorbiert war. Das dunkle Fleisch ringsum erhob sich wie eine Welle und schwappte auf Frost zu.

Aus einer Tunnelöffnung hoch oben in der Wand beobachtete Diana Frosts verzweifelten Kampf. Sie ballte hilflos die Fäuste, als Frost Stück um Stück tiefer im Rücken der Bestie versank. Sie wußte, daß sie die Zeit, die Frost ihr verschaffte, zur Flucht benutzen sollte, doch sie konnte sich nicht einfach umdrehen und Investigator Frost sterben lassen. Sie konnte Frost nicht im Stich lassen. Eine kalte Hand umklammerte Dianas Herz, als das Fleisch der Bestie sich zu einer Welle auftürmte, die Frost zu verschlingen drohte. Frost würde sterben, falls Diana nicht schleunigst etwas unternahm. Aber was? Was konnte sie schon tun? Sie war ein Esper, kein Kämpfer. Sie war niemals zum Kämpfen ausgebildet worden. Diana blickte sich nach Inspiration suchend um, und ihr Blick blieb an einem massiven, sperrigen Stück Wand nicht unweit vom Tunneleingang hängen.

Diana dachte nicht lange darüber nach, was sie tun wollte. Wenn sie jetzt lange überlegte, würde sie der Mut verlassen. Das wußte sie.

Als erstes mußte Diana die Aufmerksamkeit der Bestie auf sich lenken. Sie warf ihre mentale Abschirmung und den Schild, der sie unsichtbar machte, beiseite wie einen Umhang, den sich nicht länger benötigte. Der mächtige Kopf der Kreatur schwang im gleichen Augenblick herum. Blind und doch wissend starrte das Monster zu Diana hinauf. Es wollte die Esperfrau, und jetzt wußte es auch, wo sie sich versteckt hielt. Frost sank noch immer tiefer in den Rücken des Wesens ein, doch der Prozeß hatte sich verlangsamt, als hätte das Monster mit einemmal das Interesse an Frost verloren. Der mächtige Körper schoß vor. Stummelbeine trommelten über den Stahlboden und die Wände und hinterließen tiefe Dellen hinter der Kreatur. Diana schlug auf das Kontrollband, und an ihrem linken Unterarm erwachte der persönliche Schutzschild flackernd und summend zum Leben. Das Alien hob den runden Kopf in die Höhe und suchte mit seinen unbekannten Sinnen nach der Esperfrau. Diana lehnte sich aus der Tunnelöffnung und hielt sich mit der Rechten fest. Dann fuhr sie mit der Schildkante über das Fundament des schweren Mauerstücks. Das schimmernde Energiefeld glitt mühelos durch die Verstrebungen. Langsam neigte sich die Mauer dem Boden zu, gehalten von nichts weiter als einem einzigen Kabel. Diana lehnte sich noch weiter hinaus. Jetzt hing sie mit dem größten Teil ihres Körpergewichts über dem Gang. Der Kopf der Bestie streckte sich ihr entgegen, nur noch ein paar Zoll entfernt. Diana biß die Zähne zusammen, streckte den Schildarm aus und durchtrennte das Kabel. Der Mauerbrocken riß endgültig aus seinen Verstrebungen.

Krachend donnerte er auf den Schädel der Kreatur herab und begrub ihn unter sich.

Diana sprang auf den Rücken der Bestie. Sie zielte sorgfältig und landete zwischen Frost und dem unter Trümmern begrabenen Alienkopf. Wie besessen hackte sie mit der Schildkante auf das dunkle Fleisch ein, bis Frost die Arme wieder frei hatte. Anschließend begann sie, Frost mit deren Unterstützung wieder auszugraben. Das Alien wand sich hin und her und zuckte am ganzen Leib, doch es fand keinen Hebel, um seinen Schädel gegen das Gewicht der herabgestürzten Wand vom Boden zu heben. Schließlich gelangte Frost mit der Hand an die Monofaserklinge, und mit Dianas Hilfe war sie bald wieder frei. Rasch sprangen die beiden Frauen vom Rücken der Bestie und rannten durch den Korridor davon. Beide waren über und über mit fremden Körpersäften und schwarzem Blut besudelt.

»Was meint Ihr – wird das Gewicht ausreichen, um die Bestie festzuhalten?« Diana mußte brüllen, um das Geheul der Kreatur zu übertönen.

»Keine Chance«, rief Frost zurück. »Wir müssen von hier verschwinden!«

Sie rannte neben Diana durch den Gang. Hinter sich hörten sie ein lautes Krachen. Offensichtlich hatte das Alien seinen Kopf von den Trümmern befreit. Diana versuchte schneller zu laufen, aber sie konnte nicht. Ihre Kräfte hatten sie verlassen, und sie rannte nur noch mit Hilfe von Adrenalin und aus Verzweiflung. Frost lief mühelos neben ihr her. Sie atmete kaum schneller, trotz der Anstrengung, die sie hinter sich hatte. Diana wurde bewußt, daß Frost sie wahrscheinlich mühelos hinter sich lassen konnte. Statt dessen hatte sie sich entschlossen, bei Diana zu bleiben. Plötzlich wandte Frost den Kopf und bemerkte Dianas Blick.

»Ihr hättet mir nicht zu Hilfe kommen müssen«, sagte sie. »Ihr hättet fliehen können.«

»Das weiß ich selbst.«

»Und warum habt Ihr es doch getan? Warum habt Ihr Euer Leben riskiert, um das meine zu retten?«

»Weil Ihr meine Hilfe benötigt habt«, erwiderte Diana. »Und jetzt haltet den Mund und laßt uns weiterrennen.«

»Was ist mit der Unsichtbarkeit? Ist es möglich . . .?«

»Nein, jetzt nicht mehr. Das Alien weiß, wo ich bin.« Diana warf einen Blickt zurück über die Schulter.

Das Alien flog förmlich hinter ihnen her durch den Korridor, vielschneller als sie, schneller als jeder Mensch laufen konnte.

Diana blickte zu Frost. »Fragt mich nicht. Ihr würdet es nicht wissen wollen. Rennt einfach nur um Euer Leben.« Plötzlich ertönte Schwejksams Stimme in ihren Köpfen. Er murmelte über die Komm-Implantate. »Investigator, Esper, wir haben das Zentrum des Aliennetzes zerstört. Das Wesen ist nun vollkommen vom Rest der Basis abgeschnitten. Habt Ihr die Kreatur bereits entdeckt?«

»O ja, das haben wir«, antwortete Frost. »Wir wissen ganz genau, wo sie steckt.«

»Gut. Glaubt Ihr, Ihr könntet sie zu Carrion und mir führen? Wir haben da nämlich so eine Idee . . .«

Der transparente Grundriß von Ebene Drei blitzte kurz vor Dianas und Frosts Augen und zeigte ihnen den Weg. Diana überlegte angestrengt. Es war nicht weit. Vielleicht konnten sie es gerade so schaffen. Sie wechselte einen Blick mit Frost und nickte knapp.

»Wir können in vier Minuten dort sein«, antwortete Frost ruhig.

»Ihr müßt es in drei schaffen«, sagte Schwejksam. »Wir arbeiten unter ziemlichem Zeitdruck. Führt die Kreatur her, und wir besprechen anschließend unsere nächsten Schritte. Schwejksam Ende.«

»Der Kapitän hat einen Plan«, ächzte Diana.

»Ja. Interessant, daß er uns nicht mehr darüber verraten hat. Wahrscheinlich weil er weiß, daß sein Plan uns nicht gefallen würde.« Sie sah Diana an. »Könnt Ihr dieses Tempo drei Minuten lang durchhalten?«

»Haltet den Mund und lauft«, erwiderte Diana.

»Und Ihr seid ganz sicher, daß ich es tun soll?« fragte Carrion Schwejksam. »Wenn ich die Ashrai erst einmal gerufen habe, gibt es kein Zurück mehr. Ich glaube, Ihr ahnt auch nicht entfernt, wie sehr sie Euch hassen.«

»Sie werden das Alien noch mehr hassen«, entgegnete Schwejksam. »Diese Kreatur und ihre Artgenossen bedrohen die Existenz des Planeten. Sie werden sich nicht damit zufriedengeben, den Metallwald zu zerstören. Sie werden ihn in etwas verwandeln, das die Ashrai nicht mehr wiedererkennen. Und wenn die Ashrai oder das, was von ihnen übrig ist, wirklich vom Fortbestand des Metallwaldes abhängig sind, dann liegt es in ihrem ureigensten Interesse, wenn sie an unserer Seite gegen das Alien kämpfen.«

»Äußerst logisch, Kapitän«, sagte Carrion. »Ich hoffe nur, daß die Ashrai logischen Argumenten gegenüber aufgeschlossen sind.«

»Der Feind meines Feindes ist mein Freund. Nichts bringt zwei Leute einander näher als ein gemeinsamer Feind.«

»Ihr versteht immer noch nicht, Kapitän. Wenn ich die Ashrai erst gerufen habe, stehen sie nicht mehr unter meiner Kontrolle. Wenn sie einmal wach sind, entschließen sie sich möglicherweise, sich nicht wieder hinzulegen. Ihr habt hier in Wirklichkeit keinen Sieg errungen, Johan. Ihr habt sie nur derart verletzt, daß sie sich entschlossen, sich für eine Weile in sich selbst zurückzuziehen. Auf *Unseeli* gibt es Mächte,

Johan, die weit über Eure schlimmsten Alpträume hinausgehen. Die Ashrai könnten sich entschließen, erneut gegen das Imperium aufzustehen. Nur, daß sie diesmal nichts zu verlieren haben, nichts, das sie bremsen könnte.«

Schwejksam schüttelte den Kopf. »So? Ihr sprecht über Milliarden von Menschen auf Tausenden von Welten. Die Ashrai hätten nicht die Spur einer Chance.«

»Johan, Ihr denkt immer nur in Zahlen. Ich spreche nicht von Zahlen, ich spreche von Macht.«

»Was macht das denn für einen Unterschied?« entgegnete Schwejksam. »Uns bleibt keine andere Wahl. Zu viel ist schiefgelaufen, und die Chancen stehen gegen uns. Frost und Vertue werden jeden Augenblick hier sein, und das Alien sitzt ihnen direkt auf den Fersen. Uns bleibt keine großartige Wahl mehr, Sean. Odin, wie weit ist der Countdown fortgeschritten?«

»Noch neunzehn Minuten und zweiunddreißig Sekunden, Kapitän.«

Schwejksam wechselte einen Blick mit Carrion. »Macht Euch bereit, Sean. Wir fangen an, sobald die anderen hier sind.« Schritte wurden laut, und sie drehten die Köpfe. Frost und Vertue kamen durch den Korridor. Schwejksam sah an den Frauen vorbei, doch der Korridor hinter ihnen war leer. Diana blieb taumelnd stehen und schnappte krampfhaft nach Luft. Frost stützte sie mit einer Hand und nickte Schwejksam gelassen zu. Wie üblich ging ihr Atem keine Spur schneller.

»Das Alien ist direkt hinter uns, Kapitän. Es wurde ein wenig langsamer, als es bemerkte, welche Richtung wir einschlugen, aber es ist immer noch hinter uns her. Vermutlich rechnet es mit einer Falle. Ich nehme doch an, Ihr habt eine Falle vorbereitet, Kapitän?«

»Selbstverständlich«, antwortete Schwejksam. »Konntet Ihr es wenigstens verletzen?«

»Ich habe es mit dem Disruptor durchlöchert und mit Granaten bearbeitet. Diana hat eine halbe Mauer auf es geworfen. Wir haben nichts erreicht, außer, daß es nun richtig wütend auf uns ist.«

Sie sah sich um. Das Zentrum des Aliennetzes bot ein Bild der Verwüstung. Frost hob eine Augenbraue. »Gründliche Arbeit, Kapitän«, sagte sie. »Ihr wißt sicher, daß sich alles von ganz allein reparieren wird, wenn wir ihm genügend Zeit dazu lassen?«

»Zeit ist etwas, das uns im Augenblick fehlt«, entgegnete Schwejksam. »Kommandant Sternblut hat vor seinem Tod die Selbstzerstörungseinrichtung von Basis Dreizehn in Betrieb gesetzt, Investigator. Ein kleiner Nuklearsprengsatz, der irgendwo auf dieser Ebene versteckt ist und in und in circa achtzehn Minuten explodieren wird.«

Frost starrte Schwejksam fassungslos an. »Ihr seid anscheinend verflucht, Kapitän, wußtet Ihr das?«

Diana hob die Hand und starrte ihren Vater wortlos an. Sie war noch immer außer Atem, doch ihre Augen sprachen Bände.

»Wie auch immer Euer Plan aussieht, Kapitän«, meldete sich Frost zu Wort, »besser, Ihr fangt rasch damit an. Das Alien wird jeden Augenblick hier sein, und es hat verdammt schlechte Laune.«

»Seht mich nicht so an«, erwiderte Schwejksam. »Von jetzt an liegt alles in Carrions Hand.«

»Ja«, sagte der Gesetzlose leise. »Irgendwie liegt am Ende immer alles in meiner Hand.«

»Weil Ihr der Beste seid, Sean.«

»Vielen Dank, Kapitän.«

Diana wischte sich mit dem Ärmel den Schweiß aus der Stirn. Plötzlich hob sie den Kopf. »Hört nur! Es ist ganz nah. Ganz nah.«

Sie blickten den Korridor entlang in die Finsternis. Kein Laut war zu hören, doch alle spürten die schwachen Vibrationen im Boden unter ihren Füßen. Schwejksam sah erneut zu Carrion.

»Bitte, Sean. Tut es für die Ashrai, wenn schon nicht für mich.«

Carrion lächelte schwach. »Ihr habt schon immer gewußt, mit welchen schmutzigen Tricks Ihr weiterkommt, Johan.«

Schwejksam nickte wortlos und trat zur Seite. Frost

gesellte sich zu ihm, und sie richteten ihre Disruptoren auf die alles verhüllenden Schatten. Diana kam endlich wieder zu Kräften. Sie richtete sich auf und fand sich vor einer Nische wieder, in die sie sich zurückziehen konnte und wo sie niemandem im Weg stehen würde.

Carrion stand ganz allein mitten im Raum. Er hatte sich auf seine Energielanze gestützt und schien mit den Gedanken woanders. Er konnte das Gefühl nicht abschütteln, daß er einen weiten Weg gegangen war, nur um am Ende in genau diesem Augenblick an genau diesem Ort zu stehen. Alles, was er durchgemacht hatte, all die Wut und die Furcht und sein gebrochenes Herz, nur um am Ende doch wieder an Johan Schwejksams Seite zu kämpfen.

Carrion grinste schwach. Was auch immer geschehen würde, es tat gut, Johan wiedergesehen zu haben. Es war wie ein alter Mantel, den man einst lange getragen oder eine Tasse, aus der man als Kind gerne getrunken hatte. Trostspendend in seiner Vertrautheit, vielfach erprobt, etwas, worauf man sich verlassen konnte. Schwejksam war zurück an seiner Seite, und falls Carrion sterben würde, dann war heute kein schlechter Tag dafür. Er befand sich unter Menschen, die er respektierte und die er mochte.

Unter Menschen. Zehn lange Jahre hatte er kein menschliches Gesicht mehr gesehen und keine menschliche Stimme mehr gehört. Aber er war nicht allein gewesen. Es hatte ja noch die Ashrai gegeben.

Carrion hob die Beine an und schlug sie mitten in der Luft unter. Allein schwebte er im Zentrum des Raums. Der Stab lag über seinen Knien. Carrion griff tief in sein Innerstes und rief seine Kräfte zusammen, bündelte sie mit Hilfe der Energielanze und spürte, wie sich sein ESP regte. Er konnte spüren, wie das ESP immer stärker gegen seine mentalen Schilde drückte, begierig auf die Freiheit wartete und darauf, in die Welt hinauszutreiben. Carrion hatte während seiner Zeit auf *Unseeli* viele Dinge gelernt, ob er gewollt hatte oder nicht. Er war auf Wegen gegangen, von deren Existenz nur wenige Menschen überhaupt etwas ahnten, und das hatte ihn verändert. Er war kein Mensch mehr. Er war ein

Bastard, ein Kind von Menschen und Ashrai – und das Alien würde gleich herausfinden, was das bedeutete.

Carrion warf sein ESP hinaus, suchte nach den Stimmen im Wind, die immer da waren, immer am Rand seines Bewußtseins warteten. Helle Lichter drangen in seinen Geist ein, betäubten ihn mit der Kraft ihrer Präsenz. Sie waren alt und mächtig und völlig nichtmenschlich, doch zugleich warm, vertraut und tröstend; seine Freunde und das Volk, das ihn adoptiert hatte. Er rief nach ihnen, und sie kamen, wo sie für niemand anderen gekommen wären. Der Gesetzlose Carrion, einst ein Mensch mit dem Vornamen Sean, sprach in einer Sprache zu den Ashrai, die nichts Menschliches an sich hatte.

Schwejksam beobachtete Carrion, der anscheinend schwerelos mitten in der Luft schwebte. Er spürte, wie sich seine Nackenhaare aufrichteten. In dem kühlen, ernsten Gesicht des Gesetzlosen lagen mehr als nur zehn Jahre Unterschied. Manchmal beschlich Schwejksam das Gefühl, als wäre ihm dieser Mann vollkommen unbekannt. Carrions Stimme klang noch genau wie früher, und doch schien es, als sähe eine völlig fremde Person durch Carrions Augen in die Welt. Schwejksam zuckte die Schultern. Er hatte das Leben aller in die Hände dieses Fremden gelegt. Jetzt war es zu spät, um zu bereuen. Er fuhr herum, als sich im Dunkel am Ende des Korridors etwas regte. Dann schoß das Alien aus den Schatten heraus mit atemberaubender Geschwindigkeit auf die Menschen zu. Es hatte den runden glatten Schädel erhoben, und sein schreckliches Heulen ließ die Wände erzittern.

Schwejksam und Frost feuerten ihre Disruptoren ab. Die blendenden Energiestrahlen gingen durch den gewaltigen Körper der Kreatur, zerfetzten das Fleisch und verteilten es über die Wände, doch das Ding wurde noch nicht einmal langsamer. Sie steckten die Disruptoren weg, zogen die Schwerter und aktivierten ihre Schilde. So standen sie dort, bereit, sich der fremden Kreatur zu stellen, obwohl sie wußten, daß sie keine Chance hatten. Sie taten es trotzdem, weil es zu ihrer Arbeit gehörte und weil es ihre verdammte

Pflicht war ... außerdem blieb ihnen sowieso keine andere Wahl. Das Alien platzte in das ehemalige Zentrum seines Netzes, seines Schneckenhauses, und plötzlich war keine Zeit mehr für irgend etwas.

Und dann erschienen die Ashrai.

Schwejksam spazierte durch den Metallwald. Jeder goldene, bronzene und silberne Baum leuchtete strahlend wie ein Stern. Die Bäume sangen. Ihr Lied schwang in Carrions Knochen und seiner Seele, obwohl er nicht dazugehörte. Es war ein Gefühl wie etwas, das er gekannt und lange hinter sich gelassen hatte. Sean, Diana und Frost waren bei ihm. Die drei leuchteten wie die Bäume. Frost sah jünger aus, glücklicher, im Frieden mit sich selbst, und zum ersten Mal, seit Schwejksam sie kannte, trug sie keine Waffen bei sich. Kein Schwert, keine Granatenbandoliere, keinen Disruptor. Ohne Waffen wirkte sie beinahe nackt. Ihre Augen blickten klar und freundlich.

Sean sah aus wie in jenen Tagen, als sie noch Freunde gewesen waren und nichts zwischen ihnen gestanden hatte. Er lächelte Schwejksam an, und in den Augen des Gesetzlosen glänzte Verständnis, wenn nicht gar Vergebung.

Diana Vertue leuchtete strahlender als alle anderen.

Die Ashrai wandelten unter den Bäumen umher, tot, doch nicht vergangen, groß und ehrfurchtgebietend mit ihren Gargoylengesichtern und den mächtigen Körpern, den Klauenhänden und den stechenden Augen. Sie sangen in Harmonie mit den Bäumen, und in ihnen leuchtete eine geheimnisvolle Macht. Das Lied und die Macht, beides war in Menschen und Ashrai zugleich, baute sich auf und leuchtete schließlich so hell, daß sie es bald einsetzen mußten, wollten sie nicht von ihm verbrannt werden. Die Macht konzentrierte sich in einer einzigen Person. Schwejksam war noch klar genug geblieben, um sich mit schwacher Überraschung zu fragen, wieso der Brennpunkt Diana war und nicht Carrion. Diana Vertue, unmenschlich erzogen und mißhandelt und doch noch immer Mensch, mehr Esper, als das Imperium ihr je zu sein erlaubt hätte, ungebrochen und über allem noch immer unschuldig, mit reinem Herzen und klarem Verstand und Ziel. Die Macht brannte in ihr, und ohne jeden Haß und ohne Wut wandte sie sich gegen das Alien, den Eindringling von draußen. Es befand sich ebenfalls im Wald, leuchtete in seltsamen Farben, still und bösartig. Es wich zurück, als das Lied der Bäume über ihm zusammenschlug, rein und alles durchdringend in Dianas Stimme, und in einem einzigen Augenblick, der eine ganze Ewigkeit zu dauern schien, erlosch das Licht der Kreatur, und sie war verschwunden.

Und damit erhob sich eine Vielzahl neuer Stimmen im Wald. Die Stimmen der einhundertsiebenundzwanzig Männer und Frauen aus Basis Dreizehn, endlich frei vom Joch der schrecklichen Kreatur und dem, was sie ihnen zugefügt hatte. Ihre Lichter flackerten und erloschen eines nach dem anderen, doch in ihrem Erlöschen lag keine Traurigkeit. Es war das, worauf sie gehofft und wofür sie gebetet hatten. Zwei vertraute Gesichter lächelten den Menschen kurz zu – Stasiak und Ripper, die gemeinsam auf ihre letzte Reise gingen. Sie salutierten knapp und waren verschwunden.

Diana blickte zur Basis zurück. Beinahe lässig schaltete sie den Schutzschild ab und deaktivierte den nuklearen Countdown. Die Uhr hörte auf zu ticken, die Bombe entschärfte sich selbst, und so einfach war schließlich alles vorüber.

Die Ashrai zogen sich ein wenig zurück und sahen auf Johan Schwejksam, den Kapitän der *Dunkelwind*, Botschafter des Imperiums. Den Mann, der den Befehl zum Sengen ihrer Welt erteilt hatte. Schwejksam stand allein. Er bot weder eine Erklärung noch eine Entschuldigung an, denn er hatte keine. Er bat nicht um Gnade für sich selbst, denn er erwartete keine, nur für Frost und Diana, weil beide auf ihre Art und Weise unschuldig waren. Sie lächelten und traten zu Schwejksam, und gemeinsam blickten sie den Ashrai entgegen, weil sie nach allem, was sie durchgemacht hatten, zusammengehörten. Und damit blieb nur Carrion übrig, der Mann, der einst mit Vornamen Sean geheißen hatte. Er stand ganz allein zwischen Ashrai und Menschen, beides zugleich und keines von beiden. Der Gesetzlose stützte sich auf seinen Stab und schwieg.

Er hat unseren Tod zu verantworten, sagte eine Vielzahl von Stimmen. *Nun wollen wir den seinen. Er muß sterben.*

Nein, sagte Frost. *Er hat seine Pflicht getan.*

Nein, sagte Diana. *Er hat seine Tat bereut.*

Er muß sterben.

Nein, sagte Carrion. *Er ist mein Freund.*

Wie du meinst.

Und dann waren die Ashrai verschwunden. Das Licht der Bäume schien weniger wunderbar ohne sie. Schwejksam, Carrion, Frost und Vertue wandten sich um und gingen aus dem Metallwald. Sie wußten, daß die Erinnerung an dieses Lied von nun an immer bei ihnen sein würde, wohin sie auch gingen und was auch immer aus ihnen werden würde.

KAPITEL 11
DIE GEISTER KEHREN HEIM

Sie verließen Basis Dreizehn einer nach dem anderen durch die verklemmten Metallschotten der Schleuse und standen blinzelnd im abendlichen Zwielicht. Dunkle Wolken bewegten sich über den Himmel und tauchten alles in Grautöne, doch selbst das schien noch unbehaglich hell nach der langen Zeit der Finsternis im Innern der Station. Die Sonne war ein schwacher purpurner Ball dicht über dem Horizont. Nur die Bäume strahlten noch immer hell über dem vergehenden Licht. Der Nebel wurde dichter und schwebte langsam zwischen den Bäumen wie rastlose Gedanken dahin. Drei Monde zeigten sich am Abendhimmel, blaß und lustlos wie eine schwache Erinnerung an das Licht der Sonne.

Schwejksam streckte sich genüßlich. Er verspürte eine beinahe körperliche Erleichterung, jetzt, da sein Auftrag erfüllt war und er sich endlich wieder entspannen durfte. Die

Sache war anders ausgegangen, als er geglaubt hatte, aber so war *Unseeli* eben. Es hätte schlimmer enden können. Jetzt blieb nur noch, an Bord der *Dunkelwind* zurückzukehren und seine Zeit in Quarantäne damit zu verbringen, einen schriftlichen Bericht anzufertigen, den seine Vorgesetzten glauben konnten. In Schwejksam regte sich der Verdacht, daß das seine Zeit brauchen würde. Er sah zu Carrion hinüber. Der Gesetzlose stand ein wenig abseits. Sein Gesicht war entspannt, und er blickte zum Metallwald am Rand des Landefelds. Der schwarze Umhang hing über seinen Schultern wie die zusammengelegten Flügel eines Raubvogels, und Schwejksam meinte noch immer Reste der tödlichen Macht zu spüren, die Carrion in Basis Dreizehn entfesselt hatte. Er war nicht mehr der Mann, an den Schwejksam sich erinnerte, doch der Kapitän der *Dunkelwind* wußte nicht, ob er deswegen traurig oder erleichtert sein sollte. Der alte Carrion war verzweifelt und unglücklich gewesen. Dieser Carrion hier hatte in seinem Exil bei den Ashrai etwas gefunden, und wenn es einfach nur Frieden war.

Investigator Frost ging gelassen eine Bestandsliste der Waffen durch, die sie während des Kampfes mit dem Alien und seinen Kreaturen benutzt hatte. Sie hatte noch immer überraschend viel übrig – Schwejksam wollte verdammt sein, wenn er wußte, wo sie die Waffen an ihrem Körper versteckt hatte.

Diana Vertue, die Esperfrau der *Dunkelwind* und Schwejksams Tochter, starrte mit weit aufgerissenen Augen voller Faszination auf den Metallwald. Schwejksam verspürte Unruhe, als er in ihrem Blick ein wenig der kühlen Fremdheit bemerkte, die auch Carrion auszeichnete. Sein Blick folgte dem der Tochter, und ein schwacher Nachhall des Ashrailieds klang in ihm nach. Er wußte, daß das Lied ihn von nun an stets begleiten würde, ein ständiges leises Murmeln in den Tiefen seines Selbst, wo alle wichtigen instinktiven Entscheidungen gefällt werden. Doch bereits jetzt schwand die Kraft der Vision, entschlüpfte Schwejksam, noch während er sie zu halten versuchte. Aber vielleicht war es so am besten. Er hätte das Lied unmöglich in all seiner

Kraft bewahren und zugleich Mensch bleiben können. Er hatte gesehen, was aus Carrion geworden war. Und was jetzt aus Diana wurde. Schwejksam ging zu seiner Tochter. Sie nickte ihm freundlich zu und sah dann wieder auf den Wald.

»Wie fühlst du dich, Diana?«

»Merkwürdig. Müde. Irgendwie anders. Ich weiß es nicht, Kapitän. Ich muß über so vieles nachdenken. Ich wünschte, wir hätten wenigstens einen Teil der Stationsbesatzung retten können.«

»Sie waren alle längst tot, als wir herkamen«, sagte Schwejksam. »Wenigstens waren wir imstande, ihre Seelen zu befreien. Das ist immerhin etwas. Ich weiß nicht, wieviel ich von dem glauben soll, was ich gesehen habe, als die Ashrai sangen. Ich kann einfach nicht glauben, daß das Alien all diese Seelen in seiner Maschine gefangengehalten hat ... trotzdem bin ich froh, daß wir diesmal das Richtige getan haben.«

Diana nickte langsam. »Was wird nun aus den Bäumen, Kapitän?«

»Für den Augenblick sind sie sicher. Dieser seltsame kristallbasierte Hyperraumantrieb, den du und Carrion in dem fremden Raumschiff entdeckt habt ... er ändert alles. Nach Carrions Worten ist er unserer Technologie weit überlegen. Wir werden den Antrieb studieren und schließlich nachbauen müssen, wenn wir eine Chance gegen die Fremden haben wollen. Und da dieser neue Antrieb offensichtlich die schweren Metalle nicht benötigt, die unsere Maschinen verbrennen, brauchen wir *Unseeli*s Bäume nicht mehr. Vermutlich werden trotzdem weitere Bäume gefällt und abtransportiert werden, wenigstens so lange, wie wenigstens einige unserer Schiffe noch die alten Antriebe einsetzen, aber das wird mit den Jahren ganz aufhören. *Unseeli* wird in nicht allzu ferner Zukunft Ruhe vor dem Imperium haben, und zwar aus dem einfachsten aller Gründe – *Unseeli* besitzt nichts mehr, was das Imperium interessiert.«

»Es wird Krieg mit den Aliens geben, nicht wahr?« fragte Diana, doch in ihrer Stimme lag Gewißheit, keine Frage.

»Das scheint unausweichlich«, entgegnete Schwejksam. »Irgendwann wird ihre Spezies auf menschliche Welten stoßen, während sie immer weiter expandiert und nach neuem Lebensraum sucht. Ihre gesamte Existenz beruht auf der Übernahme und der Umwandlung aller Lebensformen, die ihnen über den Weg laufen. Deswegen sehe ich ehrlich gesagt keinen Weg, wie unsere beiden Spezies friedlich koexistieren könnten. Du hast den Heimatplaneten des Aliens in diesem Speicherkristall gesehen. In ihrem Lebenszyklus gibt es keinen Platz für Frieden, Diplomatie oder gegenseitige Interessen. Sie leben nur, um zu expandieren, umzuwandeln und alles zu assimilieren, was ihnen begegnet. Wahrscheinlich würden sie in uns nicht einmal eine intelligente Spezies sehen. Nichts weiter als frisches genetisches Material, das sie ihrem Schmelztiegel hinzufügen können. Sie bedeuten eine tödliche Gefahr für das gesamte Imperium, und das Imperium hat immer gewußt, wie man mit Bedrohungen umgehen muß. Ein Krieg wird kommen, das scheint sicher, und es wird der verdammt blutigste und tödlichste Krieg in unserer Geschichte werden. Ein Krieg, in dem es um das Überleben unserer gesamten Spezies geht.«

»Richtig«, stimmte Carrion ihm zu. »Nach langer Zeit hat das Imperium endlich einen Gegner gefunden, der genauso tödlich und stur ist wie es selbst. Der Krieg wird erst enden, wenn die eine oder die andere Spezies endgültig ausgelöscht ist.«

»Ganz genau«, sagte Frost. »Es wird wunderbar werden. Ich persönlich kann es kaum abwarten.«

Eine kurze Pause entstand, während Frosts Begleiter sich vielsagende Blicke zuwarfen und stillschweigend darin übereinkamen, so zu tun, als wäre die letzte Bemerkung nie gefallen. Schwejksam räusperte sich.

»Ich schätze, wir sollten besser zur Pinasse zurückkehren. Es wird bald Nacht, und auf diesem Planeten ist es tagsüber schon kalt genug. Odin, ich nehme an, du hörst noch immer zu. Wie weit bist du mit den Reparaturen? Können wir bereits an Bord?«

»Die Reparaturen laufen planmäßig, Kapitän. Die Pinasse

kann jederzeit starten. Allerdings fürchte ich, daß ich Euch nicht an Bord lassen kann.«

Eine lange, bedeutungsschwere Pause entstand. Als Schwejksam schließlich wieder sprach, klang seine Stimme ruhig, leise und sehr kontrolliert. »Was meinst du damit, du kannst uns nicht an Bord lassen? Wir hatten eine Abmachung. Wir retten die Basis und alles darin vor der Selbstzerstörung, und du bringst uns zur Quarantäne an Bord der *Dunkelwind*.«

»Ich habe gelogen«, erwiderte die KI. »Meine Programmierung erlaubt mir, in Notfällen flexibel zu reagieren. Es war wichtig, Euch zu motivieren, damit Ihr Basis Dreizehn und alles darin Befindliche rettet, also log ich. Ich hatte zu keiner Zeit die Absicht, Euch tatsächlich zurück an Bord zu lassen. Ich muß befürchten, daß Ihr alle von dieser neuen fremden Spezies kontaminiert wurdet, und ich muß die *Dunkelwind* schützen.«

»Hör zu, verdammter Rechner!« brüllte Schwejksam. »Die Temperaturen auf *Unseeli* nach Einbruch der Dunkelheit sind praktisch subpolar. Die Basis ist nicht funktionsfähig. Du kannst uns nicht einfach hier zurücklassen!«

»Doch, das kann ich, Kapitän. Meine Programmierung ist in dieser Hinsicht sogar völlig eindeutig.«

»Jetzt reicht's mir aber«, mischte sich Frost ein. »Rechner, Kode Rot Sieben. Bestätige.«

»Kode Rot Sieben bestätigt, Investigator.«

»Fahre die Maschinen der Pinasse hoch und halte dich bereit, uns alle zur *Dunkelwind* zurückzubringen, wo wir uns in Quarantäne begeben werden.«

»Jawohl, Investigator.«

Schwejksam musterte Frost. »Kode Rot Sieben? Selbst ich habe keinen so hohen Sicherheitsstatus.«

»Ich auch nicht«, entgegnete Frost. »Ich habe den Kode vor einiger Zeit gestohlen. Ich dachte immer, daß er eines Tages vielleicht nützlich sein könnte. Außerdem wird von Investigatoren erwartet, daß sie Initiative zeigen. Der Rechner wird von nun an tun, was man ihm sagt. Nicht wahr, Odin?«

»Jawohl, Investigator. Ich werde allen Anordnungen nach besten Kräften nachkommen. Ich werde Eure Befehle ...«

»Rechner.«

»Ja, Investigator?«

»Halt die Klappe.«

»Jawohl, Investigator.«

Schwejksam blickte Carrion an und bedeutete ihm mit einer Kopfbewegung, daß er ein wenig abseits von den anderen unter vier Augen mit ihm reden wolle. Carrion nickte, und die beiden entfernten sich ein paar Schritte von Diana und Frost.

»Mein Angebot einer Begnadigung steht noch immer«, sagte Schwejksam leise. »Eure Erfahrung im Kampf gegen das Alien machen Euch zu einem wertvollen Mann. Das Imperium wird Euer Wissen benötigen. Ihr könntet mit uns kommen, Sean. Mit mir. Tretet wieder in die Flotte ein, werdet wieder Investigator. Die Dinge haben sich in den zehn Jahren Eurer Abwesenheit verändert. Ihr könnt Euch selbst aussuchen, wo Ihr dienen wollt, Sean. Wir könnten wieder zusammensein, wie in den alten Zeiten. Was sagt Ihr dazu?«

Der Gesetzlose blickte Schwejksam lange an, bevor er antwortete.

»Mein Name ist Carrion, Kapitän. Sean starb bereits vor langer Zeit. Ich verspüre nicht den Wunsch, in das Imperium mit all seiner engstirnigen Politik, den Feindschaften und destruktiven Aktionen zurückzukehren. Ich gehöre nicht mehr dorthin. Ich beschreite nun seit zehn Jahren die Wege der Ashrai. Ich kann nicht wieder zurück zu den Menschen. Ich kann nicht wieder nur Mensch sein. Bevor ihr kamt, war ich ein Teil des Liedes, das die Bäume singen, ein Teil der Ashrai. Ich hatte das meiste aus meiner Vergangenheit vergessen. Ihr seid ein Geist für mich, Johan, ein Echo aus einer Vergangenheit, die keinerlei reale Bedeutung mehr besitzt. Ich habe die Menschheit hinter mir gelassen.«

»Auf wessen Seite werdet Ihr dann während des Krieges stehen?«

»Auf der meines Volkes«, erwiderte Carrion. »Bei den Ashrai.«

»Ich habe Euch vermißt, Sean. Bitte, kommt mit mir. Ich möchte Euch nicht noch einmal verlieren.«

»Das habt Ihr vor zehn Jahren, Johan. Jetzt ist es zu spät, um mich zurückzuholen. Keiner von uns beiden ist mehr so wie früher. Ich gehöre jetzt hierher.«

»Mit anderen Worten«, mischte sich Frost ein, »er ist ausgestiegen.«

Schwejksam und Carrion wirbelten herum.

Beide waren erschrocken. Sie hatten nicht gehört, wie Frost sich genähert hatte – andererseits war sie auch Investigator.

»Ihr könnt gerne hier bleiben, wenn Ihr das wünscht«, sagte Carrion zu Frost. »Das Lied klingt stark in Euch. Ich könnte Euch die Wege der Ashrai lehren und Euren Verstand gegenüber Wundern öffnen, von denen Ihr noch nicht einmal geträumt habt. Es gibt Schätze für die Seele auf diesem Planeten, die nur auf ihre Entdeckung warten.«

»Nein danke«, entgegnete Frost. »Aliens sind zum Töten da. Es wird Zeit, Kapitän. Wir müssen los.«

»Ja«, sagte Schwejksam. »Ich denke, das müssen wir.«

Diana kam herbei, um zu hören, worüber sie redeten. Sie blickte von einem schweigenden Gesicht zum anderen. »Kapitän ... bevor wir zur Pinasse zurückkehren – darf ich Euch eine Frage stellen?«

»Selbstverständlich, Esper Vertue. Was brennt Euch auf dem Herzen?«

»Warum nennt Ihr die KI Odin?«

»Weil sie nur ein einziges Auge besitzt«, antwortete Schwejksam.

Carrion lächelte als einziger. Diana und Frost wechselten einen verständnislosen Blick.

»Wird im Imperium heutzutage keine Mythologie mehr unterrichtet?« fragte Carrion.

»Nicht viel jedenfalls«, antwortete Schwejksam. »Ein großer Teil ist zensiert oder umgeschrieben. Unsere Führer sind der Meinung, es könnte die Menschen auf falsche Ideen bringen. Gefährliche Ideen.«

»Dann wird es vielleicht Zeit, ein paar neue Mythen zu

schaffen«, sagte Carrion. »Wir haben heute einen Mythos ins Leben gerufen. In hundert Jahren werden die Geschichtsbücher über uns schreiben und über das, was wir heute getan haben. An wieviel von uns, dem wirklichen uns, werden sie sich erinnern? Oder erlauben zu erinnern? Aber die Wahrheit lebt weiter, durch Mythen und Legenden, und unsere vier Geister werden das Imperium noch heimsuchen, lange nachdem wir gegangen sind.«

Carrion verneigte sich knapp vor jedem der anderen, wandte sich um und schlenderte in den dichter werdenden Nebel davon, um schließlich im leuchtenden Metallwald *Unseeli*s zu verschwinden.

ENDE

HÖLLENWELT

Der Schlaf der Vernunft erweckt Monster zum Leben

KAPITEL 1
GEBROCHENE MÄNNER

Das Raumschiff *Verwüstung* fiel aus dem Hyperraum und ging in einen Orbit um den Planeten *Wolf IV.* Die wolkenreiche Atmosphäre verbarg den Blick auf die Oberfläche. *Wolf IV* sah aus wie viele andere Planeten auch: ein Tropfen Spucke vor der Dunkelheit. Die Sensorantennen der *Verwüstung* leuchteten kurz auf und tasteten den Planeten ab, dann schwangen die Hangarluken auf. Eine schlanke, silberne Pinasse kam zum Vorschein und trieb langsam vom gewaltigen Rumpf der *Verwüstung* weg.

Die Pinasse ging ein Stück tiefer in ihren eigenen Orbit, und die *Verwüstung* sprang zurück in den Hyperraum. Langsam umkreiste die Pinasse den sturmgepeitschten Planeten, eine silbern glänzende Nadel vor dem sternengesprenkelten Schwarz des Weltraums.

Kapitän Hunter kaute auf der Innenseite seiner Wangen, während seine Finger über die Tastatur des Kontrollpaneels huschten. Wie es aussah, würde er das Schiff manuell landen müssen. So weit draußen waren die Schiffsrechner praktisch nutzlos. Sie besaßen nicht genügend Informationen, mit denen sie arbeiten konnten. Hunter zuckte die Schultern. Zur Hölle! Es war eine ganze Weile her, daß er eigenhändig ein Schiff gesteuert hatte, aber manche Dinge vergaß man einfach nicht. Ganz besonders dann nicht, wenn das eigene Leben davon abhing.

Für einen Augenblick kehrte die alte, alles überwältigende Unsicherheit zurück; die vertraute Panik, daß er nicht imstande sein könnte, zwischen zwei Alternativen zu wählen – aus Furcht, sich für die falsche zu entscheiden. Atem und Herzschlag beschleunigten sich und gingen wieder auf normale Frequenz zurück, als Hunter entschlossen um Selbstbeherrschung kämpfte. Er hatte das hier schon früher getan, und es würde ihm auch diesmal gelingen. Hunter ging die Standardprozeduren zur Überprüfung der Instrumente durch und verlor sich in der Routine. Auf den

Kontrollpaneelen leuchtete alles beruhigend grün. Hunter
überzeugte sich davon, daß der Orbit der Pinasse weiterhin
stabil war, dann warf er die Sensordronen ab. Auf einem
Schirm verfolgte er ihren Abstieg und das Eintauchen in die
Atmosphäre. Hoffentlich erfuhr er beim ersten Anflug der
Dronen alles, was er wissen mußte – die Chancen standen
nicht schlecht, daß er keine Gelegenheit zum Abwerfen
einer zweiten Dronenschar erhalten würde. Es konnte nicht
mehr lange dauern, bis der Orbit der Pinasse enger werden
würde. Dann würde Hunter die Antriebe hochfahren müssen, ob er bereit war oder nicht. Die Schiffsbatterien besaßen
nur beschränkte Energievorräte. Der weitaus größte Teil
davon war notwendig für die Landung.

Kapitän Scott Hunter war ein durchschnittlich ausshen-
der Mann Ende Zwanzig. Von durchschnittlicher Größe und
Statur, vielleicht ein wenig schlanker als normal. Dunkles
Haar und noch dunklere Augen. In der Imperialen Flotte
taten niemals mehr die fünfhundert Schiffskapitäne Dienst;
die Besten der Besten. So lautete wenigstens die offizielle
Version. In Wirklichkeit gab es nur einen Weg, an ein
Kapitänspatent zu kommen: Geld, Einfluß, Beziehungen,
Macht. Hunter war Kapitän, weil sein Vater Kapitän gewesen war und dessen Vater vor ihm. Scott Hunter war aber
auch einer der wenigen Kapitäne in der Flotte, die sich ihre
Position durch Disziplin, Ausdauer und Talent verdient hatten. Deswegen fiel es um so schwerer zu verstehen, warum
er während einer Auseinandersetzung mit Rebellen auf
einer unbedeutenden Randwelt in Panik geraten war und
nicht nur sein Schiff, sondern auch noch die halbe Besatzung
verloren hatte.

Wäre Hunter im Verlauf des Konflikts ums Leben gekommen, hätte niemand sein Verhalten untersucht. Er wäre
posthum zum Admiral befördert worden, und sein Clan
hätte Hunters Andenken in Ehren gehalten. Doch Scott
Hunter hatte überlebt, genau wie viele seiner Offiziere, die
anschließend mit dem Finger auf ihn gezeigt hatten. Er hätte
sein Patent zurückgeben können, aber er besaß noch genug
Stolz, um seiner Familie diese Schande zu ersparen. Das

Flottenkommando hatte ihn aufgefordert, sein Verhalten zu erklären, doch dazu war er ebenfalls nicht in der Lage gewesen. Er verstand sich selbst nicht. Am Ende hatte man Hunter mitgeteilt, daß er sich entweder freiwillig zu den Höllenschwadronen melden konnte – oder er würde unehrenhaft aus der Flotte entlassen werden. Hunter hatte die Höllenschwadronen gewählt.

Wenn man von Wahl sprechen konnte.

Die Sensordronen der Pinasse schossen durch die turbulente Atmosphäre nach unten und absorbierten an Schlägen, was sie absorbieren konnten. Der Rest ging durch. Die Sonden waren nicht dazu gedacht, lange zu funktionieren. Ihre Sensorantennen glühten purpurn von der zunehmenden Hitze, ohne zu schmelzen oder ihren Dienst einzustellen. Ein stetiger Strom von Informationen floß zurück in die Rechner der Pinasse, während die Dronen endlos durch die immer dichter werdende Atmosphäre von *Wolf IV* stürzten.

Hunter rutschte in seinem Sicherheitsnetz in eine etwas bequemere Position. Er hatte nie viel von den Netzen gehalten. Zweifellos boten sie zusätzlichen Schutz bei rauhen Landungen, doch er fand nie die richtige Balance. Hunter war auch nie besonders gut mit einer Hängematte zurechtgekommen. Er runzelte unglücklich die Stirn und klammerte sich mit einer Hand unauffällig an der Konsole fest, während er mit der anderen die Navigationsrechner mit den eingehenden Datenströmen versorgte. Er warf seiner Kopilotin einen Seitenblick zu.

»Bereitmachen zur Übernahme des Datenpakets. Ich werde unsere Komm-Implantate aufschalten.«

»Verstanden, Kapitän. Ich bin bereit, sobald Ihr es seid.«

Die Stimme von Investigator Krystel klang ruhig und gelassen, aber so klang sie eigentlich immer.

Krystel war eine atemberaubende Frau. Sie war kaum Mitte Zwanzig, doch ihre Augen wirkten viel älter. Sie war groß gewachsen und von geschmeidiger Muskulosität, und sie trug das straffe, schwarze Haar zu einem festen Knoten zusammengebunden, der ihre hohen Wangenknochen betonte, ohne den kühlen Gesichtszügen Weichheit zu verleihen. Ihre gelegentlichen Liebhaber betrachteten sie eher als schön denn als attraktiv. Krystel dachte nur selten darüber nach. Sie war Investigator, von Kindesbeinen an durch das Imperium zu Loyalität, Effizienz und tödlicher Präzision erzogen. Die Aufgabe der Investigatoren bestand darin, neu entdeckte fremde Spezies zu beobachten und anschließend zu entscheiden, ob sie eine Gefahr für das Imperium darstellten. Abhängig von ihren Schlußfolgerungen wurden die Aliens entweder versklavt oder ausgelöscht. Eine dritte Möglichkeit gab es nicht. Investigatoren waren kalte, berechnende Mordmaschinen. Inoffiziell wurden sie gar nicht selten als bezahlte Meuchelmörder in den Fehden zwischen den einzelnen Clans herangezogen.

Hunter wußte nicht so recht, was er von Investigator Krystel halten sollte. Er hatte nie zuvor mit einem Investigator zusammengearbeitet. Ihre Ausbildung und Erfahrung würden sie unersetzlich machen, wenn es um das Überleben der Schwadron auf dem neuen Planeten ging, doch Hunter hatte so seine Zweifel, ob er ihr vertrauen konnte. Manche behaupteten, Investigatoren seien so unmenschlich wie die Aliens, die sie studierten. Und wegen ihres Status besaßen die Investigatoren einen verdammt großen Freiraum im Imperium. Hunter wollte lieber nicht darüber nachdenken, was Krystel verbrochen hatte, um zu den Höllenschwadronen verbannt zu werden. Er verspürte nicht die geringste Lust, diesbezügliche Fragen zu stellen. Investigatoren waren für ihre Verschlossenheit bekannt.

In Hunters Kopf ertönte ein lautloses Summen. Er schloß die Augen und lehnte sich in seinem Netz zurück. Der Schiffsrechner verband ihn über das Komm-Implantat mit den Sensoren der Dronen.

Grellbunte Lichtblitze füllten Hunters gesamtes Blickfeld aus. In seinen Ohren rauschten Statik und Wind. Das Komm-Implantat war direkt mit Hunters Hör- und Sehzentrum verbunden. Er erlebte aus erster Hand, was die Dronen aufzeichneten, doch es dauerte seine Zeit, bis er zusammen mit den Schiffsrechnern die nützlichen Informationen von den überflüssigen getrennt hatte. Hunters Verstand vermischte sich mit den Rechnern. Seine Gedanken bewegten sich rasend schnell, während sie die Rohdaten analysierten. Kurze Aussichten auf Wolken und Himmel wechselten sich mit Diagrammen über Sinkgeschwindigkeit und Windstärken ab. Wetterprognosen wurden von kurzen Ausblicken auf Meere und Landmassen tief unten abgelöst. Wahrscheinliche Landeplätze wurden ausgesucht und wieder verworfen. Hunter konzentrierte sich. Er schloß alles bis auf die essentiellen Informationen aus. Die Rechner zeichneten den Rest auf. Er konnte ihn jederzeit später ansehen.

Hunter spürte Investigator Krystel neben sich im Datennetz; ein kaltes, scharfes Bild, das ihn irgendwie an eine Schwertklinge erinnerte. Er überlegte flüchtig, wie er wohl in ihren Augen aussah, doch dann wandte er sich wieder den Sonden zu. Sie fielen durch die letzten Wolkenschichten und übertrugen zum ersten Mal deutlichere Bilder von den darunterliegenden Landmassen. Zuerst erkannte Hunter nur ein verwirrendes Übereinander sich überschneidender Kartenausschnitte, aber er lernte rasch wieder, sich für den Bruchteil einer Sekunde auf die entscheidenden Details der jeweiligen Karte zu konzentrieren und dann zur nächsten weiterzugehen.

Wolf IV besaß einen einzigen gewaltigen Kontinent, der von sturmgepeitschten Ozeanen umspült wurde. Das Land setzte sich aus endlosen Schattierungen von Grün, Braun und Grau zusammen, an manchen Stellen von Flecken aus häßlichem Schmutziggelb durchzogen. Gewaltige Gebirgszüge wechselten sich mit weiten Seenlandschaften ab. Vulkanische Aktivitäten erfüllten die Luft mit Asche, und flüssige Lava leuchtete purpurn auf der zerrissenen Erde wie blutige Wunden in der Haut des Planeten. Hunter erblickte ausgedehnte Wälder, Dschungelgebiete und grasbewachsene Prärien, doch die Farben stimmten nicht. Er zoomte an eine der Ebenen heran.

Es war ein Landeplatz so gut wie jeder andere auch, wenn nicht besser.

»Keine besonders gastliche Welt, Kapitän.« Die Stimme Investigator Krystels erklang laut und deutlich in Hunters

Kopf und übertönte mühelos die akustischen Datenströme aus den Sonden.

»Ich habe schlimmere gesehen«, erwiderte Hunter. »Allerdings nicht oft, wie ich gestehen muß. Auf der anderen Seite haben wir keine große Wahl in der Sache. Sichert Euer Netz, Investigator, ich werde die Landung einleiten. Sonde Siebzehn, Sektor Vier. Seht Ihr die Stelle?«

»Scheint annehmbar, Kapitän.«

Hunter schaltete sein Komm-Implantat ab und befand sich unvermittelt wieder in der realen Welt. Das schwarz erleuchtete Kontrollpaneel ersetzte die Bilder aus den Dronen. Hunter reib sich müde über die Augen. Der Landeplatz hatte einen vernünftigen Eindruck erweckt. Es hätte Hunters Selbstvertrauen nicht geschadet, wenn Krystel ein wenig mehr Begeisterung an den Tag gelegt hätte, aber das war von einem Investigator vielleicht ein wenig zuviel verlangt. Er kniff die Augen für ein paar Sekunden zu. Direkteinspielungen über den Sehnerv verursachten ihm noch immer Kopfschmerzen. Es war eine ein psychosomatische Geschichte, doch die Schmerzen waren echt. Hunter öffnete die Augen wieder und streckte sich unbehaglich, wobei er sorgfältig darauf bedacht war, das Gleichgewicht in seinem Netz zu halten. Nach den weiten Panoramen, die die Dronen übertragen hatten, erschien ihm das Kommandodeck überfüllter und enger denn je.

Hunter und Krystel lagen in ihren Sicherheitsnetzen mitten in einem stählernen Sarg. Dunkle, glatte Wände umgaben sie auf allen Seiten. Der Raum war kaum hoch genug, daß sie aufrecht stehen konnten. Wahrscheinlich hatte sich der Konstrukteur der Pinasse gedacht, daß man das Schiff mitsamt Inhalt nur zu begraben brauchte, falls es bei der Landung abstürzen sollte. Hunter schob den Gedanken entschlossen beiseite und bewegte die Hände erneut über die Kontrollen. Die Antriebsaggregate sandten ein dumpfes Dröhnen durch die Schiffszelle, und der Abstieg zur Oberfläche setzte ein.

Das Schiff schüttelte sich beim Eintritt in die Atmosphäre unwillig wie eine nasse Katze. Allein der Schub der

Maschine zwang es, auf Kurs zu bleiben. Hunter schaukelte in seinem Netz von einer Seite zur anderen, doch seine Hände blieben sicher und gelassen auf den Kontrollen. Von der unberechenbaren Panik, die ihn von Zeit zu Zeit überwältigte, war nichts zu spüren. Voller Selbstvertrauen bediente Hunter die Kontrollen. Alte Erinnerungen und vergessen geglaubtes Können kehrten zurück. Über sein Komm-Implantat schaltete er sich auf die Navigationsrechner, und das Schiff ringsum erwachte zum Leben. Die Sensoren der Pinasse murmelten leise in seinem Kopf und versorgten ihn mit einem stetigen Strom von Informationen, die ihn befähigten, die schlimmsten Sturmböen vorherzusehen und auszumanövrieren. Weit unten starben die Dronen eine nach der anderen. Entweder verbrannten sie in der dichten Atmosphäre, oder sie wurden von den Stürmen gepackt und zerschmettert. Hunter beobachtete leidenschaftslos, wie ein Licht nach dem anderen auf seinem Kontrollpaneel erlosch. Die Dronen waren nützliche Werkzeuge gewesen, doch jetzt benötigte er sie nicht mehr. Sie hatten ihren Zweck erfüllt.

Draußen kreischte und heulte der Sturm. Warnlichter flackerten auf den Paneelen auf. Die Pinasse hatte einige Antennen verloren, und achtern hatte die Hülle einen Riß erlitten. Hunter schaltete die Reservebatterien hinzu, um den Antrieben mehr Schub zu verleihen. Er hoffte, sie würden lange genug durchhalten, um das Schiff sicher zu landen. Jedenfalls würde es eine knappe Angelegenheit werden. Hunter schaltete sich noch einmal kurz auf die Dronen, doch die meisten waren inzwischen ausgefallen. Die wenigen verbliebenen Sonden stürzten der Oberfläche entgegen wie glühende Meteoriten. Hunter wappnete sich instinktiv gegen den Aufprall, als der Boden auf ihn zuschoß und zuckte zusammen, als die Übertragung plötzlich zusammenbrach. Er schaltete das Komm-Implantat wieder ab und beobachtete die Instrumente. Er würde sich von jetzt an auf die restlichen Sensoren der Pinasse verlassen müssen, um das Schiff zu landen. Vorausgesetzt, sie fielen nicht vorher aus. Über die Navigationsrechner kontrollierte Hunter seine

Position. Rasch fand er die weite offene Fläche, die er zuvor zur Landung ausgesucht hatte. Einzelheiten waren wegen der Geschwindigkeit der Pinasse nur verschwommen zu erkennen, doch die Gegend wirkte nicht annähernd so einladend wie vom Orbit aus betrachtet. Ein verdammt desolates Stück Land, und doch würde es reichen müssen. Die Zeit reichte nicht mehr, um einen anderen Platz zu wählen.

Das Schiff machte einen Satz, als der Sturm drehte, und Hunter hatte alle Mühe, den Kurs zu halten. Metall kreischte gequält auf, und eine weitere Antenne riß ab.

»Achtung im Passagierraum! Bereitmachen zur Landung«, sagte Hunter in sein Komm-Implantat. »Es ist jeden Augenblick soweit.«

Er teilte seine Aufmerksamkeit zwischen den Sensordaten und den Schiffskontrollen und bemühte sich, nicht das Gefühl für die Pinasse zu verlieren. Es reichte nicht, die Kontrollen zu bedienen; Hunter mußte das Schiff als einen Teil von sich selbst empfinden und dementsprechend reagieren. Sein Instinkt reagierte weitaus schneller und besser, als Hunter es verstandesmäßig jemals gekonnt hätte.

Der Boden sprang ihm entgegen. Die Pinasse schlug so heftig auf, daß das gesamte Schiff erzitterte. Die Landekufen kreischten protestierend, als sie das Gewicht des Schiffes auffingen und die Wucht des Aufpralls absorbierten, und dann lag urplötzlich alles still und ruhig. Hunter und Krystel hingen schlaff in ihren Sicherheitsnetzen. Eines nach dem anderen erloschen die Lämpchen auf dem Kontrollpaneel, um nach kurzer Zeit wieder aufzuflackern. Hunter wartete, bis sich sein Puls und sein Atem ein wenig beruhigt hatten, dann streckte er eine zitternde Hand nach der Stromversorgung aus und schaltete die Maschinen ab. Vielleicht war noch ein wenig Energie in den Batterien übrig. Langsam richtete er sich auf und blickte sich um. Das Schiff hatte die Landung anscheinend halbwegs intakt überstanden. Investigator Krystel sah ruhig und gelassen drein wie immer.

»In Ordnung«, sagte Hunter rauh. »Systemchecks und Schadensmeldungen, Investigator. Zuerst die schlechten Nachrichten bitte.«

»Die Außenhülle hat an drei ... vier Stellen strukturelle Defekte erlitten«, meldete Krystel mit einem Blick auf ihr eigenes Paneel. »Die Innenhülle ist sicher. Luftdruck konstant. Landekufen ... mitgenommen, aber weitgehend intakt. Die Sensoren sind ausgefallen. Wir haben während der Landung zu viele Antennen verloren. Abgesehen von diesen Schäden laufen unsere Systeme mit einer Effizienz von achtzig Prozent.«

»Eine meiner besseren Landungen«, sagte Hunter. »Umschalten auf Reservesensoren. Ich will sehen, was sie uns zu sagen haben.«

Krystel nickte, und ihre Hände glitten über die Paneele vor ihr. Hunter schaltete sich erneut in das Kommunikationsnetz. Zuerst war nur statisches Rauschen zu sehen, dann erfüllte die Landschaft ringsum sein Blickfeld. Nebelschwaden waberten rings um die Pinasse, milchig leuchtend im Licht der Außenscheinwerfer. Dahinter gab es nichts als Dunkelheit, eine endlose, trübe Finsternis ohne Mond oder Sterne. Soweit es die Sensoren betraf, stand die Pinasse ganz allein auf einer leeren Ebene. Hunter löste sich aus dem Kommunikationsnetz und saß eine Weile nachdenklich schweigend da. Bald sollte es Tag werden. Vielleicht sah er ihr neues Zuhause im hellen Licht einladender aus. Sie hätten es auch schlechter treffen können. Irgendwie munterte Hunter dieser Gedanke nicht halb so viel auf, wie er gehofft hatte. Er blickte zu Krystel hinüber. Der Investigator ließ die Aufzeichnungen der Dronen auf dem Hauptschirm noch einmal ablaufen und machte intensiven Gebrauch vom schnellen Vorlauf und der Standbildschaltung. Hunter beschloß, sie nicht zu belästigen. Statt dessen lehnte er sich in seinem Netz zurück und aktivierte das Komm-Implantat.

»Hier spricht der Kapitän. Wir sind mehr oder weniger intakt gelandet. Irgend jemand verletzt dort hinten?«

»Uns fehlt nichts, Kapitän. Wir sind alle in Ordnung.« Die warme, herzliche Stimme gehörte Dr. Graham Williams. Hunter hatte ihn kurz vor der Landung kennengelernt. Dr. Williams besaß eine beeindruckende Akte, eine selbstbewußte Art aufzutreten und einen festen Händedruck.

493

Hunter vertraute ihm trotzdem nicht. Der Mann lächelte zu oft. »Der Abstieg war ein wenig unruhig, aber die Sicherheitsnetze haben gehalten. Wie sieht denn unser neues Zuhause aus, Kapitän?«

»Nichtssagend«, erwiderte Hunter. »Esper DeChance, Ihr führt eine standardmäßige Überprüfung der näheren Umgebung durch. Falls sich in einem Radius von einer halben Meile etwas Lebendiges zeigt, will ich unverzüglich darüber informiert werden.«

Eine kurze Pause entstand. Schließlich murmelte die Stimme der Telepathin in Hunters Kopf: »Dort draußen rührt sich nichts, Kapitän. Nicht einmal pflanzliches Leben. Nach dem zu urteilen, wie sich die Umgebung anfühlt, habt Ihr uns mitten ins Nichts geführt.«

»Mir ist da gerade eine großartige Idee gekommen, Kapitän.« Das war einer der Soldaten, Russell Corbie. Seine Stimme klang hektisch und scharf. »Laßt uns diesen Kasten wenden und dem Imperium erzählen, daß der gesamte verdammte Planet wegen Renovierung geschlossen ist.«

»Tut mir leid, Corbie«, entgegnete Hunter und grinste gegen seinen Willen. »Die Landung hat die Energiezellen ziemlich erschöpft. Die Pinasse wird niemals in den Orbit zurückkehren.«

»Also stecken wir hier fest«, sagte Corbie. »Großartig. Wirklich verdammt großartig. Ich hätte desertieren sollen, als ich noch Gelegenheit dazu hatte.«

»Das seid Ihr doch«, konterte Hunter. »Deswegen seid Ihr zu den Höllenschwadronen abkommandiert worden.«

»Außerdem«, meldete sich Lindholm zu Wort, der zweite Soldat, »selbst wenn wir in den Orbit zurückkehren – wozu sollte das gut sein? Du glaubst doch wohl nicht im Ernst, daß die *Verwüstung* noch immer auf uns wartet, oder? Sie ist längst weg. Wir sind jetzt ganz auf uns allein gestellt, genau wie sie uns gesagt haben.«

Lindholms Worte schienen von einem geheimnisvollen Echo begleitet. Niemand sagte noch etwas. Die Stille lastete schwer, beinahe ehrfürchtig auf allen, ganz besonders nach dem chaotischen Abstieg zur Oberfläche. Jetzt gab es nur noch das leise Knacken der abkühlenden Schiffshülle und das gelegentliche leise Murmeln der Schiffsrechner, während Investigator Krystel die Aufnahmen der Sonden auf dem Hauptschirm abspielen ließ. Hunter streckte sich langsam in seinem Netz und legte die Stirn in nachdenkliche Falten. Er mußte entscheiden, was er zuerst tun sollte. Auf ihn wartete beliebig viele Aufgaben, doch jetzt, wo der Augenblick gekommen war ... Hunter zögerte merkwürdig lange – als würde das Schicksal der Pinasse endgültig besiegelt, wenn er sich zu irgendeiner Handlung aufraffte.

Hunter hatte viel Zeit gehabt, sich an die Vorstellung seiner Verbannung nach *Wolf IV* zu gewöhnen, doch irgendwie war ihm alles nie real erschienen. Selbst am Morgen vor der Landung hatte er noch auf einen Aufschub, eine Versetzung oder irgendein Ereignis gewartet, das die Verbannung für nichtig erklärt hätte. Doch nichts war geschehen. Es hatte keine Begnadigung und keine Versetzung gegeben, und Hunter hatte es die ganze Zeit über gewußt. Sein Clan hatte ihm den Rücken zugewandt. Soweit es die Familie anbelangte, war er bereits tot. Hunter biß sich auf die Unterlippe, als die Implikationen erneut mit Macht in sein Bewußtsein drangen.

Es würde keinerlei Unterstützung von außen geben. Die einzige Technologie, die der Mannschaft zur Verfügung stand, war die, die sie mitgebracht hatte. Sie würde nur so lange halten, wie Energie in den Kristallen gespeichert war, die den Strom lieferten. Falls irgend etwas schiefging, gab es niemanden, den sie um Hilfe rufen konnten. Sie waren ganz allein auf *Wolf IV*. Die ersten Kolonisten würden erst in vielen Monaten aufbrechen, selbst wenn sich *Wolf IV* sofort als bewohnbar herausstellen sollte. Lange vorher würde die Höllenschwadron entweder vollkommen autark werden, oder sie würden alle sterben.

Auf der anderen Seite gab es hier auch niemanden, der sich einmischte. Zum allerersten Mal in seiner Karriere besaß Hunter völlig freie Hand. Auf *Wolf IV* gab es keine stupiden Vorschriften und Regeln, denen er folgen mußte, kein Verbeugen und Kriechen mehr vor Idioten in hohen

Positionen. Hunter spürte, wie ihn die Spannung allmählich verließ. Er würde klarkommen. Er war immer klargekommen. Und die blinde, grundlose Panik, die ihn seine Karriere und seine Zukunft gekostet hatte, war nichts weiter als ein Hindernis, das er in den vor ihm liegenden Tagen überwinden würde. Er glaubte von ganzem Herzen daran. Die Alternative war undenkbar. Hunter schob den Gedanken entschieden beiseite. Er hatte gewußt, worauf er sich einließ, als er sich freiwillig gemeldet hatte.

Die Höllenschwadronen waren planetare Einwegscouts. Sie wurden auf neu entdeckten Welten abgesetzt, erkundeten die bewohnbaren und unbewohnbaren Gegenden und entschieden dann, ob der Planet zur Kolonisation geeignet war oder nicht. Und sie lernten in dieser Zeit auch, wie man am Leben blieb.

In den Schwadronen gab es eine hohe Sterblichkeitsrate, deswegen setzten sie sich aus Leuten zusammen, die niemand vermissen würde. Aus Entbehrlichen. Aus Verlierern. Aus Versagern, Rebellen, Ausgestoßenen, Verdammten. Gebrochenen Männern und vergessenen Helden. Leuten, die nirgendwo hinpaßten. Was auch immer auf der Welt geschah, auf der sie abgesetzt worden waren, es gab keinen Weg zurück. Die neue Welt war ihre Heimat und würde es für den Rest ihres Lebens bleiben.

Hunter wandte sich zu Krystel um, die nachdenklich einen der Monitore betrachtete. »Erzählt mir die schlechten Neuigkeiten, Investigator.«

»Wir wissen noch nicht besonders viel, Kapitän, aber ich schätze, ich habe ein grobes Bild zusammen. In dieser Gegend gab es bis in die jüngste Vergangenheit ausgesprochen heftige vulkanische Aktivität. An manchen Stellen sind die Vulkane noch nicht erloschen. Die Luft ist voller Asche, aber atembar. Es ist zwar noch zu früh, um sich über mögliche Langzeitschäden an der Lunge Gedanken zu machen, trotzdem rate ich, Masken oder Filter zu improvisieren, bevor wir zu den am schlimmsten betroffenen Gegenden vorstoßen. Abgesehen davon sieht es gar nicht so schlecht aus. Luft, Temperatur, Gravitation – alles innerhalb tolerierbarer Grenzen, genau wie man uns versprochen hat. Keine besonders angenehme Welt, aber bewohnbar.«

»Was habt Ihr über unsere unmittelbare Umgebung herausgefunden?« fragte Hunter mit gerunzelter Stirn. »Irgend etwas, über das wir uns Gedanken machen müßten?«

»Schwer zu sagen, Kapitän«, antwortete Krystel. »Die Sonne wird erst in schätzungsweise einer Stunde aufgehen, und es herrscht dichter Nebel. Der Planet besitzt drei Monde, von denen keiner groß genug ist, um viel Helligkeit zu spenden. Wir müssen bis zum Tagesanbruch warten und dann rausgehen, um selbst nachzusehen.«

»Das entspricht nicht den Regeln, Kapitän«, platzte Soldat Corbie in die Unterhaltung. »Der erste Mann draußen ist ein Freiwilliger, das war schon immer so. Und ich möchte klarstellen, daß ich mich nicht freiwillig melde. Die erste Regel in der Flotte: Melde dich niemals zu irgend etwas freiwillig. Stimmt's nicht, Sven?«

»Stimmt«, bestätigte Lindholm.

»Haltet den Mund«, befahl Hunter. »Ich werde als erster hinausgehen.«

Er schüttelte mißmutig den Kopf, nachdem wieder Stille eingekehrt war. Er hätte sicherstellen müssen, daß seine Lagebesprechung mit Krystel nicht über das Kommunikationsnetz in den Mannschaftsraum übertragen wurde. Nicht, daß Corbies Verhalten eine großartige Überraschung für ihn darstellte. Er tat besser daran, den Mann im Auge zu behalten. Corbie würde sicher noch Schwierigkeiten machen. Hunter seufzte und kletterte unbeholfen aus seinem Netz. Er konnte genausogut auch jetzt schon einen ersten Blick nach draußen werfen. Er würde sich besser fühlen, wenn er endlich etwas unternahm. In der Kabine war gerade genug Platz, daß Hunter aufrecht stehen konnte, ohne sich den Kopf anzustoßen. Ein paar Schritte brachten ihn zum Waffenschrank. Krystel erhob sich aus ihrem Netz, um Hunter zu helfen, und beide bewegten sich vorsichtig durch die klaustrophobische Enge des Kontrollraums.

Als erster nach draußen zu gehen bedeutete volle Feldausrüstung. Zuerst der Umhang aus Kettengewebe. Schwer

497

genug, um eine Schwertklinge aufzuhalten oder abzulenken, und trotzdem leicht genug, um den Träger nicht in seiner Bewegungsfreiheit oder Schnelligkeit zu beeinträchtigen, wenn es sein mußte. Als nächstes Waffengurt und Disruptor. Hunter fühlte sich ein wenig ruhiger mit dem Gewicht der Waffe an seiner Hüfte. Schwert und Scheide fanden an der linken Seite des Gurtes Platz. Der Disruptor war eine viel machtvollere Waffe, doch das Schwert war zuverlässiger. Der Energiekristall des Disruptors benötigte zwei Minuten zwischen den Schüssen, um sich wieder aufzuladen. Ein Schwert war immer bereit. Als nächstes kam eine Lederbandoliere quer über die Brust, an der ein halbes Dutzend Splittergranaten hing. Bösartige kleine Dinger, ganz besonders in einer beengten Umgebung. Hunter fand sie stets sehr nützlich. Als letztes legte er ein Armband um sein linkes Handgelenk. Es war der Projektor für einen persönlichen Schutzschild.

Jetzt war Hunter bereit, sich jeder Herausforderung des Planeten zu stellen. Jedenfalls in der Theorie.

Er schaukelte auf den Absätzen vor und zurück, um sich an das neue Gewicht zu gewöhnen. Es war schon lange her, daß Hunter eine volle Feldausrüstung getragen hatte. Normalerweise blieb ein Kapitän in der Sicherheit des Orbits zurück, während seine Stoßtruppen auf der Planetenoberfläche gegen den Feind vorgingen. Man hatte eben seine Privilegien. Hunter grinste flüchtig und schob die schwere Bandoliere in eine bequemere Position. *Wie tief die Mächtigen doch fallen* ... Er hatte von Anfang an vorgehabt, als erster Mann die neue Welt zu betreten. Ob gewollt oder nicht, Hunter war einen weiten Weg gekommen, um seine neue Heimat zu sehen, und das war ein Augenblick, den er mit niemand anderem zu teilen beabsichtigte. Er nickte Investigator Krystel zu und wandte ich nach der Schleusenluke um. Krystel beugte sich über die Kontrollen, und das schwere Schott glitt zischend zur Seite. Hunter trat vorsichtig in die Schleusenkammer, und das Schott schloß sich hinter ihm.

Die Luftschleuse der Pinasse war noch klaustrophobischer als die Kontrollzentrale, doch Hunter gab einen Dreck darauf. Jetzt, da der Augenblick gekommen war, wo er dem Unbekannten gegenüberstehen würde, verspürte er ein plötzliches Zögern weiterzumachen. Die vertraute Panik zerrte an seinen Nerven und drohte auszubrechen. Wenn das äußere Schott erst offen war und Hunter nach draußen trat, stünde er auf der Welt, die er bis zu seinem Tod nicht mehr verlassen würde. Solange er sich an Bord der Pinasse befand, konnte er sich einreden ...

Das Schott schwang auf. Dünne Nebelschleier waberten in die Schleusenkammer und brachten die nächtliche Kühle herein. Hunter streckte das Kinn vor. Er würde der erste Mensch sein, der seinen Fuß auf *Wolf IV* setzte. Die Geschichtsbücher würden seinen Namen nennen. Hunter schniefte. Verdammte Geschichtsbücher. Er atmete tief durch und trat vorsichtig nach draußen in die neue Welt.

Hinter ihm ragte die mächtige Hülle der Pinasse auf, hell angestrahlt von ihren eigenen Scheinwerfern. Nebelfetzen schwebten vorüber, dick und silbergrau, und streuten das Licht aus den Scheinwerfern, bevor es von der Nacht verschluckt wurde. Hunter trat vorsichtig von der Schleuse weg. Er kämpfte gegen das Bedürfnis nach Sicherheit an und entfernte sich ein Stück vom Schiff. Die Luft war bitterkalt, und irgend etwas darin verursachte ein Kratzen in Hunters Hals. Er hustete einige Male. Das Geräusch klang dumpf und erstickt. Der Boden knirschte unter seinen Schritten, und Hunter kniete nieder, um ihn zu untersuchen. Er war hart gefroren und vom Gewicht der Pinasse und den Auswirkungen der Landung von Rissen durchzogen. Bimsstein vielleicht; erkaltete Lava aus den Vulkanen. Hunter zuckte die Schultern und richtete sich wieder auf. Er wußte, daß er sich noch weiter vom Schiff entfernen sollte, doch er brachte es zu diesem Zeitpunkt noch nicht über sich. Hinter den Scheinwerfern herrschte tiefste Finsternis. Einschüchternde Finsternis. Hunter hakte die Daumen hinter den Waffengurt und aktivierte sein Komm-Implantat.

»Kapitän an Pinasse. Frage nach Verständigung.«

»Pinasse an Kapitän. Verständigung ist klar und deutlich.« Krystels gelassene Stimme in Hunters Kopf wirkte unendlich beruhigend. »Irgend etwas zu berichten?«

»Bisher nicht. Ich kann kaum die Hand vor Augen sehen, aber die Gegend scheint unberührt und leer. Absolut nichts außer Felsen und Nebel. Ich werde es später noch einmal versuchen, wenn die Sonne aufgegangen ist. Wie lange dauert es noch bis dahin?«

»Eine Stunde dreiundzwanzig Minuten, Kapitän. Wie fühlt es sich dort draußen an?«

»Kalt«, antwortete Hunter. »Verdammt kalt … und verdammt einsam. Ich komme jetzt wieder rein.«

Er blickte sich ein letztes Mal um. Alles lag still und ruhig. Plötzlich sträubten sich seine Nackenhaare, und die Rechte fuhr zum Disruptor. Nichts hatte sich verändert, doch in diesem Augenblick wußte Hunter ohne jeden Zweifel, daß irgend etwas dort draußen in der Dunkelheit ihn beobachtete. Das war unmöglich. Die Sensoren und Esper DeChance hatten ihm versichert, daß es in der Umgebung kein Leben gab. Hunter vertraute ihnen blind, und doch sagten all seine Instinkte, daß ihn irgend etwas heimlich beobachtete. Er leckte sich über die trockenen Lippen und wandte der Dunkelheit den Rücken zu. Es waren die Nerven. Er war nervös, und sonst gar nichts. Hunter betrat die Luftschleuse, und hinter ihm schloß sich das Schott.

Langsam zog die Morgendämmerung über dem flachen Horizont herauf und tauchte den verbliebenen Nebel in ein kränkliches Gelb. Der Dunst hatte im gleichen Augenblick angefangen sich aufzulösen, in dem die Sonne hinter dem Horizont hervorgekommen war, und die letzten hartnäckigen Überbleibsel verschwanden nun allmählich im Nichts. Die silberne Sonne strahlte schmerzhaft hell und warf tiefe Schatten. Alles wirkte ungewohnt deutlich, obwohl die schiere Intensität der Sonne die natürlichen Farben verblassen ließ. Der Himmel war von einem bleichen Grün, das anscheinend von Staubwolken hoch oben in der Atmosphäre herrührte. Die Pinasse stand allein auf weiter Flur, eine glänzende Metallnadel auf einer von Rissen durchzogenen Ebene. Über dem Horizont lag ein dunkler Rand, den die Dronen als Wald identifiziert hatten. Er war zu weit entfernt, als daß selbst die Sensoren der Pinasse Einzelheiten hätten ausmachen können.

Die Luftschleuse des Schiffs stand offen. Die beiden Soldaten hatten rechts und links davon Posten bezogen. Selbstverständlich würden die Sensoren der Pinasse schon Alarm schlagen, lange bevor einer der Männer eine Bedrohung entdecken konnte, doch Kapitän Hunter hielt nichts davon, seine Männer untätig herumsitzen zu lassen. Die Soldaten hatten nichts dagegen, jedenfalls nicht wirklich. Die weite Ebene war viel interessanter als der beengte Raum an Bord des Schiffes. Nicht weit entfernt entnahm Dr. Williams ein paar Proben des krümeligen Grundes und packte sie in einen dafür geeigneten Behälter. Alle drei Männer gaben sich größte Mühe, ruhig und gelassen zu wirken, doch jeder verspürte eine kaum unterdrückbare Nervosität, die sich in abrupten, plötzlichen Bewegungen zeigte.

Russell Corbie lehnte mit dem Rücken an der Schiffshülle und überlegte, wie lange es noch dauern konnte, bis es die nächste Mahlzeit gab. Das Frühstück hatte aus einem Proteinwürfel und einem Glas Wasser bestanden, was kaum ausreichte, um den Magen auch nur halbwegs zufriedenzustellen. Selbst im Militärgefängnis war er besser verpflegt worden. Er ließ den Blick schweifen, doch es gab noch immer nichts zu sehen. Die weite Ebene war leer, öde und merkwürdig still. Corbie grinste säuerlich. Auf dem Weg nach unten hatte sein Herz wild gehämmert bei dem Gedanken an die wilden Kreaturen, die hier auf ihn lauerten, aber bisher war sein erster Tag auf *Wolf IV* von kaum erträglicher Langeweile geprägt. Trotzdem war er nicht wirklich unglücklich. Hätte er die Wahl gehabt zwischen Langeweile und bösartigen Monstren, dann hätte er auf jeden Fall die Langeweile vorgezogen.

Corbie war ein eher kleiner, stämmiger Mann Mitte Zwanzig mit scharfgeschnittenen Gesichtszügen, die ihm zusammen mit der schwarzen Uniform eine verblüffende

Ähnlichkeit mit dem Raubvogel verliehen, dessen Namen er trug. Sein Gesichtsausdruck war gewohnheitsmäßig mürrisch, und seine Augen blickten mißtrauisch in die Welt. Die Uniform war verknittert, schmutzig und erweckte den Eindruck, als hätten schon mehrere Leute darin geschlafen.

Jemanden wie Corbie gab es in jeder Einheit. Er kannte jeden, hatte überall seine Kontakte und konnte alles besorgen. Gegen eine Gebühr versteht sich. Das Imperium mochte solche Leute nicht besonders gerne. Corbie hatte in einem Militärgefängnis gesessen und noch einige Jahre vor sich gehabt, als sich die Gelegenheit ergab, sich freiwillig zu den Höllenschwadronen zu melden. Damals war es ihm als gute Idee erschienen.

Sven Lindholm war das genaue Gegenteil von Corbie. Er war groß und muskulös, Mitte Dreißig, besaß breite Schultern und einen beeindruckend flachen Bauch. Seine Uniform saß perfekt und war in makellosem Zustand. Die blassen, blauen Augen und das kurzgeschnittene, strohblonde Haar verliehen ihm ein schläfriges Aussehen, das jedoch niemanden täuschen konnte. Er trug das Schwert und den Disruptor mit der lässigen Eleganz langjähriger Übung, und seine Hände entfernten sich nie weiter als nötig von den Waffen. Lindholm war ein Kämpfer, und er sah auch danach aus.

Corbie seufzte erneut, und Lindholm bedachte ihn mit einem amüsierten Blick. »Was ist denn jetzt schon wieder, Russ?«

»Ach nichts. Ich habe nur nachgedacht.«

»Sicher wieder etwas Düsteres. Ich habe noch nie jemanden getroffen, der so pessimistisch in die Welt blickt wie du. Sieh's doch mal von der Sonnenseite, Russ. Wir sind jetzt beinahe drei Stunden hier draußen, und bis jetzt hat noch niemand versucht, uns umzubringen. Die Gegend ist verlassen; nicht einmal ein Vogel zeigt sich am Himmel.«

»Ja«, bestätigte Corbie gedehnt. »Verdächtig still ist es.«

»Du willst dich einfach nicht freuen, was?« fragte Lindholm. »Wäre es dir vielleicht lieber gewesen, wenn wir aus der Luftschleuse getreten und direkt von irgendeiner großen, blutrünstigen Kreatur mit Hunderten von Zähnen angegriffen worden wären?«

»Ich weiß nicht. Vielleicht. Wenigstens hätten wir dann gewußt, woran wir sind. Ich habe so ein ungutes Gefühl. Erzähl mir nur nicht, du hättest es nicht auch gespürt, Sven. Es ist einfach nicht normal, daß eine Gegend wie diese vollkommen verlassen ist. Ich meine, es ist ja nicht so, als wären wir mitten in einer Wüste gelandet. Du hast die Aufzeichnungen der Dronen gesehen. Wenn man von den Vulkanen und dem merkwürdigen Schlechtwettergebiet absieht, ist diese Welt praktisch wie die Erde. Wo zur Hölle ist dann alles? Diese Welt sollte vor Leben nur so wimmeln.«

»Kannst du endlich mal damit aufhören?« sagte Lindholm. »Du steckst mich noch an mit deiner Nervosität.«

»Gut so«, erwiderte Corbie. »Ich hasse es, mich allein zu fürchten.« Er starrte nachdenklich zu Boden und stampfte ein paarmal mit dem Absatz auf. Das harte Material brach und krümelte. »Sieh dir das an, Sven. Knochentrocken. Jede Spur von Feuchtigkeit fehlt. Das kann unmöglich an der Tageshitze liegen. Die Sonne steht hoch am Himmel, und es ist immer noch scheißkalt.« Er blickte erneut zum Horizont und verzog mürrisch das Gesicht. »Ich weiß nicht – sicher habe ich keinen Garten Eden erwartet. Aber diese Gegend hier ... irgend etwas stimmt nicht. Es macht mir angst.«

»Du solltest nicht so viel darüber nachdenken«, entgegnete Lindholm. »Du wirst dich mit den Jahren schon daran gewöhnen.«

»Du bist wirklich ein großer Trost, Sven.«

»Wozu sind Freunde da?«

Eine Weile standen die beiden schweigend beieinander und blickten auf die Ebene hinaus. Nur das Geräusch von Dr. Williams' Graben drang durch die Stille.

»Was hältst du von unserem Kapitän?« fragte Lindholm, um Corbie auf andere Gedanken zu bringen. Er persönlich hatte sich bereits eine Meinung über Hunter gebildet.

Corbies Stirnrunzeln vertiefte sich noch. »So viele Offiziere in der Flotte, und wir landen ausgerechnet bei Scott Hunter. Ich habe mich ein wenig umgehört, bevor wir von der *Zerstörung* aufgebrochen sind. Der Mann ist von seiner Arbeit besessen und ein richtiger Kommißkopf. Außerdem ist er viel zu verdammt ehrenhaft. Hat sich freiwillig zu einer Patrouille draußen bei den Randwelten gemeldet und sich in vier größeren Schlachten ausgezeichnet. Er wäre sicher bald Admiral geworden, hätte er es nicht selbst vermasselt. Immer vorausgesetzt, er hätte es geschafft, seine Meinung hübsch für sich zu behalten und in die richtigen Hintern zu kriechen.«

Lindholm nickte langsam. »Wir hätten es schlechter treffen können.«

»Du machst wohl Witze, Mann!« Corbie schüttelte melancholisch den Kopf. »Ich kenne diese Sorte. Ehrenhaft, mutig und ein verdammter Held vom Scheitel bis zur Sohle, jede Wette. Du kannst Helden nicht vertrauen. Sie bringen dich um, auf die eine oder andere Weise, weil sie immer ihren verdammten Idealen hinterherjagen.«

»Du bist wirklich ein prima Gesprächspartner«, sagte Lindholm. »Ich war dabei, als du die Jagd nach den *Blutläufern* angeführt hast, draußen im *Obeah*system. Erinnerst du dich noch?«

Corbie zuckte die Schultern. »Ich war betrunken.«

»Nun, das Problem ergibt sich hier nicht. Die nächste Bar ist Lichtjahre entfernt.«

»Erinnere mich bloß nicht daran! Ich schätze, ich werde eine Destille bauen müssen.«

»Wir hätten es jedenfalls schlechter treffen können«, wiederholte Lindholm. »Es ist eine widerliche Gegend, da hast du sicher recht, aber wenigstens ist es kein *Grendel* und kein *Shub*.«

»Soweit wir bisher wissen«, entgegnete Corbie düster.

»Hör endlich auf damit.« Lindholm blickte zu Dr. Williams und senkte die Stimme. »Was weißt du über die anderen in unserer Schwadron? Mir ist zu Ohren gekommen, daß Esper DeChance geschnappt wurde, als sie zum Rebellenplaneten fliehen wollte, nach *Nebelwelt*. Über unseren Doktor oder Investigator Krystel habe ich nichts herausgefunden.«

»Sieh mich nicht so fragend an«, erwiderte Corbie. »Ich bin noch nie zuvor einem Investigator begegnete. Ich bevorzuge normalerweise andere Gesellschaft. Die Esperfrau ist nichts Besonderes, soweit ich weiß. War einfach zum falschen Zeitpunkt am falschen Ort und hat dem falschen Mann vertraut. Sieht gar nicht mal so schlecht aus ... vielleicht ein wenig gespenstisch, aber sonst ...«

Lindholm schnaubte. »Vergiß es, Russ. Der Kapitän wird keine Dummheiten zulassen. Ich frage mich allen Ernstes, wie du ausgerechnet jetzt an Sex denken kannst.«

Corbie zuckte die Schultern. »Ich habe einen Ruf zu verteidigen.«

»Was ist mit dem Doktor?« fragte Lindholm. »Warum ist er hier?«

»Ah, der Doktor. Wirklich ein geheimnisvoller Mann ...«

»Spuck's endlich aus«, unterbrach Lindholm ungeduldig. »Was hast du gehört?«

»Nichts Bestimmtes. Es gibt ein paar Gerüchte, daß er in einen Skandal verwickelt war. Es ging um verbotene Körperaufrüstungen und so 'n Zeug.«

Lindholm pfiff leise durch die Zähne. »Wenn das stimmt, dann hat er Glück, daß er noch am Leben ist. Seit der Rebellion der Hadenmänner läßt das Imperium in dieser Sache nicht mit sich spaßen.«

»Genau. Die verdammten Killerkyborgs haben jeden in Angst und Schrecken versetzt. Na, egal. Soweit ich gehört habe, ließen sie dem Doktor die Wahl: Entweder die Höllenschwadronen oder als Organspender in die Körperbänke.«

»Und ich habe gedacht, wir hätten Glück, weil ein Doktor zu unserer Mannschaft gehört«, sagte Lindholm. »Trotzdem, es könnte schlimmer sein. Stell dir vor, er wäre ein Klonpascher.«

»Wirst du wohl endlich aufhören, andauernd zu sagen, es könnte schlimmer sein? Es ist schlimm genug, wie es ist. Tausend verschiedene Schwadronen, und ich ende ausgerechnet hier! Kapitän Eisenherz, Doktor Jekyll und ein verdammter Investigator! Ich will erst gar nicht darüber nachdenken, was diese Krystel angestellt hat, um hier zu landen.

Die Typen sind genauso unmenschlich wie die Biester, gegen die sie kämpfen.«

»Wenigstens steht sie auf unserer Seite«, erwiderte Lindholm.

Corbie musterte seinen Kameraden mit einem langen Blick. »Investigatoren stehen nie auf jemandes Seite.«

Mit den abgeschalteten Kontrollpaneelen sah die Zentrale der Pinasse noch düsterer aus als sonst. Die einzelne Lampe an der Decke machte die tiefen Schatten nur deutlicher. Kapitän Hunter und Investigator Krystel lagen in ihren Sicherheitsnetzen und hatten die Augen weit geöffnet, ohne ihre Umgebung wahrzunehmen. Über ihre Komm-Implantate waren sie auf die Bordrechner geschaltet und sahen die audiovisuellen Aufzeichnungen, die von den Dronen während der Landung angefertigt worden waren.

Hunter konzentrierte sich auf die Szene vor ihm. Die direkte Einspeisung in seine Hör- und Sehnerven verführte dazu, sich in der rasenden, tobenden Welt der Sonden zu verlieren und die wirkliche Welt und ihre Zwänge zu vergessen. Unruhig betätigte er den schnellen Vorlauf und hielt nur an, wenn die Rechner auf Szenen hinwiesen, die möglicherweise von Bedeutung sein konnten. Hunter hatte ein schlechtes Gewissen, weil er sich der realen Welt auf diese Weise entzog, doch er benötigte dringend einen Überblick über die Lage. Entscheidungen standen an, und es wurden ständig mehr. Sobald sich eine Gelegenheit ergab, würde Hunter die gesamten Aufzeichnungen gründlich und in Echtzeit durchgehen und jedes Detail untersuchen, doch im Augenblick interessierten ihn lediglich Informationen über mögliche Bedrohungen und Gefahren. Alles andere konnte warten. Szene um Szene blitzte vor Hunters Augen auf, und sein Stirnrunzeln vertiefte sich, als *Wolf IV* zögernd seine Geheimnisse preisgab.

Im Norden schleuderten Vulkane geschmolzenes Feuer in den Himmel. Die Lava glühte in tiefem Rot, Asche ging wie Regen nieder. Weite Ebenen waren mit abkühlendem Material bedeckt, und ringsum war das Land knochentrocken und verbrannt. Ein Planet, der so alt war wie *Wolf IV*, hätte sein vulkanisches Stadium schon seit Jahrmillionen hinter sich haben sollen, doch statt dessen zog sich eine ganze Kette rauchender Vulkane durch den Norden des einzigen Kontinents wie an einer Schnur aufgereihte Höllenfeuer.

Die Ozeane wurden von endlosen Stürmen gepeitscht. Zwischen den gebirgshohen, schäumenden Wogen kämpften riesige Kreaturen einen niemals enden wollenden Kampf ums Überleben. Es fiel nicht leicht, aus der Entfernung auf die genaue Größe der Wesen zu schließen, selbst wenn man die Höhe der Wellen kannte, doch die schiere Macht der Bewegungen und das verdrängte Wasser deuteten auf atemberaubende Dimensionen. Hunter wollte erst gar nicht darüber nachdenken, was diese Riesen an Land wogen. Jedenfalls war klar, daß in Zukunft sämtliche Fortbewegung entweder über Land oder durch die Luft stattfinden mußte. Kein noch so gutes Schiff würde eine Seefahrt überleben. Einige der Kreaturen, die sich unablässig gegenseitig zu bekämpfen schienen, sahen beinahe so groß aus wie die *Zerstörung*.

Das Zentrum des Kontinents wurde von riesigen Waldgebieten beherrscht, festen, undurchdringlichen Massen schmutziggelber Vegetation. Die Dronen hatten nicht besonders viele Details erfaßt, doch Bäume waren in der Regel ein gutes Zeichen für Kolonisten. Mit Holz konnte man jede Menge anfangen. Die Dronen flogen weiter und enthüllten weite grasbewachsene Ebenen im Süden, und zum ersten Mal lächele Hunter. Trotzdem hielt er seine Begeisterung im Zaum. Die erste Regel der Höllenschwadronen: Nimm niemals etwas als selbstverständlich hin. Auf einer fremden Welt muß nichts so sein, wie es aussieht. Sicher, aus der Distanz betrachtet sah es wie ganz gewöhnliches Allerweltsgras aus, obwohl die Farbe ein wenig blaß war. Aber auf *Scarab* zum Beispiel hatte sich das lange Gras als fleischfressend entpuppt. Auf *Loki* war der Pflanzensaft des Grases mit Säuren durchsetzt, und es breitete sich aus wie die Pest. Alles auf einer neuen Welt hatte zuerst einmal als potentiell giftig und gefährlich zu gelten, bis erschöpfende Testreihen das Gegenteil bewiesen.

Die Szene änderte sich erneut. Die Aufzeichnungen einer weiteren Sonde wurden abgespielt, und Hunters Herz setzte einen Schlag lang aus. Er hämmerte auf die Standbildtaste und schluckte mühsam mit einer unvermittelt staubtrockenen Kehle.

»Investigator«, sagte Hunter schließlich durch sein Komm-Implantat, »schaltet auf Drone Sieben. Ich habe etwas gefunden.«

Konstruktionen aus Stein und Glas und glänzendem Metall. Gezackte, kantige Türme erhoben sich aus asymmetrischen Bauwerken. In den Fenstern großer steinerner Monolithen schimmerten seltsame Lichter. Flache Kuppeln glänzten wie durchsichtige Perlen. In der Mitte von allem stand ein spitzer, kupferfarbener Turm, der sich anscheinend bis in den Himmel erhob. Überall zwischen den Türmen verliefen filigrane Wege durch die Luft wie Seidengespinste.

»Es ist eine Stadt«, sagte Hunter leise und in ehrfürchtigem Ton.

»Sieht jedenfalls ganz danach aus«, entgegnete Krystel trocken. »Grob kreisförmig, vier Meilen im Durchmesser. Bisher keinerlei Hinweise auf Lebensformen.«

»Ich schätze, die Rechner sollten nach ähnlichen Gebilden suchen.«

»Sie werden keine finden. Wir haben die Aufzeichnungen fast bis zu Ende durchgesehen. Gäbe es weitere Städte wie diese, dann müßten wir schon viel früher darauf gestoßen sein.«

»Legt die Aufnahme auf den Hauptschirm, Investigator. Ich möchte eine vollständige Rechneranalyse davon. Das hat oberste Priorität, bis ich Euch etwas anderes sage.«

»Aye aye, Kapitän.«

Die fremde Stadt verschwand auf Hunters Gesichtskreis, und das Kontrolldeck wurde wieder sichtbar. Nach den gespenstischen, mysteriösen Aufnahmen der Stadt strahlte die spartanische Einrichtung eine merkwürdig beruhigende

Vertrautheit aus. Investigator Krystel hatte sich bereits über ihre Konsole gebeugt und rief weitere Daten auf. Hunter lehnte sich vorsichtig in seinem Netz zurück und studierte die fremde Stadt auf dem Bildschirm. Jetzt, da die erste Aufregung vorüber war, kam ihm seine Gänsehaut zu Bewußtsein. Er kämpfte gegen das dringende Bedürfnis, den Blick abzuwenden. Die Umrisse der Konstruktionen waren merkwürdig häßlich, verdreht ... irgend völlig *verkehrt*. Sie ergaben keinen Sinn. Irgend etwas Entnervendes war an ihnen. Welche Architektur auch immer die Stadt hervorgebracht hatte, sie folgte bestimmt keinem menschlichen Denkmuster von Logik oder Ästhetik.

»Wie weit ist sie von uns entfernt?« fragte Hunter und stellte erleichtert fest, daß seine Stimme ruhiger klang, als er sich fühlte.

»Vierzehn bis fünfzehn Meilen. Wir können zu Fuß hin. Vielleicht ein Tagesmarsch, mehr nicht.«

Hunter musterte Krystel mit einem Seitenblick, doch er schwieg. Für sie mochten fünfzehn Meilen vielleicht einen Tagesmarsch darstellen, aber für ihn so sicher wie die Hölle nicht. Fünfzehn Meilen! Hunter verzog unglücklich das Gesicht. Seit seiner Grundausbildung war er nicht mehr so weit an einem Stück gelaufen. Und er hatte es schon damals gehaßt. Hunter zuckte die Schultern und richtete seine Aufmerksamkeit erneut auf den großen Hauptschirm. Irgend etwas am Anblick der Stadt machte ihm zu schaffen. Es dauerte einen Augenblick, bis ihm bewußt wurde, was ihn beunruhigte. Das Labyrinth aus gewundenen Laufstegen schien vollkommen verlassen. Nichts bewegte sich in den Straßen. Hunter betrachtete den Schirm lange Zeit, bevor er sein Komm-Implantat wieder aktivierte.

»Esper DeChance, hier spricht Kapitän Hunter. Bitte kommt sofort zu mir auf das Kontrolldeck.«

»Aye aye, Kapitän. Ich bin unterwegs.«

Hunter schaltete das Komm-Implantat wieder ab und blickte zu Investigator Krystel. »Kein Leben, keine Bewegung. Niemand zu Hause. Was haltet Ihr davon?«

»Es ist noch zu früh, etwas darüber zu sagen, Kapitän.«

Krystel zog eine dünne, unangenehm aussehende Zigarette aus ihrer Ärmeltasche und nahm sich reichlich Zeit, das Ding zu entzünden. »Die Stadt könnte aus beliebig vielen Gründen verlassen worden sein, und nur wenige davon erscheinen im Augenblick einleuchtend. Außerdem ist alles Fremde zunächst einmal potentiell gefährlich.« Sie sah Hunter an. »Genaugenommen müßten wir unsere Entdeckung unverzüglich dem Imperium melden.«

»Aber wenn wir das tun«, hielt Hunter dagegen, »müßten wir abwarten, bis ein Team von Investigatoren offiziell mit der Untersuchung beginnt. Was wiederum eine lange Verzögerung bis zum Eintreffen der ersten Kolonisten nach sich ziehen würde ... oder bis zum Eintreffen der zusätzlichen Ausrüstung, die die Kolonisten mitbringen. Und wir benötigen die verdamme Ausrüstung.«

»Ja«, stimmte ihm Krystel zu. »Da ist sicher etwas Wahres dran. Wir haben eigentlich keine Alternative, Kapitän. Wir benötigen weitere Informationen, also müssen wir wohl oder übel hin und die Stadt selbst in Augenschein nehmen. Wir müssen herausfinden, was mit den Einwohnern der Stadt geschehen ist und warum. Falls es auf diesem Planeten etwas gibt, das tödlich genug ist, um die Bevölkerung einer ganzen Stadt auszulöschen, dann sollten wir besser alles darüber herausfinden, was wir herausfinden können ... bevor es herkommt, um sich mit uns zu beschäftigen.«

»Ich hätte es selbst nicht besser formulieren können«, sagte Hunter. »Deswegen habe ich auch Esper DeChance herbestellt.«

Krystel schnaubte verächtlich und betrachtete das glimmende Ende ihrer Zigarette. »Telepathische Erkundungen sind subjektiv und daher unzuverlässig.«

»Esper haben ihre Vorteile. Und ich vertraue einer menschlichen Meinung jederzeit mehr als einem Rechengehirn.«

Hinter Hunter und Krystel glitt zischend die Tür beiseite, und die Esperfrau Megan DeChance betrat das Kontrolldeck. Sie war eine kleine, gespenstisch wirkende Frau Ende Dreißig mit langem, silberblondem Haar. Ihre Augen waren grün und entschlossen und verrieten wie der Rest ihres Gesichts überhaupt nichts von dem, was in ihr vorging. Sie nickte Hunter knapp zu und ignorierte Krystel völlig. Hunters Zuversicht sank. Esper und Investigatoren kamen nicht miteinander aus, das hatte bereits Tradition. Aufgrund ihrer Begabungen, Telepathie oder Empathie, tendierten Esper dazu, fanatisch für den Erhalt jeden Lebens einzutreten. Investigatoren taten genau das Gegenteil.

»Hier, Esper«, sagte Hunter steif. »Ich möchte eine vollständige Erkundung der unmittelbaren Umgebung. Radius zwanzig Meilen. Haltet Euch nicht mit Tieren und Pflanzen auf. Ich bin lediglich an intelligentem Leben interessiert.«

DeChance hob eine Augenbraue, doch sie schwieg. Mit untergeschlagenen Beinen ließ sie sich auf dem Fußboden zwischen den beiden Sicherheitsnetzen nieder, nahm eine bequeme Haltung ein und schloß die Augen. Sie sandte ihre Gedanken hinaus, und ihr Bewußtsein breitete sich über die Umgebung aus wie Wellen in einem Teich. Die übrigen Mitglieder der Höllenschwadron waren leuchtende Funken in der näheren Umgebung. Alles andere blieb dunkel. DeChance dehnte ihre Erkundung aus, und die Welt blühte vor ihren Augen auf. Leben leuchtete in der Dunkelheit wie flammende Fackeln und flackernde Kerzen, doch kein einziges davon brannte mit der strahlenden Intensität eines intelligenten Bewußtseins.

Und doch … irgend etwas Merkwürdiges war dort draußen, ganz am Rand von DeChances Wahrnehmung. Sein Licht war stark, obwohl merkwürdig gedämpft und undeutlich. DeChance betrachtete es mißtrauisch. Ganz allmählich schien es sich ihrer Anwesenheit bewußt zu werden. DeChance zog sich vorsichtig zurück. In dem Augenblick, als sie den Kontakt ganz abbrechen wollte, flammte das Licht plötzlich zu blendend schrecklicher Helligkeit auf. Es brannte in tausend Farben, und es wußte, wo sie war. DeChance errichtete einen mentalen Schirm aus Dunkelheit, doch irgend etwas war in der Nacht unterwegs, etwas Großes, Machtvolles. Andere seiner Art lauerten ebenfalls in der Finsternis, und eines nach dem anderen erwachte zu dem gleichen blendendem Licht wie das erste. DeChance zog ihr ESP zurück, faltete es in sich zusammen und verschloß es sicher in ihrem Bewußtsein. Sie öffnete die Augen und blickte Hunter unsicher an.

»Dort draußen ist etwas, Kapitän«, erklärte sie. »Es ist anders als alles, was mir bisher begegnet ist. Es ist groß, sehr alt und sehr mächtig.«

»Ist es gefährlich?« fragte Krystel.

»Das weiß ich nicht«, antwortete DeChance. »Ziemlich wahrscheinlich. Und es ist nicht allein.«

Lange Zeit sprach niemand ein Wort. Hunter spürte, wie ihm ein kalter Schauer über den Rücken lief. Er bemerkte erst jetzt, wie mitgenommen DeChance war.

»In Ordnung«, sagte er schließlich. »Vielen Dank, Esper. Das war alles. Bitte geht wieder nach draußen zu den anderen. Wir werden in Kürze nachkommen.«

DeChance nickte und ging. Krystel und Hunter blickten sich an. »Es muß die Stadt sein«, sagte Krystel. »Wir müssen hingehen, Kapitän.«

»Ja. Ihr habt mehr ... Erfahrung mit Aliens als ich, Investigator. Angenommen, wir finden dort etwas – wie gehen wir am besten vor?«

Krystel grinste mit der Zigarette im Mund. »Wir finden es, stellen ihm eine Falle und töten es. Und verbrennen hinterher die Überreste, um sicherzugehen.«

Dr. Williams saß still im Schatten der Pinasse, hatte die Arme um die Knie geschlungen und starrte auf seine neue Heimat hinaus. Alles sah unheimlich öde und leer aus, und die endlose Stille zerrte an seinen Nerven. Trotzdem konnte er von Glück reden, daß man ihn zu den Höllenschwadronen gesteckt hatte, und das wußte er. Wäre das Imperium imstande gewesen, auch nur die Hälfte der Anschuldigungen zu beweisen, die man gegen ihn erhoben hatte ... aber sie hatten es nicht geschafft. Sein Geld und sein Einfluß hatten dafür Sorge getragen. Zumindest bis zu einer gewissen Grenze.

Dr. Williams hatte geglaubt, mit ein paar Jahren in irgend-einem offenen Gefängnis davonzukommen, vielleicht sogar nur mit einer Geldstrafe und einer öffentlichen Rüge. Am Ende jedoch waren zu viele Leute zu der Überzeugung gelangt, daß bei einer Verhandlung die Wahrheit nicht ans Tageslicht kommen dürfe. Also hatten sie ihre Verbindungen spielen lassen – und mit einemmal hatte sich Dr. Williams auf dem Weg zu einer netten anonymen Höllenwelt am Rand des Imperiums gefunden, wo seine Geheimnisse zusammen mit ihm begraben werden konnten.

Alles war sehr geschickt eingefädelt gewesen. Männer, denen Dr. Williams jahrelang vertraut hatte, hatten ihn unter dem Druck massiver Bestechung und Todesdrohungen betrogen, und plötzlich hatte Williams ganz allein dagestanden. Er konnte entweder mit bei den Höllenschwadron die-nen oder sich bei einem Fluchtversuch in den Rücken schießen lassen. Williams hatte getobt und geschrien und gedroht, doch es hatte nichts genützt. Er zog die Knie dicht an den Leib und starrte auf die Ebene hinaus.

Graham Williams war ein großer, schlanker, gutaussehen-der Mann Ende Fünfzig, doch er sah dreißig Jahre jünger aus. Seine Haut war frisch und glatt, und sein dichtes locki-ges Haar war pechschwarz. Er besaß das warme, professio-nelle Lächeln eines Arztes und angenehme Manieren. Die Hälfte seiner Organe, der größte Teil seiner Haut und sein Haar stammten von anderen Menschen. Selbstverständlich waren die Spender alle anonym geblieben. Körperräuber scherten sich kaum jemals um die Namen ihrer Opfer.

Williams besaß außerdem eine ganze Reihe persönlicher Aufrüstungen, die das Imperium in der kurzen Zeit seiner Untersuchungshaft nicht entdeckt hatte. Unglücklicher-weise waren sie hier für ihn nur von beschränktem Nutzen. Die Aufrüstungen benötigten Energie aus implantierten Kristallen, und die Energiekristalle besaßen nur eine be-schränkte Lebensdauer. Wenn sie erst erschöpft waren, wäre die gesamte schöne Technik in Williams' Körper nur noch Schrott wert. Er würde mit den Kristallen auskommen müs-sen, bis er neue beschaffen konnte.

Plötzlich grinste Williams. Das war Zukunftsmusik. Für den Augenblick, obwohl die anderen wahrscheinlich keine Ahnung davon hatten, war er der stärkste Mann in der Schwadron. Sollte der Kapitän seine Zeit als Anführer nur genießen. Er würde früh genug die Wahrheit herausfinden. Williams' Grinsen wurde noch breiter, als an den Fingerspitzen seiner rechten Hand plötzlich einziehbare Stahlkrallen erschienen und wieder verschwanden.

Er blickte auf die Bodenproben, die er bisher gesammelt hatte. Sie lagen in dichten Reihen in ihren kleinen Säckchen. Williams hatte die Proben als Beschäftigungstherapie gesammelt – auf der anderen Seite mußte man dem Glück auch eine Chance geben. Oftmals fanden sich Reichtümer im Boden, jedenfalls wenn man wußte, wo man danach zu suchen hatte. Irgendwo auf diesem Planeten war Geld zu machen, und Williams besaß nicht die Absicht, sich diese Gelegenheit entgehen zu lassen. Die Analysenausrüstung der Pinasse war erbärmlich, und das war noch geschmeichelt, doch sie würde reichen. Williams runzelte die Stirn und zog die Knie noch enger an den Leib. Es war absolut nicht das, was er gewohnt war. Seine Künste als Chirurg waren im gesamten Imperium bekannt gewesen. Manche behaupteten, seine Klinik seit die beste seit den Tagen der berühmten Laboratorien der verlorenen Welt *Haden* selbst gewesen. Alles vorbei. Alles zerstört. Von ihm selbst, so daß niemand seine Geheimnisse gegen ihn verwenden konnte.

Nach der Rebellion der Kyborgs von *Haden* hatte das Imperium die meisten Formen von menschlicher Aufrüstung verboten. Doch es gab stets Leute, die viel Geld für verbotene Freuden auszugeben bereit waren. Die meisten der verbotenen Apparate waren sowieso ziemlich harmlos gewesen, jedenfalls solange man sie mit Verstand einsetze. Dr. Williams hatte nur eine Dienstleistung erbracht, das war alles. Hätte er es nicht getan, jemand anderes hätte keine Gewissensbisse gehabt. Schön und gut, ein paar seiner Patienten waren gestorben, entweder auf dem OP oder danach. Aber sie hatten die Risiken gekannt, als sie zu ihm gekommen waren. Die meisten hatten gelebt, und das nicht schlecht, dank der zusätzlichen Sinne und Kräfte, die Williams ihnen gegeben hatte.

Alle waren sie zu ihm gekommen: die Reichen, die Aristokraten, die Gelangweilten, die Dekadenten. Alle die mit verborgenen Bedürfnissen, dunklen Neigungen und Gelüsten. Und jedem von ihnen hatte er gegeben, wonach er verlangt hatte, und sein entsprechendes Honorar erhalten. Seine Preise waren hoch, doch wer zu ihm kam, konnte sich das leisten. Außerdem hatte auch er seine Bedürfnisse.

Das Imperium war schuld an dem, was Williams geworden war. Er hatte sich seine Reputation mit der Arbeit am Wampyr-Projekt erworben, den aufgerüsteten Männern. Sie hatten die neuen Stoßtruppen des Imperiums werden sollen, stark, furchteinflößend und von rücksichtsloser Effizienz, doch irgend jemand weit oben in der Hierarchie hatte plötzlich die Hosen voll gehabt, und das Projekt war auf persönlichem Befehl Ihrer Kaiserlichen Majestät eingestellt worden.

Williams hatte sich geweigert, seine Arbeit aufzugeben. Er war in den Untergrund gegangen und hatte privatisiert. Seine Triumphe mit den Wampyren waren nichts im Vergleich zu dem, was er noch erreicht hätte, wäre das verdammte Imperium ihm nicht auf die Spur gekommen.

Er hätte sich niemals auf die Körperräuber verlassen dürfen.

Doch das lag nun alles hinter ihm. Jetzt hatte Williams ein neues Leben mit neuen Gelegenheiten und Chancen. Ärzte waren bei den Höllenschwadronen und auf Koloniewelten stets Mangelware. Auf die eine oder andere Weise würde er wieder zu Reichtum und Ansehen gelangen. Und auf die eine oder andere Art würde er diesen Reichtum einsetzen, um von diesem Drecksplaneten zu verschwinden und ins Imperium zurückzukehren. Und dann würden sie bezahlen. Sie alle würden bezahlen für das, was sie ihm angetan hatten.

Draußen vor der Luftschleuse blickte Corbie Megan DeChance fragend an.

»Eine Stadt? Eine Alienstadt? Ich glaub' es einfach nicht. Ich glaub' es verdammt noch mal einfach nicht! So viele verdammte Planeten, aus denen das Imperium auswählen konnte, und sie schicken uns ausgerechnet zu einer Welt, die bereits bewohnt ist! Überprüft man das eigentlich nicht vorher?«

»Nein«, antwortete Lindholm. »Das ist unsere Aufgabe. Vielleicht ist es ja gar nicht so schlecht, Russ. Wir könnten von den Aliens eine ganze Menge über diesen Planeten lernen. Dinge, die wir wissen müssen. Ich denke, wir sollten uns ihnen gegenüber freundlich verhalten, wenn sie freundlich mit uns umgehen.«

»Das ist nicht sehr wahrscheinlich, Sven«, sagte Corbie. »Du kennst die Einstellung des Imperiums gegenüber Aliens. Sie werden eingegliedert oder in den Boden gestampft. Eine andere Möglichkeit läßt man ihnen nicht.«

»Das hier ist eine neue Welt«, widersprach Lindholm. »Hier liegen die Dinge vielleicht ein wenig anders.«

Corbie rümpfte die Nase. »Versuch mal, das unserem Investigator zu erklären.«

»Ich fürchte, so einfach ist das nicht«, meldete sich DeChance leise zu Wort. »Nach den Aufnahmen der Dronen gibt es nur diese eine Stadt, und sie scheint auch noch verlassen zu sein.«

»Augenblick mal«, sagte Corbie. »Wollt Ihr damit etwa sagen, daß niemand dort draußen ist?«

»Irgend etwas ist dort draußen«, antwortete DeChance. »Ich habe seine Gegenwart gespürt.«

Die beiden Soldaten warteten darauf, daß DeChance weitersprechen würde, doch sie schwieg. Corbie trat enttäuscht in den Boden.

»Geheimnisse. Ich hasse diese verdammten Geheimnisse.«

»Ich bezweifle, daß es irgend etwas ist, womit wir nicht fertig werden können.«

Die Köpfe der Soldaten fuhren herum, als Williams zu

ihnen trat. Er lächelte freundlich und nickte Esper DeChance zu.

»Tut mir leid, wenn ich Euch unterbrochen habe. Ich wollte mich nicht in die Unterhaltung einmischen ...«

»Nein, das geht schon in Ordnung, Doc«, erwiderte Lindholm. »Das betrifft uns alle, auch Euch. Wie es scheint, gibt es eine verlassene Stadt, gar nicht weit von unserem Landeplatz entfernt.«

»Faszinierend«, sagte Williams. »Ich hoffe doch, wir werden sie erforschen?«

»Großartig«, brummte Corbie. »Noch so ein verdammter Alienheld.«

Williams ignorierte die Bemerkung und schenkte Lindholm und DeChance seinen ganzen Charme. »Was haltet Ihr von unserer neuen Heimat, meine Freunde?«

»Ein wenig desolat das alles, wenn Ihr mich fragt«, antwortete Lindholm. »Ich habe schon lebendigere Flecken gesehen.«

»Ich gestehe, auf den ersten Blick macht *Wolf IV* keinen sonderlich attraktiven Eindruck«, sagte Williams ruhig. »Aber ich würde die Hoffnung jetzt noch nicht aufgeben. Vielleicht gibt es hier verborgene Schätze. Geologie ist nicht gerade meine Stärke, aber wenn ich die Hinweise richtig interpretiere, dann werden die Schiffsrechner meine Bodenproben als äußerst interessant einstufen.« Er klopfte auf das Säckchen, das er bei sich trug. Corbie betrachtete Williams mit neu erwachtem Interesse.

»Wollt Ihr damit sagen, daß es hier vielleicht Bodenschätze gibt, nach denen sich zu graben lohnt? Gold, Edelsteine, etwas in der Art?«

»Etwas in der Art, genau«, antwortete Williams. »Ich schätze, ein paar Probebohrungen könnten durchaus zu unserer allgemeinen Freude beitragen.«

»Edelsteine wären nicht schlecht«, sagte Lindholm. »Aber Edelsteine kann man nicht essen. Für die nächsten Jahre interessiert uns am Boden nur eins, nämlich wie gut unser Getreide darin gedeiht. Die Schiffsrationen reichen nur wenige Monate, und das auch nur, wenn wir vorsichtig damit umgehen. Anschließend sind wir auf uns allein gestellt. Bestimmt gibt es hier irgendwo genießbare Pflanzen und Tiere, aber wir werden trotzdem unser eigenes Getreide und Gemüse benötigen, allein schon wegen der Vitamine und Spurenelemente. Zuerst kommen die wichtigen Dinge, Doc.«

»Du scheinst dir ja richtig Gedanken gemacht zu haben«, sagte Corbie.

»Ich dachte, einer von uns sollte das«, entgegnete Lindholm.

»Ich würde mir nicht allzu viele Sorgen wegen unseres Getreides machen«, sagte Williams. »Die Vulkane mögen vielleicht dramatisch aussehen, aber sie helfen auch, fruchtbaren Boden zu erzeugen. Der Bimsstein steckt voller Phosphate, Kalk und Pottasche. Wir müssen lediglich ausreichend Nitrat hinzufügen, und unser Essen sprießt wie von selbst aus dem Boden.«

»Unglücklicherweise gibt es da ein paar Komplikationen«, wandte DeChance ein. »Seid Ihr bereits auf Lebenszeichen gestoßen, Doktor?«

»Nein, warum? Ist das von Bedeutung?«

»Würde mich nicht überraschen«, brummte Corbie düster.

»Mach Euch nichts aus ihm«, sagte Lindholm. »Er glaubt, sie verstecken sich vor ihm. Wenn ich ein Alien wäre und Corbie zum ersten Mal sähe, würde ich mich auch verstecken.«

»Ich bin überrascht, daß der Kapitän sich bisher noch nicht hat blicken lassen«, sagte Williams leichthin. »Ich dachte, er wäre begierig darauf, sein neues Land in Besitz zu nehmen. Das ist es doch, was diese Militärtypen mit Vorliebe tun, oder nicht? Oder haben wir vielleicht einen Kapitän, der sich nicht gerne die Hände schmutzig macht?«

»Ich schätze, er weiß, was er tut«, entgegnete Lindholm stirnrunzelnd.

»Außerdem kann er sich meinetwegen soviel Zeit nehmen, wie er will, bis er rauskommt«, fügte Corbie hinzu. »Es ist ruhig und friedlich hier draußen ohne ihn. Wer braucht schon einen verdammten Offizier, der die ganze Zeit über

Befehle brüllt? Das ist eine der guten Seiten in den Höllen-schwadronen. Keine dumpfen Regeln und Vorschriften mehr.«

»Der Kapitän hat das Kommando über die Schwadron«, erklärte Williams. »Er gibt noch immer die Befehle.«

»Ja, aber es ist trotzdem etwas anderes«, erwiderte Corbie. »Ich rede davon, nicht mehr salutieren zu müssen. Keine überraschenden Inspektionen mehr, kein Wachestehen im Regen, weil die Stiefel nicht richtig glänzen oder den ganzen Tag irgendwelchen stupiden Beschäftigungen nachgehen, um die niedrigen Dienstränge in Atem zu halten. Ich habe die Schnauze gestrichen voll davon. Außerdem ... einmal angenommen, ich weigere mich, einem Befehl nachzukom-men; was könnte Hunter schon deswegen unternehmen? Wir haben keine Militärpolizei und keine Wachen, die ihm den Rücken stärken. Es gibt nur ihn allein ...«

»Falsch«, unterbrach Investigator Krystel.

Alle Köpfe fuhren herum. Investigator Krystel und Hun-ter standen in der Luftschleuse. Corbie bemerkte, daß die Hände des Investigators wie zufällig ganz in der Nähe der Waffen ruhten. Er grinste unsicher und wagte nicht, sich zu rühren.

»Der Kapitän führt das Kommando«, erklärte Krystel. »Ihr macht, was er befiehlt, oder ich werde Euch weh tun, Soldat. Wir sind noch immer Bürger des Imperiums ... mit allen Pflichten.«

»Oh, sicher«, beeilte sich Corbie zu antworten. »Ganz wie Ihr meint, Investigator.«

»Wie ich höre, interessieren sich einige unter den Anwe-senden für Bodenschätze«, sagte Hunter. »Edelsteine, wert-volle Metalle und so weiter. An Eurer Stelle würde ich mir ins Gedächtnis rufen, daß Kolonisten nur selten zu Reich-tum gelangen. Sie sind viel zu beschäftigt damit, sich über Wasser und die Bäuche voll zu halten. Nein, Leute. Mit größter Wahrscheinlichkeit werdet ihr den Tod finden, während ihr euch mit Tagträumen von Goldminen beschäf-tigt, anstatt euch auf eure Arbeit zu konzentrieren. Im Augenblick jedenfalls haben wir alle Hände voll zu tun,

519

unser Überleben zu sichern. So, da nun alle eine hübsche kleine Pause hatten, schätze ich, daß nun Zeit für ein paar gesunde Übungen ist. Knapp fünfzehn Meilen von hier liegt eine verlassene Alienstadt. Wir werden hingehen und einen Blick darauf werfen. Zu Fuß, in voller Feldausrüstung und mit Standardgepäck. Wir brechen in dreißig Minuten auf.«

»Zu Fuß?« fragte Williams. »Warum nehmen wir nicht die Pinasse und fliegen hin? In den Batterien steckt noch mehr als genügend Energie.«

»Das ist korrekt«, bestätigte Hunter. »Und dort wird sie auch bleiben, bis ein Notfall eintritt, der ihre Benutzung rechtfertigt. Jedenfalls werde ich ganz bestimmt nichts von dieser Energie für einen Ausflug verschwenden. Und abgesehen davon denke ich, wir sollten uns lieber Zeit nehmen mit unserer Annäherung. Wir befinden uns auf einer neuen Welt; falls wir Fehler begehen, dann sollten wir sie dort machen, so es nicht so schlimm ist. Oh, noch etwas. Haltet die Augen offen und die Köpfe bedeckt, Leute. Wir sind auf einer Erkundungsmission und keine Angriffsstreitmacht.«

»Aber was geschieht mit der Pinasse?« fragte Williams. »Ist es klug, sie unbewacht zurückzulassen, während wir unterwegs sind? Alles mögliche kann in der Zwischenzeit geschehen. Und wenn mit der an Bord verstauten Ausrüstung irgend etwas . . .«

»Dr. Williams«, unterbrach ihn Hunter freundlich, »das reicht jetzt. Ich bin der Kapitän. Ich muß Euch meine Beweggründe nicht erklären. Und es gefällt mir überhaupt nicht, wenn meine Befehle andauernd in Frage gestellt werden. Ihr müßt lernen, mir zu vertrauen, Doktor, und meinen Befehlen blind zu gehorchen. Tut Ihr das nicht, wird sich Investigator Krystel mit Euch unterhalten. Der Pinasse wird während unserer Abwesenheit nichts geschehen. Stimmt das nicht, Investigator?«

»Das ist korrekt«, sagte Krystel undeutlich, während sie ihre Zigarette wieder ansteckte. Sie paffte ein paar Züge, um sicherzustellen, daß sie richtig brannte, dann fixierte sie Williams mit kaltem Blick. »Wir werden den Schutzschild einschalten, bevor wir aufbrechen, und die Rechner werden bis zu unserer Rückkehr in Gefechtsbereitschaft versetzt. Kurz gesagt, das Schiff wird sicherer sein als wir selbst.«

»Damit Ihr es nur wißt«, sagte Corbie, »wenn wir es mit Aliens zu tun haben, verlange ich eine Gefahrenzulage.«

»Technisch gesprochen sollten wir sie vielleicht nicht Aliens nennen«, erklärte Dr. Williams. »Wir befinden uns immerhin auf *ihrer* Welt. Wenn hier jemand fremd ist, dann sind wir das.«

Krystel kicherte leise. »Falsch, Doktor. Aliens sind Aliens, gleichgültig, wo wir auf sie stoßen.«

»Und nur ein totes Alien ist ein gutes Alien«, sagte Corbie. »Stimmt's nicht, Investigator?«

Krystel grinste. »Stimmt, Soldat.«

»Wie könnt Ihr das nur vor Eurem Gewissen rechtfertigen?« fragte DeChance erregt. »Allen Lebewesen sind bestimmte Dinge gemeinsam. Wir denken die gleichen Gedanken, besitzen die gleichen Gefühle, die gleichen Hoffnungen und Bedürfnisse . . .«

»Habt Ihr je ein Alien getroffen?« unterbrach Krystel.

»Nein, aber . . .«

»Nicht viele sind einem Alien begegnet.« Krystel zog an ihrer Zigarette und stieß einen perfekten Rauchring aus. Sie blickte ihrem Kunstwerk hinterher, bis es ich aufzulösen begann. »Alien ist nicht nur ein Substantiv, Esper DeChance. Es ist zugleich ein Adjektiv. Wie fremdartig, anders, nichtmenschlich. Innerhalb des Imperiums gibt es keinen Platz dafür, und dieser Planet gehört seit dem Augenblick zum Imperium, in dem ein imperiales Schiff ihn entdeckt hat. So lautet das imperiale Gesetz.«

»Aber das muß hier nicht unbedingt so sein«, widersprach Lindholm bedächtig. »Falls wir mit den Aliens friedlich Kontakt aufnehmen können und eine Art Allianz schließen . . .«

»Das Imperium würde irgendwann dahinterkommen«, sagte Hunter. »Und es würde unserem Treiben ein Ende setzen.«

»Warum sollte es das tun?« fragte DeChance. »Warum sollte es sich überhaupt darum kümmern?«

»Weil Aliens das Unbekannte repräsentieren«, erklärte Corbie. »Das Imperium fürchtet sich vor dem Unbekannten. So einfach ist das. Und ehrlich gesagt – es überrascht mich nicht. Das Unbekannte stellt stets eine Bedrohung für die Mächtigen dar.«

»Manchmal haben sie wirklich einen Grund, sich zu fürchten«, sagte Krystel. »Ich war auf *Grendel*, als die Schläfer erwachten.«

Lange Zeit sagte niemand ein Wort.

»Ich dachte, niemand hätte das überlebt«, meinte Lindholm schließlich.

Krystel lächelte humorlos. »Ich hatte Glück.«

»So, genug Unterhaltung für heute«, unterbrach Hunter das Gespräch. »Sucht eure Ausrüstung zusammen, Leute. Packt nicht zu viel ein, nur das Allernotwendigste. Vergeßt nicht, ihr müßt es tragen, und wir müssen möglicherweise rennen. Wir treffen uns in dreißig Minuten vor dem Schiff wieder. Wer zu spät kommt, bleibt hier. Bewegung, Leute.«

Sie drehten sich wie ein Mann um und gingen zur Pinasse. Corbie blieb ein wenig zurück und blickte Lindholm vielsagend an.

»Eine Alienstadt«, sagte er leise. »Hast du schon jemals ein Alien zu Gesicht bekommen, Sven?«

»Kann ich nicht behaupten«, antwortete Lindholm. »Dafür gibt es schließlich Investigatoren. Ich bin einmal einem Wampyr begegnet, damals auf *Golgatha*. Er war ziemlich eigenartig, aber bestimmt kein Alien. Was ist mit dir? Bist du schon mal einem begegnet?«

»Bis jetzt noch nicht.« Corbie schnitt eine unglückliche Grimasse. »Ich hoffe nur, unsere Krystel besitzt genug Verstand, um nicht überstürzt an die Sache heranzugehen. Wir sind verdammt weit von jeder Hilfe entfernt.«

KAPITEL 2
IM WALD DER NACHT

Die silberne Sonne stand hoch am fahlgrünen Himmel. Die Welt lag grell und öde unter dem blendenden Licht. Kein Geräusch durchbrach die Stille. Der Nebel hatte sich unter den Strahlen der aufgehenden Sonne aufgelöst, doch der Tag war nicht wärmer geworden. Wachsam marschierte die Höllenschwadron in einer Reihe hintereinander durch den stillen Morgen. Die Hände waren nie weit von den Waffen entfernt. Hunter ging voraus. Er achtete auf jedes Anzeichen von Bewegung auf der offenen Ebene, doch nirgendwo fand sich auch nur der leiseste Hinweis auf Leben. Es gab keine Tiere, keine Vögel am Himmel, nicht einmal Insekten. Die fortgesetzte Stille war beunruhigend und furchteinflößend. Das Stapfen der Stiefel war das einzige Geräusch, und es wurde von der Stille rasch verschluckt. Nicht der leiseste Wind ging.

Hunter schob seinen Rucksack in eine bequemere Position und gab sich Mühe, nicht an die vielen Meilen harten Bodens zu denken, die noch zwischen ihm und der Alienstadt lagen. Seine Beine schmerzten, sein Rücken brachte ihn fast um, und es waren noch immer neun oder zehn Meilen zu gehen. Das schlimmste war jedoch, daß ihn wieder einmal dieses Gefühl beschlichen hatte, von hinten beobachtet zu werden. Eine Weile war es verschwunden gewesen, aber als sie erst die Pinasse hinter sich gelassen hatten, war es um so stärker zurückgekehrt. Hunter runzelte die Stirn. Er hatte sich noch nie so nervös gefühlt wie jetzt, noch nicht einmal in einer Schlacht. Nicht einmal während seine schlimmsten Zeiten, als er ohne jeden Grund in Panik verfallen war. Hunter schluckte mühsam. In seinem Kopf drehte sich alles. Seine Hände zitterten. Er konnte spüren, wie die Panik wieder in ihm aufstieg.

Nicht jetzt. Bitte nicht jetzt!

Hunter kämpfte wild gegen das Gefühl an, weigerte sich nachzugeben, und langsam schwand es wieder. Er atmete ein wenig leichter, doch er ließ sich nicht täuschen. Er wußte, daß es im gleichen Augenblick wiederkommen würde, da seine Aufmerksamkeit nachließ. Seine Nackenhaare richteten sich auf. Das Gefühl, beobachtet zu werden, wurde von Minute zu Minute stärker. Hunter wollte sich umdrehen, doch er tat es nicht. Er wollte sich vor den anderen keine Blöße geben, indem er den Anschein von Nervosität erweckte.

Kapitän Hunter hob die Hände an den Mund und blies hinein. Der Morgen war schon einige Stunden alt, aber die Temperaturen lagen nur wenig über dem Gefrierpunkt. Hunter rieb die Hände aneinander und wünschte zum wiederholten Mal, das Imperium hätte seiner Wunschliste nachgegeben und warme Kleidung zur Ausrüstung gepackt. Die Heizelemente in seiner Uniform besaßen nur eine beschränkte Leistung. Im Augenblick hätte er seinen Disruptor gegen ein Paar warmer Handschuhe getauscht.

Der Wald kam langsam näher, und Hunter betrachtete ihn leidenschaftslos. Es sah aus, als müßten sie ihn jeden Augenblick erreichen, doch im grellen Licht der silbernen Sonne täuschten die Entfernungen. Der kleine Trupp marschierte seit gut einer Stunde dem Waldrand entgegen, doch er war kaum näher gekommen. Hunter schnitt eine Grimasse. Das wenige, was er ausmachen konnte, wirkte in keiner Weise ermutigend. Gewaltige Bäume standen dicht an dicht und ragten hoch in den Himmel hinauf. Die dicken Stämme waren schwarz wie Eisen, knorrig und verdreht, und das Laub war von einem dunklen, giftigen Gelb. Die Blätter besaßen die unterschiedlichsten Formen und Größen, und die Äste beugten sich unter ihrer Last teilweise bis zum Boden.

Hier in der Nähe des Waldes war der Boden aufgebrochen und klumpig. Flecken von stachligem Gras wuchsen überall. Das Gras wurde dichter und wuchs höher, je näher die Höllenschwadron dem Wald kam. Zum Teil erhoben sich die Halme bis zu zwei Fuß. Hunter ließ seine Leute anhalten, damit Dr. Williams einen Blick auf das Gras werfen konnte. Der Doktor kniete nieder und betrachtete aufmerksam ein

Büschel, ohne es zu berühren. Die langen Halme waren flach und breit, von violetter Farbe und mit einem eigenartigen Muster überzogen, das an menschliche Rippen erinnerte.

»Interessant«, erklärte Williams schließlich. »Das Gras ist purpurn, doch die Blätter der Bäume sind gelb. Üblicherweise besitzt Vegetation überall die gleiche Farbe, ganz besonders dann, wenn die gleichen äußeren Bedingungen herrschen.«

»Vielleicht ernähren sich Gras und Bäume aus verschiedenen Quellen?« schlug Hunter vor.

»Vielleicht«, sagte Williams. »Ich werde ein paar Exemplare mitnehmen, dann können sich die Rechner später damit beschäftigen.«

Hunter blickte zu Investigator Krystel, die gleichgültig die Schultern zuckte. »Keine Einwände, Kapitän. Wir alle haben eine Standardimmunisierung erhalten.«

»Also schön«, sagte Hunter. »Nehmt Euch Zeit, Dr. Williams. Ich bin sicher, niemand hat etwas gegen eine kurze Rast.«

»Bestimmt nicht«, bestätigte Williams. Er blickte zu Corbie. »Pflückt mir eine Handvoll Gras, junger Mann. Ich bereite unterdessen einen Probenbehälter vor, um es zu verstauen.«

Corbie zuckte die Schultern und kniete neben dem nächsten Grasbüschel nieder. Er packte ein paar Halme, schnappte nach Luft und zog die Hand blitzartig wieder zurück. »Was ist los?« fragte Krystel.

Corbie öffnete die Hand und starrte hinein. Lange Schnitte zogen sich über Handteller und Finger. Blut quoll hervor und tropfte auf den durstigen Boden. Mit der freien Hand griff Corbie in seine Tasche, zog ein schmutziges Taschentuch hervor und drückte es behutsam auf die Schnittwunden. Dann richtete er sich auf und starrte Williams wütend an. »Die Ränder dieser Halme sind rasiermesserscharf! Ich hätte mir die Finger abschneiden können!«

»Das ist interessant«, sagte Krystel.

Corbie musterte sie. Er sagte kein Wort, doch sein Blick sprach Bände.

»Schon gut, schon gut«, mischte sich Hunter rasch ein. »Das soll uns allen eine Warnung sein. Von jetzt an behält jeder seine Finger bei sich und faßt nichts an, bevor wir nicht sicher sind, daß es ungefährlich ist. Und Corbie, benutzt Eure Erste-Hilfe-Ausrüstung. Der Lappen, den Ihr da auf Eure Schnitte preßt, ist schmutzig. Ich will nicht, daß Ihr eine Blutvergiftung bekommt.«

Corbie rümpfte die Nase und blickte beleidigt drein. Lindholm bot ihm ein Verbandpäckchen an, und sein Kamerad wickelte es behutsam um die Hand.

Lindholm kniete nieder und schnitt mit seinem Messer vorsichtig ein paar Grashalme ab. Williams schob sie in den selbstversiegelnden Behälter und verstaute die Probe vorsichtig in einem Rucksack. Hunter überzeugte sich, daß alle bereit waren, dann führte er seine Leute zu dem nahen Wald. Er war gar nicht unglücklich über den Zwischenfall. Corbie hatte sich nicht schlimm verletzt, und es war eine Lektion, die seine Leute lernen mußten. Mit Ausnahme von Krystel hatte niemand auch annähernd genug Respekt vor der neuen Umwelt gezeigt. Selbst jetzt war vielleicht noch ein ernster Unfall vonnöten, bevor sie vernünftig werden würden, und Hunter konnte sich nicht leisten, auch nur einen einzigen Mann zu verlieren.

Der Wald nahm nach und nach den gesamten Horizont ein, je weiter die Höllenschwadron sich näherte. Er war um einiges größer, als Hunter erwartet hatte, und bestimmt mehrere Meilen breit. Hunter aktivierte sein Komm-Implantat und nahm Kontakt zu den Rechnern der Pinasse auf. Drei Komma sieben Meilen an der breitesten Stelle. Hunter schaltete das Komm-Implantat wieder ab und runzelte die Stirn. Es war nicht klug, das Implantat für derartige Fragen zu benutzen. Wenn die Energiekristalle in seinem Körper erst erschöpft waren, würden all seine hoch komplizierten Implantate nutzlos sein. Es war besser, die Energie für Situationen aufzusparen, in denen Hunter die Implantate wirklich benötigte. Er machte sich gerade in Gedanken eine Notiz, mit den anderen darüber zu sprechen, als Investigator Krystel neben ihm plötzlich wie angewurzelt stehen blieb. Hunter blickte sie fragend an, während der Rest der Mannschaft aufschloß. Krystel blickte angestrengt auf den Boden.

»Jeder bleibt stehen, wo er ist«, befahl sie leise. »Kapitän, ich schlage vor, wir ziehen alle unsere Waffen.«

»Ihr habt es gehört«, sagte Hunter. Leise, scharrende Geräusche erklangen, als Disruptoren aus ihren Holstern gezogen und schußbereit gemacht wurden. Hunter blickte sich unauffällig um, doch er konnte nichts Bedrohliches entdecken. »Was ist los, Investigator?«

»Genau vor uns, Kapitän; Richtung zwei Uhr. Ich weiß nicht, was es ist, aber es bewegt sich.«

Hunter blickte in die angegebene Richtung, und ein Frösteln lief durch seinen Körper, das nichts mit der morgendlichen Kühle zu tun hatte. Etwas Langes, Dünnes wand sich aus einem der Risse im Boden. Es war flach und vom gleichen schmutzigen Gelb wie die Blätter der Bäume. Zuerst dachte Hunter, es sei eine Art Wurm oder Vielfüßler, doch je länger er hinsah, desto mehr erinnerte es ihn an eine Ranke oder Kletterpflanze. Das Ding besaß keine sichtbaren Augen und keinen Mund, doch das erhobene Ende schwankte hin und her, als würde es die Luft überprüfen. Es war vielleicht so breit wie eine Männerhand und bereits mehrere Fuß lang, und ständig kam es weiter aus dem Riß im Boden heraus.

Plötzlich erschienen an den Seiten des Wesens Hunderte haarfeiner Beine, die sich ungeduldig spannten und entspannten, während der Rest des langen Körpers aus dem Boden kam.

Die Kreatur bewegte sich mit atemberaubender Geschwindigkeit über den harten Untergrund und erstarrte mit einemmal zur Salzsäule, das Vorderteil leicht erhoben, als schnüffelte sie.

»Mein Gott, ist das vielleicht ein häßliches Ding«, sagte Corbie und bemühte sich vergeblich, gleichmütig zu klingen. »Seht nur, wie groß es ist. Ist es ein Tier oder eine Pflanze?«

»Könnte beides sein oder keines«, antwortete Investigator Krystel. Ihre Waffe war auf die Kreatur gerichtet, seit sie aus dem Spalt im Boden gekrochen war. »Möchtet Ihr es vielleicht als Spezimen mitnehmen, Dr. Williams?«

»Ich glaube nicht, daß ich einen Behälter bei mir habe, der groß genug wäre«, entgegnete Williams.

»Tötet es«, forderte Corbie. »Ich werde nicht zusammen mit diesem schrecklichen Ding in die Pinasse gehen.«

»Ruhig Blut«, sagte Hunter. »Wir wissen erstens nicht, ob es wirklich gefährlich ist, und es ist zweitens das erste lebende Wesen, das wir gefunden haben. Es könnte uns eine Menge über diese Welt verraten.«

»Ich glaube nicht, daß mich irgend etwas davon interessieren würde«, erwiderte Corbie.

»Da sind noch mehr von ihnen«, sagte DeChance plötzlich. Die Esperfrau hatte eine Hand auf die Stirn gepreßt und die Augen geschlossen. »Sie sind genau hier bei uns, dicht unter der Oberfläche. Sie bewegen sich unter uns im Boden hin und her. Ich schätze, das Geräusch unserer Annäherung hat sie angezogen.«

»Könnt Ihr verstehen, was sie denken?« fragte Hunter.

»Nein. Sie sind anders als wir, Kapitän. Zu fremdartig. Die wenigen Eindrücke, die ich empfangen kann, ergeben keinen Sinn.«

DeChance brach ab, als eine der Kreaturen plötzlich aus einem Riß im Boden hervorbrach. Innerhalb weniger Augenblicke waren ringsum Dutzende von ihnen. Sie bewegten sich ruckartig, huschten hin und her und krabbelten ohne Unterlaß über- und untereinander. Die Höllenschwadron bildete einen Verteidigungskreis und hielt die Waffen bereit. Corbie packte seinen Disruptor so fest, daß die Knöchel weiß hervortraten. Er wünschte nur, der Kapitän würde endlich den Befehl zum Feuern erteilen. Die verdammten Biester bewegten sich für seinen Geschmack viel zu schnell. Corbie hatte den unangenehmen Verdacht, daß sie sich sogar noch schneller bewegen konnten, wenn sie nur wollten. Vielleicht schneller als ein davonrennender Mensch . . .

»Eure Befehle, Kapitän?« fragte Lindholm mit seiner typischen ruhigen, kontrollierten Stimme.

»Wir verhalten uns passiv«, erwiderte Hunter. »Sie scheinen nicht sonderlich an uns interessiert. Ich schätze, wir sollten nach dem Motto ›Leben und leben lassen‹ vorgehen, solange sie das ebenfalls tun. Dort ist eine Lücke, links. Wir bewegen uns langsam darauf zu.«

Hunter setzte sich in Bewegung, und jede der Kreaturen hielt wie auf ein Kommando hin inne und wandte das erhobene Ende in seine Richtung. Hunter erstarrte. Die Wesen blieben, wo sie waren. Ihre Vorderenden schwankten leicht.

»Sie reagieren auf Bewegung, Kapitän«, murmelte Investigator Krystel. »Und ich glaube nicht, daß sie das Motto ›Leben und leben lassen‹ kennen.«

»Moment mal«, mischte sich Corbie ein. »Seht Euch die Köpfe an. Das da sind Münder, oder nicht? Ich könnte einen Eid schwören, daß sie vor einer Minute noch keine gehabt haben.«

»Und Zähne sind auch zu erkennen«, fügte Lindholm hinzu. »Ich bin sicher, daß sie vorhin auch keine Zähne besessen haben. Was zur Hölle geht hier vor?«

»Achtung!« rief DeChance. »Sie bewegen sich!«

Die Kreaturen schossen mit furchteinflößender Geschwindigkeit vor. Krystel zielte sorgfältig und feuerte ihren Disruptor mitten in das Rudel. Der Rest der Mannschaft folgte ihrem Beispiel, und einen Augenblick lang war die Luft vom Zischen der Energiestrahlen erfüllt. Die Hälfte der Kreaturen verschwand augenblicklich, löste sich im sengenden Disruptorfeuer einfach auf und verdampfte. Weitere wurden von den folgenden Schockwellen zerrissen, und Fetzen von schmutziggelben, zuckenden und sich windenden Ranken segelten durch die Luft. Die Überlebenden wichen in ihre Risse im Boden zurück und waren innerhalb von Sekunden verschwunden. Krystel steckte ihren Disruptor weg und zog das Schwert. Vorsichtig setzte sie sich in Bewegung. Hunter begleitete sie. Er hielt die Luft an, als ihn eine Woge von Gestank traf. Sowohl die toten als auch die verletzten Kreaturen waren bereits in einen Zustand der Verwesung übergegangen. Sie zerfielen und verschmolzen zu einer schleimigen, gelben, stinkenden Masse. Krystel berührte einige der

Kadaver mit ihrer Schwertspitze, doch es erfolgte keine Reaktion.

»Wenn alle Pflanzen auf dieser Welt derartig aktiv sind, dann ist der Wald ganz sicher ziemlich lebendig.« Krystel hielt inne und blickte auf Hunter. »Kapitän, ich schlage vor, wir umgehen den Wald. Wir besitzen nicht genügend Informationen, um das Risiko abschätzen zu können. Alles mögliche könnte im Wald lauern und nur darauf warten, daß wir in Reichweite kommen.« Hunter schnitt eine Grimasse. Theoretisch hatte Krystel recht. Auf der anderen Seite würde es ihren Marsch um Stunden verlängern, wenn sie einen Bogen um den Wald schlagen würden, anstatt mitten hindurch zu gehen. Außerdem würde das bedeuten, daß sie mindestens eine Nacht im Freien kampieren müßten ... allein und ungeschützt in der Dunkelheit ...

»Wir gehen durch den Wald, Investigator. Unsere Disruptoren sind leicht mit diesen Kreaturen fertig geworden. Alles herhören, Leute! Wir werden in einer Reihe hintereinander in den Wald vorrücken. Bleibt beisammen, aber achtet darauf, daß ihr euch nicht zu dicht auf die Pelle rückt! Niemand faßt etwas an. Haltet die Augen offen und die Waffen jederzeit schußbereit. Gefeuert wird erst auf mein Kommando, außer, ihr werdet angegriffen. Und jetzt: Folgt mir!«

Hunter führte die Gruppe unter die Bäume, und bald umfing sie der düstere Schatten des Waldes. Das schmutziggelbe Blätterdach ließ ein wenig Licht hindurch, trotzdem war es, als würde der Tag von einem Augenblick zum anderen der Abenddämmerung weichen. Die anderen folgten Hunter und schlugen einen weiten Bogen um die verbrannten Überreste der Kreaturen auf dem Boden. Einige Dutzend Meter weiter blieb Hunter stehen, um sich an die neue Umgebung zu gewöhnen. Die Mannschaft folgte seinem Beispiel. Unter den Bäumen schien es ein wenig wärmer als draußen auf der Ebene, doch es war keine behagliche Wärme – es war die feuchte Wärme von Krankheit und Verwesung. Ein schwacher, unangenehmer Gestank hing in der Luft, und die dicht beieinander stehenden Bäume erzeugten ein Gefühl drangvoller Enge.

Krystel überzeugte sich davon, daß ihr persönlicher Energieschirm einsatzbereit war. Dann zog sie den Disruptor. In der anderen Hand hielt sie noch immer das Schwert. Hunter verspürte den Impuls, sein Schildarmband ebenfalls zu überprüfen, doch er verzichtete darauf. Er wollte bei seinen Leuten nicht den Eindruck von Unentschlossenheit und Nervosität erwecken. Ein Kapitän mußte in jeder Situation gelassen und zuversichtlich auftreten, wenn er das Vertrauen seiner Untergebenen nicht verlieren wollte. Er mußte den Anschein erwecken, als wüßte er genau, was er tat, selbst wenn das nicht zutraf – ganz besonders dann. Hunter runzelte die Stirn. Es gefiel ihm nicht, seine Leute einem Risiko auszusetzen, weil er durch den Wald ging, doch die Alternativen waren noch schlechter. Die dahintersteckende Logik trug nichts dazu bei, sein Gewissen zu erleichtern. Hunter blickte sich unauffällig nach seinen Leuten um, um zu sehen, wie der Wald auf die wirkte.

Investigator Krystel machte wie immer einen kühlen und gefaßten Eindruck. Sie starrte in das Dämmerlicht und schlug wie beiläufig mit der Breitseite ihrer Klinge gegen ihr Bein. Dr. Williams blickte aufmerksam in die Umgebung. Er schien fasziniert von den fremdartigen Bäumen und lächelte unentwegt. Es war nicht normal, daß ein Mann so oft lächelte. Die beiden Soldaten unterhielten sich leise miteinander. Corbie sah ein wenig mitgenommen aus, aber das tat er eigentlich immer. Lindholm wirkte entspannt und abgeklärt. Wenn man die Arenen von *Golgatha* überlebt hatte, dann gab es wahrscheinlich nicht mehr viel, das einen Mann aus der Fassung bringen konnte. Megan DeChances Gesicht war leer, ihre Augen meilenweit entfernt. Hunters Mund wurde zu einem dünnen Strich. Esper waren nützlich, aber man durfte ihnen nicht vertrauen. Wie Investigatoren waren sie nicht wirklich menschlich. Nicht tief im Innern, wo es zählte.

Hunter wandte seine Aufmerksamkeit wieder dem Wald zu. Er lag ruhig, beinahe friedlich vor ihm. Vielleicht war er das sogar. Auf lange Sicht machte es keinen Unterschied. Hunter hatte einen Auftrag zu erfüllen, und er würde ihn erledigen, koste es, was es wolle. *Wolf IV* war seine Chance, sich zu rehabilitieren, wenigstens vor sich selbst, wenn schon nicht in den Augen des Imperiums. Hunter hatte als Kommandant eines Raumschiffes versagt, weil er schwach gewesen war und seiner Furcht erlaubt hatte, die Oberhand zu gewinnen. Diesmal würde er es richtig machen. Alles genau nach Vorschrift. Diesmal würde er nicht versagen. Was es auch kosten mochte. Langsam setzte er sich in das Dämmerlicht des Waldes hinein in Bewegung, und seine Mannschaft folgte ihm.

Vorsichtig gingen sie durch die bedrückende Stille, beobachteten und lauschten, doch es gab nichts zu sehen und zu hören außer dem Dämmerlicht und dem leisen, erstickten Geräusch ihrer Stiefel auf dem Waldboden. Hunter warf Krystel einen kurzen Blick zu. Der Investigator ging scheinbar unbesorgt neben ihm. Machte sie sich eigentlich jemals Sorgen um etwas, das anderen Menschen die Sorgenfalten auf die Stirn trieb? Wie zum Beispiel persönliches Versagen, die Angst, Fehler zu begehen oder nicht alles zu geben, was man hatte? Hunter hätte beinahe gegrinst. Krystel war Investigator, ein Instrument des Todes und der Zerstörung, das nur rein zufällig wie ein menschliches Wesen aussah. Hunters Fröhlichkeit verging augenblicklich wieder, als er über die Konsequenzen dieses Gedankens nachdachte. Wenn seine Mannschaft auf *Wolf IV* überleben wollte, würden sie alle lernen müssen zusammenzuarbeiten. Wie ein richtiges Team. Und Hunter war nicht sicher, ob so etwas mit einer Frau wie Krystel überhaupt möglich war. Oder mit Esper DeChance. Hunter grinste schwach. Er war für die Mannschaft verantwortlich. Er mußte es eben ermöglichen. Hunter ging ein wenig dichter an Krystel heran, so daß er leise mit ihr reden konnte, ohne daß die anderen mithörten.

»Verratet mir eins, Investigator. Wieviel Erfahrung besitzt Ihr tatsächlich im Umgang mit Alienkulturen?«

Krystel warf Hunter einen kurzen Blick zu, dann richtete sie ihre Aufmerksamkeit wieder auf den Wald. »Nur zwei, Kapitän. Einmal auf *Loki*, und dann auf *Grendel*.«

Mehr sagte sie nicht. Es war auch gar nicht nötig. Die Aliens von *Grendel* hatten sich als nicht eingeboren entpuppt. Sie waren eine genetisch manipulierte und umgeformte Killerbande, die von ihren lang verschwundenen Schöpfern in einer Art Todesschlaf zurückgelassen worden war. Welcher Gegner auch immer es gewesen sein mochte, gegen den sie hatten kämpfen sollen – auch er war längst verschwunden. Als die Archäologen die Grendels geweckt hatten, drehten die Bestien durch. Sie hatten zusammen mit ihren eingebauten Waffen geschlafen, hochtechnisierten Implantaten, die allem zumindest ebenbürtig waren, was das Imperium aufbieten konnte. Sie waren Monster, und sie waren unbesiegbar. Die Grendels schlachteten alles und jedes, was das Imperium ihnen entgegenwarf. Glücklicherweise hatten sie keine Raumschiffe zu ihrer Verfügung. Sie waren auf ihrem Planeten gefangen. Am Ende war die Imperiale Flotte aufgezogen und hatte den gesamten Planeten systematisch aus dem Orbit gesengt.

Und Krystel war der Investigator gewesen, der mit den Archäologen hatte arbeiten sollen. Der Investigator, der die ersten Anzeichen der drohenden Gefahr übersehen hatte. Kein Wunder, daß sie in einer Höllenschwadron gelandet war.

Hunter war deswegen mehr beunruhigt, als er sich selbst eingestehen wollte. Es war nur logisch anzunehmen, daß ein Investigator in den Höllenschwadronen zweitklassig sein mußte, doch er war bisher davon ausgegangen, daß es zumindest ein Investigator war, der etwas von seinem Geschäft verstand ... Hunter runzelte die Stirn, als ihm bewußt wurde, wie sehr er sich bisher auf Krystels Wissen und Erfahrung verlassen hatte, um die ersten Tage auf *Wolf IV* zu überstehen. Jetzt schien es mit einemmal, daß er diese Bürde allein würde tragen müssen.

Krystel beobachtete aus den Augenwinkeln heraus Hunters Gesicht. Sie konnte seine Gedanken deutlich lesen. Sollte er sich nur Sorgen machen. Sie würde ihm schon das Gegenteil beweisen. Sie würde allen das Gegenteil beweisen. Jeder andere hätte die Anzeichen von Gefahr auf *Grendel* ebenfalls übersehen. Kein einziger Investigator war jemals zuvor oder seither wieder so einer Bestie begegnet. Es war nicht Krystels Schuld gewesen, ganz gleich, was das Imperium hinterher dazu gesagt hatte. Sie hielt den Wald ringsum wachsam im Auge, aber sie war mehr mit Gedanken an die Alienstadt beschäftigt. Krystel spürte, wie ein altbekanntes Gefühl von ihr Besitz ergriff. Die Herausforderung des Unbekannten; die Gelegenheit, es mit einer fremden Kultur aufzunehmen und sich als überlegen zu erweisen, und das auf die einzige Weise, die zählte: mit Disruptor und Schwert.

Krystel lächelte innerlich. *Leiste ganze Arbeit in der Alienstadt, und das Imperium wird dich nicht nur begnadigen, sondern vielleicht sogar wieder als Investigator einsetzen.* Man hatte schon Pferde vor der Apotheke und so weiter ...

Megan DeChance ging mit niedergeschlagenen Augen durch den Wald. Es war nichts zu sehen, doch sie wußte, daß sie nicht allein waren. Sie konnte die beobachtenden Augen spüren wie eine Berührung auf der Haut. DeChance hielt ihr ESP fest verschlossen aus Furcht, der Druck könnte zu groß werden und wie eine Welle über ihr zusammenschlagen und sie mitreißen oder ertränken. Sie zwang sich, den Kopf zu heben und sich umzusehen, aber da war nichts außer dem Wald. Mächtige, knorrige Bäume mit seltsam gefärbtem Laub ragten ringsum bedrohlich auf, dunkel und seltsam glitzernd im Licht der fremden Sonne. Aus der Nähe betrachtet war das Blattwerk von einem unangenehmen, schmutzigen Gelb wie ranzige Butter. Die schwarze Rinde war knotig und von tiefen Furchen durchzogen, und DeChance hätte bestimmt fremde Gesichter in ihr gesehen, wenn sie nur gewollt hätte. Die Bäume standen dicht beieinander und ließen nur hier und dort genügend Raum, um den schmalen Weg zu bilden, dem die Höllenschwadron folgte. DeChance schluckte mühsam. Ein Pfad implizierte, daß irgend etwas oder irgend jemand regelmäßig durch den Wald lief. Oder es zumindest eine Zeitlang getan hatte. Vielleicht führte der Weg sogar direkt zur Stadt der Aliens.

»Kapitän«, sagte DeChance mit klarer Stimme, »ich denke, wir sollten einen Augenblick anhalten.«

Hunter hob die Hand, und die Mannschaft blieb stehen. Er drehte sich nach DeChance um. »Was gibt es, Esper?«

»Der Weg, dem wir folgen, Kapitän. Er ist zu gleichmäßig, um natürlicher Herkunft zu sein. Außerdem wächst in mir das unbestimmte Gefühl, daß man uns beobachtet.«

Hunter nickte langsam. »Lauscht in den Wald, Esper. Verratet mir, was Ihr dort hört.«

DeChance nickte zögernd. Dann wurde ihr Blick leer. Ihr Atem ging langsam und regelmäßig. Die Gesichtsmuskeln erschlafften, und alle Persönlichkeit wich von ihr. Hunter wandte den Blick ab. Es war nicht das erste Mal, daß er einen Esper in tiefer Trance gesehen hatte, doch der Anblick beunruhigte ihn jedesmal aufs neue. Es war, als blicke man auf eine Totenmaske. DeChance öffnete die Augen wieder, und ihr Gesicht gewann erneut an Gehalt und Charakter wie ein leerer Handschuh, den unvermittelt eine Hand füllt.

»Irgend etwas lauert im Wald, Kapitän«, erklärte sie. »Ich bekomme es nicht zu fassen. Was auch immer es sein mag, es ist wach und bewußt und leidet Qualen. Schreckliche, wahnsinnige Qualen. Zuerst dachte ich, es träumt vielleicht. Von außen war es, als würde man einen Alptraum beobachten. Aber dazu ist der Schmerz viel zu real.«

»Werdet bitte deutlicher«, forderte Hunter die Esperfrau auf. »Redet Ihr von einer einzelnen Kreatur? Ist das alles, was es im Wald gibt?«

»Ich weiß es nicht, Kapitän. Möglicherweise. Es ist anders als alles, dem ich jemals begegnet bin.« DeChance überlegte einen Augenblick, dann fixierten ihre beunruhigenden, blassen Augen den Kapitän. »Ich finde nicht die geringste Spur von anderem Leben im Wald, Kapitän. Keine Tiere, keine Vögel, keine Insekten. Möglich, daß ich den Wald selbst empfange; einen einzelnen, lebendigen Organismus.«

Hunter wandte sich an Krystel. »Ist das möglich?«

Krystel zuckte die Schultern. »Kollektivbewußtsein ist als Theorie bereits seit vielen Jahren im Gespräch, doch bisher hat man noch nie eins entdeckt.«

»Falls es eines ist – könnte es gefährlich werden?« erkundigte sich Hunter ungeduldig.

Krystel grinste. »Alles Fremde ist gefährlich, Kapitän.«

Und damit liegt die Entscheidung wieder ganz allein bei mir, dachte Hunter. *Weitergehen, einen Bogen schlagen, umkehren.* Er blickte sich erneut um. Die dichten Reihen düsterer Bäume erwiderten seinen Blick mit stoischem Gleichmut. Hunter zögerte unentschlossen. Er wußte nicht, was das beste war. Noch konnte er umkehren und zurückgehen, doch bisher waren sie auf keine echte Bedrohung gestoßen. Auf der anderen Seite hatte DeChance sicherlich recht; es hätte irgendwelches Leben im Wald geben *müssen.* Statt dessen herrschte Grabesstille. Trotzdem, im Wald waren sie noch immer sicherer als sie es während der Nacht draußen in der freien Ebene sein würden. Wahrscheinlich jedenfalls ...

Hunter drehte sich zu seinen Leuten um.

»Investigator, Ihr übernehmt zusammen mit mir die Spitze. DeChance, Ihr und Dr. Williams bleibt dicht hinter uns, aber drängelt nicht. Corbie und Lindholm, Ihr bildet die Nachhut. Die Waffen schußbereit, Leute. Im Zweifelsfall wird zuerst geschossen und anschließend gefragt. Ich will nicht, daß irgend etwas oder irgend jemand näher als bis auf zehn Fuß an uns herankommt. Verstanden?«

Alle nickten. Williams hob fragend die Hand.

»Ja, Doktor? Was gibt's?«

»Sollten wir nicht unsere Schutzschilde aktivieren, Kapitän? Nur für den Fall, meine ich.«

»Das könnt Ihr machen, wie Ihr wollt. Vergeßt nicht, daß die Energiekristalle nur wenige Stunden durchhalten. Vielleicht zieht Ihr es vor, den Schild erst dann einzusetzen, wenn Ihr ihn wirklich benötigt.«

Williams errötete und nickte beflissen. Hunter setzte sich in Bewegung, und die anderen folgten ihm.

Der Gestank nahm an Intensität zu. Ein feuchter, säuerlicher Geruch nach Rauch und verfaulten Blättern. Der Boden unter ihren Füßen wurde rissig und uneben. Hier und da erhoben sich die Baumwurzeln aus der Erde und bildeten Stolperfallen. Dunkelheit umgab den schmalen Pfad. Die Schritte der Menschen durchdrangen die Stille laut und deutlich, doch die dicht an dicht stehenden Bäume verschluckten das Echo, noch bevor es entstehen konnte.

Corbie umklammerte den Griff seines Disruptors so heftig, daß seine Finger schmerzten. Er hatte wieder einmal Angst und mußte schwer dagegen ankämpfen, daß sie sich auf seinem Gesicht zeigte. Wenigstens dazu besaß er noch genügend Stolz. Er und Lindholm waren die Kämpfer der Mannschaft, ihre Beschützer und Verteidiger. Die anderen verließen sich auf sie. Corbie brachte bei dem Gedanken beinahe ein Lächeln zustande, doch es verging rasch wieder. Es war lange her, daß er imstande gewesen war, jemanden zu beschützen, einschließlich sich selbst. Es hatte eine Zeit gegeben, da hatten Drinks ihm genügend Mut verliehen, durch den Tag zu kommen, aber seit ein paar Monaten reichte selbst das nicht mehr aus. Die alltäglichen Probleme und Widrigkeiten waren zunehmend schwieriger zu meistern gewesen. Alles, was über bloße Routine hinausging, war Corbie verdächtig und angsteinflößend erschienen. Er war die ganze Zeit über angespannt, und seine Muskeln schmerzten. Er schlief nicht viel, und wenn doch, dann verfolgten ihn böse Träume.

Nach dem Krieg gegen die Geistkrieger war in seinem Innern etwas zerbrochen und nie wieder verheilt. Es wurde immer schwieriger für ihn, diese Tatsache zu verheimlichen, doch im Augenblick besaß er wenigstens noch seinen Stolz, und den würde er auf keinen Fall aufgeben. Sein Stolz war alles, was Corbie noch geblieben war. Außerdem durfte er seine Schande nicht vor Lindholm zeigen. Der Mann war eine Legende aus den Arenen. Drei Jahre lang hatte er jeden Herausforderer akzeptiert und nicht einmal am Rand einer Niederlage gestanden. Gerüchte wußten, daß er sogar einen Wampyr getötet hatte, und zwar in einer privaten Auseinandersetzung und mit bloßen Händen. Corbie grinste säuerlich. Vielleicht hielt er sich deswegen so dicht bei Lindholm. Vielleicht hoffte er, daß ein wenig von dessen Mut auf ihn abfärben würde.

Der Wald gefiel Corbie nicht. Die Schatten waren zu tief. Die Stille erweckte den Anschein von etwas, das nur höchst selten gestört wurde. Corbie blickte sich nervös um und leckte über seine trockenen Lippen. Irgend etwas stimmte hier nicht; das spürte er ganz deutlich. Er konnte nichts Bestimmtes sehen oder hören, das Ursache für seine Unruhe war, doch seine Instinkte warnten ihn so vehement, daß sich Corbies Magen schmerzhaft zusammenzog. Zuerst hatte er das Gefühl als reine Nervensache abgetan, aber er war noch immer Profi genug, um seiner Selbsttäuschung nicht lange zu erliegen. Die Esperfrau hatte ganz recht. Sie wurden beobachtet.

Am Rand von Corbies Blickfeld bewegte sich etwas. Er mußte seine gesamte Selbstbeherrschung aufwenden, um nicht den Kopf in Richtung der unvermittelten Bewegung zu drehen. Statt dessen starrte er stur geradeaus und achtete wachsam auf eine Wiederholung. Und die Bewegung wiederholte sich.

»Kapitän«, sagte er leise, »eine Bewegung. Richtung vier Uhr.«

Hunter blickte beiläufig in die angegebene Richtung und dann wieder weg. »Ich kann nichts entdecken, Corbie.«

»Ich habe es deutlich gesehen. Zweimal. Ich denke, es bewegt sich parallel zu uns.«

»Verdammt!« Hunter blieb stehen und hob die Hand. Die anderen rückten auf. »In Ordnung, Leute, bildet einen Kreis. Bleibt dicht beisammen, aber haltet genügend Abstand, daß ihr eure Schwerter einsetzen könnt. Benutzt die Disruptoren erst, wenn es nicht mehr anders geht. Vergeßt nicht, in den zwei Minuten, die ein Disruptor zum Nachladen benötigt, kann eine ganze Menge geschehen.«

Die Mannschaft verteilte sich, und der Wald löste sich auf. Ein Baum direkt vor ihnen sackte in sich zusammen wie eine schmelzende Kerze. Blätter tropften von den Zweigen und platschten zu Boden. Der knorrige Stamm verlor seine Form und sank zu einem kochenden Teich zusammen, der sich träge über den Pfad ergoß. Das Geräusch von Stahl auf Leder ertönte, und Schwerter fuhren aus ihren Scheiden. DeChance schrie entsetzt auf, als etwas Weiches und Klebriges von oben auf ihre Schulter fiel. Es dauerte einige Sekunden, bis sie erkannte, daß es ein abgebrochener Ast war. Sie beruhigte sich eben erst, als der Ast sich um ihre Kehle schlang und zuzog. Mit der freien Hand umklammerte DeChance die trügerische Schlinge, und der Ast zerbrach unter ihrem Griff. Er löste sich zwischen ihren Fingern in Schleim auf, während DeChance ihn herunterriß und wegwarf.

»Rücken an Rücken!« rief Lindholm. »Alles stellt sich Rücken an Rücken! Und achtet ebenso auf eure Nachbarn wie auf euch selbst!«

Ringsum schmolz der Wald und sackte in sich zusammen. Die Stämme zerflossen und bildeten große zusammenhängende Teiche aus Schleim. Blätter rieselten herab wie Regen, lagen in Haufen auf dem Boden und ringelten sich auf wie sterbende Motten. Äste verlängerten sich wie schmelzende Zuckerstangen und peitschten in blinder Raserei von allen Seiten auf die kleine Gruppe ein.

Die Menschen verteidigten sich mit ihren Schwertern. Der kalte Stahl schnitt beinahe mühelos durch die zuckenden Peitschen. Plötzlich formten sich Dornen und Morgensterne an den Enden der Äste, und im Boden bildeten sich zähnestarrende Mäuler. Starre Augen blickten aus kochenden Baumstümpfen hervor – unmenschliche Augen.

Corbie hob seinen Disruptor und feuerte auf den nächsten Baum. Die Pflanze explodierte, und Hunderte zuckender Partikel flogen in alle Richtungen davon. Sie lebten noch, pulsierten und bewegten sich, als sie landeten. Der Boden unter den Füßen der Menschen schüttelte sich. Tief im Wald heulte irgend etwas laut.

»Zurück! Den Weg entlang zurück!« brüllte Hunter. »Schutzschilde an! Lauft zum Waldrand!«

Hände griffen nach Armbändern, und die Schutzschilde flackerten auf. Die leuchtenden Rechtecke aus reiner Energie schimmerten deutlich im Zwielicht. Sie boten Sicherheit gegen jede der Menschheit bekannte Waffe.

Die Truppe bewegte sich rasch über den Pfad zum Waldrand. Stachelbewehrte Wurzeln schossen aus dem Boden und griffen sie an. Ein Baum, der mit dunklen, krebsartigen

Geschwülsten überwuchert war, neigte sich plötzlich und legte sich über den Pfad. Hunter hob seinen Disruptor, und der Baum verlor plötzlich die Form und schoß auf ihn zu wie eine Welle aus dunklem, kochendem Wasser. Hunter hob den Schild. Durch seinen Arm ging ein starker Ruck, als die Wucht des schmelzenden Baums gegen den leuchtenden Schild prallte und in kochenden Strömen über die Ränder brodelte. Corbie und Lindholm traten rasch zu Hunter und nahmen einen Teil des Gewichts auf ihre Schilde.

Rings um die Höllenschwadron fiel jetzt der Wald in sich zusammen und bildete schreckliche, lebendige Formen. Die Truppe bewegte sich weiter über den Pfad in Richtung Waldrand, doch sie kam nur langsam voran. Sie bildeten eine Phalanx. Die Schilde spuckten und knisterten, wo sie sich mit den Kanten berührten. Der Wald war nicht mehr wiederzuerkennen. Undeutliche Schemen bewegten sich in dem kochenden Schleimteppich, der rings um die kleine Gruppe von Menschen brodelte und springbrunnenartig in verschwommene Formen mit Klauen und Zähnen und starren Augen eruptierte. Die wenigen verbliebenen Bäume sanken nun ebenfalls in sich zusammen, verloren ihre Form und vermischten sich zu weiteren Schleimteichen. Der lebendige Regen hielt an. Die Schatten wurden immer dunkler.

Hunters Atem ging inzwischen schmerzhaft schnell und gehetzt, und er rang nach Luft. All seine Instinkte schrien ihm zu, sich abzuwenden und zum Waldrand davonzurennen, doch das durfte er nicht. Panik nagte an Hunters Mut, aber er würde dem Wald nicht die Befriedigung geben, ihn flüchten zu sehen. Hunter hatte seine Leute in diese Falle geführt, und er würde sie auch sicher wieder rausbringen. Irgendwie gelang es ihm, sich die Furcht nicht anmerken zu lassen, und wenn seine Hände zitterten, dann war er damit nicht allein. Er feuerte mit dem Disruptor auf eine Masse zuckender Äste ein Stück voraus, die den Pfad zu blockieren versuchten. Wenigstens stand er etwas Realem, Greifbarem gegenüber, und das half, die Panik unter der Hektik des Kampfes zu begraben. Hunter warf einen Seitenblick auf

Corbie und Lindholm neben sich. Lindholm grinste selbstvergessen. Seine Klinge blitzte auf und durchtrennte ein schwarzes Tentakel. Corbies Klinge war langsamer und weniger treffsicher, doch er kämpfte mit wütender Entschlossenheit. Jedenfalls reichte es aus, um den Wald auf Distanz zu halten. Hunter blickte weg. Noch immer wütete Panik in ihm, blinde, dumme, alles überwältigende Panik. Er schämte sich beinahe.

Wenn es eine Hoffnung auf Überleben gibt, dachte Hunter bitter, *dann sind es diese beiden Soldaten, nicht ich. Das sind Kämpfer . . . ich bin keiner. Jedenfalls jetzt nicht mehr.*

Es schien eine Ewigkeit zu dauern, bis sie den Waldrand erreicht hatten, doch schließlich wich das Dämmerlicht dem grellen Schein der silbernen Sonne, und die Luft roch wieder frisch und sauber.

Die Höllenschwadron taumelte aus dem Wald, geschwächt vom Schock und voller Erleichterung. Irgendwie brachten sie es fertig, ihre Formation zu halten und die Waffen weiterhin auf den Wald zu richten. Äste wie lange knorrige Finger reckten sich mit langsamen, sinnlichen Bewegungen hinter den Menschen her, doch sie schienen außerstande, die Waldgrenze zu überwinden. Langsam ließ Hunter den Disruptor sinken. Er schaltete seinen Energieschirm ab, und die anderen folgten seinem Beispiel.

»Sieht ganz so aus, als hättet Ihr recht behalten, Esper«, sagte Investigator Krystel. »Der Wald ist lebendig und besitzt ein Bewußtsein.«

»Er stinkt aber, als wäre er bereits ein paar Monate tot«, bemerkte Corbie. Er rieb emsig an den schwarzen Flecken auf seiner Uniform und freute sich insgeheim, daß seine Stimme ruhig und gelassen geklungen hatte.

Die Höllenschwadron befreite sich vom Schmutz und den Spuren des Waldes, so gut es eben ging. Ein dicker, zähflüssiger Schleim klebte an ihren Kleidern und auf der Haut. Er schien langsam zu pulsieren, als wäre er lebendig, und er fühlte sich unangenehm fleischig an. Die Menschen wischten sich das widerliche Zeug wechselseitig von Schultern und Rücken.

»Kein Wunder, daß es weder Vögel noch Insekten in diesem Wald gibt«, sagte Hunter schließlich. »Er muß alles gefressen haben. Dieses verfluchte Zeug ist perfekt getarnt. Man merkt absolut nichts, bis man mitten drin ist.« Er wandte sich nach DeChance um. »Was empfangt Ihr jetzt, Esper?«

DeChance runzelte die Stirn. »Nichts Deutliches, Kapitän. Hunger. Wut. Schmerz. Andere Dinge, die ich nicht deuten kann. Falls es Emotionen sind, gibt es keine menschlichen Äquivalente dafür.«

»Was werden wir als nächstes tun, Kapitän?« fragte Williams. Er klang höflich, aber pointiert. »Wir können nicht durch den Wald, aber ihn zu umgehen bedeutet einen meilenweiten Umweg.«

»Dann müssen wir eben ein wenig weiter laufen«, antwortete Hunter. »Die Übung wird uns allen guttun.«

Er bemühte sich, seine Stimme leicht und bestimmt klingen zu lassen. Sie würden die Nacht im Freien verbringen müssen, und genau das hatte Hunter vermeiden wollen. Doch es machte keinen Sinn, seine Leute unnötig zu beunruhigen. Eigentlich sollte es relativ sicher sein, vorausgesetzt, sie ergriffen entsprechende Vorsichtsmaßnahmen.

Krystel musterte nachdenklich den Wald. Die Bäume am Rand hatten wieder ihre normale Form angenommen, doch dahinter herrschte nichts als brütende Dunkelheit. »Ich schätze, wir hatten eine Menge Glück, Kapitän«, sagte Krystel. »Der Wald hätte uns alle töten können, wenn er nur ein wenig schneller reagiert hätte.«

»Er hat geschlafen«, sagte Megan DeChance. »Er hat seit langer Zeit geschlafen. Wir haben ihn aufgeweckt.«

Hunter warf der Esperfrau einen scharfen Blick zu. Ihre Worte kamen stockend und undeutlich, und ihre blassen Augen wirkten verloren und leer. Sie stand mit dem Gesicht zum Wald, doch ihr starrer Blick schien auf etwas viel weiter Entferntes gerichtet. Die anderen sahen sich unsicher an. Lindholm nahm DeChance am Arm und schüttelte sie sanft, ohne Reaktion. Hunter bedeutete dem Soldaten mit einem Wink, die Esperfrau in Ruhe zu lassen, und trat selbst zu ihr.

»Er hat lange Zeit geschlafen«, wiederholte DeChance. »Er hat geträumt. Er hat sich nur hin und wieder gerührt, wie alles andere auch. Alles hat geschlafen . . .«

»Was hat geschlafen, Megan?« fragte Hunter leise.

»Alles.« Ihre Augen klärten sich unvermittelt, und sie schüttelte benommen den Kopf. »Kapitän . . . Ich weiß nicht, was ich gesehen habe. Ich bin auf etwas Gewaltiges gestoßen, aber es war so fremdartig, so . . .«

»Unbegreiflich«, schlug Krystel vor.

»Ja«, stimmte DeChance beinahe zögernd zu. »Es tut mir leid, daß ich nicht deutlicher werden kann, Kapitän. Ich habe so etwas noch nie zuvor gefühlt. Nicht ich habe mich in diese Trance versetzt, sondern irgend etwas rief nach mir. Etwas . . . Schreckliches.«

Das leise Stöhnen in ihrer Stimme brachte die gesamte Mannschaft für eine Weile zum Verstummen. Hunter war der erste, der sich wieder zusammenriß.

»Also schön«, sagte er steif. »Lauscht weiter. Wenn es erneut versucht, mit Euch in Kontakt zu treten, gebt mir unverzüglich Bescheid.«

Hunter richtete den Blick auf den Wald und verzog das Gesicht. Wenn es dort irgend etwas gab, das sie beobachtete, dann war es vielleicht das beste, ihm ein kleineres Ziel zu bieten . . . oder auch zwei.

Hunter wandte dem Wald den Rücken zu. »Wir werden uns in zwei Gruppen aufteilen, Leute. Investigator Krystel, Dr. Williams und ich werden den Wald im Westen zu umgehen versuchen. Der Rest von euch wird die östliche Route einschlagen. Laßt euch Zeit, verhaltet euch unaufdringlich und bleibt in Deckung. Zwei kleinere Gruppen sind wahrscheinlich schwerer auszumachen als eine große, doch nur, wenn wir vorsichtig bleiben und keine unnötige Aufmerksamkeit auf uns ziehen. Auf der Karte sahen die beiden Wege ungefähr gleich weit aus, doch das Gelände ist unterschiedlich und könnte Schwierigkeiten verursachen. Welche Gruppe auch immer zuerst am Standrand eintrifft, wartet dort, bis die zweite Gruppe ebenfalls ankommt. Das ist ein Befehl. DeChance, Ihr führt die zweite Gruppe an. Vergeßt nicht, Leute, der Sinn dieses kleinen Ausflugs ist das Sammeln von Informationen, also geht keine unnötigen Risiken ein. In Ordnung, das ist alles. Laßt uns aufbrechen, Leute.«

Die beiden Soldaten nickten knapp und setzten sich zusammen mit Megan DeChance nach Osten in Bewegung. Hunter blickte der Esperfrau hinterher und runzelte nachdenklich die Stirn. Lindholm und Corbie bereiteten ihm kein Kopfzerbrechen. Sie konnten auf sich selbst achtgeben. Aber DeChance ... diese letzte Trance machte Hunter Sorgen. Sie hatte ... anders ausgesehen als sonst. Irgendwie außer Kontrolle, als hätte der Kontakt sie überwältigt. Hunter seufzte innerlich. Das Schwierige mit diesen Espern war, daß sie auch unter normalen Umständen so gespenstisch wirkten. Man konnte nie sicher sein, ob mit ihnen irgend etwas nicht stimmte.

Er hat geschlafen. Wir haben ihn aufgeweckt.

Wen aufgeweckt? Hunter schnitt eine Grimasse. Ständig tauchten neue Fragen auf, und nie gab es genug Antworten. Die Stadt würde das vielleicht ändern. Auf die eine oder andere Weise. Hunter nickte dem Doktor und Investigator Krystel unvermittelt zu und setzte sich Richtung Westen in Bewegung. Er ließ einen mehr als komfortablen Abstand zum Waldrand. Williams und Krystel folgten ihm schweigend. Hinter Hunter veränderte der Wald unablässig seine Form und suchte nach lange vergangenen Erinnerungen an eine Gestalt, die er einnehmen und halten konnte.

Den größten Teil der nächsten Stunde gingen sie schweigend nebeneinander her. Der Wald wurde nach und nach wieder still, und die Bäume am Rand wurden fest und behielten ihre Form. Schmutziggelbe Blätter hingen an starken eisenschwarzen Zweigen, die aus knorrigen Stämmen wuchsen. Weiter im Innern, im Dunkeln brodelte und kochte es noch immer. Unbestimmte Formen kamen und gingen, und die wenigen davon, die Hunter ausmachen konnte, waren merkwürdig beunruhigend. Seine Hand zuckte nach dem Disruptor. Der Wald machte ihn nervös. Er hätte ihn am liebsten zu Asche verbrannt, mit Feuer ausgelöscht, ihn dafür bestraft, daß er vorgab etwas zu sein, was er nicht war. Auf einer fremden Welt, wo nichts sich richtig anfühlt oder aussieht, existiert eine ständige Versuchung, das Vertraute in Dingen zu sehen, die auch nur eine entfernt Ähnlichkeit zu etwas Bekanntem aufweisen. Der Wald hatte beruhigend normal ausgesehen, *beinahe* beruhigend. Hunter hatte sich sehnlichst gewünscht, wenigstens einen Ort auf dieser Welt zu finden, an dem er sich sicher und entspannt fühlen konnte. Das war ihm verwehrt geblieben. Der Wald hatte ihn betrogen, weil er anders war.

Investigator Krystel beobachtete ihre beiden Begleiter leidenschaftslos, während sie nebeneinander her gingen. Der Kapitän würde zu einem Problem werden. Er war nicht entscheidungsfreudig genug. Aus ihrer Erfahrung im Feld wußte sie, daß rasches Denken und schnelle Reflexe nötig waren, wenn man auf einer fremden Welt überleben wollte. Hätte der Kapitän auf die Warnungen der Esperfrau gehört, würde der Wald sie niemals überrascht haben. Der Kapitän war zu vertrauensselig. Krystel lächelte schwach. Es gab nur eine einzige Regel, die es beim Studium von Aliens zu befolgen galt: Sei stets darauf vorbereitet, als erster zu schießen.

Krystel hatte ihre Befehle. Für den Fall, daß Hunter als Anführer unbefriedigende Ergebnisse lieferte, hatte sie ihn zu ersetzen. Mit Gewalt, falls erforderlich. Es sollte nicht weiter schwierig sein. Der Doktor würde nicht gegen sie Partei ergreifen. Er war schwach und wankelmütig. Die Soldaten würden Befehlen folgen, gleichgültig, wer sie erteilte, vorausgesetzt, sie wurden mit genügend Selbstvertrauen erteilt. Und die Esperfrau würde sich sowieso fügen. Esper kannten ihren Platz. Trotzdem verspürte Krystel nicht den Wunsch, die Höllenschwadron anzuführen. Sie drängte sich nicht nach der Arbeit oder der Verantwortung des Befehlshabenden. Sie arbeitete am besten, wenn andere ihr die Ziele und Grenzen vorgaben. Dann wußte sie wenigstens, wo sie stand. Ihre Rolle als Investigator ließ ihr genügend Spielraum, sich auf Dinge zu konzentrieren, die sie wirklich interessierten. Zum Beispiel das Töten von Aliens. Also würde sie Hunter alle Unterstützung geben, die er benötigte. Und ihn erst dann beseitigen, wenn es unumgänglich wurde.

Die Alienstadt machte Krystel Sorgen. Formal betrachtet hätte sie darauf bestehen müssen, im gleichen Augenblick mit dem Imperium in Verbindung zu treten, da sie die Stadt entdeckt hatten. Aber das wollte sie nicht. Noch nicht. Erstens würde sie aussehen wie ein Dummkopf, wenn sich herausstellte, daß die Stadt nichts weiter war als eine verlassene Ruine. Man würde ihr Panik vorwerfen, und daß sie den Kopf verloren hätte. Und zweitens: Wenn Krystel dem Imperium von der Alienstadt Meldung machte, würde man sie ihr wegnehmen. Man würde ihr nicht zutrauen, ihre Arbeit sauber zu erledigen. Nicht nach der Geschichte auf *Grendel*. Die Flotte würde eine andere Mannschaft herschicken, die allen Ruhm für sich beanspruchen würde. Krystel wollte die Stadt für sich. Sie würde die Gelegenheit nutzen, dem Imperium zu beweisen, daß sie sich in ihr getäuscht hatten. Sie war noch immer Investigator.

Krystel stellte eine Verbindung zu den Schiffsrechnern her und ließ die Aufzeichnungen von der Stadt abspielen. Die merkwürdigen Türme und Monolithen überlagerten sich wie bleiche, beunruhigende Geister mit dem Bild der Landschaft vor ihr. Die Muster stimmten mit nichts überein, das Krystel je gesehen hatte, und das bedeutete in gewisser Hinsicht eine Erleichterung für sie. Die Hauptsorge des Imperiums war immer gewesen, daß man eines Tages auf einen ebenbürtigen Gegenspieler treffen könnte. Bisher war ein interstellarer Krieg nichts weiter als eine phantastische Rechnersimulation, und jedermann hoffte leidenschaftlich, daß es auch dabei bleiben würde. Nach den Entdeckungen auf *Grendel* hatten die Rechner ein zunehmend düsteres Bild dieses Krieges aufgezeigt. Wer auch immer die lebenden Mordmaschinen von *Grendel* erschaffen hatte, war aller Wahrscheinlichkeit nach noch tödlicher und unduldsamer als selbst das Imperium.

Aliens. Bisher hatten sie noch keine Hinweise, wer oder was die Stadt erbaut hatte. Trotzdem spürte Krystel bei dem Gedanken an die Begegnung mit einer neuen Spezies ein vertrautes Kribbeln in ihrem Körper. Der Einsatz von Schwert und Disruptor hatte etwas an sich, das sie richtig zum Leben erweckte. Investigatoren kannten nur eine einzige Wahrheit, und ihr ganzes Leben basierte darauf. Die Menschheit war mit Gewalt stets am weitesten gekommen. Investigatoren waren das Endergebnis einer langen Suche nach dem perfekten Kämpfer; die tödlichste Waffe, die das Imperium je geschaffen hatte.

Wie alle Waffen benötigten auch Investigatoren die ständige Herausforderung auf dem Schlachtfeld, um ihre Stärke und Schlagkraft zu erhalten.

Williams gab sich Mühe, nicht dauernd zu dem schmelzenden Wald zu sehen. Statt dessen konzentrierte er seine Gedanken auf die Alienstadt. Hier war Geld zu verdienen; das spürte er im Urin. Doch der Kapitän würde zu einem Problem werden. Diktatorisch, arrogant und viel zu geradeheraus, der Bursche. Falls Williams Profit aus dieser Welt ziehen wollte, dann wahrscheinlich trotz und nicht wegen Kapitän Hunter. Immerhin ... Williams grinste in sich hinein. Es war eine gefährliche Welt. Möglicherweise erlitt der Kapitän einen Unfall. Einen sehr bedauerlichen und mit Sicherheit tödlichen Unfall.

Langsam umrundeten sie den merkwürdigen Wald. Hunter hielt den erstarrten Waldrand mißtrauisch im Auge, doch er entdeckte keine bedrohlichen Bewegungen. Hunter atmete allmählich leichter. Vielleicht schlief der Wald ja wieder ein.

Die grelle Sonne stand hoch am Morgenhimmel, als sie das Wasserloch entdeckten. Es war annähernd kreisrund, vielleicht zehn Fuß im Durchmesser, und befand sich ungefähr ein Dutzend Yards vom Waldrand entfernt. Hunter ließ die Gruppe in sicherem Abstand halten und beobachtete das

Loch eine Weile. Der Wasserspiegel lag vielleicht einen Fuß unterhalb des umgebenden Bodens, der genauso knochentrocken und steinhart war wie überall. Das Wasser war von dunkler, purpurner Farbe. Hunter beugte sich vor und fing einen scharfen Gestank auf, den er nicht identifizieren konnte. Die Seiten des Tümpels waren in regelmäßigen Abständen mit Spuren übersät und erweckten den Eindruck, als wären sie unangenehm schlüpfrig und glatt.

»Wir markieren besser die Position des Tümpels«, sagte Hunter schließlich. »Wir werden bald Nachschub an Frischwasser benötigen.«

»Vorausgesetzt, diese Brühe ist trinkbar«, gab Krystel zu bedenken. »Wir besitzen nur einen beschränkten Vorrat an Desinfektionstabletten.«

»Ja.« Hunter runzelte die Stirn. »Ich hätte vielleicht eine Wünschelrute mitnehmen sollen, um nach fließendem Wasser zu suchen. Das ist eine der Aufgaben, die wir möglichst rasch hinter uns bringen sollten. Verdammt.«

»Laßt Euch nicht von der Farbe beeindrucken«, sagte Krystel. »Oder dem Gestank.«

»Vielleicht kann ich helfen«, meldete sich Williams zu Wort. Er trat langsam zum Teich, ohne den Blick von der Wasserfläche abzuwenden, und kniete am Ufer nieder.

Hunter zog den Disruptor und richtete ihn auf das Wasser. »Das ist dicht genug, Doktor. Was habt Ihr vor?«

Williams hob die linke Hand, und einziehbare Sensoren kamen unter seinen Fingernägeln hervor. »Ich besitze eine Reihe von eingebauten Aufrüstungen, Kapitän. Man kann nie wissen, ob man sie nicht irgendwann mal gut gebrauchen kann. Und jetzt, mit Eurer Erlaubnis . . .«

Hunter blickte sich um. Der Wald lag still und reglos. Die weite offene Ebene war leer und verlassen, soweit das Auge reichte. »Also schön, Doktor, fangt an. Aber seid vorsichtig. Niemand weiß, wie tief der Tümpel ist oder was sich alles darin verbirgt.«

»Verstanden, Kapitän.« Williams beugte sich vor und steckte die Fingerspitzen ins Wasser. Die ausgefahrenen Sensoren glommen schwach; fünf schimmernde Lichter im purpurnen Wasser des Tümpels. Vor seinen Augen erschienen Reihen von Buchstaben und verrieten die Zusammensetzung der Flüssigkeit.

»Nun?« fragte Hunter. »Ist es genießbar?«

»Ich fürchte nein, Kapitän. Dieses Zeug ist eher Suppe als Wasser. Höchst ungewöhnliche Zusammensetzung. Ich identifiziere Metallsalze, einen ziemlich hohen Säurepegel und etwas, das wahrscheinlich eine Art Enzym darstellt.«

Krystel legte die Stirn in Falten. »Das ist jedenfalls keine natürliche Mischung, Kapitän. Es klingt eher ... organisch.«

»Ja«, pflichtete ihr Hunter bei. »Ich schätze, Ihr zieht Euch besser ein Stück zurück, Dr. Williams.«

Williams zog die Hand zurück, und der Bewohner des Tümpels schlug zu, solange das Opfer noch in Reichweite war. Ein dunkelblaues Tentakel schoß aus dem Wasser und wickelte sich um Williams' Hand. Der Doktor schrie vor Schmerz und Überraschung auf, als der Griff immer stärker wurde, und mußte die Beine in die Böschung stemmen, um nicht ins Wasser gezerrt zu werden. Das Tentakel war straff gespannt.

Hunter gab instinktiv einen Schuß aus dem Disruptor ab und zerfetzte das Tentakel. Williams fiel nach hinten und rutschte hektisch vom Wasserloch weg, ohne sich die Zeit zum Aufstehen zu nehmen. Der Tentakelstumpf peitschte durch das Wasser. Blaßrotes Blut spritzte durch die Luft. Hunter trat zurück, um nicht von den Spritzern getroffen zu werden ... und drei weitere Tentakel schossen, angezogen von der Bewegung, aus dem Wasser. Sie wickelten sich um Hunter, preßten ihm die Arme an den Leib und strafften sich. Hunter wurde von den Beinen gerissen und wehrte sich verzweifelt gegen den Zug der Tentakel. Die Umklammerung wurde immer stärker, und Hunderte kleiner Stacheln rieben an Hunters Kettenumhang.

Krystel riß das Schwert aus der Scheide und hieb nach dem nächsten Tentakel. Die scharfe Klinge ritzte die ledrige Haut kaum. Krystel hackte und sägte in dem Bemühen, den Feind zu schwächen. Der Kapitän wurde trotz seiner verzweifelten Gegenwehr unaufhaltsam dichter zum Ufer gezogen. Krystel funkelte Williams an, der ein Stück abseits saß und sein verletztes Handgelenk hielt.

»Packt ihn, verdammt! Ich kann nicht alles selbst machen!«

Einen Augenblick lang war Williams versucht, ihr zu sagen, daß sie sich zur Hölle scheren solle. Er würde sein Leben ganz sicher nicht für den Kapitän aufs Spiel setzen. Ein Blick zu Krystel änderte seine Meinung. Er war nicht so dumm, sich einen Investigator zum Feind zu machen. Rasch trat Williams vor und packte Hunters Beine. Das zusätzliche Gewicht verlangsamte die Tentakel, doch noch immer wurde Hunter unablässig dichter zum Ufer gezerrt. Krystel schob das Schwert in die Scheide, zog den Disruptor und feuerte ins Wasser. Die Tentakel zuckten unkontrolliert und schleuderten Williams und Hunter zu Boden, doch sie ließen nicht locker. Krystel fluchte leidenschaftslos und steckte den Disruptor wieder ein. Sie hakte eine Splittergranate von ihrer Bandoliere, zog den Sicherungsstift und schleuderte die Granate mitten in den Teich. Einen langen Augenblick geschah gar nichts. Die Tentakel strafften sich erneut, und Hunter grub seine Absätze in den spröden Boden. Williams umklammerte die Beine des Kapitäns und fluchte lautlos in sich hinein.

Dann explodierte die Granate, und eine Wasserfontäne schoß in die Luft. Die Tentakel wanden sich, zuckten und schleuderten Hunter und Williams davon. Das Wasser kochte. Fetzen von verbranntem Fleisch trieben an die Oberfläche. Die Tentakel fuhren ins Wasser zurück und verschwanden. Allmählich beruhigte sich das Wasser, und friedliches Schweigen senkte sich über die Szenerie.

»Gibt es eigentlich eine Lebensform auf diesem Planeten, die nicht heimtückisch und widerlich ist?« fragte Hunter, nachdem er sich langsam und vorsichtig aufgesetzt hatte.

»Es ist vielleicht noch ein wenig früh, um das festzustellen, Kapitän«, antwortete Krystel und zündete sich eine Zigarette an. »Der Rest könnte durchaus noch schlimmer sein.«

Williams kam unsicher auf die Beine. »Ich denke, wir sollten alle zur Pinasse zurückkehren. Der Kapitän und ich könnten durchaus an inneren Verletzungen leiden.«

»Macht nur ja kein Drama aus der Angelegenheit«, sagte Hunter. Er stand auf und machte einen vergeblichen Versuch, den Dreck von seiner Uniform zu klopfen. »Wir sind verschrammt und ein wenig mitgenommen, das ist alles. Und jetzt laßt uns endlich weitergehen. Je früher wir ein paar Meter Entfernung zwischen uns und was auch immer in diesem Tümpel lebt gelegt haben, desto besser. Und in Zukunft, wenn wir auf weitere Wasserlöcher treffen, werden wir zuerst eine Granate hineinwerfen und die Wasserqualität hinterher prüfen.«

Hunter drehte dem Wasserloch den Rücken zu und ging los. Krystel und Williams wechselten einen Blick und folgten ihm.

Corbie und Lindholm trotteten ohne Eile hinter Megan DeChance her. Sie ließen den schmelzenden Wald hinter sich und marschierten auf die Ebene aus gebackener Erde hinaus. Die Esperfrau ging ein gutes Stück vor den beiden Soldaten, und der Abstand vergrößerte sich allmählich.

DeChance warf einen Blick über die Schulter. Ihr Gesicht wirkte gefaßt und entschlossen. Sie war versucht, ein schnelleres Tempo anzuordnen, doch in ihr regte sich der starke Verdacht, daß die beiden sie einfach ignorieren könnten. Rein technisch gesehen war sie ihnen vorgesetzt, außerdem hatte der Kapitän DeChance ausdrücklich mit dem Kommando über die Gruppe betreut. Aber nichts von alledem zählte auch nur einen Dreck. Megan DeChance war ein Esper, und mehr nicht.

Esper besaßen einen widersprüchlichen Status im Imperium. Auf der einen Seite machten ihre Fähigkeiten sie zu unersetzlichen Dienern, viel gefragt und hoch bezahlt. Doch die gleichen Fähigkeiten verschafften ihnen auch den offiziellen Ruf von Parias, die von denen gefürchtet und verachtet wurden, die an den Hebeln der Macht saßen. Esper wurden von frühester Kindheit an zu Gehorsam und Kooperation konditioniert und dazu, sich niemals und unter gar keinen Umständen gegen die Autorität zu wenden.

Wer Schwierigkeiten mit diesen Lektionen hatte, der bekam sie unter Einsatz brutaler Gewalt eingetrichtert. Alle Esper trugen Narben davon, sowohl physische als auch psychische. Sie waren Bürger zweiter Klasse und wurden nur toleriert, weil man sie brauchte. Jeder Esper träumte von Flucht, doch es gab nur einen einzigen Ort, an dem man vor dem Imperium sicher sein konnte, und das war der Planet *Nebelwelt*. Der Weg dorthin war lang und voller Gefahren, und nur wenige hatten es jemals geschafft. Megan DeChance war nicht einmal bis in seine Nähe gekommen. Was möglicherweise der Grund dafür war, daß man sie einer Höllenschwadron hatte beitreten lassen, statt ihre Organe in eine Körperbank zu verfrachten.

Corbie gab einen verdammten Dreck auf Esper. Er vertraute ihnen nicht. Aber andererseits vertraute Corbie niemandem. Wenn man niemandem vertraut, kann einen auch niemand enttäuschen. Und was die Befehlsgewalt dieser Esperfrau anging – wenn sie ihr Glück nicht herausforderte, konnte Corbie ebenfalls darauf verzichten. Er hatte es nicht eilig, die Alienstadt zu erreichen. Sollten der Kapitän und sein Team ruhig als erste dort ankommen. Schließlich hatte er Investigator Krystel bei sich.

Corbie blickte sich desinteressiert um, während er hinter DeChance hertrottete. Die Ebene stieg beständig vor ihm an und fiel dann wieder ab. Blaßrote Wolkenbänke segelten majestätisch träge über den Himmel und bildeten einen schrillen Kontrast zu dessen grüner Farbe. Der Boden unter Corbies Füßen war hart und unnachgiebig und von endlosen Rissen durchzogen. Corbie vermutete, daß er schon früher einmal eine derart trostlose Landschaft gesehen hatte, aber er wollte verdammt sein, wenn er sich erinnern konnte, wann und wo das gewesen war.

Der kleine Trupp überquerte eben den Kamm, als ein tiefes, rumpelndes Geräusch plötzlich die Stille durchbrach und der Boden unter ihren Füßen leicht bebte. Corbie und Lindholm blieben wie angewurzelt stehen und blickten sich gehetzt um, doch auf der weiten, offenen Ebene ringsum war nichts zu sehen. Megan DeChance eilte zurück und gesellte sich zu den beiden, und die Soldaten stellten sich automatisch so in Position, daß sie die Esperfrau im Falle eines Angriffs mit ihren Körpern decken konnten. Das Beben ließ allmählich nach, aber das rumpelnde Geräusch verstummte nicht. Es wurde immer lauter und rätselhafter. Corbie ließ die Hand auf den Griff eines Disruptors sinken und wechselte einen Blick mit Lindholm.

»Was zur Hölle ist das, Sven?«

Lindholm zuckte mit unbewegtem Gesicht die Schultern. »Könnten die Vorboten eines Erdbebens sein. Bei so viel vulkanischer Aktivität muß es einfach Plattentektonik geben. Das würde auch die Risse im Boden erklären.«

»Das ist kein Erdbeben«, erklärte DeChance langsam. »Ich kenne diese Art Terrain von früher. Das hier ist eine Geysirlandschaft. Haltet die Augen offen. Wahrscheinlich speien die Geysire jeden Augenblick.«

Noch während sie sprach, schoß unten in der Ebene eine Fontäne kochendheißen Wassers aus einem der Risse hoch in den Himmel. Das Wasser brüllte wie ein verwundetes Tier. Es war ein dumpfes, markerschütterndes Geräusch, das in rhythmischer Resonanz mit dem Rumpeln im Boden erklang. Die Fontäne schien auf ihrem Scheitelpunkt einen Augenblick lang zu erstarren, bevor das Wasser zögernd wieder zur Erde zurückstürzte und von dem durstigen, rissigen Boden aufgesogen wurde. Einer nach dem anderen brach ein weiteres Dutzend von Geysiren aus. Dreck, Schlamm und kochendes Wasser schossen mit atemberaubender Wucht in den fahlgrünen Himmel hinauf. Das Brüllen der Naturgewalten wurde ohrenbetäubend. Corbie wandte sich nach DeChance um und wollte ihr eine Frage stellen, doch das Donnern der Eruptionen erstickte seine Worte, gleichgültig, wie sehr er auch brüllte. Schließlich gab er auf und begnügte sich damit, die turmhohen Fontänen zu beobachten. Nach einer Weile versiegten die Geysire einer nach dem anderen wieder. Der unterirdische Ruck, dem sie ihr Entstehen verdankten, war abgebaut. Ein dünner Nebel aus winzigen Wassertröpfchen hing noch eine Zeitlang in der Luft. Der Boden rumpelte noch ein wenig, dann herrschte wieder Stille.

»Beeindruckend«, sagte Lindholm schließlich.

»Kann man wohl sagen«, stimmte ihm Corbie zu. »Nur gut, daß wir hier stehengeblieben sind. Wären wir in dieser Gegend gewesen, als die Geysire ausbrachen ...« Er schüttelte rasch den Kopf und blickte dann zu DeChance. »Ihr habt das Kommando, Madam. Was machen wir jetzt? Umkehren zur Pinasse?«

»Vielleicht ist es irgendwann soweit«, antwortete DeChance. »Aber im Augenblick noch nicht. Geysire brechen normalerweise in regelmäßigen Intervallen aus. Wenn wir den richtigen Zeitpunkt abpassen, können wir ungefährdet mitten durch das Gebiet laufen und es hinter uns lassen, bevor sie erneut ausbrechen.«

Lindholm nickte zögernd. »Wir müssen den richtigen Zeitpunkt abpassen, ja. Doch selbst dann können wir nicht sicher sein. Diese Geysire dort waren inaktiv, bis wir uns näherten. Möglich, daß unsere Anwesenheit sie ausgelöst hat. Wenn das der Fall ist, ändert sich der Zeitpunkt der nächsten Eruption, sobald wir weitergehen.«

»Unwahrscheinlich«, widersprach DeChance. »Wir konnten die Geysire erst sehen, als wir auf diesem Kamm standen. Die Gegend sollte sich in Reichweite der Sensoren der Pinasse befinden. Wir müssen nichts weiter tun als warten, bis die Geysire das nächste Mal blasen, dann nehmen wir Verbindung mit den Schiffsrechnern auf, und sie geben uns den richtigen Zeitpunkt.«

Corbie verzog unglücklich das Gesicht, doch er widersprach nicht. Er hätte Zuflucht zu jeder Ausrede genommen, die zu einer Umkehr Anlaß bot, aber er durfte nicht aufgeben, wenn die anderen noch weitergehen wollten. Ganz egal, wie groß seine Angst war. Zu dritt standen sie beieinander und warteten geduldig auf den nächsten Ausbruch. Etwas über zwanzig Minuten später bliesen die Geysire erneut und erfüllten die Luft mit dampfendem Wasser und Schlamm und Nebel. Als es vorüber war, rumpelte der

Boden und schüttelte sich beunruhigend lang unter ihren Füßen, bevor es wieder still wurde. DeChance schaltete sich über ihr Komm-Implantat auf die Rechner der Pinasse und betrachtete die leuchtenden Diagramme, die vor ihren Augen erschienen.

»In Ordnung«, sagte sie schließlich. »Der Abstand zwischen den einzelnen Ausbrüchen beträgt exakt zweiundzwanzig Minuten. Sie spucken alle innerhalb weniger Sekunden los. Die Geysire scheinen nur in diesem kleinen Gebiet vorzukommen, und das können wir leicht innerhalb von zehn Minuten durchqueren. Solange wir in Bewegung bleiben, sollten wir nicht in Schwierigkeiten geraten.«

»O sicher«, maulte Corbie. »Nichts weiter als ein kleiner gemütlicher Spaziergang, wie?«

»Richtig«, antwortete DeChance.

»Und was geschieht, wenn wir uns getäuscht haben und die Geysire nicht in regelmäßigen Abständen blasen, sondern dann, wenn ihnen verdammt noch mal danach ist?«

Lindholm grinste. »Dann kannst du immer noch sagen: ›Ich hab's euch ja gesagt.‹«

Corbie musterte Lindholm mit einem bösen Blick. DeChance wandte sich ab, um ihr Grinsen zu verbergen.

Schweigend warteten sie, bis die Geysire erneut ausbrachen. Corbie kaute auf den Innenflächen seiner Wangen und öffnete und schloß die Hände. Er haßte das Gefühl, warten zu müssen. Es gab der Angst mehr Zeit, sich aufzustauen, mehr Gelegenheit, Macht über ihn zu gewinnen. Aus den Augenwinkeln heraus beobachtete er Lindholm. Sven schien kühl und gelassen wie immer. Manchmal, wenn seine Nerven wirklich blank lagen, dachte Corbie, es würde vielleicht schon helfen, wenn er nur mit irgend jemandem über seine Furcht sprechen konnte. Sven kam zwar einem Freund am nächsten, doch Corbie konnte nicht mit ihm reden. Was verstand ein Mann wie Lindholm, ein Ex-Gladiator und Bilderbuchsoldat, schon von Angst?

Der Boden erzitterte, und die Geysire bliesen erneut. Corbie hatte keine Zeit mehr zum Denken. DeChance wartete, bis der letzte Geysir in sich zusammengefallen war, dann rannte sie auf die Ebene hinunter. Lindholm folgte ihr. Dann wurde ihm bewußt, daß Corbie stehengeblieben war, und er hielt inne.

»Komm schon, Russ! Wir haben nicht viel Zeit, oder hast du das vergessen?«

Corbie wollte sich bewegen, doch er konnte nicht. Dort draußen lauerten die Geysire. Sie warteten auf ihn. Sie warteten auf eine Gelegenheit, Corbie zu töten. Er wußte, daß das nicht stimmte. Er wußte, daß er reichlich Zeit hatte. Er konnte sich trotzdem nicht bewegen. Er konnte nicht losrennen und sich der Gefahr stellen. DeChance war bereits ein gutes Stück voraus. Sie rannte leichtfüßig und unbeschwert dahin, als gäbe es auf der ganzen Welt kein Problem. Lindholm blickte Corbie verwirrt und ungeduldig an, doch dann leuchtete in seinen Augen ein Funke des Verstehens auf. Corbie wandte den Blick rasch ab. Wut und Scham stiegen in ihm hoch. Plötzlich schrie DeChance laut auf, und das änderte alles.

Corbie sah zu der Esperfrau. Der rissige Boden löste sich unter ihren Füßen auf. Es rumpelte wieder, und einen schrecklichen Augenblick lang dachte Corbie, es sei ein Erdbeben. Der Augenblick ging vorüber. Die Geysire schwiegen weiterhin, aber die Esperfrau war in einem weiten Loch verschwunden, das mindestens ein Dutzend Yards durchmaß und ständig breiter wurde. Corbie rannte los, und Lindholm folgte ihm dicht auf den Fersen.

»Wieviel Zeit bleibt uns, Sven?«

»Reichlich«, antwortete Lindholm. »Solange wir nicht auf Schwierigkeiten stoßen.«

»Zum Beispiel einen Esper mit einem gebrochenen Bein?«

»Zum Beispiel einen Esper mit einem gebrochenen Bein. Denk positiv, Russ.«

Bald hatten sie das Loch erreicht. Sie blieben am Rand stehen und blickten hinunter. DeChance sah mit schmerzverzerrtem Gesicht zu ihnen hoch. Als sie sprach, klang ihre Stimme gepreßt, aber kontrolliert.

»Zuerst die gute Nachricht. Ich glaube nicht, daß ich mir etwas gebrochen habe. Die schlechte Nachricht lautet, daß mein Fuß in diesem Riß eingeklemmt ist. Ich komme nicht frei. Die wirklich schlechte Nachricht lautet, daß hier unten direkt neben mir ein Geysir aktiv wird.«

»Ruhig Blut«, sagte Lindholm. »Wir holen Euch da raus. Wir haben reichlich Zeit, was, Russ?«

»Ja«, antwortete Corbie. »Kein Problem. Haltet durch, Madam. Ich komme zu Euch runter.«

Er ließ sich vorsichtig über die Kante gleiten und kletterte zu DeChance in das Loch. Es war gut acht oder neun Fuß tief. Die Erde war auch hier knochentrocken und brüchig. DeChances rechter Fuß verschwand bis fast zum Knie in einem Riß. Corbie kniete neben ihr nieder und untersuchte den Riß. Der Fuß der Esperfrau war tief im Spalt gefangen, und scharfe Kanten drückten von allen Seiten dagegen wie Scherben. Je verzweifelter sie sich bemühte, den Fuß zu befreien, desto fester drückten sich die Kanten in ihr Fleisch.

Corbie fluchte innerlich. Mit roher Gewalt würde sie nicht freikommen, doch er wollte verdammt sein, wenn ihm eine andere Möglichkeit einfiel. Das größte Problem war die Zeit. Was auch immer er unternahm, er würde es rasch tun müssen. Corbie warf einen Seitenblick auf den sich neben DeChance öffnenden Geysir und trat mit den Bordrechnern der Pinasse in Verbindung. Leuchtende Ziffern erschienen am unteren Rand seines Gesichtsfeldes und lieferten ihm einen Countdown bis zum Ausbruch des Geysirs.

Vier Minuten dreiundvierzig Sekunden.

»Verschwindet von hier«, sagte DeChance.

»Haltet den Mund«, entgegnete Corbie. »Ich muß nachdenken, verdammt.«

»Ihr könnt nicht hier bleiben«, fuhr DeChance unbeirrt fort. »Ich sitze in der Falle, und die Zeit reicht nicht, um mich zu befreien und rechtzeitig aus dem Gebiet der Geysire zu verschwinden. Wenn Ihr bleibt, werden wir alle zusammen sterben.«

»Da hat sie nicht unrecht, Russ«, sagte Lindholm von oben. »Wir können nichts für sie tun. Außer ihr einen leichten Tod zu geben, statt einem schweren.«

Corbie warf einen wütenden Blick zu seinem Kameraden

hinauf. Lindholm hatte den Disruptor gezogen und zielte auf DeChance. Corbie zog seine eigene Waffe. »So laufen die Dinge nicht bei der Flotte, und das weißt du verdammt noch mal ganz genau, Sven. Und jetzt wirf deine Waffe zu mir herunter.«

Lindholm blickte ihn nachdenklich an.

»Verflucht, Sven! Wirf den Disruptor runter! Ich habe eine Idee.«

Drei Minuten vierundzwanzig Sekunden.

Lindholm warf Corbie den Disruptor zu. Er fing die Waffe mit der Linken auf und schob sie in seinen Gürtel. Sein Gesicht glänzte vor Schweiß, und das nicht allein wegen der Hitze, die der sich öffnenden Geysir ausstrahlte.

»In Ordnung, Sven. Hau ab. Wir kommen nach.«

»Keine Chance«, widersprach Lindholm. »Ich will sehen, was du vorhast.«

Corbie warf ihm ein rasches Grinsen zu und richtete den Disruptor wenige Zoll neben der Spalte mit dem gefangenen Fuß darin auf den Boden. »Haltet nur ja hübsch still, Madam. Atmet nicht einmal heftig.«

Er feuerte die Waffe ab. Der blendende Energiestrahl fraß sich in den Boden. Brocken flogen durch die Luft. DeChance zerrte an ihrem gefangenen Fuß. Er bewegte sich ein wenig, doch das war alles. Corbie warf Lindholm den leeren Disruptor hinauf, zog die zweite Waffe aus dem Gürtel und zielte auf die andere Seite der Spalte. Er feuerte erneut, und die Spalte bröckelte und weitete sich. DeChance zog ihren Fuß heraus.

»Guter Schuß, Corbie«, sagte sie. »Und jetzt laßt uns von hier verschwinden, als sei der Teufel hinter uns her.«

»Gute Idee.«

Corbie schob den Disruptor in das Holster und half DeChance aus dem Loch heraus.

Zwei Minuten fünfunddreißig Sekunden.

Corbie kletterte hinter DeChance her, und zu dritt rannten sie durch das Feld von Geysiren. DeChance zog den rechten Fuß ein wenig nach, ohne deswegen viel langsamer zu laufen. Unter ihren Füßen bebte der Boden. Dampfschwaden entwichen aus den Geysirlöchern. Plötzlich brach unter Lindholm der Boden ein, doch er übersprang das entstehende Loch und rannte weiter.

Eine Minute sieben Sekunden.

Corbies Lungen brannten. Er zwang sich, noch schneller zu laufen. Lindholm und DeChance stampften neben ihm her. Das Rumpeln unter ihren Füßen wurde stärker. Corbie spürte beinahe, wie sich der Druck im Boden aufbaute.

Einundvierzig Sekunden.

Corbie warf einen Blick über die Schulter nach hinten. Sie waren recht weit gekommen. DeChance wurde allmählich langsamer. Sie bekam keine Luft mehr. Bestimmt waren sie inzwischen außerhalb der Gefahrenzone ...

Eine Sekunde.

Nur wenige Yards zu ihrer Rechten schoß kochendes Wasser in die Höhe. Die drei rannten weiter und bekamen einige Tropfen ab. Weitere Geysire entluden sich, spuckten Dampf und Wasser und kochenden Schlamm, doch sie lagen alle hinter den Flüchtenden.

»Ich hätte mich nie zu den Höllenschwadronen melden sollen«, ächzte Lindholm. »Ich war in der Arena sicherer.«

»Spar dir die Luft«, hechelte Corbie. »Du wirst sie noch brauchen. Wir sind noch nicht in Sicherheit.«

»Hast du einen Plan, wie du uns hier rausbringst, Russ?«

»Ja. Halt die Klappe und lauf weiter.«

»Das ist ein guter Plan.«

Hinter und neben ihnen schossen Fontänen mehrere hundert Fuß in den blaßgrünen Himmel, doch DeChance und die beiden Soldaten waren fast durch das Geysirfeld hindurch.

Wir schaffen es, dachte Corbie ungläubig. *Wir schaffen es verdammt noch mal tatsächlich!*

Er grinste verzerrt, während er weiterrannte. Diese neue Welt war genauso rauh, wie er angenommen hatte ... doch möglicherweise – nur möglicherweise – war er imstande, mit ihr klarzukommen. Ein Stück weit hinter ihm brach ein weiterer Geysir aus. Corbie zog den Kopf ein und rannte weiter.

Es ging gegen Abend, und der Himmel wurde langsam dunkler, als Hunter die Statuen entdeckte. Die Sonne hatte sich hinter dichte Wolken zurückgezogen. Die Farbe des Himmels änderte sich allmählich von Chartreuse zu einem schmutzigen Smaragdgrün. Die zerklüftete Landschaft stieg sanft bis zum Horizont hin an, wo sie sich scheinbar mit den Wolken vereinigte. Hunter blieb unvermittelt stehen, als der Boden in einem scharfen Kamm endete. Vor sich erblickte er einen steilen Abhang, der in einer Ebene zweihundert Meter tiefer endete. Auf der Ebene standen die Statuen, schweigend und in einem Halbkreis, mitten im Nichts, ganz allein. Drei gewaltige schwarze Bildnisse in starkem Kontrast zu der öden Landschaft ringsum. Dr. Williams und Investigator Krystel standen rechts und links von Hunter und blickten den Hang hinab.

Lange Zeit sprach niemand ein Wort.

»Der erste Hinweis auf eine Zivilisation«, sagte Krystel schließlich. »Kapitän, ich muß diese Statuen untersuchen, solange wir noch Tageslicht haben.«

»Wartet mal einen Augenblick«, unterbrach Williams rasch. »Wenn wir hier unsere Zeit verschwenden, dann erreichen wir die Stadt nicht mehr vor Anbruch der Nacht.«

»Das würden wir sowieso nicht schaffen«, erwiderte Krystel. »Es sind noch gut sieben Meilen bis dorthin, und die Sonne wird in spätestens einer Stunde untergegangen sein. Wir können unser Nachtlager genausogut hier wie sonstwo aufschlagen. Oder irre ich mich, Kapitän?«

»Es sieht jedenfalls relativ sicher aus«, stimmte Hunter ihr vorsichtig zu. »Aber es könnte sich auch einfach um groteske Felsformationen handeln, die der Wind geschaffen hat.«

»Nein«, widersprach Williams tonlos. »Es sind Statuen. Ich kann Einzelheiten erkennen.« Die beiden anderen musterten ihn neugierig, und Williams grinste steif. »Ich habe Euch doch erzählt, daß ich eingebaute Aufrüstungen besitze. Meine Augen wurden verbessert. Ich kann noch auf drei Meilen Entfernung jedes Detail sehen.« Er wandte sich wieder zu den Statuen um, und sein Lächeln verschwand.

»Ich erkenne jede Einzelheit, Kapitän. Sie gefallen mir überhaupt nicht. Sie sehen . . . furchteinflößend aus.«

Hunter wartete, doch Williams hatte nichts mehr zu sagen. Investigator Krystel beobachtete den Doktor ungeduldig, aber er tat, als bemerke er es nicht. Er wollte sich nicht drängen lassen. Krystel hatte recht. Sie würden bald ihr Lager aufschlagen müssen, und das konnten sie genausogut hier wie anderswo. Die steile Klippe bot außerdem Schutz vor dem Wind. Der kahle Boden war wenig geeignet, um darum halbwegs komfortabel oder geschützt zu schlafen, doch nach einem Tagesmarsch und den beiden Zwischenfällen fühlte sich Hunter, als könnte er in einem Hagelsturm im Stehen einschlafen. Er seufzte leise, dann führte er seine Mannschaft vorsichtig den steilen Abhang hinunter zu der Ebene. Hunter konnte sich nicht erinnern, wann er das letzte Mal derart erschöpft gewesen war. Den ganzen Tag lang war er über harten, unnachgiebigen Boden gelaufen. Schon das bloße Gehen fiel ihm inzwischen schwer.

Langsam näherten sie sich den Statuen. Hunter konzentrierte sich auf die immer deutlicher zutage tretenden Details, doch ständig trieben seine Gedanken davon. Er hatte seit Stunden nichts mehr von der zweiten Gruppe gehört. Sicher hätten sie Kontakt mit ihm aufgenommen, wenn etwas geschehen wäre. Trotzdem nagten Ungewißheit und fortdauerndes Schweigen an Hunters Nerven. Er wollte sich nicht als erster bei DeChance melden; das konnte sehr wohl den Eindruck erwecken, als traue er seinen Leuten nicht zu, daß sie allein mit ihren Problemen fertig werden konnten. Auf der anderen Seite wußte er ganz genau, daß er in der Nacht kein Auge schließen würde, ganz gleich, wie müde er war, wenn er nichts von den dreien gehört hatte. Hunter beschloß bis Sonnenuntergang zu warten, und falls sie sich bis dahin noch nicht gemeldet hatten, würde er den Versuch wagen und sie anrufen.

Eigentlich sollte bei ihnen alles in Ordnung sein. Die Esperfrau mochte vielleicht keine großartige Erfahrung im Feld besitzen, aber sie galt als erstklassige Telepathin. Was auch immer sonst geschehen mochte, nichts und niemand würde sich an sie heranschleichen können. Und falls es zu physischen Bedrohungen kam, dann waren Corbie und Lindholm durchaus imstande, mit allem fertig zu werden, was dumm genug war, sie zu ärgern. Ihre Akten waren in dieser Hinsicht äußerst beeindruckend. Mit ein wenig mehr Glück und etwas subtiler geratenen kriminellen Tendenzen hätten sie durchaus als Helden und nicht als Futter für die Höllenschwadronen enden können. Sie waren erfahrene Männer, trotz all ihrer Fehler, und beide hatten Kampferfahrung auf mehr als einer fremden Welt. Hunter hätte normalerweise keinem von beiden weiter über den Weg getraut, als er gegen den Wind spucken konnte, doch sie waren intelligent genug, um zu erkennen, daß sie DeChances Hilfe benötigten, wenn sie auf *Wolf IV* überleben wollten. Sie würden auf die Esperfrau achtgeben. Hunter fiel wieder seine Begegnung mit der Kreatur im Wasserloch ein, und er lächelte zaghaft. Die beiden Soldaten hätten kurzen Prozeß mit diesem Ding gemacht. Vorausgesetzt, sie wären dumm genug gewesen, sich von ihm überraschen zu lassen. Wenn es etwas gab, in dem ihre Akten übereinstimmten, dann war es das, daß sie nichts und niemandem vertrauten. Nicht einmal sich selbst. Und genau das war notwendig, wenn sie auf dieser Welt am Leben bleiben wollten.

Der kleine Trupp näherte sich den großen Steinstatuen Stück für Stück, und nach und nach erkannte Hunter Gestalt und Form in ihnen. Aus der Entfernung, vom Kamm aus betrachtet, war ihm nicht bewußt geworden, wie groß sie in Wirklichkeit waren. Alle drei waren gut hundert Fuß hoch und maßen sicher zehn Fuß im Durchmesser. Jede Statue wog sicher mehrere Tonnen.

In Hunters Nacken regte sich ein unruhiges Prickeln, als er sich vorzustellen versuchte, wie und warum diese verdammten Dinger auf die Ebene geschafft worden waren, meilenweit entfernt von allem anderen. Vor der ersten der Riesenstatuen blieb er schließlich stehen, und Williams und Krystel traten neben ihn. Lange Zeit musterten die drei schweigend den Koloß.

562

»Könnten das vielleicht Bildnisse der Wesen sein, die die Alienstadt gebaut haben?« fragte Williams nach einer Weile.

»Falls diese Theorie stimmt, dann sollten wir lieber hoffen, daß die Dimensionen übertrieben sind«, erwiderte Krystel.

Die Statuen starrten reglos auf die weite Ebene hinaus. Die Einzelheiten waren im Lauf der Zeit durch Wind und Wetter unscharf und verschwommen geworden – wenigstens hoffte Hunter, daß es so war –, doch die drei Kreaturen waren noch immer deutlich genug zu erkennen, um Faszination und Beunruhigung beim Betrachter auszulösen. Es war schwer, die Form zu begreifen. Jeder der gewaltigen, verzerrten Körper ruhte auf dicken Elefantenfüßen. An der Hüfte entsprang ein Büschel von Tentakeln, die bis zum Boden reichten. Außerdem gab es zwei Paar Arme mit mehreren Gelenken, die in weiteren Büscheln kleiner Tentakel endeten. Zahlreiche Öffnungen bedeckten die Körper wie offenstehende Münder oder Wunden. Hunter mußte gegen das plötzliche Bedürfnis ankämpfen, seine Hand in eine der Öffnungen zu stecken, um herauszufinden, wie tief sie reichte

Der massive Schädel war ein Alptraum aus rauhen Kämmen, Platten und glatten Flächen. Die schiere Masse hätte den Statuen einen Eindruck von Langsamkeit und Schwerfälligkeit verleihen müssen, doch statt dessen empfand Hunter ein überwältigendes Gefühl von Schnelligkeit, Kraft und Gewalt. Er bemerkte, daß seine Hand sich automatisch zum Disruptor an der Hüfte gesenkt hatte, und er grinste säuerlich. Trotzdem ließ er die Hand dort, wo sie war. »Alpträume, in Stein gehauen«, murmelte Williams und sah zu den beiden anderen Statuen. »Sie sehen schrecklich aus, nicht wahr? Wie alt sind diese Statuen Eurer Meinung nach, Investigator?«

»Hunderte von Jahren«, antwortete Krystel. »Vielleicht auch noch älter. Offensichtlich sind sie bereits ziemlich lange den Elementen ausgesetzt . . . Ich gebe Euch noch etwas zum Nachdenken, Doktor. Warum wurden sie hier draußen aufgestellt, so weit von der Stadt entfernt? Vielleicht als Warnung? Um eine Stammesgrenze oder etwas in der Art zu markieren?«

»Vielleicht war diese Gegend ja gar nicht verlassen, als man die Statuen errichtete«, warf Hunter ein. »Wir wissen nicht, ob es hier immer so ausgesehen hat. Ich persönlich bin gar nicht so sicher, ob die Statuen ein Ebenbild der Stadterbauer darstellen. Ich halte es für viel wahrscheinlicher, daß es sich um eine Art Dämonenbildnis handelt. Oder ihren Gott. Ich meine, seht euch doch diese Körper an. Beine *und* Tentakel? Das ergibt irgendwo keinen Sinn. Nein, ich denke, die Statuen sind eine Kombination verschiedener Wesen und nichts, was wirklich lebendig ist oder war.« Er wandte den Blick ab und beobachtete für ein paar Sekunden die untergehende Sonne. »Wir schaffen es vor Anbruch der Nacht nicht mehr bis zur Stadt. Wir werden hier unser Lager aufschlagen und morgen früh weitergehen. Der Kamm und die Statuen sollten uns genügend Schutz vor den Elementen bieten.«

»Ihr glaubt also, daß wir hier draußen sicher sind, ganz allein auf uns gestellt?« fragte Williams und sah sich nervös um. »Die Pinasse besitzt wenigstens einen Schutzschild . . .«

»Und wir haben einen tragbaren Schutzschild dabei, Doktor, sowie eine ganze Reihe Annäherungsminen«, entgegnete Krystel. »Euch wird schon nichts geschehen. Macht Euch keine Gedanken.«

Sie gingen in die weite dreieckige Fläche zwischen den Statuen und fingen an, ihre Rucksäcke auszupacken. Krystel sammelte alle Minen auf und ging los, um sie in weitem Kreis rings um die Statuen zu plazieren. Hunter entzündete eine Feldlaterne, und weiches, goldenes Licht verbreitete sich. Das vertraute Leuchten wirkte irgendwie heimelig nach dem grellen Sonnenlicht von *Wolf IV*. Alles besaß mit einemmal wieder die richtige Farbe. Hunter setzte rasch den tragbaren Schildgenerator zusammen und justierte ihn auf einen Radius von zweihundert Fuß, noch innerhalb des Minengürtels. Er wartete ungeduldig darauf, daß Krystel die Minen scharfmachte. Als sie wieder bei der Gruppe war, schaltete er den Schirm ein. Ein schwaches Schimmern in der nächtlichen Luft war das einzige Zeichen, daß der Schild arbeitete, doch Hunter spürte, wie er sich zum ersten Mal seit Stunden entspannte. Er ging zu Williams und half ihm beim Auspacken der Feldverpflegung, während Krystel einen letzten Kontrollgang entlang des Schildes durchführte. Sie hatte alles getan, was sie konnte, und trotzdem verspürte sie eine innere Unruhe.

Einige Zeit später, nach einer Mahlzeit aus Proteinwürfeln und mineralisiertem Wasser, saß Krystel auf dem Boden und lehnte mit dem Rücken gegen eine der Statuen. Der kalte Stein drückte ungemütlich gegen ihre Rippen. Durch den schimmernden Schutzschild hindurch ließ sie einen langen, nachdenklichen Blick über die freie Ebene schweifen. Alles schien ruhig und still, doch es wurde rasch ganz dunkel. Die schwärzer werdenden Schatten steigerten Krystels innere Unruhe noch. Sie drückte den Rest ihrer Zigarette an der Statue aus und entzündete eine weitere. Sie hatte überlegt, ob sie sich ihre Ration besser einteilen sollte, doch das war sinnlos. Es würde auf jeden Fall eine verdammt lange Nacht werden, also konnte sie ihre Zigaretten genausogut genießen, solange sie noch welche besaß.

Krystel musterte die beiden anderen Statuen. Die Schatten der Nacht verliehen den Steingesichtern etwas Lebendiges, das Krystel noch weiter beunruhigte. Sie klopfte die Asche von ihrer Zigarette ab und wünschte sich an einen anderen Ort. An irgendeinen anderen Ort, ganz egal wo. Nach dem unglückseligen Scheitern der *Grendel*-Mission konnte Krystel sich glücklich schätzen, daß man ihr einen Platz bei den Höllenschwadronen angeboten hatte, doch allmählich kamen ihr Zweifel. Als Investigator hatte sie stets die Sicherheit der Imperialen Flotte im Rücken gespürt. Das war jetzt nicht mehr der Fall. Sie war auf sich allein gestellt. Wenn sie die Sache wieder vermasselte, dann würden alle dafür mit ihren Leben bezahlen.

Krystel grinste entschlossen. Sie würde es schaffen. Schließlich war sie Investigator.

Dr. Williams wärmte seine Hände an der Feldlampe. Der Abend wurde rasch kühler, und die Heizelemente in seiner

Uniform liefen bereits auf Hochtouren. Er streckte die linke Hand aus, und die Sensoren unter seinen Fingernägeln glitten hervor. Er ließ die Spitzen ein paarmal hinein- und wieder hinausgleiten und genoß das Gefühl, bevor er die Sensoren dazu benutzte, die Luft ringsum zu prüfen. Er erwartete nicht, schädliche Verbindungen zu entdecken, doch es war ein guter Test für die Fähigkeiten der eingebauten Sensoren. Winzige Leuchtziffern erschienen in Williams' Gesichtsfeld, eingespeist direkt in den Sehnerv, und verrieten ihm die exakte Zusammensetzung des Luftgemisches. Williams ging die Zahlen durch und ließ sie anschließend wieder verschwinden. Es gab ein paar interessante Spurenverbindungen, doch nichts davon war giftig, schädlich oder sonstwie überraschend. Im Grunde genommen ziemlich genau Standardluft.

Williams zog die Sensoren wieder ein, setzte sich mit den Bordrechnern der Pinasse in Verbindung und ließ sie einen Systemcheck seiner Aufrüstungen durchführen. Eine Welle kurzer Schauer durchlief seinen Körper wie winzige Funken, die in der Nacht aufleuchteten und wieder erstarben, zu schnell, um zu entscheiden, ob das Gefühl angenehm war oder nicht. Die Rechner schalteten jede einzelne Aufrüstung für Sekundenbruchteile ein, überprüften ihre Funktion und schalteten sie augenblicklich wieder ab, wenn das Ergebnis befriedigend ausfiel. Der gesamte Test dauerte nur wenige Sekunden. Williams grinste dünn, als das Ergebnis durchgegeben wurde. Alle Systeme arbeiteten normal. Er hätte sicher auch selbst herausgefunden, wenn es anders wäre, aber es war keine schlechte Idee, eine Überprüfung durchführen zu lassen, solange noch Gelegenheit dazu war.

Williams unterbrach die Verbindung zu den Bordrechnern und überprüfte die Anzeigen seiner implantierten Energiekristalle. Er seufzte erleichtert auf, als er feststellte, daß alle wenigstens noch zu achtundneunzig Prozent voll waren. Unter der Voraussetzung, daß er sparsam mit der Energie umging, würden die Kristalle sicher reichen, bis er neue besorgen konnte. Er versuchte sich daran zu erinnern, wie es gewesen war, bevor er die Implantate eingesetzt hatte, und stellte ein wenig bestürzt fest, daß er es vergessen hatte. Williams runzelte die Stirn. Es war noch gar nicht so lange her. Vielleicht lag es daran, daß er sich im Grunde genommen gar nicht an diesen Zustand erinnern wollte ...

Dr. Williams schob den Gedanken entschlossen beiseite und streckte sich auf seiner Bettrolle aus. Er war müde, und er hatte alle Aufgaben erledigt, die er sich gestellt hatte. Falls es noch etwas im oder um das Lager herum zu tun gab, dann sollten es ruhig die anderen tun. Williams war Wissenschaftler und kein Diener. Der Gedanke ließ ein Lächeln um seine Lippen spielen. Er genoß den Klang des Wortes. *Wissenschaftler*. Vor seinem Sturz war er der Beste auf seinem Gebiet gewesen. Jeder sagte das. Selbst die, die ihn haßten, und davon gab es mehr als genug. Die Wampyre hätten ihn zu einem reichen und im ganzen Imperium berühmten Mann gemacht. Wenn andere, die ihm seinen Erfolg neideten, nicht Gift in das Ohr der Herrscherin geflüstert hätten ...

Williams schnitt eine Grimasse und setzte rasch wieder ein normales Gesicht auf, für den Fall, daß Krystel oder Hunter ihn beobachteten. Eines Tages würde die verdammte Herrscherin persönlich für das bezahlen, was sie ihm angetan hatte. Alle würden sie bezahlen, die ihn betrogen und hereingelegt hatten, *alle*. Und die Rechnung würde in Blut beglichen werden ...

Williams' Hände hatten sich zu Fäusten geballt, und die Knöchel traten weiß hervor. Er zwang sich, sie wieder zu öffnen. Soweit es den Kapitän und Investigator Krystel betraf, war er ein in sich gekehrter, harmloser Doktor, und er wollte, daß es auch dabei blieb. Die Zeit würde noch früh genug kommen, da sie ihren Irrtum bemerkten. Später. Die Zeit für eine ganze Menge Dinge würde noch früh genug kommen, wenn erst die Kolonisten auf *Wolf IV* eintrafen. Es sollte Williams nicht sonderlich schwerfallen, die Offiziere oder Mannschaften der Versorgungsschiffe zu bestechen, damit sie ihm die Hochtechnologie brachten, die er benötigte. Und bei so vielen lebendigen Körpern, an denen er in der Maske des freundlichen Arztes der Kolonie herumexperimentieren konnte – wer wollte da sagen, welche Triumphe noch auf ihn warteten . . .?

Kapitän Hunter warf Williams einen mißtrauischen Blick zu. Der Mann lächelte schon wieder. Hunter schüttelte den Kopf. Zweifellos würde er irgendwann herausfinden, worüber Williams sich so köstlich amüsierte. Er breitete seine Bettrolle so weit von Williams entfernt aus, wie es ohne Verdacht zu erregen ging, dann legte er sich darauf nieder. Es war ein großartiges Gefühl, endlich nicht mehr auf den schmerzenden Füßen stehen zu müssen. Hunter starrte in den abendlichen Himmel hinauf. Einer nach dem anderen erschienen die Sterne. Ein besonders helles Licht gehörte wahrscheinlich einem der kleinen Monde. Hunter wollte es gerade mit Hilfe der Bordrechner überprüfen, doch dann hielt er inne. Es war nicht wichtig genug, um deswegen wertvolle Energie für das Komm-Implantat zu verschwenden. Hunter streckte sich genüßlich. Endlich fing sein Körper an, sich nach der Anstrengung des langen Marsches zu entspannen. Der Boden war hart und ungemütlich, doch Hunter hatte schon schlechtere Schlafplätze gesehen. Er rechnete nicht mit Schwierigkeiten beim Einschlafen. Der größte Teil seines Körpers schien sowieso bereits zu schlafen. Der Energieschild und die Minen würden jeden unerwünschten Besucher rechtzeitig verraten, bevor er zu einer Gefahr werden konnte.

Hunter lag still. Er schob seine Schläfrigkeit ein wenig zurück, so daß er das Gefühl noch ein wenig genießen konnte. Alles in allem lag ein interessanter erster Tag hinter ihm. Zuerst der Wald, dann das Wasserloch, und jetzt die Statuen. Kein Augenblick der Langeweile auf *Wolf IV*. Hunter lächelte schwach und rieb sich die geprellten Rippen. Er hatte die Sache nicht allzu schlecht überstanden, wenn man es genau bedachte. Er seufzte und steckte sich einmal mehr. Warum hatte er eigentlich so viel Angst davor gehabt, im Freien zu übernachten? Jetzt, wo er hier lag, war es gar nicht so schlimm. Zu viel Phantasie, das war sein Problem. Hunter warf einen Blick auf die gewaltigen Statuen, die über ihm aufragten, und runzelte die Stirn. Er hatte während seiner

Laufbahn als Flottenoffizier wie die meisten anderen Offiziere auch nur selten Kontakt mit Aliens gehabt. Trotzdem hielt sich das hartnäckige Gefühl in ihm, daß irgend etwas ... *Unnatürliches* an den steinernen Bildnissen haftete. Sie beunruhigten seine tiefsten Instinkte. Vielleicht lag es an der Mischung aus Eigenschaften, die unmöglich an ein und demselben Wesen vorkommen konnten. Vielleicht lag es auch nur an der gewaltigen Größe. Wie es auch sein mochte, Hunter beschloß, die Alienstadt am nächsten Tag nur mit der Waffe in der Hand zu betreten.

Er mußte überraschend gähnen und schloß die Augen, um das Gefühl besser genießen zu können. Plötzlich wurde ihm bewußt, daß er die Gruppe von DeChance völlig vergessen hatte. Es war schon weit über die Zeit, da er sich mit der Esperfrau in Verbindung hatte setzen wollen. Hunter aktivierte sein Komm-Implantat, und ein schwaches statisches Rauschen erfüllte seinen Kopf.

»Esper DeChance, hier Kapitän Hunter. Könnt Ihr mich empfangen?«

»Aye, Kapitän.« DeChances Stimme kam ruhig und deutlich. »Wir haben einen relativ geschützten Platz gefunden und unser Nachtlager aufgeschlagen.«

»Das gleiche hier, Esper. Ich hatte eigentlich erwartet, daß Ihr Euch früher bei mir meldet.«

»Tut mir leid, Kapitän, aber es gibt nichts zu berichten. Seid Ihr auf Probleme gestoßen?«

»Nichts, mit dem wir nicht klargekommen wären. Aber wenn Ihr auf Wasserlöcher trefft, bleibt ihnen fern. Sie sind bewohnt. Schlaft gut. Ich werde mich morgen früh wieder mit Euch in Verbindung setzen.«

»Aye, Kapitän. Gute Nacht.«

»Und noch etwas, DeChance ... schreckt nicht davor zurück, um Hilfe zu rufen, wenn Ihr sie benötigt. Ich reagiere lieber auf einen falschen Alarm zuviel, als daß ich zu spät komme.«

»Verstanden, Kapitän. Gute Nacht.«

»Gute Nacht, Esper. Angenehme Träume.«

Hunter beendete die Verbindung, und eine sanfte graue

Woge aus Müdigkeit rollte über ihn hinweg. Er konnte Krystel sehen, die mit dem Rücken an eine der Statuen gelehnt saß und auf die Ebene hinausblickte. Hunter legte die Stirn in Falten. Niemand hatte ihr befohlen, Wache zu halten.

Aber Krystel war Investigator, und sie kannte ihre Aufgabe. Wenn sie Wache halten wollte, bitte schön. Hunter hielt mehr von den Minen und dem Schutzschild. Er schloß die Augen und trieb in den Schlaf.

Die Nacht senkte sich langsam über die Ebene, und Finsternis hüllte alles in ein schwarzes Tuch. Das einzige Licht war das goldene Leuchten der Feldlampe. Dünne Nebelschwaden stiegen rings um das Lager auf und drückten mit sturer Beharrlichkeit gegen den Schutzschild.

Krystel saß am Fundament einer der Statuen am Rand des Lichtkegels der Feldlampe. Die Spitze ihrer Zigarette glomm in düsterem Rot. Sie konnte nicht schlafen, Schutzschild oder nicht. Sie benötigte sowieso nicht viel Schlaf. Sie war Investigator. Es war nicht das erste Mal, daß Krystel auf einer fremden Welt Wache hielt, doch es fühlte sich jedesmal wie das erste Mal an. Auf einer neuen Welt konnte man nie wissen, auf was man zählen konnte und was sich gegen einen wandte, was sicher war und was nur auf eine Gelegenheit zum Angreifen wartete. Auf einer unbekannten Welt konnte sich alles und jedes ohne Vorwarnung als gefährlich herausstellen. Im Endeffekt war es einfacher, allem und jedem zu mißtrauen und darauf vorbereitet zu sein, jeden Augenblick um sein Leben zu kämpfen. Das tat den Nerven zwar nicht ausgesprochen gut, doch andererseits gehörten Investigatoren auch nicht zu der sonderlich nervösen Sorte.

Krystel spannte sich, als sie ganz in der Nähe eine Bewegung spürte. Hunter war aufgestanden und trat zu ihr.

»Also Ihr könnt auch nicht schlafen, Investigator?«

»Es macht mir nichts aus, Wache zu schieben, Kapitän. Ich bin daran gewöhnt.«

»Was haltet Ihr von unserer neuen Welt?«

»Ich habe schlimmere gesehen.«

Hunter blicke sie nachdenklich an. »Krystel, wie war es auf *Grendel*?«

Sie nahm die Zigarette aus dem Mund und blies einen perfekten Rauchring. Krystel sah zu, wie der Rauch davontrieb und sich langsam auflöste. Als sie nach einer Weile antwortete, klang ihre Stimme ruhig und gelassen wie immer und nur ein ganz klein wenig bitter.

»Es war mein erster größerer Auftrag. Ich hatte auf *Loki* gute Arbeit geleistet, und als Belohnung hat man mich zu den Ausgrabungen nach *Grendel* geschickt. Damals hieß der Planet noch nicht so. Wir konnten schließlich nicht wissen, was auf uns wartete. Es hätte ein einfacher, geradliniger Auftrag sein sollen. Ein paar uralte Ruinen untersuchen und ein paar Bruchstücke von Alienmaschinen, die die erste Welle von Kolonisten entdeckt hatte. Ich hätte wissen müssen, daß das nicht gutgehen konnte, sofort als ich einen ersten Blick auf die Stadt geworfen hatte. Die Gebäude an der Oberfläche waren nur noch leere Hüllen, doch je tiefer wir gruben, desto besser erhalten waren die Bauwerke. Ganz unten fanden wir Gebäude, die so gut in Schuß waren, als wären sie erst am Tag zuvor verlassen worden. Nach einer Weile stoppten wir die Grabungen. Wir konnten nicht mehr ertragen, was sich unseren Blicken bot. Die Stadt erstreckte sich meilenweit unter der Oberfläche. Sie war vollkommen intakt. Ein einziger Alptraum aus Stahl und Fleisch. Eine Mischung aus atmendem Metall und von Silberfäden durchzogenem Fleisch. Es gab runde Zylinder, die wie leuchtende Eingeweide aussahen, und Pumpen, die wie Herzen schlugen. Wir fanden Kreaturen, die zu Bestandteilen funktionierender Maschinen geworden waren, und wir fanden komplexe Apparate mit Augen, Ohren und Gedärmen. Wir fanden denkende Maschinen, die aussahen, als wären sie gewachsen und nicht gebaut worden. Es war nicht das erste Mal, daß ich derartige Dinge gesehen habe. Das abgestürzte Alienschiff auf *Unseeli* war ... ähnlich. Aber die Stadt war viel schlimmer. Sehr viel schlimmer. Wer oder was auch immer sie errichtet und dann verlassen hat, er muß verrückt gewesen sein. Völlig verrückt, jedenfalls nach

unseren Maßstäben. Unter der Stadt fanden wir die
Gewölbe. Es waren riesige, monumentale Gebilde, so sauber
und glänzend, als hätte man sie erst am Vortag fertiggestellt.
Sie waren verschlossen. Nirgendwo fand sich ein Hinweis
auf ihren Inhalt. Wir alle hatten diesbezüglich unterschiedliche Theorien, doch wir waren uns einig, die Gewölbe zu
öffnen. Wir hatten niemals zuvor etwas wie diese Stadt zu
Gesicht bekommen, und wir mußten einfach mehr herausfinden. Zurückblickend muß ich sagen, daß wir damals
wohl alle ein wenig verrückt waren. Wir hatten zu viel Zeit
in der unterirdischen Stadt verbracht. Wir waren zu lange
weg von der normalen Welt an der Oberfläche. Ich hatte das
Kommando, also traf ich auch in letzter Instanz die Entscheidung. Ich war der Investigator. Ich war ausgebildet,
fremde Kulturen zu verstehen und nötigenfalls zu bekämpfen. Die Stadt war übel, doch bis zu diesem Zeitpunkt waren
wir noch auf keine echte Bedrohung gestoßen. Außerdem
waren die Imperialen Truppen nur einen Notruf weit entfernt. Trotz allem blieb ich vorsichtig – das waren wir alle –,
obwohl niemand von uns glaubte, daß in den Gewölben
etwas sein könnte, das eine Bedrohung des gesamten Imperiums darstellt. Also sprengten wir ein Loch in eines der
Gewölbe, und die Schläfer erwachten. Wir verloren innerhalb der ersten Minuten zwanzig Männer. Unsere Waffen
waren wirkungslos gegen die Teufel, die wir aufgeweckt
hatten. Ich wurde unter herabfallenden Trümmern begraben
und als tot zurückgelassen. Ihr hättet sie sehen sollen,
Kapitän. Lebende Kreaturen aus Metall, die durch genetische Manipulation erschaffen worden waren und nur ein
einziges Ziel verfolgten: töten. Lebendig gewordene Alpträume mit Siliziumpanzern, Stacheln und Klauen. Sie
waren furchterregend groß und bewegten sich dennoch mit
derartiger Geschwindigkeit, daß sie die Hälfte der Zeit vor
unseren Augen zu verschwimmen schienen. Ihre Klauen
fetzten durch Metall und Beton wie durch Papier. In ihren
grinsenden Mäulern blitzten Stahlzähne. Sie fegten durch
die Stadt und nach oben, in die Ausgrabungszone hinein,
und es gab nichts, das sie hätte aufhalten können. Schließ-

lich gelang es mir, mich aus den Trümmern zu befreien. Ich folgte der Spur, die die Schläfer hinterlassen hatten. Überall war Blut. Überall Leichen und Körperteile. Alle davon menschlich. An der Oberfläche war das Lager völlig zerstört. Niemand hatte überlebt. Ich versteckte mich dreieinhalb Tage lang in den Ruinen. Es kam mir vor wie Jahre. Schließlich fand ich eine funktionierende Komm-Einheit im Wrack einer zerstörten Pinasse und nahm Verbindung zu dem Schiff im Orbit auf. Sie kamen und holten mich ab.«

Krystel wollte nach der Zigarette in ihrem Mund greifen, doch dann hielt sie in der Bewegung inne und starrte auf ihre zitternde Hand. Nach einigen Sekunden verebbte das Zittern, und Krystel fuhr mit ihrer Erzählung fort.

»Die Kolonisten hatten alle den Tod gefunden. Ausgelöscht bis zum letzten Mann, zur letzten Frau und dem letzten Kind. Das Imperium sandte seine besten Truppen gegen die Schläfer. Erfahrene Stoßtruppen, Kampfesper, sogar eine Kompanie Wampyre. Sie hielten nicht lange durch. Schließlich kam die Flotte herbei und sengte den gesamten Planeten vom Orbit aus. Seither steht *Grendel* unter Quarantäne und wird von einem halben Dutzend Sternenkreuzern bewacht. Nur für den Fall, daß es weitere versiegelte Gewölbe dort unten gibt mit weiteren Schläfern darin. So, und das ist der Grund, Kapitän, aus dem ich hier bei Euch bin. Weil ich alle Warnzeichen übersehen habe und für den Ausbruch dieser Kreaturen verantwortlich bin. Und weil ich nicht genug Verstand hatte, ehrenhaft auf *Grendel* zu sterben. Vielleicht mache ich es diesmal besser.«

Hunter und Krystel saßen eine Weile schweigend beisammen und starrten in die Dunkelheit und den dichter werdenden Nebel außerhalb des Schutzschilds hinaus. Zum ersten Mal drehte Krystel den Kopf und blickte Hunter von der Seite her an. »Verratet mir, Kapitän, wie ist es dort draußen, bei den Randwelten?«

Hunter suchte krampfhaft nach einer Antwort, doch seine Kehle war wie zugeschnürt.

Er bemühte sich dennoch, die Worte auszusprechen. Krystel hatte ihm ihre Geschichte erzählt, so ehrlich sie konnte, und er wollte verdammt sein, wenn er nicht ebenso ehrlich zu ihr war.

»Es ist dunkel dort draußen am *Abgrund*. Die Sterne sind dünn gesät, und es gibt nur wenige bewohnbare Planeten. Hinter dem Rand unserer Galaxis liegt endlose Nacht. Eine Dunkelheit so tief, daß noch nie ein Schiff sie durchkreuzt hat und zurückgekehrt ist, um zu berichten. Trotzdem sind die Planeten am *Abgrund* Bestandteil des Imperiums und müssen patrouilliert werden. Die Zeit scheint dort draußen anders zu gehen. Sie tickt langsamer, ein Tag ist wie der andere, bis man jegliches Zeitgefühl verloren hat. Die Dunkelheit zerrt an den Nerven wie ein Jucken auf dem Rücken, wo man nicht kratzen kann. Man fühlt sich nach und nach, als wäre man schon immer dort draußen am *Abgrund* gewesen und würde es bis an sein Ende bleiben. Man kann kaum jemals entspannen. Schiffe verschwinden, und niemand weiß warum. Man fängt an, sich auf Schwierigkeiten zu freuen, weil das wenigstens etwas Abwechslung bedeutet. Etwas, das man tun kann, jemand, den man bestrafen kann. Ich war ein guter Offizier. Ich führte meine Befehle aus, verteidigte das Imperium vor seinen Feinden und stellte nie einen Befehl in Frage. Bis zu dem Tag, als man mich zum Kapitän ernannte. Von da an erteilte ich die Befehle, und mehr und mehr empfand ich die Gründe hinter diesen Befehlen als fadenscheinig. Manchmal ergab alles keinen Sinn mehr. Doch ich hatte das Kommando, und ich setzte alles durch, was meine Vorgesetzten von mir verlangten. Ich war ein guter Soldat. Während der endlosen Wachen auf der Brücke, während ich in den sternenlosen *Abgrund* starrte, fing ich an nachzudenken. Ich frage mich, ob die Beweggründe meiner Vorgesetzten besser waren als meine eigenen. Ich fragte mich, ob ihre Befehle einfühlsamer waren als meine. Ich fragte mich, ob wir nicht allesamt einfach nur durch die Dunkelheit stolperten. Es fiel mir von Tag zu Tag schwerer, Befehle zu erteilen. Entscheidungen zu treffen wurde immer anstrengender, jede Art von Entscheidungen. Ich traute meinen Vorgesetzten nicht mehr, nicht dem Imperium und am allerwenigsten mir. Ich verlor jedes Gefühl von

574

Sicherheit und Stabilität. Ich konnte mich auf überhaupt nichts mehr verlassen. Es wurde immer schwieriger für mich, den Tag zu überstehen. Über jeder noch so kleinen Entscheidung brütete ich, bis ich fast verrückt wurde. Ich fing an, alle Dinge wieder und immer wieder überprüfen zu lassen, um sicherzustellen, daß ich sie auch wirklich erledigt hatte, obwohl ich wußte, daß es so war. Manchmal erteilte ich den gleichen Befehl zwei- oder dreimal und schikanierte meine Besatzung, bis ich sicher war, daß sie ihn ausgeführt hatte. Allmählich wurde es auffällig. Einige meiner Leute fingen an, über mich zu reden. Ich wußte Bescheid, doch ich schwieg und unternahm nichts dagegen. Ich wußte nicht, ob ich mir deswegen Sorgen machen oder ob ich mich erleichtert fühlen sollte. Eines Tages kam ein Befehl durch, den ich nicht ignorieren konnte. Ein Raumschiff in meinem Sektor hatte gemeutert. Ich sollte es jagen, stellen und vernichten. Es war nicht schwierig zu finden. Das Schiff der Meuterer war von der gleichen Klasse wie mein eigenes und bis an die Zähne bewaffnet. In der Hitze des Gefechts mußte ich rasche und effiziente Entscheidungen treffen, und das konnte ich nicht. Ich geriet in Panik, war unfähig, das Kommando auszuüben, und mein Schiff wurde zusammengeschossen. Ich entkam in einer der Rettungskapseln, genau wie ein paar von meiner Besatzung. Jedenfalls mehr als genug, um hinterher Vorwürfe gegen mich zu erheben und mir die Schuld in die Schuhe zu schieben. Aber es war nicht meine Schuld, nicht wirklich. Es war der *Abgrund*. Diese verfluchte sternenlose Dunkelheit. Der *Abgrund* bringt jeden um den Verstand, wenn man lange genug dort draußen gewesen ist. Deswegen bin ich hier, Investigator. Ich verlor mein Gefühl für Sicherheit und Stabilität, also steckten sie mich zu den Höllenschwadronen.«

Hunter lächelte schwach und blickte Krystel an. Ihr Gesicht war ruhig und emotionslos wie immer, und er war froh darüber.

Hätte sie ihm gegenüber etwas gezeigt, daß auch nur annähernd an Mitleid erinnerte, hätte er sie vielleicht niedergeschlagen. Oder es wenigstens versucht. Doch Investigator Krystel schwieg, und nach einer Weile wandte Hunter den Blick wieder ab.

»Kapitän«, sagte Krystel schließlich leise, »einmal angenommen, die Alienstadt entpuppt sich als harmlos und das Imperium errichtet eine Kolonie auf *Wolf IV* – was wollt Ihr dann machen? Ich meine, was wollt Ihr als Kolonist machen? Man wird keinen Raumschiffskapitän benötigen.«

»Darüber habe ich mir noch nicht den Kopf zerbrochen«, gestand Hunter. »Ich habe meine militärische Ausbildung. Das an sich ist immer nützlich. Und wie steht es mit Euch, Investigator?«

Krystel kicherte trocken. »Ich bin Investigator, Kapitän. Eine perfekte Mordmaschine. Für jemanden wie mich gibt es immer Arbeit.«

Hunter dachte noch immer über eine Antwort nach, als eine der Annäherungsminen explodierte. Der Boden erzitterte, und in Hunters Ohren klingelte ein automatischer Alarm, bis er ihn abschaltete. Das Echo der Explosion dröhnte ohrenbetäubend laut durch die Nacht. Hunter und Krystel sprangen auf und stellten sich Rücken an Rücken, Waffen in der Hand, und suchten den Umkreis des Lagers nach Anzeichen für einen Durchbruchsversuch durch den Schutzschild ab. Williams rappelte sich hoch und trat den Schlafsack auf der Suche nach seinem Disruptor zur Seite.

»Was ist los? Was ist passiert?«

»Eine der Annäherungsminen«, antwortete Hunter steif. »Irgend etwas hat unser Lager gefunden. Bleibt wachsam und achtet darauf, wo Ihr mit Eurem Disruptor hinzielt, Doktor.«

»Zwei Uhr, Kapitän«, sagte Krystel leise und deutete mit dem Disruptor in die fragliche Richtung. »Die restlichen Minen sind den Rechnern zufolge noch scharf. Nichts ist nah genug, um sie auszulösen. Der Schirm ist aktiv und hat bisher keinen Energieverlust erlitten.«

Hunter blickte angestrengt in den Nebel und die Dunkelheit hinaus. Das Licht der Feldlampe reichte nicht bis zum Minengürtel. In unmittelbarer Nähe der Explosion wirbelte der Dunst noch immer ärgerlich durcheinander, ohne daß eine Spur zu sehen gewesen wäre, wer oder was die Mine ausgelöst hatte. Hunter hob unruhig die Waffe. »Ich kann nichts sehen, Investigator. Williams, was ist mit Euch? Könnt Ihr mit Euren aufgerüsteten Augen etwas erkennen?«

»Tut mir leid, Kapitän«, antwortete Williams. »Der Nebel ist zu dick. Ich bin genauso blind wie Ihr.«

»Schrecklich«, sagte Hunter.

»Ja, wirklich«, stimmte Krystel ihm zu. »Hört!«

Sie verstummten. Hunter kam einmal mehr zu Bewußtsein, wie unnatürlich still die Nacht war. Keine Schreie von Tieren, keine Vögel oder Insekten, nicht einmal das Flüstern des Windes.

Trotzdem bewegte sich irgend etwas dort draußen durch die Nacht, jenseits des Schutzschilds. Es klang groß und schwer, nach den stampfenden, langsamen Schritten zu urteilen. Es bewegte sich langsam entgegen dem Uhrzeigersinn um das Lager herum.

Widernatürlich, dachte Hunter verrückt. *Das bringt Unglück. Das sollte es nicht tun.*

»Es muß jeden Augenblick die nächste Mine auslösen«, flüsterte Krystel. »Was auch immer es ist – es verträgt höllisch viel. Die erste Mine hätte ihm eigentlich den Tag verderben müssen.«

Eine zweite Mine explodierte, und der Boden schüttelte sich erneut. In Richtung ein Uhr wurde der Nebel durcheinandergewirbelt und riß kurz auf. Hunter erhaschte einen flüchtigen Blick auf etwas Großes, Dunkles, bevor die Schwaden wieder alles einhüllten. Das Echo der Explosion erstarb. Dann ertönte ein hoher, kreischender Schrei hinter dem Schild. Er drang klar und schneidend durch die stille Nacht und dauerte länger an, als jede menschliche Lunge Luft hatte. Hunter konnte nicht sagen, ob der Schrei Ausdruck eines Gefühls war oder nicht.

»Kapitän«, sagte Krystel drängend, »schalte auf die Bordrechner. Irgend etwas berührt den Schild.«

Hunter aktivierte sein Komm-Implantat. Rechnererzeugte Bilder wurden direkt in den Sehnerv eingespeist und überlagerten Hunters Gesichtsfeld. Irgend etwas drückte mit

Macht gegen den Schild, immer und immer wieder, und versuchte ganz offensichtlich durchzubrechen. Die Rechner ermittelten die dabei auftretenden Kräfte und lieferten Simulationen der möglichen Ursache. Hunters Mund wurde trocken. Was auch immer dort draußen war, es mußte so um die zwanzig Fuß groß sein und acht bis neun Tonnen wiegen, und wahrscheinlich bewegte es sich auf zwei Beinen. Die Druckanzeigen veränderten sich ständig, als die Kreatur wütend auf den Schutzschild einhämmerte. Erneut schallte das hohe, entnervende Brüllen durch die Nacht – und dann war der Angriff genauso schnell vorüber, wie er begonnen hatte. Die Kreatur verlor das Interesse am Schirm. Ihre langsamen, schweren Schritte verklangen allmählich, und sie zog sich in die Nacht zurück, wo sie hergekommen war.

Hunter seufzte erleichtert auf und schob seinen Disruptor ins Holster. »In Ordnung. Es ist weg«, sagte er und schaltete das Komm-Implantat ab. Sein Gesichtsfeld normalisierte sich.

»Was zur Hölle war das?« fragte Williams erschüttert.

»Ein nächtlicher Besucher, weiter nichts«, erwiderte Krystel. »Vielleicht kommt er morgen wieder.«

»Kapitän, ich empfehle dringend, daß einer von uns Wache hält«, wandte sich Williams an Hunter. Er wollte den Disruptor wegstecken, doch seine Hand zitterte so stark, daß er es dreimal versuchen mußte, bevor er das Holster traf. »Was auch immer das war, es kommt vielleicht zurück, solange es noch dunkel ist.«

»Und was wäre wenn?« fragte Krystel. »Es kommt nicht durch den Schirm.«

»Andererseits«, meldete sich Hunter zu Wort, »andererseits scheinen die Minen der Kreatur nicht viel auszumachen. Ich schätze, es ist gar keine schlechte Idee, wenn wir Wachen einteilen, Doktor. Ich übernehme die erste Schicht. Ihr nehmt die zweite, und Investigator Krystel die letzte. Ich schätze, auf diese Weise schlafen wir alle ein wenig ruhiger.«

Hunter starrte grimmig in die Nebelschwaden hinaus, die den kleinen Lichtkreis der Feldlaterne umgaben. Zwanzig Fuß hoch, acht bis neun Tonnen schwer und zwei Minen, die scheinbar wirkungslos verpufft waren. Hunter hoffte inbrünstig, daß es nicht eines der Wesen war, die die Stadt erbaut hatten. Denn wenn es so war, dann stand ihnen allen noch ein sehr interessanter Tag bevor.

Die Nacht senkte sich herab, als Megan DeChance und die beiden Soldaten den steinernen Monolithen erreichten. Sie blieben in einiger Entfernung stehen und betrachteten ihn mißtrauisch, bevor sie sich weiter näherten. Seit der Monolith am Horizont aufgetaucht war, hatten sie ihn nicht mehr aus den Augen gelassen. Jetzt, aus der Nähe betrachtet, wirkte er genauso düster und rätselhaft wie von Ferne. Es war ein riesiger Steinwürfel mit einer Kantenlänge von vielleicht dreißig Fuß. In einer der Seitenwände befand sich eine Öffnung, die eine Tür sein mochte, zehn Fuß hoch und sechs Fuß weit.

Dahinter war alles dunkel. Die rauhe Oberfläche des Würfels war von so dunklem Grau, daß sie beinahe schwarz wirkte. Erhebungen und Linien wanden sich über die Seitenwände wie versteinerte Ranken. Der Monolith schien bereits von Anbeginn der Zeit dort gestanden zu haben und würde dies auch bis in die Ewigkeit tun. Vor dem Hintergrund der heraufziehenden Nacht sah er aus wie ein uraltes, verlassenes Mausoleum.

»Ich schätze, das gibt einen guten Lagerplatz ab«, sagte DeChance nach einer Weile.

Lindholm zuckte die Schultern. »Warum nicht? Ich habe schon schlechtere gesehen.«

»Ich auch«, stimmte ihm Corbie zu. »Trotzdem werde ich nicht in diesem verdammten Grab schlafen. Allein der Anblick jagt mir Schauer über den Rücken. Was hat dieses Ding hier draußen zu suchen, mitten im Nichts? Wir sind noch meilenweit von der Stadt entfernt. Nein, Sven, das Ding gefällt mir nicht. Da drin kann sich alles mögliche verstecken.«

»Wir werden alles sorgfältig absuchen, bevor wir reingehen«, entschied DeChance geduldig. »Ich an Eurer Stelle würde mir eher Sorgen machen, was sich in der Nacht hier draußen außerhalb des ... Würfels herumtreibt. Nach dem, was wir heute morgen im Wald erlebt haben, können wir wirklich nicht wissen, was uns in der Nacht erwartet.«

»Wir haben immer noch unseren transportablen Schildgenerator«, entgegnete Corbie starrköpfig.

»Ja, den haben wir«, bestätigte DeChance. »Aber wenn wir unser Lager draußen in der Ebene errichten, wo uns jeder sehen kann, dann ziehen wir auch jede Menge Aufmerksamkeit auf uns. Ich denke zwar nicht, daß es auf dieser Welt irgend etwas gibt, das stark genug wäre, einen Schutzschild zu durchbrechen, aber ich möchte das Gegenteil lieber nicht auf die harte Tour herausfinden.«

DeChance schloß die Augen, und ihr Gesicht erschlaffte. Die Muskeln zuckten noch ein paarmal, dann war jede Spur von ihrer Persönlichkeit verschwunden. Ihr Atem verlangsamte sich so stark, daß er kaum noch wahrnehmbar war. Corbie musterte die Esperfrau und wandte dann den Blick ab. Er konnte ein Erschauern nicht unterdrücken.

»Keine Sorge, Russ« sagte Lindholm leise. »Sie ist nicht weit. Sie kommt bald zurück.«

»Ja«, entgegnete Corbie. »Genau das macht mir Sorgen.«

DeChances Bewußtsein streifte frei über den Monolithen. Sie berührte das Gestein mit ihrem Verstand, mit ihrem ESP. Es wirkte sehr, sehr alt. Die Zeit war über die Ebene hinweggestrichen und hatte den Monolithen unberührt gelassen. Im Inneren war die Konstruktion hohl und vollkommen leer. DeChance wußte nicht, ob sie deswegen Erleichterung oder Unbehagen verspüren sollte. Sie runzelte die imaginäre Stirn. Irgendwie erweckte der Monolith in ihr mehr und mehr ... Unruhe. Die Form entsprach nicht einem vollkommenen Quadrat, und die vielen zusätzlichen Winkel und Kanten schienen sich irgendwie nicht mit der Form zu vertragen, die die Esperfrau vor sich sah. DeChance zuckte mental die Schultern. Der Monolith gefiel ihr nicht, doch sie fand nichts Spezifisches, an dem sie ihre Abneigung hätte festmachen können. Erst recht nicht, nachdem sie Corbie so zurechtgewiesen hatte. DeChance kehrte in ihren Körper zurück und blickte Lindholm an.

»Alles in Ordnung. Das Ding ist vollkommen leer.«

»Ich bin froh, das zu hören«, erwiderte Lindholm. »Falls Ihr entscheidet, das Lager im Innern aufzuschlagen, können Russ und ich mit der Sicherung der Umgebung beginnen. Je schneller wir den Schutzschild eingeschaltet haben, desto eher können wir alle ein wenig entspannen.«

Alle drei blickten sich ein paar Sekunden lang schweigend an, während jeder darauf wartete, daß einer der beiden anderen den ersten Schritt unternahm. Schließlich wandte sich DeChance um und ging gelassen zu dem Monolithen hinüber. Im Eingang wäre sie fast stehengeblieben, doch sie zwang sich zum Weitergehen. Wenn sie selbst nicht ihrem ESP vertraute, dann konnte sie das von den beiden Soldaten wohl erst recht nicht erwarten.

Im Innern nahm DeChance den Rucksack von den Schultern, zog eine Feldlaterne hervor und schaltete sie ein. Das vertraute goldene Licht half, die Steinkammer weniger bedrohlich erscheinen zu lassen. Langsam und vorsichtig ging DeChance weiter.

Die Innenwände des Monolithen sahen genauso aus wie die Außenwände. Rauher, nackter Stein, überzogen mit gewundenen Ranken, Einbuchtungen und Hohlräumen. Der Boden war flach und eben, und nur die tiefen Schatten in den Ecken blieben unverändert beunruhigend. DeChance bewegte sich langsam durch die leere Kammer. Je mehr sie davon sah, desto weniger verstand sie ihre eigene Angst. Sie verspürte so etwas wie Scham, daß sie sich so weit hatte gehenlassen.

Plötzlich stockte ihr Atem.

Das Licht der Laterne enthüllte eine einzelne, glänzende, milchigweiße Kugel auf dem Fußboden in der äußersten Ecke. DeChance starrte lange Zeit reglos auf den Gegenstand. Er konnte nicht dort sein. Er durfte nicht dort sein. Ihr ESP hätte ihn entdecken müssen.

»Hattet Ihr nicht gesagt, daß die Kammer leer ist?« ertönte Lindholms Stimme hinter ihr.

DeChance schrak zusammen und errötete heftig. Sie hatte sich so sehr auf die Kammer konzentriert, daß sie ihre psionische Verteidigung vergessen hatte. Sie hatte nicht einmal gewußt, daß Lindholm hinter ihr stand, bis er gesprochen hatte. Rasch gewann sie ihre Fassung zurück.

»Die Kammer hätte leer sein müssen«, erklärte DeChance schließlich mit fester, gelassener Stimme. »Was auch immer das ist, ich hätte es durch mein ESP sehen müssen.«

»Bedeutet das vielleicht, daß es gefährlich ist?« fragte Lindholm.

»Möglich.«

»In Ordnung, das war's«, rief Corbie vom Eingang her. »Laßt uns rasch von hier verschwinden, solange wir noch können.«

»Ruhig Blut, Russ«, sagte Lindholm, ohne sich nach seinem Kameraden umzublicken.

»Ich dachte, Ihr beide wolltet dafür sorgen, daß der Schutzschild hochgefahren wird?« erkundigte sich DeChance.

»Wir hatten das Gefühl, es wäre ein Fehler, Euch ganz allein hier reingehen zu lassen«, erwiderte Lindholm.

»Sehr galant«, sagte DeChance spöttisch. »Ich kann ganz gut allein auf mich aufpassen.«

»Selbstverständlich«, gestand Lindholm. Er starrte nachdenklich auf die milchige Kugel in der Ecke. »Könnt Ihr irgend etwas von diesem Ding empfangen, jetzt, da Ihr ganz dicht davor steht?«

DeChance verzog das Gesicht. »Es ist vielleicht einen Versuch wert.«

DeChance ging langsam zu der perlmuttfarben schimmernden, vielleicht sechs Zoll im Durchmesser großen Kugel, kniete vor ihr nieder und betrachtete sie aus allen Richtungen, wobei sie sorgsam darauf achtete, das Ding nicht zu berühren.

Schließlich griff sie ganz behutsam mit ihrem ESP nach dem seltsamen Gebilde.

Eine grelle, unangenehme Sonne an einem leuchtenden Himmel. Turmhohe Bauwerke zu allen Seiten. Dahinter und über allem etwas Dunkles, Schreckliches. Knochen strecken und verdrehen sich. Fleisch bewegt sich über zuckende Wangenknochen. Augen verflüssigen sich und fließen aus ihren Höhlen. Wesen

springen und hüpfen umher, treffen aufeinander und verschmel-
zen. Der Schrei ... er will einfach nicht enden ...

DeChance riß sich aus dem endlosen Strom von Bildern. Sie stolperte rückwärts und stammelte lautlose Worte. Lindholm streckte den Arm aus, um sie zu stützen. DeChance schlug blindlings nach ihm. Lindholm kniete neben ihr nieder und redete langsam und beruhigend auf sie ein, bis die wortlose Panik versiegte und sie wieder klar denken konnte. DeChance atmete tief ein, erschauerte und leckte sich die trockenen Lippen.

»Was ist geschehen?« fragte Lindholm.

»Die Kugel«, antwortete DeChance heiser. »Es ist eine Art Aufzeichnung. Die direkte Aufzeichnung eines Alienbewußtseins.«

»Was habt Ihr gesehen?« fragte Corbie.

DeChance schüttelte langsam den Kopf. »Wahnsinn. Horror und Gewalt ... ich ... ich weiß es nicht. Ich muß erst darüber nachdenken. Faßt die Kugel auf keinen Fall an. Man verliert sich sehr leicht darin ...«

DeChance stand auf, wandte der Kugel und den beiden Soldaten den Rücken zu und wühlte in ihrem Rucksack. Corbie und Lindholm warfen sich fragende Blicke zu. Lindholm zuckte die Schultern und verließ die Kammer. Corbie zögerte noch einen Augenblick, dann folgte er seinem Kameraden.

Das Auslegen der Annäherungsminen dauerte länger als geplant. Der Boden war hart wie Fels und gab nur zögernd den Grabwerkzeugen nach. Die beiden Männer waren schweißnaß, als sie endlich den Minengürtel gelegt hatten. Der größte Teil des Himmels war inzwischen dunkel. Das goldene Licht der Laterne fiel warm und einladend durch den Eingang des Monolithen nach draußen. Die beiden Soldaten gingen in die Kammer zurück und rieben sich die frischen Blasen an den Händen. Dann halfen sie DeChance, den transportablen Schildgenerator aufzubauen. Die Esperfrau aktivierte den Schild, und alle drei entspannten sich ein wenig. Der Streß des Tages wich langsam aus ihren Gliedern. Sie breiteten ihre Schlafsäcke aus und stocherten ohne rechte Begeisterung in ihrem späten Abendessen aus Proteinwürfeln und mineralisiertem Wasser. Nach einer Weile zogen sie sich in die Schlafsäcke zurück und warteten auf den Anbruch des nächsten Morgens.

Keinem war nach Schlafen zumute, doch sie wußten, daß sie es zumindest versuchen mußten. Sicher würden sie am nächsten Tag alle Kräfte benötigen, die sie aufbringen konnten.

Die Stimme des Kapitäns hatte ruhig und sicher geklungen, als er sich kurz nach dem Essen über sein Komm-Implantat bei ihnen gemeldet hatte, und DeChance hatte sich die größte Mühe gegeben, ebenso gelassen zu antworten. Corbie hatte ernsthaft überlegt, sich in die Unterhaltung einzumischen und Kapitän Hunter zu erzählen, wie sehr der Monolith und die Aufzeichnung in der Perlmuttkugel ihn beunruhigten, doch am Ende hatte er geschwiegen. Der Kapitän hätte sicher nicht verstanden ... Vielleicht, wenn sie morgen die Stadt erreichten ... Corbie hatte ein verdammt schlechtes Gefühl wegen dieser Alienstadt.

Überraschenderweise fiel DeChance augenblicklich in Schlaf. Lindholm legte sich mit geschlossenen Augen zurück. Er sah so ruhig und gelassen aus wie eh und je. Corbie funkelte die beiden böse an. Er hatte sich in seinem ganzen Leben noch nie weniger nach Schlaf gesehnt als in diesem Augenblick. Eine Weile lag er ruhig da in der Hoffnung einzudösen. Dann, noch immer hellwach, setzte er sich leise auf, zog die Beine an die Brust und schlang die Arme darum. Er hatte gehofft, der Monolith würde ihn weniger beunruhigen, wenn er einige Zeit in seinem Innern verbracht hatte, doch das war nicht der Fall. Die Decke war zu hoch, und das Licht der Feldlampe reichte nicht bis in die Ecken. Selbst das kleinste Geräusch hallte endlos in der Stille. Corbie zog seinen Disruptor aus dem Holster und überprüfte die Ladung des Energiekristalls. Die Zelle war beruhigend voll. Es kostete Corbie eine Menge Willenskraft, die Waffe wieder ins Holster zurückzuschieben.

»Nervös, Russ?«

Corbie wandte rasch den Kopf. Lindholm hatte sich ebenfalls aufgesetzt. Corbie grinste und zuckte die Schultern. »Dieser Ort gefällt mir nicht, Sven. Er gefällt mir ganz und gar nicht.« Er flüsterte, um DeChance nicht aufzuwecken. »Aber wenn ich mir's genau überlege, habe ich auf dem ganzen verdammten Planeten noch keinen Ort gesehen, der mir gefällt. Ich hasse *Wolf IV*, Sven.« Corbie rieb sich mit dem Handrücken über den Mund und war nicht überrascht, daß seine Finger zitterten. »Ich bin trocken, Sven. Ich brauche etwas zu trinken. Ich würde mit alledem gleich viel besser klarkommen, wenn ich einen einzigen guten Drink haben könnte.«

»Tut mir leid, Russ. Ich benutze das Zeug nicht. Du hättest vielleicht eine Flasche an Bord der Pinasse schmuggeln sollen.«

»Hab' ich. Sie fanden sie.« Corbie erschauerte. Auf seinem Gesicht stand trotz der Kälte ein dünner Schweißfilm. »Ich *hasse* diese verdammte Welt, Sven. Ich will nicht hier sein. Diese Welt will uns nicht haben. Was suche ich nur in einer Höllenschwadron? Ich wollte nie Kolonist werden. Ich bin seit meinem sechzehnten Lebensjahr bei der Flotte und bin nie länger als zwei Jahre auf dem gleichen Planeten gewesen. Es gefiel mir so. Ich bin nur deswegen hier, weil ich sonst den Rest meines Lebens in einem verdammten Militärgefängnis verrottet wäre. Was wieder einmal zeigt, welch ein Dummkopf ich war. Dieser Planet ist schlimmer als jedes Gefängnis.«

»Nimm's nicht so tragisch, Russ.«

»Du hast gut reden. Du hast diesen Wald gesehen, Sven. Diese Dinger, die plötzlich aus dem Boden kamen. Ich war auf mehr Welten, als ich zählen kann, und ich habe schon eine Menge verdammt merkwürdiger Dinge in meinem Leben gesehen, aber sie ergaben wenigstens immer irgendwie einen Sinn. Diese Welt hier ist verrückt. Es ist wie ein Alptraum, aus dem man nicht erwacht. Morgen gehen wir in eine Stadt, die aus lauter Gebäuden wie diesem Ding hier besteht. Ich glaub' das einfach nicht. Nein, ich *kann* das einfach nicht.« Corbie rieb sich erneut über den Mund und blickte Lindholm flehentlich an. »Was soll ich nur machen,

Sven? Ich halte es nicht aus auf dieser Welt, und ich kann nicht von hier verschwinden. Ich sitze in der Falle. Ich ertrage den Gedanken nicht, morgen in diese Alienstadt zu gehen, aber ich kann auch nicht allein zurückbleiben. Was soll ich nur *machen*?«

»In Ordnung, Russ, beruhige dich. Ich bin bei dir.« Lindholm unterbrach seinen Kameraden, als Corbies Stimme einen hysterischen Tonfall annahm. »Denk einfach daran, daß du nicht allein bist. Wir sitzen alle im gleichen Boot. Wir können mit allem fertig werden, solange wir nur zusammenhalten. Denk nur an all die verschiedenen Welten, die wir gesehen haben. Die meisten sahen am Anfang unerträglich aus. Das hier ist nichts weiter als noch eine weitere Welt, Russ, das ist alles. Nichts als eine weitere Welt.«

Corbie atmete tief durch und seufzte. Er warf Lindholm einen dankbaren Blick zu und lächelte schwach. »Wie machst du das bloß, Sven? Wie schaffst du es nur, die ganze Zeit über so gelassen zu bleiben? Lernt man so etwas in der Arena?«

»Könnte man sagen.« Lindholm starrte nachdenklich aus der Türöffnung in die Dunkelheit hinaus. »Man lernt eine ganze Menge in der Arena ... vorausgesetzt, man bleibt lange genug am Leben. Man lernt, keine Angst zu verspüren, weil Angst einen töten könnte. Man lernt, keine Freunde zu haben, weil man sie vielleicht schon am nächsten Tag töten muß. Man lernt, nichts als selbstverständlich hinzunehmen, nicht einmal den nächsten Tag. Und schließlich lernt man, sich aus gar nichts etwas zu machen. Nicht aus dem Töten, nicht aus den Leuten, nicht aus dem Druck, der auf einem lastet, nicht einmal aus einem eigenen Leben. Wenn man sich aus gar nichts mehr etwas macht, dann kann man jedes Risiko eingehen und sich jeder Übermacht stellen. Weil einfach alles egal ist. Wirklich alles.« Lindholm blickte Corbie an. »Das Dumme ist nur, Russ – wenn du die Arena hinter dir läßt, verfolgt dich das, was du dort gelernt hast. Ich fühle nicht mehr viel vom Leben. Ich lache nicht mehr, ich weine nicht, ich habe keine Angst, ich kann mich nicht freuen. Die Arena hat mir all das genommen. Von meinem alten Ich ist gerade noch genug übriggeblieben, um zu erkennen, was ich verloren habe. Es fällt mir schwer, mich für irgend etwas zu interessieren, Russ, weil mir alles völlig egal ist.«

»Was ist mit mir?« fragte Corbie. »Bin ich dir auch egal?«

»Ich weiß es nicht«, antwortete Lindholm. »Ich erinnere mich an die Jahre, die wir zusammen in der Flotte gedient haben, doch es erscheint mir wie ein Traum, der lange verblaßt ist. Manchmal ist der Traum deutlicher als andere Träume. Den Rest der Zeit verbringe ich wie in Trance. Verlaß dich im Ernstfall nicht auf mich, Russ. Dazu ist von meinem alten Ich nicht mehr genug übrig.«

DeChance stöhnte im Schlaf, und die beiden Soldaten beobachteten die Esperfrau neugierig. DeChance warf sich unruhig hin und her.

»Ein Alptraum«, sagte Corbie. »Ich kann nicht sagen, daß mich das überrascht.«

Die erste Annäherungsmine ging wie ein Donnerschlag hoch. Zwei weitere Explosionen folgten unmittelbar. Heller Lichtschein fiel durch den Eingang in die Kammer. Die Soldaten sprangen auf und rissen ihre Disruptoren aus den Holstern. DeChance erwachte ruckhaft.

»Was zur Hölle war das?« fragte Corbie.

»Irgend etwas ist dort draußen«, antwortete Lindholm. »Scheint sich den Minen zu weit genähert zu haben. Dreh die Laterne runter, Russ.«

Corbie streckte rasch die Hand aus und löschte das Licht. Dunkelheit erfüllte die Kammer, als wäre sie nie weg gewesen. Corbie packte den Griff seiner Waffe fester und wartete ungeduldig darauf, daß seine Augen sich an die Dunkelheit gewöhnten.

»Was auch immer sich dort draußen herumtreibt, es ist jedenfalls nicht allein«, sagte er leise. »Ein einziges Lebewesen allein kann unmöglich drei Minen zur Explosion bringen.«

»Ich kann . . . etwas spüren«, erklärte DeChance. Sie hatte die Stirn in Falten gelegt. »Es ist schwer auszumachen. Ich empfange zahlreiche Signale. Zu viele, um sie zu zählen. Sie bewegen sich, umkreisen den Schirm . . . sie sind überall. Sie haben uns umzingelt!«

Eine weitere Mine explodierte, und ein greller Blitz leuchtete draußen auf. Corbie erhaschte einen kurzen Blick auf dunkle Schatten, die außerhalb des Minengürtels um den Monolithen huschten, dann wurde es wieder Nacht. Ein lautes, dumpfes Dröhnen erklang, als irgend etwas mit nervenzermürbender Geduld und Entschlossenheit gegen den Schutzschild hämmerte. Corbie leckte sich wiederholt die trockenen Lippen und starrte ängstlich in die Nacht hinaus.

»Ruhig Blut, Corbie«, sagte DeChance. »Der Schutzschild wird sie schon draußen halten.«

Verdammter Mist, dachte Corbie. *Wieso merkt eigentlich jeder, daß ich ein Nervenbündel bin, selbst in der tiefsten Finsternis?*

»Sie hat recht«, sagte Lindholm. »Der Schutzschild hält alles aus, selbst Disruptorkanonen und Atomwaffen. Nichts kann mit Hilfe roher Gewalt hindurch.«

Wie als Antwort auf seine Worte verstummte das Hämmern unvermittelt. Stille senkte sich erneut über die Nacht, doch dahinter verbarg sich Bedrohung. DeChance rührte sich unbehaglich.

»Sie . . . sie haben aufgehört, sich zu bewegen. Sie . . . stehen einfach nur reglos da, als warteten sie auf irgend etwas . . . Augenblick mal, da ist noch etwas . . . etwas anderes, ganz nah . . .!«

Der Boden ruckte plötzlich unter ihren Füßen und spaltete sich mit dem ohrenbetäubenden Krachen berstenden Steins. Risse zogen sich bis in die hintersten Ecken der Kammer. DeChance und die beiden Soldaten hatten Mühe, das Gleichgewicht zu bewahren.

»Sie bauen einen Tunnel durch die Erde!« kreischte DeChance. »Sie kommen her!«

»Irgend jemand soll die verdammte Lampe anmachen!« brüllte Lindholm.

»Vergiß es!« erwiderte Corbie. Er ließ sich auf die Knie sinken und ritt förmlich auf dem bockenden Boden. Dann schob er den Disruptor in den nächsten Riß und drückte ab.

Ein Strahl sengender Energie schoß in die Erde hinab. Weit unten ertönte ein schriller Schrei, dann herrschte Stille. Lindholm und DeChance feuerten ihre Waffen ebenfalls in die Risse. Der Boden zitterte noch einmal, dann wurde es ruhig. Lange Zeit gab es nichts außer Stille und Dunkelheit. DeChance bewegte sich als erste wieder.

»Sie ziehen ab«, sagte sie leise. »Sie verschwinden von hier.«

Lindholm fand die Feldlampe und schaltete sie ein. Der blaßgoldene Lichtschein war wohltuend nach der panikerfüllten Dunkelheit. Der Boden war ein einziges Chaos aus Rissen und geborstenem Stein. Wände und Decke sahen kaum besser aus. Corbie und Lindholm blickten sich an und grinsten.

»Gut geschossen, Russ.«

»Ja, ganz gut«, stimmte Corbie zu. »Du weißt ja selbst, wie das ist. Manche Dinge vergißt man nie, ganz egal was geschieht.«

KAPITEL 3
DIE STADT

Am späten Morgen erreichten Hunter und seine Begleiter die Randgebiete der Alienstadt. Die grelle Silbersonne stand hoch im chartreusefarbenen Himmel, und das von den Türmen der Stadt reflektierte Licht war fast zu hell, um hineinzusehen. Dünne Bänder grauer Wolken zogen über den Himmel wie Buchstaben einer unbekannten Schrift. Die stille Luft war schneidend kalt. Hunter schlang die Arme um den Leib, doch nicht allein wegen der Kälte. Er stand bereits seit einiger Zeit so da und betrachtete die Stadt, aber er konnte sich nicht an den Anblick gewöhnen. Sie breitete sich vor ihm aus wie ein Riesenpuzzle, dessen Lösung keinen Sinn ergab.

Die schiere Abnormalität der Stadt wusch über Hunter hinweg wie eine betäubend kalte Welle. Gewaltige Gebäude ragten in den Himmel, gezackt und unsymmetrisch, scharfkantig und verdreht und mit muschelschalenförmigen Dächern. Merkwürdige Lichter schimmerten in leeren Fenstern, die Hunter anstarrten wie beobachtende Augen. Massige Monolithen standen neben Kristalltürmen und kunstvollen Glasgebilden, die so kompliziert schienen, daß es schwierig war, den Blick auf Details zu fixieren. Eingänge und Fenster legten den Schluß nahe, daß die Bewohner, wer auch immer sie gewesen sein mochten, mindestens doppelt so groß waren wie Hunter und seine Kameraden. Zwischen den Bauwerken hingen Metalldrähte so fein wie Sommergespinste und hielten Laufstege hoch über dem Boden. Kein Geräusch durchbrach die Stille, und nirgendwo in der gesamten Stadt war eine Spur von Bewegung zu erkennen.

Hunter blickte von einem merkwürdigen Komplex zum anderen auf der Suche nach etwas Vertrautem, auf dem er das Auge eine Weile ruhen lassen konnte, doch es gab absolut nichts, das sein Verstand bereitwillig angenommen hätte. Die Architektur der Aliens beunruhigte seine tiefsten Instinkte. Sie folgte keinerlei menschlichen Regeln von Design und Funktionalität.

Allein die Größe des Platzes verursachte Hunter Magenschmerzen. Wer oder was auch immer diese Stadt erbaut hatte, er lebte in viel größerem Maßstab als Menschen.

»Wir sind nun beinahe eine Stunde hier, Kapitän«, sagte Investigator Krystel. »Bisher noch nicht die kleinste Spur von den anderen.«

»Vielleicht ist ihnen etwas zugestoßen«, sagte Williams.

»Wären sie auf Probleme gestoßen, hätten sie sich mit uns in Verbindung gesetzt«, entgegnete Hunter. »Allerdings habt Ihr recht, Investigator. Wir können nicht den ganzen Tag hier warten. Ich werde mich mit ihnen in Verbindung setzen und Bescheid geben, daß wir bereits hier sind.« Er aktivierte sein Komm-Implantat, ohne den Blick von der Stadt abzuwenden. »Esper DeChance, hier ist Kapitän Hunter. Wie ist Eure derzeitige Position?«

Keine Antwort. Nichts als geheimnisvolles Schweigen, das nicht einmal von statischem Rauschen unterbrochen wurde. Hunter und Krystel blickten sich fragend an.

»Esper DeChance, hier spricht Kapitän Hunter. Bitte erstattet Meldung über Eure derzeitige Position. Könnt Ihr die Stadt bereits sehen?« Hunter wartete, doch es kam keine Antwort. »Lindholm, Corbie, könnt Ihr mich empfangen?« In Hunters Komm-Implantat herrschte nichts als Schweigen. »Investigator, empfangt Ihr mich?«

»Laut und deutlich, Kapitän. Unsere Ausrüstung scheint in Ordnung zu sein.«

»Dann stimmt bei den anderen etwas nicht.«

»Es sei denn, die Stadt stört das Signal«, warf Williams ein.

Hunter runzelte nachdenklich die Stirn. »Esper De-Chance, wenn Ihr mich aus irgendeinem Grund zwar empfangen, aber nicht antworten könnt – wir stehen im Begriff, in die Stadt vorzustoßen. Irgendwo in der Nähe des Zentrums befindet sich ein großer kupferfarbener Turm. Versucht uns dort zu treffen. Falls Ihr gegen Einbruch der Dunkelheit so etwa gegen neunzehn Uhr Pinassenzeit noch nicht bei uns seid, werden wir uns zum westlichen Stadtrand zurückziehen und dort unser Lager aufschlagen. Hunter Ende.«

Er schaltete sein Komm-Implantat ab und warf einen unglücklichen Blick auf die Stadt. »Wir haben hier alles getan, was wir tun konnten. Laßt uns gehen und die Sache aus der Nähe betrachten. Zieht die Waffen, aber schießt erst, wenn ihre ein Ziel erfaßt habt.«

Hunter wollte sich in Bewegung setzen, doch Krystel hob die Hand. »Ich bin Investigator, Kapitän. Ich sollte als erste gehen.«

Hunter verzog das Gesicht und nickte schließlich. Sie hatte recht. Sie betraten jetzt Krystels Fachgebiet. Er bedeutete ihr mit einer Handbewegung vorauszugehen, und Krystel führte sie den sanften Hang hinab, der zur Alienstadt führte. Hunter ging als zweiter, und Williams bildete den Schluß.

Die Stadt ringsum ragte immer bedrohlicher und höher auf, je weiter sie zwischen massiven Bauwerken hindurch über die breiten Straßen und baumlosen Alleen in Richtung Zentrum vorstießen. Überall erhoben sich Türme so schwarz wie die Nacht, gespickt mit purpurnen Auswüchsen. Die überwältigende Größe von allem vermittelte Hunter das Gefühl, ein Kind zu sein, das durch die Welt der Erwachsenen wanderte. Die Schritte der kleinen Gruppe warfen so gut wie kein Echo. Jedes Geräusch wurde beinahe augenblicklich von den mächtigen Mauern verschluckt. Hunter ertrug die Stille, solange er konnte. Schließlich wandte er sich an Krystel.

»Ihr seid die Expertin, Investigator. Wie lautet Eure Meinung zu alledem?«

»Im Prinzip wie die Eure als Laie, Kapitän. Wenn man von den paar exotischen Ausnahmen absieht, dann sind die Gebäude nichts weiter als gewaltige Steinhaufen. Nach dem verwitterten und mitgenommenen Eindruck zu urteilen, den das Material macht, steht das alles schon viele Jahrhunderte hier. Die Komplexität der anderen Bauwerke läßt auf eine weit fortgeschrittene Zivilisation schließen – warum also haben die Bewohner der Stadt die primitiven Steingebäude nicht abgerissen? Eine Erinnerung an die Vergangenheit? Oder wegen ihrer Vorfahren? Es ist noch zu früh, um irgend etwas mit Bestimmtheit sagen zu können. Vielleicht dachten die Bewohner einfach nur, Arbeiten aus Stein seien künstlerisch wertvoll.

Da ist noch etwas, Kapitän. Wir dringen seit gut einer halben Stunde tiefer in die Stadt vor, doch bisher habe ich nicht den leisesten Hinweis darauf entdecken können, daß dieser Ort jemals bewohnt war. Was auch immer hier geschehen sein mag, es ist vor langer Zeit passiert. Vielleicht gab es einen Krieg oder eine ökologische Katastrophe. Vielleicht begingen sie allesamt Selbstmord. Es könnte irgend etwas sein, für das wir noch nicht einmal einen Namen kennen. Es dauert seine Zeit, eine fremde Kultur zu begreifen, Kapitän. Aliens denken anders als wir.«

»Vielleicht sollten wir einen Blick ins Innere eines dieser

Gebäude werfen«, schlug Williams schüchtern vor. »Aus dem Äußeren können wir nicht viel mehr schließen als das, was wir inzwischen wissen. Drinnen finden wir unter Umständen bedeutende Hinweise. Wer weiß, vielleicht haben wir Glück und stoßen sogar auf Rechneraufzeichnungen oder eine Datenbank.«

»Ich würde es vorziehen, wenn wir in Bewegung bleiben«, erwiderte Krystel tonlos. »Wir haben noch längst nicht genug von dieser Stadt gesehen, um mit Sicherheit sagen zu können, daß sie verlassen ist. Ich kann mich nicht mit dem Gedanken anfreunden, daß wir überrascht werden, weil wir nicht sorgfältig genug vorgegangen sind.« Sie blickte Hunter fragend an. »Ihr seid der Kapitän, Sir, Ihr entscheidet ganz allein.«

Hunter blieb mitten auf der Straße stehen, und seine Begleiter taten es ihm nach. Er blickte zum nächstgelegenen Bauwerk. Es schien aus einem einzigen riesigen Diamanten geschnitzt worden zu sein. Die gezackten Ecken sahen rasiermesserscharf aus, und im rauchigen Innern des Kristalls war etwas Rotes zu erkennen. Es besaß bestürzende Ähnlichkeit mit menschlichen Adern. Der große Eingang war durch eine stumpfe Metallplatte versperrt. Fenster gab es nicht. Hunter kaute auf den Innenseiten seiner Wangen. Alles mögliche konnte dort drinnen warten und lauern. Die Vorstellung gefiel ihm überhaupt nicht. Wenn jemand ihn beobachtete, dann wollte er es zumindest wissen. Je länger Hunter auf den Kristallturm starrte, desto unruhiger wurde er. Unvermittelt wurde ihm bewußt, daß er keinen Schritt näher an das Bauwerk gehen wollte. Es war einfach zu fremdartig. Zu ... anders. Es fühlte sich irgendwie falsch an. Verrückt.

Der Verstand von Aliens arbeitet anders als der von Menschen.
Hunter schluckte mühsam.

Er spürte, wie die vertraute Panik in ihm aufsteigen wollte, die Furcht, daß er das Falsche tun würde, ganz gleich, wie er sich entschied. Er mußte rasch zu einer Entscheidung gelangen, solange er noch konnte. »In Ordnung, Leute. Wir werden einen Blick hineinwerfen. Krystel, Ihr geht zuerst. Williams, Ihr bleibt dicht bei mir. Und faßt nichts an.«

Investigator Krystel nickte und näherte sich dem Eingang. Williams machte Anstalten, ihr zu folgen, doch Hunter hielt ihn zurück. Die Metallplatte, die als Tür diente, konnte mit einer Falle versehen sein. Krystel blieb ein paar Schritte davor stehen und musterte die Platte aufmerksam. Elfeinhalb Fuß hoch und sieben breit. Kein Griff, keinerlei Hinweise auf einen Schließmechanismus. Es gab keinen Türrahmen; das Metall der Platte lag dicht am Kristall des Turms an. Krystel trat leicht gegen die Tür. Dann noch einmal, doch es erfolgte keine Reaktion. Sie streckte vorsichtig die Hand aus und berührte das stumpfe Metall mit den Fingerspitzen. Es fühlte sich unangenehm warm an. Krystel zog die Hand wieder zurück und schnüffelte an ihren Fingern. Sie nahm einen schwachen Geruch von etwas wahr, das sie nicht identifizieren konnte. *Also schön; wenn du im Zweifel bist, dann werde eben direkt.*

Krystel trat von der Tür zurück, hob ihren Disruptor und betätigte den Auslöser. Der Energiestrahl warf die Tür nach innen und hinterließ ein gezacktes Loch im Kristall. Investigator Krystel bewegte sich langsam vor und starrte in die Öffnung. Dann schritt sie hindurch. Einige Sekunden später folgten Williams und Hunter.

Im Innern des Turms war es relativ hell, doch die Beleuchtung wirkte fremdartig. Der Kristall streute das Tageslicht und verlieh ihm ein traumähnliches Leuchten. Die Metalltür lag in der Mitte des Raums. Sie war verbogen und zeigte Hitzespuren. Das war alles. Hunter pfiff leise vor sich hin. Im gesamten Imperium gab es keine Legierung, die einem Disruptorschuß auf so kurze Entfernung zu widerstehen imstande war.

Hunter blickte sich langsam um. Die Kammer war groß, sicher fünfzig auf fünfzig Fuß. Der kristallene Boden war von merkwürdig geschwungenen und verdrehten Formen durchzogen. Die Formen waren detailliert und kunstvoll, und sie blieben Hunter vollkommen unbegreiflich. Es konnte sich um Möbel oder auch um Kunst handeln oder sogar um irgendeine Hochtechnologie, die Hunter nicht kannte. Ohne einen geeigneten Kontext, in den er die Formen stellen konnte, mochten sie alles und nichts zugleich bedeuten.

Lange geschwungene Linien zogen sich über die Wände und reichten von der Decke bis zum Boden, ohne einen erkennbaren Sinn dahinter.

»Wenn jemand hier wäre, hätte ihn der Lärm inzwischen sicher hergeführt«, sagte Williams. Er blickte sich unruhig um. »Vielleicht sind sie alle aus einem bestimmten Grund von hier verschwunden. Aus einem triftigen Grund.«

Krystel näherte sich vorsichtig dem Durchgang auf der gegenüberliegenden Seite der großen Kammer. Hunter und Williams folgten ihr. Falls es einst eine Tür gegeben hatte, dann war sie inzwischen verschwunden. Krystel führte die beiden anderen durch die Öffnung, und sie fanden sich an der Basis eines Turms wieder. Hunter blickte an dem Kristallturm nach oben und hielt den Atem an. Das Bauwerk erhob sich mehrere hundert Fuß, und die Spitze verschwand in milchigem Licht, das durch die Kristallwände schimmerte. *Das muß eine optische Täuschung sein*, dachte Hunter benommen. *Es ist ganz bestimmt eine. Das Gebäude ist von außen nicht so groß . . .*

Er riß sich gewaltsam von dem Anblick los und betrachtete die schmale Rampe, die sich an der Innenwand entlang in einer Spirale nach oben wand, so weit der Blick reichte. Sie schien direkt aus der Kristallwand gewachsen zu sein, ohne daß ein Übergang sichtbar gewesen wäre. Die Breite der Rampe betrug vielleicht sechs Fuß. Ihre Oberfläche war so glatt und unbeschädigt wie alles andere an dem Bauwerk aus rauchigem Kristall auch.

»Eine Rampe anstelle von Treppen«, sagte Williams. »Das könnte ein erster wichtiger Hinweis sein.«

»Ohne Zweifel«, stimmte ihm Krystel zu. »Aber ein wichtiger Hinweis auf was? Es ist noch viel zu früh, um irgendwelche Schlüsse zu ziehen, Doktor.« Ihre Stimme klang so kühl und beherrscht wie immer. Krystel verzog keine Miene, und doch glaubte Hunter, eine Begeisterung an ihr zu entdecken, die zuvor nicht dagewesen war. Krystel war nun ganz in ihrem Element; das war nicht zu übersehen.

Sie setzte sich die Rampe hinauf in Bewegung. Ihre schweren Stiefel schlurften rutschend über das glatte Material. Krystel stützte sich an der inneren Wand ab, um das Gleichgewicht nicht zu verlieren und fand schnell heraus, wie sie sich aufrechthalten konnte, ohne dabei stehenzubleiben. Auch Hunter hielt sich dicht an der Wand, während er Krystel folgte, doch hauptsächlich, weil die zunehmende Höhe Schwindelgefühle in ihm verursachte. Es gab keine Brüstung und kein Geländer. Der Gedanke an einen tiefen Sturz nagte an ihm und wollte sich nicht verdrängen lassen. Was mochten das für Wesen sein, die eine solche Rampe benutzten und ganz offensichtlich keine Angst vor einem möglichen Sturz in die Tiefe empfanden?

Eine ganze Weile setzten sie den Aufstieg über die Rampe fort, die sich in endlosen Spiralen an der Innenseite des Turms entlang nach oben wand. Zahlreiche Korridore führten von der Rampe weg, doch Krystel ging weiter, ohne die Abzweigungen zu beachten. Die beiden anderen konnten ihr entweder folgen oder zurückbleiben.

Hunters Oberschenkel fingen allmählich an zu schmerzen. Er warf einen Blick nach unten. Der Boden war nicht mehr zu sehen. Wohin er auch sah, nirgendwo gab es etwas anderes als den von merkwürdigen Adern durchzogenen Kristall und das diffuse Licht, das von überall her zu kommen schien. Hunter fühlte sich seltsam orientierungslos. Ihm war, als klettere er bereits Ewigkeiten über die Rampe nach oben, als hätte er in seinem ganzen Leben noch nie etwas anderes getan.

Deswegen überraschte es Hunter auch nicht gerade wenig, als Krystel plötzlich die Rampe verließ und einen Durchgang betrat. Ihm wurde bewußt, daß sie an der Spitze des Kristallturms angekommen sein mußten. Hastig sah Hunter über die Schulter nach hinten und überzeugte sich davon, daß Williams noch bei ihnen war, dann folgte er Krystel. Sie stand auf einer offenen Plattform, von der aus man die gesamte Stadt überblicken konnte. Die Plattform wirkte äußerst zerbrechlich, doch sie trug das Gewicht der drei Menschen ohne Probleme. Wieder gab es kein Geländer, und Hunter achtete vorsichtig darauf, wenigstens zwei Fuß Abstand zur Kante einzuhalten. Er sah nach unten, und ein starkes Schwindelgefühl erfaßte ihn. Es ging mindestens dreihundert Fuß senkrecht hinunter. Hunter hätte jeden Eid geschworen, daß das Gebäude nicht so hoch gewesen war, als sie es betreten hatten. Die Höhe schien Krystel nicht das geringste auszumachen. Sie starrte mit einem beinahe hungrigen Ausdruck in den Augen auf die Stadt hinaus. Hunter trat vorsichtig neben sie, um Williams hinter sich Platz zu machen, und folgte anschließend Krystels Blick.

Zum ersten Mal wurde ihm die Größe der Stadt und ihr Maßstab wirklich bewußt. Sie erstreckte sich meilenweit in jede Richtung, eine fremdartige Landschaft aus Stein, Metall und Glas. Die zerbrechlichen Laufstege zwischen den Türmen erweckten den Eindruck von Spinnfäden, die man vor einem lange nicht mehr benutzten Gegenstand findet. Unten in den Straßen bewegte sich nichts. Alles lag still und verlassen. Noch immer brannten Lichter in einigen Fenstern wie beobachtende Augen, und eine merkwürdige, spürbare Spannung lag in der Luft.

»Nun, Investigator?« fragte Hunter nach einer Weile. »Das ist Eure Schau. Was kommt als nächstes?«

»Es gibt Leben hier«, antwortete Krystel tonlos. »Ich kann es spüren. Die Stadt ist viel zu sauber und zu wenig von Zeit und Wetter angegriffen, um so verlassen zu sein, wie sie aussieht. Also versteckt sich vor uns, wer oder was auch immer hier lebt. Und nach meiner Erfahrung besteht der beste Weg, etwas aufzuscheuchen, das sich versteckt, im Aufstellen einer Falle mit einem attraktiven Köder darin.«

»Also einer von uns«, stellte Hunter fest.

»Ich, um genau zu sein«, erwiderte Krystel. Sie grinste plötzlich, und Hunter mußte sich zwingen, nicht den Blick vor dem Hunger abzuwenden, der unverhohlen in ihren Augen brannte.

Megan DeChance und die beiden Soldaten standen am Stadtrand. Vor ihnen erstreckte sich eine Reihe von gezackten, verdrehten Metalltürmen wie eine dunkle, rätselhafte Barriere im grellen Licht der Mittagssonne. DeChance rieb sich die Stirn. Allein der Anblick der fremdartigen Konstruktionen reichte aus, um ihr Kopfschmerzen zu bereiten. Ihr ESP versuchte ununterbrochen, einen Sinn in den wahnsinnigen Formen und Umrissen zu entdecken, die ein nichtmenschlicher Verstand erschaffen hatte – vergeblich. DeChance war außerstande, die Theorien von Design und Funktion zu begreifen, die eine nichtmenschliche Logik hervorgebracht hatte. Die beiden Soldaten rechts und links von ihr bewegten sich unruhig. DeChance schaltete einmal mehr das Komm-Implantat ein.

»Kapitän Hunter, hier spricht Esper DeChance. Bitte meldet Euch.« Die Esperfrau wartete einen Augenblick.

»Nichts«, erklärte sie schließlich.

»Ihr könntet es mit Eurem ESP versuchen«, schlug Lindholm vor.

DeChance starrte auf die Alienstadt und tat, als hätte sie Lindholms Worte nicht gehört. Es war naheliegend, telepathischen Kontakt zum Kapitän herzustellen; doch DeChance wußte selbst keine Antwort darauf, warum sie so sehr damit zögerte. Allein der Gedanke daran, ihr ESP einzusetzen, ließ sie in kalten Schweiß ausbrechen. Sie erinnerte sich noch lebhaft an den Kontakt mit der fremden Wesenheit, den sie an Bord der Pinasse hergestellt hatte, als sie ihr ESP das erste Mal auf *Wolf IV* eingesetzt hatte. Sie war auf etwas Mächtiges, Altes, Schreckliches und Bösartiges gestoßen ... und es war nicht allein gewesen. Was auch immer es gewesen sein mochte, DeChance war sicher, daß es in der Stadt auf der Lauer lag ... auf der Lauer lag und darauf wartete, daß sie erneut ihr ESP einsetzte, damit es sie finden konnte.

Andererseits mußte DeChance den Kapitän erreichen. Sie mußte in Erfahrung bringen, was mit dem anderen Team los war. Und sie mußte sich ihrer Furcht stellen, oder sie würde sie niemals überwinden. Sie konnte es schaffen. Megan DeChance war eine vom Imperium trainierte Telepathin, und sie konnte allem widerstehen. DeChance schloß die Augen und sandte ihren Geist hinaus und über die Stadt. Zuerst war sie vorsichtig, bereit, sich beim ersten Anzeichen von Gefahr hinter ihre mentalen Schilde zurückzuziehen, doch die Stadt schien ruhig und verlassen. Sie griff mit ihrem ESP weit hinaus, doch nirgendwo fand sich eine Spur von Kapitän Hunter und seinen Leuten. Genausowenig wie von der beunruhigenden fremden Wesenheit, die sie von Bord der Pinasse aus entdeckt hatte. DeChance kehrte in ihren Körper zurück und stolperte unsicher, als ihre Kopfschmerzen schlimmer als je zuvor zurückkehrten.

»Nichts«, erklärte sie stumpf. »Nicht die geringste Spur. Entweder sind der Kapitän und seine Leute noch nicht angekommen, oder . . .«

»Oder was?« fragte Corbie.

»Ich weiß es nicht.« DeChance runzelte nachdenklich die Stirn. »Ich habe etwas aufgespürt. Es war ein Eindruck, mehr nicht, doch es könnte ein wichtiger Hinweis sein. Man kann ihn von hier aus nicht sehen, aber mitten in der Stadt befindet sich ein riesiger kupferfarbener Turm. Ich schätze, er ist in irgendeiner Weise von Bedeutung. Entweder für uns oder für die Alienstadt. Wir werden dorthin gehen. Es ist kein großartiger Plan, ich weiß, aber er ist immer noch besser, als hier draußen in der Kälte herumzustehen und Wurzeln zu schlagen.«

Corbie und Lindholm blickten sich an. Keiner von beiden sagte ein Wort. DeChance riß sich zusammen und ging voraus in Richtung der Stadt. Die beiden Soldaten folgten ihr schweigend und mit gezückten Disruptoren. Ringsum ragten bedrohliche Gebäude aus Stein, Stahl und Kristall auf und sperrten das grelle Sonnenlicht aus. Seltsame Lichter in sich ständig aus keinem ersichtlichen Grund verändernden Farben brannten in offenen Fenstern. Das einzige Geräusch war das Stapfen ihrer Stiefel auf dem harten, unnachgiebigen Boden. Die Schatten waren dunkel und kalt.

Corbie verspürte das vertraute Prickeln im Nacken, das ihn immer überkam, wenn er beobachtet wurde. Soldatische Instinkte mochten vielleicht offiziell nicht so hoch eingeschätzt werden wie ESP, aber sie konnten einem am Leben erhalten, wenn man auf sie hörte. Wie beiläufig beobachtete Corbie die dunklen Öffnungen in den Gebäuden ringsum, lauschte auf das leiseste Geräusch und wartete auf die geringste Bewegung; doch wer oder was die drei Menschen auch immer belauerte, es verriet sich nicht so leicht. Corbie hob den Disruptor. Er fühlte sich nicht so beruhigend an wie erwartet. Natürlich nicht. Es spielt keine Rolle, wie stark eine Waffe ist, solange man kein Ziel hat, auf das man sie richten kann.

Corbie mochte die Stadt nicht. Die Form und Größe der Bauwerke beunruhigte ihn auf subtile Weise, und die breiten Straßen folgten keinem erkennbaren Plan. Jede der Straßen war in perfektem Zustand, unberührt von Verkehr oder Zeit. Selbst die Luft roch irgendwie falsch. Der schwarze, schwefelige Duft der Ebene war verschwunden und etwas Öligem, Metallischem gewichen, das an Corbies Nerven zehrte.

»Die Gegend ist verlassen«, stellte Lindholm leise fest. »Hier lebt seit Jahrhunderten nichts mehr.«

»Vielleicht sollen wir genau das denken«, widersprach Corbie. »Irgend etwas ist hier. Ich kann es ganz deutlich spüren.«

Lindholm zuckte die Schultern. »Ich hoffe, du hast recht. Ich hasse die Vorstellung, den weiten Weg für nichts und wieder nichts hergekommen zu sein.«

»Sonst geht es dir aber gut, was? Draußen auf der Ebene waren wir von Killertausendfüßlern umzingelt, wären beinahe bei lebendigem Leib von einem schmelzenden Wald gefressen worden, nicht zu vergessen die verdammten Geysire, und schließlich wurden wir nachts von etwas angegriffen, das sich nicht einmal durch die Minen aufhalten ließ ... und du willst allen Ernstes den Biestern begegnen, die diese verdrehte Stadt gebaut haben? Hör schon auf, Sven. Ich hasse den Gedanken an die höher entwickelten Lebensformen, die dieser verfluchte Planet hervorgebracht haben muß.«

»Vielleicht hast du recht.« Lindholm warf einen Blick durch einen der Eingänge, an denen sie vorüberkamen. Er war sicher zwölf Fuß hoch und sieben breit. »Was immer hier gelebt hat, es war verdammt groß, Russ. Eine Rasse von Riesen. Schau dir nur den Maßstab an.«

»Lieber nicht.«

»Halt!« DeChances Stimme durchbrach spröde die Stille. Die Soldaten blieben wie angewurzelt stehen und hoben die Waffen.

»Was ist los?« fragte Corbie.

»Ich bin nicht sicher. Ich muß mich konzentrieren.« DeChance wollte ihr ESP einsetzen, doch es ging nicht. Die Fremdartigkeit der Stadt war überwältigend. »Ich dachte, ich hätte eine Bewegung gesehen, aus den Augenwinkeln heraus. Dort drüben.«

Die beiden Soldaten blickten in die angegebene Richtung und sahen sich dann an.

»Könnte alles mögliche sein«, sagte Lindholm.

»Wahrscheinlich nichts«, erwiderte Corbie.

»Jedenfalls macht es keinen Sinn, ein unnötiges Risiko einzugehen.«

»Wir sind lediglich zur Erkundung hier. Das hat der Kapitän gesagt.«

»Selbst wenn dort etwas ist – vielleicht sollen wir nur in eine Falle gelockt werden.«

»Ja. Sehen wir uns die Sache an.«

»In Ordnung.«

Die beiden Soldaten grinsten sich an und setzten sich in Bewegung. Sie hatten sich genug Zeit genommen, daß das Wesen verschwinden konnte, falls es nichts weiter als ein Tier war. Wenn es andererseits wollte, daß die beiden ihm folgten, dann würde es noch immer dort sein und warten. DeChance eilte neben den Soldaten her, die Augen fest auf den Fleck gerichtet, wo sie die Bewegung zu sehen geglaubt hatte. Sie erreichten eine Kreuzung und blieben stehen. Nirgendwo Zeichen von Leben, doch weit unten in der Nebenstraße schloß sich langsam eine Metalltür. DeChance und die beiden Soldaten setzten sich mit schußbereiten Waffen in Bewegung. Die Tür war fest verschlossen, als sie dort ankamen. Das glatte Metall wies keinerlei erkennbaren Verschlußmechanismus oder Türgriff auf. Corbie feuerte seinen Disruptor auf die Tür ab. Die Wucht des Energiestrahls riß die Tür aus ihrer Verankerung und warf sie nach innen. Lindholm ging geduckt vor und übernahm die Sicherung, bis Corbies Waffe wieder feuerbereit war. Dann traten sie einer nach dem anderen vorsichtig durch den Eingang.

An der hohen Decke leuchteten ovale Paneele in verschiedenen düsteren Rottönen. Die Wände bestanden aus einem komplizierten Geflecht von glitzernden Metalldrähten. Hier und dort saßen dunkle Knoten auf dem Geflecht und ballten sich an verschiedenen Stellen zu Mustern ohne erkennbaren Sinn zusammen. Keine Maschine sah aus wie die andere; doch auf allen saßen kaleidoskopartig schimmernde Leuchtdisplays, deren Licht in den Augen schmerzte, wenn man zu lange hinsah. Die Lichter flackerten in unregelmäßigen Abständen. Ansonsten gab es keinerlei Hinweis darauf, ob oder wie die Maschinen funktionierten. Ein leises, beinahe unhörbares Summen lag in der Luft, die sich wie statisch aufgeladen anfühlte.

»Was zur Hölle ist das hier?« fragte Lindholm.

»Frag mich nicht«, antwortete Corbie. »Aber es scheint wichtig zu sein, wenn die Maschinen noch immer arbeiten, obwohl alles andere längst außer Betrieb ist. Sieh dir nur an, wie tadellos sauber es hier drinnen ist. Der Rest der Stadt scheint seit Jahrhunderten verlassen zu sein, aber was diese Maschinen angeht ... sie sehen aus, als wären sie eben erst gewartet worden.«

»Jahrhunderte ...«, sagte Lindholm nachdenklich. »Meinst du wirklich, sie sind die ganze Zeit über unbeaufsichtigt gelaufen?«

»Ich weiß es nicht. Vielleicht. Mich beschleicht ein ungutes Gefühl hier drin, Sven. Laßt uns von hier verschwinden ... und zwar schnell.«

»Augenblick noch, Russ.« Lindholm wechselte einen Blick mit DeChance. »Was meint Ihr, Esper? Könnt Ihr irgend etwas über diesen Raum herausfinden?«

DeChance schüttelte den Kopf. »Mein ESP ist hier drin so gut wie nutzlos. Es ist alles viel zu fremd. Ich könnte den

Verstand verlieren. Schließlich bin ich Esper und nicht Investigator. Krystel könnte vielleicht irgend etwas zu diesen Apparaten sagen. Ich jedenfalls kann es nicht. Könntet Ihr einen davon zerlegen und herausfinden, weswegen sie summen?«

»Nicht ohne entsprechendes Werkzeug«, erwiderte Corbie. »Und selbst dann würde ich zögern, hier drin irgend etwas anzufassen. Ich hasse den Gedanken, versehentlich eine Maschine in Gang zu setzen und sie hinterher nicht wieder abschalten zu können. Außerdem gefällt mir nicht, wie sie aussehen. Sven . . .«

»Ja, ich weiß. Du glaubst, wir werden beobachtet. Mich beschleicht allmählich genau das gleiche Gefühl. Es liegt an Euch, Esper. Ihr habt das Kommando. Was machen wir, gehen oder bleiben?«

DeChance verzog unglücklich das Gesicht. Ohne ihr ESP fühlte sie sich blind und taub. Falls sie weitermachten und irgend etwas vor ihnen auf der Lauer lag, dann konnten sie in echte Schwierigkeiten geraten. Auf der anderen Seite konnten sie es sich auch nicht leisten, den ersten Hinweis auf Leben zu ignorieren, den sie entdeckt hatten. DeChance zögerte unentschlossen. Wie würde der Kapitän entscheiden? Der Gedanke beruhigte sie ein wenig. Sie wußte, was Kapitän Hunter anordnen würde.

»Ich denke, wir sollten dieses Gebäude erst einmal unter die Lupe nehmen«, sagte sie nach einer Weile betont gleichmütig. »Wir suchen nach einer Tür oder einer Treppe oder was auch immer.«

Vorsichtig bewegten die drei Menschen sich zwischen den fremdartigen Maschinen hindurch, stets darauf bedacht, nichts zu berühren. Das ständige leise Summen der Apparate drang unterschwellig an ihr Gehör wie ein Jucken auf dem Rücken, wo man sich nicht kratzen kann. Corbie starrte die Maschinen mißtrauisch an und dachte flüchtig, daß es vielleicht keine schlechte Idee war, eine oder zwei davon mit dem Disruptor zu bearbeiten, nur um herauszufinden, was anschließend geschehen würde. Er hatte nie viel von Rätseln gehalten. Corbie mußte immer wissen, was ringsum vor sich ging und wo er gerade stand, und wenn es nur deswegen war, weil er dann die örtlichen Gegebenheiten zu seinem Vorteil ausnutzen konnte. Er wandte rasch den Kopf, als Lindholm ihm eine Warnung zuzischte. Der muskulöse Soldat stand vor einer großen Tür auf der gegenüberliegenden Seite der Halle.

»Wo zur Hölle ist die hergekommen?« fragte Corbie leise.

»Wenn ich das wüßte«, antwortete Lindholm. »Ich könnte schwören, daß sie vor einer Minute noch nicht da war! Vielleicht haben wir rein zufällig den Öffnungsmechanismus betätigt.«

»Ja. Vielleicht.« Corbie starrte mit verkniffenem Gesicht in den Durchgang. Der Raum dahinter war nur spärlich beleuchtet. Das blaßrosa Licht aus dem Maschinensaal reichte nicht weit hinein.

Lindholm setzte sich langsam in Bewegung. Er hielt den Disruptor im Anschlag. Corbie blieb dicht hinter seinem Kameraden, während DeChance blieb, wo sie war. Lindholm trat in einer raschen, gleitenden Bewegung durch die Öffnung und schwenkte den Disruptor hin und her auf der Suche nach einem Ziel. Vor ihm erstreckte sich ein weitläufiger Saal. Leer und verlassen. Die Wände waren nackt und glatt, und die hohe Decke verlor sich in den Schatten. Lindholm senkte zögernd die Waffe und trat in die Mitte der Halle. Corbie und DeChance folgten ihm.

»Was für ein romantischer Ort!« erklärte Corbie sarkastisch. »Ich nehme an, dir ist ebenfalls aufgefallen, daß es hier drin keine weiteren Türen gibt? Was geschieht, wenn die Tür, durch die wir hineingekommen sind, plötzlich mir nichts, dir nichts wieder verschwindet?«

»Dann werden wir ein Loch in die Wand blasen!« entgegnete Lindholm. »Esper DeChance, seid Ihr soweit?«

Die Soldaten traten auf DeChance zu, als sie sahen, daß die junge Frau unsicher schwankte. Ihr Gesicht schimmerte geisterhaft im blassen Licht, und ihre Augen starrten auf etwas, das nur sie allein sehen konnte.

»Ich kann sie hören«, flüsterte sie. »Ich kann sie spüren, rings um uns. Sie sind überall. Sie erwachen.«

»Wer ist ›Sie‹?« fragte Corbie.

»Sie wachen auf«, wiederholte DeChance. »Sie kommen, um uns zu holen. Sie wollen das, was uns zu gesunden Individuen macht.«

KAPITEL 4
DAS ALIEN

»Wenn wir eine Falle aufstellen, dann werde ich der Köder sein, Kapitän«, sagte Investigator Krystel. »Nehmt es nicht persönlich. Ich habe die größte Chance zu überleben, falls etwas schiefläuft.«

»Ich streite nicht mit Euch, Investigator«, erwiderte Hunter. »Ich habe mit eigenen Augen gesehen, wozu Euresgleichen in der Lage ist.«

»Hoffentlich aus sicherer Entfernung?« erkundigte sich Krystel.

»Selbstverständlich. Ich lebe noch, oder?«

Krystel grinste flüchtig und ließ den Blick über den großen freien Platz schweifen, den sie als Ort der Falle ausgewählt hatte. Gezackte Metallgebäude drängten sich Seite an Seite mit klobigen Steinmonolithen und kunstvollen Kristallkonstruktionen. Es gab nur drei mögliche Wege, die zu dem Platz führten. Einer davon war durch Trümmer von einem zerfallenen Bauwerk blockiert. Nirgendwo fand sich ein Hinweis, warum das Gebäude zusammengefallen war. Die Nachbargebäude waren anscheinend unbeschädigt geblieben. Krystel lockerte ihr Schwert in der Scheide und überprüfte den Energievorrat ihres persönlichen Schutzschilds. Alles war bereit. Jetzt mußten sie nur noch den Köder auslegen und bereit sein, die Falle zuschnappen zu lassen.

Es sollte funktionieren. Der Plan war einfach und geradeheraus. Hunter und Williams würden den Platz verlassen und dabei viel Krach verursachen. Anschließend würden sie in einem weiten Bogen zurückkehren, während sie die ganze Zeit in Deckung blieben. Krystel andererseits würde es sich im Zentrum des Platzes bequem machen und abwarten, ob irgend etwas zu ihr kommen würde. Einfach und geradeheraus. Krystel war davon überzeugt, daß einfache Pläne den größten Erfolg versprachen. Je komplizierter ein Plan war, desto größer war die Wahrscheinlichkeit, daß irgend etwas schiefging. Außerdem hatten sie die Zeit gegen sich. Ihnen blieben kaum mehr als drei Stunden bis Sonnenuntergang, und keiner wollte nach Einbruch der Dunkelheit noch in der Stadt sein. Sie mochte vielleicht verlassen sein, doch die Geister, die hier spukten, waren bestimmt nicht gerade freundlich gesinnt.

Hunter und Williams verabschiedeten sich lautstark von Krystel und verließen gemeinsam den Platz. Es wurde sehr still, nachdem sie weg waren. Krystel ging zu dem Trümmerhaufen und setzte sich auf einen bequem aussehenden Stein. Sie nahm einen Zigarettenstummel aus ihrem Etui und zündete sie genüßlich an, wobei sie sich die größte Mühe gab, vollkommen entspannt und locker zu wirken. Normalerweise hätte sie einen so kleinen Stummel weggeworfen, doch das Päckchen, das sie mitgenommen hatte, war beinahe leer. Verschwende nichts, mein Kind, hatte ihre Mutter immer gesagt. Krystel zog ihr Schwert und einen Stoffetzen aus dem Stiefelschaft und polierte ihre Klinge mit langen, sanften Strichen. Das vertraute Ritual wirkte seltsam beruhigend. Als sie fertig war, steckte Krystel den Stoffetzen wieder ein und legte das Schwert mit der flachen Seite über ihre Oberschenkel. Es war eine gute Klinge. Ein Zweihänder, der sich seit drei Generationen im Besitz ihrer Familie befand und von Vater oder Mutter ans Kind weitergereicht wurde. Krystel hoffte, das Schwert nicht entweiht zu haben, doch manchmal war sie sich dessen nicht sicher. Aber so sah die Arbeit eines Investigators nun einmal aus. Größtenteils jedenfalls.

Krystel überlegte beiläufig, was wohl auf sie zukommen mochte. Der Maßstab der Gebäude deutete auf einen ziemlich großen Gegner hin. Wahrscheinlich neun Fuß oder größer. Die Statuen auf der Ebene kamen ihr in den Sinn, und sie runzelte leicht die Stirn. Schließlich zuckte Krystel die Schultern. Es spielte keine Rolle. Was auch immer auf sie zukam, sie würde damit fertig werden. Immerhin war sie Investigator.

Plötzlich richtete sich Investigator Krystel kerzengerade auf. Ein schwaches, sich wiederholendes Geräusch durchdrang die Stille. Krystel blickte sich rasch um, doch es war nichts zu sehen. Nirgendwo eine Bewegung, und der Ursprung des Geräuschs war ebenfalls nicht auszumachen. Krystel drückte den Zigarettenstummel aus und schob den Rest für später in das Etui zurück. Sie stand auf, Schwert und Disruptor in den Händen, und schlug das linke Handgelenk gegen die Hüfte. Der flimmernde Schutzschild erwachte surrend vor ihrem Unterarm zum Leben. Krystel stand da und wartete, selbstbewußt und bereit, und überprüfte mögliche Fluchtwege und Deckungsmöglichkeiten. Was immer dort auf sie zukam, es klang groß und schwer und entschlossen. Das Geräusch warf vielfältige Echos rings um den Platz. Es war unmöglich, seinen Ursprung zu bestimmen. Kapitän Hunter und Dr. Williams sollten inzwischen ganz in der Nähe sein; doch Krystel wußte, daß sie sich nicht auf die beiden verlassen durfte. Das Geräusch wurde lauter. Unvermittelt durchbrach ein langes Heulen die Stille. Es klang wütend, schrill und schrecklich zornig. Krystels Nackenhaare richteten sich auf. Irgend etwas an diesem Heulen erweckte ihre tiefsten Urängste zum Leben, und sie verspürte einen plötzlichen, drängenden Impuls, sich abzuwenden und zu rennen, bis sie die Alienstadt weit hinter sich gelassen hatte. Krystel schob den Gedanken entschlossen beiseite. Sie war Investigator, und was dort auf sie zukam, war nichts als ein weiteres Alien.

Investigatoren töteten Aliens. Das war ihre Aufgabe, und das war der Sinn ihrer Existenz.

Krystel bewegte sich rasch zu einem schattigen Alkoven und bezog mit dem Rücken zur Wand Position. Die sich nähernden Schritte klangen inzwischen laut wie Donner.

Die Kreatur heulte erneut, und zum ersten Mal erhaschte Krystel einen flüchtigen Blick auf eine Bewegung hinter der Barrikade aus Trümmern. Sie hob den Disruptor und wartete auf ein Ziel.

Plötzlich schienen die Trümmer zu explodieren, und das Alien schoß hindurch. Metallfetzen und Steinbrocken flogen durch die Gegend wie Granatsplitter. Die Kreatur trat ins Freie, und Krystel verzog voller Abscheu das Gesicht.

Das Alien war groß. Gut über zwanzig Fuß hoch. Es wäre sicher noch größer gewesen, hätte es nicht den Rücken gekrümmt und den Kopf angriffslustig eingezogen. Die Kreatur war von schmutzig weißer Farbe, und ihre Haut ähnelte eher einem Schuppenpanzer als einem Fell. Sie bewegte sich auf zwei Beinen und besaß grob humanoide Form. Dicke Muskelstränge traten unter dem Panzer hervor, doch irgendwie stimmten die Proportionen nicht – sie stimmten überhaupt nicht. Die krummen Arme hingen fast bis zum Boden. Ein Arm endete in einer mächtigen Klauenhand, der andere in einem Bündel zuckender Tentakel. Das Gesicht des Wesens war eine starre Maske aus scharfkantigen Knochenplatten. Im Maul waren dichte Reihen spitzer Zähne zu erkennen. Zwei lidlose Augen in Uringelb ohne Pupille oder Retina blickten sich suchend um.

Die Kreatur schlurfte schwerfällig in die Mitte des Platzes und sog suchend die Luft ein, ohne allerdings bis jetzt irgend etwas entdeckt zu haben.

Krystel mußte gegen den Drang ankämpfen wegzusehen. Es lag nicht an der Gestalt oder dem Aussehen der Kreatur, ganz gleich, wie häßlich sie sein mochte. Krystel hatte schon Schlimmeres gesehen. Das Fleisch des Wesens verweste, und es zog eine Spur der Fäule hinter sich her. Bei jedem Schritt platzte die Haut an neuen Stellen auf, und darunter wurden farblose Knochen sichtbar. An manchen Stellen schien das Fleisch ein Eigenleben zu entwickeln. Es bewegte sich, als brüteten darunter Kolonien von Maden.

Krystel atmete langsam und tief durch, um sich zu beruhigen, und zielte sorgfältig mit dem Disruptor. Sie betätigte den Abzug, und der Strahl sengender Energie traf das

Wesen direkt über den Augen. Der gesamte Kopf explodierte in einem Nebel aus Blut, Fleisch und Knochen. Die Kreatur sank in die Knie, fiel auf die Seite und lag still. Krystel beobachtete sie aufmerksam, um sicherzugehen, daß das Wesen auch wirklich tot war. Sie spürte so etwas wie Enttäuschung. *Das soll alles gewesen sein?* dachte sie schließlich und schob den Disruptor ins Holster zurück. *All die Planung und Vorbereitung, und das dumme Biest stirbt an einem einzigen Disruptorschuß?* Sie grinste kurz. Krystel hätte es wissen müssen. Investigatoren töteten Aliens. So war es eben, und damit basta.

Investigator Krystel trat aus dem Alkoven und ging ohne Eile quer über den Platz zu der unbeweglichen Kreatur. Sie war wirklich verdammt groß. Ein gutes Stück größer, als Krystel erwartet hatte. Wo zur Hölle hatte sich dieses Ding die ganze Zeit über versteckt gehalten? Und, wichtiger noch, wie viele weitere Kreaturen dieser Art gab es in der Stadt, und wo verbargen sie sich?

Hunter und Williams tauchten aus verschiedenen Ecken des Platzes auf. Sie hielten die Waffen in den Händen und kamen auf Krystel zu. Investigator Krystel blickte nachdenklich auf die tote Kreatur. Sicher zwanzig Fuß groß. Wahrscheinlich das größte Wesen, das Krystel je getötet hatte. Vielleicht sollte sie es ausstopfen lassen und als Trophäe aufheben.

Krystel war vielleicht noch zehn Fuß entfernt, als das Alien plötzlich auf die Beine sprang. Einen Augenblick lang stand es schwankend da, dann schob sich ein neuer Kopf durch die versengte Halswunde. Langsam öffneten sich die Augen. Das große Maul klaffte weit auseinander und entblößte schreckliche Zähne, als es einen weiteren seiner grauenhaften Schreie über den Platz brüllte.

Krystel griff nach ihrem Disruptor und wußte doch im gleichen Augenblick, daß der Energiekristall noch nicht genug Zeit gehabt hatte, um sich wieder aufzuladen. Das Alien wirbelte zu ihr herum. Krystel riß den Energieschild hoch. Das Zweihandschwert lag beruhigend schwer in ihrer Hand. Aus der Nähe konnte Krystel deutlich sehen, wie das faule Fleisch zitterte und vom Körper der Kreatur abfiel. Der Gestank war entsetzlich. Das Alien blickte Krystel aus seinen dumpfen gelben Augen an, und sein grinsendes Maul öffnete sich unmöglich weit. Es streckte die Klauenhand nach Krystel aus, und zwei blendende Energiefinger zerrissen Hals und Brust des Wesens. Fleisch und Blut spritzten auf Krystels Schild, und sie wich rasch ein paar Schritte zurück, während die Kreatur sich anscheinend völlig unbeeindruckt ihren neuen Gegnern zuwandte. Das verrottende Fleisch hatte schon begonnen, sich um die Disruptorwunden zu schließen. Hunter und Williams aktivierten ihre Schutzschilde, als die Kreatur auf sie losging. Die Tentakel am Ende des rechten Arms streckten sich nach den beiden Männern aus.

»Dorthin!« rief Krystel und deutete mit der Klinge auf den nächstgelegenen der Fluchtwege, die sie sich vorher zurechtgelegt hatte. Sie rannte auf einen schmalen Durchgang zu. Hunter und Williams folgten ihr. Das Alien heulte ohrenbetäubend laut auf und setzte hinter ihnen her. Krystel warf einen Blick über die Schulter. Das Alien kam rasch näher. Es bewegte sich für seine Größe mit atemberaubender Geschwindigkeit. Krystel rannte so schnell sie konnte durch die Lücke zwischen zwei Gebäuden. Hunter und Williams sprinteten hinterher. Krystel überlegte krampfhaft, wie es weitergehen sollte. Sie konnten der Kreatur nicht davonlaufen, soviel stand fest. Sie benötigten einen Ort, wo sie sich dem Ding stellen konnten.

Mit verzweifelten Blicken suchte Krystel die Gebäude ringsum ab und fand schließlich einen offenen Eingang zur Rechten. Ohne langsamer zu werden, änderte sie die Richtung und lief auf den Eingang zu. Sie warf sich hindurch, Schwert und Disruptor kampfbereit, doch die düstere Kammer dahinter schien verlassen. Hunter und Williams drängten sich hinter ihr herein und blickten sich gehetzt nach etwas um, womit sie den Eingang blockieren konnten. Der Raum war leer, mit Ausnahme von vielleicht einem Dutzend glänzender Metallspiralen, die von der Decke herabhingen. Krystel entdeckte einen weiteren

Durchgang auf der gegenüberliegenden Seite der Kammer und ging rasch hinüber, um einen Blick in die Dämmerung dahinter zu werfen. Sie winkte Hunter und Williams heran und trat dann über die Schwelle.

Die neue Kammer war noch finsterer, doch keiner der drei Menschen wagte, eine Lampe einzuschalten. Das Alien könnte sie vielleicht entdecken. Sie schalteten ihre Schutzschilde ab, setzten sich mit den Rücken an die Wand und warteten, bis sich ihre Augen an die Dunkelheit gewöhnt hatten. Alles war still; das einzige Geräusch in der großen Kammer war die sich langsam beruhigende Atmung der Menschen.

»Ich kann nichts mehr hören«, sagte Williams nach einer Weile. »Ihr vielleicht?«

»Es ist noch immer dort draußen«, erwiderte Hunter. »Es weiß, daß wir nicht weit weg sein können.«

»Was zur Hölle war das überhaupt?« fragte Williams. »Ich habe gesehen, wie es starb und dann wieder auf die Beine kam. Es erinnert mich an etwas aus den alten Legenden. Die Untoten. Kreaturen, die nicht sterben können . . .«

»Übernatürliches für kindliche Gemüter«, schnappte Krystel. »Was auch immer das für eine Kreatur ist, sie ist verdammt real. Ich habe noch immer ihre Blutflecken auf meiner Uniform. Und als ich ihr den Kopf wegschoß, dauerte es eine Zeitlang, bevor sie sich so weit erholt hatte, daß ein neuer nachwachsen konnte. Man kann sie also verletzen. Betäuben zumindest.«

»Aber kann man sie auch töten?« fragte Williams. »Oder ist sie vielleicht schon tot? Das Fleisch war am Verwesen . . . Ich erkenne verwesendes Fleisch aus hundert Metern Entfernung!«

»Nicht so laut«, mahnte Hunter. »Oder wollt Ihr vielleicht, daß sie uns hört?«

Williams verstummte. Hunter lehnte den Kopf an die Wand und schoß für einen Augenblick die Augen. Es mußte einen Ausweg aus dieser Situation geben. Wenn er doch nur nachdenken könnte. Er mußte sich etwas ausdenken. Er war schließlich der Kapitän. Er trug die Verantwortung. Eine

Schande, daß die Pinasse so weit entfernt war. Ihre Kanonen hätten das Alien in Stücke geschossen. Aber genausogut konnte Hunter sich auf den Mond wünschen. Selbst wenn es ihm gelang, die Pinasse ferngesteuert herbeizurufen, würde der Kampf längst vorbei sein, bis sie in der Stadt eingetroffen wäre – auf die eine oder andere Weise. Hunter blickte zu Krystel. »Vorschläge, Investigator?«

»Unsere Waffen müßten inzwischen wieder schußbereit sein, Kapitän«, antwortete Krystel. »Vielleicht, wenn wir alle drei gleichzeitig schießen . . .«

»Das klingt eher nach einer Verzweiflungstat als nach einem vernünftigen Plan«, unterbrach Hunter. »Aber da mir auch nichts Besseres einfällt, werden wir es wahrscheinlich tun müssen.«

»Wir haben immer noch unsere Sprenggranaten«, warf Williams ein.

»Die sind nicht genau genug. Dieses Ding kann sich verdammt schnell bewegen, wenn es drauf ankommt. Noch einen Vorschlag?«

»Wir ziehen uns zurück«, sagte Krystel. »Wir verschwinden wie der Teufel aus der verdammten Stadt und lassen das Alien zurück. Die meisten Wesen besitzen einen ausgeprägten Revierinstinkt. Wenn wir nur genügend Raum zwischen uns und die Kreatur bringen, verliert sie vielleicht das Interesse an uns.«

»Eine Menge Wenns und Vielleichts«, brummte Williams. »Ihr seid doch Experte für fremde Lebensformen, oder nicht? Habt Ihr noch nichts herausgefunden, das Ihr uns sagen könntet?«

»Das Alien ist riesig, es ist gefährlich, und es ist wütend«, antwortete Krystel. »Es kann beschädigtes Gewebe regenerieren. Unsere Waffen sind wirkungslos. Es wird uns mit Sicherheit töten, wenn uns nichts Vernünftiges einfällt. Andererseits scheint es nicht besonders intelligent zu sein. Aber bei all seinen körperlichen Stärken muß es das wahrscheinlich auch nicht. Trotzdem, während wir hier herumsitzen und diskutieren, kommt es immer näher. Es kann jede Minute da sein.«

Hunter schloß die Augen und versuchte, sich zu konzentrieren. Es mußte einfach einen Ausweg geben.

»Wenn es uns auf direktem Weg gefolgt wäre, müßte es inzwischen längst hier ein«, sagte er schließlich. »Was also hält es auf?«

Krystel zuckte die Schultern. »Ich kann es nicht sagen, Kapitän. Ich besitze nicht genügend Informationen. Normalerweise verbringe ich Monate damit, eine neue Kreatur wie diese aus sicherer Entfernung zu studieren, bevor ich auch nur einen Gedanken daran verschwende, mich ihr zu nähern.«

Sie brach ab, als Williams sich plötzlich versteifte. »Sie betritt das Gebäude«, sagte er tonlos. »Ich kann sie hören.«

Hunter hielt den Atem an und lauschte, doch er vernahm nicht das kleinste Geräusch. Er blickte zu Krystel. Sie erwiderte seinen Blick achselzuckend. Hunter biß sich auf die Lippe. Wahrscheinlich wieder eine der verborgenen Aufrüstungen des guten Doktors. Williams rührte sich unbehaglich.

»Wir können nicht einfach hier im Dunkeln sitzen bleiben, Kapitän«, sagte er. »Wir müssen etwas unternehmen.«

»Seid leise«, wies Krystel den Doktor zurecht. »Wir wissen nicht, wie gut das Gehör dieser Kreatur ist. Außerdem macht es keinen Sinn, blindlings wegzulaufen.«

»Es macht auch verdammt noch mal keinen Sinn, hier zu sitzen und darauf zu warten, daß sie uns findet! Kapitän, wir müssen hier raus!«

Plötzlich lag Verwesungsgestank in der Luft, und die Kammer wurde noch dunkler. Der massige Leib des Aliens hatte sich vor den Eingang geschoben. Sein Brüllen klang ohrenbetäubend in dem beengten Raum.

»Disruptoren!« bellte Hunter, und die drei Menschen sprangen auf. »Zielt auf den Kopf.«

Alle drei feuerten beinahe gleichzeitig, und der Kopf der Kreatur explodierte erneut. Doch diesmal schwankte die Kreatur noch nicht einmal. Sie stemmte die massigen Beine in den Boden und griff blind durch die Tür nach ihren Angreifern. Die Menschen wichen hastig zurück, schoben die Waffen in die Holster und aktivierten ihre Schutzschilde. Krystel zog ihr Schwert und schlug auf die zuckenden Tentakeln ein, die nach ihrem Gesicht griffen. Die Klinge schnitt sauber durch das verrottende Fleisch, doch die Wunden verheilten innerhalb weniger Sekunden. Ein neuer Kopf schob sich durch die blutige Wunde im Hals. Die gelben Augen leuchteten in der Dunkelheit.

Hunter schwang sein Schwert mit aller Macht. Die Klinge schnitt durch das weiße Fleisch, ohne eine sichtbare Wunde zu hinterlassen. Das Wesen streckte die Klauenhand nach Hunter aus, und er riß seinen Schutzschild hoch. Der Aufprall sandte ihn stolpernd nach hinten. Krystel schrie laut auf, um die Aufmerksamkeit des Wesens auf sich zu lenken, und als das Alien sich nach ihr umdrehte, schnitt sie mit der Kante ihres Energieschirms durch sein Handgelenk. Das leuchtende Energiefeld trennte die Klauen sauber ab. Die Hand fiel zu Boden, wo die Klauen sich weiter zuckend öffneten und schlossen und tiefe Rillen in den Boden rissen. Blasses Blut spritzte aus dem Armstumpf. Das Alien schrie vor Schmerz und Wut und schlug mit dem verletzten Arm nach Krystel. Sie warf sich zur Seite, so daß der Hieb sie nur streifte. Die Wucht reichte trotzdem aus, um sie gegen die Wand zu werfen. Hunter packte Krystel, bevor ihre Knie nachgeben konnten, doch sie fing sich rasch wieder und schüttelte ihn ab.

»Auf der anderen Seite der Kammer befinde sich ein weiterer Durchgang!« rief sie. »Nehmt Williams und verschwindet von hier! Ich halte die Bestie auf und verschaffe Euch einen Vorsprung. Ich komme nach, sobald ich kann. Bewegung!«

Williams wandte sich ab und rannte los. Hunter folgte ihm zögernd. Krystel mußte wissen, was sie tat. Sie war immerhin Investigator.

Das Alien zwängte seinen massigen Körper durch den schmalen Durchgang und zerstörte dabei die umgebende Wand. Krystel sprang vor und schlug mit Schild und Schwert nach der Kreatur. Ihr Maul war zu einem häßlichen Grinsen verzerrt, und in ihren Augen glitzerte reine Mordlust. Das Alien heulte ununterbrochen, und seine Stimme war aus so kurzer Entfernung fast unerträglich. Die Wucht von Krystels Angriff hielt es an Ort und Stelle, doch seine Wunden heilten innerhalb von Sekunden. Trotz all ihrer Wut wußte Krystel, daß sie der Kreatur keinen wirklichen Schaden zufügte. Sie spuckte die ekelhafte Fratze an, wandte sich um und rannte los. Das Alien verfolgt sie, doch Krystel hatte die Kammer bereits durchquert und warf sich durch den Ausgang auf der anderen Seite. Hunter und Williams warteten an der Basis eines hohen Turms. An der Seite führte eine Rampe in die Dunkelheit hinauf.

»Hier entlang«, befahl Hunter. »Uns bleibt keine andere Wahl. Wenn schon nichts anderes, dann gewinnen wir wenigstens ein wenig Abstand zu dieser Bestie. Bewegung, Leute!«

Hunter rannte den Weg die Rampe hinauf, und Williams und Krystel folgten ihm dichtauf. Nach einer Weile hatten sie sich wie genug beruhigt, um ihre Schutzschilde abzuschalten und die Energie aufzusparen. Die steile Rampe machte das Fortkommen zu einer beschwerlichen Angelegenheit. Hunters Oberschenkel brannten schon bald wie Feuer. Dennoch trieb er sich unermüdlich voran und schnauzte die anderen an, wenn sie langsamer zu werden drohten. Bisher hatte er noch nichts von der Kreatur gehört, doch er war sicher, daß sie ihnen auf den Fersen saß. Hunter hielt seine Feldlaterne am ausgestreckten Arm vor sich, und das goldene Licht beleuchtete den Turm ein kurzes Stück voraus und hinter ihnen. Wie schon zuvor achtete er auch diesmal genau auf seine Schritte. Es gab kein Geländer, und bereits ein einziger Ausrutscher konnte sich als fatal erweisen. Der Turm schien bis in den Himmel zu reichen, und ein möglicher Sturz würde verdammt lange dauern. Hunter starrte verdrossen in die Finsternis. Wie zur Hölle kam es nur, daß alles so rasch und gründlich schiefgegangen war? Türen führten nach den Seiten hin von der Rampe weg, doch Hunter rannte immer weiter. Jetzt konnte er auch das Alien auf der Rampe hören. Es war hinter ihnen her, und es holte rasch auf.

Schließlich war die Rampe zu Ende. Durch einen offenen Durchgang fiel helles Tageslicht. Hunter blieb keine andere Wahl, als den Durchgang zu benutzen. Er warf sich in die weite Öffnung und blieb blinzelnd stehen, als das grelle Tageslicht ihn blendete. Es dauerte ein paar schmerzvolle Sekunden, bis er wieder einigermaßen klar sehen konnte. Dann warf Hunter einen gehetzten Blick auf seine Umgebung. Schließlich schaltete er die Feldlaterne ab und schob sie in seinen Rucksack zurück.

Das Dach war übersät von großen, rätselhaften Konstruktionen, neben denen Hunter und seine Kameraden wie Zwerge wirkten. Die Gebilde bestanden aus einem perlmuttartigen, irisierenden Material, das jede Einzelheit verwischte und bis zur Unkenntlichkeit verzerrte. Hunter starrte schweigend um sich. Er war nicht fähig, auf die Eindrücke zu reagieren. Alles war viel zu fremdartig, zu beunruhigend, als daß irgendeine Reaktion seinerseits einen erkennbaren Sinn ergeben hätte. Die Gebilde standen einfach nur dort; sie existierten, und Hunter konnte die Augen nicht von ihnen abwenden.

»Faszinierend«, sagte Krystel neben ihm. »Ich frage mich, welchen Zweck sie erfüllen?«

Der Klang ihrer Stimme brach den Bann, und Hunter schüttelte benommen und desorientiert den Kopf. »Spart Euch die Fragen für ein andermal auf«, erwiderte er. »Diese Bestie kann jeden Augenblick hier sein. Denkt Euch etwas aus, wie wir wieder von diesem Dach verschwinden können.«

»Augenblick mal!« mischte sich Williams in die Unterhaltung ein. »Ich habe ein Problem. Mir scheint, ich kriege keine Verbindung zu den Rechnern an Bord unserer Pinasse.«

Hunter sah den Doktor einen Augenblick lang verständnislos an, dann aktivierte er sein eigenes Komm-Implantat. Er rief nach den Rechnern der Pinasse, doch es kam keine Antwort. Nichts als statisches Rauschen war zu hören. Es war, als tastete man in der Dunkelheit nach einem Lichtschalter und fand nur die leere Wand. Hunter schluckte mühsam. Er hatte immer gewußt, daß er lernen mußte, eines Tages ohne die Schiffsrechner zurechtzukommen, aber die plötzliche Stille traf ihn unvorbereitet. »Investigator, Williams, könnt Ihr mich empfangen?«

»Nicht durch mein Komm-Implantat«, sagte Krystel. »Wir sind abgeschnitten, Kapitän.«

»Wir müssen zur Pinasse zurück«, erklärte Williams drängend. »Wir müssen den Kontakt wiederherstellen. Meine gesamte Arbeit, all meine Daten lagern in den Rechnern!«

»Eins nach dem anderen, Doktor«, erwiderte Hunter. »Zuerst müssen wir einen Weg vom Dach herunter finden. Dann werden wir überlegen, was wir als nächstes tun.«

»Still!« zischte Krystel. »Die Bestie ist ganz nah.« Sie trat zum Durchgang, zog eine Splittergranate aus ihrer Bandoliere, machte sie scharf und warf sie die Rampe hinab. Rasch zog sie sich wieder auf die Plattform zurück. Der gesamte Turm erzitterte, als die Granate ein Stück weiter unten explodierte.

»Das sollte uns ein wenig Zeit verschaffen«, sagte Krystel. Sie blickte Hunter an. »Es gibt nur einen Weg vom Dach hinunter, Kapitän, und wir kennen ihn beide. Die Brücken.«

Sie deutete auf die dünnen Metallgespinste, die den Turm mit den umgebenden Bauwerken verbanden, und Hunter zuckte zusammen.

»Ich habe befürchtet, daß Ihr das sagen würdet. Ich vertraue diesen Dingern nicht. Sie erwecken den Eindruck, als würde schon ein kräftiger Windstoß ausreichen, sie davonzuwehen.«

»Die Aliens müssen sie benutzt haben«, entgegnete Williams. »Und sie wiegen verdammt noch mal ein gutes Stück mehr als wir.«

Hunter betrachtete den Durchgang zur Rampe, dann wandte er sich wieder den Metallgespinsten zu. »In Ordnung, wir versuchen es. Aber schnell, bevor ich mir die Sache anders überlege und feststelle, wie verrückt das alles ist.«

Er trat zum Rand des Dachs, zögerte kurz, dann setzte er sich hin und schwang die Beine auf das Gespinst hinaus.

Hunter blickte einmal kurz nach unten und beschloß, es nicht wieder zu tun. Es ging ziemlich weit hinab. Der Kapitän murmelte ein paar undeutliche Verwünschungen vor sich hin und machte einen vorsichtigen ersten Schritt auf die Hängebrückenkonstruktion. Die Breite des Laufstegs betrug fünf oder sechs Fuß, eine verwundene Masse grauer Stränge, von denen kaum einer mehr als einen Zoll stark war. Wie üblich gab es kein Geländer und keinen Handlauf. Die Stränge gaben unter Hunters Gewicht ein wenig nach, doch sie hielten. Hunter biß die Zähne zusammen, steckte das Schwert in die Scheide und den Disruptor in das Holster, um beide Hände frei zu haben. Dann setzte er sich in Bewegung. Er ging vorsichtig weiter und achtete darauf, nicht nach unten oder nach hinten zu sehen. Sein Blick war unverwandt auf das Gebäude am Ende der Brücke gerichtet. Es schien überhaupt nicht näherzukommen. Im Hinterkopf fragte Hunter sich unentwegt, ob eine Maschine die Netze gesponnen hatte – oder vielleicht eine gigantische Kreatur. Die Brücke schwankte und schüttelte sich, als Williams und Krystel sich ebenfalls in Bewegung setzen und Hunter folgten, doch das Gebilde trug das Gewicht der drei Menschen ohne Schwierigkeiten. Hunter entspannte sich ein wenig.

Sie waren noch nicht weit gekommen, als die Brücke unvermittelt heftig schwankte und sich zur Seite neigte. Hunter fiel auf die Knie und klammerte sich an einen der dünnen Stränge. Er blickte nach hinten, an Krystel und Williams vorbei, obwohl er bereits vorher wußte, was er sehen würde.

Das Alien hatte die drei Menschen gefunden. Es riß das breite Maul auf und entblößte Reihen spitzer Zähne, während es unaufhaltsam über die Brücke näherkam. Die zierliche Konstruktion hüpfte und sprang, doch das Gespinst trug auch das zusätzliche Gewicht mühelos. Hunter fluchte lautlos und erhob sich unsicher auf die Beine.

»Investigator, Ihr nehmt den Doktor und rennt auf die andere Seite. Ich werde die Bestie aufhalten. Falls ich nicht nachkomme, sucht die anderen und erzählt ihnen, was geschehen ist. Ihr verschwindet aus dieser Stadt, als wäre der Teufel hinter Euch her, und kehrt zur Pinasse zurück. Ruft um Hilfe, und ruft so lange, bis man Euch hört. Das ist alles. Ich wünsche keine Diskussionen. Und jetzt setzt Euch in Bewegung, los!«

Williams schob sich an Hunter vorbei und rannte über die Brücke davon. Krystel blieb ungerührt stehen, wo sie war. »Ich werde bleiben, nicht Ihr, Kapitän. Ich bin Investigator.«

»Und genau aus diesem Grund werdet Ihr gehen, Krystel. Die anderen brauchen Euch.«

»Wir brauchen Euch, Kapitän.«

»Ich werde schon seit langem von niemandem mehr gebraucht, Krystel. Ich gelte als nicht mehr verläßlich. Würdet Ihr vielleicht die Güte haben, endlich zu verschwinden?«

Krystel nickte knapp und eilte hinter Williams her. Hunter sah ihr einige Sekunden lang nach; dann wandte er sich zu dem heranstapfenden Alien um. Es schien noch größer als in seiner Erinnerung. Das verrottende Fleisch tanzte auf dem Skelett kraftlos hin und her, doch die Zähne in dem grinsenden Maul wirkten noch immer schrecklich effizient. Hunter zog seinen Disruptor. Er mußte nicht erst an sich hinabblicken, um zu wissen, daß seine Hand zitterte. Sein Magen schmerzte vor Anspannung, und Schweiß rann über seine Stirn. Aber obwohl er Angst hatte und nacktes Entsetzen verspürte, kam keine Panik in ihm auf. Sein Verstand war kühl und klar. Er wußte, was er zu tun hatte, und er war bereit, es zu tun. Vielleicht hatte er genau das gebraucht – eine einfache, klare Gewißheit in seinem Leben, etwas, das er verstehen und an das er sich klammern konnte.

Das Alien war fast heran. Hunter roch bereits den Gestank, den es verströmte, und er hörte den hechelnden Atem. Es machte keinen Sinn, auf die Kreatur zu schießen. Sie hatten es versucht, und es hatte nicht funktioniert. Hunters Schwert und der Schutzschild waren mehr als nutzlos. Aus dem Armstumpf, wo Krystel der Kreatur die Klauenhand abgeschlagen hatte, war bereits eine neue gewachsen. Sich umdrehen und weglaufen war ebenfalls sinnlos. Die Bestie war schneller als Hunter. Sie würde ihn rasch eingeholt haben und töten. Anschließend würde sie sich Williams und Krystel schnappen. Nein. Hunter packte den Griff seiner Waffe fester, und das Zittern seiner Hand versiegte. Er mußte den anderen Zeit verschaffen, genug Zeit, daß sie entkommen und das Imperium vor dem Alptraum auf *Wolf IV* warnen konnten.

Hunter hatte sich stets gefragt, wo er eines Tages sterben würde. Auf welcher fremden Welt und unter welcher fremden Sonne. Er grinste das heranstapfende Alien an, zielte sorgfältig und zerschoß die Brücke zwischen sich und seinem Gegner. Die Stränge verdampften unter dem sengenden Disruptorstrahl innerhalb von Sekundenbruchteilen. Das Alien kreischte schrill, als es um die eigene Achse wirbelnd und zuckend der Straße weit unten entgegenstürzte.

Hunter schrammte im Sturz an einer Reihe von Strängen vorbei. Er ließ Schwert und Disruptor fallen und griff mit beiden Händen zu. Die Stränge glitten durch seine Finger, als wären sie gefettet. Er packte immer fester zu, bis seine Hände schmerzten, doch schließlich fand er Halt. Der Ruck hätte ihm beinahe die Arme ausgekugelt, aber irgendwie schaffte Hunter es, sich festzuklammern. Das Gespinst schwang weiter nach unten. Seine Geschwindigkeit nahm durch Hunters zusätzliches Gewicht noch zu. Die Wand des gegenüberliegenden Gebäudes kam wie eine gigantische Fliegenklatsche auf ihn zu. Hunter erhaschte einen flüchtigen Blick auf ein offenstehendes Fenster irgendwo über sich, dann krachten die Überreste der Hängebrücke gegen die Gebäudewand und schleuderten den Kapitän durch das Fenster nach innen. Er versuchte, sich weiter an dem Strang festzuklammern, doch er wurde ihm aus den Händen geprellt. Instinktiv rollte er sich zu einer Kugel zusammen. Hunter krachte gegen etwas Hartes, das unter dem Aufprall glücklicherweise nachgab. Er flog weiter und durchbrach ein zweites Hindernis. Die Luft wurde ihm aus den Lungen gepreßt, und der Schmerz war so stark, daß Hunter das Bewußtsein verlor.

Er kam nur langsam wieder zu sich. Lange Zeit konnte er nichts weiter tun, als bewegungslos auf dem Rücken zu liegen und die Decke anzustarren. Und so fanden ihn Krystel und Williams. Sie arbeiteten sich durch die Trümmer, die den Raum zur Hälfte füllten, und knieten neben ihm nieder. Williams untersuchte Hunter mit professioneller Effizienz. Der Kapitän grinste Krystel an.

»Was ist mit der Bestie?«

»Ist auf dem Boden aufgeschlagen und zerplatzt«, antwortete Krystel knapp. »Wir können von Glück reden, wenn wir noch genügend Überreste finden, die eine Untersuchung wert sind.«

Hunter wollte lachen, doch seine Rippen schmerzten zu sehr. Er richtete sich mit Williams' Hilfe langsam auf und blickte sich um.

»Wie es aussieht, war dieser Raum hier in viele kleinere unterteilt«, sagte Krystel. »Die Betonung liegt auf *war*. Ihr scheint den größten Teil der Trennwände demoliert zu haben, Kapitän.«

»Und das war gut so«, fügte Williams hinzu. »Die Wände absorbierten den größten Teil des Aufpralls. Ohne sie wärt Ihr jetzt tot. Ihr habt eine Menge Glück gehabt, Kapitän.«

»Glaubt nur nicht, das wüßte ich nicht selbst«, erwiderte Hunter. Er nickte Williams zu, daß er keine Stütze mehr benötigte, und stand für einen Augenblick schwankend da, während sein Kopf wieder klar wurde. »Wie stark bin ich verletzt, Doktor?«

»Jede Menge Prellungen und Schürfwunden. Vielleicht auch ein oder zwei gebrochene Rippen. Von Blutergüssen rede ich erst gar nicht. Ich denke, wir sollten wirklich zur Pinasse zurückkehren, damit ich Euch gründlich untersuchen kann.«

»Diesmal jedenfalls bin ich ganz Eurer Meinung, Doktor.« Hunter rieb sich mit einer müden Geste über die schmerzende Stirn. »Solange die Möglichkeit bestand, daß die Stadt verlassen ist, konnte ich es rechtfertigen, daß wir sie auf eigene Faust untersuchen. Das Alien ändert alles. Wir müssen das Imperium verständigen.«

»Das könnte eine Verzögerung bis zur Ankunft der ersten Kolonisten nach sich ziehen«, gab Williams zu bedenken.

621

»Ja«, entgegnete Hunter. »Ich weiß.« Er blickte zu Krystel. »Ich nehme nicht an, daß Ihr rein zufällig meinen Disruptor und mein Schwert gefunden habt? Ich habe beides fallenlassen.«

»Tut mir leid, Kapitän«, sagte Krystel. »Aber Ihr könnt gerne meinen Disruptor haben. Ich persönlich bevorzuge das Schwert. Ich sehe meinem Gegner gerne in die Augen.«

Hunter nahm mit dankbarem Nicken die Waffe entgegen und schob sie in sein Holster. »In Ordnung. Als erstes müssen wir den Rest der Höllenschwadron aufspüren. DeChance und ihre Leute sollten inzwischen in der Stadt angekommen sein.«

»Es besteht die Möglichkeit, daß sie ebenfalls auf eines der Aliens gestoßen sind«, gab Krystel zu bedenken. »Und vielleicht hatten sie nicht so viel Glück wie wir.«

»Ihr habt recht.« Hunter runzelte die Stirn. »Wir werden uns zu dem kupferfarbenen Turm begeben. Nur für den Fall, daß sie meine letzte Botschaft empfangen haben. Falls wir sie dort nicht antreffen, geben wir unsere Suche fürs erste auf und kehrten zur Pinasse zurück. Das Imperium muß unter allen Umständen gewarnt werden.«

»Ja«, stimmte Krystel zu. »Ich bin erst ein einziges Mal einem Alien begegnet, das so schwer zu besiegen ist. Das war auf *Grendel*.«

Langsam und vorsichtig stiegen die drei eine gewundene Rampe hinunter und verließen das Gebäude. Sie achteten auf jedes Anzeichen einer Bewegung oder eines Geräuschs, doch es war still wie in einem Grab. Jeder Raum, an dem sie vorüberkamen, stand voller seltsamer Maschinen und Apparate, doch nirgendwo fanden sie auch nur das kleinste Zeichen von Leben.

Als die Menschen endlich auf der Straße angekommen waren, dämmerte es bereits.

Die Schatten waren lang, und der türkisfarbene Himmel war von den roten Streifen einer untergehenden Sonne durchzogen.

»Es wird bald Nacht«, sagte Williams leise. »Ich glaube nicht, daß wir die Nacht in der Stadt verbringen sollten,

Kapitän. Niemand weiß, was sich in den Straßen herumtreibt, nachdem die Sonne untergegangen ist.«

»Wir können die anderen nicht einfach aufgeben«, entgegnete Hunter. »Sie gehören zu uns.«

»Wir können, wenn es sein muß«, widersprach Krystel. »Sie sind entbehrlich. Genau wie wir auch.«

Der Abend fiel über die Stadt. Die Straße war voller schwarzer Schatten. Seltsame Lichter brannten hell in offenen Fenstern. Tief im dunklen, verborgenen Herzen der Stadt erwachte etwas Schreckliches und wurde langsam stärker.

KAPITEL 5
DIE BEUTE

Lindholm führte die anderen durch die verwaiste Straße. Er hielt die Waffe schußbereit in der Hand und achtete aufmerksam auf verräterische Bewegungen oder Zeichen von Leben. Corbie folgte ihm dichtauf und zog Esper DeChance mit sich. DeChances Gesicht war leer und frei von jeder Persönlichkeit. Ihre Augen sahen nichts, und sie ließ sich willenlos mitziehen, wohin auch immer Corbie sie führte. Der Soldat verzog das Gesicht, zum Teil aus Wut, zum Teil aus Besorgnis. DeChance verhielt sich, als hätte man ihr Gehirn gelöscht, seit sie mentalen Kontakt mit irgend etwas in der Stadt hergestellt hatte.

Sie wachen auf, hatte DeChance gesagt. *Sie kommen, um uns zu holen. Sie wollen das, was uns zu gesunden Individuen macht.*

Danach hatte sie kein Wort mehr gesprochen. Das Licht in ihren Augen war verloschen, und sie hatte nichts mehr von dem gehört, was die Soldaten zu ihr gesagt hatten, sosehr die beiden sich auch bemühten. DeChances Gesicht war zusammengefallen, und sie bewegte sich nur noch, wenn Corbie oder Lindholm sie mit sich zogen. Zuerst hatten die Soldaten noch geglaubt, ihr Zustand sei durch das Gebäude verursacht worden, in dem sie sich zu jener Zeit befunden hatten. Sie hatten DeChance hastig nach draußen geführt, doch ihr Zustand hatte sich nicht verändert. Die Esperfrau blieb in sich versunken und schwieg. Corbie hatte darauf gedrängt, daß sie in Bewegung blieben. Falls ihnen irgend etwas auf den Fersen saß, war es besser, ein sich bewegendes Ziel zu bieten. Lindholm hatte zunächst gezögert, war aber schließlich einverstanden gewesen und führte die kleine Gruppe nun an. Corbie ließ ihn gewähren. Es war ihm ganz recht, daß im Augenblick jemand anderes die Verantwortung übernahm. Er mußte nachdenken.

Corbie warf einen raschen Blick in die Runde. Sie befanden sich zwischen zwei massiven Konstruktionen aus ineinander übergehendem Metall und Kristall. Die Bauwerke waren so hoch, daß Corbie den Kopf in den Nacken legen mußte, um die Spitzen zu erkennen. In keinem der Fenster brannte Licht. Das einzige Geräusch war das weiche, stetige Tappen ihrer eigenen Schritte. Seit DeChances Warnung waren sie auf kein weiteres Lebenszeichen der Stadtbewohner mehr gestoßen, doch Corbie spürte noch immer unsichtbare Augen in seinem Rücken.

Er versuchte sich etwas so Schreckliches vorzustellen, daß allein mentaler Kontakt ausreichte, jemanden wahnsinnig werden zu lassen, doch es gelang ihm nicht. Inzwischen war Furcht sein ständiger Begleiter. Sie ließ seine Hände zittern und seine Augen tränen. Sein Magen war ein verknoteter Haufen Schmerz. Corbie riß sich zusammen und konzentrierte sich auf das Ziel, das zu erreichen sie sich vorgenommen hatten. Den kupferfarbenen Turm. Es war der Name, den DeChance dem Gebäude gegeben hatte. Corbie schniefte unglücklich und warf einen weiteren mürrischen Blick in die Runde. Sie hatten die Richtung mittlerweile so häufig gewechselt, daß er völlig die Orientierung verloren hatte. Er wußte nicht einmal mehr, wo der Stadtrand lag. Auf der anderen Seite ging Lindholm noch immer zielstrebig voraus, also wußte er bestimmt, wo sie sich befanden und welche Richtung sie einschlagen mußten.

»Wann hast du das Komm-Implantat zum letzten Mal

ausprobiert?« fragte Lindholm unvermittelt. Seine Stimme klang ruhig und gefaßt wie eh und je.

»Vor vielleicht zehn Minuten. Soll ich es noch mal versuchen?«

»Sicher. Es kann nicht schaden.«

Corbie aktivierte sein Komm-Implantat. »Kapitän, hier spricht Marineinfanterist Corbie. Bitte meldet Euch.« Er wartete einige Sekunden, doch es kam keine Antwort. Nichts als entnervende Stille, nicht einmal das Rauschen von Statik. Corbie versuchte es noch zweimal, bevor er aufgab. Lindholm schwieg.

DeChance stolperte plötzlich und wäre um ein Haar gestürzt. Corbie mußte für einen Augenblick das gesamte Gewicht der Esperfrau auffangen, bevor sie sich straffte und wieder auf eigenen Beinen stand. Sie schüttelte benommen den Kopf und gab ein paar unverständliche Laute von sich. Corbie wechselte einen Blick mit Lindholm und deutete mit dem Kopf drängend zum nächsten Gebäude. Lindholm nickte. Sie nahmen DeChance in die Mitte und führten sie zu dem offenen Eingang in der Seite einer perlmuttfarben schimmernden Kuppel von hundert Fuß Höhe oder mehr. Es gab keine weiteren Öffnungen, weder Türen noch Fenster. Die Oberfläche der Kuppel war überall gleich glatt und konturlos. Lindholm trat als erster mit gehobener Waffe und aktiviertem Schutzschild durch die Tür. Corbie wartete einen Augenblick, bevor er DeChance hinter seinem Kameraden in das Gebäude führte.

Im Innern herrschte völlige Dunkelheit. Lindholm schaltete seine Feldlampe ein, und ein quadratischer Raum von vielleicht dreißig Fuß Seitenlänge mit niedriger Decke wurde sichtbar. Wände und Decken waren an verschiedenen Stellen merkwürdig ausgeformt und glänzten im Licht der Lampe in stumpfem Silber. Lindholm stellte die Laterne auf dem Boden ab und trat zu Corbie, um seinem Kameraden mit Esper DeChance zu helfen. DeChance setzte sich so unvermittelt auf den Boden, als wäre schlagartig alle Kraft aus ihren Beinen gewichen. Corbie half ihr, sich gegen die nächste Wand zu lehnen. Die Wand fühlte sich warm und

625

schwammig an, und Corbie betrachtete sie mißtrauisch, bevor er seine Aufmerksamkeit wieder auf Esper DeChance richtete.

»Ich glaube, wir haben einen Fehler gemacht«, sagte Lindholm plötzlich. »Mir gefällt dieser Platz absolut nicht.«

»Du sprichst mir aus der Seele, Sven«, erwiderte Corbie. »Unglücklicherweise befindet sich DeChance nicht in einem Zustand, der sie noch weiter hätte gehen lassen.«

»Wie geht es ihr?

»Keine Ahnung. Vielleicht kommt sie irgendwann wieder zu sich. Andererseits . . .«

»Ja?« Lindholm blickte sich gehetzt um. Auf der gegenüberliegenden Seite des Raums befand sich eine weite Öffnung, hinter der nichts als Schwärze lauerte. »Wir können hier nicht bleiben, Russ. Wir können nicht einmal den Eingang verbarrikadieren. Hilf ihr wieder auf die Beine, und wir sehen nach, was hinter dem Durchbruch ist. Bring die Laterne mit, ja?«

Er trat mißtrauisch zur Öffnung, während Corbie mit der einen Hand die Laterne packte und mit der anderen DeChance auf die Beine half. Die Esperfrau wirkte noch immer wie betäubt, aber sie kooperierte wenigstens.

»Komm schon, Russ«, forderte Lindholm ungeduldig. »Wir sind hier nicht sicher.«

»Sicher? Ich habe mich nicht mehr sicher gefühlt, seit wir auf diesem verdammten Planeten gelandet sind. Wenn du es so verdammt eilig hast, warum hilfst du mir dann nicht? DeChance wird nicht leichter, wenn ich sie alleine halte, weißt du?«

Lindholm nahm Corbie die Laterne ab und hielt sie hoch, um den nächsten Raum zu erhellen. Corbie starrte auf Lindholms Rücken und dann an ihm vorbei durch die Öffnung. Der Raum dahinter war riesig. Die Schatten hinter dem Lichtkreis der Lampe machten es unmöglich, seine wirkliche Größe abzuschätzen, und Corbie kamen einmal mehr schmerzhaft die Dimensionen der Alienstadt zu Bewußtsein. Er fühlte sich wie ein Kind, das aus der Krippe entkommen ist und durch jenen Teil der Welt spaziert, in dem die Erwachsenen leben. Die geschwungenen Wände schimmerten im Licht der Laterne in stumpfem Rot. Hier und dort ragten scharfkantige Vorsprünge in den Raum. Der Boden war von Rissen durchzogen wie unter einer heißen Sonne ausgetrockneter Schlamm. Der Raum selbst war so gut wie leer.

Lindholm setzte sich langsam in Bewegung, und Corbie folgte ihm mit DeChance am Arm. Plötzlich erschien die gegenüberliegende Wand im Licht der Laterne, und Corbie verzog das Gesicht zu einer Grimasse. Metallsporen ragten aus der purpurfarbenen Wand wie Hörner lang vergessener Fabelwesen. Einen Augenblick lang überlegte Corbie, ob es sich vielleicht um Trophäen handelte, und sofort erschien ihm die Farbe der Wand als exakt diejenige getrockneten Blutes. Eine runde Öffnung klaffte in der Wand wie ein zahnloser Mund.

»Wo sind wir?« fragte DeChance heiser. Corbie zuckte überrascht zusammen.

»Es ist alles in Ordnung«, antwortete er leise. »Ihr seid in Sicherheit. Wir befinden uns im Innern eines der Gebäude. Es steht leer. Wie geht es Euch?«

»Ich weiß es nicht. Merkwürdig.« DeChance schüttelte schwach den Kopf. »Es gab so viele Spuren. So viele Bewußtseine von Aliens, daß ich mich vollkommen verirrt habe. Ich habe nichts verstanden – gar nichts. Ihre Gedankenmuster ergaben einfach keinen Sinn.« Ihr Gesichtsausdruck wurde plötzlich klar und bestimmt, und sie blickte die beiden Soldaten scharf an. »Wir müssen aus der Stadt verschwinden. Wenn es etwas gibt, das ich mit Bestimmtheit weiß, dann, daß wir augenblicklich von hier verschwinden müssen. Sie sind gefährlich. Schrecklich gefährlich.«

»Ihr sprecht andauernd in der Mehrzahl«, stellte Lindholm fest. »Wie viele Aliens gibt es denn? Und wo zur Hölle verstecken sie sich?«

»Sie sind hier«, antwortete DeChance. »Sie sind überall, rings um uns. Sie warten. Sie warten schon sehr lange. Wir haben sie aufgeweckt. Ich weiß nicht, wie viele es sind. Hunderte, vielleicht Tausende.

Die Spuren verändern sich andauernd. Aber sie sind da, und sie sind ganz nah. Und sie kommen die ganze Zeit über näher. Wir müssen ganz schnell aus der Stadt verschwinden.«

»Klingt nach einem vernünftigen Vorschlag«, meinte Corbie. »Was sagst du, Sven?«

»Augenblick noch, Russ.« Lindholm blickte DeChance nachdenklich an. »Nehmt es nicht persönlich, Esper, aber wie sicher seid Ihr Euch dessen, was Ihr uns erzählt? Sind das Fakten oder Eindrücke?«

»Beides. Ich kann ESP nicht erklären. Der Kontakt mit einem fremden Bewußtsein ist schwierig. Aliens denken nicht wie wir Menschen. Es ist, als blickt man in einen Zerrspiegel und versucht dort Dinge zu sehen, die man kennt. Ich habe einiges wiedererkennen können. Die Energieversorgung für die Alienstadt liegt vollständig unter der Erde, tief im Felsen. Die Anlagen reichen viele Meilen weit in den Boden, und sie arbeiten noch immer, obwohl sie seit Jahrhunderten nicht mehr gewartet wurden. Jetzt erwacht die Stadt zu neuem Leben und benötigt mehr und mehr Energie. Ich weiß nicht, wozu diese Energie dient. Es scheint etwas mit dem kupferfarbenen Turm im Zentrum zu tun zu haben. Dieser Turm ist der Schlüssel zu allem, was hier vor sich geht.«

»Dann sollten wir besser einen Blick darauf werfen«, sagte Lindholm. »Vielleicht erhalten wir dort ein paar Antworten.«

»Bist du übergeschnappt?« rief Corbie. »Du hast DeChance gehört. Hier erwacht alles zum Leben. Hunderte, vielleicht Tausende von Monstren sind auf dem Weg zu uns! Wir müssen von hier verschwinden, solange wir noch können!«

»Ach komm schon, Russ! Wir können nicht einfach so von hier abhauen. Wir haben eine Verantwortung gegenüber dem Rest der Höllenschwadron und gegenüber den Kolonisten, die eines Tages kommen werden. Das hier ist unsere beste Chance, ein paar Antworten zu bekommen. Noch sind alle gerade erst erwacht und vollkommen orientierungslos.«

»Verantwortung? Sven, sie haben uns hierher verbannt, und wir werden auf diesem Planeten sterben! Niemand schert sich einen Dreck um uns. Wir sind entbehrlich; deswegen sind wir hier. Wir sind gegenüber niemandem verantwortlich, außer gegenüber uns selbst.«

»Und was ist mit den anderen drei?«

»Was soll mit ihnen sein?«

»Wenn ich auch etwas dazu sagen darf«, mischte sich DeChance in die Unterhaltung ein, »ich hasse es zwar, das zugeben zu müssen, Corbie, aber Lindholm hat recht. Falls wir die Antworten nicht bald finden, solange wir noch die Möglichkeit dazu haben, werden uns die Aliens in dieser Stadt töten. Sie werden uns einfach überrollen. Wir dürfen jetzt noch nicht verschwinden. Unsere einzige Hoffnung ist der kupferfarbene Turm und das, was wir möglicherweise dort finden. Nun haltet die Klappe und benehmt Euch wie ein Soldat.«

Corbie nickte düster. »Es gibt Tage, da steht man besser erst gar nicht auf. Also schön, Esper. Wie weit ist es bis zu diesem Turm?«

»Nicht weit. Höchstens eine Meile.«

»Fühlt Ihr Euch imstande, so weit zu laufen?«

»Ich denke schon.«

»Sonst noch etwas, das wir über diesen Turm wissen sollten?« fragte Lindholm.

»Ja«, antwortete DeChance gedehnt. Sie runzelte die Stirn, und plötzlich waren ihre Augen wieder leer und weit entfernt. »Ich glaube, der Turm ist wahnsinnig.«

»Großartig«, brummte Corbie. »Wirklich, einfach großartig!«

Lindholm wollte gerade zustimmend nicken, als der Raum ringsum lebendig zu werden schien. Verschwommene Schatten in Grau und Weiß wuchsen urplötzlich aus dem Boden. Die beiden Soldaten stellten sich Rücken an Rücken, die Waffen schußbereit im Anschlag. Sie schalteten ihre Energieschilde ein, und ein neues Licht durchdrang die Finsternis. Einen Augenblick später flackerte auch DeChances Schild auf, und sie trat mit Schwert und Disruptor in den

Händen dicht zu den Soldaten. Weitere Schatten brachen aus den Wänden. Ein Stück weit entfernt kreischte etwas in einem Ton, der Wut, Schmerz oder beides sein mochte. Die undeutlichen Schatten wuchsen zu gewaltigen Pilzformen heran mit breiten, tief herabgezogenen Hüten auf langen, schwankenden Stengeln. Stumpfe Augen erschienen auf den Stengeln. Die Ränder der Hüte bewegten sich im stetigen Rhythmus langsamen Atmens. Aus jeder Ecke sprossen jetzt die merkwürdigen Gebilde, als wollten sie den gesamten Raum ausfüllen.

Corbie schrie erschreckt auf, als direkt unter seinen Füßen ein Pilz aus dem Boden wuchs. Er feuerte seinen Disruptor ab. Der fleischige Kopf explodierte unter der Wucht des Energiestrahls. Der Stengel schwankte einige Male hin und her, dann kam ein Dutzend langer dünner Tentakel hervor, die wütend durch die Luft peitschten. Die Tentakel waren von blutroter Farbe, an den Enden saßen winzige Saugmünder. Corbie hackte mit dem Schwert auf die Tentakel ein, doch für jedes abgetrennte wuchs ein neues aus dem Stengel und nahm den Platz des alten ein. Lindholm blickte vom Eingang zu der Wandöffnung auf der gegenüberliegenden Seite und versuchte abzuschätzen, welche der beiden Fluchtmöglichkeiten die nächstgelegene war. In ihm breitete sich das ungute Gefühl aus, daß die nächstgelegene Fluchtmöglichkeit gleichzeitig auch tiefer in das Gebäude hineinführte. Eines der pilzartigen Gebilde lehnte sich mit schwerem Hut auf schlankem Stiel in seine Richtung. Lindholm brachte kaum genügend Konzentration auf, um nicht augenblicklich darauf zu schießen. Er wollte nicht den gleichen Fehler begehen wie Corbie. Das Zentrum des Pilzhutes wölbte sich unvermittelt nach außen und riß anschließend auf. Ein riesiges Insekt mit schwarzem Panzer kroch hervor. Es besaß einen breiten, flachen Körper, ein Dutzend widerhakenübersäte Beine und rasiermesserscharfe Mandibeln. Das Insekt stürzte sich hungrig auf Lindholm, und er schoß aus kürzester Distanz. Der gepanzerte Leib flog auseinander, und zuckende Gliedmaßen segelten durch die Luft.

Überall schwollen nun die Pilzgebilde an und platzten

auf, um weitere Monster zu gebären. Corbie und Lindholm schoben die Disruptoren in ihre Holster und versuchten unter Einsatz ihrer Schwerter, ringsum einen freien Raum zu schaffen. Esper DeChance konnte ihnen nicht helfen. Sie hielt die Waffe in der Hand, doch der Arm hing schlaff an der Seite herab. Ihr Gesicht war von einem unsichtbaren inneren Schmerz verzerrt. Die Soldaten schützten DeChance nach besten Kräften, aber sie wußten beide, daß das nicht lange gutgehen konnte. Die Gegner waren einfach zu zahlreich.

Ein riesiger Pilz explodierte und schleuderte Hunderte blutroter Würmer in den Raum. Die Wesen landeten auf anderen Pilzgebilden und Insekten und fingen augenblicklich an, gierig zu fressen, was auch immer ihnen in den Weg kam. Die Soldaten waren durch ihre Kettenumhänge und die Energieschilde weitgehend geschützt, trotzdem landeten einige Würmer auf nackter Haut. Ein Wurm fiel auf Lindholms Hand und zerbiß ihm den Knochen, bevor er auch nur reagieren konnte. Lindholm fluchte lästerlich und kämpfte weiter. In der Arena lernte man rasch, jede nicht unmittelbar tödliche Wunde zu ignorieren. Corbie war nicht annähernd so gelassen. Er kreischte und schrie in den höchsten Tönen, als ein Wurm sich in seinem Ohr verbiß, und riß die freie Hand hoch, um die Kreatur abzureißen. Beinahe hätte er sich mit der Kante seines Energieschirms selbst enthauptet. Mehrere Würmer landeten auf DeChance und rissen sie aus ihrer Trance. Sie schlug verzweifelt nach den Kreaturen, die sich in ihre Uniform verbissen hatten. Die Monsterinsekten ignorierten die Würmer mit sturer Hartnäckigkeit und hatten nur Augen für ihre menschliche Beute. Ein langes, graues Tentakel erschien wie aus dem Nichts und packte Lindholms Feldlaterne. Die Laterne zersprang unter dem eisernen Griff, und das Licht erlosch. Trotzdem versank der Raum nicht in Dunkelheit. Die Pilzgebilde verbreiteten ein furchteinflößendes, geisterhaftes Leuchten, das von der wachsenden Schar von Monstern bald erstickt wurde.

Die Soldaten kämpften mit dem Mut der Verzweiflung

weiter, trotz der brennenden Schmerzen in Rücken und Armen und der vor Atemnot rasselnden Lungen. DeChance schützte sie mit ihrem Energieschirm, so gut sie konnte, doch sie war keine Kämpferin, und alle wußten es. Riesige gepanzerte Insekten von drei oder vier Fuß Länge krabbelten über Boden und Wände und bekämpften sich gegenseitig in dem Versuch, als erste zu den drei Menschen zu gelangen. Lange Tentakel voller schnappender Mäuler peitschten durch die Luft. Irgendeine Kreatur mit zweigeteiltem Rückenpanzer und viel zu vielen Beinen kroch kopfüber an der Decke entlang und starrte aus lidlosen Augen unverwandt auf die Soldaten. Überall waren zuckende, zappelnde, fressende Würmer. Corbie wischte sich mit dem Handrücken den Schweiß von der Stirn, und eine Kreatur mit zollangen Zähnen schnappte nach seiner Kehle. Er brachte gerade noch rechtzeitig den Schutzschild hoch, und die Zähne des Wesens zerbrachen an der unnachgiebigen Wand aus Energie. Corbie spürte, wie ihn die Kräfte mit jedem Schwertstreich immer mehr verließen, doch er kämpfte verbissen weiter. Er mußte einfach. Es gab keine Fluchtmöglichkeit. Er konnte den Eingang nicht einmal mehr sehen. Corbie grinste trotzig und schwang das Schwert in kurzen, wütenden Streichen, während er darauf wartete, daß sein Disruptor wieder schußbereit war. Aus der Wand an seiner Seite wuchs ein Pilz. Er hackte den Stengel durch, und eine weiße Masse von Eingeweiden fiel in der kühlen Luft dampfend aus der Wunde.

Genau, dachte Corbie. *Das ist es. Genug ist genug.*

Mit wütenden Schwertstreichen und Schildschwüngen verschaffte er sich ein wenig Freiraum. Dann zog er den Disruptor und schoß ein Loch in die nächstgelegene Wand. DeChance und Lindholm setzten ebenfalls ihre Energiewaffen ein und schossen einen Gang durch die angreifenden Monsterscharen. Zu dritt stolperten sie durch das Loch in die dahinterliegende Dunkelheit. Die beiden Soldaten wandten sich um und setzten ihre Schutzschilde ein, um den Durchgang zu blockieren, während DeChance ihre Feldlaterne aus dem Rucksack zog. Das plötzliche Aufflackern von Licht enthüllte einen Raum, der mit Ausnahme einiger unbekannter Maschinen leer war, und die Esperfrau entspannte sich ein wenig. Die Monster aus der angrenzenden Kammer drückten gegen die Energieschilde und suchten einen Weg an dem unsichtbaren Hindernis vorbei. Ein Pilzgebilde explodierte, und ein wahrer Hagel zuckender Maden regnete durch die Luft.

»Wir müssen den Durchbruch verbarrikadieren«, sagte Lindholm. Sein Atem kam stoßweise, doch seine Stimme klang ruhig und unbeteiligt wie immer.

»Klingt nach einer guten Idee«, hechelte Corbie. »Du und DeChance, ihr sucht nach einem passenden Gegenstand. Ich halte sie solange auf. Aber beeilt euch, verdammt noch mal.«

Corbie trat vor und füllte das Loch mit seinem Schild. Irgendwie aktivierte er eine letzte Kraftreserve, die ihn durchhalten ließ. Die Monster stürmten vor, und Corbie begegnete ihnen mit Schwert und Schild. Trotz aller Müdigkeit und der Schmerzen und der Hektik fand er noch genug Zeit für den Gedanken, daß er sich bei weitem nicht so fürchtete wie noch kurze Zeit zuvor. Sicher, er verspürte Angst, aber sie ließ sein Herz nicht stillstehen und betäubte ihn nicht wie die Angst, die ihn so viele Jahre begleitet hatte. Corbie hatte Angst, doch er konnte noch immer klar denken und kämpfen.

Vielleicht lag es daran, daß ihm keine Wahl blieb, ob er kämpfen oder weglaufen sollte. Sollte er sich hier als schwach und unentschlossen erweisen, dann würde er sterben, so einfach war das. Nicht, daß sich Corbie Illusionen über seine Chancen gemacht hätte. Wenn DeChance oder Sven nicht verdammt schnell ein Wunder vollbrachten, dann war er ein toter Mann, und das wußte er. Der Gedanke drehte ihm den Magen um und raubte ihm die Luft; doch selbst jetzt noch behielt Corbie die Nerven und erstarrte nicht vor Entsetzen.

Wer weiß, vielleicht gewöhne ich mich auch einfach an das Entsetzen ...

Corbies Mund verzerrte sich zu einem häßlichen Totenkopfgrinsen, und der Strahl aus seinem Disruptor zerfetzte ein kriechendes Monster zu Hunderten zuckender Fragmente.

»Mach, daß du aus dem Weg kommst, Russ. Hierher, schnell!«

Corbie wich zurück, und Lindholm schob eine massive Alienmaschine in den Durchbruch. Der Weg war blockiert. Corbie wollte lieber nicht darüber nachdenken, wieviel das verdammte Ding wog. Sicher war es schwer genug, die Monster lange genug aufzuhalten, bis er und seine beiden Kameraden entkommen waren. Er wollte sich von der Wand zurückziehen und verlor den Boden unter den Füßen. Sein Blick verschwamm, und in seinem Kopf drehte sich plötzlich alles.

»Ganz ruhig, Russ«, sagte Lindholm rasch. »Nimm dir einen Augenblick Zeit und komm wieder zu Atem. Die Barrikade wird sicher eine Weile halten.«

Corbie setzte sich auf den Boden und konzentrierte sich auf seine Atmung. Sein Kopf wurde bereits wieder klar, doch er wußte genau, daß er in seinem jetzigen Zustand nicht weit kommen würde – selbst wenn er ein Ziel vor Augen hätte. Corbie sah sich gehetzt in der Kammer um. Sie war bei weitem nicht so groß wie der angrenzende Raum, aber das bedeutete noch lange nicht, daß die Feldlaterne stark genug war, alle Ecken auszuleuchten. Die hohe Decke war in Dunkelheit getaucht. Schwere, wuchtige Maschinen standen in langen Reihen, und keine zwei davon sahen annähernd gleich aus. Nirgendwo brannten Kontrollampen, und nichts verriet, ob sie noch funktionierten oder nicht. Trotzdem, Corbie mißtraute den Maschinen schon aus Prinzip. Im Boden entdeckte er ein gezacktes Loch, dessen Ränder noch rot glühten. Lindholm hatte seinen Disruptor eingesetzt, um die Maschine aus ihrer Verankerung zu befreien. Stahl, Kabel und Glas ragten aus dem Loch wie gebrochene Knochen aus einer Wunde. Corbie atmete tief durch, schaltete seinen Schutzschild ab und erhob sich wieder. Lindholm und DeChance halfen ihm auf die Beine.

»In Ordnung«, sagte Corbie heiser. »Und was machen wir jetzt?«

Lindholm zuckte die Schultern. »Wir können nicht zurück, also gehen wir weiter. Hinter den Maschinen gibt es eine Tür.«

Corbie sah DeChance fragend an. Sie hatte sich von den beiden Soldaten abgewandt und das Gesicht in geistesabwesende Falten gelegt. Anscheinend lauschte sie auf etwas, das nur sie alleine hören konnte.

»Nun?« fragte Corbie nach einigen Sekunden ungeduldig. »Was meint Ihr, Esper? Was wartet dort vorn auf uns?«

»Jedenfalls etwas Interessantes«, antwortete DeChance verträumt. Ihr Gesichtsausdruck blieb unverändert. Sie wandte sich wieder den beiden Soldaten zu und setzte sich zielstrebig zwischen den Reihen von Maschinen hindurch in Richtung Ausgang in Bewegung. Corbie und Lindholm wechselten schweigend einen Blick und eilten hinterher. Corbie hatte noch immer kein Vertrauen in DeChances ESP, obwohl es sich inzwischen als relativ zuverlässig erwiesen hatte. Außerdem war es besser, in Bewegung zu bleiben, als hier neben einem Raum voller Monster zu warten und zu diskutieren. Corbie starrte mißtrauisch auf die vielen Maschinen, an denen er vorüberkam; doch sie standen einfach nur da und blieben vollkommen rätselhaft. Es waren Konstruktionen mit Gestalt und Form, doch ohne jede Bedeutung. Oder zumindest ohne Bedeutung, die Corbie verstehen konnte.

DeChance trat durch den offenen Eingang nach draußen und hielt ihre Feldlaterne hoch, um den angrenzenden Raum zu erhellen. Corbie und Lindholm drängten sich hinter ihr in die Kammer. Die Wände ragten in einer geschwungenen Kurve nach oben bis zu einer Decke, die im Schatten verborgen lag. Der Raum erstreckte sich weiter, als das Licht der Lampe reichte, welches stumpf von endlosen Reihen von Metallregalen reflektiert wurde. In den Regalen lagen Tausende der milchig weißen Kugeln in allen Größen, von einer Männerfaust bis hin zu einem Kopf.

»Sie sehen aus wie der Ball, den wir in dem Monolithen gesehen haben«, sagte Lindholm. »Was ist das?«

»Erinnerungen«, erwiderte DeChance leise. »Ein ganzes

Lagerhaus voller Erinnerungen. Die Geschichte dieser Stadt und derer, die hier lebten. Die Antworten auf alle unsere Fragen.«

Sie wollte zum nächsten Regel gehen, doch Lindholm ergriff ihren Arm und hielt sie fest. »Wartet bitte einen Augenblick, Esper. Habt Ihr vergessen, wie Ihr auf dieses Ding im Monolithen reagiert habt? Niemand weiß, was diese Kugeln mit Euch anstellen werden.«

»Richtig«, stimmte Corbie seinem Kameraden zu. »Außerdem können die Monster jede Sekunde hier ein. Wir müssen weiter.«

»Nein«, widersprach DeChance tonlos. »Wir benötigen die Informationen in diesen Kugeln. Ohne sie haben wir keine Chance zu überleben.«

Lindholm nickte zögernd und ließ DeChances Arm los. »Also schön. Russ, du siehst dich nach einem Fluchtweg um, während ich Wache stehe. Und DeChance? Macht es kurz, ja? Uns bleibt wirklich nicht viel Zeit.«

Die Esperfrau nickte. Ihre Augen waren hungrig auf die Regale und die darin lagernden Kugeln gerichtet. Irgendwo in diesem endlosen Bienenstock ruhten die Antworten, die sie benötigte; Antworten, die einen Sinn in den Wahnsinn bringen konnten, der das Leben der Menschen bedrohte. DeChance trat langsam vor und ließ sich allein von ihrem ESP durch die Regale führen. Rings um sie herum brannten die Kugeln in ihrem Bewußtsein wie flackernde Kerzen in der Dunkelheit. Sie waren alt, sehr alt, und die in ihnen gespeicherten Erinnerungen verblaßten bereits. Trotzdem, ein paar von ihnen leuchteten noch immer strahlend hell, und DeChances ESP führt die Esperfrau zu ihnen. Sie streckte die Hände aus.

Zuerst war da nur ein farbloses Grau wie auf dem Schirm eines Monitors, der auf einen leeren Kanal eingestellt war. Dann erschienen die ersten Bilder vor DeChances geistigem Auge, zögernd wie Einzelaufnahmen eines ablaufenden Films. DeChance drohte unter der Wucht der Eindrücke den Verstand zu verlieren. Die Fremdartigkeit der Bilder war überwältigend, fast unerträglich. Langsam, ganz allmählich brachte sie einen Sinn in das, was sie sah. Die Geschichte entfaltete sich ihrem Bewußtsein. Es war die Geschichte einer großartigen Rasse, die einen großartigen Traum geträumt hatte; doch dieser Traum hatte sich in einen endlosen Alptraum verwandelt.

Die Aliens von *Wolf IV* hatten eine seltsame, wunderbare Wissenschaft entwickelt. Sie hatten sie benutzt, um sich von der Tyrannei einer festen Gestalt zu befreien. Sie waren nicht mehr länger an eine starre, vorgegebene Körperform gebunden, und ihre äußere Erscheinungsform war zu einer Frage des persönlichen Geschmacks geworden. Ihre Leben waren frei und wundervoll. Sie ließen sich Flügel wachsen und segelten im Wind. Sie paßten ihre Körper an und lebten unter der Erde. Sie stiegen bis jenseits der Atmosphäre hinauf oder schwammen in Vulkanen aus geschmolzener Lava. Sie waren die Herren der Schöpfung, Herren über alles, was sie umgab.

Doch es war keine natürliche Veränderung gewesen. Sie war nur möglich und konnte nur aufrechterhalten werden dank einer einzigen machtvollen Maschine, die im Zentrum der Stadt in einem gewaltigen kupferfarbenen Turm stand.

Langsam, schrecklich langsam fanden die Aliens die Wahrheit über das heraus, was sie sich selbst angetan hatten. Die Gestalt der Körper wurde durch das Bewußtsein kontrolliert, und die Aliens hatten vergessen, daß Bewußtsein mehr war als nur Wille und Intellekt. Nach und nach tauchten Gestaltänderungen auf, die von den Dämonen des Unterbewußtseins diktiert wurden, vom Es, vom Über-Ich, von den dunklen Gebieten des Verstands, die sich jeder Kontrolle und jeder geistigen Gesundheit entzogen.

Die Aliens entdeckten perverse Vergnügungen und schreckliche Sehnsüchte, und ihre Träume wurden zu etwas Dunklem und Faulem. Das Entsetzen hatte begonnen.

Sie waren ein Volk von schwach begabten Telepathen gewesen, doch die Maschine im Turm änderte alles. Das ESP der Aliens wurde unkontrollierbar und mächtig, und ihre Bewußtseine waren nicht mehr länger sakrosankt. Sie lernten rasch, daß der stärkere Verstand den schwächeren über-

637

trumpfen und dem Körper des Unterlegenen eine unfreiwillige Veränderung aufzwingen konnte. Vor dem Bau der großen Maschine waren die Aliens von *Wolf IV* ein ruhiges, nachdenkliches Volk gewesen. Sie lebten lang und erfreuten sich an ihren Schöpfungen. Aber sie waren zu weit gegangen und verloren nun mit einemmal alles, was sie schätzten.

Am Ende blieben nur noch Monster, die durch die Straßen der Stadt streunten.

Die Stadt zerfiel. Ihre Straßen wimmelten von schrecklichen Lebensformen. Der Wahnsinn hatte Gestalt und Form angenommen. Schließlich kam es zum Letzten, Entsetzlichsten.

Die Aliens konnten nicht sterben. Wenn ein Glied von einem Körper abgerissen wurde, wuchs es nach. Eine Wunde verheilte innerhalb von Sekunden. Die Monster zerrissen und fraßen sich gegenseitig, doch selbst die schlimmsten Verstümmlungen konnten sie nicht mehr töten.

Die Stadt überlebte noch eine Weile. Die Maschine im Kupferturm beeinträchtigte nur lebende Materie. Schließlich zerfiel die Stadt, weil es niemanden mehr gab, der sich um ihren Erhalt kümmerte. Nur die große Maschine im Kupferturm, selbsterhaltend konstruiert, funktionierte ununterbrochen weiter. Ihr Einfluß erstreckte sich bald über den gesamten Planeten und beeinträchtigte alles Leben, jedenfalls bis zu einem gewissen Punkt. Doch dann passierte etwas Unvorhersehbares.

Die Maschine im Kupferturm und die Aliens standen in kontinuierlichem, zweiseitigem Kontakt. Die Programmierung der Maschine konnte so auf die sich ändernden Bedürfnisse ihrer Erbauer eingehen. Langsam, aber unaufhaltsam begann der Wahnsinn der Aliens, die Maschine zu beeinträchtigen. Die Programmierung veränderte sich immer stärker und wurde immer perverser, je mehr die Maschine sich bemühte, auf die Bedürfnisse ihrer Herren einzugehen. Schließlich erkannte sie die Gefahr, die sie heraufbeschwor, und tat das einzige, was ihr zu tun übrigblieb. Die Maschine schaltete sich ab und versetzte die Stadt in

Tiefschlaf in der Hoffnung, daß die Zukunft eine Antwort auf das Dilemma bereithalten mochte.

Die Zeit verging. Niemand vermochte zu sagen, wie viele Jahre oder Jahrhunderte seitdem vergangen waren. Die Aliens konnten nicht sterben, und die Maschine war geduldig. Sie wartete und wartete und er hielt sich mit dem absoluten Minimum an Energie am Leben.

Dann tauchte die Höllenschwadron auf. DeChances ESP erweckte die Maschine aus ihrem Dornröschenschlaf. Doch es war zuviel Zeit vergangen, und die Programmierung der Maschine hatte schweren Schaden erlitten. Vielleicht war sie dem Wahnsinn ihrer Erbauer zu lange ausgesetzt gewesen, vielleicht hatte sich die Welt in all den Jahrhunderten auch nur zu sehr verändert, so daß nun in den Augen der Maschine nichts mehr einen Sinn ergab. Es spielte keine Rolle. Die Maschine war programmiert.

Sie erweckte die Schlafenden und die Stadt, und der Alptraum begann von neuem.

DeChance fiel auf die Knie und zitterte unkontrolliert. Corbie streckte die Hand nach ihr aus, um sie zu stüttzen, doch er zögerte, als DeChance sich übergab. Lindholm drehte sich in die Richtung um, aus der sie gekommen waren. Irgend etwas näherte sich von dort. Er zog einen Disruptor und schaltete den Schutzschild ein.

Plötzlich riß die Wand zur Linken vom Boden bis zur Decke auf, und eine große, gepanzerte Gestalt brach hindurch. Ein Steinsplitter zertrümmerte DeChances Lampe, und einmal mehr waren sie von Dunkelheit umgeben.

KAPITEL 6
DIE JAGD

Der Abend wich allmählich der Nacht. Hunter führte Dr. Williams und Investigator Krystel durch die verlassenen Straßen der Alienstadt. Das Grün des Himmels wurde dunkel und geheimnisvoll, während die Sonne langsam hinter den zyklopenhaften Türmen versank. Die fremdartigen Bauwerke warfen seltsame Schatten. Die gelegentlichen erleuchteten Fenster wirkten unnatürlich hell und fehl am Platz in der zunehmenden Dunkelheit. Es war bitterkalt und wurde stetig kälter. Hunter zitterte, obwohl die Heizelemente in seiner Uniform mit voller Kraft liefen. Er warf einen unauffälligen Blick auf Williams und Krystel, doch keinem von beiden schien die Kälte auch nur das geringste auszumachen. Hunter verzog das Gesicht. Investigatoren waren gewohnt, mit extremen Temperaturen zurechtzukommen. Williams andererseits war nichts als ein Zivilist. Wahrscheinlich lag es an seinen versteckten Körperaufrüstungen. Hunter teilte das allgemeine Mißtrauen gegenüber Implantaten vom Schwarzmarkt, doch er mußte zugeben, daß sie zumindest bisweilen recht praktisch sein konnten. Er blies in seine kalten Hände, schlug sie zusammen, um die Durchblutung anzuregen, und versuchte im übrigen, sich warme Gedanken zu machen.

Seit über einer Stunde marschierten sie durch die leeren Straßen, doch der kupferfarbene Turm war scheinbar noch genauso weit entfernt wie zuvor. Er stand vor ihnen, groß und ehrfurchtgebietend und erhob sich weit über die umgebenden Bauwerke. Er war den Menschen schon riesig erschienen, als sie ihn zum ersten Mal gesehen hatten, doch erst jetzt wurde Hunter nach und nach bewußt, wie gewaltig das Bauwerk tatsächlich war. Er fragte sich zum wiederholten Mal, was er tun würde, wenn sie schließlich beim Turm angekommen waren. Falls sie jemals dort ankamen.

Hunter ließ die Hand auf den Griff des Disruptors an seiner Hüfte fallen. Er war nicht sonderlich glücklich bei dem Gedanken daran, daß er Krystels Waffe genommen hatte, nachdem seine eigenen in die Tiefe gestürzt war; doch er mußte zugeben, daß er sich ein gutes Stück sicherer fühlte in dem Bewußtsein, nicht völlig wehrlos zu sein. Außerdem – wenn auch nur die Hälfte dessen zutraf, was ihm über Investigatoren zu Ohren gekommen war, dann benötigte Krystel vielleicht wirklich keinen Disruptor. Williams besaß noch immer beides, Schwert und Schußwaffe. Eigentlich hätte er Hunter seine Klinge abtreten müssen, denn der Doktor besaß keine Erfahrung mit dem Schwert, aber Hunter hatte beschlossen, nicht darauf zu bestehen. Williams war auch so schon nervös genug; ohne seine Waffen würde er vielleicht trotz all seiner kostbaren Aufrüstungen zusammenbrechen.

»Kapitän«, sagte Williams plötzlich, »ich habe nachgedacht . . .«

»Ja, Doktor?« erwiderte Hunter freundlich.

»Unsere Waffen waren gegen das Alien nicht besonders effektiv. Warum errichten wir in Zukunft nicht einfach unsren tragbaren Schutzschild, wenn wir wieder auf eine solche Bedrohung stoßen, und gehen dahinter in Deckung?«

Hunter hatte das Gefühl, als müsse er laut seufzen, doch er unterdrückte den Impuls. »Ihr werdet sicher bemerkt haben, Doktor, daß es eine ganze Zeitlang dauert, den Generator zusammenzusetzen. Ich wüßte nicht, warum ein Alien geduldig abwarten sollte, bis wir damit fertig sind. Ihr vielleicht? Und selbst wenn es uns gelingen sollte, den Schild zu errichten, bevor das Alien uns stellen kann – was sollen wir Eurer Meinung nach anschließend unternehmen? Einfach still dasitzen, bis es das Interesse verloren hat und weggeht? Nein, Doktor, Eure Idee ist nicht besonders praktikabel. Wir sparen die Energie in den Kristallen des Schirms besser für wirkliche Notfälle auf.«

Hunter brach ab, als ihm bewußt wurde, daß Williams gar nicht mehr zuhörte. Der Doktor war wie angewurzelt stehengeblieben, hatte das Gesicht verzogen und kaute auf seiner Unterlippe. Hunter und Krystel hielten ebenfalls an. Williams blickte sich langsam mit zur Seite geneigtem Kopf um, als lausche er auf ein Geräusch, das nur er allein hören konnte. Hunter strengte sein Gehör an, doch alles schien still und ruhig.

Er blickte fragend zu Investigator Krystel. Sie zuckte die Schultern.

»Irgend etwas kommt näher«, sagte Williams leise. »Ich kann es hören. Und was auch immer es ist – diesmal kommt es nicht allein.« Er drehte sich langsam im Kreis, und die

Farbe wich aus seinem Gesicht. »Sie kommen aus allen Richtungen gleichzeitig, Kapitän. Alle möglichen Arten von Kreaturen.«

»Vielleicht könnt Ihr ein wenig deutlicher werden«, forderte Krystel. »Was genau hört Ihr eigentlich?«

»Alles mögliche«, wiederholte Williams. Seine Stimme klang schrill. »Sie kommen näher. Wir müssen von hier verschwinden, solange wir noch können. Sie wollen uns!«

»Ruhig Blut«, versuchte Hunter ihn zu beschwichtigen. »Investigator, könnt Ihr etwas hören?«

»Nichts, Kapitän. Aber wenn der Doktor ein aufgerüstetes Gehör besitzt ...«

»Ja«, entgegnete Hunter gedehnt.

Krystel zog ihr Schwert. »Ich schätze, wir sollten uns nach einer Deckung umsehen, Kapitän. Hier draußen sind wir zu ungeschützt.«

»Ihr habt wahrscheinlich recht.« Hunter zog seinen Disruptor und warf einen raschen Blick in die Runde. Überall standen Gebäude, teilweise tief im Schatten der heraufziehenden Nacht, doch keines von ihnen besaß erkennbare Eingänge. Zu seiner Rechten stand ein Bau, der zur Hälfte von einer Explosion zerstört worden war. Ein Teil der Straßenfassade war weggerissen worden, so daß man Metallträger erkennen konnte, die wie gebrochene Knochen aus einer Wunde ragten.

Über einem kleinen Hügel aus Trümmern war ein ausgefranstes Loch zu sehen. Hunter setzte sich in Bewegung, und die beiden anderen folgten ihm.

Der Hügel aus Splittern und Betonbrocken war schnell erklettert. Oben angekommen blieb Hunter stehen und zog seine Feldlampe aus dem Rucksack. Das blaßgoldene Licht enthüllte einen weiten, leeren Raum hinter der Öffnung. Die Wände waren mit silbernen Leitungen überzogen, die verwirrende, unverständliche Muster bildeten. Hunter warf einen Blick zurück auf die Straße unter ihnen. Trotz seines erhöhten Aussichtspunktes konnte er noch immer nichts hören oder sehen. Er überlegte bereits, ob Williams nicht von seiner eigenen Nervosität an der Nase herumgeführt worden war, als das erste schwache Geräusch wie aus weiter Ferne an seine Ohren drang. Hunter wirbelte herum und starrte in die entsprechende Richtung. Weit entfernt bemerkte er im Dämmerlicht eine undeutliche Bewegung. Hunter ging hinter einem großen Trümmerbrocken in Deckung. Krystel hatte sich bereits geduckt. Williams hatte seinen Disruptor gezogen, doch er stand ohne Deckung da und starrte mit seinen angepaßten Augen in die zunehmende Dunkelheit hinaus.

»O mein Gott!« sagte er schwach.

»Was gibt's?« erkundigte sich Krystel. »Was könnt Ihr sehen?«

»Jemand hat die Tore der Hölle geöffnet«, stammelte Williams. »Die Verdammten sind in der Stadt.«

Hunter warf Krystel einen raschen Seitenblick zu. Dann starrte er in die Dunkelheit hinaus. Sein Atem kondensierte in der kalten Nachtluft. Ihm war jetzt noch kälter, da sie sich nicht mehr bewegten. Mit einemmal erhaschte Hunter einen ersten Blick auf das, was auf die drei Menschen zukam, und ein Schauer lief ihm über den Rücken. Es war wie eine Flutwelle aus springendem, kriechendem, hüpfendem Leben, die durch die weiten Straßen brandete, direkt auf das Versteck der Menschen zu. Ein endloser Strom von Monstrositäten und Alpträumen. Einige gingen auf zwei Beinen, andere auf vier, wieder andere sprangen durch die Luft, als würden sie kein Gewicht besitzen. Hunter erblickte Kreaturen mit Zähnen und Klauen, die nach ihren Nachbarn bissen und schlugen. Manche Alpträume sahen aus, als wäre ihr Innerstes nach außen gestülpt, andere ergaben in Hunters Augen überhaupt keinen Sinn.

Rieseninsekten krochen über die Seitenwände der Gebäude wie Käfer über einen Sargdeckel. Verdrehte Gestalten flatterten durch die Luft. Die Aliens schrien und brüllten und schnatterten und gaben Geräusche von sich, die beinahe wie menschliches Weinen oder Lachen klangen. Sie strömten ohne Ende aus der Dunkelheit heran, getrieben von einem unvorstellbaren Drang, näher und näher. Hunter starrte auf die lebendig gewordenen Alpträume der Alienstadt und hätte sich am liebsten abgewandt und versteckt, bis es vorbei war. Er konnte den Anblick nicht ertragen. Die wahnsinnigen Gestalten und verdrehten Leiber waren eine Beleidigung jeder Vernunft.

Doch Hunter durfte sich nicht umwenden und davonlaufen. Er war der Anführer der Höllenschwadron, und er mußte ein Vorbild sein. Selbst dann noch, wenn er soviel Angst hatte, daß er kaum noch denken konnte. Die altvertraute Panik fraß an Hunters Nerven und drohte jeden Augenblick die Oberhand zu gewinnen. Sein Atem ging stoßweise und hechelnd. Er spürte, wie sich Schweißperlen auf seine Stirn bildeten. Hunter sah auf seinen Disruptor hinab und bemerkte, wie sehr seine Hand zitterte. Er schluckte schwer und kämpfte gegen die aufsteigende Panik an. Es spielte keine Rolle, daß er Angst hatte und nicht damit fertig wurde. Er hatte einfach damit fertig zu werden. Kapitän Hunter atmete tief durch und spürte, wie die Spannung teilweise von ihm abfiel. Es bedeutete einen eigenartigen Trost zu wissen, daß das Schlimmste, was geschehen konnte, bereits geschehen war. Wenigstens das Warten hatte ein Ende, und Hunter mußte sich keine Gedanken über mögliche unangenehme Überraschungen mehr machen. Er richtete seinen Disruptor auf die Masse der heranstürmenden Aliens. Seine Hand zitterte noch immer, aber so schwach, daß niemand außer ihm es bemerken konnte. Mit der freien Linken packte er Williams und zog ihn neben sich in Deckung. Williams riß sich los und funkelte Hunter böse an. Hunter erwiderte seinen Blick herausfordernd. Manchmal hatte er den Eindruck, der Doktor wolle unbedingt sterben.

Die Aliens näherten sich rasch dem Trümmerhügel, und zum ersten Mal erkannte Hunter das wirklich Entsetzliche an ihnen. Keine der Kreaturen besaß eine feste Gestalt. Ihre Körper veränderten sich unablässig wie treibende Erinnerungen, und keine zwei Sekunden behielten sie die gleiche Gestalt. Fleisch floß über ihre Knochen wie schmelzendes Wachs und verwandelte ihr Aussehen ununterbrochen. Neue Augen traten aus blasenschlagendem, kochendem

Gewebe, Arme sprossen aus den wogenden Flanken. Hunter erinnerte sich an die Statuen, die sie auf der offenen Ebene entdeckt hatten, und erkannte Kreaturen, die aus Teilen zahlreicher verschiedener Spezies zusammengesetzt und weder Fisch noch Fleisch zu sein schienen. Vielleicht waren die Statuen ja doch als Warnung gedacht gewesen.

»Bereithalten«, befahl Hunter. Seine Stimme klang schneidend kalt und entschlossen. »Doktor Williams, Ihr wartet, bis sie nah genug heran sind, um ein einzelnes Ziel zu erfassen, bevor Ihr den Disruptor einsetzt. Investigator, Ihr besitzt die größte Kampferfahrung. Ihr werdet die Spitze übernehmen. Doktor Williams und ich werden die Flanken decken.«

»Verstanden, Kapitän.« Krystel ließ den Blick über das wimmelnde Entsetzen gleiten und grinste böse. Hunter erschauerte. An ihrem Lächeln war etwas unglaublich Wildes, Begieriges. So sah man vielleicht einen sich nähernden Liebhaber an ...

»Wir können nicht hierbleiben!« kreischte Williams unvermittelt. »Seht doch nur! Sie sind jeden Augenblick hier, und wir können nichts tun, um sie aufzuhalten. Wir müssen von hier verschwinden, solange wir noch können.«

Williams verließ seinen Posten und rannte stolpernd auf die Öffnung in der Wand zu. Hunter erwischte ihn am Arm und zog ihn zurück. »Seid kein Dummkopf, Williams! Was glaubt Ihr, wie weit Ihr allein kommen würdet? Bleibt auf Eurem Posten und deckt die Flanke von Investigator Krystel, oder ich schwöre, daß ich Euch persönlich niederschieße.«

Williams fauchte ihn an, doch er blieb stehen. »Wir dürfen nicht hierbleiben! Wir können uns immer noch in das Gebäude zurückziehen und das Loch mit dem Schutzschild verbarrikadieren!«

»Das haben wir bereits besprochen, Doktor. Der Schirm hält nur so lange, wie seine Energiekristalle es gestatten, dann bricht er zusammen. Bis dahin hätten uns die Aliens ganz ohne Zweifel von allen Seiten eingeschlossen. Wir ziehen uns erst in das Gebäude zurück, wenn uns kein anderer

Ausweg mehr bleibt, keine Sekunde vorher. Und jetzt aktiviert Euren Schild und haltet Euch bereit. Wir bekommen Gesellschaft.«

Williams wandte sich mürrisch ab und schlug das linke Handgelenk gegen die Hüfte. Der schimmernde Schild erschien leise summend an seinem Unterarm. Hunter musterte Krystel. Sie hatte ihren Schutzschild bereits eingeschaltet. Auf ihrem Gesicht stand noch immer das wilde Grinsen, während die Aliens näher und näher kamen. Hunter zog seinen Dolch aus dem Stiefel, schwenkte den Disruptor und aktivierte seinen eigenen Schild. Die Aliens waren jetzt sehr nah. Hunter trat einen Schritt vor, so daß er Investigator Krystels Flanke decken konnte, ohne sich allzu weit aus seiner Deckung zu wagen. Es war keine besonders gute Deckung, um ehrlich zu sein, aber sie mußte reichen. Krystel stand ohne jede Deckung vor den Fremden. Sie sah stark und voller Selbstvertrauen aus wie immer, als wäre Deckung etwas, das nur Normalsterbliche benötigten.

Sie ist Investigator, dachte Hunter. *Vielleicht benötigt sie ja wirklich keine Deckung. Wer weiß?*

Er sah zu den Aliens, und sein Herz setzte für einen Augenblick aus. Die Wesen erfüllten die Straße von einer Seite zur anderen, so weit das Auge reichte. Es waren Monstrositäten ohne Zahl, in jeder nur denkbaren Gestalt.

Das ist einfach nicht fair, dachte Hunter verbittert. *Wir sind nicht auf so etwas vorbereitet. Wir sind nichts weiter als eine Höllenschwadron. Eine Kompanie Stoßtruppen hätte hier ihr Geld verdienen können. Wir sind keine Kämpfer. Nicht wirklich jedenfalls. Wir sind nichts als Ausgestoßene und Fußkranke. Die Entbehrlichen, Überflüssigen des Imperiums.*

Hunter atmete ein weiteres Mal tief durch. *Was zur Hölle – vielleicht haben wir ja Glück.*

Die vordersten Aliens waren inzwischen nur noch wenige Yards entfernt. Unter ihnen befanden sich Kreaturen, die wie Riesenkrabben aussahen, mit gewaltigen Scheren und starrenden Stielaugen. Ihre vielgliedrigen Beine klapperten laut auf dem Belag der Straße. Während Hunter noch hinsah, schwoll eine der Riesenkrabben unvermittelt an. Der

Panzer warf Blasen und schmolz dahin, und ein Paar von Membranflügeln brach aus dem Rücken hervor. Die Kreatur stieg auf unglaublich breiten Schwingen in die Luft und schoß auf die drei Menschen hinab. Hunter zielte sorgfältig mit seinem Disruptor und feuerte. Der sengende Energiestrahl traf die Kreatur mitten ins untere Körpersegment. Sie explodierte, und Chitinsplitter und Eingeweide flogen wie Schrapnell durch die Gegend. Der Kadaver fiel mitten unter die Horde, und wurde von den anderen auseinandergerissen. Die Einzelteile zuckten und wanden sich noch während sie gefressen wurden. Die Aliens, die nicht bis zu der abgeschossenen Riesenkrabbe vordringen konnten, bekämpften sich nun gegenseitig, doch keines von ihnen starb. Sie konnten nicht sterben. Die große Maschine im Kupferturm sorgte dafür.

Gigantische Hundertfüßler trappelten durch die Straßen, Dutzende von Yards lange Kreaturen mit kleinen, kugelförmigen Köpfen, die aus nichts weiter als Maul und Zähnen zu bestehen schienen. In ihrem Fleisch wanden sich Maden. Williams zerschoß mit seinem Disruptor einen der Hundertfüßler in zwei Hälften. Aus beiden Hälften wuchsen separate Kreaturen, die weiter voranstürmten, getrieben von derselben gnadenlosen Entschlossenheit, die auch dem Rest der Horde innewohnte. Hunter überlegte beiläufig, welche Motive sie wohl antreiben mochten. Jedenfalls konnte es nicht allein Hunger sein. Vielleicht war es einfach die Normalität der Menschen, ihre feste Körperform, die die Aliens wie Motten zu einer hell brennenden Flamme zog. Oder war es Haß? Reue über das eigene Schicksal? Hunter schüttelte den Kopf. Das waren rein menschliche Emotionen.

Die Aliens waren heran, und die Mitglieder der Höllenschwadron begegneten ihnen mit blitzendem Stahl. Vielfarbiges Blut spritzte durch die Luft, als rasiermesserscharfe Klingen durch fließendes Fleisch schnitten, und trotzdem drängten die Aliens weiter vor. Sie konnten verletzt werden, aber nicht getötet, und an Schmerz waren sie seit Jahrhunderten gewöhnt. Nur ihre Angewohnheit, sich gegen die eigenen Verwundeten zu wenden, verhinderte, daß die

Monster die Schwadron einfach überrannten. Hunter führte seinen Dolch mit grimmiger Effizienz. Er schützte sich und Investigator Krystel, so gut er konnte. Die monofaserartig scharfen Kanten des Schutzschilds halfen ihm dabei. Auf Krystels anderer Seite schwang Williams sein Schwert, als wöge es überhaupt nichts, und seine Hiebe verfehlten niemals ihr Ziel. *Noch mehr versteckte Aufrüstungen,* dachte Hunter. *Er muß zum Platzen voll sein mit Implantaten. Hoffentlich sind seine Kristalle voll aufgeladen.*

Investigator Krystel war in ihrem Element. Sie schwang ihr Schwert beidhändig, und die schwere Klinge ging durch Alienfleisch und Alienknochen, als seien sie nichts weiter als Rauch oder Nebel. Krystel sang mit rauher Stimme zum Rhythmus ihrer Hiebe. Es war ein rauher, gutturaler Gesang in einer Sprache, die Hunter nicht kannte. In Krystels Gesicht stand ein Ausdruck schrecklichen Vergnügens. Hunter sah weg. Er konzentrierte seine Furcht und seine Wut auf die angreifenden Aliens. Sein Messer richtete nicht viel Schaden an, doch allein der Geruch vergossenen Blutes ließ die umgebenden Bestien in einen Freßrausch ausbrechen.

Hunter wich vor dem zuschnappenden Maul einer Kreatur zurück und wäre um ein Haar gestürzt, als die Trümmer unter seinen Füßen plötzlich nachgaben. Nur mit Mühe hielt er sein Gleichgewicht und benutzte die flache Seite seines Schutzschilds, um das angreifende Monster zurückzudrängen. Die Kreatur biß in den Schild, und ihre Zähne zersplitterten am Energiefeld. Hunter versuchte, größere Steinbrocken als Deckung zu nutzen, doch seine Schritte waren inzwischen zu unsicher geworden, um derartige Bewegungen zuzulassen. Die Flutwelle aus angreifenden Aliens brandete ohne Unterlaß gegen den Fuß des Trümmerhügels, immer weiter und weiter, ohne Rücksicht darauf, wie viele Artgenossen unter den Waffen der Höllenschwadron oder durch gegenseitige Raserei fielen. Nicht eine einige Kreatur starb, gleichgültig, wie schwer ihre Verletzungen auch sein mochten. Innerhalb weniger Minuten erholten sie sich vollständig selbst von tödlichen Wunden. Halb aufgefressene Kadaver formierten sich um verstreute Knochen, nur um sich anschließend erneut zu erheben und von neuem anzugreifen. Hunter spürte wachsende Verzweiflung in sich aufkeimen, als ihm nach und nach bewußt wurde, daß sie nicht gewinnen konnten, ganz gleich, wie gut sie auch kämpften. Früher oder später würden die unsterblichen Aliens die Menschen niederreißen, und wenn Hunter Glück hatte, würde er einen raschen Tod sterben. Er überlegte kurz, ob auch er von den Toten wieder auferstehen würde, um zu töten und erneut getötet zu werden, doch sein Verstand weigerte sich entsetzt, einen derartigen Gedanken zu denken.

Die Trümmer unter seinen Füßen bewegten sich ein weiteres Mal. Plötzlich brach der Boden auf. Große gezackte Risse zogen sich über den gesamten Hügel. Aus dem Innern erklang das Geräusch von etwas wirklich Großem, das sich einen Weg zur Oberfläche grub. Durchsichtige Tentakel schoben sich aus den Rissen und suchten blind nach Beute. Williams schrie auf, teilweise aus Schreck, teilweise aus Furcht, und hackte verzweifelt mit seiner Klinge auf die Tentakel ein. Krystel ignorierte sie völlig. Ihr wildes Grinsen wich nicht für eine Sekunde, während sie die feindliche Horde mit übermenschlicher Entschlossenheit immer und immer wieder zurückwarf.

Hunter zögerte einen Augenblick lang. Er war nicht sicher, was er als nächstes unternehmen sollte – wenn er überhaupt etwas unternehmen *konnte*. Die glitzernden Tentakel peitschten durch die Luft, und es war nur eine Frage von Sekunden, bis sie einen seiner Leute oder ihn selbst erwischen würden. Hunter trat einen Schritt zurück. Sein Herz klopfte bis zum Hals, als er sich hinter seinem Schutzschild zusammenkauerte, den Disruptor in einen der Risse steckte und abdrückte. Der gleißende Energiestrahl fuhr in den Hügel und traf, was auch immer sich darunter verborgen hielt. Der Boden erbebte unter Hunters Füßen, und der unterirdische Bewohner brüllte in Agonie.

Beim Klang des Schreis schien für einen Augenblick alles innezuhalten, dann wurden die Tentakel ruckhaft in die Risse im Boden zurückgezogen und waren verschwunden. Das Brüllen erstarb, und die wilde Horde der Aliens setzte ihren Angriff fort. Krystel begegnete ihnen mit bösen Lächeln und blitzendem Schwert. Die Stahlklinge durchtrennte ausgestreckte Hände und Tentakel und stieß durch Knochen und Sehnen wie durch Papier. Ein großes kriechendes Insekt mit hervorquellenden Augen unterlief Krystels Deckung. Seine messerscharfen Mandibeln schnappten hungrig. Krystel nahm die Zigarette aus dem Mund und stieß die glühende Spitze in eines der vorstehenden Augen der Kreatur. Das Auge platzte, und das Insekt wich unter heftigem Kopfschütteln zurück, als könnte es auf diese Weise den Schmerz abschütteln. Andere Kreaturen fielen über ihren Artgenossen her, und das Wesen verschwand unter einer wogenden Masse von Klauen und Zähnen.

Hunter bewegte sich näher an Krystel heran, doch er wußte, daß er nicht mehr lange durchhalten würde. Sein Atem ging rasselnd und ungleichmäßig. Die kalte Luft schmerzte in seinen Lungen. Trotz der Eiseskälte war er in Schweiß gebadet. Seine Arme und seine Rücken brannten vom unablässigen Kämpfen mit Dolch und Schild wie Feuer.

Krystel schien so frisch wie eh und je. Hunter wußte, daß selbst ein Investigator irgendwann an seine Grenzen stoßen mußte. Auch Williams wurde allmählich langsamer. Sie mußten sich bald zurückziehen, oder die Aliens würden sie überrennen.

Andererseits konnte der Rückzug den Aliens die Öffnung in der Verteidigung der drei Menschen geben, auf die sie gewartet hatten. *Verflucht, wenn wir es tun, und verflucht, wenn wir es lassen*, dachte Hunter bitter. *Eine bessere Definition des Begriffes Höllenschwadron habe ich noch nie gehört.*

Inzwischen waren in der Horde Kreaturen erschienen, denen alle Waffen der Menschen nichts anhaben konnten. Es gab leuchtende Nebel, die über den Boden glitten und mit unsichtbaren Mäulern an den Trümmern kauten. Es gab Kreaturen aus sprudelnder Flüssigkeit, die auseinanderfielen, wenn ihre Oberflächenspannung durchbrochen wurde, nur um sich endlos wieder neu zu formieren. Ein Schwert oder ein Disruptor war gegen derartige Lebewesen wirkungslos.

Williams warf einen Blick über die Schulter nach hinten. Das Loch in der Wand war nur noch wenige Fuß entfernt, aber es hätten genausogut Meilen sein können. Falls er auf den Gedanken kam, sich umzudrehen und davonzurennen, würde ihn die eine oder andere Kreatur mit Sicherheit unter sich begraben. Allerdings konnte er auch nicht dort bleiben, wo er war. Allein seine Implantate hatten die Aliens bisher auf Distanz gehalten; doch die Energie in den Kristallen würde nicht ewig reichen.

Nein, wenn er sich in das Loch zurückziehen wollte, mußte er für eine Ablenkung sorgen. Irgend etwas, das die Aufmerksamkeit der Aliens lange genug von ihm ablenkte, bis er sich in die Sicherheit hinter der Mauer zurückgezogen hatte. Aber wie sollte er die Aliens ablenken? Vielleicht gab es nur eine Möglichkeit. Ein Mensch mußte sterben.

Williams' Gesicht wurde leer, als der Gedanke Besitz von ihm ergriff. Er brauchte den Schutz von Krystel und Hunter. Aber andererseits – in diesem wirren Getümmel von Körpern, wer konnte Williams da schon einen Vorwurf machen, wenn ein Schuß aus seinem Disruptor so tragisch abgelenkt wurde? Niemand würde ihm irgend etwas beweisen können, und ganz sicher war es besser, wenn einer starb, als wenn alle drei sterben mußten. Er musterte seine beiden Gefährten. Investigator Krystels Fähigkeiten und ihr Wissen machten sie zu einem unbezahlbaren Mitglied der Höllenschwadron. Kapitän Hunter hingegen war entbehrlich. Nichts als eine befehlsgewohnte Stimme. Niemand würde ihn vermissen. Williams grinste schwach. Es paßte alles zusammen. Ein Schuß in den Rücken, und Hunter wäre Beute der Aliens. Sie würden sich über seinem Leichnam streiten, während Williams und Krystel sich in Sicherheit zurückziehen konnten. Perfekt.

Williams hielt die Angreifer mit Schwert und Schild auf Distanz, wartete einen geeigneten Augenblick ab und zielte mit seinem Disruptor auf Hunters Rücken. Und so sah er die große fliegende Kreatur nicht, die mit ausgestreckten Klauen auf ihn herunterschoß.

Hunter vernahm Williams' Schreie. Er drehte sich verblüfft um und sah, wie das geflügelte Ding versuchte, Williams in die Luft zu zerren. Das Alien besaß einen langgestreckten, ledrigen Körper und riesige Membranflügel, und trotz der gewaltigen Krallen, die sich tief in Williams' Körper gegraben hatten, wehrte der Doktor sich noch immer mit wilder Entschlossenheit. Schließlich erhob sich das Alien mit dem zuckenden Körper in die Luft. Williams' Blut spritzte auf die Monstrositäten unter ihm, und die Kreaturen drehten vollends durch, als sie den Geruch und Geschmack auffingen.

Sie streckten unglaublich lange Arme und Hälse nach dem Doktor aus. Krystel packte Hunter am Arm und drängte ihn zu dem Loch in der Wand, während die Horde abgelenkt war. Der Kapitän zögerte einen Augenblick, doch ein kurzer Blick reichte aus, um ihm zu zeigen, daß er nichts mehr für Williams' Rettung tun konnte. Die geflügelte Kreatur war unter dem Gewicht des Doktors zu tief gesunken. Die Horde hatte sie ganz heruntergezogen und Williams aus ihren Fängen gerissen. Er wehrte sich noch immer verbissen und kreischte verzweifelt, während die Aliens ihn unter sich begruben.

Krystel rannte bereits auf das Loch in der Wand zu. Hunter folgte ihr und zögerte erneut, als er Metall unter seinen Füßen glänzen sah. Es war Williams' Schwert. Hunter schob einen Dolch in den Stiefelschaft zurück, packte das Schwert und setzte sich wieder in Bewegung. Er und Krystel erreichten die Öffnung und waren hindurch, bevor die meisten der Aliens auch nur bemerkten, was geschah. Dicht hinter dem gezackten Loch machten Hunter und Krystel halt und sahen sich um.

Sie befanden sich in einem großen leeren Raum, der nur durch das wenige Licht erhellt wurde, das durch das gezackte Loch fiel. Hunter und Krystel beeilten sich, aus dem Lichtschein zu treten und stellten sich mit dem Rücken an die Wand rechts und links des Lochs. Hunters Atem beruhigte sich ein wenig. Draußen klang alles danach, als sei die Alienhorde noch immer durch Williams' Tod abgelenkt. Hunter wußte, daß es nicht mehr lange dauern konnte. Er

hob Williams' Schwert. Es war eine fein ausbalancierte
Waffe, und es fühlte sich gut an, wieder ein Schwert in Händen zu halten. Ihm war gar nicht bewußt gewesen, wie sehr
er sich auf sein Schwert verließ, bevor er allein mit seinem
Dolch kämpfen mußte. Ein Disruptor und ein Schutzschild
waren mächtige Waffen, doch irgendwie lief es am Ende
immer wieder auf kalten Stahl heraus und den Mann, der
ihn führte. Hunter blickte zu Krystel. Sie atmete schwer. Auf
ihrer Stirn stand Schweiß, und trotzdem sah sie noch immer
frischer aus als er.

»Was ist mit Williams passiert?« fragte Hunter heiser.

Krystel zuckte die Schultern. »Anscheinend ist er zu
unvorsichtig geworden. Oder er hat einfach Pech gehabt. So
etwas soll vorkommen.«

Hunter nickte müde. »In Ordnung. Und was machen wir
jetzt?«

»Ihr seid der Kapitän.«

Hunter blickte sie irritiert an, doch er wußte, daß sie recht
hatte. Trotz all ihrer Fähigkeiten besaß er die größere Erfahrung, und er trug die Verantwortung – und wenn er sich
noch so gerne einfach hingesetzt und versteckt hätte, in der
Hoffnung, daß die Aliens ihn nicht finden und ihre Suche
schließlich aufgeben würden. Hunter war müde. Er konnte
sich nicht erinnern, wann er sich jemals so erschöpft gefühlt
hatte. Es war die Anspannung, weiter nichts. Diese nicht
enden wollende Anspannung ...

»Also schön«, sagte er schließlich und gab sich die größte
Mühe, wenigstens zuversichtlich zu klingen. »Wir können
nicht hierbleiben. Die Aliens werden jeden Augenblick wieder hinter uns her sein. Wir brechen auf. Je schneller wir
Distanz zwischen uns und unsere Verfolger bringen, desto
besser.«

Hunter setzte sich zielstrebig in Richtung der gegenüberliegenden Seite des Raums in Bewegung und zuckte zusammen, als seine schmerzenden Gelenke protestierten. Investigator Krystel nahm die Feldlaterne aus ihrem Rucksack und
schaltete sie ein, bevor sie dem Kapitän folgte. Das weiche
goldene Licht verlor sich in dem großen Raum, aber es

reichte aus, um Hunter einen Ausgang auf der anderen Seite zu zeigen. Er rannte los, und Krystel lief neben ihm her. Sie hatten kaum den Ausgang erreicht, als es hinter ihnen dunkel wurde. Hunter warf einen Blick über die Schulter und sah, daß eine große, gepanzerte Kreatur ohne Kopf sich in den Durchbruch gezwängt hatte. Er hob seinen Disruptor und feuerte. Der Energiestrahl ging glatt durch den gepanzerten Körper hindurch. Das Alien brüllte schmerzerfüllt auf, doch es starb nicht. Hunter rannte durch den Ausgang, und Krystel folgte ihm auf dem Fuß.

Sie fanden sich in einer weiten, hohen Halle wieder. Lange Reihen unbekannter Maschinen standen dicht an dicht und verschwanden jenseits des Lichtkegels der Feldlampe. Hunter und Krystel blieben stehen. An einigen der Maschinen blinkten Kontrollen. Die Luft war von leisem, unangenehmem Summen erfüllt. Hunter spürte die Vibrationen bis in die Knochen. Krystel warf einen Blick nach hinten.

»Sie verfolgen uns, Kapitän. Ich kann sie hören.«

Hunter folgte Krystels Blicken. »Wir können ihnen nicht davonlaufen. Wir müssen sie irgendwie aufhalten, um uns einen Vorsprung zu verschaffen.« Er grinste plötzlich, als ihm eine Idee kam. Er zog eine Splittergranate aus seiner Bandoliere, machte sie scharf und rollte sie über den Boden auf den Ausgang zu, so daß sie direkt davor zu liegen kam. »So weit, so gut, Investigator. Jetzt laßt uns von hier verschwinden, als wäre der Teufel persönlich hinter uns her.«

Sie rannten zwischen den Reihen fremder Maschinen hindurch. Hunter hatte das Gefühl, als wäre er schon lange Zeit unterwegs, doch noch immer erstreckte sich die Halle vor ihm, und die Granate war bisher nicht explodiert.

Mit einemmal schüttelte sich der Boden unter ihren Füßen, und eine Ruckwelle aus kochend heißer Luft warf Hunter und Krystel nach vorn. Die Explosion war in dem geschlossenen Raum ohrenbetäubend laut. Metallsplitter und Trümmer fetzten wie Schrapnell durch die Gegend. Die beiden Menschen hoben ihre Schutzschilde über die Köpfe und kauerten sich dicht an dicht auf den Boden, um ein möglichst kleines Ziel abzugeben Nach einer Weile riskier-

ten sie einen Blick zum Ausgang. Die Halle war von einge-
stürzten Wänden und Trümmern blockiert. Die beiden Menschen grinsten sich an und rannten in die Dunkelheit.

Sie erreichten das Ende der Halle ohne Zwischenfall, doch
sie fanden keinen Ausgang. Krystel hob ihren Disruptor und
schoß ein Loch in die Wand. Sie kletterten durch die neu
geschaffene Öffnung und fanden sich in einem engen, glatten Korridor wieder. An der Decke leuchteten in unregelmäßigen Abständen stabförmige Lampen. Krystel schaltete
die Feldlaterne ab und hakte sie in den Gürtel, um eine
Hand frei zu haben. Sie blieb stehen und sah rasch durch
das Loch zurück in die Halle. Die Aliens waren durchgebro-
chen und rannten nun zwischen den Maschinenreihen hinter den Menschen her. Hunter und Krystel flüchteten durch
den Korridor, so schnell sie ihre Beine trugen. Hunter hatte
nicht die leiseste Ahnung, wohin der Gang führte, doch alles
war besser als herumzustehen und zu warten, bis die Aliens
sie erreicht hatten.

Der Korridor schien nicht enden zu wollen. Nirgendwo
gab es eine Abzweigung, nirgendwo eine Tür. Die ersten
Echos der Verfolger erklangen hinter ihnen, zusammen mit
einem gelegentlichen Brüllen, Schreien oder Schnauben, das
unmöglich einer menschlichen Kehle entstammen konnte.
Hunter sah nicht nach hinten. Er wollte lieber nicht wissen,
wie dicht ihnen die Aliens auf den Fersen saßen. Krystel zog
eine Granate aus ihrer Bandoliere und hielt sie wurfbereit in
der Hand.

Sie umrundeten eine Biegung und fanden einen Eingang.
Er führte geradewegs in einen weiteren Turm. Eine inzwi-
schen vertraute Rampe wand sich an der Innenseite des
Turms nach oben. Krystel musterte die Rampe zweifelnd.

»Wenn wir uns dort hinaufjagen lassen, dann geht es
irgendwann nicht mehr weiter. Die Spitze eines Turms ist
der verdammt ungünstigste Platz, sich in die Enge treiben
zu lassen.«

»Ich bin ganz Eurer Meinung«, erklärte Hunter. »Aber so
weit werden wir nicht hinaufgehen. Wie nah sind unsere
Verfolger?«

Krystel blickte den Korridor entlang. »Zu nah. Und sie kommen immer näher.«

»Habt Ihr Eure Granate noch? Gut. Benutzt sie, um die Bastarde ein wenig aufzuhalten, und dann kommt Ihr hinter mir die Rampe hinauf.«

Hunter rannte los, und Krystel drehte sich zum Korridor um. Sie zog den Sicherungsstift der Granate und rollte sie in die Dunkelheit. Krystel wandte sich um und folgte hinter Hunter die Rampe hinauf. Sie fand ihn eine Etage höher vor einer Tür, die von der Rampe abzweigte. Die Granate explodierte, und der gesamte Turm bebte. Ein Chor von Schreien und Heulen echote aus dem Korridor zu den beiden Menschen hinauf. Hunter und Krystel grinsten sich an, dann führte der Kapitän Krystel durch die Tür in einen dunklen, leeren Raum.

Die beiden Menschen durchquerten den Raum und betraten einen weiteren Raum dahinter. Von der Decke hingen metallene Fäden, die sich unablässig bewegten und drehten, obwohl keinerlei Wind ging. Hunter und Krystel durchquerten den Raum, so schnell sie wagten, und schlängelten sich zwischen den Fäden hindurch, ohne sie zu berühren. Die Fäden sahen zwar vollkommen harmlos aus, doch sowohl Kapitän Hunter als auch Investigator Krystel hatten gelernt, allem und jedem in der Stadt zu mißtrauen. Ganz besonders Dingen, die sich ohne Grund bewegten. Der nächste Raum war wieder einmal leer – und er besaß keinen zweiten Ausgang. Hunter blieb stehen und lauschte, doch alles schien ruhig. Er nickte Krystel zu.

»Ihr bleibt an der Tür. Haltet die Augen nach unerwünschten Besuchern offen.«

Krystel hakte die Feldlampe vom Gürtel und stellte sie auf den Boden. Dann postierte sie sich mit gezücktem Schwert und eingeschaltetem Schutzschild im Durchgang. Hunter richtete seinen Disruptor auf den Boden und drückte ab. Der Energiestrahl brannte ein weites Loch durch den Flur. Risse breiteten sich von dem Loch her aus, und Hunter beobachtete sie mißtrauisch, bis alles wieder zur Ruhe gekommen war. Schließlich schob er die Waffe ins Holster zurück, nahm Krystels Lampe, kniete am Rand des Lochs nieder und senkte die Lampe nach unten. Im Raum unter dem Loch befand sich eine Anzahl von Objekten aus Stahl und Glas, deren Sinn Hunter nicht erkannte. Es mochten Maschinen sein oder auch Skulpturen. Ansonsten war der Raum leer. Hunter schätzte die Höhe ab und versuchte sich davon zu überzeugen, daß es nicht so tief hinunter ging, wie es aussah.

»Krystel! Sind die Aliens schon in Sicht?«

»Bis jetzt noch nicht, Kapitän.«

»Dann kommt her. Wir gehen ein Stockwerk tiefer, und zwar auf die harte Tour. Mit ein wenig Glück verlieren die Aliens unsere Spur lange genug, daß wir uns diskret aus der Stadt verabschieden können. Ich springe als erster.«

Hunter stellte die Lampe neben sich auf den Boden, schaltete den Energieschirm ab und schob das Schwert in die Scheide. Dann setzte er sich auf den Rand des Lochs. Ohne Licht konnte er nicht erkennen, wie tief es hinunterging. Hunter war nicht sicher, ob er sich deswegen eher nervöser fühlte oder nicht. Schließlich biß er einfach die Zähne zusammen und stieß sich vom Rand ab. Er fiel beängstigend lang, bevor er mit den Füßen voran auf dem Boden landete. Die Wucht des Aufpralls riß ihn von den Beinen und preßte die Luft aus seinen Lungen. Hunter fand gerade genug Zeit, um sich wieder aufzurappeln, als Investigator Krystel leichtfüßig neben ihm landete. In einer Hand hielt sie die Lampe.

»Alles in Ordnung, Kapitän?«

»Ja, alles in Ordnung«, antwortete er rasch. »Alles in Ordnung.«

Der Raum öffnete sich zu einem Korridor hin. In die Decke waren Leuchtstäbe eingelassen, doch nur wenige von ihnen brannten. Im Korridor war nichts als Schatten. Nichts deutete darauf hin, daß sich jemals Aliens hier aufgehalten hatten. Hunter und Krystel schlichen vorsichtig durch das Dämmerlicht, die Waffen im Anschlag, und erreichten bald einen weiteren Korridor. Bei jedem Geräusch und jedem sich bewegenden Schatten fuhren sie zusammen. Trotzdem erreichten sie unangefochten das Erdgeschoß des Gebäudes und fanden schließlich einen Ausgang auf die Straße. Hunter bedeutete Krystel mit einer Handbewegung, die Lampe auszuschalten. Dann spähte er argwöhnisch auf die Straße hinaus in die Abenddämmerung. Die Straße lag leer und verlassen. Keinerlei Anzeichen von Aliens. Hunter trat auf die Straße hinaus, drehte sich einmal suchend um die eigene Achse und bedeutete anschließend Krystel, ihm zu folgen. Sie hakte die Feldlampe in ihren Gürtel – für den Fall, daß sie bald wieder gebraucht wurde – und gesellte sich zu dem Kapitän. Die Sonne war beinahe untergegangen, und der Himmel nahm nach und nach eine nachtschwarze Färbung an. In einiger Entfernung stand der Kupferturm. Groß, majestätisch und rätselhaft überragte er die anderen Gebäude.

Hunter drehte sich zu Krystel um und wollte ihr soeben erklären, daß alles ruhig war, als die Mauer hinter ihr zerbarst und in sich zusammenfiel. Hunter erstarrte. Lange dornenbesetzte Ranken entrollten sich aus dem Mauerwerk und griffen nach Investigator Krystel. Sie warf sich auf den Boden und rollte außer Reichweite. Als sie wieder auf den Beinen war, hatten die Ranken bereits die Straße überquert und bildeten eine undurchdringliche Barriere zwischen ihr und ihrem Kapitän. Eine ganze Reihe hüpfender und springender Insekten, jedes mindestens einen Fuß lang, brach aus den Rissen in der Mauer hervor und warf sich mit hungrig schnappenden Mandibeln auf Krystel.

Sie aktivierte ihren Schutzschild und begegnete dem neuerlichen Angriff mit dem Schwert in der Faust. Hunter erwischte eines der Insekten mit dem Disruptor, und der dunkelgraue Panzer des Wesens explodierte. Mehr konnte er nicht tun, um Krystel zu helfen. Er warf sich auf die Rankenbarriere und hieb mit dem Schwert darauf ein, während die Dornen wirkungslos an seinem Kettenumhang abprallten und an seinem Schutzschild zerbrachen.

Krystel führte ihr Schwert beidhändig, während sich auf ihrem Gesicht erneut ein kaltes Grinsen ausbreitete. Die großen Insekten fielen reihenweise unter ihren Hieben, und die Unverletzten stürzten sich auf ihre verwundeten Artgenossen. Krystel lachte glücklich auf. Das hier war es, wofür sie lebte. Hierfür war sie ausgebildet worden. Der Kampf verlieh ihrem Leben erst Sinn; eine vollkommene, unbesiegbare Killermaschine. Die Aliens stürmten heran, und sie schlachtete sie dahin und war glücklich dabei.

Hunter setzte schließlich seine vorletzte Granate gegen die Rankenbarriere ein. Die Explosion riß eine Lücke in die zuckenden Reben, und er zwängte sich hindurch, ohne sich um die Kratzer an den ungeschützten Händen und im Gesicht zu kümmern. Krystel stand inmitten eines Haufens verkrüppelter Insekten. Im Augenblick schien kein Gegner mehr übrig zu sein. Er packte sie am Arm und zog sie mit sich die Straße hinunter. Zuerst wehrte sie sich, doch dann verebbte ihr Blutrausch, und sie rannte neben Hunter her in Richtung des Kupferturms.

Hinter ihnen tauchte erneut die wilde, vielgestaltige Horde der Aliens auf.

Corbie hob seine Waffe und feuerte blind in die Dunkelheit. Der gleißende Energiestrahl erleuchtete die Halle mit den Perlmuttkugeln für einen Sekundenbruchteil und fraß ein sauberes Loch in den Brustpanzer des Aliens, das in diesem Augenblick durch die Mauer brach. Das Wesen schrie einmal laut auf, ein merkwürdig schriller Ton von einer derart großen Kreatur, und die Dunkelheit kehrte zurück. Corbie starrte wild um sich und tastete nach DeChance. Er wußte, daß sie ganz in der Nähe sein mußte – er konnte ihr Stöhnen hören –, doch seine Hände griffen ins Leere. Dann berührten seine Finger etwas Hartes, Unnachgiebiges, und sein Herzschlag drohte auszusetzen.

»Halt still!« sagte Lindholm rasch. »Und halte deine Hände bei dir. Wenn du weiter so in der Dunkelheit herumfuchtelst, bringen wir uns noch gegenseitig um. Schalte lieber deinen Schutzschild ein, das verschafft uns ein wenig Licht, während ich die Lampe aus deinem Rucksack hole.«

Corbie aktivierte seinen Schutzschild, und der leuchtende Schirm erschien vor seinem Unterarm. Das bleiche Licht vertrieb einen Teil der umgebenden Finsternis. Lindholm warf einen raschen Blick auf das gepanzerte Alien, das zusammengesunken in den Überresten der zerstörten Mauer lag, und kramte anschließend in Corbies Rucksack nach dessen Feldlampe. Corbie packte DeChance an den Schultern und zog sie auf die Beine. Die Esperfrau lehnte sich müde gegen ihn und stützte sich auf seinen Arm. Sie hatte aufgehört zu schluchzen, doch sie war bleich wie der Tod und zitterte am ganzen Leib. Corbie sah sie besorgt an. Ihr Gesicht war hager und eingefallen, und ihre Augen starrten blicklos ins Leere. Aus der Ferne ertönten die Schreie und das Kreischen weiterer Aliens. Sie kamen aus allen Richtungen. Lindholm schaltete endlich die Lampe ein, und die Halle ringsum wurde wieder sichtbar.

»Wir müssen von hier verschwinden, Sven«, drängte Corbie. »DeChance ist völlig von der Rolle, und die verdammten Biester können jeden Augenblick hier sein und uns angreifen.«

»Wahrscheinlich hast du recht«, antwortete Lindholm. Er blickte sich suchend nach einem Ausgang um, doch es gab nur den Weg, auf dem sie gekommen waren. Ein Teil der Wand war zusammengestürzt, aber der Körper der erschossenen Kreatur blockierte den Weg, und sie rührte sich auch schon wieder. Lindholm fluchte kurz und richtete seinen Disruptor nach unten. Er betätigte den Abzug, und der sengende Energiestrahl fraß ein Loch in den Boden. Risse zogen sich knirschend und krachend von den Rändern des Loches weg, doch nach einigen Augenblicken beruhigte sich die Lage wieder. Corbie musterte Lindholm mit einem harten Blick.

»Dort runter? Du machst wohl Witze? Dort unten kann alles mögliche auf uns lauern!«

»Hast du vielleicht eine bessere Idee?«

Corbie verzog das Gesicht zu einer unglücklichen Grimasse. »An manchen Tagen sollte man morgens einfach nicht aufstehen.«

Lindholm setzte sich an den Rand des ausgefransten Lochs und ließ die Beine baumeln. »Ich springe als erster. Du reichst mir dann DeChance runter, in Ordnung?«

»Verstanden.« Corbie schob die widerstandslose DeChance zum Loch und wartete ungeduldig, während Lindholm sich in die Tiefe gleiten ließ. Er starrte auf den offenen Durchgang, durch den sie gekommen waren, aber im Dämmerlicht der Leuchtstäbe war nichts zu sehen. Dafür hörte er um so deutlicher, wie sich die Aliens näherten. Nach den Geräuschen zu urteilen waren es eine ganze Menge. In der zusammengefallenen Mauer regte sich die gepanzerte Kreatur. Langsam hob sie den Kopf. Ihre Augen glitzerten im Dämmerlicht blau. Corbie musterte die wie betäubt dastehende DeChance und fragte sich zum wiederholten Mal, was zur Hölle der verdammte Energiekristall ihr gezeigt hatte, um eine derart heftige Reaktion hervorzurufen. Bei genauerer Überlegung entschied er, daß er es wahrscheinlich gar nicht wissen wollte.

Lindholm zischte ihm von unten aus dem Loch etwas zu, und Corbie ließ DeChance vorsichtig in Lindholms wartende Arme hinunter. DeChance murmelte etwas Unverständliches, doch sie erwachte nicht aus ihrer Trance. Das gepanzerte Alien wuchtete sich aus der zertrümmerten Wand. Corbie setzte sich hastig an den Rand des Lochs und schob sich in die Dunkelheit darunter.

Er fand sich in einer Art Tunnel wieder, vielleicht sieben Fuß hoch und entschieden klaustrophobisch, wenn man den Maßstab der restlichen Alienbauwerke bedachte. An den rauhen Steinwänden troff Feuchtigkeit herab und sammelte sich in großen Lachen auf dem Boden. Der Gestank war schrecklich. Lindholm hielt die Lampe hoch und blickte den Tunnel hinauf und hinab. Er erstreckte sich so weit in jede Richtung, wie der Lichtschein der Lampe reichte. Lindholm und Corbie sahen sich fragend an.

»Und welche Richtung sollen wir einschlagen?« fragte Corbie.

»Woher soll ich das wissen?« erwiderte Lindholm. »Vermutlich spielt es sowieso keine Rolle.«

»Doch, das tut es«, meldete sich DeChance unvermittelt zu Wort. »Dort entlang.«

Sie deutete mit zitternder Hand den Tunnel hinab. Lindholm ließ sie zögernd los und lächelte ermutigend, als sie ohne seine Hilfe aufrecht stehen blieb. Ihre Augen blickten wieder scharf und wach, doch sie sah schrecklich aus. Ihr Gesicht war völlig eingefallen und blaß. Die Haut spannte sich straff über den Knochen. Ströme von Schweiß rannen über ihre Wangen, und die Augen lagen tief in den Höhlen. Ihre Hände zitterten heftig.

»Wie fühlt Ihr Euch?« fragte Corbie freundlich.

DeChance grinste. »Ich werd's überleben.«

»Was habt Ihr in der Kugel gesehen?« wollte Lindholm wissen.

»Nicht jetzt«, entgegnete DeChance. Sie deutete erneut den Tunnel hinab. »Wir müssen los, in diese Richtung. Schnell. Die Aliens werden bald hier sein. Sie wollen uns, und sie werden nicht aufgeben. Sie wollen das, was uns so normal macht. Unsere Beständigkeit. Ich glaube, dieser Tunnel gehört zum einstigen Kanalisationssystem der Alienstadt. Wir werden hier unten bleiben, bis wir in der Nähe des Kupferturms sind. Anschließend schießen wir uns einen Ausgang nach oben frei.«

»Und wie erfahren wir, daß wir beim Kupferturm angekommen sind?« erkundigte sich Corbie.

»Ich werde es Euch sagen«, entgegnete DeChance. »Die Maschine leuchtet unübersehbar hell in meinem Bewußtsein.«

Corbie sah Lindholm an, und Lindholm zuckte die Schultern. Corbie schüttelte den Kopf. »Ich hätte wissen müssen, daß ich am Ende wieder alle Entscheidungen in dieser Gruppe fällen darf.«

»Aber du machst das doch ganz prima, Russ«, entgegnete Lindholm ernst. »Außerdem habe ich immer gesagt, daß du einen hervorragenden Offizier abgegeben hättest.«

»Du weißt, daß du entbehrlich bist, Sven, nicht wahr?«

»Ich entbehrlich? Wer soll mich denn ersetzen?«

»Praktisch alles und jeder.«

Ein langes, stachelübersätes Bein streckte sich tastend von oben durch das Loch in der Decke. Die drei Menschen wichen hastig ein paar Schritte zurück.

»In Ordnung«, sagte Corbie. »Das reicht. Laßt uns verschwinden. Sven, du hast die Lampe, also gehst du voraus. Wir folgen dir. Und Beeilung, Leute. Das hier ist ein verdammt ungemütlicher Platz, um in die Enge getrieben zu werden.«

Er hieb mit dem Schwert auf das tastende Bein und schnitt es in zwei Hälften. Das abgetrennte Ende fiel zu Boden und zuckte unkontrolliert. Lindholm setzte sich rasch in Bewegung. Corbie nahm Esper DeChance bei der Hand und wollte sie führen ... und mußte sich zusammenreißen, um die Hand nicht wieder zurückzuziehen. Ihre Haut fühlte sich feucht und schlüpfrig und irgendwie ... lose an, als hätte sie unglaublich schnell ganz viel Gewicht verloren. Er wollte etwas sagen, doch DeChance kam ihm zuvor. Sie erzählte, was sie von der Perlmuttkugel erfahren hatte, und er vergaß seine Frage und lauschte. Das Erzählen der komplizierten Geschichte von zerbrochenen Träumen und rasendem Wahnsinn benötigte seine Zeit, und hier unten in der klaustrophobischen Enge des Tunnels bekam sie einen ganz eigenartigen Klang. Als DeChance endlich fertig war, warfen Corbie und Lindholm bereits eine ganze Weile besorgte Blicke in die Finsternis hinter dem Lichtkreis der Lampe.

Der Tunnel neigte sich seit einiger Zeit spürbar nach unten. Der Boden wurde immer mehr von Wasser bedeckt. Als DeChance endete, standen sie bereits bis zu den Knöcheln in dunklem, schlammigem Wasser. Überall schwammen Dinge, die Corbie lieber nicht aus der Nähe betrachten wollte. DeChance und die beiden Soldaten wateten eine ganze Weile schweigend weiter. Das einzige Geräusch war das Platschen ihrer Stiefel, und es wirkte in der Stille unnatürlich laut.

»Glaubt Ihr, die Maschine ist irgendwo im Kupferturm eingebaut?« fragte Corbie schließlich.

»Ich schätze, der Turm *ist* die Maschine«, erwiderte DeChance. »Eine einzige riesige Maschine, die nach Gott weiß wie vielen Jahrhunderten noch immer funktioniert.«

»Und was werden wir tun, wenn wir dort angekommen sind?« fragte Corbie. »Sie in die Luft jagen?«

»Ich weiß es nicht. Vielleicht.« DeChance rieb sich die Stirn, als hätte sie plötzlich Kopfschmerzen. »Irgendwie glaube ich nicht, daß es so einfach sein wird. Die Maschine kann sich verteidigen, wenn es sein muß.« Sie unterbrach sich und blieb wie angewurzelt stehen. Die beiden Soldaten hielten ebenfalls an. DeChance starrte voraus in die Dunkelheit. »Dort ist etwas ... etwas Merkwürdiges. Es wartet darauf, daß wir zu ihm kommen.«

Corbie und Lindholm richteten ihre Waffen in den Tunnel. Eine ganze Weile bewegte sich keiner der drei. Die Schutzschilde summten laut in der Stille. Corbie strengte seine Ohren an, doch er hörte absolut nichts. Die schmutzige Wasseroberfläche war spiegelglatt.

»Wie nah ist es?« fragte er DeChance leise.

Die Esperfrau runzelte die Stirn. »Es wartet. Direkt hinter dem Lichtschein. Es fühlt sich ... seltsam an. Unfertig.«

»Vielleicht sollten wir besser kehrtmachen und verschwinden?« schlug Corbie vor.

»Nein!« widersprach DeChance vehement. »Wir müssen zum Kupferturm! Er ist unsere einzige Chance. Außerdem würde die Kreatur uns verfolgen.«

»Mein Gott!« rief Corbie. »Das wird ja immer besser!«

»Wir könnten einfach eine Granate werfen«, schlug Lindholm vor.

Corbie blickte ihn an. »In einem engen Gang wie diesem hier? Die Explosion würde Hackfleisch aus uns machen!«

»Tut mir leid«, entschuldigte sich Lindholm. »Ich habe nicht nachgedacht.«

»Ihr fangt besser rasch damit an«, sagte DeChance. »Es kommt auf uns zu.«

Lindholm und Corbie richteten ihre Waffen in die Dunkelheit. DeChance zog ihren eigenen Disruptor, doch ihre Hand zitterte zu sehr, um mit der Waffe zu zielen. Sie aktivierte ihren Energieschild und spähte ängstlich über den oberen Rand nach vorn. In der Dunkelheit des Tunnels wurde ein schwaches Leuchten erkennbar, das stetig an Helligkeit zunahm, je mehr es sich den drei Menschen näherte. Corbie zerbiß einen Fluch auf den Lippen, als die Umrisse der Kreatur in ihrem eigenen merkwürdigen Licht erkennbar wurde. Sie besaß keine feste Gestalt, sondern schien aus einem zuckenden Haufen von Blasen und Augen zu bestehen, der den Tunnel von einer Wand zur anderen und vom Boden bis zur Decke ausfüllte wie eine Woge heranstürzenden Schaums. Zwischen den Blasen und Augen tauchten große schnappende Mäuler auf und verschwanden wieder.

Lindholm feuerte seinen Disruptor ab. Der Energiestrahl fuhr mitten durch die wabernde Masse. Ein paar Blasen platzten, das war der einzige erkennbare Effekt. Corbie sprang vor und stieß mit seinem Schwert zu. Die Klinge ging durch das Alien hindurch wie durch Schaum, ebenfalls ohne jeden Effekt.

Corbie wurde von einem eigenen Schwung nach vorne gerissen, und er fiel überrascht auf die Knie. Ein Maul schnappte nach seiner Hand und verfehlte sie nur um Haaresbreite. Weitere Mäuler schnappten nach ihm. Plötzlich geriet die Kreatur mit Corbies Schutzschild in Berührung. Eine ganze Reihe von Blasen platzte laut poppend beim Kontakt mit dem Energieschirm. Die zahnbewehrten Mäuler verschwanden im Innern der Kreatur. Corbie schwang seinen Schild, und weitere Blasen platzten. Die Kreatur trat rasch den Rückzug durch den Tunnel an. Innerhalb weniger Sekunden war sie in der Dunkelheit verschwunden. Corbie stand wieder auf und schüttelte angewidert das nasse Bein.

»Bestimmt fange ich mir irgend etwas ein von dieser Brühe«, fluchte er. »Esper, war das dieses Ding, das uns aufgelauert hat? Rennt es noch davon oder wartet es wieder?«

»Es rennt noch immer«, antwortete DeChance. »Auf lange Sicht können wir es wahrscheinlich nicht besiegen. Wir sollten machen, daß wir weiterkommen. Bis zum Kupferturm ist es noch ein gutes Stück, und wir wollen vor Einbruch der Dunkelheit dort ankommen. In der Nacht sieht es in der Stadt noch schlimmer aus.«

Die Menschen marschierten in ihrem kleinen Lichtkegel durch den engen Tunnel. Sie stießen des öfteren auf Verzweigungen, doch DeChance wußte stets, welche Richtung sie einschlagen mußten. Über weite Abschnitte zogen sich

Keramikrohre an den Wänden entlang, manchmal ineinander verdreht, manchmal nicht, und verschwanden so plötzlich wieder in der Mauer, wie sie ausgetreten waren. *Vermutlich benötigt selbst eine Stadt wie diese eine gute Kanalisation,* dachte Corbie. *Und hier stinkt es derart, daß es sich ganz bestimmt um einen Teil davon handelt. Ich war schon in Schlachthäusern, wo es besser gerochen hat.*

Das Wasser wurde stetig tiefer. Mittlerweile wateten sie bis zu den Knien durch die schwarze, schlammige Brühe. Graue und weiße Pilze wucherten an den Wänden, manchmal mehr als zwei Zoll dick. Corbie achtete darauf, nichts zu berühren. Die Pilze machten einen hungrigen Eindruck. Auf der Wasseroberfläche erschienen treibende Klumpen. Corbie betrachtete sie mißtrauisch. In ihm regte sich der starke Verdacht, daß einige der Klumpen den Menschen folgten. Plötzlich blieben alle wie angewurzelt stehen. Ein Stück weit voraus in der Wand zu ihrer Rechten befand sich ein rundes, glattes Loch.

»Könnt Ihr etwas spüren, Esper?« fragte Corbie leise.

»Ich bin nicht sicher«, antwortete DeChance. »Irgend etwas ist dort, aber es hat sich abgeschirmt. Ich bekomme es nicht zu fassen.« Sie rieb sich müde über die Stirn. »Es könnte das Nest irgendeiner Kreatur sein, vielleicht sogar irgendeine Maschine. Ich weiß es nicht.«

»Ihr bleibt hier«, entschied Corbie. »Sven, wir beide werden einen Blick riskieren.«

»Du hättest wenigstens fragen können, ob ich mich freiwillig melde«, beschwerte sich Lindholm grinsend. »Dir ist die Macht zu Kopf gestiegen, Russ.«

»Stöhn, mecker, ächz«, brummte Corbie. »Du verträgst auch nicht den kleinsten Spaß.«

Die beiden Soldaten setzten sich vorsichtig und mit gezückten Waffen in Bewegung. Ihre Energieschilde summten leise vor sich hin. Das Loch in der Wand wurde scheinbar größer, je näher sie kamen. Schließlich standen sie vor einer Öffnung von sechs Fuß Durchmesser und starrten aus der Sicherheit hinter ihren Schutzschilden in die dahinterliegende Dunkelheit.

»Ich kann nichts sehen«, brummte Corbie. »Wie steht es mit dir, Sven?«

»Absolut nichts. Ich kann auch nichts hören. Ich vermute, es handelt sich um ein Nest, das seit einiger Zeit verlassen ist. DeChance hat gesagt, die Aliens hätten allesamt lange Zeit geschlafen.«

»Sicher. Außerdem kann ich mir nicht einmal ein Alien vorstellen, das länger hier unten bleibt als unbedingt nötig.«

Tief im Innern des Lochs bewegte sich etwas. Lindholm und Corbie hoben ihre Waffen und erstarrten, als eine endlose Woge von Dunkelheit sie umfing. DeChance schrie eine Warnung, doch keiner der beiden hörte etwas.

Corbie stand auf einem schneebedeckten Schlachtfeld. Er war von Toten umgeben. Blut klebte an seiner Uniform, doch nur ein Teil davon war sein eigenes. Die doppelten Monde der Hyaden hingen am Nachthimmel. Die Geistkrieger von *Shub* waren hiergewesen und wieder verschwunden, und die Imperialen Marineinfanteristen waren reihenweise gefallen. Die Infanteristen waren Elitesoldaten, aber sie bestanden lediglich aus Fleisch und Blut und hatten nicht den Hauch einer Chance gegen die lebenden Toten. Blutlachen befleckten den Schnee ringsum. Die Körper der Erschlagenen bedeckten das Schlachtfeld, soweit Corbie sehen konnte. Nichts bewegte sich, mit Ausnahme eines zerfetzten Banners, das im Wind flatterte. Corbies Klinge war zerbrochen, der Kristall seines Disruptors erschöpft. Er war der letzte Überlebende einer ganzen Kompanie imperialer Marineinfanteristen.

Geistkrieger. Tote Körper, die von Lektronenimplantaten kontrolliert wurden. Die ultimativen Terrortruppen. Gefühllos, seelenlos, unaufhaltsam. Corbie hatte sich immer als mutigen Mann betrachtet, bis er den Geistkriegern gegenübergestanden hatte. Sie hatten seinen Mut immer und immer wieder auf die Probe gestellt, bis er schließlich an ihnen zerbrochen war. Die Legionen der Toten zerbrachen jeden.

Corbie blickte sich auf dem stillen Schlachtfeld um. Ihm schien, daß er eigentlich woanders sein müßte, doch er konnte sich nicht erinnern, wo das sein sollte. In der Nähe bemerkte er eine plötzliche Bewegung. Corbie wich einen Schritt zurück, als ein Leichnam den Kopf hob und ihn musterte. Getrocknetes Blut hatte den halben Schädel des Toten zu einer starren schwarzen Maske verwandelt, doch die Augen des Soldaten leuchteten hell und zornig. Der Leichnam erhob sich unsicher auf die Beine und trat vor Corbie. In seiner Brust klaffte ein großes Loch, wo ein Geist-krieger ihm das Herz herausgerissen hatte. Der Leichnam grinste plötzlich und entblößte blutige Zähne.

»Ihr wart immer ein Überlebenskünstler, Corbie.«

»Major ...« Corbie versuchte sich zu entschuldigen, doch sein Hals war rauh und trocken, und kein Wort kam über seine Lippen.

»Erzählt mir nichts, Corbie. Ihr habt nicht das Recht dazu. Wir haben unsere Stellung gehalten, unsere Befehle befolgt, haben gekämpft und sind gestorben, wie es sich für Solda-ten gehört. Ihr nicht, Corbie. Ihr habt überlebt.«

»Ich habe meine Stellung gehalten.«

»Nur bis zu dem Augenblick, als klar wurde, daß wir ver-lieren, Corbie. Bis klar wurde, daß unsere Kompanie nicht den Hauch einer Chance gegen die Legionen der Toten besaß. Wir haben bis zum letzten Mann gekämpft, Corbie. Ihr habt Euch unter den Leichen der Gefallenen versteckt, Corbie, habt Euch mit Blut beschmiert und gehofft, daß man euch für einen weiteren Leichnam hält. Die Kompanie starb bis auf den letzten Mann, und Ihr allein habt überlebt, um von unserem Tod zu erzählen. Ich hatte so auf Euch gesetzt, Corbie, doch Ihr habt uns alle betrogen. Ihr hättet mit uns sterben sollen.«

»Irgend jemand mußte überleben, um die anderen zu warnen, Major.«

»Das war nicht der Grund, aus dem Ihr überlebt habt, Corbie. Ihr hattet Angst. Seit damals wird Euer Leben von Angst bestimmt.« Der Leichnam zog sein Schwert. »Nun, Soldat, habt Ihr die Chance, Eure Schulden zu bezahlen.«

Corbie warf sein zerbrochenes Schwert weg und zog den langen Dolch aus dem Stiefelschaft. »Nur ein Dummkopf stirbt ohne triftigen Grund.«

Ihre Klingen trafen sich, und das Klirren von Stahl auf Stahl durchdrang die Stille des Schlachtfeldes.

Lindholm stand im Zentrum der großen Arena von Golgatha. Ringsum bejubelte die Menge einen weiteren Tod. Der unterlegene Gladiator wurde weggeschleppt. Hinter ihm zog sich eine blutige Spur durch den Sand. Es war keine besonders fachkundige Menge, die heute auf den Zuschauerrängen saß. Sie hatte keinen Blick für die hohe Kunst des Schwertkampfes, für die Finessen von Angriff und Verteidigung. Die heute hier Versammelten wollten Blut, und es war ihnen egal von wem. Sie hatten dafür bezahlt, den Tod zu sehen, direkt hier und mit eigenen Augen, und sie konnten nicht genug davon bekommen. Das Jubeln der Menge wurde noch lauter, als Lindholms nächster Gegner den Sand der Arena betrat. Lindholm wußte, wer es war, noch bevor er sich nach ihm umdrehte. Er wußte, wer es sein *mußte*. Groß, geschmeidig, graziös. Elena Dante bedankte sich für den Jubel der Menge und begrüßte Lindholm mit erhobenem Schwert. Elena Dante, die lächelnde Killerin, Liebling der Massen von Golgatha.

»Ich wollte nie gegen dich kämpfen, Elena«, sagte Lindholm leise.

»Früher oder später mußte es soweit kommen, Sven«, antwortete sie. »So ist das nun einmal hier in der Arena. Glaub nicht, daß ich es dir leicht machen werde, nur weil wir befreundet sind.«

»Mehr als befreundet, Elena.«

»Vielleicht. Trotzdem, es macht keinen Unterschied. Hier draußen im Sand gibt es nur Sieger und Verlierer. Und ich kämpfe stets, um zu gewinnen.«

»Du kannst mich nicht töten, Elena«, sagte Lindholm. »Nicht nach allem, was wir einander bedeuten.«

»Du warst schon immer ein Romantiker, Sven.« Dante

grinste breit. »Ich sag' dir was, Sven. Wir wissen beide, daß ich dich besiegen werde. Also gib dir wenigstens Mühe, einen guten Kampf zu liefern. Gib der Menge, was sie will, und ich verspreche dir einen raschen Tod.«

»Das würdest du für mich tun?« fragte Lindholm.

»Sicher. Wozu sind Freunde schließlich da?«

Lindholm runzelte die Stirn. »Ich erinnere mich an diese Szene. Ich habe das schon einmal erlebt. Wir haben in der Arena gegeneinander gekämpft, und ich habe dich besiegt, Elena.«

»Das ist richtig, Sven. Und dann hast du den Kerl umgebracht, der den Kampf arrangiert hat, und anschließend siebenundzwanzig andere Offizielle der Arena, bis sie dich schließlich überwältigten und in Eisen legten. Dann haben sie dich zu den Höllenschwadronen gesteckt, Sven. Aber jetzt bin ich zurück, und jetzt mußt du mich wieder töten. Wenn du kannst.«

Ihre Schwerter klirrten aufeinander.

DeChance stand knietief in dreckigem Wasser in einem Tunnel unterhalb der Alienstadt und starrte leidenschaftslos die vertraute Gestalt an, die aus dem Loch in der Mauer trat. Corbie und Lindholm standen regungslos zwischen DeChance und dem Loch und blickten auf irgend etwas in der Dunkelheit. Die vertraute Gestalt trat in das Licht der Feldlampe. Es war ein Mann von durchschnittlicher Größe und Statur, und er besaß den stillen, freundlichen Gesichtsausdruck, der einen in einer Menschenmenge unsichtbar machen konnte. Er lächelte DeChance voller Selbstvertrauen an.

»Hallo Meg. Überrascht, mich zu sehen?«

»Du bist nicht echt«, erwiderte DeChance tonlos. »Du kannst auf gar keinen Fall hier auf *Wolf IV* sein. Du bist noch immer irgendwo dort draußen im Imperium und tust das, was du am besten kannst. Du bringst die Leute dazu, dir zu vertrauen, und verrätst sie dann für eine Handvoll Wechselgeld.«

Der Mann kicherte leise in sich hinein. »Ich bin so real, wie du es willst, Megan. Glaube an mich, und ich bin hier, so genau, wie deine Erinnerung mich nur machen kann. Und du willst mich wiedersehen, nicht wahr? Sogar nach allem, was geschehen ist. Ein Teil von dir hat nie aufgehört, mich zu lieben, hat nie aufgehört zu glauben, daß ich dich tief im Innern ebenfalls liebe.« Er lächelte DeChance herzlich an. »Was war schon so schlecht an dem, was ich getan habe? Wir alle müssen schließlich von irgend etwas leben.«

DeChance trat einen Schritt näher heran. »Ich habe dich geliebt. Ich habe dir vertraut. Ich gab dir jeden Kredit, den ich besaß, damit du mir eine Passage auf einem Schiff nach Nebelwelt besorgst. Dort wäre ich frei gewesen, frei von dem verdammten Imperium und frei von der Art und Weise, wie wir Esper vom Imperium behandelt werden. Du hättest dich auf Nebelwelt zu mir gesellt, und wir hätten zusammen gelebt. Doch es gab keine Passage, und es gab kein Schiff. Als die Sicherheitsleute kamen und mich holten, warst du nirgendwo zu sehen. Später fand ich natürlich die Wahrheit über dich heraus, aber da war ich schon zu den Höllenschwadronen verbannt.«

»Natürlich«, gestand er. »Hinterher, wenn es zu spät ist, finden sie immer die Wahrheit heraus. Ich versuche nur, professionell zu arbeiten, mehr nicht. Ich bin Francis Shrike, lizenzierter Verräter, Spezialität Doppelagent.« Shrike neigte den Kopf zur Seite und fixierte DeChance aus glitzernden Augen. »Du bist dir noch immer nicht über deine Gefühle mir gegenüber im klaren, was? Bist du wütend, weil ich dich betrogen habe, oder bist du wütend auf dich selbst, weil du mir vertraut hast? Kannst du wirklich so blind und dumm gewesen sein, jemanden zu lieben, der nicht einen einzigen Dreck auf dich gegeben hat?«

»Ich weiß, auf wen ich wütend bin.« DeChances Schwert sprang fast von ganz allein in ihre Hand. »Ich weiß, wen ich hasse.«

Shrike schüttelte väterlich mitfühlend den Kopf. »Du hast immer Zorn in dir herumgetragen, Meg. Aber hier sind die Dinge anders. Hier kann ich alles sein, was du von mir erwartest. Ich kann dich lieben, wie du es immer wolltest. Ich kann alles sein, wovon du jemals geträumt hast. Leg dein Schwert nieder und komm zu mir.«

DeChance trat einen Schritt vor und hielt inne. »Francis ...«

»Komm zu mir, Meg. Ich gehöre dir.«

DeChance hob die Waffe und umklammerte die Klinge fest mit der linken Hand. Blut floß zwischen ihren Fingern hindurch, als die scharfe Schneide in ihr Fleisch eindrang. Schmerz durchzuckte sie wie ein Guß eisigen Wassers, und sie grinste die Gestalt vor sich gepreßt an.

»Netter Versuch, aber du bist nicht Francis. Du bist nicht real. Ich hasse ihn viel zu sehr, als daß ich mich durch eine billige Imitation täuschen lasse.« DeChance riß den Blick gewaltsam von Shrike los und sah zu den beiden Soldaten, die noch immer reglos und schweigend dastanden. »Was sehen sie? Welche Gesichter zeigst du ihnen?«

»Was auch immer sie zu sehen wünschen. Es spielt doch gar keine Rolle. Sie werden bald mir gehören.«

»Das meinst auch nur du«, erwiderte DeChance und steckte das Schwert zurück in die Scheide. Sie zog den Disruptor und schoß aus allernächster Nähe auf Shrike. Der grelle Energiestrahl schnitt durch seine Eingeweide, und Shrike riß den Mund zu einem irren Schrei auf. Corbie und Lindholm schreckten aus ihrer Starre hoch und blickten sich verwirrt um, als sie abrupt aus ihren Träumen gerissen wurden.

»Es war nichts weiter als ein Trick«, erklärte DeChance rasch. »Was auch immer Ihr gesehen habt, es war nicht real. Anscheinend sind wir auf ein Alien mit sehr starkem ESP gestoßen. Es hat versucht, uns durch unsere eigenen Ängste und Wünsche zu töten.«

Zu dritt untersuchten sie die Kreatur vor sich im Wasser. Unter dem gemeinsamen Druck ihrer Gedanken verschwamm die Gestalt, als sie drei Personen zur gleichen Zeit darzustellen versuchte. Rasch verlor das Alien jede Kontrolle, und sein menschliches Antlitz fiel von ihm ab wie eine Maske. Die Gesichtszüge zerflossen, die Augen versanken tief im Fleisch, und der Mund weitete sich und entblößte Reihen spitzer Zähne. Aus den Händen wurden Klauen, der Rücken wurde rund, und was den Menschen als Kleidung erschienen war, wurde zu Panzerschuppen mit spitzen Hörnern, die aus dem Rücken wuchsen. Corbie und Lindholm richteten die Waffen auf die Kreatur und wichen rasch ein paar Schritte zurück.

»Vergeßt die Disruptoren«, sagte DeChance. »Das habe ich bereits versucht. Es gibt einen besseren Weg.«

Sie konzentrierte sich und fokussierte ihr gesamtes ESP in einen einzigen Ausbruch aus Haß und Raserei, den sie der Kreatur entgegenschleuderte. Das Alien wich zurück, schnaubte entsetzt und wandte sich zur Flucht den Gang hinunter, wo es in der Dunkelheit verschwand. Sie konnten seine Schritte noch eine Weile hören, doch selbst die verklangen schließlich.

DeChance lehnte sich gegen die Wand. Ihre Augen waren heiß und feucht. Corbie blickte sie besorgt an. Sie sah schon seit einiger Zeit nicht mehr gut aus, und ihr Zustand hatte sich sogar noch verschlimmert. Ihr Gesicht war entsetzlich blaß, und der Schweiß lief in Strömen von ihrer Stirn. Die Augen lagen tief in den Höhlen. Sie zitterte am ganzen Körper. Corbie wollte ihr eine Hand entgegenstrecken, doch er zog sie rasch wieder zurück, als DeChance ihn anfunkelte.

»Es geht mir gut. Laßt mich in Ruhe.«

»Warum haben die Aliens bisher kein ESP gegen uns eingesetzt?« fragte Lindholm.

»Woher soll ich das wissen?« entgegnete DeChance. »Ich vermute, ESP ist bei ihnen genauso unterschiedlich ausgeprägt wie bei uns Menschen. Die Kugel hat mir gezeigt, was geschah, als sie es gegeneinander eingesetzt haben, aber es bedarf eines extrem starken projektiven Telepathen, um Nichttelepathen wie Euch zu beeinflussen. Vielleicht werden die Aliens aber auch nur mächtiger, je mehr die große Maschine erwacht. Sie wird von Stunde zu Stunde stärker, seit ich . . .«

»Seit Ihr sie aufgeweckt habt«, vervollständigte Lindholm.

»O ja«, entgegnete DeChance bitter. »Ich war diejenige, die sie aufgeweckt hat. Ich bin schuld. Ich bin an allem schuld, was hier geschehen ist.« Ihre Stimme überschlug sich beinahe. »Wenn ich nicht bei der Höllenschwadron gewesen wäre, nichts von alledem wäre geschehen. Die Maschine hätte ungestört weiter geschlafen, wäre ich nicht gewesen, und Ihr alle wärt jetzt in Sicherheit.«

»Nehmt es nicht so tragisch«, sagte Corbie beruhigend. »Niemand macht Euch einen Vorwurf aus dem, was geschehen ist. Richtig, Sven? Hättet Ihr die Maschine nicht geweckt, dann wäre es vielleicht irgendein Kolonist mit schwachem ESP gewesen. Wer weiß, wie groß die Kolonie zu diesem Zeitpunkt bereits gewesen wäre und wie viele Opfer es dann gegeben hätte?«

DeChance erwiderte nichts. Lange standen die drei in ihrem kleinen Lichtkreis zusammen und blickten in die Finsternis.

»Kann so etwas wieder geschehen?« fragte Corbie schließlich. »Wenn die Aliens in unser Bewußtsein eindringen können, dann weiß keiner, was uns als nächstes erwartet. All unsere Alpträume, jeder schlechte Traum, den wir jemals hatten, könnte irgendwo dort draußen auf uns lauern und auf eine Chance warten, über uns herzufallen. Ich weiß nicht, wie es mit Euch beiden steht, aber ich habe ein paar ziemlich schlechte Träume hinter mir.«

DeChance grinste schief. »Die meisten Aliens sind nicht so stark, auch nicht mit der Maschine im Rücken. Was wir sehen, sind die Alpträume der Aliens. Sie selbst verleihen ihnen Gestalt und Form.«

»Wie weit ist es noch bis zum Kupferturm?« fragte Lindholm.

»Nicht mehr weit«, antwortete DeChance. »Der Tunnel sollte schon bald wieder ansteigen, und spätestens dann müssen wir uns Gedanken machen, wie wir hier wieder herauskommen.«

»Von mir aus sofort«, sagte Corbie. »Ich kriege schon Pickel, wenn ich nur an den Gestank hier unten denke.«

Sie bewegten sich weiter durch die Dunkelheit und das

faulige Wasser. Von Zeit zu Zeit glaubte Corbie, eine Bewegung in der Brühe zu entdecken; Gestalten von der Größe einer Faust, die nur aus Maul, Zähnen und Augen zu bestehen schienen, doch er erwähnte gegenüber den anderen nichts davon. So lange die Dinger im Wasser auf Abstand blieben, konnte er leben und leben lassen. Außerdem wollte er DeChance nicht unnötig aufregen.

Der Tunnel beschrieb einen scharfen Knick nach oben, und Corbie machte sich bereits Hoffnungen, bald wieder frische Luft zu atmen. Dann blieb DeChance plötzlich stehen, und die beiden Soldaten folgten ihrem Beispiel. Corbies Hoffnung schwand. Jedesmal, wenn DeChance auf diese Art und Weise stehenblieb, bedeutete es, daß etwas wirklich Unangenehmes bevorstand. DeChance starrte in die Dunkelheit und runzelte unglücklich die Stirn.

»Vor uns lauert wieder etwas, nicht wahr?« erkundigte sich Lindholm.

DeChance nickte. »Es ist groß. Sehr groß.«

»Es kann nicht so groß sein«, widersprach Corbie. »Der Tunnel ist nicht mehr als sieben Fuß hoch.«

»Es ist sehr groß und sehr mächtig«, sagte DeChance, als hätte sie Corbies Einwand gar nicht zur Kenntnis genommen. »Ich glaube nicht, daß unsere Waffen diesmal ausreichen werden.«

»Großartig«, stöhnte Corbie. »Wirklich großartig. Was sollen wir Eurer Meinung nach jetzt tun? Umkehren und den Weg zurückrennen, auf dem wir hergekommen sind?«

Ein ohrenbetäubend lautes Brüllen erhob sich vor ihnen in der Finsternis, und das Echo wurde endlos von den Wänden zurückgeworfen. Corbie hob den Disruptor und zielte in den Tunnel, doch dann wich er einen unfreiwilligen Schritt zurück. Ein Windstoß hatte ihn im Gesicht getroffen. Lindholm und DeChance zogen sich ebenfalls zurück, als das Alien im Lichtkreis der Lampe auftauchte.

Es füllte den Tunnel vollständig aus, ein riesiger Berg ledrigen Fleisches mit einem Ring aus Augen, die ein gewaltiges Maul umgaben.

»Es sieht aus wie ein Monsterwurm«, flüsterte DeChance.

»Es ist Dutzende von Fuß lang. Ich kann sein Ende noch nicht einmal spüren, so weit ist es entfernt.«

Das Maul weitete sich plötzlich, weiter und immer weiter, bis die Menschen vor sich nichts mehr sahen als nur noch ein einziges riesiges Maul, das vom Boden bis zur Decke und von Wand zu Wand reichte. Der Gestank von verfaulendem Fleisch wehte den Menschen ins Gesicht, als die Kreatur ausatmete. Vor Corbies geistigem Auge stand plötzlich das Bild, wie sie zu dritt durch den Tunnel rannten und von einem wütenden Maul gejagt wurden, das ihnen keine Chance zur Flucht ließ. Er richtete den Disruptor auf das Maul, doch DeChance fiel ihm in den Arm.

»Nein! Zielt auf die Decke. Wir sind nur wenige Fuß unter der Oberfläche. Schießt uns einen Weg nach oben und bringt den Tunnel zwischen der Bestie und uns zum Einsturz.«

Corbie feuerte ohne zu zögern an die Decke. Der Energiestrahl fraß sich durch den Stein. Tageslicht fiel herein, als ein Teil der Decke einstürzte. Trümmer regneten rings um die drei Menschen herab, und sie mußten unter ihren Energieschilden Deckung suchen, bis es vorüber war. Das Alien brüllte erneut und rückte einen weiteren Yard vor, wobei es die Steinbrocken mit seinem Maul aufsammelte. Lindholm feuerte seinen Disruptor ab. Die Kreatur brüllte ohrenbetäubend und rückte ein paar Fuß weiter vor.

»Vergeßt es!« rief DeChance und schaltete ihren Schutzschild ab. »Wir müssen hier raus, solange wir noch können.«

Lindholm beeilte sich zu nicken. Er schob seinen Disruptor ins Holster zurück, schaltete den Schild ab und bildete mit gefalteten Händen eine Räuberleiter. DeChance setzte einen Fuß hinein, und Lindholm schleuderte sie zum Loch in der Decke hinauf. Sie fand Halt und zog sich zur darüberliegenden Straße hinauf. Corbie schaltete als letzter den Schirm ab und folgte DeChance auf dem gleichen Weg. Das Alien bewegte sich erneut vor und zertrümmerte die Steine in seinem Weg durch sein schieres Körpergewicht. Lindholm nahm gelassen eine Granate aus seiner Bandoliere, zog den Sicherungsstift ab und warf sie in das weit aufgerissene Maul, das sich reflexhaft um die vermeintliche

Beute schloß. Lindholm schob rasch ein paar größere Trümmerstücke zusammen, kletterte hinauf und zog sich durch das Loch hindurch. Gemeinsam halfen Corbie und DeChance ihm zu sich auf die Straße. Lindholm rollte sich hastig von der Öffnung weg, und nur Sekundenbruchteile später erklang eine unterdrückte Explosion von unten. Blut und Eingeweide spritzten durch das Loch nach oben, und Risse bildeten sich über die gesamte Straße hinweg.

»Guter Trick, Sven«, lobte Corbie.

Alle drei rappelten sich auf die Beine und blickten sich erst einmal in Ruhe um. Die Sonne war fast hinter dem Horizont versunken, und der grüne Himmel wurde bereits dunkel. Die Stadt war in tiefe Schatten getaucht. Nur gelegentlich leuchtete hier und da ein Licht in einem der Fenster. Der Kupferturm überragte die umgebenden Bauwerke in weniger als einer halben Meile Entfernung. Corbie erschauerte und überprüfte die Heizelemente seiner Uniform. Sie liefen mit voller Leistung.

»Noch immer keine Spur von den anderen«, sagte Lindholm. »Ich hoffe nur, sie haben nicht die gleichen Schwierigkeiten wie wir.«

Corbie schniefte. »Wahrscheinlich hatten sie einen Anfall von gesundem Menschenverstand und sind von hier verschwunden, als wäre der Teufel persönlich hinter ihnen her.«

»Wir bleiben besser in Bewegung«, sagte DeChance. »In der Nähe lauern Aliens. Mehr als ich zählen kann. Sie wissen, daß wir hier sind, und sie kommen näher.«

Sie rannte über die Straße davon, ohne einen Blick nach hinten zu werfen und zu sehen ob die anderen ihr auch folgten. Lindholm und Corbie sahen sich an, tauschen ein säuerliches Grinsen und eilten hinter DeChance her. Ganz in der Nähe ertönten die Schreie und das Kreischen von Aliens, die die Verfolgung aufgenommen hatten.

Und im Kupferturm wartete die große Maschine geduldig darauf, daß die Menschen zu ihr kommen würden.

KAPITEL 7

DER SCHLAF DER VERNUNFT

Monster durchstreiften die Straßen der Stadt. Einige schwebten durch die Luft, während andere sich durch die Erde gruben. Kreaturen, die ihre Existenz Wahnsinn und Besessenheit verdankten, machten sich auf den Weg zum Kupferturm, gerufen von einer Stimme, der sie nicht widerstehen konnten. Sie erinnerten sich nicht mehr an den Grund, doch das Echo dieser Stimme war in ihnen, gleichgültig, welche Gestalt sie besaßen, und so würde es bis in alle Ewigkeit sein.

Die Sonne war untergegangen, und Dunkelheit lag über der Stadt. Seltsame Lichter brannten in schweigenden Gebäuden, während mehr und mehr der Kreaturen aus ihrem jahrhundertelangen Schlaf erwachten und in die Straßen hinauseilten. Entsetzliche Gestalten krochen und schlichen zwischen Bauwerken hindurch, die sie nicht mehr kannten, durch eine Stadt, die sie lange vergessen hatten. Sie lebten seit Jahrhunderten, und sie würden noch in Jahrhunderten leben, doch auch davon wußten sie nichts. Das Schreckliche, das sie sich selbst angetan hatten, hielt sie für immer im Hier und Jetzt gefangen, in einem einzigen, endlosen Augenblick der Existenz. Sie hatten vergessen, was sie gewesen waren und zu sein gehofft hatten. Allein die große Maschine erinnerte sich. Und die große Maschine war wahnsinnig.

Hunter und Krystel rannten durch eine sich windende Straße mit Steinmonolithen und hoch aufragenden Konstruktionen aus Kristall und Stahl. Die Dunkelheit umgab sie wie ein lauschender Fremder, und an jeder Kreuzung, die sie passierten, gesellten sich weitere Monstrositäten zu der Horde, die ihnen bereits auf den Fersen saß. Hunter ächzte nach Luft. Sein Rücken und seine Beinmuskeln schrien nach einer Rast, doch er wagte nicht, langsamer zu laufen. Die

Aliens waren dicht hinter ihnen, und sie kamen unablässig näher. Die Dunkelheit verbarg die meisten Gestalten der Verfolger vor Hunters Blicken, und er spürte so etwas wie Dankbarkeit dafür.

Ein leuchtender Schatten trat aus einem Steinmonolithen und streckte seine phosphoreszierenden Hände nach Krystel aus. Sie hieb mit dem Schwert danach, ohne langsamer zu werden, und durchtrennte das nächste Handgelenk. Die Hand fiel funkensprühend und zischend zu Boden, und die Kreatur heulte auf. Hunter überlegte, ob er seinen Disruptor einsetzen sollte, doch als das Alien nur seinen Armstumpf hielt und keinerlei Anstalten machte, ihm in den Weg zu treten, entschloß er sich dagegen. Die Energiekristalle des Disruptors gingen zur Neige, und er wollte die Waffe nur noch benutzen, wenn ihm keine andere Wahl blieb.

Hunter rannte hinter Krystel her und übersprang die zuckende Hand auf der Straße, ohne langsamer zu werden. Seine Lungen brannten, und Schweiß lief in Strömen über seine Stirn. Er starrte Krystel an. Sie war genausoviel gelaufen und hatte genausoviel gekämpft wie er, wenn nicht noch mehr, und sie atmete nicht einmal schneller. Sie grinste sogar schwach, als sie das leuchtende Blut ihres letzten Gegners von der Klinge schüttelte. Hunter schüttelte müde den Kopf und blinzelte den Schweiß aus den Augen. Es schien ganz so, als wären einige der Geschichten, die er über Investigatoren und ihre Fähigkeiten gehört hatte, ganz und gar nicht übertrieben gewesen.

Ein geflügelter Schatten fiel aus dem Himmel auf Hunter zu. Die Flügel flatterten lose, und ein meterlanger Schnabel stieß nach Hunters Gesicht. Er riß seinen Energieschild hoch, und der Schnabel zersplitterte beim Aufprall. Das Alien kreischte und flatterte davon. Blut troff aus seinem verletzten Gesicht. Ein stachliges Tentakel erhob sich aus der Horde der Verfolger und riß das Flattertier nach unten. Die Meute fiel über die verwundete Kreatur her und riß sie in Stücke. Hunter und Krystel rannten weiter.

Der Kupferturm ragte mächtig und imposant in den

nächtlichen Himmel; eine enigmatische Silhouette über der Alienstadt. Hunter blickte mit verkniffenem Gesicht hinüber. Er hatte den Turm als Treffpunkt ausgewählt, weil er von überall in der Stadt deutlich zu sehen war, doch allmählich wünschte er sich, einen näher gelegenen Ort ausgesucht zu haben. Er hatte vergessen, wie lange er nun schon rannte, aber der Turm schien so weit entfernt wie eh und je. Irgend etwas bewegte sich in einer Seitengasse, und Investigator Krystel richtete ihren Disruptor auf die Schatten.

»Nicht schießen!« Hunter schlug ihren Arm im letzten Augenblick zur Seite. »Das sind unsere Leute.«

Krystel senkte die Waffe, als Megan DeChance und die beiden Soldaten aus der Nebenstraße hervorstürmten und sich Hunter und Krystel anschlossen. Sie brachten ein knappes Nicken zur Begrüßung hervor, doch keiner hatte genügend Luft für eine Unterhaltung. Sie rannten weiter. Krystel und DeChance führten den Trupp an. Hunter musterte seine beiden Soldaten und zuckte zusammen. Ihre Uniformen waren zerrissen und mit Blutflecken übersät. Die Müdigkeit hatte tiefe Ringe unter ihre Augen hinterlassen, und ihre Bewegungen wirkten schwer und stampfend. Sie sahen nicht aus, als könnten sie noch viel weiter rennen. Hunter grinste säuerlich. Wahrscheinlich sah er selbst auch nicht viel besser aus.

Trotzdem würden sie alle so weit laufen, wie sie mußten; die einzige Alternative lautete, sich hinzulegen und zu sterben. Hunter blickte auf DeChances Rücken und runzelte die Stirn. Er hatte nur einen kurzen Blick in ihr Gesicht erhascht, doch sie befand sich in noch viel schlimmerem Zustand als Corbie und Lindholm. Wenn es ein schwaches Glied in seinem Team gab, dann war das DeChance. So wertvoll sie auch sein mochte, Hunter hoffte inständig, daß sie nicht stürzte. Keiner hatte mehr genügend Kraft, ihr auf die Beine zu helfen oder sie zu tragen. DeChance begann zu reden, und Hunter zwang sich zum Zuhören.

In aller Kürze und mit vielen Pausen zum Atemholen erzähle DeChance die Geschichte der Stadt und was sich ereignet hatte. Zum ersten Mal verstanden Krystel und

Hunter, welcher Natur die Aliens waren und welche Bedeutung der Kupferturm besaß. Hunter brannten Dutzende von Fragen auf den Lippen, doch er hatte nicht genügend Luft für eine einzige. Plötzlich ragte der Turm am Ende der Straße vor ihm auf, und er richtete seine Aufmerksamkeit auf das Bauwerk. Das Team rannte die Straße entlang und kam endlich vor dem Turm zum Stehen. Die beiden Soldaten wandten sich zu den verfolgenden Aliens um und feuerten ihre Waffen ab. Mehrere Gegner stürzten schreiend zu Boden, als sie von sengenden Energieblitzen getroffen wurden, und der Rest der wilden Horde machte sich über sie her. Hunter wandte sich zu Krystel und DeChance um. Die beiden musterten schweigend den gewaltigen Turm.

»Nun, steht nicht einfach herum. Öffnet die verfluchte Tür! Die Aliens sind jeden Augenblick hier!«

»Es scheint, als hätten wir ein Problem, Kapitän«, erwiderte Krystel. »Und das Problem lautet: keine Türen, keine Fenster. Überhaupt keine Öffnung.«

Hunter hielt seine Feldlampe hoch und musterte den Turm zum ersten Mal aus nächster Nähe. Der mächtige kupferfarbene Schaft erhob sich glatt und ohne Vorsprünge oder Kanten in den Nachthimmel. Die einzige Ausnahme bildeten die massiven kupfernen Antennen, die sich kreisförmig um seine Spitze zogen. Der Turm maß dreißig bis vierzig Fuß im Durchmesser und war mindestens vierhundert Fuß hoch. Das glänzende Metall wies keinerlei Öffnung auf und auch kein Anzeichen, daß es jemals eine gegeben hatte. Hunter trat vor und ließ die Hand über das Metall gleiten. Es fühlte sich unnatürlich glatt an, beinahe reibungslos.

»In Ordnung«, sagte er schließlich. »Tretet zurück und achtet auf umherfliegende Splitter.« Er feuerte aus kürzester Distanz mit dem Disruptor auf die Metallwand. Der Energiestrahl fraß ein winziges Loch in das Metall. Das war alles.

»Großartig«, brummte Corbie. »Und was jetzt?«

Hunter dachte nach. »Sprengstoff. Wie viele Granaten hat jeder noch bei sich?«

Er besaß eine, Krystel besaß eine, DeChance besaß noch zwei. Corbie und Lindholm hatten die ihren aufgebraucht.

»Das wird wohl nicht reichen, Kapitän«, sagte Krystel. »Der Disruptor hätte den Turm wie eine Konservendose öffnen müssen; aber das ist nicht geschehen. Eine derart stabile Wand läßt sich nicht mit Splittergranaten bearbeiten. Die Kraft der Explosion ist viel zu ungerichtet.«

»Und was schlagt Ihr vor?« schnappte Corbie. »Sollen wir das verdammte Ding vielleicht eintreten? Oder freundlich anklopfen in der Hoffnung, daß uns schon jemand aufmachen wird?«

»Nicht so aufgeregt, Soldat«, tadelte Hunter. »Es gibt eine Möglichkeit. Wir setzen eine unserer Annäherungsminen ein. Sie sind stark genug und geben ihre Energie gebündelt ab. Das sollte reichen. Wir müssen nichts weiter tun als eine der Minen an der Wand plazieren, den Zeitzünder einstellen und anschließend machen, daß wir aus dem Weg kommen.«

»Das könnte wirklich funktionieren«, sagte Lindholm anerkennend. »Aber es wird in jedem Fall eine Mordsexplosion geben.«

Hunter warf einen raschen Blick auf die Aliens. Sie waren in einiger Entfernung vom Turm stehengeblieben und beobachteten die Szene schweigend. Wahrscheinlich wollte die Maschine nicht, daß sie noch näher herankamen, um ihrer eigenen Sicherheit willen. Krystel nahm eine Annäherungsmine aus ihrem Rucksack, deponierte sie und stellte den Zünder ein.

Schließlich zog sich die Mannschaft auf die gegenüberliegende Seite des Turms zurück. Die Explosion klang merkwürdig erstickt, als hätte der Turm einen Teil davon absorbiert, doch als die Menschen wieder nach vorn kamen, sahen sie ein vielleicht fünf oder sechs Fuß großes Loch in der Außenwand.

»Wir verhalten uns besser vorsichtig, wenn wir erst drinnen sind«, sagte Krystel. »Die Explosion hat die Maschine möglicherweise beschädigt.«

»Nicht nur möglicherweise«, meldete sich DeChance zu Wort. »Aber es ist kein grundlegender Schaden. Ich spüre die Kraft der Maschine. Sie brennt in meinem Verstand hell wie ein Leuchtfeuer.«

Hunter sah DeChance an, dann die beiden Soldaten. Sie rührten sich unbehaglich.

»Sie besitzt irgendeine telepathische Verbindung zu dieser Maschine, Kapitän«, erklärte Lindholm schließlich. »Sie glaubt, die Maschine sei lebendig.«

»Und verrückt«, füge DeChance hinzu. »Ganz definitiv verrückt. Ich glaube nicht, daß sie von unserer Nähe weiß, aber sie wird es im gleichen Augenblick erfahren, da wir den Turm betreten. Ich kann mich jedenfalls nicht vor einer derart starken Macht abschirmen.«

»Das klingt ja alles sehr interessant«, sagte Hunter vorsichtig, »aber könnt Ihr uns vielleicht auch etwas in der Praxis Nützliches über Eure wunderbare Maschine erzählen?«

»Das kann ich«, antwortete DeChance. »Die Explosion hat eine wichtige Funktion der Maschine lahmgelegt. Benutzt Euer Komm-Implantat, Kapitän. Ihr werdet feststellen, daß es wieder funktioniert.«

Hunter starrte einen Esper mit offenem Mund an, bevor er das Komm-Implantat aktivierte. Er bekam augenblicklich Kontakt mit den Rechnern der Pinasse, und zum ersten Mal seit zwei Tagen fühlte er sich wieder als ganzer Mensch. Von den Bordrechnern abgeschnitten zu sein war für ihn genauso schlimm, als hätte er seine eigenen Erinnerungen verloren. Er gab den Rechnern einen kurzen Bericht über die Entdeckungen, die sie in der Zwischenzeit gemacht hatten, und fügte eine Reihe von Befehlen hinzu für den Fall, daß die Höllenschwadron den Rückweg aus der Alienstadt nicht schaffen sollte. Schließlich überprüfte Hunter die Energiereserven der Pinasse und nickte vor sich hin. Es war genug da für das, was er vorhatte. Er unterbrach die Verbindung und wandte sich zu seinen Leuten um. Sie unterhielten sich lebhaft über ihre inzwischen ebenfalls wieder funktionierenden Komm-Implantate. Hunter hüstelte laut, um ihre Aufmerksamkeit auf sich zu lenken.

»In Ordnung, Leute. Wir sind wieder im Spiel, und die Karten sind neu gemischt. Ich habe die Rechner der Pinasse angewiesen, die Schiffssysteme warmlaufen zu lassen. Sobald die Pinasse bereit ist, wird sie ferngesteuert hierherfliegen und uns aufnehmen. Anschließend werden wir aus der Stadt verschwinden, als sei der Teufel persönlich hinter uns her.«

»Das klingt in meinen Ohren gar nicht schlecht«, sagte Corbie. »Je schneller wir von hier verschwinden, desto besser.«

»Wir dürfen nicht verschwinden«, widersprach DeChance ernst.

»Versucht doch, mich aufzuhalten«, brummte Corbie.

»Esper DeChance hat recht, Kapitän«, meldete sich Krystel zu Wort. »Ob wir wollen oder nicht, dieser Planet ist unsere neue Heimat. Wir müssen hier leben und *über*leben. Solange diese Stadt und ihre Kreaturen existieren, werden wir niemals sicher sein. Wir können nicht mit ihnen kommunizieren, und wir können nicht friedlich mit ihnen zusammenleben. Sie sind wahnsinnig und mordlustig, wie wir am eigenen Leib erfahren haben. Es heißt wir oder sie, Kapitän, und das hier ist vielleicht die beste Chance, die sich uns jemals bietet, ein für allemal mit der Bedrohung Schluß zu machen. Die Aliens sind auf diesen Turm angewiesen. Wenn wir die Maschine zerstören, sterben sie mit ihr. Wenn wir die Stadt jetzt verlassen, bekommen wir vielleicht keine zweite Chance mehr, den Turm zu vernichten.«

»Das wissen wir nicht mit Sicherheit, Investigator«, entgegnete Hunter. »Außerdem gibt es keine Garantie, daß die Vernichtung des Turms den Tod der Aliens nach sich zieht.«

»In diesem Irrenhaus gibt es für gar nichts eine Garantie«, sagte Krystel. »Aber es ist und bleibt unsere beste Chance.«

»Ja«, gestand Hunter nach kurzer Überlegung. »Ich schätze, Ihr habt recht.« Er stellte erneut eine Verbindung zu den Bordrechnern der Pinasse her, korrigierte den Flugplan und erteilte den Maschinen Startbefehl. »Das Schiff ist auf dem Weg, Leute. Wenn wir diesen Turm zerstören wollen, dann sollten wir jetzt besser damit anfangen. Ihr seid sicher, daß die Maschine irgendwo in diesem Turm steckt, Esper DeChance?«

»Nein, Kapitän. Die Maschine steckt nicht in diesem Turm, der Turm *ist* die Maschine. Der gesamte Turm.«

DeChance betrat das Gebäude durch die gezackte Öffnung und hielt die Lampe vor sich in die Höhe. Hunter und die anderen tauschten fragende Blicke aus und folgten ihr anschließend nach drinnen. Draußen in der Nacht bekämpften sich die Aliens wütend. Sie hatten das Interesse an den Menschen verloren. Der Turm hatte nun, was er wollte.

Im Innern des Turms fanden sich große Apparate aus Glas, Kristall und Stahl, miteinander verbunden auf eine Art und Weise, die für Menschen keinen Sinn ergab. Ihre Ausmaße schienen abhängig vom Blickwinkel des Betrachters zu schwanken, und das nicht wenig. Manche Teile bewegten sich, andere waren nicht immer da, und über allem lag ein kontinuierliches Murmeln, als würde die Maschine Geheimnisse mit sich selbst austauschen. Hunter richtete den Blick nach oben. Es gab keine Decke. Der gesamte Turm war innen hohl, riesig, zyklopisch, unmenschlich verschlungen. Wer oder was auch immer diesen Apparat entworfen hatte, besaß einen Verstand, der auf einer ganz anderen Ebene arbeitete als der menschliche.

»Das ist sie«, sagte DeChance leise. »Das ist die Maschine, die die Aliens von der Tyrannei einer festen Körperform befreit hat. Das hier ist ihre eigene, selbstgemachte Verdammnis.«

»Und sie funktioniert noch immer, nach wer weiß wie vielen Jahrhunderten«, fügte Krystel hinzu.

»Sie hat lange Zeit geschlafen«, erklärte DeChance. »Jetzt ist sie wach. Und sie weiß, daß wir hier sind.«

Hunter rieb sich die Stirn. Ein bösartiger Kopfschmerz hatte sich seiner im gleichen Augenblick bemächtigt, als er den Turm betreten hatte. Ihm war heiß, und er schwitzte, und seine Finger zuckten nervös.

»Seid Ihr in Ordnung, Kapitän?« fragte Krystel leise.

»Mir geht es gut«, beeilte sich Hunter zu sagen. »Wahrscheinlich ist es nur der anstrengende Tag, der hinter uns liegt.«

»Nein«, widersprach DeChance. »Es ist die Maschine. Sie hat angefangen, uns zu bearbeiten. Jetzt. Sie beeinflußt alles Lebendige, das sich zu lange in ihrer Nähe aufhält. Und je dichter man ist, desto spürbarer und stärker wird der Einfluß.«

»He, einen Augenblick mal!« meldete sich Corbie zu Wort. »Wollt Ihr damit sagen, daß wir uns in Monster wie diese Aliens verwandeln? Tatsächlich? Dann bin ich weg hier. Das war's.«

»Geht allein nach draußen, und die Aliens werden Euch in Stücke reißen«, entgegnete DeChance. »Hier kommen sie nicht herein. Die Maschine erlaubt es nicht. Wir sind im Augenblick noch relativ sicher vor ihrem Einfluß, aber . . .« Sie hob die Hand. »Es dauert seine Zeit. Bei einigen länger, bei anderen kürzer.« Ihre Finger waren zu einer fleischigen Flosse verschmolzen. »Einige von uns reagieren empfänglicher als andere.«

Hunter betrachtete DeChance genauer. Er war schockiert, als ihm die Veränderungen auffielen, die in ihrem Gesicht stattgefunden hatten, seit er sie das letzte Mal gesehen hatte. Sie hatte ganz eindeutig jede Menge Gewicht verloren, und ihre Knochen standen hervor, als wäre sie magersüchtig. Sie stand unbeholfen da, und ihre gesamte Haltung hatte sich . . . irgendwie verändert. Den Soldaten war es nicht aufgefallen, weil die Änderungen nach und nach und subtil gekommen waren, doch jetzt, wo Hunter sie genauer betrachtete, war es nicht mehr zu übersehen.

»Wie lange könnt Ihr noch hier aushalten?« fragte er leise. »Ich meine, bevor die Veränderungen . . . gefährlich werden?«

»Ich weiß es nicht. Mein ESP macht mich verwundbar, doch Ihr werdet mich brauchen, um die Schwachstellen der Maschine zu entdecken. Falls sie überhaupt welche besitzt. Die Maschine hat Jahrhunderte ohne irgendwelche Wartung von außen überstanden. Sie besitzt ganz sicher Selbstverteidigungsmechanismen. Ich bin nicht einmal sicher, ob all unsere Waffen ausreichen, um sie zu zerstören. Aber wir müssen es wenigstens versuchen.« DeChance blickte sich um. »Ganz in der Nähe gibt es eine Rampe, die nach oben ins Herz der Anlage führt. Ich schätze, unsere beste Chance besteht darin, daß wir unseren gesamten restlichen Sprengstoff in der Mitte des Turms deponieren, oder jedenfalls so nah, wie wir herankommen können, und dann mit Hilfe der Pinasse verschwinden, bevor die Ladung hochgeht.« Sie sah Hunter an. »Wir setzen uns besser in Bewegung, Kapitän. Uns bleibt nicht mehr viel Zeit.«

Hunter nickte traurig. »Also schön, Esper. Ihr geht voraus. Investigator Krystel, Ihr folgt direkt hinter DeChance. Schießt auf alles, was auch nur halbwegs bedrohlich aussieht. Lindholm, Corbie und ich bilden den Schluß. Schilde einschalten, Waffen bereithalten. Los geht's, Leute.«

DeChance bewegte sich zielstrebig durch das Gewirr enigmatischer Apparate und betrat eine einfache Rampe, die nach oben führte. Der Rest der Höllenschwadron folgte ihr. Sie kamen an seltsamen Gebilden vorüber, während sie die Rampe hinaufstapften, und Hunter fühlte sich nach und nach wie ein Insekt, das sich in einer Maschine verirrt hatte, die es nicht verstand. Überall waren Lichter, Geräusche und plötzliche Temperaturschwankungen, doch nichts von alledem ergab einen Sinn.

Die Rampe wand sich zwischen Schichten aus glänzendem Kristall hindurch. In der Luft funkte Statik. Hunters Kopfschmerzen nahmen an Heftigkeit zu, und in seinem Magen bildete sich ein zunehmend dickerer Knoten. Zweifellos rührte ein Teil von der Spannung her, doch er fragte sich ununterbrochen, wieviel davon durch die Maschine verursacht wurde und wie lange es noch dauern würde, bevor sein Körper sich zu verändern begann wie der von Megan DeChance.

Plötzlich senkten sich Metalltentakel von der Decke herab wie zuckende Schlangen. Sie wirkten in dem unsicher flackernden Licht endlos lang, und an ihren Enden saßen klauenbewehrte Hände. Die Menschen brachten ihre Schutzschilde gerade noch rechtzeitig über die Köpfe. Die rasiermesserscharfen Klauen prallten an den Energiefeldern ab und wurden zurückgezogen. Weitere Tentakel erschienen wie aus dem Nichts und peitschten mit irrsinniger Geschwindigkeit auf die Schilde ein. Hunter versuchte, sein Schwert gegen eines der Tentakel einzusetzen, doch die

Klinge prallte wirkungslos ab, und der Griff ruckte schmerzhaft in Hunters Hand. Die beiden Soldaten feuerten ihre Disruptoren ab, aber die Tentakel bewegten sich selbst für die erfahrenen Reflexe Corbies und Lindholms zu schnell. Krystel hatte die Kante ihres Schilds eingesetzt und eines der Tentakel durchtrennt, doch die übrigen wichen den Schilden aus.

Anscheinend lernten sie sehr rasch. Blut spritzte auf, als die Klauenhände Ziele fanden und die Menschen trotz ihrer Schilde trafen.

DeChance sank plötzlich auf die Knie und versteckte sich mit geschlossenen Augen hinter ihrem Energieschild. Hunter bewegte sich rasch vor, um die Esperfrau zu schützen, doch soweit er feststellen konnte, war sie unverletzt. Ihr mageres Gesicht war angespannt vor Konzentration, und in diesem Augenblick wirkte sie auf Hunter bereits nicht mehr ganz menschlich. Als hätte eine perfekte Kopie DeChances Platz in seinem Team eingenommen. Ihre Augen öffneten sich unvermittelt, und Hunters Nackenhaare richteten sich auf. DeChances Augen waren blutunterlaufen, und ihre Pupillen waren längliche Schlitze.

»Drei Uhr, Kapitän! Schießt in Richtung drei Uhr, und der Verteidigungsmechanismus stellt seine Arbeit ein!«

Hunter zögerte einen Augenblick, dann schoß er blindlings in die von DeChance angegebene Richtung. Eine Explosion erklang ein Stück weit über ihnen, und die Rampe erzitterte unter Hunters Füßen. Die Tentakel wurden ruckartig in das Labyrinth von Apparaten zurückgezogen. Die Menschen senkten ihre Schilde und blickten sich unsicher um. Hunter musterte DeChance und gab sich Mühe, den Blick aus ihren beängstigenden Augen zu erwidern.

»Sehr gut, Esper. Gibt es noch weitere Überraschungen, mit denen wir rechnen müssen?«

»Bis jetzt nicht, Kapitän. Aber wir müssen uns beeilen. Die Macht des Turms nimmt ständig zu. Ich kann spüren, wie er stärker wird. Bald schon werdet Ihr alle anfangen, Euch zu verändern. So wie ich.« DeChances Stimme klang rauh und angespannt. Beinahe grollend. Ein Arm war inzwischen eindeutig länger als der andere. Sie lächelte Hunter an und entblößte dabei nadelspitze Zähne. »Es ist nicht mehr weit, Kapitän. Ich habe eine Schwachstelle geortet, wo wir unseren Sprengstoff abladen können.«

DeChance ging über die Rampe voraus. Ihr Körper bewegte sich in einem nichtmenschlichen Rhythmus. Hunters Kehle war knochentrocken, und Schweiß strömte über sein Gesicht. Er überlegte, in was Esper DeChance sich verwandeln würde, und ob er auf sein eigenes Schicksal blickte. Konnte er so leben? Wollte er auf diese Art und Weise leben? Hunter schluckte mühsam und zwang sich, sich auf die vor ihm liegende Aufgabe zu konzentrieren. Über alles andere würde er sich später Gedanken machen. Falls es ein Später gab.

Die Menschen erreichten einen Ort, wo Tausende von Drähten sich wie ein Nest von Würmern ineinander wanden. Elektrische Entladungen durchzuckten die Luft. Mitten zwischen den Drähten drehte sich ein leuchtender Kristall wie ein wachsames Auge.

»Hier ist es«, sagte DeChance. »Ich schätze, es handelt sich um eine Art Relais. Wenn wir das hier in die Luft jagen, wird der gesamte Turm ausfallen. Falls wir Glück haben.«

»Glück«, brummte Corbie angewidert. »Wir hatten kein Glück mehr, seit wir auf dieser verdammten Höllenwelt von Planeten gelandet sind.«

Die Menschen machten sich daran, ihre Rucksäcke zu leeren. Sie stapelten alle verbliebenen Annäherungsminen und Granaten auf. Es war ein erbärmlich kleiner Stapel, wenn man den riesigen Turm bedachte. Krystel ordnete die Sprengkörper so an, daß sie bei der Explosion den größtmöglichen Schaden anrichten würden, dann überprüfte sie die Zeitzünder. Schließlich blickte sie Hunter grinsend an.

»Kapitän, ich schätze, wir haben ein Problem.«

»Na großartig«, stöhnte Corbie. »Noch ein Problem. Genau das, was uns jetzt noch gefehlt hat.«

»Nicht so voreilig, Corbie«, mahnte Hunter. »Was gibt's, Investigator?«

»Die Annäherungsminen, Kapitän. Die Zeitzünder lassen

sich auf maximal dreißig Minuten Verzögerung einstellen. Wir können es auf gar keinen Fall innerhalb von dreißig Minuten hier raus und in Sicherheit schaffen.«

Hunter runzelte die Stirn. »Wie weit ist diese ›Sicherheit‹ Eurer Meinung nach?«

»Unbekannt, Kapitän. Aber dreißig Minuten reichen kaum aus, um aus dem Turm ins Freie zu gelangen.«

Hunter blickte DeChance an.

Sie zuckte die Schultern, eine rasche, fließende Bewegung, die Hunter zutiefst beunruhigte. »Ich weiß es ebenfalls nicht, Kapitän. Die Maschine beeinflußt alles Lebendige auf dieser Welt, jedenfalls bis zu einem gewissen Grad. Niemand kann vorhersagen, was geschieht, wenn wir sie zerstören.«

»Die Pinasse wird bald hier sein«, sagte Lindholm leise. »Das Schiff kann uns innerhalb weniger Minuten aus der Stadt heraus und in Sicherheit bringen.«

»Es wäre trotzdem noch zu knapp«, widersprach Hunter. »Wir müssen eine Sicherheitsspanne lassen, für den Fall, daß wir auf unserem Weg aus dem Turm nach draußen auf weitere Verteidigungsmechanismen stoßen. Nein, es gibt nur eine Lösung zu diesem Problem. Einer von uns muß hierbleiben und die Sprengung von Hand vornehmen, sobald die anderen weit genug weg sind.«

Corbie schüttelte entschieden den Kopf. »O nein, ich nicht. Ich habe mich noch nie zu irgend etwas freiwillig gemeldet, und ich denke nicht daran, ausgerechnet heute damit anzufangen. Nicht wahr, Sven?«

»Ganz richtig«, stimmte Lindholm seinem Kameraden zu. »Ich bin kein Anhänger von Selbstmordkommandos. Es muß einen anderen Weg geben.«

»Es gibt aber keinen«, widersprach DeChance.

»Ich frage gar nicht nach Freiwilligen«, sagte Hunter mit sorgsam beherrschter, gleichmütiger Stimme. »Ich selbst werde hierbleiben. Es ist meine Höllenschwadron, und damit trage ich die Verantwortung.«

»Nein, Kapitän«, meldete sich DeChance zu Wort. »Ich bin diejenige, die hierbleiben wird.«

»Ich bin der Kapitän«, sagte Hunter entschieden. »Ich werde nicht wieder versagen.«

»Das ist wirklich sehr ehrenhaft von Euch«, entgegnete DeChance mit rasselnder Stimme, »aber es ist nicht besonders praktisch. Seht mich an, Kapitän. *Seht mich doch an.*«

Sie hielt ihre Rechte hoch. Sie hatte sich in eine knochige Klaue verwandelt. Die Haut war von dichtem Borstenhaar bedeckt. Der Arm war verkrümmt, wo er eigentlich hätte gerade sein müssen. Aus ihrem Gesicht war inzwischen beinahe eine Karikatur geworden. Sie musterte Hunter mit ihren nicht länger menschlichen Augen.

»Die Veränderungen sind zu weit fortgeschritten, Kapitän. Glaubt Ihr wirklich, ich möchte in dieser Gestalt leben? Ihr seht nur die offensichtlichen Anzeichen. In meinem Innern laufen ebenfalls Veränderungen ab, und sie schreiten unablässig fort. Mein ESP macht mich für die Anstrengungen der Maschine besonders empfänglich, Kapitän. Macht, daß Ihr von hier verschwindet. Nehmt die Mannschaft und seht verdammt noch mal zu, daß Ihr hier rauskommt. Ich gebe Euch eine Stunde Vorsprung, bevor ich die Zeitzünder einschalte. Das sollte reichen.«

Hunter nickte. Einen Augenblick lang traute er sich nicht, die Stimme zu erheben. »Ich werde den Kolonisten von Euch erzählen, Megan DeChance. Das verspreche ich Euch.« Er wandte sich zu Krystel um. »Investigator, Ihr führt uns die Rampe hinab nach draußen.« Die Menschen verabschiedeten sich rasch, aber herzlich von DeChance und gingen. DeChance setzte sich auf die Rampe und blieb allein im Schein ihrer Feldlampe zurück. Eine Weile lauschte sie den sich entfernenden Schritten ihrer Kameraden, doch bald verklang das Geräusch unter dem konstanten Murmeln der gewaltigen Maschine. DeChance fühlte sich unendlich müde. Sie beobachtete die elektrischen Entladungen in der Luft und lauschte dem ständigen Murmeln der Maschine, das sich anhörte wie unausgesprochene Gedanken.

Investigator Krystel führte die restlichen Menschen die Rampe hinunter zur Basis des Turms. Es gab keine weiteren unerwarteten Zwischenfälle mehr, und keine Verteidigungseinrichtungen hielten sie auf. Sie errichten das Loch in der Mauer, und Hunter bedeutete einen Leuten, in Deckung zu bleiben, während er vorsichtig nach draußen spähte. Sein Magen drohte sich umzudrehen, als er das Meer von Aliens erblickte, die den Turm umzingelt hatten, soweit das Auge reichte. Kreaturen in allen Formen und Größen warteten schweigend auf das, was geschehen würde. Sie bewegten sich nicht, bekämpften sich nicht und gaben keinen Lauf von sich.

Der Kupferturm hatte gerufen, und sie waren alle gekommen, angetrieben und kontrolliert von seiner unhörbaren Stimme. Hunter zog sich ins Innere des Turms zurück.

»Wir haben ein Problem, Leute.«

»Was, schon wieder eins?« fragte Corbie. »Was ist es denn diesmal?«

»Werft einen Blick nach draußen, einer nach dem anderen«, antwortete Hunter. Er wartete geduldig, während sie seiner Aufforderung Folge leisteten. Anschließend blickte selbst Investigator Krystel ungewöhnlich grimmig drein. »Im Augenblick ist alles ruhig«, sagte Hunter schließlich. »Aber sobald wir den Turm verlassen, drehen sie wahrscheinlich durch.«

»Aber ... warum warten sie?« erkundigte sich Lindholm. »Sie bekämpfen sich noch nicht einmal gegenseitig.«

»Es scheint am zunehmenden Einfluß der Maschine zu liegen«, mutmaßte Krystel. »Kapitän, wir müssen Esper DeChance benachrichtigen, daß wir mehr Zeit benötigen. Wir sind hier drin gefangen, bis uns ein Weg einfällt, wie wir aus diesem Schlamassel entkommen können.«

»Es gibt einen Ausweg«, entgegnete Hunter. »Aber er erfordert äußerst präzises Timing. Die Pinasse wird bald hiersein. Dort draußen ist gerade genug Platz zum Landen. Ich öffne per Fernsteuerung die Luftschleuse, und wir rennen alle zusammen los.«

»Die Aliens werden verdammt schnell bei uns sein«, entgegnete Corbie. »Was passiert, wenn einer von uns stolpert und hinfällt?«

»Das darf eben nicht passieren«, sagte Hunter.

»Ich hasse diese Welt«, brummte Corbie. »Ich hasse sie wirklich.«

»Das ändert nichts an unserem Problem«, erklärte Lindholm. »Theoretisch ist dort draußen genügend Platz für die Pinasse zum Landen, aber in der Realität sieht es doch ein wenig anders aus. Die Fernsteuerung erlaubt keine derart präzisen Manöver. Viel wahrscheinlicher zerstören wir das Schiff bei dem Versuch. Wir brauchen mehr Platz.«

»Dann werden wir uns welchen schaffen«, entgegnete Krystel. Sie grinste und hob ihr Schwert.

»Nein«, widersprach Hunter rasch. Er dachte nach. »Diesmal sind es einfach zu viele. Wenn wir hierbleiben und kämpfen, werden sie uns überrennen. Es gibt einen besseren Weg. Etwa eine halbe Meile von hier entfernt befindet sich ein weiter offener Platz mit reichlich Raum für die Pinasse zum Landen. Ich werde das Schiff mit der Fernsteuerung dort absetzen, und dann rennen wir los. Wenn wir schnell und gemein genug sind, schaffen wir es.«

»Einen Augenblick! Habe ich das richtig verstanden?« fragte Corbie. »Wir sollen uns den Weg durch eine halbe Meile Aliens freikämpfen, stimmt das? Nur um die Pinasse zu erreichen?«

»Ganz genau«, antwortete Krystel. »Dabei sollten wir nicht vergessen, daß die Uhr von Megan DeChance abläuft. Falls wir zu lange brauchen, um zum Schiff zu gelangen, dann spielt sowieso alles keine Rolle mehr.«

»Ich hasse diese Welt«, wiederholte Corbie.

»So schlimm, wie es sich anhört, ist es auch wieder nicht«, sagte Hunter. »Draußen auf der rechten Seite befindet sich eine schmale Gasse zwischen zwei Gebäuden. Wenn wir heftig genug zuschlagen, sollen wir ohne größere Probleme in die Gasse durchbrechen können. Sie werden uns nur in Zweierreihen verfolgen, und wir laufen geradewegs auf den Platz und die Pinasse zu. In Ordnung, Leute, das reicht fürs erste an Diskussionen. Wir wollen uns in Bewegung setzen, solange unsere Nerven noch mitspielen.«

Im Herzen der großen Maschine, schweigend und ganz allein, saß das stille, verzweifelte Ding, das einst Esper Megan DeChance gewesen war. Die Maschine spielte nun mit ihr. Einer ihrer Arme hatte zu faulen begonnen. Im anderen waren die Knochen weich und schlaff geworden, doch in einem ihrer Finger spürte Megan noch etwas. Sie hoffte, daß es ausreichen würde, um die Zeitzünder einzuschalten. Erneut warf sie einen Blick auf das in den Überresten ihres rechten Handgelenks eingebettete Chrono. Es fiel ihr immer schwerer, sich zu konzentrieren.

Hoffentlich hielt sie lange genug durch, um ihren Leuten die Stunde zu verschaffen, die sie versprochen hatte. Sie wußte es nicht.

Megan veränderte sich immer schneller, jetzt, da sie so nah an der Maschine war. Ihre Menschlichkeit fiel in großen Fetzen von ihr ab. Sie wußte nicht einmal, welche der Veränderungen von der Maschine ausgelöst wurden und welche von ihrem eigenen Unterbewußtsein.

Ihre Haut war mit einem Dutzend verschiedener Muster überzogen, und ihre Knochen gaben ihrer Form keinen Halt mehr. Sie konnte spüren, wie in ihrem Innern fremdartige Organe heranwuchsen, deren Sinn und Zweck sie nicht kannte.

Das Denken fiel ihr von Minute zu Minute schwerer. Ihre Gedanken wurden vage und verschwommen und durchsetzt von fremdartigen Mustern. Sie versuchte, ihren Namen laut auszusprechen, doch ihre Stimmbänder gaben nur unkenntliche Geräusche von sich. Nichts davon klang auch nur entfernt menschlich. Es wurde Zeit. Wenn Megan noch länger zögerte, würde sie sich vielleicht nicht mehr an das erinnern, was sie zu tun hatte. Sie hoffte flüchtig, daß ihre Leute inzwischen außer Reichweite waren, dann streckte sie vorsichtig die Hand nach dem ersten Zeitzünder aus. Sie konnte nicht. Die Finger ihrer rechten Hand waren zu groß und zu plump geworden, um die Arbeit zu erledigen. Sie konnte die Mine nicht einmal scharf machen. DeChance blickte auf ihre linke Hand. Es war eine unförmige fleischige Flosse. Die Sprengsätze waren nutzlos geworden. Sie konnte sie nicht zünden. Das Ding, das einst Megan DeChance gewesen war, hob den unförmigen Kopf und heulte wütend. Es war kein menschliches Heulen.

Hunter brach aus dem Kupferturm hervor und rannte auf die schmale Gasse zu. Er hob seinen Disruptor, und ein Energiestrahl fraß sich durch die mächtige Gestalt, die ihm im Weg stand. Der Strahl schwenkte und erfaßte drei weitere Aliens, bevor schließlich ein viertes die Energie absorbierte. Die Kreaturen heulten auf, als sich der Geruch von Blut ausbreitete, und innerhalb von Sekunden hatten sie sich gegeneinander gewandt. Ihre engstirnigen Emotionen durchbrachen die Kontrolle der großen Maschine. Hunter und Krystel rannten auf die Gasse zu und bahnten sich mit Schwertern und Schilden einen Weg. Corbie und Lindholm folgten ihnen dicht auf und setzten ihre Waffen gegen Kreaturen ein, die sich nicht auf ihre verletzten Artgenossen gestürzt hatten. Das zusätzliche Blut versetzte die Aliens in einen wahren Rausch. Zähne und Klauen rissen an verletztem und unverletztem Fleisch, und die Menschen bahnten sich einen Weg durch die enge Gasse. Ihr Fortkommen wurde zwar behindert, aber nicht mehr völlig blockiert von den Wesen, die vergessen hatten, wie man starb.

Etwas Großes, Verdrehtes mit peitschenden Knochenarmen ging auf Hunter los und brachte ihn zum Stehen. Er blockte die Peitschenarme mit seinem Schild, und sie prallten wirkungslos von dem leuchtenden Energiefeld ab. Das Alien versuchte, den Schild mit seinen Armen zu packen, und die monofaserscharfen Kanten schnitten sie augenblicklich durch. Die Kreatur hielt unsicher inne, und Hunter hackte ihr mit einem Streich den Kopf ab. Der enthauptete Körper wandte sich gegen eine andere Kreatur, und die Peitschenarm schlugen blindlings um sich. Der Kopf rollte über die Straße davon, und das Maul schnappte ununterbrochen weiter, bis sich ein weiteres Monster darauf stürzte. Krystel stand neben Hunter und schwang ihr Schwert beidhändig. Sie trieb die Aliens mit der schieren Kraft und Bösartigkeit ihrer Angriffe zurück. Sie war von Kopf bis Fuß mit Blut besudelt, und nur das wenigste davon war ihr eigenes. Ihre grinsenden Zähne blitzten weiß in der blutigen Maske ihres Gesichts. Hier fühlte sie sich am wohlsten. Hier war sie am lebendigsten, mitten im Herzen eines Kampfes. Krystel erlitt trotz all ihres Geschicks ein paar kleinere Wunden, doch sie spürte sie kaum. Sie war jenseits allen Schmerzes. Es gab nur noch das Schwert und den Schild und einen endlosen Vorrat an willigen Opfern.

Corbie und Lindholm kämpften Rücken an Rücken. Sie mähten alles nieder, was in ihre Reichweite kam. Der Ex-Gladiator kämpfte schweigend und effizient und verursachte den größtmöglichen Schaden mit der geringstmöglichen Anstrengung. So wurde in der Arena gekämpft. Man sparte seine Kräfte für den Zeitpunkt auf, an dem sie benötigt wurden. Corbie hingegen tanzte und stampfte und hackte fluchend, schreiend und heulend auf seine Gegner ein. Am lautesten fluchte er, weil er keine Granaten mehr besaß. Eine silberne Kreatur mit viel zu vielen Beinen ließ sich von einer nahen Mauer auf ihn herabfallen. Corbie schmetterte sie mit dem Schild beiseite und hackte sie in Stücke, während sie zappelnd auf dem Rücken am Boden lag.

Schließlich erreichte Hunter die enge Gasse. Der Rest seiner Leute folgte ihm dicht auf den Fersen. Der Druck des Angriffs verebbte, als die Gebäude rechts und links ihnen Deckung gaben. Etwas Ledriges griff aus der Luft an. Corbie erwischte es mit einem raschen Disruptorschuß, doch er brannte nur ein Loch in einen der Flügel. Krystel schoß der Kreatur in den Kopf, und sie stürzte schlaff zu Boden. Corbie und Lindholm stampften über sie hinweg und warfen den blutrünstigen Verfolgern den Leichnam vor die Füße. Die Wesen blockierten sich gegenseitig, als sie sich auf die Lederkreatur stürzten.

Hunter blickte zum anderen Ende der Gasse, und sein Mut sank. Eine unübersehbare Masse von Aliens versperrte den Weg, und die ersten von ihnen kamen den Menschen bereits angriffslustig entgegen. Hunter blieb stehen. Seine

Leute drängten sich hinter ihm. Corbie warf einen Blick über Hunters Schulter, um den Grund für die Verzögerung zu sehen, und fluchte unbeherrscht.

»Wir sitzen in der Falle, wie?« fragte Lindholm.

»Sieht ganz danach aus«, stimmte ihm Hunter zu. »Dann müssen wir uns eben den gesamten Weg freikämpfen, das ist alles. Kaum eine halbe Meile bis zum Landeplatz. Bis wir dort sind, wartet das Schiff sicher bereits auf uns.«

Die Menschen bildeten einen Verteidigungsring aus Energieschilden und rückten gegen die wartenden Aliens vor.

Das, was von Megan DeChance noch übrig war, kroch langsam über die Rampe. Es konnte sich nur noch langsam bewegen, und es hinterließ eine Schleimspur. Es wollte seinen Leuten hinterher, wollte sie warnen, daß es die Sprengladungen nicht mehr zünden konnte, doch selbst diese einfache Aufgabe überstieg mittlerweile seine Fähigkeiten. Der Einfluß der Maschine nahm weiter zu, und der Körper der einst menschlichen Kreatur zerfiel zusehends. Das Fleisch tropfte von den Knochen wie schmelzendes Wachs von einer Kerze, und von den Fingern floß Haut. Die einzigen Dinge, die noch so funktionierten, wie sie funktionieren sollten, waren die Implantate. Der Gedanke ließ irgendwo in der Kreatur eine Glocke klingen, und sie konzentrierte sich mit aller Macht darauf. Das Komm-Implantat. Die Rechner. Die Pinasse. Eine Art Grinsen verzerrte das Gesicht des Wesens, das einmal DeChance geheißen hatte. Eine letzte Hoffnung blieb ihm noch. Eine letzte Waffe, die es gegen den Kupferturm einsetzen konnte.

Es aktivierte sein Komm-Implantat und griff auf die Rechner der Pinasse zu. Wenige Sekunden später hatte es die Fernsteuerung umprogrammiert und der Pinasse ein neues Ziel gegeben. Das Wesen lachte still in sich hinein und kroch langsam zur nächsten Mauer. Es dauerte eine Zeitlang, den Disruptor aus dem Holster zu ziehen und auf die Mauer zu richten. Es dauerte noch länger, einen Weg zu finden, wie es den Abzug mit dem betätigen konnte, was von seinen Fingern noch übrig war; doch schließlich riß der Energiestrahl ein Loch in die Wand, und das Wesen konnte in die Dunkelheit draußen sehen. Dort draußen in der Nacht wurde ein heller Stern langsam größer. Die Pinasse hatte Kurs auf den Kupferturm genommen.

Die Aliens hatten die Menschen völlig eingekesselt. Sie kamen von beiden Seiten durch die Gasse heran. Hunter und Krystel kämpften Seite an Seite und rangen Wesen nieder, die keinen Platz in der normalen Welt besaßen. Hinter ihnen kämpften Corbie und Lindholm mit bitterer Kompromißlosigkeit. Sie waren als Kämpfer erfahren genug, um zu wissen, daß sie diese Schlacht nicht gewinnen konnten. Die Aliens konnten verletzt werden, sogar vorläufig zurückgeschlagen, doch ihre Wunden heilten innerhalb von Sekunden, und sie konnten nicht sterben. Sie bekämpften sich noch immer gegenseitig, aber mittlerweile waren sie ebenso begierig, die Menschen zu erwischen.

Hunter sah den Disruptorstrahl, der ein Loch in die Seitenwand des Kupferturms fraß. Im ersten Augenblick dachte er, die Sprengladungen wären zu früh hochgegangen. Doch er benötigte nur einen kurzen zweiten Blick, um zu erkennen, daß die Beschädigung lediglich oberflächlich war. Er fragte sich, was zur Hölle DeChance dort oben machte, aber die Aliens griffen erneut an, und für eine Weile war Hunter vollauf mit Kämpfen beschäftigt. Seine Muskeln verkrampften sich allmählich, und er wurde langsamer. Müdigkeit hing wie Blei an seinen Gliedern. Nicht einmal der Schutzschild konnte ihn vor jedem Angriff schützen. Dann ertönte ein dumpfes, kontinuierliches Brüllen über dem Lärm der Schlacht, und Hunter riskierte einen hoffnungsvollen Blick nach oben in den Nachthimmel. Die Pinasse schwebte von Osten her mit hell flammenden Maschinen über die Stadt. Hunters Herz füllte sich mit Hoffnung, und er kämpfte mit neuer Wildheit.

Das, was von Megan DeChance noch übriggeblieben war, beobachtete, wie die Pinasse über der Stadt herangeflogen kam. Es versuchte zu lachen, der letzte Akt des Aufbäumens gegen das Ding, das DeChance zerstört hatte. Und es war ein guter Akt. Das Wesen weinte. Die Tränen gruben Furchen in sein Gesicht, als bestünden sie aus Säure.

Die Pinasse donnerte über die Stadt und hielt geradewegs auf den Kupferturm zu. Das Wesen erteilte ein letztes Kommando über sein Komm-Implantat und lachte lautlos, während seine Gestalt endgültig zerfloß. Die Maschinen der Pinasse brüllten auf, als das Schiff mit voller Kraft beschleunigte. Das Schiff machte einen gewaltigen Satz und krachte mit Höchstgeschwindigkeit in den Turm. Der Kupferturm schrie durch die Kehlen der Aliens, als die Maschinen der Pinasse explodierten und den Turm zerrissen, den wahnsinnigen Apparat zerstörten, der das Leben in der Alienstadt zu einer Hölle gemacht hatte. Die Explosion schien sich endlos durch die Nacht fortzupflanzen, und als sie nach langer Zeit erstarb, lag die Stadt leise und still, mit Ausnahme der flackernden Flammen rund um die Trümmer des eingefallenen Kupferturms.

KAPITEL 8
NACHWIRKUNGEN

Hunter erwachte in einem Meer von gelbem Gelee. Es klebte überall an ihm und löste sich nur zögernd von seiner Uniform, als er sich aufrichtete. Das Zeug bedeckte sogar seine Hände, und er schüttelte es voller Ekel ab. Sein Kopf schmerzte, seine Gelenke waren steif, und alles in allem war er seit seiner Grundausbildung nicht mehr so erschöpft gewesen. Hunter blickte sich langsam im Licht des frühen Morgens um und wunderte sich flüchtig, wie lange er wohl bewußtlos gewesen war. Dann tauchten die Bilder der vorangegangenen Nacht vor seinem inneren Auge auf, und er rappelte sich mühsam wieder auf die Beine. Er blickte sich gehetzt um, nur um festzustellen, daß nirgendwo eine Spur von der Monsterarmee zu sehen war, gegen die er verzweifelt gekämpft hatte.

Hunter stand inmitten der Überreste einer schmalen Gasse. Ringsum befanden sich große Pfützen und Spritzer des zähen gelben Gelees. Manche der Pfützen waren gut zwei oder drei Zoll tief. Es stank fürchterlich. Nicht weit von Hunter entfernt saßen Corbie und Lindholm mit dem Rücken an einer Wand und unterhielten sich leise. Sie sahen mitgenommen und erschöpft aus, aber im großen und ganzen unverletzt. Die beiden Soldaten bemerkten Hunters Blick und brachten so etwas wie einen militärischen Gruß zustande.

Hunter nickte knapp und musterte die Überreste der Gassenmauern. Der Kupferturm hatte den größten Teil der Explosion abbekommen, und die Bauwerke ringsum den Rest.

Was halten wir denn davon? fragte sich Hunter. *Am Ende hatten wir ja doch mal Glück.*

Investigator Krystel stand am Eingang der Gasse und starrte auf die Alienstadt hinaus.

Hunter ging zu ihr, wobei er sorgfältig den klebrigen Pfützen auswich.

Krystel hörte ihn kommen und blickte ihn über die Schulter hinweg an.

»Guten Morgen, Kapitän«, sagte sie. »Willkommen bei den Lebenden. Ich schätze, Ihr solltet einen Blick auf das dort werfen. Es ist wirklich äußerst interessant.«

Hunter befiel eine Vorahnung. Investigator Krystel fand die Dinge in der Regel nur dann interessant, wenn sie Gewalt oder plötzlichen Tod beinhalteten. Er trat neben seinen Investigator und runzelte die Stirn, als er Krystels blutgetränkte Uniform zur Kenntnis nahm. Erst als er neben ihr stand, wurde ihm klar, daß der weitaus größte Teil des Blutes nicht von ihr stammte. *Ich hätte es wissen müssen*, dachte er ironisch. *Sie ist Investigator.* Dann runzelte Hunter erneut die Stirn und blickte genauer hin. Neben Blut war Krystels

Uniform auch mit gelbem Gelee beschmutzt. Krystel lächelte ihn an.

»Kein angenehmes Zeug, nicht wahr? Ihr werdet feststellen, daß man den größten Teil einfach abklopfen kann.«

»Wie ist das Zeug auf unsere Uniformen gekommen?« fragte Hunter und rieb seine Manschetten sauber.

»Ich schätze, wir haben den größten Teil der Nacht darin geschlafen, Kapitän. Die Zerstörung des Kupferturms hat uns anscheinend für eine gewisse Zeit bewußtlos werden lassen. Und was die Herkunft des merkwürdigen Gelees angeht . . . werft doch einmal einen Blick auf die Stadt.«

Hunter tat, wie ihm geheißen. Die Müdigkeit fiel schlagartig von ihm ab, als ein Adrenalinschub seinen Körper durchströmte. Nirgendwo war eine Spur der Aliens zu sehen, weder lebendig noch tot, doch das gelbe Gelee war überall. Das ekelhaft stinkende Zeug bedeckte die Straßen und klebte an den Wänden der Gebäude. Es troff in zähen Strömen von Fenstern und Brücken, und Fäden davon baumelten im Morgenwind. Hunter hörte Corbie und Lindholm hinter sich herankommen, aber er sah sich nicht nach ihnen um.

»Also das ist ja wirklich ekelhaft«, maulte Corbie. »Was zur Hölle ist das für ein Dreckszeug?«

»Seht genau hin«, erwiderte Krystel. »Ich denke, dieser Schleim ist alles, was von den Aliens übriggeblieben ist.«

Hunter schaute sie verständnislos an, doch dann dämmerte es ihm. »Natürlich! Als der Wald angegriffen wurde, verlor er seine Form und schmolz zu gelbem Gelee. Ganz genau wie diese Pflanzenwesen, auf die wir vorher gestoßen sind. DeChance hat die ganze Zeit über gesagt, daß allein die große Maschine die Aliens am Leben hält, und die existiert nicht mehr.« Er blickte auf die rußgeschwärzten Ruinen des Kupferturms. »Der Apparat mußte seine physikalischen Bindungen schwächen, um Gestaltveränderungen zu ermöglichen, doch er schwächte die Körper derart, daß am Ende allein die Maschine selbst sie zusammenhielt. Als die Explosion der Pinasse den Turm zerstörte, fielen die Aliens einfach auseinander. Sie lösten sich in die einfache gelbe

701

Ursuppe auf, aus der alles Leben einmal entstanden ist. Die Aliens sind tot. Allesamt. Sie werden nicht wieder zurückkehren.«

Die Menschen standen eine Weile schweigend da und starrten auf die leere Stadt hinaus.

»Ich frage mich, was mit DeChance schiefgelaufen ist«, sagte Lindholm schließlich. »Warum hat sie die Zeitzünder nicht eingeschaltet?«

Hunter zuckte die Schultern. »Vermutlich werden wir das niemals herausfinden. Vielleicht hat die Maschine die Zünder irgendwie außer Funktion gesetzt. Ohne die Zünder blieb DeChance nur noch ihr Komm-Implantat und ihre eigene Entschlossenheit, den Turm zu zerstören. Sie war eine sehr tapfere Frau, unsere Megan DeChance.«

»Wunderbar!« rief Corbie. »Wir werden ihr ein Denkmal errichten! Seht, Kapitän, ich will wirklich nicht undankbar erscheinen, aber was ist mit uns? Wie sollen wir ohne die Ausrüstung an Bord der Pinasse auf dieser Welt überleben? Wir können nicht einmal Hilfe herbeirufen, weil unsere einzige Kommunikationseinrichtung zerstört ist!«

»Entspannt Euch, Corbie«, erwiderte Hunter gelassen. »Als ich zum ersten Mal wieder Kontakt mit der Pinasse aufnahm, nutzte ich die Gelegenheit und befahl den Rechnern, eine Zusammenfassung all unserer Erkenntnisse an das Imperium weiterzuleiten. Und da das Imperium immer an neuen Alienzivilisationen interessiert ist, schätze ich, daß wir im Verlauf der nächsten ein, zwei Wochen mit einem voll ausgerüsteten Sternenkreuzer rechnen können. So lange sollten wir auf uns selbst gestellt überleben können. Genaugenommen könnte sich *Wolf IV* ohne die Aliens und ihre Maschine als richtig nette kleine Welt entpuppen.«

»Nett, aber langweilig«, sagte Investigator Krystel und zündete ihre sorgfältig aufbewahrte letzte Zigarette an.

»Ich kann ganz gut mit Langeweile leben«, entgegnete Corbie. »Es gibt eine Menge Dinge, die für ein langweiliges Leben sprechen.«

»Das weißt du sicher am besten«, frotzelte Lindholm.

»Außerdem ist da immer noch die Alienstadt«, fügte Hunter hinzu. »Es gibt sicher genügend Geheimnisse und neue Technologien zu entdecken, um uns für Jahre in Atem zu halten. Wir werden keinerlei Probleme haben, Kolonisten nach *Wolf IV* zu locken. Wissenschaftler mitsamt ihren Familien werden sich die Finger ablecken für eine Gelegenheit, diese Stadt zu untersuchen. Schließlich gibt es eine wichtige Frage, die noch immer unbeantwortet geblieben ist.«

Hunter wartete grinsend, und nach einer Weile seufzte Corbie schwer.

»In Ordnung, Kapitän, ich habe angebissen. Was ist das für eine wichtige Frage?«

»Nach den Rechnern der Pinasse zu urteilen«, führte Hunter aus, »ist das hier die einzige Stadt auf dem gesamten Planeten. Woraus folgt, daß die Aliens nicht von diesem Planeten stammten. Sie kamen auf dem gleichen Weg nach *Wolf IV* wie wir: als Kolonisten. Und wenn das stimmt, wo befindet sich dann ihre Heimatwelt? Warum ist niemand gekommen, um die Kolonie zu besuchen? Ich bin sicher, das Imperium wird nach Antworten auf diese und ähnliche Fragen suchen. Schließlich kann es durchaus sein, daß eine Spezies, die imstande ist, eine Apparatur wie den Kupferturm zu errichten, sich als der erste ernstzunehmende Rivale für das Imperium entpuppt.«

Kapitän Hunter grinste. »Ich denke jedenfalls nicht, daß wir das Leben auf *Wolf IV* langweilig finden werden, Leute. Es gibt genügend Geheimnisse zu lösen, daß wir für den Rest unseres Lebens beschäftigt sind.«

ENDE

Band 23 188

Simon R. Green
Die Rebellion
Deutsche
Erstveröffentlichung

Ein hohes Kopfgeld ist auf Owen Todtsteltzer ausgesetzt, und so hat er keine andere Wahl, als sich dem
Schicksal zu stellen, das ihm bestimmt ist. Er ergreift
Schwert und Strahlenwaffe und nimmt den Kampf gegen
Kaiserin Löwenstein XIV auf. Eine höchst seltsame
Streitmacht hat er um sich versammelt: den legendären
Helden Jakob Ohnesorg, die schöne Piratin Hazel, den
ursprünglichen Todtsteltzer, den man schon lang nicht
mehr unter den Lebenden glaubte, und die nicht-
humanoiden Hadenmänner, die niemand zu durch-
schauen vermag. Die Augen aller Unterdrückten sind auf
Owen Todtsteltzer gerichtet. Die Galaxie wartet auf die
Befreiung vom Joch der Tyrannei . . .

Sie erhalten diesen Band
im Buchhandel, bei Ihrem
Zeitschriftenhändler sowie
im Bahnhofsbuchhandel.